VIVE LA RÉPUBLIQUE!

VIVE LA RÉPUBLIQUE!

HISTOIRE D'UN GAMIN DE PARIS

1848 — 1851 — 1871

PAR

JULES LERMINA

PARIS

L. BOULANGER, LIBRAIRE-ÉDITEUR

83, RUE DE RENNES, 83

—

1883

VIVE LA RÉPUBLIQUE

HISTOIRE D'UN GAMIN DE PARIS

1848 — 1851 — 1871

PROLOGUE

EN ENFER

I

A CAYENNE

Vers le milieu de juillet 1855, un soleil torride, tombant à plomb sur les îles du Salut, éclairait la mer de cette lueur d'azur qui parfois, sous la lumière la plus brillante, lui donne des tons noirs et sinistres.

Pas un souffle dans l'air ; on eût dit que la terre et l'eau fussent enfermées sous une vaste cloche pneumatique, et, comme pour ajouter à cette illusion, le ciel avait des reflets de cristal bleuâtre.

Nous avons nommé les îles du Salut.

Quelques mots d'explication sont nécessaires ; mais le lecteur comprendra promptement en quel lieu sinistre se dérouleront les scènes qui vont suivre.

Un seul nom suffira... Cayenne.

Nous sommes à la Guyane française, cette terre maudite qui fut dédaigneusement jetée à la France par ceux qui venaient de lui arracher la plus belle perle de sa parure coloniale, le Canada.

Lorsque la loi du 8 avril 1852 fit de la Guyane la terre de transportation, ces îlots parurent *merveilleusement disposés* pour un grand établissement pénitentiaire.

Ainsi s'exprime un des écrivains officiels de l'empire.

Merveilleusement ! parce qu'on y souffrait, parce qu'on y mourait, parce que chaque minute apportait une torture nouvelle.

Merveilleusement ! parce que la Guyane française est meurtrière... et que cette guillotine sèche — comme on a si bien surnommé la transportation — débarrassait les satisfaits de Décembre de leurs adversaires.

Ces îles du Salut, situées à neuf heures nord-ouest de Cayenne, en face de la rivière Kourou, sont au nombre de trois : l'île Royale, où est centralisé le commandement des trois îles, dont elle est la plus grande ; l'île Saint-Joseph, destinée aux repris de justice, et enfin l'île du Diable, réservée, par le paternel gouvernement issu d'un crime, aux déportés politiques.

Nous ne pouvons résister à la tentation de citer une phrase typique, tombée de la plume d'un des écrivains qui ont décrit les îles du Salut.

« Si la constitution se trouve attaquée par le climat, il faut faire comme le géant Antée qui luttait avec Hercule, il faut aller toucher la terre de France pour y puiser de nouvelles forces afin de continuer le combat...»

Si les transportés politiques tombaient, tués par la fièvre et la fatigue, c'est qu'évidemment ils négligeaient cette précaution si simple... à savoir de venir de temps à autre toucher la terre de France !!!

Laissons ces plaisanteries, qui seraient grotesques, si elles n'étaient sinistres, et revenons à l'île Royale... qui est à la fois la résidence du gouvernement et le bagne ordinaire.

Au jour où commence notre récit, M. Adhémar de la Cloîtrerie, adjudant général, faisant fonctions de sous-directeur du pénitencier, en l'absence du commandant, récemment rappelé en France, se promenait fièvreusement dans la large pièce qui lui servait de cabinet.

Après avoir fait, comme on dit, les cent pas, il s'approchait de la fenêtre à sa vue plongeait sur la rade, et, immobile, il interrogeait l'horizon.

Puis il se rapprochait de son bureau, et de ses doigts encolérés, il froissait les papiers qui l'encombraient, les bousculait, les retournait... cherchant un objet sur lequel il ne pouvait évidemment parvenir à mettre la main.

M. de la Cloîtrerie était un petit homme, brun, sec, à favoris courts. Les lèvres faisaient ligne pâle sous son nez pointu et recourbé. Les yeux, d'un gris douteux, étaient mobiles comme ceux d'un oiseau de proie.

Ses mains avaient des crispations de griffes.

Dans les pénitenciers il était connu sous le sobriquet de M. Rageot que lui avait donné un détenu politique, le n° 93.

A le considérer, on devinait un esprit étroit, inquiet, prompt aux mesquines colères et aux fureurs blanches.

Peut-être, en ce moment même, dans son exaspération solitaire, regrettait-il de n'avoir pas à sa portée quelque misérable sur lequel pût retomber sa mauvaise humeur.

Mais, de fait, il lui était difficile de s'en prendre à quelque autre qu'à lui-même...

Car ce qu'il cherchait, c'était une clef, la clef d'un coffre de fer scellé dans le mur et dans lequel il serrait les papiers les plus importants relatifs à son service.

Or, huit jours auparavant, il avait reçu de Cayenne l'ordre de se préparer à recevoir un nouveau convoi de transportés, mi-partie de droit commun, mi-partie politiques.

Selon toute apparence, c'était dans cette journée même, ou le lendemain au plus tard que serait signalé le navire qui amènerait ces damnés à l'enfer...

Et M. de la Cloîtrerie ne pouvait ouvrir sa caisse... ne pouvait y prendre la liste sur laquelle étaient inscrits les noms des malheureux, il ne pouvait préparer les états de réception!...

Cette clef! il l'avait encore il n'y avait pas une heure! il l'avait touchée!... et il ne la trouvait plus! Si encore quelqu'un était entré dans son cabinet... il eût pu croire ou tout au moins feindre de croire à un vol... et c'était toujours autant de dépensé en colère!... Mais non... quand il sortait, il gardait dans sa poche la clef de son cabinet... il ne pouvait accuser personne..

Le temps passait, M. de la Cloîtrerie, l'homme exact par excellence, le geôlier modèle, auquel, sous Louis XIV, on eût, comme à Saint-Mars, confié le Masque de Fer, risquait d'être surpris en flagrant délit de retard!...

Il se tenait debout devant la caisse, dont la serrure imperceptible semblait sourire de sa colère. — Il se baissait, l'examinait, y portait les ongles avec je ne sais quel vague désir de l'ouvrir par violence...

Mais à quoi bon essayer... Une serrure à secret, de fabrication anglaise, un chef-d'œuvre!...

Et pourtant, il fallait prendre une décision. Chaque minute qui passait aggravait la position. Qui sait si l'inspecteur général, en résidence à Cayenne, ne viendrait pas lui-même s'enquérir de l'exécution de ses ordres. De combien d'hommes était le convoi ? Combien de chaque catégorie !... Quelle malheureuse inspiration avait eue M. de la Cloîtrerie de serrer si précieusement cette dépêche, alors qu'il n'en avait fait qu'une lecture très superficielle...

Enfin, se résignant à avouer son embarras, l'adjudant sonna violemment... Son secrétaire parut.

— Où est la clef de ce coffre ? demanda-t-il par acquit de conscience.

— Je l'ignore, mon commandant...

— Oh ! vous ignorez toujours tout...

— Bon ! le vent est à l'orage, pensa l'autre.

— Allez me chercher des ouvriers serruriers...

— Parmi les forçats ?...

— Parbleu, nous n'avons pas ici de pairs de France...

— Oui, mon commandant.

Un instant après, il reparaissait suivi de trois hommes, vêtus du costume traditionnel, rouge et jaune...

— Vous êtes serruriers !

Les trois hommes inclinèrent la tête. Ils savaient que M. de la Cloîtrerie n'aimait pas qu'on lui répondît verbalement.

— Examinez ce coffre... et dites si vous pouvez l'ouvrir...

Ils s'approchèrent. Mais à peine eurent-ils jeté un regard sur la serrure qui leur était désignée qu'ils se retournèrent, et s'étant consultés du regard...

— Impossible ! dit l'un.

— Comment ! impossible ! s'écria l'irascible personnage. Ah ! çà, est-ce que vous vous f... moquez de moi ?... Êtes-vous serruriers, oui ou non ? Quelles diables de brutes m'avez-vous amenées-là ?

Les forçats se taisaient, sachant que l'ordre des coups de corde ne tenait qu'à un fil et des plus minces.

— Parlerez-vous ? répondrez-vous ? hurla M. de La Cloîtrerie en s'avançant menaçant vers eux.

— Pardon, excuse ! dit l'un, mais si vous me permettez...

— Si je permets ! je veux... j'ordonne !...

— Et bien ! ça n'est plus de la serrurerie... c'est de la mécanique...

— Qu'est-ce que ça me fait !

— Ça fait, continua l'homme, qu'il n'y a un qu'un mécanicien qui puisse ouvrir la caisse.

— A moins, dit l'autre, de la défoncer à coups de pioche !

— La défoncer!... une caisse qui a coûté plus de...

Il ne savait pas au juste, ladite merveille lui ayant été donnée par un officier anglais.

— Enfin, vous refusez de l'ouvrir?...

— Nous ne refusons pas, mais...

– Pas de mais!... assez!... Ces hommes au peloton de punition!... pour huit jours!...

Un éclair passa dans les yeux des trois forçats... mais se contenant :

— Il y a quelqu'un qui peut ouvrir la boîte!...

— Hein? quelqu'un! vous ne le disiez pas! qui ça?...

— Dame ! je ne sais pas son nom !... c'est un politique... un petit... le numéro 93... un malin fini pour la mécanique...

— 93... un de l'île du Diable !... vite, le canot... et qu'on aille me le chercher...

— C'est pas la peine... il est ici...

— Comment ! ici ! à l'île Royale... et comment s'est-il permis ?...

— Ça n'est pas sa faute, dit un des forçats, en ricanant. Il est à la rigolade.

Il paraît que ce terme était familier à M. de la Cloîtrerie, car il s'écria:

— Allez me le chercher ! ou plutôt... non, j'y vais moi-même !

— Que ferai-je de ces hommes? demanda le secrétaire.

— Envoyez-les au diable!... ou plutôt non... si le 93 ne fait pas l'affaire... alors vous les punirez... comme j'ai dit...

Et sur cet arrêt, digne de Salomon, l'adjudant s'élança dehors... se dirigeant avec la plus grande hâte vers ce que les forçats appelaient la *rigolade*.

II

C'EST ÇA, LE 93?

Celui que l'évêque de Saint-Flour a nommé :

— L'homme que Dieu a montré du doigt!

L'archevêque de Bourges :

— L'élu de Dieu...

L'évêque de Nancy :

— L'homme de Dieu.

L'évêque de Nevers :

— L'instrument visible de la Providence...

L'évêque de Grenoble :

— L'espérance et la gloire de la patrie!...

Et le pape :

— Mon très cher fils!...

Cet homme avait donné ordre que les transportés politiques fussent traités comme des forçats.

Ils étaient soumis aux travaux forcés. Il faut que cela se sache enfin. Pendant trente ans le silence s'est fait sur ces crimes. L'heure serait venue d'ouvrir, auprès des survivants de Cayenne et de Lambessa, une enquête sérieuse et définitive sur les infamies qui ont été commises contre des hommes non seulement innocents, mais encore dignes de tout respect pour avoir résisté à un acte comparable à l'attaque d'une diligence par des brigands de grande route.

A Cayenne ces malheureux portaient les vieux habits des galériens, avec la marque ignoble T. F.

Les cheveux étaient coupés comme au bagne. Pendant huit heures par jour ces hommes libres travaillaient sous le fouet des gardes-chiourme.

L'argent que leur adressaient leurs familles était confisqué.

En quelques mois, sur deux cents hommes, trente-cinq cadavres étaient jetés aux requins de la baie de Cayenne.

Nous verrons tout à l'heure ce qu'étaient les tortures réservées aux rebelles.

Tout officier inférieur était autorisé à tuer sur place quiconque violait la consigne.

« Horrible agonie, a dit Louis Blanc, dans laquelle ces malheureux s'éteignirent loin de leurs familles, de leurs amis, sur un roc solitaire que la mer entoure. »

Il était interdit de fournir du vin aux déportés politiques.

Or, vous souvenez-vous de ce que déclarait le gouvernement lorsque quelques échos de ces plaintes désespérées arrivaient jusqu'à la mère patrie ?

Voici le texte de cette joviale réponse :

« Les déportés *paraissent contents* et ils se portent bien. Ils se livrent avec ardeur à l'édification de leurs cases et aux soins du jardinage pour *améliorer leur bien-être!...* »

Attendez !

L'honorable... mais violent sieur de la Clottrerie, était sorti du bâtiment directorial, et s'adressant à deux sentinelles, il leur avait enjoint de le suivre.

Il avait même poussé la prudence exagérée jusqu'à exiger des soldats qu'ils vérifiassent si leurs armes étaient chargées...

En vérité, M. de la Clottrerie, toutes les fois qu'il devait se trouver en face d'un de ces hommes, frappés par les commissions mixtes ou tout autre tribunal aussi lâche et indigne que le maître, se sentait peu rassuré.

Puisqu'on traitait ces hommes en galériens, est-ce que le désespoir ne pouvait pas, à telle minute ou à telle autre, leur être un conseiller de violence...

Puis, qu'on y pense ! La seule justification que les geôliers pouvaient trouver dans leur conscience, n'était-ce pas de feindre la plus grande foi à cette note policière qui suivait invariablement le nom de chaque condamné politique :

— Dangereux (avec les adverbes au choix, très, fort ou extrêmement).

Or le 93, pour tout dire, avait trouvé le moyen de se faire, au milieu de tous ces protestants, une place à part.

Dangereux. Il était arrivé, il y avait de cela trois ans et quelques mois. Aujourd'hui, pour peu qu'on eût demandé ses notes à la métropole, on eût reçu des rapports dans ce genre :

« Cet homme est d'autant plus à craindre qu'il a donné plus souvent des preuves indéniables d'intelligence et même de courage.

« À l'île du Diable, il a sauvé un soldat qui était tombé par accident dans la mer et qui eût été noyé sans son intervention.

« Ce fait, qui serait digne d'éloges chez tout autre, n'a servi au contraire qu'à dévoiler l'incorrigible ténacité de cette nature perverse.

« Le gouverneur lui ayant offert, en raison de ce service, de solliciter sa grâce auprès des autorités impériales, ce misérable a répondu à cette courtoisie par un de ces mots que la langue française — et surtout la langue administrative — ne saurait reproduire.

« De plus, ce forcené a déclaré à plusieurs reprises qu'il avait la volonté ferme, implacable, de s'évader, mais qu'il choisirait son jour et son heure.

« L'un de ses codétenus (un des fidèles serviteurs de Sa Majesté, qui a accepté la difficile mission de surveiller ces criminels) lui a entendu dire :

« (Nous regrettons d'être obligés par notre devoir de reproduire textuellement cet épouvantable propos.)

« — Quand je serai en France, j'irai trouver votre empereur et je lui f...cherai la plus belle paire de gifles qu'il ait reçue de sa vie

« Toute mesure de clémence serait donc absolument injustifiable vis-à-vis d'un coupable qui n'a pas le moindre repentir. »

Ceci avait été écrit en toutes lettres. Aussi était-il arrivé des ministères les instructions les plus formellement sévères à l'égard de ce 93, qui osait insulter l'homme qu'avaient absous sept millions de suffrages (dont quatre millions volés, affirment les gens bien informés). Il ne fallait rien moins qu'une circonstance exceptionnelle pour que M. Adhémar de la Cloîtrerie eût la pensée d'engager des relations avec un bandit de cette trempe.

Le 93 avait été pris, blessé, sur les barricades de Décembre. C'était une de ces épaves que les commissions mixtes avaient jetées insouciamment au Minotaure de la déportation.

Aller en face de lui, c'était risquer. Car si on était trop bienveillant, on pouvait — tant ces honnêtes gens se mouchardent les uns les autres — être ultérieurement dénoncé pour froideur de zèle.

Vous me direz qu'il était à la rigolade.

Et le lecteur n'a pas encore l'explication de ce terme guilleret. Cependant avant qu'il n'évoque dans son imagination des idées trop riantes, rappelons-lui que les forçats appellent le bourreau du nom joyeux de Charlot et la guillotine de cette appellation plus étrange que sinistre : la Veuve !..

Or, voici ce qu'était la Rigolade.

L'île royale est formée de deux mamelons ; sur l'un, qui regarde le continent, se trouve l'hôpital, le phare et l'église. Sur l'autre qui domine la pleine mer qu'il surplombe de sa masse rocheuse, est élevée une caserne, habitée par la garnison.

De ce côté, la côte tombe à pic dans la mer. La falaise serait un mur droit, perpendiculaire, si à six mètres de la grève, deux roches, dont l'une énorme, ne se pendaient à la terre au-dessus des flots...

On les appelait — pourquoi ? — la grande et la petite sœur.

La plus basse était la grande sœur. Sur le sommet de ce rocher, le hasard avait taillé une surface plane, recte comme un piédestal.

C'était large de six pieds carrés tout au plus.

Dans le granit on avait creusé un trou, et dans ce trou on avait fiché un poteau, haut de deux mètres environ.

De tout temps, depuis les tortionnaires des martyrs chrétiens jusqu'aux bourreaux de Lamole et de Coconas, les exécuteurs ont eu l'imagination fertile...

Ce poteau était un chef-d'œuvre...

Les vents venant le plus souvent de la pleine mer, le patient qui y était adossé recevait en plein visage le souffle déchirant et glacé...

On le plaçait debout, regardant la mer, le dos au poteau. Puis on lui relevait, par force, les bras en arrière, jusqu'à ce que ses mains touchassent le bois.

On le serrait par le milieu du corps avec des cordes. On lui attachait les jambes à des lanières qui étaient retenues à des crochets de fer.

Ce n'était pas tout.

Les bras étant relevés comme nous avons dit, les pouces des deux mains étaient joints par une corde fine, strictement serrée, de façon que ces pouces se croisaient...

Puis cette corde était fixée à un énorme clou, qu'on déplaçait à volonté. Car songez bien à ceci :

C'EST ÇA, LE GOUVERNEUR!

Il ne fallait pas seulement que le condamné fût aveuglé, torturé par le souffle de la mer...

Il ne fallait pas seulement que tout mouvement lui fût impossible et qu'il subît aux côtes et aux cuisses la souffrance des cordes.

Il ne fallait pas seulement que les pouces comprimés ressentissent une douleur qui se propageait jusqu'aux fibres les plus intimes de l'être...

Non, tout cela ne suffisait pas...

On avait imaginé de placer le clou de suspension de telle sorte, à telle hauteur, que le poids du corps tout entier pesât sur ces deux malheureux doigts, dont les phalanges s'étiraient, craquaient...

C'est hideux !... c'est vrai !... et le bourreau, souriant aux Tuileries, disait aux Français vautrés à ses pieds :

— Je veux être digne de la nation en maintenant la Constitution que j'ai jurée !...

Et pendant ce temps-là, un homme était pendu à ce poteau, son sang jaillissait de ses doigts... il étirait ses pieds pour toucher le granit...

Et M. Adhémar de la Cloîtrerie, ayant suivi un sentier étroit, creusé par le génie, s'arrêtait devant lui et disait en le désignant de sa canne :

— C'est ça, le 93 !

L'homme qui était au poteau répondit :

— C'est ça, le gouverneur !

III

TRAVAIL PAYÉ

Cette insolente réplique : « C'est ça, le gouverneur ! » avait sifflé aux oreilles de M. de la Cloîtrerie comme un claquement de fouet. Il s'était arrêté, stupéfait, croyant avoir mal entendu... et machinalement, il s'était tourné vers les deux soldats qui l'accompagnaient comme pour leur donner ordre de faire feu.

Mais, réfléchissant soudain à son but immédiat, il reprit son attitude d'une dignité rogue et regarda en face celui qui avait osé lui répondre...

C'était un être chétif, petit, si maigre que sur son torse nu (on ne laissait au condamné que sa chemise pour que les âpretés de la mer pussent mordre toute sa chair) on aurait pu, selon l'expression consacrée, compter les côtes...

Sur les bras, étirés en l'air, les muscles faisaient saillie comme des cordes. On eût dit, tant la tension était forte, qu'ils étaient prêts à se briser. Et les pouces, broyés par les liens, ressemblaient — comparaison vraie, et qui par conséquent n'est pas grotesque — à deux têtes de champignons noirs.

Ce corps malingre, torturé, devait épouvantablement souffrir; d'autant qu'en raison de la petite taille du personnage, les mains étaient suspendues si haut que les pieds touchaient à peine la pierre du bout des orteils...

Et pourtant ce visage, au nez pointu, affiné comme un bec, aux pommettes saillantes et violacées, ce visage ressemblait au masque de la raillerie.

Les yeux, petits, éclataient de malice et de défi...

— Tu as encouru une punition? demanda M. Rageot, qui feignit de n'avoir pas entendu la réplique plus que cavalière dont il avait été gratifié.

— Ça se voit, il me semble! repartit l'autre. Si vous croyez que je suis là pour mon plaisir!

— Assez! pas d'insubordination! Tu es mécanicien?...

L'adjudant parlait très vite, voulant à tout prix éviter d'être détourné du but de son excursion.

— Ici, je ne suis rien... un forçat!...

— Politique? insinua M. Adhémar.

— Possible...

— Ecoute... si tu es, comme on me l'a dit, un habile ouvrier, je pourrai te faire grâce de ta peine...

— Me faire grâce?... il faudrait d'abord que je l'eusse méritée!...

M. de la Cloîtrerie bouillait littéralement. En vérité, il allait ne pas lui être possible de retarder plus longtemps l'explosion...

Le condamné — sans le savoir peut-être — vint à son aide :

— Enfin, dit-il, vous me voulez quelque chose?... Quoi?... Puisque je ne suis pas encore assommé de coups de corde, c'est qu'on a besoin de moi...

— Tu ne perdras rien pour attendre, pensait l'adjudant.

Il se tourna vers un des soldats :

— Détachez cet homme!... dit-il.

La chose était facile, les cordes étaient maintenues derrière le poteau par des morceaux de bois auxquels le condamné ne pouvait atteindre, mais qui cédaient au moindre effort.

L'autre, toujours très calme, les yeux fixés sur l'adjudant, gardait aux lèvres son sourire gouailleur.

— Ouf! fit-il quand ses liens tombèrent.

Il regarda ses pouces tuméfiés.

— Bon! fit-il. Ça me rappelle qu'il y a bien longtemps que je n'ai mangé des truffes...

— Suis-moi! dit l'adjudant.

— Vous êtes bien bon pour moi, mais si par la même occasion vous voulez me prêter vos jambes...

En effet, ses membres horriblement las refusaient à le soutenir.

— Portez-le ! ordonna M. de la Cloîtrerie.

Les deux soldats — habitués à l'obéissance passive — désarmèrent leurs fusils, les croisèrent, assirent le patient sur ce brancard improvisé, et se mirent en marche :

— En voilà une veine ! fit l'autre. On voiture monsieur ! et il se plaint ! dites donc, amis militaires, si nous nous en allions tout doucettement comme ça jusqu'en France...

— Silence ! ou je te remets au poteau ! cria M. de la Cloîtrerie qui ne se dissimulait pas quelle atteinte profonde recevait son autorité...

— Vous ne voudriez pas ! répondit l'incorrigible personnage. Après que je vous aurai rendu service... je ne dis pas !...

L'adjudant qui marchait en avant eut aux épaules un mouvement brusque qui ne présageait rien de bon.

L'autre ricana plus fort et dit à mi-voix :

— Bah ! j'en ai vu bien d'autres !...

Traversant le camp, le condamné adressait à droite et à gauche de petits saluts amicaux.

Il y avait là un groupe de détenus de l'île du Diable qui avaient été appelés provisoirement à l'île Royale pour affaire de service ; ils virent celui que les soldats emportaient, et l'un d'eux lui fit de la main un signe d'interrogation :

— As pas peur, vieux ! cria l'autre. J'ai la vie dure !...

Maintenant, M. Adhémar courait. Il lui tardait d'en avoir fini et de se débarrasser de cette patience forcée qui lui pesait au cerveau comme une livre de plomb...

Il franchit en quatre bonds l'escalier qui conduisait à son cabinet, et en ouvrit la porte d'un coup de pied.

Les soldats déposèrent leur fardeau humain.

L'adjudant ne pouvait parler, tant la colère lui serrait la gorge. D'un geste brutal, il indiqua la caisse.

L'autre était debout maintenant et regardait toujours ses pouces avec un rire muet.

— Regarde cette caisse, dit enfin M. de la Cloîtrerie, et dis si tu peux l'ouvrir.

Le condamné leva les yeux sur lui :

— Tiens ! faut forcer des tiroirs !... ça n'est pas ma partie... Je suis traité comme un bonapartiste, mais je n'en suis pas un... vous avez votre monde !

M. Adhémar bondit... il saisit un pistolet, et approchant le canon si près du front de l'homme, qu'il devait sentir le froid du métal :

— Si tu dis encore un mot, misérable, je te brûle la cervelle !...

L'autre continua à le regarder en face et dit :

— Tirez !

Mais, au même instant, un officier parut à la porte et, la main au képi :

— Mon commandant, dit-il, la vigie signale un navire venant de France...

M. de la Cloîtrerie tressaillit. Pâlissant jusqu'à la lividité, son visage prit l'apparence dure de la pierre. Il baissa l'arme, la mit dans sa poche, puis s'adressant au prisonnier :

— Ecoute, dit-il, si tu peux ouvrir cette caisse immédiatement, tu seras renvoyé sans punition...

Le condamné, aussi froid que si tout à l'heure il n'eût pas été en danger de mort, resta un moment immobile, puis, d'un pas lent, il alla vers la caisse.

Il se baissa et l'examina attentivement...

M. de la Cloîtrerie, dans le paroxysme de son impatience, se mordait les lèvres avec une telle violence qu'on voyait au bout de ses dents des traces rougeâtres.

Cependant il ne faisait pas un mouvement, n'esquissait pas un geste.

L'autre continuait son examen. Mais peu à peu l'expression d'une indicible surprise se peignait sur son visage. Un instant il se retourna, comme s'il eût été prêt à adresser une question. Mais il se tut.

Quelques minutes s'écoulèrent encore.

— Qu'on me donne une lime, un fil de fer assez fort et un clou à crochet, dit-il enfin d'un ton bref.

— Vous avez entendu, dit M. de la Cloîtrerie à son secrétaire ; qu'on se hâte ! j'attends !...

L'autre dit encore, sans regarder personne :

— Un papier... un crayon...

L'adjudant répondit :

— Là, sur mon bureau...

— Bien ! fit le condamné.

En ce moment, son visage se trouvait transfiguré ! L'expression d'implacable raillerie avait fait place à une sorte de concentration attentive. Il fermait à demi les yeux comme s'il cherchait à se souvenir.

Sans façon, il s'assit sur le fauteuil du commandant. Puis, appuyant son front sur sa main, il se mit à tracer des lignes. En un instant, apparut sous ses doigts une sorte d'épure mécanique...

Il murmura ce mot :

— Bramah !...

— Voici les objets demandés, dit le secrétaire en déposant sur le bureau les outils réclamés

Le prisonnier y jeta un regard et dit :

— C'est bien ! attendez !...

M. de la Cloîtrerie crispait ses poings ; et pourtant je ne sais quelle pudeur clouait sur ses lèvres les imprécations menaçantes prêtes à s'en échapper.

Enfin l'autre se leva, prit le fil de fer, le tordit en forme de crochet, et s'avança vers le coffre.

Ses yeux brillaient maintenant d'un éclat singulier.

Avec un soin méticuleux, il glissa le fil de fer dans l'ouverture microscopique, qui donnait entrée d'ordinaire à la clef miniature. C'était un cruel moment d'angoisse pour le sous-gouverneur, qui se demandait si tout cela n'était qu'un jeu.

Ce qui le surprenait surtout, c'était cette docilité subite.

L'autre travaillait, l'oreille tendue, retenant son haleine ; comme il ne pouvait se servir de ses pouces, il tenait ses instruments entre l'index et le médius.

On n'entendait rien.

Cependant au bout de deux minutes à peu près, la porte de la caisse glissa dans ses rainures...

— Clavery et Cⁱᵉ, s'écria le mécanicien, j'en étais sûr !...

Mais déjà M. de la Cloîtrerie s'était élancé vers la caisse, et le repoussant violemment avait saisi une liasse de papiers...

Et alors se retournant, adossé au coffre comme s'il eût eu peur qu'on ne le refermât :

— Emparez-vous de ce misérable, dit-il, livrez-le aux gardes-chiourme... dix coups de corde et douze heures de poteau !...

L'autre se redressa, et éclatant de rire :

— Vous gênez donc pas ! si vous avez encore de l'ouvrage... au même prix...

Mais déjà on l'entraînait...

M. de la Cloîtrerie compulsait vivement ces fameux papiers qu'il retrouvait à la dernière minute.

Tout à coup, se tournant vers son secrétaire :

— A propos, savez-vous le nom de ce misérable 93 ?...

— Oui, mon commandant... c'est un nommé Étienne Rabolet !... On l'appelle ordinairement Titi !

— Je m'en souviendrai, grinça l'adjudant, qui se remit au travail...

Pendant ce temps, les soldats poussaient dehors celui qu'on venait d'appeler Titi Rabolet. On eût dit un mort. S'il avait retrouvé toute son énergie corporelle et intellectuelle pour accomplir la tâche qui lui était imposée, et qu'il aurait refusé d'exécuter si quelque souvenir soudain n'avait traversé son cerveau, — cette force passagère l'avait tout à coup abandonné, et, si on ne l'eût soutenu, il se serait affaissé sur les marches de la Commanderie...

Ses lèvres pâles n'avaient plus de sang. Une sueur froide coulait de son front, et un tremblement convulsif le secouait tout entier.

A ce moment, le chirurgien passait. Voyant cet homme que ces soldats tentaient encore d'emporter, il s'approcha rapidement.

Il poussa un cri de surprise.

— Où conduisez-vous cet homme? demanda-t-il.

— A la bastonnade...

— Vous avez dit?

— Ordre du commandant...

— C'est impossible! Quelle faute a-t-il commise?...

— Nous n'en savons rien, nous!...

Voyant le groupe, quelques officiers s'étaient avancés.

— Messieurs, dit le chirurgien, cet homme vient d'être condamné à la bastonnade... le frapper dans cet état, c'est le tuer!...

Un capitaine, aux moustaches grises et à la mine énergique, laissa échapper un violent juron :

— Parbleu! je reconnais bien là le Rageot (le surnom que lui avait donné Titi avait fait le tour du pénitencier)... Eh bien, docteur, puisque vous affirmez qu'il est malade...

— Mais voyez vous-même!...

— C'est tout vu!... Pauvre diable!... et un politique encore!...

Le capitaine avait son franc parler.

— Je prends sur moi de m'opposer au châtiment de ce malheureux... Chirurgien, je vous le confie...

Titi releva tout à coup la tête. Il avait entendu, et, encore une fois, la force de sa volonté le ressuscitait.

— Nom d'un pétard! dit-il. Voilà de braves gens! Ça change! Tiens! le capitaine Lambert... Je vous connais, mon officier, vous n'êtes pas dur, vous! Ça vous sera compté!...

— Assez causé! fit l'officier en tortillant sa moustache. Qu'on le mène à l'hôpital.

Titi poussa une exclamation :

— Pas de ça Lisette! de grâce, j'en veux pas!... je ne suis pas malade! tenez, ça m'amuse! Savez-vous pourquoi je vais recevoir des coups de corde?... faut que je vous conte ça.

— Mais taisez-vous donc! lui dit le chirurgien se penchant vers lui.

— Faut que je parle... C'est le Rageot... qui m'a demandé un service... et qui me l'a payé en me condamnant... Pas vrai, les militaires?

Les soldats se turent. Le capitaine les interrogeait du regard, un signe lui répondit. C'était vrai !

— Gredin ! murmura l'officier.

Mais au même instant, M. Adhémar de la Cloîtrerie parut sur le perron de la commanderie. Il était en grand uniforme, se disposant à aller sur la levée, au-devant du navire attendu.

Le poste porta les armes...

Le capitaine alla à lui, et ce vétéran des guerres d'Afrique se porta, droit sur son passage, la main au képi.

— Commandant, dit-il d'une voix brève, il y a là un homme que vous avez condamné à la bastonnade... le chirurgien déclare qu'il est mourant...

— Capitaine, répondit sèchement M. de la Cloîtrerie, veuillez vous rendre aux arrêts... vous les garderez pendant vingt-quatre heures.

Le capitaine Lambert eut un éclair dans les yeux...

Mais avant qu'il eût trouvé une réponse, concordant avec la discipline, M. de la Cloîtrerie était passé.

Il arriva devant le groupe, formé par Titi, les soldats et le chirurgien. Celui-ci avait entendu les quelques paroles échangées entre l'adjudant et le capitaine, mais, fort de sa responsabilité et de son devoir, il allait prendre à son tour la parole...

Mais tout à coup il se tut...

Titi s'était redressé, et debout, les bras croisés, la tête haute, les yeux brillants d'insolence, il regardait passer son bourreau.

L'adjudant devint livide, et passant :

— Quinze coups de corde, dit-il.

Le chirurgien fit un geste... mais Titi lui posa la main sur le bras et lui dit :

— Laissez-donc !... ça se paiera en bloc !

Puis s'adressant aux soldats :

— Allons, camarades ! avec des bonnes paroles comme ça, on se sent tout réconforté...

Et d'un pas ferme, entre les deux soldats, il s'éloigna...

C'était un forçat qui faisait l'office d'exécuteur. On le trouva facilement au bagne, et Titi fut amené dans la cour, qui donnait sur la mer...

On comprend que ces formalités étaient promptement remplies. L'ordre du gouverneur ne se discutait pas. Le chirurgien l'avait suivi, mais craignant peut-être qu'une nouvelle intervention ne fût plus nuisible qu'utile à celui dont il ne pouvait s'empêcher d'admirer le courage ; il se tint à l'écart, regardant...

Lorsque Titi avait été détaché du poteau, on avait jeté sur ses épaules sa veste de galérien.

— CE MALHEUREUX SE MEURT! JE VOUS DÉFENDS DE LE FRAPPER

Le lieu des exécutions était justement à l'extrémité de la rive. Là, le patient était attaché à un banc, le visage tourné vers la pleine mer.

Le bourreau, debout, le bras nu, tenait à la main une énorme corde goudronnée, attendant le signal.

Titi, d'un geste presque solennel, rejeta la veste qui tomba à ses pieds, et on vit son dos lézardé de cicatrices.

— Vous regardez le damier ! fit-il. Bah ! on pourra bien encore y faire sa petite partie...

Puis, étendant le bras, il s'allongea de lui-même sur le banc... sa face maigre avait pris la rigidité du marbre... seulement ses sourcils froncés indiquaient l'énorme concentration de volonté qui constituait la force de résistance de cet être en apparence si malingre...

Un argousin fit un signe.

La corde siffla dans l'air et claqua sur le dos du condamné.

— Un, dit Titi.

Puis il dit : Deux ! trois ! quatre !...

Sa voix ne se modifiait pas. Elle ne dégénérait pas encore, elle restait calme.

— Cinq ! six ! sept ! huit !...

La corde s'abattit encore une fois...

Mais on n'entendit plus la voix de Titi. Il n'avait pas dit : Neuf !

Le chirurgien s'élança, écarta le bras de l'exécuteur, et se penchant vers le banc :

— Ce malheureux se meurt ! Je vous défends de frapper !

Les règlements sont formels. Sur l'ordre du chirurgien, les corrections sont interrompues.

— C'est autre chose, dit l'argousin. Partie remise ! Ça se retrouvera !... pas moins vrai que c'est une rude poule mouillée...

De ses mains le chirurgien détachait le malheureux qui était immobile, raidi, les yeux creux...

Et, écartant ceux qui voulaient lui porter aide, le chirurgien se redressa puis, l'enlevant dans ses bras, l'assit à terre sur un paquet de toiles, appuyé de côté à un amas de cordes.

Puis il tira de sa poche un flacon qu'il plaça sous ses narines.

Alors Titi, doucement, laissa glisser sa main et, touchant les doigts du docteur, il ouvrit la bouche pour parler.

Mais il ne put pas... Seulement à sa lèvre, il y eut un sourire qui ne raillait plus...

A ce moment, un coup de canon retentit en mer... un nuage blanc parut et s'éleva dans l'air...

Alors Titi retrouva la voix ; et malgré lui, éclatant en sanglots, dit ce seul mot :

— France !

IV

OU TITI SE CONTIENT

Dans ces régions lointaines où battent des cœurs français, où, à l'exception de quelques ambitieux qui ne songent qu'à plaire au maître, tous sont des soldats, des colons, d'honnêtes gens qui, par obéissance ou par volonté de travail, sont retenus loin du sol natal, l'arrivée d'un navire venant de la patrie est un événement à la fois doux et solennel...

Depuis l'instant où le panache de fumée, émergeant à l'horizon de la ligne du flot, a révélé sa présence, les cœurs battent plus vite ; on se tait, on se sent oppressé...

Hélas ! à ce moment nul ne songe que ce sont de nouveaux condamnés, de nouvelles victimes que les bourreaux de là-bas jettent à ce terrible minotaure qui s'appelle la fièvre jaune.

Mais on ne voit, on ne salue, on ne baise du regard que cette flamme tricolore qui, secouée par le vent au faîte du mât, semble le mouchoir d'une femme, annonçant son arrivée. Cette flamme, c'est la France.

Toutes les pensées se portent vers elle. Que de tableaux surgissent soudain dans la mémoire, dans l'imagination de tous ces exilés. Celui-ci voit la rue où peut-être à cette heure passent le père ou le frère, cet autre le sentier conduisant au hameau où se hâte la jeune fille qui a promis d'attendre.

Il y a des larmes dans tous les yeux, un gonflement à tous les cœurs. La France est si loin ! Il semble qu'un morceau de la patrie se soit détaché de la grande masse et vogue, entraîné par le courant, vers cette autre portion d'elle-même qu'on nomme la colonie...

Certes, ni M. Adhémar de la Cloîtrerie, ni les gardes-chiourme, choisis par la main expérimentée du Bonaparte, n'éprouvaient ces émotions humaines.

Pour eux c'était une cargaison qui arrivait, rien de plus. Ce n'étaient pas des hôtes qu'ils allaient recevoir, mais des captifs auxquels ils allaient ouvrir leurs geôles.

Et si par un miracle de vision morale, quelqu'un avait pu lire dans tous les cerveaux, combien plus émues, plus touchantes lui eussent apparu les pensées que cette heure faisait éclore dans le crâne des forçats de droit commun, assassins et voleurs.

C'est que chez le criminel il reste toujours quelque chose de l'homme.

Chez le bourreau politique, il n'est plus rien que la bassesse et le cynisme.

M. Adhémar était ému, lui aussi. Parbleu !... il sentait grandir sa responsabilité. On lui avait annoncé des forçats et des politiques. Des premiers il se souciait peu ! Mais des politiques ! songez-y donc !... S'il allait ne pas être assez dur, assez brutal, assez bonapartiste !

Puis il y avait un courrier sur ce navire, apportant des sacs bondés de dépêches ministérielles. Qu'y avait-il sous ces plis larges, à cachet bleu ? Des éloges, des blâmes ! de l'avancement ou une destitution !... C'était effrayant !...

Cependant, aux ordres donnés, les travailleurs étaient accourus sur le port. Toutes mesures étaient prises pour le débarquement. La troupe sous les armes s'apprêtait à saluer le pavillon, les canons du fort allaient jeter l'explosion de bienvenue...

Fiévreux, M. de la Cloîtrerie, les bras croisés derrière le dos, flatterie involontaire à l'adresse de l'oncle du pourvoyeur de Cayenne, se promenait avec agitation sur le petit môle qui dominait la rade.

Puis, s'arrêtant, il braquait sur le navire la longue-vue qu'il maniait avec des gestes majestueux...

La frégate avançait. Le temps était calme, le vent aidait aux manœuvres. Une heure s'était à peine écoulée depuis que le navire avait été signalé, quand les salves d'artillerie célébrèrent son entrée dans la petite rade.

Un canot se détacha, amenant vers la rive le capitaine et son second.

M. de la Cloîtrerie s'était avancé jusqu'au bas de l'échelle, attachée au roc, qui plongeait sur la mer...

L'entrevue des deux officiers fut cordiale.

Le capitaine était un de ces rudes marins qui aiment la mer parce que c'est une forte lutteuse contre laquelle il leur plaît de combattre.

Mais dès ses premiers mots il déplut à M. de la Cloîtrerie.

Voici comme :

— Sacrédié ! commandant, fit-il, je suis heureux d'être arrivé !...

— Croyez bien que de mon côté, capitaine, je suis fier de vous recevoir...

— Oh ! il n'est pas besoin d'être si fier !... vous voyez, commandant, un marin qui n'a guère raison lui-même de montrer trop d'orgueil...

— Que dites-vous, capitaine ? Vous, dont les services...

— Mes services, commandant, auraient dû plaider ma cause auprès du ministre de la marine et m'éviter la plus ignoble corvée que j'aie reçue de ma vie...

— Je ne vous comprends pas...

— Vous ne savez donc pas ce que je porte à bord ?

— Si fait... des condamnés...

— Justement. Cent forçats et une douzaine de déportés politiques ! Ah çà ! est-ce que vous croyez par hasard que je me suis battu, que j'ai gagné la balafre que voici et la croix que voilà pour finir ma carrière en rat de prison ! Tonnerre !... je ne sais ce qui m'a retenu de briser mon épée, plutôt que d'accepter ce rôle répugnant...

— Mais, capitaine... des forçats !...

— Des forçats !... eh bien ! est-ce que ça n'est pas des hommes comme les autres ?... Est-ce que tout cet attirail de fers, de chaînes n'est pas hideux ?... et cette consigne ?... feu au moindre mouvement !...: J'ai l'habitude, moi ! de ne tirer que sur ceux qui peuvent se défendre.

M. de la Clottrerie pinçait les lèvres de façon singulière.

Il n'aimait guère, ce bourreau courtisan, les allures trop indépendantes. Peu s'en fallait qu'il ne traitât *in petto* le capitaine de démagogue.

Mais il avait en réserve un dernier argument qui devait — du moins, le pensait-il — changer le cours des idées de ce libéral.

— En effet, dit l'adjudant avec un sourire, je reconnais, capitaine, que pour les détenus de droit commun, les traitements pourraient être singulièrement adoucis... mais pour les autres !...

— Quels autres? demanda brusquement le capitaine.

— Ne m'avez-vous pas dit que vous aviez à bord des politiques?

— Eh bien !

— Ceux-là sont des ennemis de l'ordre... de l'empereur !

— Eh bien ?...

— Comment ! eh bien ?...

M. de la Cloîtrerie était littéralement ahuri.

Le capitaine le regarda en face. Puis :

— Pardonnez-moi, mon commandant. Mais il me semble que, s'il est révoltant de torturer des assassins ou des voleurs, il est honteux cent fois plus encore de torturer des hommes qui n'ont rien fait...

— Qui n'ont rien fait ?... des hommes qui sapent les bases de la société ?...

Cette fois, M. Adhémar de la Cloîtrerie reçut en plein visage un coup d'œil qui n'avait rien d'amical. Et le capitaine, lui tournant très franchement le dos, ajouta à voix haute :

— Il est temps, je crois, de presser le débarquement...

L'adjudant avait bien vu, bien compris. Ce capitaine-là pouvait être tranquille !... Il aurait son petit dossier... et envoyé en France à la première occasion.

Ah ! tu t'avises d'avoir pitié des politiques ! tu ne bondis pas d'horreur à la seule pensée qu'on n'adore pas ton empereur ! cela te coûtera plus cher que tu ne crois !

Du reste, le capitaine semblait fort peu soucieux de l'opinion de son supérieur, et il donnait les ordres nécessaires pour que les prisonniers fussent amenés à terre le plus promptement possible...

Sur la jetée deux pièces de canon, prêtes à faire feu, commandaient le passage par lequel ces malheureux allaient arriver à l'île Royale. Au premier pas, menace de mort.

Les barques abordèrent. Et par vingtaine les forçats débarquèrent.

Chose singulière et qui accentua fortement l'irritation de la Clottrerie. Comme le capitaine était debout sur la levée, personne ne passa devant lui sans porter la main à son bonnet. Et, à leur mouvement, on devinait qu'ils n'obéissaient pas à une consigne forcée, mais bien à un sentiment spontané.

Une seule barque restait encore en arrière.

Le capitaine fit un pas en avant comme pour se rapprocher plus encore.

Elle contenait douze hommes. Ceux-là aussi portaient le costume infâme des forçats... mais quand le premier d'entre eux mit le pied sur la marche de pierre, le capitaine lui rendit son salut...

Ainsi pour les onze autres.

Ceux-là étaient les politiques, les uns venaient de Lambessa, les autres du fort Lamalgue, les autres de Corte.

Ils avaient été triés entre les plus *dangereux*. Il y avait des vieillards qui avaient donné à la République leur vie jusqu'à l'heure suprême et qui ne songeaient point à trahir leur serment... des hommes faits qui portaient vigoureusement les souffrances du passé et étaient prêts à subir celles de l'avenir.

Pas d'arrogance, pas de forfanterie. Le calme, dirons-nous même l'indifférence. Ils sentaient toujours sur eux la main du Bonaparte. C'était assez pour qu'ils conservassent toujours et quand même l'énergie du mépris.

C'était pour M. de la Clottrerie le moment de se montrer.

Dès qu'ils eurent franchi la limite qui les livrait à lui, dès qu'ils lui appartinrent, le capitaine étant dégagé de toute responsabilité par la livraison de sa « cargaison », l'adjudant s'avança à son tour au-devant des politiques.

— Pourquoi ces hommes sont-ils en retard?... Que les forçats s'arrêtent et attendent.

L'un d'eux leva la tête et regarda le commandant. Tous l'imitèrent.

Ce fut comme une commotion électrique qui passa dans toutes ces consciences. Ils devinèrent un ennemi. Mais en même temps ils se sentirent prêts à la résistance ..

Ils passèrent sans saluer...

D'un revers de main, M. de la Cloîtrerie abattit le bonnet de l'un d'eux...
C'était un vieillard, au visage émacié.

Sans s'émouvoir, il se baissa, ramassa son bonnet, et d'un jet vigoureux, le lança à la mer...

L'adjudant devint livide, mais il se tut. Il lui plaisait d'être bravé. C'était prétexte à violences..

Forçats et politiques furent conduits au bagne.

Titi était resté affaissé sur le tas de voiles où l'avait déposé le chirurgien. Immobile, il semblait frappé de stupeur. Et même, il avait deux grosses larmes roulant le long de ses joues.

Nul ne prenait garde à lui... deux mètres à peine le séparaient de la mer...

Mais voici qu'au moment où les nouveaux arrivants pénétrèrent dans la vaste cour, Titi, sollicité par le bruit, tourna la tête. D'un coup d'œil, il parcourut les rangs...

Tout à coup, une sorte de râle sourd et rauque sortit de sa poitrine... les paupières grandes ouvertes, les pupilles dilatées, il regardait... quoi donc?

Il fit un mouvement comme pour s'élancer en avant...

Puis une contraction convulsa son visage. Évidemment, il faisait un effort surhumain pour résister à je ne sais quel désir fou qui le tenait au cerveau...

Quel que fût ce désir, il le contint en lui-même.

Seulement se laissant glisser à terre, les yeux toujours fixés sur les forçats, il rampa sur le sol, atteignit le bord...

Un instant après, la mer se refermait sur lui...

Nul n'avait pris garde à sa disparition.

V

NOUVEAUX VENUS

L'île du Diable n'est à vrai dire qu'un îlot, et encore de la plus petite dimension.

A peine a-t-il trois kilomètres de tour, et compte-t-il cinq cents mètres dans sa plus grande largeur.

Lorsque les premiers déportés y furent jetés, cette petite masse terrestre disparaissait complètement sous une végétation luxuriante. Les siècles y avaient nourri des arbres magnifiques, dont l'essence vigoureuse résistait aux vents et aux tempêtes.

A l'époque où se passent les scènes que nous racontons, l'îlot était presque totalement dénudé. Et des hautes futaies, à peine restait-il quelques rares spécimens, dont la tête orgueilleuse jaillissait pour ainsi dire au milieu des basses broussailles.

D'où venait ce changement de physionomie? De ceci :

Sur cette île de liberté, la captivité avait passé, et avec elle, la volonté de l'évasion.

Les transportés, en face de ces plantations robustes, de ces troncs solides, avaient aussitôt conçu la pensée de construire des canots, pour gagner la côte. L'abatage avait suivi le défrichement. Mais par contre, l'administration jugeant que la nature offrait elle-même une trop violente tentation aux audacieux, prêts à risquer la mort pour échapper aux geôliers de Bonaparte, avait aussitôt ordonné un abatis général, sous prétexte de construction de cases. Ce fut une dévastation complète.

Les cases construites, les déportés, tenaces dans leurs désirs, les démolirent pour construire encore une fois des canots et des radeaux. Et ainsi de cette lutte entre les prisonniers et leurs gardiens le résultat fut bientôt la nudité de l'île.

A peine si quelques bouquets de bois avaient été épa rgnés. Mais telle est la puissance de production de cette terre, que le sol disparaissait sous la verdure. Les détenus étaient hommes industrieux et courageux : grâce à l'initiative des condamnés politiques, en quelques années l'île ne présentait plus un seul morceau de terre inculte.

Si bien qu'en 1855 les détenus, à très peu d'exceptions près, étaient autorisés à loger dans leurs cases particulières et n'avaient à répondre qu'à un seul appel...

Trois jours s'étaient passés depuis les scènes que nous avons rapportées dans notre précédent chapitre.

Des douze détenus politiques, arrivés de France, neuf avaient été répartis dans les pénitenciers de Saint-Laurent et du Maroni. Trois seulement avaient été transférés à l'île du Diable. Etait-ce une faveur? était-ce une disgrâce? Bien fin qui pourrait connaître le motif des caprices administratifs...

Bref, ce matin-là, ces trois hommes s'étaient rendus à la Commanderie pour répondre à l'appel.

Puis, ce devoir accompli, ils s'étaient dirigés vers la côte.

Là, un entretien avait commencé entre eux.

— Dis donc, Parisien, dit l'un qui, chauve, à barbe grise, semblait un vétéran des luttes républicaines, es-tu toujours décidé à en finir?

Celui qu'on appelait le Parisien était un homme évidemment jeune, vingt-cinq ans à peine. Mais ses traits portaient l'empreinte d'une tristesse si profonde, d'une souffrance si persistante qu'on se demandait si sous cette peau

D'UN REVERS DE MAIN, M. DE LA CLOITRERIE ABATTIT LE BONNET DE L'UN D'EUX...

parcheminée, sous ce front taillé de sillons précoces, le sang coulait encore vivace.

Le Parisien tourna les yeux vers celui qui lui parlait :

— J'ai dit et je ne me dédis pas, répondit-il, la liberté ou la mort !...

Le troisième avait quarante ans. Il était d'une maigreur effrayante, son visage était d'une pâleur livide :

— Ecoutez, Parisien, et toi, Trente-Deux (ce surnom appliqué au vieillard rappelait évidemment la guerre civile de 1832), il est évident que nous ne pourrons pas vivre ici... Pour ma part, je ne veux ni ne puis recommencer une existence nouvelle... Bâtir une case, planter, élever des bêtes, tout cela me fatigue et me répugne. Donc, je dis comme vous, usons ce qui nous reste d'énergie à une tentative d'évasion... Si nous réussissons, tant mieux ! Sinon, nous aurons tout au moins reconquis le repos.

Un moment de silence suivit cette déclaration, qui résumait évidemment la pensée des prisonniers.

Trente-Deux eut un geste de violence :

— Et quand je pense que ces misérables m'ont enlevé à ma famille, à mes enfants... au moment même où je commençais à assurer leur avenir !...

— Mesure de sûreté générale, ricana l'homme pâle qu'on avait surnommé à bon droit le Squelette. Moi, j'ai déjà mes quatre ans... mais au moins, je me suis battu en Décembre...

— Je suis votre doyen, interrompit le Parisien avec un triste sourire, voici sept ans que de prisons en bagnes je finis par échouer sur ce rocher.

Les trois hommes regardaient l'horizon, du côté de la France, et tous trois pensaient à celui qui, maître de la France, avait encore peur de ceux qu'il avait enchaînés...

— Donc, évasion ! reprit le Parisien. Que ce soit notre mot d'ordre... et dès aujourd'hui occupons-nous de mettre notre projet à exécution. Je sais qu'il faut chercher à gagner les limites hollandaises... mais c'est tout. Je ne connais ni les côtes, ni le pays, ni les forêts.

— Sans parler des indigènes, ajouta Trente-Deux, qui au besoin, paraît-il, ne font qu'une bouchée des blancs qu'ils surprennent...

— Bah ! fit le Squelette, c'est toujours une sûreté pour moi... je n'ai que mes os et ils sont trop durs...

— Bon ! mais il n'en faut pas moins construire une barque...

— Voilà le hic !...

— Qui de nous trois est charpentier ? Ne répondez pas tous à la fois... Entre nous, je doute que nous puissions y parvenir...

— Mais, dit Trente-Deux, un radeau est plus facile...

— Ouais! j'ai bien peur que ce qu'on lit dans les romans ne soit pas de la plus exacte vérité...

— Et des outils!...

— Et des cordes pour assembler les bois!...

— Et le bois lui-même!...

Bref, nos trois détenus semblaient fort peu rassurés sur la mise à exécution de leurs projets.

Il est vrai de dire qu'ils se trouvaient tous trois dans une période de découragement trop facile à comprendre. La captivité use les plus résistants.

Le Parisien retrouva le premier son énergie :

— Voyons, camarades, dit-il, ne nous laissons pas abattre... Voici déjà deux jours que nous sommes dans cette île maudite, et nous n'avons même point commencé à élever les murs de notre case.

— A quoi bon? fit Trente-Deux, puisque nous voulons nous évader...

— Si nous n'entamons pas les travaux nécessaires à notre logement, autant avertir l'autorité de nos projets.

— C'est vrai!

— Nous ne bâtirons pas à chaux et à sable... mais nous bâtirons.. Savons-nous, du reste, combien il nous faudra de temps pour achever nos préparatifs et sommes-nous assez au courant des habitudes de l'administration pour savoir à quelle époque se présentera le moment favorable?...

— Le Parisien a raison, reprit le Squelette. Avant tout, il est de notre intérêt de n'éveiller aucun soupçon... donc à l'œuvre!... N'avons-nous pas d'ailleurs besoin de quelques semaines de repos... dans une quinzaine de jours, nous serons redevenus nous-mêmes, et ce qui nous embarrasse aujourd'hui nous paraîtra très simple.

— Ce que tu dis est si juste, interrompit Trente-Deux, que déjà je me sens tout honteux de nos hésitations...

— Et moi, dit le Parisien, je commence à sentir de l'appétit... Hé! c'est bon signe!...

Le Squelette avait un bissac sur son dos.

— Voilà les provisions, dit-il. J'ai regardé cela du coin de l'œil... ce n'est guère séduisant...

— Bah! cela vaudra bien toujours les gourganes du bagne...

— Et nous aurons l'avantage de manger sans avoir le répugnant spectacle de MM. les gardes-chiourme...

— Donc, je propose de nous en aller chez nous! opina Trente-Deux.

— Oh! chez nous! dit le Parisien en riant. Pour l'instant, nous avons choisi notre terrain, et planté quatre piquets... c'est un domicile peu confortable...

— C'est toujours cela !... allons !

Les détenus, dans ce rapide échange de pensées, avaient déjà reconquis une partie de leur courage.

Tous trois se levèrent et se mirent à suivre la côte.

C'était le Parisien qui avait choisi ce qu'il appelait le terrain, c'est-à-dire une langue de terre, abritée du côté de la mer par un quartier de roc, et du côté de l'île par un bouquet de bananiers.

— Voyons ! retrouverons-nous notre chemin ! dit Trente-Deux qui marchait en avant.

Au bout d'un quart d'heure, il dit en étendant le bras :

— J'y suis... nous tournons ce rocher et nous arrivons...

Mais, au moment où il franchit le point qu'il avait indiqué, il poussa tout à coup un cri de surprise, et de la main fit signe à ses camarades de se hâter.

Craignant quelque danger, les deux autres s'élancèrent en avant... mais, quand ils eurent rejoint Trente-Deux, ils s'arrêtèrent immobiles comme lui... les yeux grands ouverts...

Et de fait, il y avait, dans ce qu'ils voyaient, motif à grande et vive surprise...

Ainsi qu'ils l'avaient dit eux-mêmes, ils avaient laissé le matin, c'est-à-dire quelques heures auparavant, le terrain absolument nu... à l'exception des quatre piquets dont avait parlé le Parisien...

Et voici que, maintenant... une cabane était là, avec ses cloisons de bois solidement tressées, et avec une telle habileté que le regard ne pouvait pas pénétrer au travers.

Et avec un toit ! et avec une porte !... et ce n'était pas tout...

Sur le sommet, se dressait, comme on en voit placer par les maçons sur la maison qu'ils viennent d'achever, un petit drapeau aux trois couleurs :

— Ah çà ! c'est donc bien l'île du Diable ! s'écria Trente-Deux.

— Du bon Diable ! rectifia le Squelette...

Seul le Parisien restait pensif.

— Entrons, dit-il enfin...

Si l'étonnement de nos amis (qu'on nous permette de leur donner ce titre) avait été grand à l'aspect de cette case qui semblait en vérité élevée par miracle, ce fut bien autre chose au moment où, ayant franchi la porte, ils pénétrèrent à l'intérieur...

C'était à n'en pas croire le témoignage de ses yeux...

D'abord, ce qui frappait à première vue, c'était au milieu de la cabane une table, faite de planches bien équarries et supportée par un pied central, d'une solidité à toute épreuve...

Et sur cette table... ô souvenirs de Gamache ! des patates cuites, dans une large courge, et, prodige véritable ! fumantes comme si elles fussent sorties du poêlon d'une cuisinière!... et dans une corbeille de jonc, des œufs!... et sur un plat de faïence, des tomates!...

Enfin un vase rempli d'une eau fraîche et claire!... et, tout auprès, une miche de pain presque blanc!...

Autour de la table, trois sièges faits chacun d'un bloc de bois.

Aux coins de la case, trois couchettes... avec matelas de varech...

Au fond, en face de la porte, une sorte de buffet, de crédence, de console, — un meuble de forme fantaisiste — mais dont les rayons supportaient des ustensiles de cuisine, des verres, une petite lampe...

Et tout cela disposé avec je ne sais quel goût — oserons-nous dire avec quel chic — plus surprenant encore peut-être que le fait en lui-même...

Mais où le prodige prit des proportions fantastiques, ce fut quand Trente-Deux, qui plus hardi que les autres avait tourné autour de la table, découvrit un foyer, habilement ménagé contre une des cloisons, avec tuyau portant la fumée à l'extérieur...

Et sur le feu de cendres, un pot de terre d'où s'exhalait une odeur à laquelle un Français ne pouvait pas se méprendre...

L'odeur du café!...

Pour le coup, c'était une excursion à travers le pays des rêves.

Les trois hommes se regardèrent, interdits, on pourrait presque dire inquiets. Ainsi des enfants pauvres devant une boutique de jouets qu'on les autoriserait à mettre au pillage...

Puis ils tournèrent les yeux de tous côtés comme s'ils se fussent attendus à voir surgir tout à coup de quelque coin un gnôme ou un lutin.

Le Squelette se pencha vers les patates, huma et clapa de la langue. Trente-Deux toucha le pain... puis avec un geste de décision :

— Ma foi! qui que ce soit qui fasse les honneurs, nous aurions mauvaise grâce à refuser...

— Mais tout cela nous est-il destiné? demanda le Parisien.

— Et à qui donc?... tant pis... Cet heureux spectacle m'a ragaillardi, fit Trente-Deux, et je m'assieds...

Il s'installa, mais en même temps. il s'écria :

— Tenez! voici un billet qui nous fera connaître le mot de l'énigme...

Il venait de trouver sur la table un morceau de papier soigneusement plié.

— Et à ton adresse! ajouta-t-il en tendant le pli au Parisien.

En effet, le billet portait ces deux mots :

« Au Parisien. »

Celui-ci l'ouvrit et lut :

« A-compte. »

C'était tout.

Le Parisien montra le bulletin à ses amis.

— Parbleu ! fit le Squelette, tu ne nous avais pas dit que tu eusses des débiteurs à l'île du Diable !...

— En tous cas, ils s'exécutent vaillamment, ajouta Trente-Deux, et, ma foi, puisque nous sommes — ou plutôt puisque tu es l'objet de restitutions anonymes — comme messire le Trésor — je ne vois que ceci à faire... profiter et le plus tôt possible, de ces alouettes qui nous tombent toutes rôties...

Le Parisien hésita encore un instant. Puis, avec un geste de résolution :

— Comme vous voudrez !... aussi bien, nous avons à causer...

— Bien ! mais après le repas, car en vérité je ne me suis pas senti de longtemps un pareil appétit.

C'était d'ailleurs de vrais mets de sybarites. Et cela était préparé avec une habileté qui eût fait honneur à un cuisinier émérite. Le pain était excellent, l'eau claire et fraîche. Les trois condamnés se laissaient aller peu à peu à ces jouissances oubliées. Et puis, faut-il tout dire ? dans l'arrangement de cette case improvisée, dans la disposition de tous ces objets si simples, il y avait comme un parfum de France qui les saisissait et les enivrait pour ainsi dire... On se serait cru dans un de ces modestes logis d'ouvriers, où la ménagère sait, avec son ordre exquis et son goût inné, donner à un rien une apparence de confort...

Mais où fut le triomphe, le sublime, ce fut le café !...

Il avait été fait au filtre, à la Parisienne. Et pour qu'on n'en pût douter, il y avait à côté du foyer un moulin et un filtre, non point de ces engins confectionnés à la mécanique qu'on trouve dans tous les bazars, mais de véritables chefs-d'œuvre de patience et d'habileté, faits au couteau, avec une persévérance de bénédictin.

Et ce café était exquis...

— Ma foi ! dit le Squelette, pour se croire en plein Paris, sur le boulevard, il ne manquerait plus que des...

Il n'acheva pas.

Par une des ouvertures de la case, un paquet enveloppé de feuilles de bananier venait de tomber sur les genoux du Parisien, et comme dans la chute la feuille s'était écartée... ils virent... quoi ? une demi-douzaine de cigares !...

La féerie se corsait.

D'un bond le Parisien s'était élancé vers la porte ; puis, rapide, il faisait le tour de la case... mais, baste ! le lutin s'était évanoui ! rien... pas une trace !... cela tenait des Mille et une nuits ou des Contes de Perrault... On n'avait même plus le temps de formuler un souhait. C'était plus fort que dans toutes les légendes, où il faut crier au diable avant qu'il daigne venir acheter votre âme.

Ici, il payait d'avance et ne demandait rien! Décidément, c'était un bon diable... et qui valait tous les anges possibles.

Le Parisien revint vers ses amis.

— Eh bien? demanda l'un, as-tu mis la main sur l'indiscret?

— Non... cela tient du prodige...

— Ce qui n'empêche pas le café d'être excellent... et le cigare d'un choix très acceptable... Maintenant, Parisien, si tu veux causer, nous sommes tout oreilles...

Celui-ci passa sa main sur son front. Puis :

— En vérité, dit-il, j'ai peur de vous paraître fou!...

— Bah! après ce qui nous arrive, rien ne peut nous étonner. Est-ce que par hasard tu aurais entendu parler du bon diable?...

— Oui... je vous l'avais caché, croyant à une hallucination causée par la fièvre... mais je suis tenté de croire que je n'ai pas rêvé...

— A vrai dire, ce café n'a point l'air de venir du pays des songes... et cette case ne paraît pas devoir s'en aller en fumée...

— Ecoutez-moi donc! vous savez que, dès notre arrivée, ce commandant brutal...

— Qu'on a surnommé Rageot, à ce qu'il paraît, et qui mérite bien son sobriquet!

— Ce geôlier, ambitieux de prouver son dévouement à nos persécuteurs, nous a fait jeter, sous je ne sais quel prétexte, sur le ponton qui est amarré dans la rade de Cayenne...

— Et nous y serions encore, sans l'intervention du gouverneur de la colonie...

— Vous n'avez pas été surpris de cette prompte intervention... d'un officier supérieur que nous ne connaissons pas?...

— Il y a longtemps que les caprices de ces messieurs ne m'étonnent plus, dit le Squelette. Ils sont mauvais ou bons, meilleurs ou pires, selon que le vent souffle d'ici ou de là, voilà tout.

— Eh bien! ce n'est pas mon avis... je crois qu'il y a autre chose...

— C'est possible... raconte...

— La nuit que nous passâmes sur le ponton fut atroce... Enfermés dans le faux pont, enchaînés comme des galériens, nous étions étendus dans l'ordure et la vermine... Pour mon compte, j'étais en proie à une fièvre intense qui éloignait le sommeil... je me disais que de pareilles tortures — ajoutées à celles que je subis depuis plus de sept années — n'étaient pas plus longtemps supportables... Cependant je ne puis pas dire que je veillais... j'étais sous l'empire d'une sorte de prostration qui m'ôtait l'usage de mes sens... il y avait devant mes yeux un brouillard sanglant, mes oreilles tintaient... je ne pouvais ressaisir ma pensée, qui se perdait comme dans un tourbillon... La nuit passait... peu à peu je m'apercevais que cet assoupissement — sans être le sommeil — était plus lourd et plus douloureux... C'est alors qu'il se passa un fait singulier et que je crus n'être qu'une vision de mon cerveau surexcité...

Les deux amis le regardaient attentivement.

Il continua :

— J'entendis au-dessus de ma tête comme un grincement... on eût dit qu'un des sabords s'ouvrait... J'étais immobile, incapable d'ailleurs de faire un seul mouvement... Alors je crus percevoir dans les ténèbres une forme sombre qui se glissait... puis rampait vers moi... soudain je sentis une main saisir la mienne... et il me sembla que deux lèvres s'y appliquaient, longuement, et en même temps je sentis tomber sur ma peau comme deux larmes chaudes !

— Tu rêvais !

— Attendez !... Ce ne fut pas tout... une voix murmura à mon oreille, si bas qu'elle était à peine perceptible : « Courage ! demain tu seras à l'île du Diable !... et là, tu es sauvé ! » Je fis un violent effort pour m'arracher à ce que croyais être un cauchemar... Mais j'étais lié par une sorte de paralysie, et lorsque je fus parvenu à secouer cette impuissance... ce fut en vain que j'étendis les bras de tous côtés, que je me dressai... rien ! j'étais seul !... Et pourtant, maintenant que je consulte mes souvenirs, lorsque je m'interroge froidement, je suis convaincu que je n'ai pas rêvé ! Non ! c'est bien réellement que j'ai senti une main presser la mienne, c'est bien vrai qu'une voix m'a parlé !...

— Au fait, fit Trente-Deux pensif à son tour, ce qui arrive aujourd'hui semble prouver que tu as ici un protecteur...

— Ou une protectrice ! rectifia le Parisien.

— Que veux-tu dire ? Sais-tu donc quelque chose de plus ?...

— Oui... ce fait n'est pas le seul.

— Voyons !

— Cette fois encore, je croyais avoir mal entendu, mal compris !... mais écoutez et vous jugerez...

— C'est un vrai roman ! dis le Squelette, avec des suites au prochain numéro... Voyons ! ne nous fais pas trop longtemps languir... tu as assez ménagé tes effets...

— Voici, dit le Parisien. Le soleil s'étant levé... nous étions éveillés, lorsque la porte de notre cabine s'ouvrit brusquement et on nous enjoignit de monter sur le pont...

— Et ce n'était guère commode ! interrompit Trente-Deux. J'avais les jambes cassées par la ferraille impériale...

FRÈRE! FRÈRE! C'EST MOI, C'EST TITI.

— Nous arrivâmes cependant sur l'arrière du ponton. Là se trouvait le gouverneur de Cayenne et quelques officiers...

— Oh! je n'ai pas oublié! s'écria le Squelette. C'est l'honorable Rageot qui n'avait pas l'air satisfait... il venait de recevoir, j'en parierais, un savon de première qualité...

— Bref, le gouverneur nous interrogea avec une politesse relative, nous demanda nos noms, divers détails, et finalement donna ordre de nous transférer immédiatement à l'île du Diable...

— Ordre qui fut exécuté sans enthousiasme, mais avec une parfaite docilité, par le Rageot...

— Mais ce que vous n'avez peut-être pas remarqué, c'est que dans la suite du gouverneur se trouvait une jeune négresse...

— Qui nous regardait avec une attention qui témoignait d'une grande curiosité, je l'ai très bien vue.

— Au moment où j'allais descendre dans la barque qui devait nous transférer ici, elle s'approcha de moi... et me glissa dans la main un papier... comme je me retournais surpris, elle posa son doigt sur ses lèvres et se dissimula promptement derrière les officiers...

— Et sur ce papier!

— Un seul mot était écrit... un nom!

— Mais, alors, tu connais notre protecteur?

— Non! Car ce nom est celui d'une femme...

— Qui est à Cayenne!

— Que puis-je vous répondre? jugez-en. Ce nom est celui de Marie...

— C'est bien vague... et à moins qu'il ne te rappelle quelque souvenir particulier.

— Ma tête se perd à chercher la signification de ces diverses énigmes. Oui, ce nom réveille dans ma mémoire des sensations à la fois bien douloureuses et bien douces. Lorsque j'ai été arraché à tous ceux que j'aimais, je connaissais... une jeune fille que je devais épouser... et qui se nommait Marie.

— Elle est sans doute restée en France?

— Certes, je ne puis supposer autre chose.... et pourtant n'y a-t-il pas quelque chose d'étrange : être salué, à mon arrivée dans ce lieu maudit, par ce nom qui m'est si cher et qui résonne si tristement dans mon cœur!..

Les trois hommes gardèrent un instant le silence.

Il y avait cependant un fait indéniable, c'est qu'un être mystérieux veillait sur eux... femme, ange ou démon, le protecteur fantastique existait... Jusqu'où s'étendait sa puissance?...

Cependant la journée s'écoulait. Ce fut avec une sorte d'amour que les trois hommes, depuis si longtemps sevrés de toute joie, arrangèrent cette case féeriquement élevée. A chaque instant, d'ailleurs, c'étaient de nouvelles surprises.

Puis ils visitèrent les alentours de leur demeure. Elle était admirablement abritée contre le souffle de la mer, et hors des regards des surveillants.

C'était une liberté relative, bien douce aux cœurs des proscrits.

Les heures passèrent dans ces premières explorations; à la nuit ils rentrèrent dans la case. De nouvelles provisions y avaient été apportées. Maintenant, c'était presque de l'abondance...

Quand l'obscurité fut profonde, fatigués et désireux de sommeil, ils s'étendirent sur leurs couchettes...

Au bout de quelques instants, deux d'entre eux dormaient...

Seul, le Parisien veillait. Peut-être appelait-il dans le lointain cette gracieuse figure évoquée par le nom de Marie, quand il entendit une voix contenue et qui paraissait sortir de la muraille, lui dire :

— Parisien, sors de la case... et suis celui que tu trouveras sur le seuil.

Sans hésiter, le Parisien se laissa glisser sur le sol.

Puis, soigneux de ne pas éveiller ses compagnons, il sortit

La nuit était sombre. Cependant il vit devant lui une forme noire qui, d'un geste, l'invita à suivre la rive...

L'ombre marchait rapidement; le Parisien régla son pas sur le sien.

VI

IL N'Y A QUE LES MONTAGNES...

L'ombre marchait. Le Parisien pouvait à peine en distinguer les vagues contours. Pourtant il constatait qu'elle appartenait à un être de petite taille, d'une agilité surprenante, sur lequel il avait quelque peine à régler son pas.

Mais, évidemment, le personnage mystérieux connaissait à merveille tous les accidents de la rive, car le Parisien pouvait le suivre sans rencontrer aucun obstacle.

Ils arrivèrent ainsi à une petite grotte dont les détenus de l'île du Diable n'ont pas perdu le souvenir. Ils l'avaient surnommée la Grotte des Soupirs.

L'entrée regardait du côté de la France.

Que de fois pensifs, le cœur gros de larmes, ces malheureux, déshérités de tout espoir, s'étaient assis sur la pierre humide, la tête appuyée sur les mains, les yeux fixés sur l'immensité. Que n'auraient-ils pas donné pour pouvoir percer du regard les brumes de l'étendue, franchir les distances énormes et apercevoir, tout au bout de l'horizon. la silhouette blanche des falaises de France !... On leur avait pris leur sang, leur vie et on ne leur avait pas même laissé l'espérance...

Quand ils furent parvenus à cet endroit, le Parisien sentit qu'une main se posait sur son bras. Cette main tremblait un peu... elle l'attira en avant. Et les deux hommes, pénétrant sous la voûte qui surplombait au-dessus de leur tête, se trouvèrent dans l'obscurité la plus profonde.

Cependant, faisant alors face à la mer, ils virent devant eux les vagues qu'un reflet éclairait d'une lueur phosphorescente. On eût dit des flots d'acier.

La main qui pressait le Parisien le contraignit doucement à s'asseoir.

Il oubliait lui-même en quel lieu il se trouvait et de quelle étrange façon il avait été conduit. Il se sentait envahi par une émotion mystérieuse, respectueuse en quelque sorte. Le silence, la notion vague de l'étendue, saisissaient son âme et la berçaient comme dans un rêve qui n'était pas sans douceur...

Aucune parole n'était échangée. Plusieurs minutes s'écoulèrent ainsi.

Le Parisien ne sentait plus la main de son guide. Est-ce que celui-ci l'avait quitté ?... Il eut un frémissement comme lorsqu'on s'éveille d'un profond sommeil, puis il dit :

— Vous qui m'avez conduit ici, où êtes-vous ?...

— Je suis là, dit une voix basse et contenue.

— Qui êtes-vous ?

— Vous le saurez tout à l'heure... ne m'interrogez pas encore... Au contraire, je vous demande de répondre à mes questions.

— Un seul mot. Est-ce à vous que nous devons être reconnaissants de la singulière protection qui nous environne depuis notre arrivée à l'île du Diable ?...

— Peut-être... mais écoutez-moi, et avant tout promettez-moi de me répondre en toute franchise...

— En vérité, je vous en donne ma parole.

Les yeux du Parisien s'habituaient peu à peu à l'obscurité. Il les tenait fixés sur le point où devait se trouver l'inconnu... mais il ne pouvait parvenir à distinguer sa physionomie.

Cependant, — chose étrange ! — cette voix qui résonnait faiblement, comme si celui qui parlait eût retenu son souffle, cette voix lui causait une impression indicible... Elle lui serrait le cœur ainsi qu'il arrive à l'approche de quelque grande émotion.

— Dites-moi qui vous êtes ? je vous en prie, dit-il vivement.

— Pas encore... je vous en supplie à mon tour... ne me demandez rien... vous m'avez donné votre parole, j'y crois... je veux y croire... j'ai quelques

questions à vous adresser... et selon vos réponses, ou je me ferai connaître
à vous...

— Ou bien ?...

— Ou bien vous ne me verrez jamais... et je serai trop heureux si vous
conservez de l'inconnu un souvenir de reconnaissante pitié...

— Vous parlez par énigmes... mais quelque chose me dit que vous êtes
un ami, un ami sincère...

— Oh! n'en doutez pas!

— Et je suis prêt à vous répondre avec la plus complète sincérité...

— Merci. Vous vous nommez, n'est-il pas vrai ?...

Et au moment d'achever sa phrase, l'inconnu s'arrêta. On eût dit qu'il
était interrompu par un spasme involontaire. Mais ce ne fut qu'un éclair, et,
d'une voix plus ferme, il reprit :

— Vous vous nommez Jean Rabolet!

— Comment savez-vous cela ?... s'écria le Parisien. Nul ici ne me connaît
que par mon numéro...

— Laissez-moi continuer... j'ai dit vrai, n'est-ce pas?... Lorsque j'étais
en France... autrefois... j'ai connu, il me semble, un honnête homme, un
serrurier qui demeurait... dans le quartier Maubert... et qui s'appelait ainsi...

— C'était mon père...

Il y eut encore un silence.

— Pouvez-vous me dire... c'est ici que je vous supplie de ne me rien
cacher... comment vous avez été arrêté?...

Le Parisien tressaillit. Il passa sa main sur son front :

— Ah! vous réveillez là de cruels souvenirs!...

— Je veux vous aider... On m'a dit... jadis... que vous aviez été trahi...
livré... par quelqu'un qui vous était bien cher!... par un ami... un parent!...

Le Parisien se dressa. Sa silhouette se dessinait, dans le cadre de la grotte,
sur la nappe blanchâtre de la mer. Le bras étendu, il cria :

— Celui qui a dit cela en a menti!... trahi! livré! moi!... Oh! indigne et
infâme calomnie! Oui, vous saurez toute la vérité, car je ne veux pas qu'il
reste une ombre de doute dans votre esprit... Qui que vous soyez, si vous
retrouvez ceux qui vous ont débité cette ignoble fable, crachez-leur ce démenti
à la face...

L'autre ne répondit pas. Seulement on entendit un soupir qui ressemblait
à un gémissement.

Le Parisien semblait en proie à une exaltation fiévreuse.

— Pauvre Titi! continuait-il d'une voix qui se mouillait de pleurs, tu étais
si bon! si gai!... Est-ce que c'est ta faute, à toi?... est-ce que tu savais
ce que tu faisais?... Tenez, écoutez! Le cher gamin avait ramassé,

je ne sais où, pendant les sinistres émeutes de juin 1848, un pistolet... et, sans avoir conscience de ce qu'il faisait, désireux d'entendre le bruit de la poudre — oh! j'ai bien compris cela, moi qui le connaissais — il a tiré en l'air! La troupe a envahi la maison... on m'a accusé, moi, d'avoir tiré sur les soldats... j'ai été entraîné... Est-ce que j'ai pu me défendre? C'est miracle que je n'aie pas été tué!... puis j'ai été plongé de cachots en casemates, de pontons en bagnes... sans jugement, sans protestation possible... et voilà sept années! sept longues et mortelles années que je n'ai entendu parler de tous ceux qui m'aimaient... et que j'aimais, moi! oh!... oui, que j'aimais bien!...

La fin de la phrase se perdit dans un long sanglot...

Puis. comme son interlocuteur ne l'interrompait pas, le prisonnier reprit :

— Aucune douleur ne devait m'être épargnée !... Au moment de la catastrophe, mon père était mourant... Au moment suprême il venait de me confier une mission... que j'avais juré d'accomplir... et je n'ai pas pu tenir mon serment... pauvre père!... pardonne-moi!... Puis, je laissais mon frère seul, exposé à toutes les tentatives!... voué peut-être à la misère, à la souffrance! pauvre Titi !...

A ce moment, Jean Rabolet sentit deux lèvres se poser sur sa main, qui s'inondait de larmes...

Et une voix d'un accent déchirant, s'écria :

— Frère! frère! c'est moi! c'est Titi! pardon! pardon!

Jean poussa un cri. Puis, d'un élan presque sauvage, il saisit dans ses bras celui qui était agenouillé à ses pieds, et l'emportant hors de la grotte, à la lueur grise qui s'élevait de la mer, il regarda...

C'était lui! C'était le frère tant aimé!...

Et sanglotant, impuissant à proférer des mots, Jean murmura à travers ses pleurs :

— Toi! toi! ô Titi!... mon frère tant regretté! je t'aime!... je t'aime!...

Tout à coup, il sentit que celui qu'il portait faiblissait dans ses bras... il le coucha et le déposa doucement sur le rocher...

Titi était évanoui !... Il succombait à ses émotions ! Depuis trois jours, il était en proie à une telle surexcitation!... Quand, au pénitencier, il avait reconnu Jean, il avait cru mourir de surprise et de joie...

Puis il s'était dit :

— Je rachèterai mes fautes!... je le sauverai!...

La prostration fut de courte durée. Et pourtant Titi, quoique ayant déjà la notion de la vie, ne s'éveilla pas tout de suite... Il se sentait soutenu par le bras de son frère, sa tête reposait près de son cœur qu'il entendait battre, et c'était une volupté infinie dont il jouissait, dans une plénitude de bonheur tel que jamais il n'en avait conçu de plus grand.

Jean le regardait, inquiet.

Oh! maintenant comme il le reconnaissait bien!.. et pourtant quel changement!... où était la gaieté de ce visage toujours riant, la vivacité de ces traits toujours mobiles!...

Les yeux s'étaient creusés, les lignes du visage étaient émaciées.

Et Jean disait :

— Etienne, mon frère! Oh! ne doute pas de moi!... non, je ne t'ai jamais accusé, et dans mes longues nuits d'insomnie je t'envoyais à travers l'espace mes baisers et mon amour... reviens à toi! parle-moi! Titi!... parle! je t'en prie!...

Alors Titi ouvrit doucement les yeux, vit son frère penché sur lui et doucement, il passa ses bras autour de son cou, et l'attirant, il l'embrassa... longuement... savoureusement... à pleines lèvres...

Quel était donc ce passé terrible qui pesait sur la destinée de ces deux frères?

C'est ce que nous allons raconter.

TITI RABOLET

I

GAVROCHE II

Ce n'était pas un mauvais gars que Titi Rabolet — de son vrai nom Etienne — mais quelle pratique! quel garnement! un paquet de nerfs, un salpêtre, quoi!

Cela avait une douzaine d'années, c'était maigre comme un clou, avec un nez pointu qui avait toujours l'air de chercher le vent, de petits yeux émerillonnés qui braconnaient à droite, à gauche, furetaient, pipaient, et une grande bouche qui riait à dents que veux-tu?

Pas un instant en place. Du vif argent dans les jambes. Frétillant comme une carpe. Amoureux du mouvement en soi et hors de soi. Passionné du bruit qu'il faisait et du bruit qu'il entendait.

C'était le gamin tout entier au tapage attaché : il fallait le voir quand, au retour de l'école, — retour, mot souvent impropre, puisqu'il pourrait laisser supposer qu'il y était allé, — il rencontrait sur son chemin un chien savant dans sa houppelande rouge ou un grand fonctionnaire avec des bigarrures dorées. L'hiatus de sa bouche béait.

Ce qui reluisait lui faisait l'effet d'un rire. Tout fracas était pour lui un appel, une sorte de hallali.

C'est de lui que notre grand Hugo a dit :

« C'était un garçon leste, éveillé, goguenard, à l'air vivace et maladif. Il allait, venait, chantait, jouait à la fayousse, grattait les ruisseaux, volait un peu, mais comme les chats et les passereaux, gaiement, riait quand on l'appelait galopin, se fâchait quand on l'appelait voyou... »

Mais, si Gavroche n'avait « pas de gîte, pas de pain, pas de feu, pas d'amour, » Titi Rabolet n'était point si déshérité.

C'était le fils cadet du père Rabolet, le serrurier de la rue Perdue — ruelle bien perdue et que vous ne retrouveriez pas, mais qui en 1848 allait de la place Maubert au quai Montebello.

C'était le frère de Jean Rabolet, un brave et bon ouvrier de vingt ans, qui

LE PÈRE CALERTIN AVAIT ENLEVÉ TITI COMME UN SIMPLE PAQUET

avait le bras et le cœur solide, maniait le marteau à toute volée et gagnait rondement ses six à sept francs par jour...

A vrai dire, Titi n'était pas des plus assidus à la maison : et au jour où nous commençons à raconter son histoire, c'est-à-dire le 23 juin 1848, il y avait quarante-huit heures qu'il n'avait reparu à la rue Perdue.

C'est que depuis quarante-huit heures, Titi Rabolet nageait à plein dans son élément... dans le vertige du bruit, dans l'étourdissement des fracas de la rue.

Tristes bruits! douloureux fracas! car c'était le canon qui grondait, c'était la fusillade qui crépitait... c'était la hurlante bataille de Français contre Français, du peuple ouvrier contre le peuple soldat, de frères contre frères.

Avec le sifflement des balles passait dans l'air une voix de colère, avec les boulets on se lançait des accusations, des reproches, des calomnies. Ces hommes qui ne s'entendaient plus croyaient se haïr... et cette haine devenait ivresse. L'odeur du sang et de la poudre grise plus que le vin.

Et Titi Rabolet ne se sentait pas d'aise. Non qu'il fût méchant, non pas! est-ce qu'il savait, lui!... Ce qu'il voyait, ce qui l'enthousiasmait, c'était le frissonnement gigantesque de Paris enfiévré, c'était la houle de ces masses qui s'agitaient, faites de blouses bleues ou de pantalons rouges. Prenait-il parti pour ceux-ci ou pour ceux-là, point!... il acclamait ceux qui passaient, sans voir autre chose qu'un chatoiement de foules étranges.

Il ramassait les blessés et faisait collection de balles mortes. Il se faufilait ici, là, si petit, si fluet qu'il glissait aussi bien entre les pierres disjointes des barricades qu'entre les jambes des chevaux de cavalerie...

Il avait les pommettes rouges, les yeux brillants... se sauvait à toutes jambes quand le danger était trop grand : puis, fasciné, attiré, revenait dès qu'il y avait place pour son petit corps.

Or, la bataille engagée depuis la veille prenait des proportions formidables. La lutte opiniâtre, presque féroce, devenait d'heure en heure plus terrible et plus acharnée.

En vain, Victor Hugo, en vain, le grand Arago avaient tout tenté pour arrêter l'effusion du sang.

Sur la rive gauche de la Seine, la bataille atteignait son paroxysme de fureur.

Dans la rue Neuve-Soufflot, place du Panthéon, rue Saint-Jacques, des barricades énormes s'enveloppaient, masses noirâtres et sinistres, d'un tourbillonnement de feu et de fumée. Rue des Mathurins-Saint-Jacques, rue des Poirées, place Cambrai, l'épouvantable orage de l'artillerie tonnait, tandis que le tocsin de Saint-Étienne-du-Mont glapissait à travers l'espace ses hululations poignantes.

Le pont Saint-Michel, l'Hôtel-Dieu, la Cité, la place Maubert formaient citadelle ; et cette citadelle de pierres, de poutres, de madriers, de pavés, de voitures renversées, était attaquée à la fois de toutes parts.

La nuit ne séparait pas les combattants, déjà neuf heures avaient sonné ; et, dans les ténèbres grises, les sillonnements de feu jaillissaient comme des serpents d'enfer.

Titi Rabolet s'agitait au milieu de cette fournaise : les balles pleuvaient autour de lui ; il y était habitué maintenant. Mais, curieux, il voulait tout voir. Il grimpait aux points élevés pour dominer la scène. Ces fous ont des grâces d'état. Titi, insoucieux de ce qui se passait, allant et venant, dans l'étourdissement du bruit et du péril, n'avait pas été touché une seule fois.

Cependant, fût-ce prudence réelle, fût-ce simplement instinct — il se rapprochait peu à peu de la maison paternelle... mais c'était un recul lent, à regret.

Deux pas en avant, un pas en arrière. Et puis il se blottissait dans quelque coin, regardant, écoutant toujours, ayant des éclats d'admiration quand une lueur embrâsait l'angle où il était caché.

Tout à coup, un cri s'échappa de sa poitrine.

Une main venait de s'appesantir sur son épaule, lourde et dure, et une voix avait crié à son oreille :

— P'tit gredin ! petit bandit !... quand je te dis que tu mourras sur l'échafaud !

— J'ai rien fait !... hurla Titi, sentant un besoin instinctif de se défendre.

Puis se retournant :

— Tiens ! c'est vous ! père Calertin !... vous venez voir les choses !... Oh ! c'est rudement beau.

Celui qu'il appelait le père Calertin était un homme de cinquante ans environ, aux épaules carrées, au visage plat encadré d'un collier de barbe qui passait sous le menton. Masque un peu grossier, un peu commun, mais tout empreint de rude franchise et de robuste bonté.

— Beau ! tu appelles cela beau ! petit misérable !

— Dites donc ! Si vous voulez bien ne pas m'insolenter !... Quoi que vous m'êtes ? rien de rien !...

— Ah ! je ne te suis rien !... Eh bien !... crapaud de malheur ! tu vas venir et plus vite que ça.

— Où ça ?

— Chez ton père... parbleu !

— J'ai bien le temps !

— Mais, moi, je ne l'ai pas !

Et d'une main vigoureuse, Calertin empoigna l'oreille du galopin.

— Voulez-vous me laisser !... Vous me faites mal ! grand lâche.

Ah ! ouiche ! il n'y avait pas de « grand lâche » qui tînt. Le père Calertin avait enlevé mon Titi comme un simple paquet et, l'emportant, courait maintenant dans la direction de la rue Perdue.

Titi grinçait, rageait, se débattait... bah!... inutile !

Ils arrivèrent devant la maison haute de deux étages et dont le rez-de-chaussée montrait une boutique — fermée comme toutes les autres, d'ailleurs, avec cette enseigne :

Rabolet, serrurier.

Au moment où le père Calertin allait s'engager dans l'allée, Titi comprit que le moment psychologique approchait : il lui faudrait comparaître devant le père... et après une fugue aussi prolongée, c'était tout au moins la certitude d'une série de calottes des mieux conditionnées...

Or, pour ouvrir la porte extérieure, il fallait lever un loquet, soit étendre le bras, soit desserrer un peu l'étau qui sanglait mon Titi.

Et lui — qui avait l'œil — saisit le moment, se dégagea, tomba sur ses pieds et... Zest!...

Il serait allé bien loin, si par malheur Calertin, qui avait le bras long, ne l'eût repincé « au demi-cercle » par le fond de sa culotte, puis, ouvrant dans le couloir une porte qui vraisemblablement conduisait à la cave, ne l'eût lancé sur l'escalier de pierre en criant :

— Mais tiens-toi donc tranquille! petit gueux!

Et, fermant la porte d'un tour de clef il s'élança sur l'escalier qui menait aux étages supérieurs. A ce moment, une jeune fille parut au sommet de l'escalier, une délicieuse enfant blonde avec de grands yeux bleus.

Marie... c'était la fille de Calertin, le charpentier... gracieuse, charmante, mais surtout chose étrange ! une délicatesse de formes qui étonnait! des mains blanches et fines... des pieds de duchesse...

Une vraie vierge, telle que la pourrait rêver un Raphaël du peuple.

Voyant Calertin, elle courut à lui et se jetant dans ses bras, elle cria d'une voix étouffée par les larmes :

— Père! père! Toi enfin! si tu savais ! Il se meurt !

II

LE MORIBOND.

Il y avait déjà de longs mois que Pierre Rabolet, le serrurier, était malade.

C'était singulier : cela l'avait pris tout à coup comme une sorte de langueur. Avant cette époque, c'était un homme vigoureux, ne boudant pas à la besogne, martelant dur du matin au soir.

A se borner à son état, il eût gagné, comme on dit, tout ce qu'il aurait voulu. Mais Pierre Rabolet avait sa passion, son vice.

Non qu'il fût coureur. Point. Depuis qu'il avait perdu sa femme, morte en donnant le jour à Titi, il avait mené une vie régulière et honnête. Pas buveur non plus. A peine un petit coup le lundi et encore, depuis les premières atteintes du mal, s'était-il rigoureusement refusé cette légère débauche.

Mais son vice, c'était l'esprit — si l'on veut, le génie de l'invention.

Rabolet n'était point de ceux qui ayant aux mains la tenaille et le fer rouge se contentent de le tordre comme on a fait hier et comme on fera demain. Quand son marteau, cadençant à toute volée, écrasait la barre malléable, mille visions éclataient devant ses yeux et, à travers les étincelles, il voyait se dresser, tout ensoleillé de promesses et d'espérances... un être singulier, bizarre, qui lui criait :

« Allons ! à l'œuvre ! sache me prendre corps à corps et me contraindre à te livrer de nouveaux secrets. »

C'était un inventeur, un chercheur.

Alors saisissant le fer, il le martelait en rouages, en engrenage, en leviers... et il ne se passait pas six mois sans que l'idée, fille du feu, eût pris corps.

Alors c'était un outil nouveau devant mâcher le fer ainsi que le pain, ou bien un rabot formidable qui enlevait en sifflant des rubans minces comme des copeaux, ou bien un laminoir sous lequel les barres les plus fortes se fussent écrasées comme feuilles de papier...

Mais ici un engrenage faisait défaut, là le volant était imparfait, ici ce diable d'écrou gênait le jeu de la machine.

Rabolet rejetait son œuvre imparfaite et recommençait, mais ce qu'il ne voyait pas, c'est qu'au souffle haletant de la forge, ce n'était pas seulement le fer qui s'amollissait, c'était encore et surtout ses écus, de braves écus, gagnés au train train quotidien, qui fondaient et s'écoulaient comme source.

Si bien que de grands embarras étaient tombés sur lui.

Il n'était guère communicatif, le père Rabolet. De ses tristesses, de ses déboires, il ne disait rien à personne, pas même à Calertin qui était son ami intime, son vieux compagnon de travail, pas même à Jean Rabolet qui était le fils de son cœur et de son sang.

Quant à Titi, il l'aimait comme le gros chien aime son petit. Il le regardait rire, chanter et jouer... et fermait doucement ses yeux qui se mouillaient.

Cette jeune folie le rajeunissait lui-même.

Gamin, galopin, fainéant... bah ! tout ce que vous voudrez ! c'était de son âge. Il avait le temps de subir l'ennui de la raison.

Amour qui devenait faiblesse... et que l'avenir allait trouver coupable.

Donc, disons-nous, de mauvais bruits avaient couru sur les affaires de Rabolet. Il y a toujours de bons voisins qui, en ayant l'air de vous plaindre, sont enchantés de vous voir glisser vers la ruine...

On parlait de dettes, de billets non payés, de protêts...

Tout à coup, Rabolet avait répondu victorieusement à ces cancanages ; il avait payé haut la main, à tiroir ouvert ; puis il avait renouvelé le matériel de l'atelier...

Mais chose étrange ! au moment même où il était tranquille, où il n'avait plus, — n'est-il pas vrai ? — qu'à se laisser vivre, voici qu'une singulière prostration — physique et morale — avait semblé s'emparer de lui...

Plus de chansons ! plus d'énergie ! Rabolet, taciturne, restait quelquefois pendant de longues heures sans dire un mot, l'œil perdu dans je ne sais quelle rêverie...

D'invention même il n'était plus question... il n'y avait pas à en douter, Pierre Rabolet avait reçu un coup de marteau, le pauvre homme s'en allait...

Et quand Marie, la fille de Calertin, s'était écriée :

« Père ! Hâte-toi ! il se meurt ! »

Calertin avait compris...

Débarrassé de Titi, il s'était élancé vers la chambre de son vieux camarade.

Et, en entrant, il recula épouvanté, la sueur au front...

Rabolet était affaissé sur un fauteuil, la face congestionnée, les paupières enflées, ayant aux lèvres une sorte d'écume.

Auprès de lui, agenouillé, Jean le soutenait, lui parlait, l'appelait.

Depuis quelques jours, il semblait aller mieux. Il retrouvait sa tête, même qu'il était furieux contre Titi et qu'entendant la fusillade et le canon, il avait si grand peur pour lui qu'il avait supplié Calertin de courir à la recherche du gamin.

Et pendant l'absence du charpentier, cela lui avait pris tout à coup.

Il s'était dressé, avait jeté un râle, puis était retombé... inerte, foudroyé. Pourtant il vivait encore ; dans cette vigoureuse charpente, il y avait une résistance acharnée contre la mort.

— Un médecin ! cria Jean en voyant entrer Calertin.

— Le quartier est cerné, répondit le charpentier. Du diable, si j'en pourrais trouver un...

— Pourtant ! voyez qu'il n'y a pas une seconde à perdre... attendez, je sais un moyen... tenez, mademoiselle Marie, ajouta-t-il en se tournant vers la jeune fille, prenez ma place, soutenez-lui la tête ainsi sur votre bras... et moi !...

— Où voulez-vous aller ? demanda Calertin.

— Eh ! le sais-je ? s'écria Jean. A travers les barricades, à travers la mitraille, j'irai... jusqu'à ce que je rencontre un chirurgien.

— Qui consente à venir ici... mais nul ne pourra quitter son poste... sans compter que vous recevrez une balle égarée, ce qui ne sauvera pas votre père.

— Qu'importe ! s'écria Jean. Et dussé-je mourir !

Et d'un bond, le jeune homme s'élança vers la porte.

Mais déjà Marie l'avait prévenu, et se jetant dans ses bras :

— Jean, s'écria-t-elle. Par pitié pour moi !... restez !

C'était un beau garçon que Jean Rabolet. Celui-là n'avait jamais gaminé ; depuis le jour où il avait mis le pied à la forge, on l'avait cité comme un modèle.

En ce moment, le fracas de la fusillade redoublait. Une attaque vigoureuse était dirigée contre les barricades du pont de l'Archevêché.

Il sembla que ce bruit effrayant réveillât le moribond.

Rabolet étendit le bras en avant.

— La bataille ! murmura-t-il d'une voix qui se raffermit à mesure qu'il parlait. O fils ! fils ! n'y va pas ! C'est une guerre sacrilège !... où es-tu... viens... viens près de moi !

Jean s'arrêta à cette voix.

— Je suis là, mon père, dit-il, et je ne vous ai pas quitté...

— Et le gamineau !

C'est le mot par lequel Pierre désignait Titi, son benjamin.

— Il est à la maison... voulez-vous le voir ?

A ce moment, pour la première fois, Pierre Rabolet regarda autour de lui... il vit la jeune fille, puis Calertin...

— Ah ! vous êtes là aussi... merci, mon camarade... je suis bien malade. C'est la fin !... Petite, viens m'embrasser...

Et comme Marie se courbait pour lui tendre son front, le serrurier poussa un cri, se dressa, puis d'une voix vibrante :

— Non ! non ! s'écria-t-il. Je ne peux pas, je ne dois pas !... c'est une honnête fille !... est-ce que je suis un honnête homme, moi !...

— Ah ! le délire ! fit Calertin désespéré.

Un singulier sourire effleura les lèvres de Rabolet.

— Le délire ! Oh ! oui !... Vous croyez cela !... Braves gens, allez !...

Ses mains se crispèrent sur les bras de son fauteuil :

— Non ! je n'ai pas le délire !... au contraire... je me souviens... Jean, mon fils bien-aimé !... reste-là... il faut... il faut que je te parle !

— Mon père ! du calme ! je vous en supplie !...

Le malheureux était retombé sur son siège.

— Ah ! je n'en puis plus ! gémit-il, mon secret m'étouffe... et j'en meurs...

— Un secret !

Il regarda ceux qui l'entouraient, effaré.

— J'ai parlé ! tant pis !... il le fallait... puisque je vais mourir...

— Vous vivrez, nous vous sauverons, mon père !...

— Non !... quand même les plus grands médecins seraient là, ils ne devineraient rien... ils ne savent pas ce qui me tue... Jean, il faut que tu m'écoutes... il faut que je me confesse à toi !... Calertin ! et toi, mon enfant, ajouta-t-il en se retournant vers Marie, allez dans l'autre pièce... laissez-moi seul avec Jean... je le répète... j'ai le cœur trop gros... il faut qu'il éclate...

— Pierre ! au nom de tes enfants ! ne t'exalte pas ainsi !...

— Allez ! allez ! je vous en supplie !... C'est la dernière chose que je vous demande... laissez-moi seul avec Jean.

Jean adressa un signe à Calertin. Il fallut obéir.

— A tout à l'heure donc ! fit Calertin en lui serrant la main.

Pierre secoua la tête :

— Je n'en ai pas pour longtemps.

La porte se referma sur Calertin et sur sa fille.

— Ferme bien, dit Pierre, je veux que toi seul m'entendes...

Jean alla s'assurer que le désir de son père était accompli, et quand il se retourna, il vit que le serrurier s'était laissé glisser à genoux, et la voix rauque du moribond disait :

— Jean ! pardonne-moi ! sais-tu pourquoi je meurs... c'est que je suis un voleur !...

III

LE SECRET DE PIERRE RABOLET

Jean s'était élancé vers son père :

— Que dites-vous, père ? relevez-vous ?

— Non ! non ! laisse-moi ainsi !... je veux m'humilier... Car la mort me prend à la gorge... et j'ai peur... oui j'ai peur de mourir dans le crime...

— Dans le crime ! Vous !... Oh ! taisez-vous, père, est-ce que je ne sais pas que nulle existence n'a été plus probe, plus vouée au travail !...

— A ton tour, tais-toi, Jean, tu me fais trop de mal.

— C'est cela, vous souffrez ! vous avez la fièvre !...

— Oui, tu crois au délire, comme le disait Calertin tout à l'heure... Eh bien ! non... j'ai toute ma tête, va ! c'est une preuve que je vais mourir, pas vrai !... On m'a dit ça : au moment de s'éteindre, la lampe se rallume plus

MORT! DIT-IL.

fort... Jamais je n'ai vu si clair... je vois par dessus le tombeau... et j'ai peur, te dis-je... j'ai peur !

Jamais Jean qui connaissait les opinions de son père, basées sur la seule raison, ne l'avait entendu manifester de pareilles craintes.

C'était donc bien vrai qu'il y avait dans cette conscience un trouble immense.

Pierre s'était affaissé sur le sol. La force lui manquait pour se tenir à genoux. Encore une fois, Jean voulut le relever... mais le serrurier résista... Seulement il s'appuya du coude au fauteuil.

Il reprit, d'une voix haletante, qui ressemblait à une toux convulsive :

— Tu ne devines pas ! Tu me regardes avec terreur ! Eh bien ! Fils... je te dirai tout... à toi, qui es si bon, si honnête... ce sera ma première punition.

— Mais de quoi donc voulez-vous vous punir? N'avez-vous pas été le père le plus aimant, le travailleur le plus infatigable.

— Chut ! Ces éloges sont trop douloureux ! parce que je ne les mérite pas ! ah oui ! autrefois j'ai été bon, j'ai été honnête, j'ai été fier de moi-même et de mon courage... mais aujourd'hui !

— Achevez !

— Je me fais honte... je me méprise.

— Père, c'en est trop !... évidemment l'agitation où vous êtes grossit à vos yeux quelque peccadille sans importance...

— Une peccadille !... Crois-tu donc, fils, qu'on meure de cela !... car il faut que je t'avoue ce qui me tue... c'est mon crime !... ce qui me terrifie... c'est le remords !

— Le remords... Ah ! tenez, mon père, je vous en supplie... N'ajoutez plus un mot... car vous me déchirez le cœur...

— Oui, je te fais de la peine ! mais il le faut... car le crime de ton père... je veux que tu le répares... Non ! je ne dis pas « je veux, » je t'en supplie à mains jointes... à genoux. Vois-tu, fils, tant que le mal que j'ai fait n'aura pas été effacé, je sais, je sens que mes os tressailleront dans la terre, que je souffrirai dans ce corps que tu croiras mort !... c'est ce qui m'épouvante... Fils, jure-moi que tu te dévoueras à cette tâche...

— Quelle qu'elle soit, père ; et dussé-je y employer ma vie toute entière, je l'accepte... et je vous jure de l'accomplir.

— Merci, comme tu es bon !... j'aurais dû te parler plus tôt ! je n'osais pas... c'est si dur d'avouer qu'on est un malhonnête homme.

— Ne répétez pas ce mot... et, rassemblant tout votre courage, dites-moi, père... dites-moi ce que vous avez fait.

Pierre eut une sorte de spasme.

— Quand tu auras réussi à réparer mon crime, dit-il encore, tu viendras sur mon tombeau... et de ta voix franche et bonne, tu me crieras : « Père, tu es sauvé!... » alors je m'endormirai tranquille, heureux, et pour toujours!...

Il avait aux yeux une lueur vague comme s'il eût été en proie à l'hallucination de l'agonie.

Mais tout à coup, il se raidit, cambra sa poitrine par un effort violent... puis il reprit d'un accent plus ferme.

— Approche-toi... et écoute bien. Je parlerai bas, je ne veux pas que nul autre sache cela...

Jean se pencha vers lui et l'entoura de ses bras :

— Tu te souviens, reprit Pierre, qu'il y un an, j'avais de grands embarras d'argent.

— Oui, à cause de cette invention qui n'avait pas réussi.

— Et qui est grande, va. Si j'avais vécu, si j'avais eu toute mon intelligence, ça serait fait... un moteur nouveau... d'une puissance inouïe !... mais tu connais le principe, tu pourras achever l'œuvre... tu sais où est le modèle... dans l'atelier... Ah ! si j'avais réussi, mais je dépensais tant !

— Vous avez été indignement exploité !

— Oui ! c'est vrai... on m'a prêté de l'argent à trop gros intérêts... c'est ce Trassard, le voisin !... je lui devais plus de douze mille francs, et j'avais dû mettre en gage chez lui mes études, mes dessins... tout... j'étais sûr d'avoir réussi avant l'échéance...

— Mais vous avez payé !...

— J'ai payé! mais à quel prix! ne m'interromps plus, fils, car la mort monte, monte... et j'ai peur qu'elle ne m'étouffe avant que j'aie tout dit... Donc je devais payer le 15 juillet 1847... sinon Trassard, l'usurier, faisait tout vendre chez moi, chez nous... ce n'est pas tout, il me mettait en faillite, il me déshonorait !... enfin, ce n'est pas tout encore, il gardait mes idées, mes plans... et c'était si clair, si facile qu'un enfant pouvait reprendre mes études au point où je les laissais !

Ah! vois-tu, fils, quand je songe aux tortures que j'endurais, aux effroyables désespoirs qui me tenaillaient... je ne comprends pas que mon cerveau n'ait pas éclaté !... et je passais les nuits à chercher, à travailler! que manquait-il donc à ma machine ?... un rien, un détail... et je ne pouvais pas le trouver.

Le temps passait... chaque matin je me disais : ce soir, j'aurai résolu le problème... et rien! toujours rien !

Pierre s'arrêta un instant. De grosses larmes roulaient de ses yeux que l'agonie creusait...

— J'ai horriblement souffert, crois-le... le 15 juillet, j'allai trouver Trassard... et je lui demandai un délai... je priai, je suppliai... oui... en vérité, je me mis à genoux devant lui... sais-tu quel délai il m'accorda... quarante-huit heures !... et je dus lui signer un nouveau billet de mille francs !...

— Ah ! le misérable ! s'écria Jean.

— Et en même temps, il me disait de sa voix goguenarde (je l'entends encore). « Mais, monsieur Rabolet, si vous ne pouvez pas payer, vous avez de quoi répondre... La faillite n'est pas la mort d'un homme ! et puis, je verrai à tirer parti de ces petits papiers ! » C'était cela surtout qui me crevait la tête... Comprends-tu ! mon invention ! mon bien ! ma vie ! aux mains de cet exploiteur !... j'aurais mieux aimé qu'il me tuât ! Quarante-huit heures !... J'étais comme fou !...je ne pouvais même plus travailler... chercher... alors...

Il passa sa main sur ses lèvres sèches :

— C'est le plus dur qui reste à dire... Mais j'aurai la force d'aller jusqu'au bout... Il n'y avait plus qu'une nuit... C'était le lendemain matin que Trassard agissait... Il fallait déposer le bilan... J'étais décidé à mourir... Tu ne te rappelles pas comment je t'ai embrassé ce soir-là !

— Pauvre père ! pauvre père ! sanglotait Jean.

— Ne me plains pas encore... quoique jusque-là, vois-tu, j'aie été honnête comme pas un... Donc il faisait nuit dans la boutique... la forge était éteinte, les ouvriers étaient partis... Toi je t'avais envoyé dehors... et Titi... oh ! Titi ! il jouait au bouchon dans la rue !... Ça y voit toujours clair, ces gamins-là ! c'est comme les chats.

Et pensant à Titi le malheureux Rabolet eut une sorte de sourire.

— J'étais assis, stupide ne pouvant pas coudre deux idées ensemble... quand un homme entra... Un monsieur bien habillé, ma foi.

« — Vous êtes serrurier ? me demanda-t-il brusquement.

« Il était tourné de côté et tenait son mouchoir devant sa bouche, si bien que je ne voyais rien de son visage.

« — Qu'est-ce que vous me voulez, répondis-je d'un ton assez brutal ?

« — Vous êtes très habile ?

« — On le dit... mais ça ne m'engraisse pas.

« Je disais ça parce que je pensais au lendemain.

« Il se tut un instant, comme s'il se consultait :

« — Voulez-vous gagner une grosse somme, reprit-il, au bout d'un instant...

« — Peuh ! une grosse somme ! fis-je en haussant les épaules.

« Je croyais qu'il parlait d'une pièce de vingt ou peut être de cent francs... La belle avance dans ma situation !

« — Si vous êtes aussi habile que je le crois, si vous êtes discret en même temps, dans une heure vous aurez gagné vingt mille francs.

« Vingt mille francs ! je bondis à ce mot...

« — Vous avez dit?

« — J'ai dit vingt billets de mille francs!!!

« Tout à coup je me rappelai ces histoires qu'on raconte où le diable veut tenter un pauvre homme. J'eus un frisson et je dis :

« — Mais je suis un honnête homme!

« — Qui vous dit le contraire? reprit l'inconnu. Il s'agit d'un travail diffi-cile. voilà tout...

« — Et qu'on peut faire en une heure..

« — En cinq, dix minutes, peut-être.

« — Et c'est pour cela que vous offrez vingt mille francs.

« — Oui.

« — Et il n'y a pas de crime à commettre?

« — Ah çà! fit-il avec hauteur, je trouve que vous m'interrogez beaucoup... je n'ai pas de temps à perdre... et il me faut une décision immédiate...

« — Encore devrais-je savoir de quel travail il s'agit?

« — Pourquoi?

« — Parce que je dois me munir des outils nécessaires.

« Il hésita un instant à répondre :

« — Eh bien! il s'agit d'ouvrir un coffre fort.

« Hum! ça sentait le vol...

« — Chez qui? demandai-je.

« — Chez moi.

« — Et le coffre-fort...

« — Est à moi.

« Oui, j'aurais dû discuter, refuser... mais après tout, cet homme pouvait dire vrai... Est-ce que je raisonnais! Je ne voyais que les vingt mille francs, le salut!... je m'arrachais des griffes de l'ignoble Trassard...

« — Si c'est comme ça, dis-je, je ferme la boutique... et je suis à vous.

« — Un dernier mot, reprit-il. Ma voiture m'attend à l'angle de la rue, sur le quai... Vous allez venir... dans la voiture, vous vous laisserez bander les yeux.

« — Moi!...

« — Si vous refusez, rien de fait...

« Cette voix me torturait le cœur. J'étais sous le charme.

« — Soit! répondis-je.

« — Et jamais vous ne chercherez à connaître le lieu où vous serez allé.

« — Jamais!

« En ce moment-là, je me serais vendu au diable! vrai, j'étais fou!... l'homme sortit le premier, je mis les volets, je dis à Titi que je m'éloignais pour une heure... et je courus vers le quai... j'avais si grande fièvre que je craignais maintenant de ne pas trouver la voiture...

« Elle y était... elle était sans armoiries... le cocher vêtu de noir était à peine visible dans l'ombre... je montai... et je sentis qu'on m'appliquait un bandeau sur les yeux... je ne protestai pas... la voiture se mit à rouler... par une curiosité instinctive, j'écoutai de toutes mes oreilles... et je remarquai très bien que la voiture tournait beaucoup...

« Je suis sûr qu'on faisait des tours et des retours pour avoir l'air d'aller loin, et avec tout ça, je suis certain qu'on n'a pas mis plus d'un quart d'heure...

« On s'arrêta... l'homme descendit le premier, me prit par le bras, et m'aida. Je sentis l'air frais... et ce que je reconnus bien, c'est le bruit des feuilles agitées par le vent... de plus, il craquait du sable sous mes pieds... j'étais dans un jardin... nous fîmes une vingtaine de pas... puis l'homme me dit :

« — Montez six marches...

J'obéis. Derrière moi, il ferma une porte. Puis, me tenant toujours par le bras, il me fit monter un étage... l'escalier était couvert de tapis qui étouffaient le bruit des pas.

« Une nouvelle porte tourna sur ses gonds et une voix de femme dit :

« — Vous avez trouvé ?

« — Oui.

« — Qu'il se hâte, reprit la femme.

« Mon inconnu me défit mon bandeau. Je regardai rapidement autour de moi. C'était un salon, très élégamment meublé, tout soie bouton d'or et velours noir... une femme était debout, mais le visage couvert d'un voile épais... quant à l'inconnu, il avait mis un masque...

« Devant ces choses mystérieuses, ma conscience eut un dernier tressaillement :

« — Qui me prouve que vous êtes chez vous ? demandai-je.

« L'homme tira de sa poche un portefeuille et sur un petit guéridon de laque, posa vingt billets de mille francs.

« — Ceci, répondit-il.

« C'était bien m'avouer qu'il s'agissait d'une mauvaise action. Mais ces billets me fascinaient.

« Il me montra un petit meuble, tout incrusté, et, qu'on n'aurait certes pas pris au premier coup d'œil pour un coffre-fort :

« — Voici le meuble à ouvrir, dit-il. Faites vite !

« Le sort en était jeté. Tant pis ! J'entendais bien des voix qui me bourdonnaient dans la tête... mais les vingt mille francs étaient là... j'étais décidé...

« C'était un meuble de fabrication étrangère... en fer forgé... mais j'ai écrit les détails... je te donnerai cela tout à l'heure... maintenant, il faut que je me hâte, je n'en puis plus!

« Il y avait une combinaison de lettres... en somme, ce n'était pas bien difficile... tu sais le moyen, on tourne les boutons et l'oreille exercée surprend le tic de la déclanche... en cinq minutes, j'avais le mot... et avec un outil, j'ouvrais le coffre.

« La femme s'élança, et me repoussant violemment, y plongea ses mains et en retira des papiers... avec un cri de triomphe.

« Mais au même instant, une porte s'ouvrit violemment... et un vieillard de haute taille, d'une maigreur effrayante, ayant sur le visage les signes de la mort, s'élança en s'écriant :

— Misérables?... Je ne veux pas que vous voliez l'héritage de l'enfant... Ce n'est pas assez d'avoir rendu la mère folle, de l'avoir tuée... Rendez-moi ces papiers!

« Ses mains se crispaient sur le bras de la femme ; mais elle se dégagea si violemment que le malheureux chancela.

« Il se tourna vers moi :

— Et vous, infâme, vous les aidez... Vous ne savez pas... Il y a quinze ans... dans cette même nuit!... l'enfant vivant... la fille de ma fille... ils l'ont volée... ils ont mis dans son berceau un enfant mort... mais l'autre vit... je le sais!... la folle a parlé!... mais reprenez-leur donc ces papiers... mon testament... ma révélation.

« Et comme glacé d'horreur et d'épouvante, je restais pétrifié... il fit un pas de mon côté, ses mains maigres étendues vers moi :

— Lâche! cria-t-il, sois maudit!

« Il battit l'air de ses mains et tomba de toute sa hauteur sur le parquet.

« Celui qui m'avait amené se pencha vers lui et posa sa main sur sa poitrine :

« — Mort, dit-il.

« Puis, s'adressant à moi :

« — Prenez votre argent, dit-il. Partez!... et souvenez-vous que votre silence est payé!

« Eh bien! oui, fils! oui, j'ai pris cet argent... oui, j'ai accepté le prix de cette infamie!... moi, ton père... et on avait parlé d'un enfant que... que ces gens dépouillaient, volaient!... et je ne leur ai pas jeté ces billets à la figure... je ne les ai pas accusés, dénoncés!... on m'a encore bandé les yeux... la voiture m'a entraîné et je me suis retrouvé chez moi... riche, sauvé... mais déshonoré!...

« Comprends-tu maintenant de quoi je meurs! Comprends-tu que dans mes nuits j'entends toujours ce vieillard qui m'appelle lâche et infâme! qui me jette sa malédiction suprême!

« Oh! mais tu chercheras... tu vengeras les malheureux... Comprends donc! il y a quelque part un enfant qui souffre... qui meurt peut-être de misère, de faim! et c'est moi, moi qui le tue!

« Ecoute, là, sous le chevet de mon lit, tu trouveras avec mes plans d'invention, que Trassard a bien été obligé de me rendre, des notes bien claires, bien précises... j'ai tout reconstitué... il y avait un blason sur les meubles... tu verras, tu verras... Jean! mon fils! jure de ne pas prendre une heure de repos avant d'avoir satisfait au vœu de ton père mourant.

— Père, s'écrie le fils, je vous le jure... sur la mémoire de ma mère...

— Et, maintenant, reprit Rabolet dont la voix était à peine perceptible... je t'en supplie, pardonne-moi!...

— Mon père! fit Jean en l'embrassant, je vous pardonne et je vous aime...

Au même instant, une détonation retentit, mais si près qu'il sembla qu'un coup de feu vînt d'être tiré dans la maison, et une voix aiguë, enfantine, cria :

— Vive la République!

IV

LE CRIME D'UN GAMIN

Qui avait tiré ce coup de feu?

Qui avait proféré ce cri?

Pour l'apprendre à nos lecteurs, il nous faut remonter d'une heure en arrière et revenir au moment où, exaspéré par les cris et la résistance de Titi Rabolet, le père Calertin, pour prévenir toute nouvelle escapade, l'avait enfermé dans la cave de la maison de la rue Perdue.

Que peut-on faire en une cave, sinon hurler, sinon marteler la porte à coups de poing, à coups de pied?

Titi, qui était un rageur de première force, n'avait point imaginé d'autre expédient... et de la tête, des mains, des souliers, il s'escrimait contre le panneau de bois qui, malheureusement pour lui, était fort épais et de plus garni de vieilles et solides ferrures contre lesquelles se fussent brisés les béliers des temps antiques...

Et pourtant il cognait à s'écraser les doigts! et il s'égosillait à se briser les cordes vocales... mais sa voix se perdait dans les profondeurs de la cave. De

—TITI! SAUVE-MOI; ON VA ME TUER.

plus, au milieu du fracas continuel de la canonnade et de la mitraille, ce bruit ne pouvait être entendu.

Est-ce que d'ailleurs Calertin et Jean Rabolet n'étaient pas trop préoccupés par la scène douloureuse qui se déroulait devant eux, alors que le serrurier agonisait, pour s'émouvoir des révoltes du gamin?

Titi sentait son exaspération redoubler, en raison même du peu de succès de ses appels et de ses efforts... cependant un incident subit changea le cours de ses idées.

Il était resté sur la première marche de l'escalier de pierre et c'était de là que, cramponné à la porte, il s'escrimait à la cribler de coups de pied, quand tout à coup, dans un mouvement trop vif, il glissa... et, perdant l'équilibre, roula — patatras! — jusqu'au bas de l'escalier.

Il y eut un silence, Titi avait été surpris, désagréablement, il faut le dire : de plus il était tombé le nez et les mains dans la boue humide de la cave, et cette sensation de fraîcheur lui causa un frissonnement général, qui se compliquait d'une certaine frayeur.

Il n'était pas convaincu qu'il ne fût pas étalé dans une mare faite de son propre sang. Et Titi restait immobile, n'osant remuer ni pieds ni pattes... Cependant il se dit sans doute que, s'il était mort, il lui serait impossible de se relever, et que le mieux pour s'assurer s'il était encore en vie, c'était d'essayer de bouger.

« Une... deux... trois... il tendit un muscle, puis un autre... il sortit son nez du moule noirâtre dans lequel il semblait incrusté, leva un bras, s'appuya sur une main, plia un genou et finalement se trouva dans cette position qu'on caractérise par ces mots significatifs : à quatre pattes.

Ce résultat obtenu, il regarda autour de lui :

— Fait rien noir! murmura-t-il. Mais, bah! il n'y a rien de cassé!... c'est l'important!

Puis une idée traversa son cerveau, comme conséquence de cette constatation de « rien de cassé! »

— Titi, c'est pas tout ça... ajouta-t-il. Faut te tirer les pattes de ce trou-là... Voyons voir...

En vérité, voir était difficile. Car l'obscurité était profonde et Titi n'était pas doué de la curieuse faculté des chats dont les yeux emmagasinent pendant le jour de la lumière qu'ils dépensent la nuit.

Mais, en cela inférieur aux matous, Titi possédait sur eux un avantage marqué.

Il était philosophe, se fichait des ténèbres comme d'une guigne, et de plus pour *flemmard*, oh, non! on ne pouvait pas dire qu'il était flemmard!

Ah! c'était comme ça! on l'empêchait de s'amuser! on venait le *piger* comme un moutard... Ce grand lâche de Calertin lui avait à moitié écarbouillé l'oreille... et finalement l'avait collé dans la cave!

Eh bien, faudrait voir!...

Et après avoir proféré *in petto* cette déclaration des droits de l'homme... et du gamin, Titi se retrouva droit sur ses pieds, ferme comme un héros des épopées grecques à la porte des enfers.

D'abord de quel côté fallait-il aller?

La logique la plus élémentaire conseillait de ne pas retourner vers la porte qui ne semblait disposée à fléchir, ni devant les coups de poing, ni devant les supplications. Puis il était nécessaire de trouver le mur... guide solide sur lequel on se pourrait appuyer.

Ceci fut facile.

Titi étendit les bras en croix, et une de ses mains se heurta à la pierre fruste...

— Chic! fit-il. Allons! ma vieille! ajouta-t-il en s'adressant à lui-même comme les héros d'Alexandre Dumas dans leurs monologues, il n'y a pas à moisir... Allons-y!

Et, une main contre le mur, l'autre tendue en avant et faisant dans l'ombre une trouée de précaution, il avança...

Lentement d'ailleurs, à pas comptés.

— Peux pas dire que ça sent la verveine, causait-il tout en marchant. Sale cave! va! Pouah! qu'est qu'c'est qu'ça?... une araignée!... Bon! en v'là une qui a fini de rire!...

Un moment, malgré son héroïsme, il fit un bond en arrière, un gros rat venait de lui passer entre les jambes. Mais se remettant aussitôt :

— T'as bien fait d'te sauver, prononça-t-il, j'allais te mordre!

La cave — ou plutôt le souterrain — était vaste. Titi commençait à la trouver mauvaise, d'autant plus qu'il avait suivi le mur qui tournait, formait des angles et qu'il n'aurait pas été « fichu » de retourner vers l'escalier... il avait bien rencontré sous ses doigts quelques portes de caveaux particuliers, où sans doute les locataires mettaient leur charbon et leur vin ; mais de solides cadenas défiaient toute tentative d'effraction...

Un quart d'heure s'était déjà écoulé, quand, saisi d'une double et soudaine émotion, Titi fit un mouvement pour s'élancer en avant, puis avec un soubresaut, se jeta contre le mur où il se colla, immobile et retenant sa respiration.

Ces deux actions contraires s'expliquaient...

S'il avait voulu courir devant lui, c'est qu'au bout d'une galerie, il venait d'apercevoir une lueur blanche, en même temps que la silhouette des barreaux d'un soupirail.

Mais s'il était resté cloué sur place, c'est qu'au même instant il avait entendu — ou cru entendre (dam! il n'était pas bien sûr) quelque chose remuer...

On peut être très fort dans les ténèbres solitaires... mais si elles se peuplent, c'est autre chose! cela devient grave!

Avait-on remué? n'avait-on pas remué? là était le problème... et si l'on avait remué, qu'est-ce que c'était?...

Les yeux de Titi s'étaient peu à peu habitués à la nuit; de plus le rayon blanc jetait une clarté trouble.

Titi, sans bouger, sonda les environs... Rien! il tendit l'oreille, pas un bruit!

— J'ai la berlue! pensa-t-il.

Et, après une nouvelle attente de quelques minutes, il se décida à négliger l'inconnu pour le connu, c'est-à-dire pour la lucarne. — Cependant il marcha avec précaution, comme un Orphée qui craint d'éveiller quelque apparition dans le royaume des ombres.

Il s'arrêtait à chaque pas, écoutant... mais décidément, il s'était trompé... ou bien c'était un rat qui ne méritait que le dédain... finalement, il manœuvra si bien qu'il atteignit enfin le but sans qu'aucune nouvelle appréhension l'eût détourné de sa route.

C'était bien un soupirail, c'est-à-dire une issue vers la liberté. Il ne s'agissait que d'y atteindre.

Certes, l'ouverture n'était pas élevée au-dessus de terre de plus de deux mètres. C'était peu de chose, mais Titi était de très petite taille, et eût-il pu se faire à lui-même la courte échelle qu'il n'eût pas été certain de s'élever jusque-là. Mais il avait des griffes, du toupet et une agilité de singe. Il eut bien vite trouvé un trou pour y ficher le bout de son pied, une saillie où s'accrocher; il donna un coup de reins et, d'un bond, il parvint à saisir un des barreaux de fer qui fermaient la baie... puis ses pieds battant le mur cherchèrent un point d'appui, le trouvèrent, si bien que Titi put murmurer en toute sécurité :

— C'est rien bath!... monsieur est à sa fenêtre!...

A sa fenêtre, oui. Mais que voyait-il? pas grand'chose, une sorte de ruelle déserte et courte.

— Que diable est ce cul-de-sac? se demanda-t-il. C'est pas la rue Perdue, puisqu'elle est percée aux deux bouts!... Ah j'y suis!... c'est le derrière de la maison, sur l'impasse d'Amboise... voyons! peut-on se la briser par là?

La chose aurait été facile, n'étaient ces diables de barreaux qui tenaient dur, je vous l'affirme... et cependant Titi s'acharnait de toute la rage de ses nerfs... mais ils ne bougeaient pas... — Cré mâtin! grondait Titi. Je dois avoir l'air d'un singe en cage,... sapristi, qu'é qu' c'est qu' ça?...

Cette dernière exclamation était justement motivée...

Un écroulement de fracas, de canonnade, d'explosions roulait sur le quartier Maubert... les clairons sonnaient la charge... on entendait des voix qui criaient : en avant!... d'autres qui lançaient dans l'air des cris de terreur et de désespoir...

Et au bout de l'impasse, roulant comme une avalanche vers la place Maubert, Titi vit des masses humaines, enveloppées d'un tourbillon de flammes et de fumée...

C'était la lutte suprême... la barricade des Grands-Degrés venait d'être enlevée à la baïonnette... ses défenseurs, refoulés, se rejetaient sur la place qui n'était plus qu'une gigantesque citadelle... c'était l'affolement et le désespoir!

Et Titi, béant, stupéfié, électrisé, regardait.

Tout à coup de l'entrée de l'impasse, Titi vit une ombre se détacher du groupe des fuyards, puis bondir jusqu'au fond, là où se trouvait justement le soupirail auquel il était suspendu...

Émergeant de la fumée, cette ombre devint nette...

— Toto! s'écria Titi, Toto Lamuche!... Hé! par ici!...

Celui qu'il appelait ainsi était un gamin du même âge que lui, en apparence chétif et malingre, au visage pâle, émacié, déjà stigmatisé par le vice précoce.

Et c'était l'ami intime — le copain de Titi Rabolet.

Le visage et les mains noires de poudre... tête nue, la blouse en haillons, Toto semblait fou de terreur... il fuyait. D'où venait-il donc?

Toto avait entendu prononcer son nom, hagard, les dents claquant, il s'était arrêté...

— Hé! Toto! par ici! répéta Rabolet. C'est moi, c'est Titi!

Le voyou — car celui-là n'avait pas droit au titre de gamin — s'approcha prudemment.

— C'est moi, Titi Rabolet!

— Viens donc! As pas peur! Aide-moi à me tirer de là!

Toto vint en effet... rasant les murs.

Derrière lui, au bout de l'impasse, la lutte recommençait... des balles s'aplatissaient ou ricochaient sur les murs...

Toto eut un hurlement de terreur, et s'accrochant à son tour aux barreaux :

— Titi! Titi! sauve-moi!... on va me tuer!

— Mais je ne peux pas sortir!...

— Sauve-moi! répétait Toto fou d'épouvante.

— Aide-moi à arracher les barreaux !

— Peux pas ! c'est trop dur !... mais je te dis qu'on va me tuer.

Titi, de bonne foi, se sentait pris lui aussi d'une peur bleue pour son ami... Il fouillait de l'œil tous les coins de l'impasse...

— Tiens ! là-bas ! il y a une fenêtre ! casse un carreau !... passe par là !

Et, comme il étendait le bras entre les barreaux, Toto suivit machinalement des yeux la direction qu'il lui indiquait... Titi disait vrai ; il y avait une fenêtre au rez-de-chaussée presque à ras de terre.

Lamuche l'aperçut et, poussant un cri de joie, s'écarta du soupirail.

— Attends-moi ! cria Titi. Si tu me tires un peu, je pourrai passer entre les barreaux, nous filerons ensemble !...

— Plus souvent ! fit Toto. Tu ne sais donc pas que je suis un insurgé... moi ! et que si on me pige !

— Tu t'es battu ? vrai !

— Un peu... que je te dis !... tiens... à preuve...

Et Toto Lamuche, très fier, montra à Titi deux pistolets d'arçon dans sa ceinture...

— Oh ! ils sont rien chouettes !

Titi passa la main par le soupirail et, comme Toto s'était rapproché, il le saisit par le collet de sa blouse...

— Veux-tu me lâcher ! cria Toto qui, après avoir satisfait sa vanité, ne demandait plus qu'à s'en aller.

Titi eut un accès de colère :

— Et tu t'en iras en me laissant là?

— Puisque je suis en danger...

— Eh bien ! moi ! je ne te lâcherai pas... si tu ne me donnes pas les canassons...

Les canassons, c'étaient les pistolets !

Toto proféra un juron... puis une idée subite traversa son esprit :

— Et tu me lâcherais ?

— Parole !

— Eh bien ! prends-les... je te les donne !

Titi poussa un cri de joie...

Il croyait à la générosité de son camarade... Ce qu'il ne savait pas, c'est que Toto Lamuche venait de songer que, s'il était pris, ces armes seraient cause de sa perte... il les tira de sa ceinture et les passa à travers les barreaux.

Titi, qui se soutenait d'une main, eut toutes les peines du monde à les saisir de l'autre, et les appuya contre sa poitrine.

— Et maintenant... bonsoir ! cria Toto qui courut vers la fenêtre indiquée, et crevant un carreau d'un coup de pied, fit jouer l'espagnolette, enjamba l'appui et disparut...

Au même instant, une détonation éclata si violente que Titi, dans un sursaut, lâcha le barreau et fut obligé de se laisser tomber sur le sol de la cave...

Mais à peine ses pieds avaient-ils touché terre qu'il poussa un cri de surprise.

A quelques mètres devant lui, dans la galerie sombre, un homme, muni d'une lanterne, se dirigeait à grands pas en sens inverse...

Quel était cet homme? Titi ne voyait qu'une silhouette noire... mais évidemment, cet homme, quel qu'il fût, allait sortir de la cave. Titi n'eut pas l'idée d'un danger possible... il ne songea qu'à la liberté, et résolûment il s'élança vers l'inconnu...

Mais celui-ci, poussant une exclamation rauque, se mit à courir plus vite... Titi le serrait de près... il ne voulait pas le perdre... et surtout il ne voulait pas que la porte extérieure se refermât... L'autre fuyait plus vite... Titi suivait la lanterne; il était sûr de ne pas se tromper... puis il vit l'homme s'élever au-dessus du niveau du sol... C'était l'escalier... la porte de la cave s'ouvrit... Titi bondit... mais l'inconnu, qui semblait saisi d'un indicible effroi, ne songea même pas à la refermer... et Titi d'un élan se trouva dans l'allée de la maison.

Seulement, comme celui qu'il avait poursuivi gravissait les premières marches de l'escalier, Titi, curieux, se pencha pour le regarder :

— Le père Trassard! murmura-t-il; que diable faisait-il donc dans la cave?

Mais il n'eut pas le temps de creuser ce problème, car soudain un grand tumulte éclata au dehors !

— Fermez les fenêtres! criaient des voix.

C'était une compagnie qui passait dans la rue Perdue pour prendre à revers la barricade Maubert...

— Des soldats! faut que je voie ça! fit Titi...

Il n'osa pourtant pas sortir... Toto Lamuche lui avait fait peur...

Un pistolet dans chaque main — oubliant même qu'il les eût — Titi grimpa quatre à quatre les marches, arriva au premier étage, ent'rouvrit la fenêtre du palier... Les soldats passaient au pas de course, le doigt sur la détente du fusil, la baïonnette en avant...

Un cri formidable s'éleva du côté de la place Maubert :

— Vive la République !

Pris d'une folie inexplicable, ivre de bruit, Titi, voyant passer les pantalons rouges, voulut témoigner son enthousiasme à sa manière.

— Vive la République ! hurla-t-il de la force de ses poumons.

Et il déchargea en l'air un des deux pistolets de Toto...

Des voix d'en bas crièrent :

— Feu sur les fenêtres ! fouillez la maison, c'est là... En avant !

Étonné du bruit de l'arme qui fumait dans sa main, Titi avait reculé... dix balles s'aplatirent sur le cadre de la fenêtre, brisèrent les carreaux, sifflèrent autour de la tête du gamin.

Au même instant, Jean, son frère, s'élançant hors du logement du serrurier, bondit sur lui, l'attira vivement en arrière et lui arracha ses armes des mains.

— Malheureux ! cria-t-il, qu'as-tu fait ?

Titi, ahuri, échappa à son frère et, redescendant l'escalier, s'enfuit vers la cave, à laquelle il aspirait maintenant comme à un refuge...

Jean courut derrière lui... mais, à ce moment, la porte extérieure s'ouvrit et des soldats envahirent l'escalier...

Titi affolé roula dans la cave... fuyant, devinant quelque catastrophe...

Et Jean Rabolet tenait à la main deux pistolets dont l'un était encore chaud.

On se rua sur lui... des crosses de fusil se levèrent sur sa tête ; il allait être tué... Un officier s'élança devant ses hommes :

— Pas de justice sommaire ! cria-t-il. Arrêtez cet homme... et conduisez-le au poste du pont au Change !

— M'arrêter ! moi ! mais je vous jure !

— Fusillons-le ! crièrent des voix.

— Écoutez-moi, criait Jean qui se débattait.

— Taisez-vous ! malheureux ! dit tout bas l'officier, sinon je ne puis répondre de votre vie quant à présent.

Calertin avait attendu quelques instants le retour de Jean ; puis au bruit qui remplissait la maison, il s'était avancé vers l'escalier... il vit le jeune homme, saisi, entraîné par les soldats.

— Jean ! Pourquoi l'arrêtez-vous ? Il est innocent !

— Innocent ! fit une voix. Avec ça que ce n'est rien de tirer sur la troupe !

— Rentrez chez vous, dit l'officier en se retournant ; cet homme a été pris les armes à la main... commettant une lâcheté !

— Et vous lui ferez son compte ! ajouta celui qui avait parlé et qui n'était autre que Trassard, l'honorable usurier dont le nom a été déjà prononcé et qui, la tête hors de sa porte, suivait cette scène avec un intérêt particulier.

— Vous mentez, s'écria Calertin, en s'élançant vers lui. Jean n'a pas tiré !

— Ne m'insultez pas, vous ! fit Trassard, ou je vous fais arrêter aussi !

Calertin courut vers l'officier, suppliant, l'adjurant... Mais que pouvait-il ?

— Ne craignez rien pour moi ! cria Jean. Ne quittez pas mon père.

— Enlevez-le donc ! répéta encore Trassard.

PIERRE RABOLET ÉTAIT MORT.

L'officier fit un signe, et Jean, entouré, enlevé en quelque sorte, fut entraîné vers la porte.

— Mais c'est un crime ! son père se meurt !... Monsieur l'officier... je vous en prie.

Pauvre Calertin ! Il eut beau crier, supplier... il ne voulait pas quitter Jean... on le repoussa... un coup de crosse le rejeta en arrière... la porte s'était refermée.

Il entendit devant lui un ricanement.

— Un bon débarras ! fit Trassard.

Calertin s'avança vers lui le bras levé.

Celui-ci battit prudemment en retraite et referma la porte de son domicile en criant :

— Tas de canailles ! tas de démagogues ! si on pouvait tous les tuer !

Calertin, désespéré, courut à la fenêtre.

La rue était vide maintenant... la compagnie avait passé, et Jean Rabolet n'était plus là !

V

LE CRI DES HONNÊTES GENS

Le moribond, saisi par le remords de son crime, abîmé tout entier dans le remords, s'était, on s'en souvient, courbé devant son fils Jean, en le suppliant de lui accorder le pardon de son cœur honnête.

Et tout à coup Jean s'était élancé dehors.

Pierre Rabolet avait, lui, à peine entendu le coup de feu... Depuis deux jours n'avait-il pas d'ailleurs au cerveau l'étourdissement de la fusillade et de la mitraille ?

Mais ce qui l'avait frappé tout à coup, c'était ce cri aigu : Vive la République !

Il s'était à demi redressé... ses yeux avaient brillé.

Il avait vu Calertin courir à son tour hors de l'appartement.

— Que se passe-t-il ? s'était-il écrié en tendant les bras vers son ami.

Mais sous cet effort il avait chancelé, et Marie l'avait soutenu dans ses bras :

— Mon enfant ! dis-moi qui a crié. Pourquoi mon fils s'est-il enfui ? Calertin m'a-t-il abandonné ?

— Je ne sais... je ne comprends pas...

Et la jeune fille, que l'émotion brisait, se sentait envahie par une indicible épouvante.

— Mais j'entends, maintenant, reprit Rabolet. Oui... les crosses des fusils!... Ce sont des soldats!... Que veulent-ils?... Il n'y a pas de combattants ici !

La voix de Jean qui protestait s'éleva dans l'escalier.

— Mon Dieu ! murmura Marie, j'ai peur !

Le père haletait. Il devinait, lui aussi, qu'il se passait, à quelques pas de lui, un fait effrayant, douloureux... Il s'accrochait à la jeune fille, il voulait se lever, marcher...

Il obéissait à une sorte d'hallucination qui lui donnait la prescience de la vérité :

— Jean ! mon fils, râlait-il. Ils l'arrêtent... ils l'emmènent...

— Non ! c'est impossible ! Jean n'a pas combattu...

— Et il a bien fait... je le lui avais défendu... je ne veux pas... je ne veux pas... sous la République !... peuple contre peuple, frères contre frères... Mon fils ! reviens à moi !... il faut encore que tu m'écoutes... Je n'ai pas fini !... mon fils !...

Il n'acheva pas.

La porte s'était ouverte... et Calertin venait de paraître pâle... Il tenait par le bras Titi Rabolet qui tremblait de tous ses membres...

— Jean, mon enfant ! s'écria le serrurier.

— Demande à ce misérable gamin ce qu'il a fait de son frère, cria Calertin.

Et en même temps il lançait en avant Titi, qui vint tomber aux genoux de son père...

— Grâce ! père, grâce ! hurla l'enfant dont les dents claquaient...

Le mourant, soutenu par une force nerveuse, était debout, appuyé à un meuble... Il regardait, hagard, ne comprenant pas...

— Grâce ! répéta-t-il. Et pourquoi ?

— Mais Jean? où est Jean? reprit Marie. Parlez, mon père, car je me sens mourir...

Calertin était sous l'empire d'une surexcitation qui troublait son esprit ordinairement si lucide...

Et il s'écria :

— Père Rabolet, votre fils vient d'être arrêté ! et peut-être à ce moment même est-il déjà fusillé?

Marie poussa un cri déchirant, battit l'air de ses deux mains et s'affaisa sur le plancher.

C'est qu'elle aimait Jean de toutes les forces de son âme... c'est qu'elle mourrait de sa mort... Pauvre, pauvre Marie! est-ce donc que du même coup tu as été frappée avec le fiancé de ton cœur?

Le serrurier avait laissé échapper un râle sourd... il titubait comme un

homme ivre, la bouche convulsée... Chose horrible! sous la paralysie enva-
hissante, ce masque de désespéré semblait rire...

Mais, tout à coup, il sembla secoué par une commotion galvanique... il fit
un pas, se pencha vers Titi, qui, la face contre terre, prosterné n'osait pas
risquer un mouvement, et, avec une vigueur qu'on n'aurait pas soupçonnée
dans ce corps brisé, il le saisit par le collet de sa blouse et le souleva.

— Parle! lui dit-il d'une voix sourde. On t'accuse d'avoir tué ton frère...

— Non! non! ce n'est pas vrai!

— Triple menteur! s'écria Calertin au paroxysme de la colère... n'est-ce
pas toi qui as tiré par la fenêtre un coup de pistolet?

— Moi! moi!...

— Étienne! dit le serrurier, si tu ne dis pas la vérité, de ces deux mains-là
je te tue!...

Le gamin leva les yeux sur son père... Il vit, cette face de cadavre dont les
yeux étincelaient... et, pris d'une sinistre épouvante :

— C'est moi! ne me tue pas? supplia-t-il.

— Donc tu avais un pistolet?

— Oui...

— Où l'avais-tu volé?

— Je ne l'ai pas volé! oh! pour ça! non!

— Comment l'avais-tu ?

— C'est Toto Lamuche qui me l'a donné... qui m'en a donné deux... par
le trou de la cave... où le vieux méchant m'avait enfermé.

Calertin lui prit le poignet :

— C'est bien vrai, cela?

— Oui, bien vrai!

— Comment t'es-tu échappé de la cave?

— Je ne sais pas au juste... Ah! si... c'est l'homme d'à côté, Trassard,
qui m'a ouvert la porte... oh! sans le vouloir... il est venu dans la cave.

— Trassard! dans la cave! fit Rabolet en tressaillant.

Mais, passant sa main sur son front :

— Ce n'est pas de cela qu'il s'agit, murmura-t-il, mais de mon fils, de mon
Jean :

Et, pliant sur le sol Titi qui s'agenouilla de nouveau :

— Reste ainsi, dit Rabolet, et dis-moi tout...

Le gamin hésitait encore.

— Je le veux, entends-tu! je le veux!

Alors Titi, d'une voix entrecoupée, à peine distincte, raconta ce qu'il avait
fait...

Est-cequ'il savait, lui!... Il avait tiré en l'air, comme ça... pour s'amuser!...

Tout s'expliquait. Et comme pour donner à ce récit sa conclusion significative, le canon grondait toujours... et on entendait, du côté de la place Maubert, les cris des combattants.

Rabolet dit :

— Jean est perdu!... Je suis maudit!... Mais c'est moi qu'il fallait tuer... Je veux aller là-bas... oui, Calertin! Marie!... soutenez-moi!... j'irai... je dirai que Jean est innocent! Vite! hâtons-nous!... ne me laissez pas le temps de mourir!... avant de l'avoir sauvé!

Mais Titi s'était relevé... et, courant vers la porte :

— Je vais y aller, moi! s'écria-t-il.

C'était le cœur du gamin qui se réveillait... enfin il avait compris!

— Trop tard! fit tristement Calertin.

Et montrant à Titi le père Rabolet qui venait de s'affaiser dans son fauteuil :

— Regarde! lui dit-il, et supplie ton père de ne pas te maudire.

Le père Rabolet, accablé, allait mourir... l'énergie factice qui le soutenait jusque-là le quittait tout à coup... l'organisme s'épuisait...

— Titi! fit-il d'une voix si faible que les mots prononcés étaient à peine perceptibles.

L'enfant, la tête basse, ayant aux joues de grosses larmes qui roulaient, vint vers son père et de lui-même fléchit le genou...

L'autre continua de cet accent singulier qui semble un écho de la tombe :

— Ecoute-moi, petit!... Tu as commis une faute terrible!... surtout parce que tu as été lâche! tu t'es sauvé au lieu de t'accuser, d'avouer, de défendre ton frère!... C'est mal!... car tu es cause de sa mort!

Il s'arrêta un instant, suffoqué, et puis il reprit :

— Et c'est toi qui as crié : Vive la République! n'est-ce pas?

— Oui, c'est moi... murmura le gamin! qui sanglotait.

— Tu ne sais pas ce que veut dire ce cri!... C'est le cri de la probité... du courage... Celui-là seul a le droit de crier : Vive la République! qui est un honnête homme... il est interdit aux misérables... et aux lâches... et aux menteurs.

— Père! père...

— Oui! oui! je te le répète... c'est le cri d'honneur, de dévouement, de fraternité... et toi, tu as tué ton frère!... Eh bien!... entends-moi, fils!... la vie commence pour toi!... je te défends, je te défends, comprends-moi bien! de jamais proférer ce cri : Vive la République!... jusqu'au jour où, dans le fond de ta conscience, tu sauras que tu es un honnête homme... jure-moi... de m'obéir... mest ta main sur ma poitrine et répète après moi mes paroles.

Titi obéit. Le gamin était saisi par la solennité de cette scène douloureuse... il plaça sa main ouverte sur le cœur de son père.

Rabolet dit :

— Je réparerai par une vie d'honneur et de probité le mal que j'ai fait...
L'enfant répéta.

— Et je ne me sentirai digne de crier : Vive la République !... que le
jour où ma conscience me dira que je suis un honnête homme...

L'enfant dit encore ces paroles.

— Que ces mots soient pour toi, mon fils, le symbole de la réhabilitation !
et le jour où tes lèvres s'ouvriront franchement, noblement, pour crier : Vive
la République !... ce jour-là seulement ton père et ton frère t'auront pardonné !

— Je t'obéirai... Je te le jure...

— Et maintenant, Calertin, approche... je ne crois pas... je ne veux pas
croire que Jean soit mort... non ! ils n'auront pas eu le courage de le tuer...
mon Jean ! si bon ! si beau ! tu le chercheras... tu le sauveras... ce n'est
pas tout...

Quand je serai mort, tu prendras... sous le chevet de mon lit... une large
enveloppe... des papiers... j'allais donner tout cela à mon fils Jean ! quand le
malheur est venu !... tu garderas ce dépôt... et si tu trouves Jean... tu les lui
remettras... promets-le moi !... sans quoi je mourrai désespéré, maudit...

— Je te le promets, dit Calertin.

— Si Jean était mort... alors attends, jusqu'au moment où Titi sera digne
de ta confiance... alors donne-lui ces papiers !

Une formidable explosion annonçant la chute de la barricade Maubert
ébranla la maison :

— Mon fils ! Jean !... Marie ! Aimez-le bien !... Titi, je te pardonne ! Votre
main à tous !... Étienne, souviens-toi !...

Et il dit à voix basse :

— Et moi non plus, je n'ai pas le droit de crier : Vive la République !..

Et sentant dans ses mains les mains de ceux qui étaient là et qui pleu-
raient, le vieil ouvrier laissa tomber sa tête en arrière... un frémissement l'agita
tout entier...

Pierre Rabolet était mort...

Titi poussa un cri terrible... il se jeta sur son père, l'embrassa en sanglotant, puis se redressant :

— Père ! je veux sauver Jean... je te le promets !

Et d'un bond, avant que Calertin eût songé à le retenir, il s'élança dehors...

— Veille auprès du pauvre mort, dit Calertin à sa fille. Moi, je vais tâcher
de sauver ses deux enfants...

Marie s'agenouilla... Calertin serra une dernière fois la main de Pierre Rabolet et sortit à son tour...

VI

CE BON M. LAMUCHE

L'enfant, effaré, fuyait cette chambre où un mourant — son père — venait de lui jeter, avec son pardon suprême, la révélation foudroyante de sa lâcheté et, qui sait? du meurtre inconscient de son frère...

— Je veux le sauver! je veux racheter mon crime! Non! je ne suis pas un lâche! murmurait Titi en descendant quatre à quatre les marches de l'escalier.

Il était fou de colère contre lui-même, de terreur inexpliquée, de désespoir aussi. C'est qu'il ne comprenait pas encore ce qu'il avait fait.

Est-ce qu'il voulait faire du mal quand il avait tiré ce coup de pistolet! L'enfance a une logique implacable. C'était vrai... il avait voulu jouer... il n'avait visé personne, il avait tiré en l'air... et on était venu envahir la maison.

Il ne pouvait pas s'attendre à cela!... et pourtant. c'était bien réel, Jean n'était plus là, on l'avait emmené! Jean! Titi l'aimait bien!... et puis il le respectait, parce que, s'il n'aimait guère travailler lui-même, il s'était dit souvent :

— J'ai bien le temps d'être aussi travailleur que Jean... quand je serai grand comme lui!...

Et puis, c'était la première fois que Titi voyait en face cette chose mystérieuse qui s'appelle la mort!... Son père, si bon, si indulgent, avait eu, comme malgré lui, des éclairs menaçants dans les yeux. Quand il disait à Titi : Tu n'es pas digne de te dire honnête!... sa voix était rauque, haletante...

C'était effrayant...

Titi obéissait à cette peur... à ce besoin naïf qu'éprouvent les enfants d'obtenir le pardon...

On verrait!... il retrouverait Jean! il dirait tout aux soldats!... c'était lui, Titi, qui avait tiré — oh! pas pour faire du mal! — et on le croirait, et il ramènerait Jean...

Il se trouva dans la rue Perdue... c'était la nuit maintenant, l'eau tombait; il y avait à travers la ville un bruissement sinistre de vent, mêlé à la large clameur du combat, déchiré par les décharges de la fusillade et les battements énormes du canon...

Car les ténèbres n'avaient pas arrêté la lutte. Et, dans cette ombre, la bataille rugissait plus terrible, plus désespérée...

Titi laissait la mort derrière lui... et devant lui, c'était la mort qu'il retrouvait... ce petit être était au point central d'un cercle dont toute la circonférence était tracée de feu et de sang...

Et pourtant il ne recula pas, il n'hésita pas une seconde.

La rue Perdue était solitaire, les troupes étaient passées par là, et avaient franchi l'espace jusqu'au Panthéon... C'était là maintenant que se concentrait sur la rive gauche l'effort des fureurs humaines...

Le général Damesmont avait ouvert le feu simultanément sur la place de la Sorbonne, dans la rue des Grès, dans la rue des Mathurins et sur la place Cambrai...

La pluie semblait être de soufre; elle tombait sur la fournaise qui jetait, plus ardente, des lueurs rouges sur le ciel noir...

Nuit d'épouvante, de folie, de fièvre...

Titi ne riait plus, maintenant... il ne saluait plus les crépitations de la poudre d'un cri ou d'un éclat d'admiration... Tous ses nerfs tendus vibraient, et il y avait dans son cerveau des claquements douloureux... Il courut vers le quai... il voulait s'orienter.

Là, l'espace serait plus large, il respirerait mieux...

Mais, au moment où il atteignait le coin de la rue de Bièvre et du quai de la Tournelle, une décharge siffla dans l'air; c'était une escarmouche entre quelques insurgés et une compagnie de garde nationale...

Titi s'arrêta brusquement... non qu'il eût peur des balles. Il ne pensait pas à cela, seulement par là on ne pouvait pas passer. Et c'était cela qu'il voulait...

Pour aller où? Il ne le savait pas. Seulement il prétendait ne pas être arrêté au premier moment...

Il revint sur ses pas et s'engagea dans la rue des Bernardins, passa devant Saint-Nicolas du Chardonneret et se trouva au bas de la montée de Sainte-Geneviève... Un grand bruit éclata derrière lui, un clairon sonnait la charge et il vit, se retournant, une masse noire qui courait... au milieu de soldats qui s'excitaient et criaient, quelque chose de sombre, d'étrange, pareil à un monstre allongeant son cou... C'étaient des artilleurs qui glissaient une pièce pour l'établir au clos Bruneau...

Instinctivement, Titi se jeta contre le mur, à plat ventre, protégé par une borne... La trombe passa... le canon avait des oscillations bizarres, comme une bête qui cherche à mordre... le gamin reparut... quand elle eut vingt pas d'avance, il lui montra le poing... et se mit à la suivre, comme s'il eût été curieux de voir si elle avait les dents solides...

PAR UN EFFORT DE REINS IL SE RELEVA A DEMI

Mais comme il allait vite, arrivant au coin de la rue du Marché, sorte de ruelle étroite et infecte, il trébucha tout à coup et roula à terre.

Il tendit les mains, serra les ongles et poussa un cri rauque... il y avait là un corps étendu... D'un effort de reins, il se redressa à demi... mais, ses genoux glissant, il retomba, et ses doigts sentirent un autre corps.

Des cadavres! il y avait eu bataille à ce coin... Titi avait saisi un bras et l'avait senti raide... Il avait touché une main... et cela était froid comme glace... Titi eut un frissonnement qui le secoua tout entier... il n'osait plus bouger.

Ces morts étaient un obstacle plus terrible encore que les balles de plomb, que le feu des canons.

Il restait là, hagard, ayant au front de grosses gouttes de sueur froide comme ces membres qu'il palpait d'un mouvement machinal... Quelques minutes se passèrent. Titi eût voulu se lever, mais il devinait que, pour trouver un point d'appui, il lui faudrait poser le pied sur un membre humain... c'était une répulsion qu'il ne pouvait vaincre.

Et il était à demi étendu, soutenu seulement sur les poignets et les genoux, écartant autant qu'il lui était possible son corps vivant de ces cadavres.

Mais, soudain, sa bouche se contracta, ses cheveux se hérissèrent, ses yeux agrandis semblèrent prêts à jaillir de leur orbite.

Titi venait de sentir quelque chose, un étau, un boulet de fer, une chaîne se river à son pied.

Chose horrible! derrière lui sans qu'il vît rien, ce quelque chose l'avait frappé... C'était la mort qui le saisissait... c'était fini!... il était perdu... pris par l'effroyable inconnu de la tombe qui se réveillait pour s'emparer de lui.

Cette glaciale étreinte se serrait... et, en même temps, Titi perçut le bruit d'un souffle... vague, terrible comme toutes les choses de la mort.

Les bras de Titi pliaient et n'avaient plus la force de le soutenir.

Il allait s'affaisser sur cette masse morte... y rester... y mourir à son tour... Des lueurs violettes passaient devant ses yeux.

Et dans l'ombre qui s'épaississait, il voyait son père, dressé, le bras étendu, qui l'appelait lâche... il voyait Jean, livide, chancelant, la poitrine rouge.

C'était le châtiment... il ne s'était pas fait attendre.

— A moi! au secours! fit une voix faible, à peine perceptible!

L'enfant tressaillit. Son sang ne fit qu'un tour, comme on dit, et lui monta aux joues... C'était comme un réveil... cette voix humaine l'arrachait à l'hallucination.

— A moi! fut-il répété! je meurs... sauvez-moi!

Titi, sans tourner la tête, mais réconforté tout à coup par cette rentrée dans la réalité, dit à voix basse, lui aussi :

— Alors qu'on me lâche!

Il avait toujours peur de cette main — car c'était bien une main, il le sentait maintenant — qui lui tenait la cheville.

Mais celui qui l'avait saisi le tirait maintenant, évidemment on cherchait à se redresser.

Plus courageux devant ce fait matériel, Titi se secoua... l'étau se desserra. Alors il contracta ses muscles et parvint, par un mouvement sec, à dégager son pied.

Puis étant libre, il sauta de côté, d'un bond... il lui tardait d'être hors de ce tas de corps vivants ou morts.

— Ah! je vous en prie? ne m'abandonnez pas! reprit la voix effrayée, plaintive.

— As pas peur! murmura le gamin qui retrouvait son style avec son sang-froid, on y va.

Et les bras étendus, prenant des précautions pour ne pas heurter du pied les corps étendus :

— Là! me v'là! fit-il, voyons, mon vieux... tu as pris une drôle de place pour faire ton lit... Où es-tu? donne la patte.

Il vit alors un bras qui s'agitait, cherchant un point d'appui... Il s'approcha tout à fait.

— Qu'est-ce que nous avons de cassé?... pouvons-nous nous mettre sur nos guiboles?... un peu de chien, sacredié !

Et, tout en objurguant le malheureux qu'il était prêt à secourir, Titi arrivait jusqu'à lui et faisait effort pour le soulever.

— Rien lourd! grogna-t-il. Aide-toi donc, ma vieille !... t'es mollasse comme tout !... à moins que tu n'aies une jambe de moins... ou deux... en ce cas là, il faut le dire... j'te ferai avancer ma voiture.

Titi se retrouvait tout entier, blagueur même en faisant le bien... Les têtes d'enfant sont toutes les mêmes... les impressions s'y succèdent avec une rapidité telle que leurs sensations se transforment en quelques instants.

Et notre gamin était de ceux qui passent pour ainsi dire instantanément du rire aux larmes et réciproquement... L'âge seul donne à notre conscience la faculté de conserver des traits ineffaçables.

Cependant, à la voix de Titi, l'inconnu, encouragé sans doute par le secours prochain, se redressait peu à peu... L'enfant l'aidait de toute sa force, poussant des : « Aïe donc !... va donc !... » continuels.

Et finalement, l'homme se tint debout, appuyé sur l'épaule de Titi qui se cambrait sur ses petites jambes.

— Eh bien ! ça marche ! ajoutait Titi. A ce qu'il paraît qu'il n'y a rien de démoli.

— Où suis-je ? demanda l'homme.

— Tiens ! ils disent tous ça dans les drames, remarqua Titi.

— Ah ! oui, je me souviens... je suis tombé... nous étions pris entre deux feux !

— Et tu n'as pas eu le temps de te tirer les flûtes... Ah çà ! mais... entre deux feux, tu n'as donc pas reçu de pruneaux ?

— Je ne sais... cependant, la tête !... j'ai mal !

— Tu causes trop bien pour avoir écopé sérieusement.

— Ah ! la mitraille ! le canon ! toujours ! fit l'homme. Fuyons !

— A ce qu'il paraît que tu en as assez... c'est ça, filons !... Où demeure monsieur, que je le reconduise à domicile ?

— Rue Saint-Victor...

— C'est à deux pas... appuie-toi... carrément et en route !

— Jusqu'ici dans l'angle obscur où s'était passée cette scène, l'homme et l'enfant étaient entourés d'ombre... mais sous l'impulsion donnée, le blessé fit quelques pas.

Tout à coup, il s'arrêta :

— Mon portefeuille, fit-il... il est tombé ! mais il me le faut... je le veux.

— Ah ! pour ça ! bonsoir !... si vous croyez que je vais m'esquinter à chercher des papiers... par terre.

— Je le veux ! répéta l'autre avec colère.

Il se tenait droit maintenant. Évidemment ses blessures, si tant est qu'il en eût, n'avaient aucune gravité... Il avait été étourdi, il s'était évanoui, c'était tout.

— Mais il fait noir comme dans un four.

L'autre tendit l'oreille :

— La bataille est loin maintenant, murmura-t-il, j'ai le temps.

Il s'écarta de Titi, et, plongeant sa main dans sa poche, il en tira une lanterne de très petite dimension... Titi ne voyait pas ce qu'il faisait et lui dit :

— Vous savez, si vous voulez moisir ici... ça vous regarde...

A ce moment, il entendit le claquement d'une allumette que l'autre venait de frotter d'un coup d'ongle... une lueur jaillit. La lanterne s'éclaira...

— Mince qu'il est bien outillé ! fit le gamin.

Mais déjà l'homme avait fait quelques pas en arrière et se retrouvait au coin de la ruelle.

Machinalement Titi l'avait suivi...

L'homme lui tendit la lanterne.

— Tenez-moi cela, fit-il.

Et comme Titi obéissait, il se pencha, recula un corps inanimé et poussa un cri de joie !

— Le voilà ! fit-il.

Il ajouta tout bas :

— Ça n'aurait pas été la peine de risquer sa peau !...

Il se releva. Mais, dans ce mouvement, la clarté de la lanterne toucha son visage. En même temps, il vit le petit... et deux exclamations se croisèrent.

— Titi Rabolet !

— Monsieur Lamuche !

Il nous faut expliquer en peu de mots ce qu'était ce Lamuche, le père de ce Toto qui avait rendu un si triste service au gamin.

M. Lamuche était, ou plutôt avait été serrurier, comme le père Rabolet, dont il avait été longtemps l'ami, du moins en apparence. Tandis que le père Rabolet s'évertuait à réaliser des inventions, Lamuche, plus prudent, ou plus habile, avait peu à peu transformé son commerce.

Il était devenu marchand de fer, ou plutôt intermédiaire entre les petits commerçants de la quincaillerie, de la serrurerie ou autres métiers similaires, et les marchands en gros.

Dans le quartier, il passait pour s'être enrichi.

On le disait hypocrite, avare... ambitieux.

C'était un homme de trente-cinq ans environ, aux cheveux noirs et courts, à la face maigre... Quoique Auvergnat, Lamuche n'avait point le type un peu lourd, mais si souvent bon et franc de cette race gauloise.

Rabolet s'était brouillé avec lui, il y avait de cela deux ans environ, Titi n'avait jamais connu le motif de cette rupture.

On lui avait défendu de voir Toto — qu'on avait déclaré n'être qu'un mauvais garnement — raison de plus pour que Titi n'obéît pas, comme bien l'on pense.

Enfin, dernier trait spécial à M. Lamuche, le bruit courait — tant il y a de mauvaises langues — qu'il appartenait à la police et que son nom de Lamuche devait se prononcer ainsi :

La Mouche...

— Titi Rabolet ! s'était écrié Lamuche. Qu'est-ce que tu fais par ici ?

Reconnaissant l'ancien ami de son père, Titi avait pensé tout à coup à ce qui s'était passé, il y avait une heure à peine... et sentant un flot de larmes lui monter aux yeux :

— Ah ! monsieur Lamuche, si vous saviez ?

— Quoi donc ? fit l'autre qui, ayant caché dans sa poche le portefeuille auquel il attachait — paraît-il — un si grand prix, descendait maintenant d'un pas rapide la rue Montagne-Sainte-Geneviève...

— Père est mort ! cria Titi.

— Qui ?... Rabolet ?

— Oui ! mort !... subitement !

M. Lamuche eut un tressaillement. Seulement, si Titi avait pu voir son visage en ce moment, il aurait surpris sur ses traits une expression singulière.

On eût dit qu'un sourire crispait les lèvres de cet homme que le fils de Rabolet venait de sauver.

— Mais, ce n'est pas tout ! Oh ! si vous saviez... répéta-t-il. Tous les malheurs à la fois !

— En vérité... tu m'effrayes... ce pauvre Rabolet !... Quoi donc encore ?

— Jean est arrêté...

— Arrêté !

— Par les soldats !

— Jean ! ton frère !... il s'est donc battu !... il était donc avec ces misérables insurgés !

Or, si Titi avait eu en ce moment la tête à lui, il se fût souvenu qu'à la lueur de la lanterne il avait remarqué que les malheureux au milieu desquels il avait trouvé M. Lamuche étaient vêtus de blouses... et que lui-même, enveloppé d'une sorte de paletot, ne portait point l'uniforme de ceux qui combattaient l'insurrection.

Il était donc bien étrange qu'il parlât de ces « misérables » avec ce ton de mépris.

Mais Titi ne vit que l'accusation portée contre son frère :

— Non ! non !... il n'a rien fait !... je le sais bien... moi !...

— Parce que...

— Eh bien...

Titi hésitait... il était devenu tout rouge... il fallait avouer qu'il avait été lâche... qu'il avait laissé les soldats s'emparer de son frère sans oser se dénoncer lui-même.

Ils étaient arrivés à la rue Saint-Victor... c'était là en effet que demeurait M. Lamuche.

Au moment où ils tournaient le coin, un cri retentit :

— Qui vive ?

Et une escouade de gardes nationaux entoura l'homme et l'enfant :

— Qui êtes-vous ?... allons ! des explications ou je vous fais coller au mur... demanda d'un ton brutal celui qui commandait.

Il ne faut pas oublier que la garde nationale — affolée par la lutte — était prompte aux exécutions sommaires.

— Ami ! dit M. Lamuche. Et si monsieur le sergent veut s'approcher de moi, je lui dirai deux mots qui lui prouveront que je ne suis pas ennemi de l'ordre.

Le sergent hésita... mais il avait une douzaine d'hommes avec lui, il était peu probable qu'on osât s'attaquer à lui. Il eut donc le courage de s'approcher, avec sa lanterne.

M. Lamuche plongea sa main dans sa poche, y prit ce fameux portefeuille dont la possession lui était si nécessaire, l'ouvrit et en tira quelque chose — une carte — qu'il montra au sergent.

Celui-ci étouffa un jurement.

— C'est bon ! c'est bon !... alors faites votre métier !... et pincez-en le plus possible... de ces gueux-là !... En avant, marche !

Et, avec une grimace de dégoût mal dissimulée, le garde national continua sa ronde.

Avec un peu de bon vouloir, on aurait pu l'entendre murmurer :

— Sale mouchard ! va !

— Maintenant, dit l'honorable M. Lamuche, viens chez moi, Titi... tu me raconteras l'affaire.

— Et vous ferez lâcher Jean ! s'écria Titi qui, sans se rendre compte de ce qui s'était passé, avait été ébloui de l'influence que semblait donner à M. Lamuche son fameux portefeuille.

Le marchand de fer eut encore un sourire faux et répondit :

— Je tirerai ton frère de là, sois donc tranquille !... il faut bien me dire toute la vérité !...

— Oh ! je vous le promets !...

Puis il ajouta :

— Vous êtes donc puissant, monsieur Lamuche ?

— Que veux-tu dire ?

— Dame ! les soldats nous ont laissé passer... dès que vous avez dit un mot.

— Tu as raison... ricana l'homme. Je peux me faire obéir.

— Oh ! quel bonheur !... mon pauvre Jean est sauvé !

Et il était joyeux, le pauvre Titi !... il riait et pleurait à la fois ! Comme c'était heureux cependant qu'il eût juste rencontré M. Lamuche... et il paraissait si bon !... il n'avait pas l'air de se rappeler seulement qu'il était fâché avec son père !... pauvre Titi ! pauvre gamin !

M. Lamuche s'était arrêté devant une maison basse, plongée dans une obscurité profonde.

Il fit entendre un sifflement doux, trois fois répété... puis il attendit ; quelques minutes s'écoulèrent... la porte étroite s'ouvrit... et l'on vit une femme, enveloppée d'un peignoir de nuit, qui élevait une lampe à la hauteur du visage de l'arrivant.

— Ah ! c'est toi ! fit-elle. Enfin ! j'étais si inquiète ! Et puis il y a là-haut.

Apercevant Titi, elle s'interrompit :

— Qu'est-ce que c'est que ça ? fit-elle d'une voix dure.

C'était une femme jeune, de vingt-cinq ans à peu près, grande et forte, à la poitrine abondante... type de belle fille, si l'on veut, mais dont les yeux hardis, la bouche aux lèvres rouges et sensuelles, l'abondante chevelure, noire et en désordre, ne réalisaient en aucune façon l'idéal de la rosière.

— Tu le sauras plus tard, fit M. Lamuche brusquement. En attendant, laisse-nous entrer...

— Tu n'as pas l'air aimable, ce soir, maugréa la femme.

Cependant elle s'écarta. M. Lamuche referma soigneusement la porte ; Titi était entré et se faisait petit. Instinctivement, il avait peur de cette femme qui disait « ça ! » en parlant de lui.

Lamuche dit tout bas à la femme :

— Claudia ! qu'est-ce que tu allais dire ?

— Il y a là quelqu'un qui t'attend...

— Qui ?

— L'homme aux machines.

— Lamuche eut un geste de surprise.

— Tiens ! c'est drôle ! enfin qu'il m'attende.

— Viens lui dire un mot.

— Non, tout à l'heure, il faut d'abord que je cause avec ce moucheron-là !

Tout en parlant, il avait ouvert une porte et avait pénétré dans une pièce étroite, meublée d'un bureau de bois noir, d'un vaste casier et de quelques chaises.

Aux murs étaient des pancartes représentant des dessins de machines de formes diverses, des épures, des lavis.

Enfin, dans un coin, auprès de la fenêtre, on voyait, sous une couche de poussière noirâtre et épaisse, un modèle en réduction d'un engin mécanique.

La femme avait posé la lampe sur le bureau :

— Ne sois pas longtemps, dit-elle... l'on s'impatiente... Il paraît que c'est très important et très pressé !

— J'en ai pour cinq minutes... laisse-moi... et toi, mon petit, assieds-toi et conte-moi ton histoire.

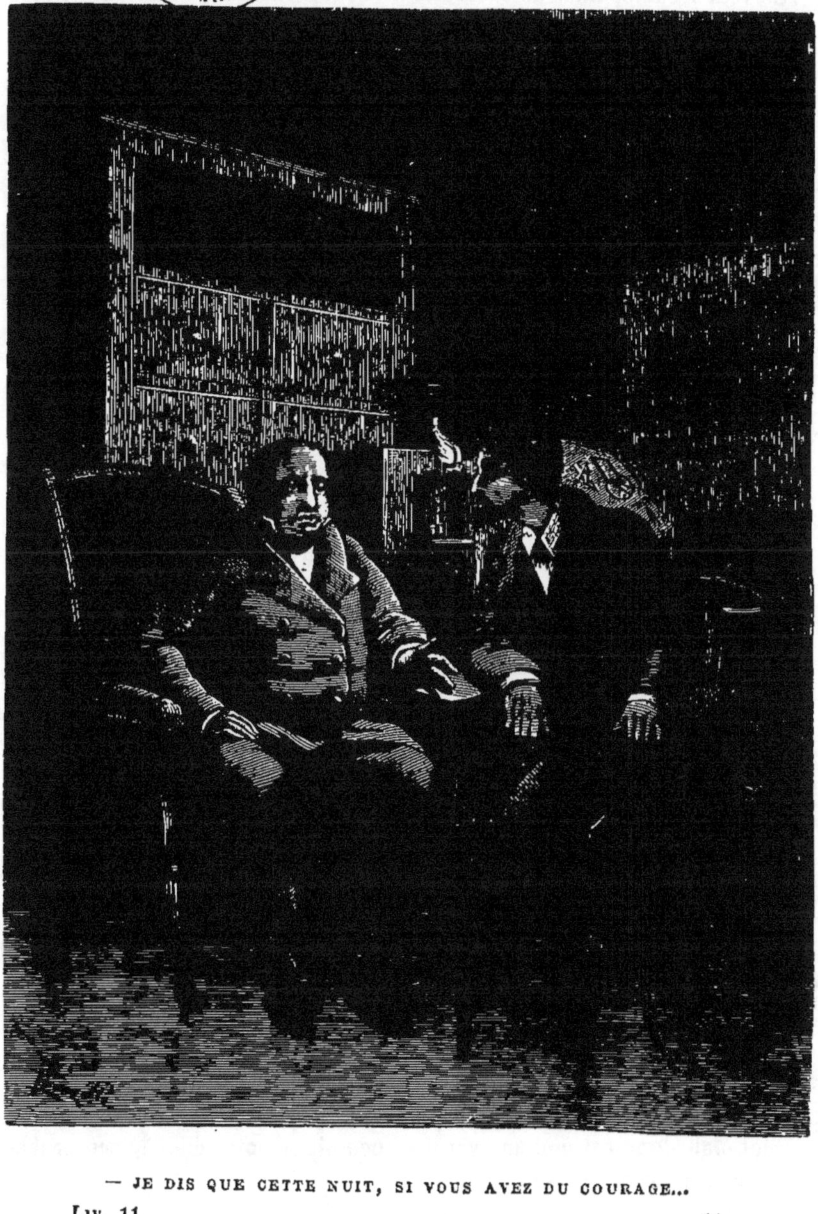

— JE DIS QUE CETTE NUIT, SI VOUS AVEZ DU COURAGE...

Titi, tout troublé, mais se raccrochant à l'espérance que lui avait donnée la bonhomie de Lamuche entama son récit.

Et, ma foi, il dit presque toute la vérité...

A un seul détail près.

Celui qui avait tiré le coup de pistolet ne s'appelait pas Titi Rabolet, c'était monsieur *On*, ce personnage mythique qui a endossé tant de responsabilités depuis le commencement des histoires humaines.

En achevant, Titi eut un élan... il quitta sa chaise, courut à M. Lamuche et lui prenant les mains :

— Oh ! je vous en prie ! monsieur, je vous en supplie... sauvez Jean ! voyez-vous, s'il lui arrivait malheur, je serais maudit !

M. Lamuche eut un bon sourire plein de componction :

— Sois tranquille... compte sur moi.

Il parlait lentement. Il pensait à autre chose... Il continua :

— Seulement il faut rester ici cette nuit.

— Non ! oh ! non... il faut que je retourne à la maison... auprès de père.

— Tu iras demain matin... mais j'ai encore des renseignements à te demander... tu comprends.

— Mais je vous ai tout dit...

— Voyons ! fit plus sèchement M. Lamuche, tu ne voudrais pas être cause que ton frère restât plus longtemps prisonnier ?

— Oh ! non !...

— Eh bien ! je te dis que j'ai encore besoin de causer avec toi... par exemple, demain matin, Jean sera chez vous.

— Bien vrai !

— Mais quand je te le promets... je ne te demande que de m'attendre ici pendant une petite heure.

— Oh ! dans ce cas-là, tant que vous voudrez, monsieur Lamuche.

— Là ! tu deviens raisonnable... sois bien tranquille... ne touche à rien... Je reviendrai bien vite.

— Vous sortez !

— Non, mais j'ai à causer avec un ami... là... à côté !... au revoir mon petit ami !

Et M. Lamuche sortit, laissant Titi presque consolé.

Quel était donc cet ami qui venait, une nuit comme celle-là, causer d'affaires importantes et pressées ?

Minuit sonnait... et le canon tonnait toujours.

VII

DUO DE BANDITS

M. Lamuche, qui était homme de précaution, à ce qu'il paraît... avait, en sortant de la chambre où se trouvait Titi, donné un tour de clef à la serrure.

Mais si doucement que le gamin n'avait rien entendu.

Il était au moins étrange que le marchand de fers — qui paraissait si disposé à se dévouer au salut de Jean Rabolet... commençât par s'assurer de la présence contrainte et forcée de son frère. Si c'était pour avoir la certitude d'obtenir de lui de nouveaux renseignements, il faut avouer que c'était pousser l'intérêt plus loin que de raison.

Claudia... la forte créature dont nous avons parlé... l'entendant sortir était venue au-devant de lui :

— Ah ça ! lui dit-elle assez durement, qu'est-ce que c'est que toutes ces manigances-là ? Est-ce que nous allons garder ce moutard-là toute la nuit ?

— Ma chère amie, fit Lamuche en lui prenant les mains, je t'ai habituée, je crois, à avoir confiance en moi... j'ai risqué ma peau tout à l'heure dans un but que tu connais. Il faut, quand on veut arriver, donner des preuves de dévouement à ceux qui vous honorent de leur confiance... or, je veux arriver, et vite... pour moi et pour toi...

— Mais cet enfant ?

— Est peut-être la meilleure carte de mon jeu... laisse-moi jouer à ma guise... j'ai des atouts et je sais m'en servir.

Claudia eut un rire contenu :

— Et au besoin tu sais tricher, dit-elle.

— Bah ! l'avenir est aux habiles... et je t'affirme que notre doux seigneur Napoléon nous en donnera la preuve avant qu'il soit longtemps.

— Mais a-t-on payé, au moins ?

— Cette défiance t'honore... mais rassure-toi, je ne suis pas allé me jeter au milieu de l'insurrection, excitant les timides et surexcitant les exaspérés, risquant par conséquent de me faire fusiller par les uns comme mouchard et par les autres comme insurgé, sans avoir en main la juste rémunération de mes services...

— Très bien !... et... combien ?

— Cinq mille !

— C'est maigre !...

— Laisse donc... Cinq mille francs et une protection acquise, c'est la fortune. Vienne l'empire... et le pauvre Lamuche deviendra Monsieur de Lamuche, gros négociant, conseiller municipal, et qui sait? qui sait?

— Mais trêve de causeries... Voici que minuit a sonné... Si l'homme aux machines — comme tu l'appelles — est venu, c'est que le four chauffe... quel four? Je vais le savoir... En attendant, sans avoir l'air de rien, veille sur le moutard... quand j'aurai causé avec l'autre, je lui rendrai ou ne lui rendrai pas la liberté.

— Compte sur moi... tiens! Lamuche, il y a des moments où je crois que tu es un grand homme.

— Crois-le... et souviens-toi que madame Lamuche sera une grande dame.

— Dieu le veuille !

— Dieu ou le diable ! fit en ricanant le sceptique Lamuche, ça m'est bien égal.

— Et, ces instructions données, adressant à la belle Claudia un signe familier, il entra dans la pièce où il était attendu.

Il est un personnage dont plusieurs fois déjà nous avons entretenu le lecteur, mais que nous ne lui avons pas encore correctement présenté.

Ce personnage, c'est M. Hilaire Trassard — l'usurier, comme disait le pauvre Pierre Rabolet — le brave M. Trassard, comme disait tout le quartier.

M. Trassard réalisait physiquement le type de ce bon bourgeois, rond, prudhommesque, bénin, roulant à travers la vie une bedaine satisfaite et dont la face, pareille à celle de la lune rougie par les premiers feux de l'aurore, inspire à la fois la sympathie et la confiance.

Quand il passait à travers les rues, bien à l'aise dans son ample paletot, trottinant de ses jambes courtes et grasses, avec ses allures un peu ecclésiastiques, quand on voyait se roulant sur un col peu serré son double menton, tournant en bourrelet jusqu'à la nuque, quand enfin on surprenait sur ses lèvres béates un sourire aussi banal qu'éternel, on se disait :

— Quelle bonne pâte d'homme ! un peu bebête, un peu provincial... mais quelle excellente nature !

Autant Lamuche avait l'aspect dur, brutal, autant le doux monsieur Trassard, charmant, patelin, donneur d'eau bénite à goupillon que veux-tu (inutile de dire qu'il avait de la religion), savait amadouer, fasciner, engluer son monde... Pierre Rabolet en avait été la preuve vivante.

D'où venait M. Trassard? Quel était son passé? quel était son vice?

Que si quelque phrénologue eût pu tenir en main cette tête à cheveux blondasses, aux joues glabres, aux yeux ternes, il aurait constaté certains signes qui lui eussent donné grandement à réfléchir, notamment dans un développement singulier du cervelet, qui est situé, comme chacun sait, à la partie postérieure de la tête, renflant plus ou moins fortement au-dessus du cou.

Pour employer un terme convenable, l'ossature de son crâne eût fait supposer que le bon Trassard pouvait, en certaines circonstances, être agité de passions violentes... mais la phrénologie peut errer.

Et certes, à qui voyait son affabilité quasi paternelle avec les enfants dont il tapotait légèrement les joues et à qui il donnait volontiers un sou pour acheter du gâteau, cette seule idée pouvait être suggérée, qu'il eût été le meilleur des pères.

D'où il venait ? en quoi cela pouvait-il regarder quelqu'un ? Il avait quelque bien, paraît-il, vivait modestement et ne devait rien à personne. S'il avait été dur avec Pierre Rabolet, n'était-ce pas après tout parce que les risques étaient grands ?

Trouvez donc beaucoup de gens qui prêtent douze mille francs à un inventeur !...

Le bruit avait bien couru dans le quartier qu'il avait été jadis quelque chose comme prêtre, ou tout au moins instituteur religieux... Après ?... s'il lui avait plu de jeter le froc ou la grammaire aux orties !... est-ce qu'on n'est pas libre ?

Et c'était toujours avec un nouveau plaisir qu'on voyait ce bon M. Trassard passer doucement la main sur le cou des petites filles qui jouaient dans la rue.

Mais trêve de suppositions et d'explications, et écoutons nos deux personnages, ce qui nous édifiera au mieux et aussi complètement que nous le pouvons désirer.

Trassard était debout. La chambre où il attendait Lamuche n'était éclairée que par une chandelle fumeuse.

Il se retourna au bruit que fit Lamuche en entrant et dit d'un ton bourru :

— Enfin ! vous voilà ! en vérité, si c'est ainsi que vous traitez les affaires.

Lamuche se mit à rire :

— Comment, mon vieux satyre, on se fâche... est-ce qu'on a eu des peines de cœur.

— Je vous ai déjà prié de cesser ces plaisanteries.

— Bah ! il faut bien s'amuser un peu... voyons ! quelle diable d'idée vous a amené ici ?

Trassard regarda autour de lui d'un air inquiet :

— On peut parler...

— De qui s'agit-il?

— Oh ! vous pouvez croire ! je rends hommage à la beauté, voilà tout.

— C'est-à-dire que vous ne pouvez pas voir un cotillon sans perdre la tête... mais je suppose que ce n'est pas pour causer amourettes que vous êtes venu ici.

M. Trassard cligna ses petits yeux :

— Monsieur Lamuche, êtes-vous un homme de résolution?

— Moi !... sacredieu !... si vous saviez ce que j'ai fait cette nuit, vous ne me le demanderiez pas.

— Et vous voulez être riche?

— Oui ! tonnerre de chien ! riche et vite et tout de suite... ah ! s'il ne fallait que vous étrangler pour cela... du diable si ça serait long.

Cette hypothèse parut peu flatter M. Trassard qui dit cependant avec le même sourire :

— Eh bien ! si vous voulez... c'est fait.

— Vous dites !

— Je dis que cette nuit même... si vous avez du courage... je vous donne.

— Mais quoi donc ! pas tant de phrases ! au fait !

— Vous savez la machine dont je vous ai montré les épures.

— Le moteur nouveau... par l'air comprimé.

— Vous m'avez dit que, si cette invention tombait entre vos mains, vous deviendriez millionnaire.

— Et je le répète... ah ! la belle affaire ! je vois cela d'ici... une Société fondée au capital de cinq millions... des usines... des centaines d'ouvriers.

— Le moteur est... à vous !

Lamuche tressaillit...

— A moi !... Ah ! tenez ! ne vous moquez pas de moi... je serais capable de vous écharper.

Décidément Lamuche avait des arguments *ad hominem*, qui n'étaient pas du goût de maître Trassard.

— Mais que faut-il faire ? où faut-il aller ? reprit Lamuche qui semblait hors de lui.

— A deux pas d'ici... rue Perdue.

— Rue Perdue... quoi ! l'inventeur dont vous avez refusé de me dire le nom... c'était.

— C'était Pierre Rabolet.

— Et Rabolet est mort...

— Vous le savez !

— Oui ! mais continuez donc !... Qu'est-ce que cela fait?... Est-ce qu'il n'y a pas du monde dans la maison?

Tout à coup, il se frappa le front :

— Le fils aîné...

— Est arrêté !... c'est moi qui ai aidé à cela.

— C'est parfait.

— Quant au gamin...

— Eh! celui-là, fit Lamuche en riant, n'ayez pas peur... il n'ira pas chercher la garde.

— Je l'ai bien vu partir en courant... mais il peut revenir...

— Cela m'étonnerait... il est ici !

— Pas possible !

— Sous clef et sous bonne garde... donc si nous n'avons que lui à craindre...

— Décidément, fit Trassard qui eut son petit mot pour rire, il y a un Dieu pour les honnêtes gens.

— Mais tout cela ne me dit pas comment je puis m'emparer de la machine...

— Par un moyen fort simple... Il y a quelques jours, en creusant dans ma cave...

— Pour y cacher un magot...

— Possible... j'ai découvert une sorte de sous-cave, de couloir souterrain qui aboutit justement sous l'atelier de Rabolet.

— Parfait... voici bien l'ouverture... mais la sortie dans l'atelier.

— Il y avait là autrefois une trappe... probablement un cellier de marchand de vins.

— Et la trappe peut se soulever?

— Oui... j'en ai fait l'expérience...

— Et le modèle de la machine est bien dans l'atelier ?

— Je l'y ai vu... de mes yeux.

— Est-ce lourd ?...

— Non ! c'est une réduction... cela ne doit pas peser cinquante livres.

— Oh! un détail !

— Mais il faut faire l'expédition cette nuit même.

— Croyez-vous que je veuille perdre du temps... Tenez, Trassard, le service que vous me rendez-là est de ceux qui ne se paient pas... et quand je serai riche.

— Part à deux !... d'ailleurs nous avons notre petit acte d'association en règle.

— Hein ?

— Vous oubliez le petit papier que vous avez signé, il y a six mois... et qui m'associe à toute opération, basée sur l'exploitation de machines, moteurs nouveaux, etc... qu'il nous plairait d'entreprendre.

— Savez-vous, père Trassard, que vous êtes très malin !... le jour où j'ai signé cela, j'étais un peu parti, comme on dit... et du diable si je croyais que ce chiffon-là servirait à quelque chose.

— Vous tiendrez votre engagement ?...

— Parbleu ! comme si vous ne trouveriez pas le moyen de me mettre le couteau sur la gorge... Là-dessus, ne perdons plus de temps... et allons-y.

Lamuche, impatient, prenait déjà son chapeau...

Trassard ne bougea pas :

— Un instant, fit-il.

— Mais voici déjà une heure du matin et si nous ne nous pressons pas...

— Ce que j'ai à dire ne sera pas long.

— Vous parlerez en marchant.

— Non... il vaut mieux que tout soit arrangé d'avance.

— Par le diable !... mais je vois qu'il faut vous céder... allez, parlez... l'usurier va reparaître... mais si c'est de l'argent que vous voulez, bernique ! je n'ai pas un sou.

— Il ne s'agit pas d'argent...

— Ah ! et de quoi donc ?

Trassard devint cramoisi... le sang lui monta aux yeux... était-ce embarras ? était-ce désir violent d'obtenir ce qu'il allait demander ?

Il s'approcha de Lamuche... en ce moment cette face de bourgeois béat, congestionnée, avait un singulier caractère de bestialité.

— Il y a quelqu'un dans la maison !

— Bah ! fit Lamuche en tressaillant. Vous m'aviez dit...

— Que les deux fils sont partis... c'est vrai...

— Alors, il n'y a que le mort... il ne viendra pas nous déranger, je suppose...

— A côté du mort... quelqu'un veille !

Trassard parlait d'une voix entrecoupée... Il était haletant.

Lamuche fronçait les sourcils.

— Alors... il faudrait... jouer du couteau ! murmura-t-il sourdement.

— Non... ce quelqu'un-là n'est pas dangereux.

— Mais enfin !... tonnerre !... qu'est-ce !... en vérité, est-ce que vous devenez idiot ?

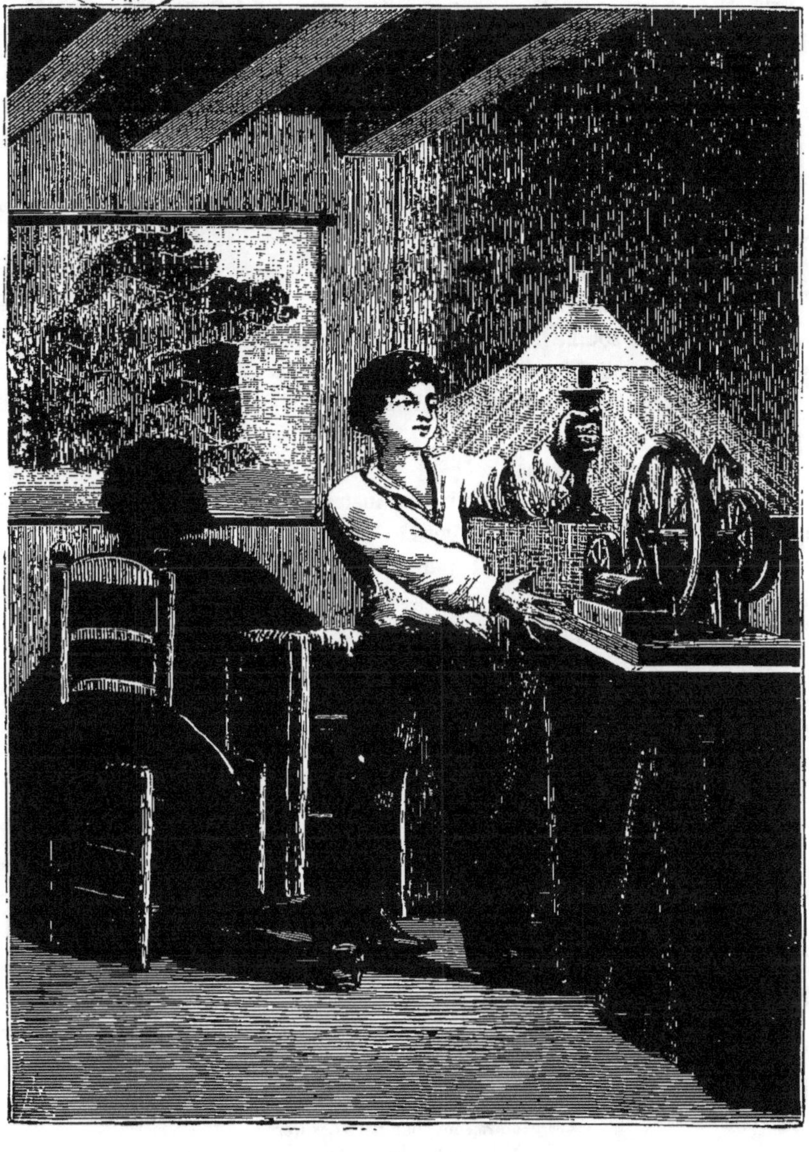

— COMMENT VOULEZ-VOUS QUE ÇA MARCHE?

Et alors tout bas, si bas que les mots prononcés étaient à peine perceptibles :

— C'est une jeune fille ! fit-il.

Lamuche tressaillit.

— Eh bien ! qu'est-ce que ça me fait ?

— Ça me fait beaucoup, à moi !

Lamuche le regarda... les yeux des deux hommes se croisèrent.. et dans
ce rapide instant ils se comprirent :

— Sans ça, rien de fait ! prononça Trassard.

— Gredin ! gronda Lamuche.

— Je le veux ! souffla Trassard. Oh ! j'ai mon moyen... soyez tranquille...
seulement... si vous entendez des cris... des prières.

— C'est bon ! fit brutalement Lamuche. Marchez devant... je vous
suis.

— Et je compte sur vous ?

On eût dit que Lamuche hésitait un instant... il est des crimes si odieux
qu'ils révoltent même les plus infâmes.

Mais il voulait réussir... il voulait tenir entre ses mains l'œuvre de
Rabolet.

Trassard eut un éclair dans le regard.

Lamuche ouvrit la porte.

— Descendez, attendez-moi dans le couloir d'en bas... moi j'ai un mot à
dire à Claudia.

Trassard obéit.

— Claudia ! où es-tu ? appela Lamuche à mi-voix.

Il vit s'entr'ouvrir la porte de la chambre où il avait enfermé Titi.

— Comment ! tu es là-dedans ! s'écria-t-il ; tu ne l'as pas laissé
échapper ?

— N'aie pas peur, fit Claudia, qui passait sa tête par l'ouverture de la
porte, il n'y a pas de danger qu'il s'en aille ; et il est si amusant... Je m'ennuyais !
j'ai eu une riche idée, va.

A ce moment, et comme pour confirmer les dires de Claudia, la voix de
Titi, ayant un timbre étrange, un éclat cuivré, entonna cette chanson de
l'époque :

> Les peuples sont pour nous des frères,
> Et les tyrans des ennemis.

— Tu entends, dit Claudia. Sois tranquille... s'il s'en va, ça sera sur la
tête.

— Bon... mais pas d'imprudence ! insista Lamuche.

Et il descendit rejoindre le digne Trassard.

— Quand rentreras-tu? cria encore la voix de Claudia.

— Dans deux heures !

— C'est une femme précieuse, dit Lamuche à Trassard, et elle a des idées si drôles.

Quelle idée avait donc conçue l'honnête Claudia?

VIII

EXPLICATIONS NÉCESSAIRES

Claudia — de son vrai nom Claudine Juzeau — était ce qu'on appelle dans la langue parisienne une « bonne fille » — ce qui, généralement, ne signifie pas qu'elle eût des droits à se voir élever une statue en bronze sur la place des Pyramides, comme Jeanne d'Arc.

Mais, par contre, elle était rieuse, vivace, ayant le cœur sur la main et — aurait dit une mauvaise langue — incapable de rien refuser à ses amis.

Il y avait cinq ans qu'elle avait lié sa destinée à celle de M. Lamuche. Et ma foi ! depuis ce temps, elle avait absolument rompu avec sa vie passée, sur laquelle par conséquent nous jetterons un voile pudique.

Où l'avait rencontrée Lamuche? Ceci est un détail de vie privée que nous n'approfondirons pas non plus.

Toujours est-il qu'elle avait quelques économies, et que cette rencontre avait eu lieu dans un moment où Lamuche — comme on dit — n'en menait pas large.

Ce rude Auvergnat — qui aimait brutalement — lui avait plu; il était sans scrupules, âpre au gain, ambitieux jusqu'à la férocité, prêt à tout... Or, Claudia Juzeau était fatiguée de sa vie nomade et de son présent sans lendemain assuré !

Comme toutes ses pareilles, elle était prompte à la confiance. Et Lamuche — en vrai gentilhomme — n'avait accepté les économies sus-indiquées qu'à la condition de les lui rendre au centuple.

Par extraordinaire, Lamuche se vit peu à peu amené à la résolution de tenir parole : Claudia lui était insensiblement devenue indispensable. Il avait plusieurs fois apprécié qu'elle était de bon conseil, n'ayant pas plus de préjugés que lui. Des deux parts, il y avait absence complète de sens moral.

Et un lien définitif avait uni leurs deux existences.

Ceci a trait à une circonstance que nous demandons la permission d'expliquer au lecteur aussi rapidement que possible et qui a une grande importance pour l'intelligence des faits ultérieurs.

Claudine Juzeau avait une sœur, plus âgée qu'elle de dix ans. Elles étaient toutes deux originaires de la basse Normandie, filles d'un cultivateur ruiné et qui était mort à la peine.

Céline Juzeau, l'aînée, à l'âge de seize ans, était venue à Paris, amenant sa petite sœur Claudine dont elle avait pris charge.

Céline, jolie fille, n'avait pas eu de peine à trouver une condition. Et, après quelques campagnes chez des messieurs seuls, elle avait eu cette chance inespérée d'entrer dans une maison de premier ordre, chez M. le duc de Courtraige, qui venait d'épouser une jeune fille appartenant à une grande famille, Blanche de Solesnes.

Elle fut engagée en qualité de femme de chambre de la jeune duchesse et peu à peu prit dans la maison une influence marquée. M. le duc lui témoignait même une bienveillance singulière, qui fit un peu jaser les autres domestiques...

Mais de quoi ne jasent pas les domestiques !...

La jeune duchesse de Courtraige était devenue enceinte après une année de mariage.

Seulement, une grande douleur lui était réservée, et une terrible catastrophe allait fondre sur cette maison, à laquelle toutes les prospérités semblaient jusque-là réservées.

La duchesse accoucha d'un enfant mort, et la douleur éprouvée par elle fut si intense, si effrayante, que sa raison ne put résister au coup qui la frappait.

Et cette crise mentale prit un caractère d'une telle acuité, qu'il fallut l'enfermer dans une maison de santé.

Le duc de Courtraige éprouva sans doute un profond désespoir : le temps y apporta cependant quelque adoucissement, et sa belle-sœur, Amélie de Solesnes, prit — non officiellement, bien entendu — la place de la duchesse, c'est-à-dire la direction de la maison et des affaires du duc de Courtraige. Son père, le comte de Solesnes, habitait d'ailleurs avec son gendre, ce qui devait éloigner toute supposition malveillante.

Céline Juzeau — sans doute en raison du dévouement qu'elle avait témoigné, quoique très souffrante elle-même, à Mme de Courtraige, lors des atteintes de son mal — ne quitta point l'hôtel, et quand Amélie de Solesnes accepta la mission de confiance dont nous avons parlé, Céline passa à son service...

Les années s'écoulèrent et Céline s'éleva peu à peu au poste d'intendante.

M. de Courtraige menait grand train. Et, dans les dernières années du règne de Louis-Philippe, il fut un des hommes dont les audacieuses spéculations excitèrent si vivement l'indignation des libéraux, et furent stigmatisées à la tribune par les Odilon-Barot et les Ledru-Rollin.

Il était intimement lié avec M. Génie, le secrétaire de M. Guizot, dont les malversations sont restées légendaires.

Cependant, dès 1845, sa fortune se trouvait des plus compromises.

Il ne pouvait disposer de la dot de la duchesse, alors vivante; quant à la fortune du comte de Solesnes, quoique celui-ci fût un vieillard presque octogénaire, elle se faisait longuement attendre.

Ce fut dans un de ces moments d'embarras que, voulant obtenir un prêt considérable sur des garanties qui n'étaient pas absolument indiscutables, il fut mis en rapport, par Céline Juzeau, avec M. Lamuche qui était, comme l'on sait, un homme d'affaires de première force.

Claudia avait naturellement servi d'intermédiaire entre Céline et son amant.

La connaissance faite, M. de Courtraige, en dépit de sa morgue aristocratique, avait été frappé de l'habileté — ou, pour user d'un mot argotique, mais expressif — de la *roublardise* de l'Auvergnat.

Et quelques mois ne s'étaient pas écoulés que Lamuche était devenu le confident, l'auxiliaire, et, en quelque sorte, l'associé du noble duc de Courtraige.

Détail singulier, ce fils des croisés avait la passion de la spéculation, de la banque, du négoce de haute volée. Il rêvait de devenir un des rois de la Finance et de l'Industrie. Lamuche était, par cela même, un appoint considérable dans la partie engagée, car il apportait non seulement des connaissances pratiques et réelles, mais encore une hardiesse de vues qui avait littéralement *empoigné* le descendant des Courtraige.

Lamuche — en outre — lui avait procuré les sommes cherchées, combinaison financière à laquelle le benin Trassard n'avait pas été étranger.

De plus, deux faits — prévus depuis longtemps — étaient venus relever la situation de M. de Courtraige.

La duchesse était morte, et comme, d'après son contrat de mariage, sa fortune appartenait à son mari au cas où elle mourrait sans enfants, c'était plus de six cent mille francs qui étaient tombés dans l'escarcelle du noble duc.

Puis, un mois après, c'est-à-dire en juillet 1847, le comte de Solesnes était mort subitement.

Ici, il y avait eu quelque désillusion !

Dans les quelques semaines qui avaient précédé son décès, le comte, obéissant peut-être à une de ces fantaisies maladives auxquelles sont sujets les vieillards, avait dénaturé, dilapidé la plus grande partie de ce qu'il possédait.

Si bien que des millions sur lesquels comptait le duc de Courtraige ou plutôt Amélie de Solesnes — c'était à peine le cinquième qui était resté.

Cependant, c'était plus de huit cent mille francs qui venaient augmenter es capitaux du duc et prêter appui à ses spéculations.

Dès que les délais moraux avaient été écoulés, le duc avait épousé Amélie de Solesnes.

Puis, aidé de Lamuche, il s'occupait de la constitution d'une immense société — sous le titre de *Banque royale de l'Industrie* — il avait l'appui de la cour, du ministre Guizot. Il touchait enfin à la réalisation de ses rêves...

Quand la Révolution de février 1848 avait encore une fois renversé cet échafaudage si laborieusement élevé, une forte partie de ses ressources avait été engloutie dans les désastres, et peut-être se fût-il laissé entraîner au désespoir, si Lamuche ne se fût trouvé là pour relever son énergie.

Lamuche était en relations avec le parti — alors timide, mais déjà intrigant et sans scrupules — qui devait voler le pouvoir en 1851 et qui, *per fas et ne fas*, cherchait à préparer ses voies criminelles.

Ce qu'il lui fallait à tout prix, c'était la déconsidération de la République, l'évocation du spectre rouge, du péril social, et ceux qui ont vu de nos jours les conspirations des prétendus conservateurs n'en sont plus à douter que les révoltes de juin 48 aient été fomentées par ceux qui songeaient déjà à ramasser la couronne dans le sang.

M. de Courtraige — point n'est besoin de le dire — était un ardent défenseur du trône — un trône quelconque, bien entendu — et de l'autel — au besoin celui du veau d'or.

Grâce à Lamuche, il se mit en relations avec le Bonaparte qui tentait déjà de rallier de grands noms à sa cause. Le travail souterrain commençait.

Lamuche, dans les régions basses, Courtraige, dans le haut monde, devinrent d'ardents sectateurs du dieu Bonaparte.

Et pour revenir à notre sujet, plus directement, on comprend maintenant quels liens indestructibles unissaient Claudia à Lamuche, puisque Claudia — par sa sœur Céline — était maîtresse de la faveur du duc de Courtraige.

Association de solide honnêteté, comme l'on voit.

Ceci dit, retrouvons notre pauvre coupable, Titi Rabolet, et revenons à cette ingénieuse idée de Claudia qui avait si fort excité l'admiration de Lamuche.

IX

HISTOIRE D'UN CANARD

Rien n'est plus difficile à expliquer que le caractère des enfants. La raison en est simple : c'est qu'il est inexplicable. Quand Lafontaine a dit :

> Cet âge est sans pitié !

Il a proféré — qu'il pardonne cette hérésie à notre respect — une simple sottise.

Cet âge n'est pas plus sans pitié qu'il n'est miséricordieux. Il est instinctif.

Tout sentiment du moment est le sentiment dominateur, et selon les circonstances, l'enfant peut être extrêmement bon ou extrêmement mauvais...

Point de volonté réelle, point de recte raisonnement, obéissance complète, absolue au mobile de la minute présente.

Un gamin comme Titi Rabolet peut commettre une lâcheté. Et pourtant il n'est pas lâche. Et la preuve, c'est qu'une heure après, il s'élança dehors pour sauver son frère au prix de sa vie.

Sait-il d'ailleurs ce que vaut la vie ? Non. Son imagination impondérée l'emporte, vers le bien, vers le mal, mais vers ce qui brille et l'attire.

Papillon qui vole à la lumière, sans savoir que la lumière implique la flamme, la combustion, la mort.

Titi était ce papillon.

Nous l'avons laissé joyeux, presque heureux, convaincu — tant l'enfance est facile à persuader — que son frère Jean était sauvé.

Lamuche avait exigé qu'il restât dans cette chambre, qu'il s'y tînt coi.

Et Titi — ce paquet de nerfs nageant en plein vif argent — s'était assis, bien tranquille, regardant la lampe qui charbonnait en se disant :

— Jean reviendra... Jean me pardonnera. Et quant à ce que j'ai fait, *je ne le ferai plus...*

Ultima ratio de l'enfance.

Cependant un quart d'heure, une demi-heure s'étaient passés. Titi trouvait le temps long. Jugez donc ! Cette vivacité condamnée à la placidité ! C'était beaucoup.

Et il ne faut pas demander à autrui ce qu'on ne pourrait peut-être pas exiger de soi-même.

Donc Titi s'ennuyait — à dix francs l'heure, ce qui est un bon prix.

Il s'était dit qu'après tout, on ne lui avait pas ordonné de rester assis. Si bien qu'il mit les deux pieds par terre, se leva et commença à marcher...

Oh! tout doucement! en glissant... sans faire de bruit... il se mit à inspecter les quatre murs.

Puis, si le lecteur s'en souvient, il y avait dans un coin de cette pièce, auprès de la fenêtre, un modèle de machine caché sous une couverture de serge verte.

C'était curieux. Des roues, des leviers, des bielles, et une manivelle bien tentante à regarder, qui semblait tendre son petit bras de fer et murmurer :

— Mais fais-moi donc aller.

Or ce que nous n'avons pas dit encore — parce que l'occasion nous a manqué — c'est que Titi Rabolet, tout gamin, tout fou qu'il était, n'en avait pas moins de réelles qualités.

Notamment curieux, fureteur, ayant l'intelligence primesautière, il avait guigné de l'œil les travaux de son père, et bien souvent il avait compris l'idée de cet ouvrier artiste, alors que pour tout autre, même pour Jean, dont les conceptions étaient plus lentes, c'était encore lettre close.

Et voici que, devant le modèle qui se trouvait chez Lamuche, Titi tomba tout à coup en arrêt :

— C'est drôle! fit-il, en se grattant la tête.

Il tourna autour de la chose, la regarda d'en haut, d'en bas, et continua :

— Ça ressemble diablement à l'histoire au pauvre papa... mais c'est mal fichu! ceux-là sont des daims. Tas d'idiots! Comment voulez-vous que ça marche... la roue de droite est trop faible... et cet engrenage! Oh! là! là! malheur!... En voilà des infirmes... mais c'est tout de même bien drôle, comme ça ressemble à la machine à papa.

Il ne se trompait pas, cet excellent Titi.

Quand Trassard avait prêté de l'argent à Pierre Rabolet, il avait reçu en dépôt les dessins, les épures de l'inventeur. Et avec l'honnêteté qui le caractérisait, il les avait montrés à Lamuche.

Ce dernier avait compris toute l'importance du progrès que le père Rabolet tentait de réaliser.

Et il avait pris copie des lavis. Puis, les livrant à un pauvre hère qui crevait de faim, il avait fait exécuter, d'après les dessins, un modèle de mécanique.

Or, le modèle, bien que parfaitement exact, se ressentait de toute l'imperfection des travaux, encore embryonnaires, du serrurier...

Ledit modèle était resté là, inerte, inutile. Il manquait le souffle pour animer cette matière brute.

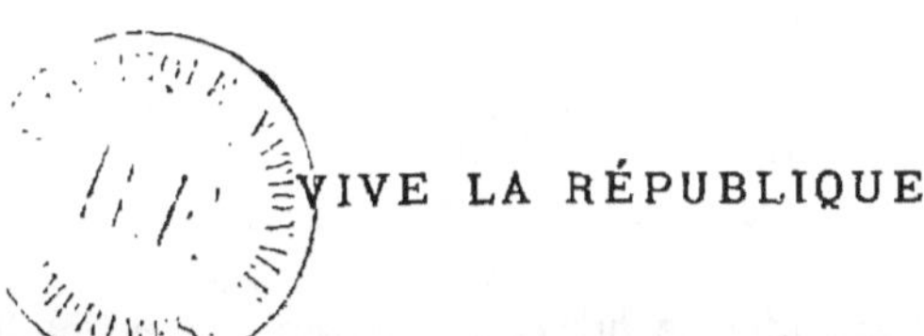

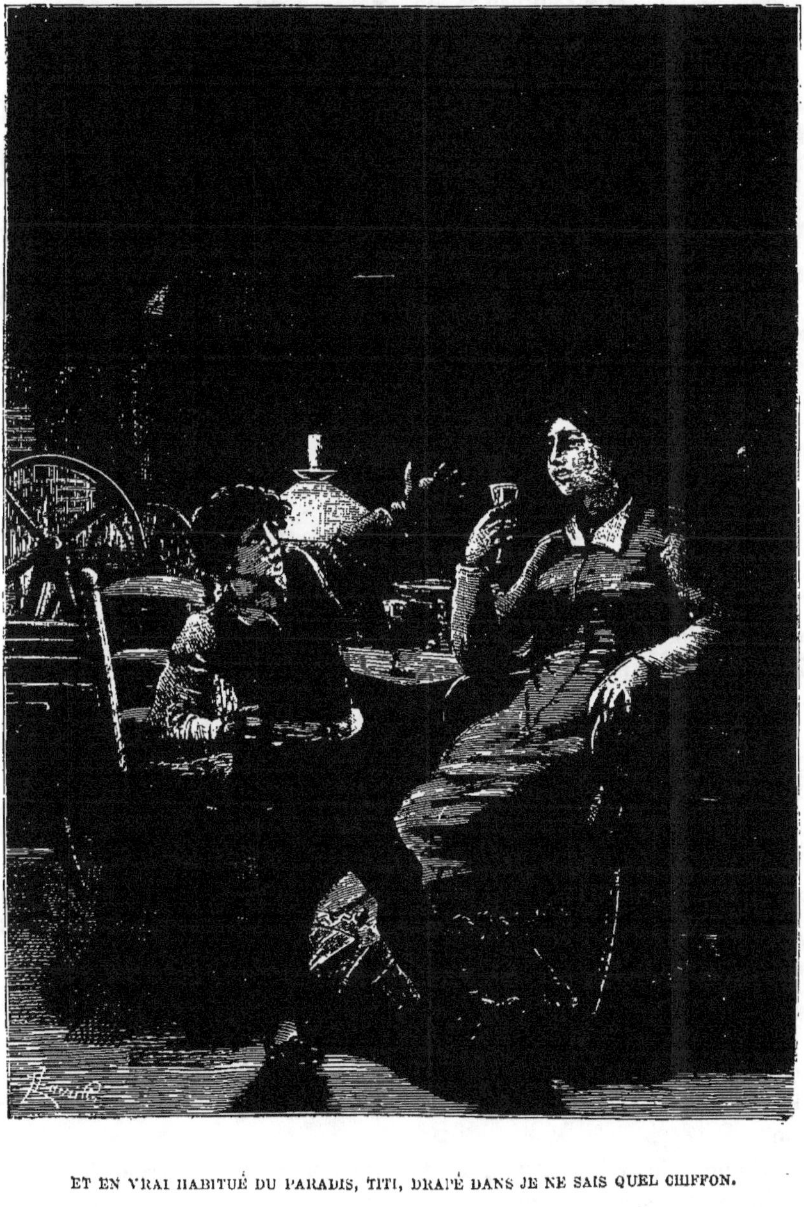

ET EN VRAI HABITUÉ DU PARADIS, TITI, DRAPÉ DANS JE NE SAIS QUEL CHIFFON.

Mais Titi reconnaissait le principe du mécanisme. En vrai enfant de Paris, il était bon à tout, savait un peu de tout, et il se disait :

— Ça ! c'est un ratage ! mais c'est la machine du père !

Et tout en ruminant, il passait sa langue sur ses lèvres qui étaient sèches et murmurait :

— Ça ne fait rien, il fait rudement soif ici.

Il alla vers la porte avec l'intention bien innocente d'appeler et de demander un verre d'eau ; il tourna un bouton de cuivre...

— Pétard, fit-il, la porte est fermée !

Puis cette réflexion lui vint :

— Pourquoi m'a-t-on enfermé ? c'est des blagues de fumiste, ça... on a donc peur que je m'en sauve.

C'était la seconde fois dans la journée qu'il se trouvait en face de porte close.

La première fois, dans la cave.

Et Titi aimait la liberté. Il admettait la captivité volontaire... Forcée, non. De la zut !...

Aussi cette serrure fermée lui causa une impression des plus désagréables. Et de ses ongles il s'efforça d'ouvrir.

Naturellement, le fer ne parut pas disposé à céder, et Titi était prêt à user des violences que nous savons, c'est-à-dire à jouer des pieds et des poings... Quand il entendit la clef tourner dans les ressorts.

Il recula.

La porte tourna sur ses gonds... Et la belle Claudia parut...

De fait, elle contrevenait aux ordres de Lamuche. Mais, que voulez-vous ? dans les femmes il y a toujours un peu de l'enfant.

Et elle s'ennuyait, elle aussi.

De plus, et ceci tout à l'avantage de la femme, il y a toujours chez elle une certaine pitié, une bienveillance quasi-maternelle pour l'enfance...

Puisqu'elle n'avait rien de mieux à faire, elle s'était dit que ce petit gamin devait trouver le temps long ; et à fusionner leurs deux ennuis, on pouvait finir par en tirer une distraction.

Enfin, pour tout dire, la belle Claudia, qui n'avait rien d'une stoïcienne, était ce que Titi eût appelé une « *licheuse* ». Elle aimait bien, quand elle était seule, se faire de petits punchs qu'elle sirotait tout doucement, les yeux au plafond.

Et comme elle avait préparé pour son usage une certaine tisane au kirsch dont elle avait le secret, toutes ces idées combinées lui suggérèrent cette résolution d'aller déguster ce nectar avec le « bambin ».

Il prendrait bien un « *canard* » et cela lui rendrait la patience plus facile.

Donc elle apparut, toute souriante, portant un saladier dans lequel trempait
u e cuiller de ruolz, et dit d'un ton demi bourru, demi amical :

— Je t'y prends ! tu veux t'en aller ! un peu de patience, mon gros, et pour
que tu ne t'ennuies pas trop, je viens te tenir compagnie.

Titi la regarda. Certes il n'avait encore — pourrions-nous dire — aucune
idée du *sexe ;* mais cette belle fille, bien en chair, forte en couleur, plantureuse comme la déesse de la santé, lui parut joyeuse à voir, et il la regarda
avec un joli rire.

— Tu vas voir ! fit-elle. Nous allons être bons amis comme tout... et nous
allons gagner de la patience... en nous guérissant de la pépie.

— A votre service, madame, dit Titi qui rougit sans savoir pourquoi.

Elle approcha une petite table qui se trouvait dans un coin, plaça une
chaise de chaque côté, puis elle considéra Titi qui, de son côté, ne la quittait
pas des yeux.

De fait, sans être ce qu'on appelle un beau gars, Titi était gentil, bien que
de petite taille, et paraissant à peine dix ans ; il vous avait un air éveillé,
fûté, malin, qui prévenait en sa faveur.

Les gens du quartier disaient de lui :

— Il ne mourra pas dans la peau d'un imbécile...

Et ils disaient vrai.

Titi était intelligent : s'il n'eût pas été fainéant comme une loutre, il aurait
déjà prouvé qu'il était bon à quelque chose. Il avait appris à lire et à écrire
sans s'en apercevoir, et quand il allait à l'école — ce qui était rare — il émer-
veillait le pion par ses reparties ingénieuses.

La Claudia — ayant vécu comme lui de la vie des rues — avait une sympathie instinctive pour le gamin, étant comme lui un oiseau de hasard.

Il est vrai qu'elle ne l'avait pas très bien accueilli à son arrivée. Mais elle
avait, comme on dit « bien d'autres chiens à fouetter avant d'être aimable. »

Tout à coup, Titi, qui avait de la mémoire, se souvint qu'elle avait dit de
lui :

— Qu'est-ce que c'est que ça !

Et la première impression ressentie s'effaça.

Il fit donc la moue et reprit brusquement :

— Qu'est-ce que vous voulez ?

Claudia le regarda avec surprise.

— Ce que je veux... mais te tenir compagnie, mon mignon, pour que tu
ne t'ennuies pas trop.

— Est-ce que je ne vais pas bientôt m'en aller ?

— Ça, ça dépend du patron... il a à causer d'affaires.

— Qué qu'ça me fait ses affaires, à moi ?... j'ai pas envie de reverdir ici...

— Voyons! ne te fâche pas! tu vois bien que je l'attends, moi aussi.

Mais elle fut interrompue par Titi, qui s'écria :

— D'abord pourquoi que vous me *tuteyez*... je vous connais pas, moi... Nous n'avons pas gardé le roi ensemble.

Claudia — qui était en train de rire — lui fit une belle révérence :

— Monsieur le duc voudrait-il me permettre de lui offrir un peu de ce qu'il y a dans ce saladier?

En disant cela, elle alluma dextrement un morceau de sucre qui, à son tour, enflamma le punch au kirsch, dans lequel, pour tout dire, il y avait plus de kirsch que de punch.

L'œil de Titi s'émerillonna.

— Quoi qu'c'est? demanda-t-il.

— Ça, c'est du nanan... et si son Excellence est aimable, on lui permettra d'en goûter.

— Oui, mais j'aime pas qu'on se fiche de moi.

— Je te respecte, puisque tu veux que je te dise vous.

Titi, qui se tenait à l'écart, se rapprocha un peu.

— C'est vrai que vous avez l'air d'une bonne femme.

— Alors soyons bons amis.

Et elle lui tendit la main.

Titi la regarda encore un instant avec défiance, puis il tendit à son tour sa patte maigre :

— Ça va... seulement, vous savez ; je suis pressé de partir.

— Déjà !

— C'est que, voyez-vous, il y a des affaires que vous ne connaissez pas... M. Lamuche est un brave homme, pas vrai ?

— Un cœur d'or...

— M'a promis de tirer mon frère Jean d'un mauvais parti où je l'ai fourré. et puis je voudrais rentrer à la maison.

Et il ajouta tout bas :

— Je veux revoir père avant qu'on l'emporte.

Claudia tressaillit :

— Que veux-tu dire?

Titi eut une sorte de sanglot contenu :

— Père est mort !

— Ah! pauvre petit!

Et, par un mouvement instinctif, elle attira le gamin à elle et le prit dans ses bras.

Lui se laissa faire... Cette naïve sympathie le touchait plus qu'il ne l'avouait.

— Tu as perdu ton père... dit-elle encore. Et ta maman !

— Oh ! il y a longtemps que je n'en ai plus... je ne l'ai jamais connue.

— Pauvre chat ! fit-elle encore. Alors tu es tout seul au monde.

— Oh non ! j'ai Jean...

— Ton frère... mais tu m'as dit qu'il est en danger.

— Oui, mais M. Lamuche me le rendra.

Claudia se sentit rougir. Elle connaissait M. Lamuche pour savoir qu'il ne rendait aucun service sans en tirer un bénéfice direct.

Et puis, elle savait bien que son amant ne voulait pas laisser partir Titi. Involontairement, elle se sentait prise de pitié.

Craignant, en s'attendrissant, de contrecarrer les projets de Lamuche, elle repoussa le gamin.

— Oui, il te le rendra, dit-elle.

— N'est-ce pas ! je peux être sûr.

— Oui, sûr !

— Il est donc bien puissant, fit encore Titi, revenant à son idée favorite.

— Il a beaucoup d'influence... mais assieds-toi, et puisque tu as un peu de temps à attendre, veux-tu décidément que je reste avec toi ?

— Oui, répondit résolument Titi qui n'avait pas remarqué le changement d'allures de Claudia.

Claudia n'osait plus lever les yeux sur lui.

— Certes, elle ne valait pas grand'chose, Claudia. Et sa complicité avec Lamuche avait achevé de la corrompre. Mais il n'est pas de femme en qui la bonté native ne subsiste quand même.

Ah ! si elle n'avait pas eu si grande peur de Lamuche, elle aurait pris Titi par la main, elle lui aurait ouvert la porte toute grande, et lui aurait dit :

— Sauve-toi bien vite... il n'est que temps.

Mais elle tremblait à la seule pensée de la colère de Lamuche.

Souvenez-vous du Petit Poucet. La femme de l'Ogre voudrait bien sauver les pauvres petits égarés... mais elle frissonne devant le grand couteau de la bête féroce.

Aussi, redoutant de se laisser entraîner à quelque folie, Claudia tira de sa poche deux petits verres, à fond plat, les posa sur la table, et plongeant sa cuiller dans le punch, elle les remplit tous deux, en poussa un verre à Titi et lui dit :

— Allons ! goûte-moi ça !

Elle dut répéter deux fois.

Une inquiétude vague s'était emparée de Titi.

Cependant il se décida... elle le considérait et se disait :

— Ni père ni mère !... et son frère peut-être à jamais perdu !... je suis fâchée de savoir cela.

Titi avait porté le verre à ses lèvres, il huma une forte goulée. mais il toussa et dit :

— C'est rien fort !

— Tu ne trouves pas cela bon !... veux-tu que j'y mette de l'eau !..

Titi eut un tressaut d'amour-propre.

De l'eau !... comme à un moutard. Est-ce qu'il n'était pas un homme ?

Et, d'un élan de coude — que lui eût envié un habitué de *mannezingue* — il avala la liqueur... et pour dissimuler la grimace, il se mit à chantonner :

Sonnez, sonnez, cors et musettes,
Les montagnards... tagnards
Sont réunis.

Claudia but à son tour, mais sans hésiter. Il y avait longtemps qu'elle avait le palais macadamisé !

Elle fit claquer sa langue, et clignant de l'œil à l'adresse de Titi :

— Hein ? un velours ! fit-elle.

— C'est du chenu ! dit le gamin d'un air entendu. Du kirsch... de la Forêt-Noire... seulement un peu trop de sucre.

Pour un peu, comme les ivrognes dont le goût est dépravé, il eût demandé du poivre.

Par un bon sentiment, Claudia ne voulut pas rappeler au gamin ses chagrins, et elle se mit à lui parler de toutes autres choses. Allait-il à l'école ? Apprenait-il bien ?... Quel âge avait-il ?... Comment s'appelait-il ?...

Et voilà que mon Titi, auquel le kirsch montait à la tête, se mit à jaboter à tort et à travers... et dans quel style !

— Moi, j'aime ce qui est rigolo !... je veux pas qu'on me bassine... ils sont assommants à l'école avec toutes leurs bricoles... aussi, je l'envoie joliment dinguer. le singe...

Claudia buvait, elle versait.

Et Titi, qui était mis en train, lichotait son verre avec une énergie croissante.

— Quand je serai grand, continuait Titi, faudra pas qu'on me scie... à bas les empêcheurs de danser en rond. Faut s'amuser, pas vrai ?

— Qu'est-ce tu feras ?

— Moi, je sais pas.

— As-tu un métier en vue.

— Ça, c'est vrai que je tortille un morceau de fer comme un salsifis... et que je suis fort... oh ! fort comme tout !

La vérité est qu'il n'avait jamais martelé la moindre pièce de fer... quant à sa force, elle était toute dans ses nerfs... mais il fallait bien parler.

Le kirsch montait à la tête de Claudia.

Quant à Titi, il était absolument parti... la femme riait aux éclats... Titi faisait écho.

— Non, je vais vous dire ! fit Titi. Seulement faudra pas rapporter.

— Bien sûr.

— Eh bien ! je voudrais être acteur.

— C'est un joli état, fit Claudia qui avait nourri plusieurs premiers rôles de banlieue.

Elle était sur le point de s'attendrir à ses souvenirs.

Notre pauvre Titi était complètement pris. Le kirsch est traître, surtout quand son âpreté a été tempérée par le sucre et la flamme.

Et le gamin oublia tout — et les tristesses de tout à l'heure et les souffrances d'à présent — pour s'embarquer à travers ses rêves.

Acteur !... Oui, c'était sa vocation !

— Oh ! je serais beau !... disait-il. Connaissez-vous Mélingue ! Oui, n'est-ce pas... Ah ! quand dans *Lazare le pâtre*, il s'écrie : Sentinelles, veillez !... Vous savez, on le croit muet... et alors les gardes veillent .. Et on voit tout à coup Lorenzo ou Paolo ou Pietro, je ne me rappelle pas bien, et alors... comme il n'est pas muet... il ouvre la fenêtre, et il crie : Sentinelles... veillez !

Et en vrai habitué du paradis, Titi drapé dans je ne sais quel chiffon qu'il avait trouvé traînant sur une chaise, imitait le *rictus* et la voix grave de Mélingue.

Claudia, qui était gamine elle aussi, gamine de sang et de race, se pâmait d'aise.

— Bravo ! gamin ; est-ce que tu crois que je ne ferais pas une belle Lucrèce Borgia : Messeigneurs ! vous êtes tous empoisonnés !

Et ils riaient... et ils bavardaient. Ces deux fous, la femme, éternel enfant, et le gamin criaient à tue-tête.

Puis, autre guitare.

Titi dit :

— Et j'ai de la voix !... j'ai entendu Duprez : moi aussi, je pourrais piailler :

Amis, secondez ma vaillance.

— Et moi, continuait Claudia, j'ai toujours rêvé de chanter :

Som... ombres forêts !...

— Si tu m'avais entendu (Titi la tutoyait maintenant), en mars dernier, quand je criais dans les rues :

Les peuples sont pour nous des frères.
Et les tyrans des ennemis.

Ce fut à ce moment que Claudia entendit la voix de Lamuche qui l'appelait.

Aux réponses de sa maîtresse, Lamuche comprit que le gamin était ivre... c'est ce qu'il appelait une idée drôle de Claudia.

Elle revint auprès de Titi...

Et la fête recommença...

Titi buvait toujours. Claudia ne savait plus ce qu'elle disait.

On entendit sonner deux heures...

Alors Claudia, absolument folle, elle aussi, prit Titi par les deux mains et le fit danser.

—Allons ! de la gaieté ! cria-t-elle. Et ma foi, puisque c'est la mode... Vive la République !

Une clameur rauque lui répondit...

Violemment, Titi avait arraché ses mains de l'étreinte de la jeune femme... il s'était reculé vers le mur, hagard, les yeux tout grands ouverts...

Toute interdite :

— Eh bien ! fit-elle. Qu'est-ce qu'il y a ?

Titi, qui avait la gorge en feu, murmura :

— Qu'est-ce ce que tu as dit ?

— J'ai dit... est-ce que tu n'es pas un patriote ?

Elle éclata de rire.

— Qu'est-ce que tu as dit, répéta Titi presque menaçant.

— Eh bien ! après ? quoi ? j'ai crié vive la République ! crie donc avec moi !

— Moi !

Titi tremblait de tous ses membres.

— Veux-tu crier !

Il fit un effort violent et dit :

— Vive la R...

Puis, tout à coup, portant les ongles à son front, si durement qu'il traça sur sa peau des lignes de sang, il s'écria :

— Tais-toi ! je ne veux pas ! je te défends !

— Tu me défends ! toi !... eh ! dis donc.

Titi, pensif, fit entre ses dents :

— Vive la Rép... père m'a dit que j'étais... un lâche... que c'était le cri

TITI AVAIT OUVERT LA PORTE.

des honnêtes gens ! dis donc ! toi... ajouta-t-il se redressant et parlant à Claudia, est-ce que t'es honnête, toi ?

— Honnête ! qu'est-ce qui te prend ? est-ce que ça te regarde ?...

Mais Titi n'entendit pas la réponse.

Un effroyable travail de fièvre et de folie, s'opérait dans ce cerveau d'enfant ivre...

C'est horrible, l'ivresse de l'enfant. Cet organisme faible, tout de délicatesse et de malléabilité, saisi tout à coup par cette flamme brutale ! rien n'est plus hideux.

Soudain, dans une sorte d'éclatement, Titi, encore une fois, vit cette scène terrible, où son père lui avait appris son crime, il entendit cette voix haletante répéter :

— Je te défends de crier : Vive la République ! avant que tu ne sois un honnête homme !

Et il était ivre !... dégradation dont il avait conscience ! cette femme, qui l'avait fait boire, lui parut hideuse ! et il eut la perception vague du piège que Lamuche lui avait tendu.

Soudain, il bondit vers Claudia :

— Je veux m'en aller, cria-t-il.

— T'en aller ! tu n'es donc pas bien avec moi.

Dans son ébriété, Claudia se souvenait, elle aussi... elle se souvenait surtout de la peur que lui inspirait Lamuche.

Instinctivement, elle alla vers la porte... elle titubait... Mais elle se mit devant... les bras en croix...

Titi, dont les joues étaient d'une pâleur violette, marcha sur elle, les poings crispés.

— Laisse-moi passer...

— Allons ! méchant moutard !... prends garde ou je...

Elle n'acheva pas...

D'un mouvement violent, d'un bond de singe, Titi avait sauté sur elle.

Eh oui ! il était fort, le petit.

La surexcitation donnait à ses nerfs une incroyable énergie... le choc fut si dur que Claudia tourna sur elle-même, trébucha et tomba :

— Petit misérable ! Veux-tu bien...

C'était trop tard. Titi avait ouvert la porte, était sorti et avait donné un tour de clef.

Puis, fou, ayant des éblouissements, des vertiges devant les yeux, il s'était élancé à travers l'escalier.

Mais il y avait une heure que Trassard et Lamuche étaient partis, l'un pour voler l'œuvre de Pierre Rabolet, l'autre pour jeter sa griffe immonde sur la pureté de Marie Calertin...

Une heure !...

Titi pouvait-il quelque chose !... et arriverait-il à temps !

Aurait-il seulement la force d'arriver jusque-là !

Il était ivre !

X

LES INFAMES

Revenons au moment où Calertin s'était élancé dehors pour suivre Titi et l'empêcher de commettre quelque imprudence.

Marie était restée seule dans cette chambre où Pierre Rabolet venait de rendre le dernier soupir.

La jeune fille était à genoux. C'était une scène sinistre. A la lueur d'une lampe qui jetait sur les meubles sa clarté indécise, on voyait se profiler le corps immobile du mort...

Il était affaissé sur un fauteuil, la tête renversée en arrière, les yeux ouverts, fixes, ternis. Sa face pâle n'avait pas encore revêtu la sereine placidité qui adoucit les lignes du masque funèbre.

Dans cette physionomie brusquement immobilisée, il y avait encore de la terreur, du désespoir... qui sait si, à l'instant suprême, le malheureux serrurier n'avait pas entrevu, dans une vision rapide et terrible, son fils qui tombait sous les balles en jetant un dernier adieu à tous ceux qui l'aimaient.

Pierre Rabolet avait été coupable : son crime l'avait tué, et dans le court éblouissement de l'agonie, il avait eu conscience de l'expiation qui lui était infligée... il n'avait pu racheter sa faute. Mais cette dette, c'était à ses enfants qu'il la léguait, et déjà il semblait que la fatalité voulût prendre une effrayante revanche !

Qui meurt désespéré meurt deux fois, et si courte que soit la minute suprême, ses angoisses valent toute une existence de douleur.

Marie ne faisait pas un mouvement. La solitude funéraire pesait sur elle. On est plus seul auprès de la mort, et il rayonne autour d'un cadavre une ombre lourde et froide qui pèse sur le corps et le cerveau comme un manteau de plomb.

Pauvre fille ! que de souffrances s'étaient tout à coup abattues sur elle, hier encore si calme dans sa vie chaste et ses espérances honnêtes.

Elle n'avait jamais connu sa mère, et quand elle avait interrogé Calertin sur celle dont elle aurait voulu aimer et bénir la mémoire, il lui avait semblé que le charpentier, pris d'on ne sait quel embarras, refusât de répondre. Elle n'avait pas osé questionner. Non que, dans son imagination, elle évoquât quelque supposition qui pût troubler la vénération instinctive qu'elle avait voué à la chère inconnue, mais elle avait deviné une mystérieuse douleur qu'elle avait respectée.

Calertin était si bon d'ailleurs. Cette nature rude et fruste avait des délicatesses exquises. Quand il y a de la maternité dans l'homme, elle est divine. Au plus loin qu'elle pût trouver ses souvenirs, elle se voyait toute petite, bercée dans les bras de ce travailleur robuste, qui se faisait doux pour sa faiblesse.

Enfant, Calertin l'emmenait au chantier, et, jouant au milieu des énormes pièces de bois, elle se sentait enveloppée du regard aimant de ce robuste, qui maniait la hache à tour de bras et marquait chaque volée d'un sourire.

Tous les ouvriers l'avaient adoptée. Elle regardait sans inquiétude ces vigueurs qu'elle ne redoutait pas. Devant elle, les brusqueries se calmaient, les colères se taisaient.

Elle était si jolie, si fine surtout, comme ils disaient tous.

C'est qu'en vérité elle ne ressemblait pas à son père Calertin. Lui, solide, avait des mains larges et des pieds... qui ne finissaient pas.

Elle, mignonne à ce point qu'on l'avait surnommée la petite Fée, ressemblait à ces petites poupées de biscuit rosé qui minaudent sur les étagères de nos élégantes. Quand les ouvriers la soulevaient pour l'embrasser, ils avaient toujours peur de la casser.

Et plus d'un avait dit en riant à Calertin :

— Ah ça ! monsieur avait donc épousé une duchesse !

Il se contentait de sourire et se taisait.

De fait, il y avait de la race dans cette délicieuse et débile créature, hélas ! trop faible.

Car un jour était venu où la maladie avait brisé ce corps aux attaches si délicates, aux formes si souples.

Ç'avait été un terrible combat entre la vie et la mort. A cette occasion, Calertin et Rabolet s'étaient liés intimement.

Rabolet était bon lui aussi. Habitant sur le même palier, il avait vu le médecin sortir pensif, il avait aperçu la large face du charpentier, sur laquelle roulait des larmes, et, s'enhardissant, il était entré et avait dit :

— Camarade, je viens vous aider à soigner la malade. Ça me connaît un peu, les enfants.

Et tous deux s'étaient installés auprès du petit lit, robustes sentinelles qui en avaient défendu les abords contre la mort qui rampait vers la malade.

Les voyant si résolus à la lutte, elle avait reculé.

Et, quand la fièvre s'était enfuie comme une voleuse qu'on a surprise,

Marie avait ouvert les yeux, elle avait tendu une main de chaque côté en disant :

— Merci, mes papas...

La convalescence avait été lente. Calertin, qui avait passé plus de quinze nuits, tomba à son tour épuisé! Rabolet se fit père encore pour le grand souffrant, qui se défendait énergiquement.

Enfin, la destinée se lassa : mais, de cette crise, une amitié profonde était née. Les deux familles avaient serré les rangs pour que le malheur ne pût plus passer.

Jean avait cinq ans de plus que la petite Fée. Titi n'était qu'un bébé déjà criard et piaillard. Jean se fit le protecteur de ces deux enfants.

L'amitié naïve grandit. Un jour vint où, en regardant Marie, Jean se sentit rougir, et où la main de la jeune fille trembla dans la main de son compagnon. La transformation était accomplie. L'amour chaste était né.

Quand Calertin s'en aperçut, il devint songeur.

Rabolet lui demanda ce qu'il avait. Calertin lui fit part de sa découverte.

— Eh bien! fit le serrurier avec son bon rire, nous les marierons.

Calertin secoua la tête, mais ne dit rien. Évidemment, il avait une idée qui le hantait et le gênait.

— Je ne suis pas riche, reprit-il après un silence. Je ne pourrai rien donner à Marie.

— Qu'est-ce que cela fait! s'écria Rabolet. Jean n'eût-il que ses bras, il gagnera largement sa vie. Mais, ah çà! est-ce que je ne compte pas, moi! quand j'aurai fini mon invention, tu verras, Calertin, si je ne suis pas assez riche pour deux et plus.

Calertin avait passé sa main sur son front comme pour en chasser une pensée importune. Puis, s'efforçant de rire à son tour :

— Bah! avant le mariage, il passera diablement de l'eau sous le pont. Nous en reparlerons...

Ah! ils auraient bien pu en reparler tant qu'ils auraient voulu. C'était déjà comme si tous les notaires y avaient passé, en tout bien tout honneur s'entend.

Le quartier — qui avait le nez fin — ne s'y était pas mépris. Il n'avait fait ni une ni deux et avait carrément félicité Jean de sa chance. Il y avait même bien un peu d'envie dans ces congratulations. Mais cela le flattait.

Quant à Marie, les commères lui avaient adressé quelques-unes de ces plaisanteries — quelque peu gauloises — auxquelles, la main tournée, il ne faut plus penser.

Elle, toute heureuse, sentant son cher cœur battre bien fort, n'avait pas nié : Pourquoi donc? est-ce qu'il y a quelque chose de mal à s'aimer. Puisque son cœur est à soi, on a bien le droit de le donner. Et une fois donné, soyez tranquilles ! elle n'avait pas envie de le reprendre...

Et voici que, dans ce calme, sur cet horizon où il n'y avait qu'aurore et clarté, un coup de tonnerre avait éclaté... la mort avait pris sa revanche... puis Jean, si bon, si courageux, si honnête, si respectueux de la République était enlacé dans une accusation qui, en ces temps troublés, pouvait lui coûter la vie.

Marie avait vu s'écrouler en une minute cet échafaudage de bonheur... elle s'était affaissée sous ce coup trop fort pour sa faiblesse.

Écrasée aux pieds de ce cadavre, elle avait à peine la notion de la réalité. Elle avait au cerveau ces bourdonnements qui enveloppent celui qui se noie. Elle n'était pas encore atteinte par la souffrance aiguë. Ceci viendrait plus tard.

Elle ne songeait même pas à avoir peur de cet effroi innommé qui surgi de la mort.

Elle subissait l'ébranlement de la surprise angoisseuse. Ses nerfs, secoués vibraient et pourtant elle ne pleurait pas. Les larmes sont déjà une sorte d'expulsion de la douleur. Et la sienne était encore tout en elle.

Le temps passait. Elle ne s'en apercevait pas. Seulement les minutes se ponctuaient par les décharges des fusils et des canons.

Cela retentissait jusqu'aux fibres les plus intimes de son être. Et elle tenait les yeux fermés, craignant peut-être, si elle les eût ouverts, de voir des traces de sang... Qui pouvait lui affirmer que, de ces balles sifflantes, pas une n'avait trouait la poitrine de l'ami de son cœur.

A minuit, la porte s'ouvrit.

C'était Calertin qui rentrait.

Elle se redressa et le regarda, l'interrogeant de ses yeux fiévreux, sans parler.

Il détourna la tête et murmura :

— Rien.

Elle avait eu une seconde d'espoir. C'était fini.

— Ce n'est pas ma faute, dit Calertin dont la voix tremblait. J'ai cherché tant que j'ai pu... j'avais fini par savoir le numéro du régiment qui passait dans la rue; quand il y a eu le malheur... j'ai tâché de le rattraper... on m'a dit qu'il était au Panthéon... ça n'est pas commode de savoir quelque chose... on se défie de qui interroge... on a même regardé mes mains, on les senties pour voir s'il n'y avait pas odeur de poudre... enfin j'ai pu marcher vers le Panthéon... Ah! on ne se figure pas — quand on n'a pas vu cela — — comme la guerre civile est horrible... ces voix qui réclament, ces cris qu'on profère des deux côtés, dans la même langue !... On dirait des enfants qui se

battent sur le cadavre de leur mère... Je me suis glissé jusqu'à une barricade...
là, j'ai interrogé... le régiment n'était plus là... il paraît qu'on l'avait envoyé
à la barrière d'Italie...

« Je suis reparti... j'étais bien décidé à aller jusqu'au bout de Paris...
ç'aurait été une si grande consolation de pouvoir rassurer le mort sur le sort
de son fils... mais il était dit que je ne saurais rien.

Calertin eut un geste de découragement. Voyant Marie qui était plus
blanche qu'un marbre, il se sentait désespéré de torturer ce cœur d'enfant...

— Continue, père, firent les lèvres frissonnantes de la jeune fille.

Le charpentier reprit en baissant la voix.

— Je suis enfin parvenu à trouver une compagnie... je me suis fait conduire
vers l'officier, et j'ai eu un moment de crainte et de joie à la fois... car je le
reconnaissais, c'était bien celui que j'avais vu dans la maison... un homme
jeune, et qui ne pouvait pas être cruel.

« Il m'écouta, et comme je lui disais toute mon inquiétude, en lui expliquant que le père était mort :

« — Je ne puis rien vous dire de positif, fit-il, vous savez que, dans un instant comme celui-ci, la vie humaine compte malheureusement pour bien peu
de chose.

« — On l'a fusillé? m'écriai-je.

« — Non, rassurez-vous... du moins, j'ai pu le sauver pendant tout le temps
qu'il a été en mon pouvoir... et cela malgré l'exaspération de mes hommes...
j'avais donné ordre qu'on le conduisît au poste du pont au Change, mais les
hommes qui s'y rendaient se sont croisés avec une colonne de prisonniers...
et celui dont vous me parlez a été joint à ceux-là.

« — Où les conduisait-on?...

« Il hésita.

« — Je crois que c'était à la caserne du parvis Notre-Dame.

« — Monsieur, lui demandai-je encore une fois, puis-je tenter quelque
chose pour le sauver?

« — Je n'ose vous donner une trop grande espérance... cependant, demain
matin, allez à la caserne de ma part.... demandez le capitaine... (il m'a donné
un nom qu'il a écrit sur sa carte...) et de tout mon cœur je vous souhaite de
réussir.

« Puis il me quitta... son service le réclamait... alors je suis revenu par
ici... tu comprends bien que je n'attendrai pas à demain; j'ai voulu seulement
te dire tout cela... et maintenant je vais repartir.

Il y eut un long moment de silence. Ces deux êtres avaient le cœur serré
comme dans un étau.

— Et Titi n'est pas revenu? demanda encore Calertin.

— Non, père...

— Pauvre gamin ! pourvu qu'il ne lui arrive pas malheur.

— C'est lui qui a perdu Jean ! murmura Marie avec amertume.

— Oh ! mon enfant ! pardonne-lui... est-ce que cet âge-là sait ce qu'il fait ..
Et se tournant vers la mort :

— Ne sois pas plus sévère que lui !

Calertin s'approcha de Rabolet et le considéra longuement :

— Pauvre vieux ! gronda-t-il dans un sanglot. Marie, ajouta-t-il en s'adressant à sa fille, je vais le transporter sur son lit... cela me fait trop de mal de
le voir là...

Il le prit dans ses bras. Il était fort, le brave Calertin, et le cadavre était lourd.

Marie, le visage baigné de larmes, ouvrit la porte de l'autre chambre. Le
charpentier la suivit. Le corps fut étendu. La raideur cadavérique commençait... Soigneusement, comme il eut fait d'un enfant, Calertin le recouvrit
d'un drap blanc... puis, saisi d'une douleur qui le secouait tout entier, il saisit
entre ses mains la tête du serrurier et l'embrassa au front.

Dans ce mouvement, comme il s'était appuyé sur le traversin, il entendit
comme un froissement de papier.

Il tressaillit :

— Camarade, pardon ! fit-il, j'allais oublier.

Il plongea sa main sous le chevet et en tira une large enveloppe sur laquelle le serrurier avait tracé, en grosses lettres, de sa main un peu lourde,
ces simples mots :

« A mon fils ! »

— Oui, dit Calertin parlant à Rabolet comme s'il eût pu l'entendre, je
me souviens de tes paroles... ceci est pour Jean, si je parviens à le sauver :
sinon j'attendrai que ton fils Étienne se soit montré digne de ta confiance, et
je lui remettrai ces papiers...

Il les glissa dans sa poitrine.

Marie était debout, appuyée au lit, les yeux fixés devant elle, comme si
elle ne voyait plus, comme si elle n'entendait plus.

Calertin lui prit la main et l'attira doucement hors de la chambre funèbre
dont il ferma la porte derrière lui.

— Je ne te dirai pas de prendre du repos, dit-il, je sais que tu ne pourrais
pas, pourtant je t'en supplie, mon enfant, retrouve ton courage... C'est dans
ces durs moments qu'il faut savoir résister... sois tranquille, je ne négligerai
rien.

— Père, fit-elle suppliante, si j'allais avec toi !...

— Et lui ! repartit Calertin en désignant la porte derrière laquelle gisait
Pierre Rabolet, veux-tu donc le laisser seul.

IL SE GLISSA PAR L'OUVERTURE.

— Tu as raison, père. Mais, je t'en prie, hâte-toi... si tu savais comme je souffre.

Calertin l'embrassa, puis il se dirigea vers le palier.

Là, il s'arrêta tout à coup comme saisi d'une pensée subite !

— Tu n'as pas peur, du moins, demanda-t-il.

— Non, père... Je te le jure.

Il lui tardait qu'il fût parti. Chaque minute qui s'écoulait lui paraissait aussi longue qu'un siècle.

Calertin comprit et disparut.

Marie tendit l'oreille et entendit retomber la porte de la rue. Alors elle se laissa tomber sur une chaise, la tête dans ses mains.

Au moment où Calertin sortait dans la rue Perdue, deux ombres s'étaient brusquement rejetées en arrière, se cachant dans l'embrasure d'une large porte qui faisait face à la maison du serrurier.

Calertin ne vit rien et, courant, s'élança sur le quai.

— Quel est celui-là? demanda à voix basse Lamuche à son complice..

— Un ami de Rabolet... le père de la petite.

— Eh bien ! un peu plus... vous le trouviez là haut... ça n'aurait guère avancé vos affaires... et puis dites donc, savez-vous bien qu'il a l'air d'un homme solide... et que si vous molestez sa fille, il pourrait bien vous faire passer un mauvais quart d'heure.

— J'y ai déjà pensé.

— Et vous avez pris vos précautions...

— Mais oui... et dès demain matin, certaine dénonciation aura produit son effet...

Lamuche ricana :

— Décidément, vous êtes une rude canaille... mais ce n'est pas de cela qu'il s'agit... chacun son affaire... occupons-nous de la machine.

— Venez ! dit Trassard.

Il vint au milieu de la rue, chercha à sonder les ténèbres du regard et prêta l'oreille. Calertin était bien loin.

Alors les deux hommes s'approchèrent de la maison, et poussèrent le lourd panneau de la porte, qui glissa silencieusement sur ses gonds. Ils se trouvèrent devant la cave, qui n'avait pas été refermée.

Trassard décrocha une lanterne qui se trouvait à l'entrée de l'escalier et l'alluma.

Puis, après s'être encore une fois assuré que la maison était silencieuse et que leur entrée n'avait pas attiré l'attention, ils se mirent à descendre les marches glissantes.

Le lecteur connaît déjà le souterrain qui, sans doute, avait fait partie des cryptes de quelque ancienne église. Car il était plus spacieux que ne l'eût exigé l'importance de la maison sous laquelle il régnait.

Trassard connaissait les localités. Il n'hésitait pas comme avait fait Rabolet. Il allait droit à son but.

— C'est ici, dit-il, en s'arrêtant devant une porte de chêne munie d'une barre de fer à laquelle s'adaptait un énorme cadenas.

Il tira une clef de sa poche. La serrure grinça. Puis la barre de fer se détacha et les deux hommes entrèrent.

Trassard posa sa lanterne sur le sol et désignant une place où la terre était fraîchement remuée :

— Voilà l'entrée, dit-il à Lamuche. Prenez cette bêche, là, dans le coin, enlevez la terre.

Lamuche obéit. En quelques coups, il eut déblayé la place. Une plaque de pierre apparut. A l'aide d'un levier (Trassard avait préparé tous les outils nécessaires) la pierre fut soulevée, et Lamuche, plongeant la lanterne dans l'ouverture béante, vit qu'un espace de quatre pieds environ séparait la cave du second sous-sol.

— Allons! je passe devant, dit-il, je vous aiderai.

Et sans attendre la réponse de Trassard, il se glissa par l'ouverture et, se soutenant sur les bras, il se laissa tomber.

Trassard le suivit.

A la lueur de la lanterne, Lamuche vit alors un couloir étroit et long.

— Voici, dit Trassard à voix basse. Il y avait, au bout de ce couloir, une vieille porte qui avait été murée de plâtre et de gravats. L'humidité l'avait détrempée, j'en ai eu facilement raison.

Disant cela, il avait marché en avant et était arrivé devant des débris de toutes sortes qui jonchaient le sol.

Trassard continuait :

— Vous voyez, ici il y a des restes de barriques, des lattes. Ce fut autrefois un cellier, dont probablement le propriétaire actuel ignorait même l'existence. Enfin, nous nous trouvons ici sous la boutique du serrurier... j'ai eu beaucoup de peine à trouver l'ancienne issue de ce cellier ; mais, avec de la patience on arrive à tout... et j'ai fini par découvrir ce que je cherchais.

Les deux hommes entassèrent au milieu de la cave des pièces de bois. Trassard se hissa sur ce piédestal improvisé et passa ses mains sur le plafond de la voûte ; on entendit le craquement d'un ressort.

Et un instant après, les deux voleurs étaient dans l'atelier de Rabolet.

Il y avait plusieurs jours que la forge n'avait été allumée, que les enclumes n'avaient résonné sous le heurt des marteaux. Cette immobilité froide avait quelque chose de sinistre.

Mais que leur importait, à ces bandits? Est-ce qu'ils songeaient même à ce travailleur énergique qui naguère animait de sa puissante activité ce champ de labeur, à celui qui vivant se fut dressé devant les voleurs et leur eût brisé le crâne de son formidable maillet de fer ?

— La machine! avait demandé Lamuche impatient.

Elle était cachée dans un petit cabinet qui servait à Pierre Rabolet de laboratoire. En vrai enfant de Paris, Pierre savait un peu de tout, et de longue date, il avait essayé de mettre à profit quelques notions de chimie industrielle péniblement acquises.

Dans cet étroit espace, il y avait des touries, larges bouteilles contenant des essences, des produits chimiques. Sur les fourneaux éteints, on voyait encore les récipients de fonte qui avaient servi à ses essais.

Et sur un socle, fait d'une lourde pièce de bois, la machine en réduction se dressait, nette, brillante avec ses cuivres, avec ses flancs polis.

Lamuche avait couru vers ce but de tous ses désirs. D'un rapide coup d'œil, il examinait les diverses parties de l'engin, et des exclamations joyeuses s'échappaient de sa poitrine.

— C'est superbe! disait-il. Oui, il y a là une fortune!... mais pourquoi Rabolet n'avait-il pas encore révélé sa découverte?

Ceci le troublait. Quoiqu'il eût lui-même des connaissances superficielles, il comprenait l'idée mère de Rabolet. Et il lui semblait qu'elle était définitivement réalisée.

Quand Trassard — doublement traître, —lui avait communiqué les épreuves de Rabolet, il avait tenté de faire exécuter un modèle de la machine. C'était celui que Titi avait vu chez lui : mais il n'avait pas tardé à se rendre compte des défectuosités qui rendaient encore l'œuvre imparfaite.

Ici, dans le modèle qu'il avait sous les yeux, ces défauts avaient disparu... le travail semblait complet, prêt à l'action.

— Voyons, dit-il, comment vais-je emporter ceci

— Ne pouvez-vous pas démonter les parties principales?

— Si fait... mais cela demandera du temps.

— Combien?

— Une heure au moins.

— Pourvu que ce soit achevé avant le jour, cela suffit..., d'ailleurs c'est là votre affaire... vous avez là sous la main tous les outils nécessaires.

Déjà Lamuche s'était emparé d'une clef anglaise et s'occupait à la mettre à point pour desserrer les écrous...

— Mais pour emporter tout ceci, fit-il, faudra-t-il donc que je repasse par le souterrain... ce serait à peu près impossible, et je regretterais de détériorer certaines pièces qui me semblent délicates...

Trassard réfléchit un instant :

— Vous avez raison, dit-il. Mais il y a un moyen...

— Lequel?

Trassard alla dans l'escalier et appelant Lamuche :

— Voici une porte, dit-il, qui donne sur un escalier intérieur conduisant au palier du premier étage... la serrure est solide, mais je suppose qu'avec tous les outils qui sont ici, elle ne vous embarrassera guère.

Lamuche la regarda :

— Je m'en charge, dit-il.

— Eh bien! ouvrez-la... nous sortirons par là.

— Mais si on nous surprenait au moment où nous quitterons la maison?

— Qui ne risque rien n'a rien !

Le fait est que Lamuche éprouvait une telle joie à se sentir maître de ce qu'il considérait comme un trésor qu'il tremblait maintenant qu'un hasard vînt compromettre le succès de son expédition.

— Tenez, dit Trassard, il y a, à côté de la porte de la rue, une sorte de creux, de renfoncement, placez-y les diverses pièces... si vous êtes surpris, on ne verra rien... et à loisir, vous pouvez tout emporter... je vous aiderai et, et un instant, ce sera fait.

Lamuche, à l'aide d'un crochet, avait ouvert la porte.

— Vous monterez par là, continuait Trassard; arrivé au premier étage, vous écouterez avant de redescendre... de cette façon vous êtes tranquille.

— Et vous?

— Moi! fit Trassard avec un rire muet qui contracta sa face bestiale, je ne vous demande que de faire le guet pour mon compte comme pour le vôtre... mais je ne redoute rien... quand je veux réussir, je ne compte pas avec les obstacles... maintenant, afin que demain aucun indice ne vienne attirer l'attention de ceux qui pénétreraient dans l'atelier, refermons la trappe... et dissimulons les traces de notre passage.

En quelques instants, le sol de l'atelier avait repris son aspect primitif.

Lamuche revint vers la machine et commença son travail.

Trassard, pâle comme le criminel qui se glisse vers sa victime, ouvrit la porte de communication et s'engagea sur l'escalier qui conduisait au premier étage.

— Bonne chance! lui cria Lamuche qui, joyeux, sentait la machine de Rabolet se disjoindre sous ses efforts.

Trassard n'avait pu répondre...

Étouffant le bruit de ses pas, il allait vers son crime.

Arrivé au palier, devant la porte de Rabolet, il s'arrêta un instant... puis avec un geste de résolution, il se pencha et frappa doucement...

XI

L'ÉTERNEL TARTUFE

Marie, épuisée, ayant au cerveau la pensée monotone et engourdissante, s'était assoupie... ou plutôt elle avait succombé à une sorte d'étourdissement qui avait suspendu en elle la vie physique, tout en laissant à sa conscience endolorie la vague notion des craintes qui l'oppressaient...

Tout à coup elle tressaillit... elle avait entendu quelque chose.

On avait frappé à la porte. Qui donc? Ce n'était pas Calertin, il avait une clef.

Jean peut-être? ou bien Titi qui, timide, s'était arrêté sur le palier.

On frappa une seconde fois plus distinctement.

Marie se leva et fit un pas. Mais, encore prudente :

— Qui est là? demanda-t-elle.

Une voix à peine perceptible répondit :

— Moi, un ami !

Tout l'être du misérable était secoué par un tremblement dont il ne parvenait pas à se rendre maître.

— Votre nom, insista Marie.

— C'est moi, votre voisin, M. Trassard!

Trassard! Marie eut un frissonnement de dégoût. C'est que plusieurs fois déjà elle avait été en butte aux obsessions du misérable. Il la rencontrait dans l'escalier, la guettant, et lui adressant, avec des sourires équivoques, des mots qu'elle comprenait à peine.

Cependant, un jour, il s'était enhardi... et devant je ne sais quelle révélation soudaine, la chasteté de la jeune fille s'était révoltée... à la face du misérable, elle avait cloué son dégoût comme un stigmate.

Elle n'avait rien dit à son père, tant les lèvres pures ont peur de se souiller par l'expression de ces infamies.

Trassard savait cela. Mais c'était un de ces êtres en dehors de l'humanité, pareils au Jacques Ferrand de notre grand Eugène Sue... et puisque l'heure est venue de tout dire, on aurait pu trouver dans la *Gazette des Tribunaux*, à une date antérieure de quelques quinze ans, un de ces procès honteux dont les débats ont lieu à huis-clos... L'instituteur avait été condamné à cinq ans de réclusion... Nous n'insisterons pas.

Ce sont là des cas pathologiques qui rentrent dans l'aliénation mentale.

Surmontant sa répulsion, la jeune fille répondit :

— Que voulez-vous? Mon père est absent.

— Il faut que je vous parle.

— Vous ?

Lui entendait, comprenait l'intonation de cette voix qui cachait mal un dédain profond.

Et sa rage brutale ne faisait que s'accroître.

— Je vous en prie, dit-il encore de son accent le plus tartufe, c'est dans votre intérêt... dans celui du pauvre Jean Rabolet.

Jean ! Ah ! Marie n'avait pas le droit d'hésiter. Sans plus réfléchir, elle ouvrit la porte.

Trassard entra :

— Je vous demande bien pardon, ma chère enfant, de venir à pareille heure, surtout quand je sais que ce pauvre M. Rabolet est mort, et que votre père est absent... mais excusez-moi... l'intérêt que je vous porte est si grand.

Marie le regardait. Elle n'avait pas grande expérience de la vie, la pauvre fille, mais sur cette face qui se faisait paterne, elle ne pouvait distinguer le signe de l'infamie.

— Je vous remercie, monsieur, dit-elle plus doucement, et je vous prie de me dire bien vite ce que vous savez de Jean.

Trassard s'était avancé, et par un mouvement qui n'avait rien d'affecté, il avait refermé la porte derrière lui.

Marie, toute à son impatience, ne s'en était même pas aperçue.

— Je ne crois pas, dit Trassard, qu'il coure   de danger immédiat.

— Ah ! quelle joie ! s'écria Marie... On aura reconnu son innocence.

— Oh ! pas encore ! vous comprenez... nous sommes en pleine émeute... et on est obligé d'être sévère.

— Mais enfin, monsieur, ce n'est pas une raison pour arrêter les bons ouvriers qui n'ont pas pris les armes.

— Je le sais... je le sais..., aussi porté-je le plus grand intérêt à ce brave jeune homme... comme à tous ceux qui vous touchent de près d'ailleurs.

Encore une fois, un soupçon traversa l'esprit de Marie.

Cette voix pateline l'effrayait... mais, se reprochant cette défiance comme une faute :

— Vous êtes trop bon, dit-elle ; mais, je vous en supplie, hâtez-vous de me dire ce que vous savez.

Elle était debout, à distance, Trassard se rapprochait insensiblement.

— Dans le premier moment, dit Trassard, j'ai cru réellement que Jean avait tiré sur les soldats.

— Vous avez cru !... vous !... ah ! c'est mal !

— Que voulez-vous ? Je suis un bourgeois... et j'ai bien peur des révolutions... mais j'ai vu tout de suite que je m'étais trompé... alors j'ai voulu

réparer cette erreur... je me suis mis en quête... j'ai eu beaucoup de peine...
Voici plus de quatre heures que je cours dans Paris...

— Et vous avez trouvé sa trace.

— Oui... c'est-à-dire... je sais où il est.

— Oh! dites... dites vite!...

— J'ai le regret de vous annoncer qu'on l'a mis en prison!

— Lui! mon Dieu! c'est horrible!

Et des larmes jaillirent des yeux de la pauvre fille.

Trassard profita de cette émotion et s'enhardit jusqu'à lui prendre la main.
Elle ne songea pas à la retirer... Pouvait-elle supposer que tout cela n'était
que mensonge? La vraie probité sera toujours battue par l'hypocrisie infâme!

— Voyons! disait Trassard qui de ses yeux ardents contemplait cet adorable visage, plus charmant encore dans son désespoir, ne pleurez pas ainsi...
vous me faites trop de mal... Jean est en prison, c'est vrai... mais il peut en
sortir... il en sortira... je vous le promets, je vous le jure!

— Mais comment? que faut-il faire? Ah! quand je devrais donner ma vie
pour lui!

— Voici... j'ai pensé tout de suite à votre chagrin... car je vous aime
beaucoup... quoique vous ayez été bien dure avec moi... et j'ai voulu vous
apporter une bonne nouvelle... Pour que Jean sorte de prison, il faut qu'un
homme estimé, un rentier, aille parler à des gens influents... qu'il se porte
garant pour lui.

— Mon père fera cela!...

— Votre père! vous vous trompez, mon enfant... votre père a montré
souvent des opinions très avancées... exaltées même..., je ne le juge pas, je
dis ce qui est... il va, quelquefois dans les clubs... sa recommandation nui-
rait peut-être à Jean plus qu'elle ne le servirait... et même, à vous dire vrai,
je suis inquiet pour lui.

— Que voulez-vous dire?...

— Rien de positif!... oh! ne vous effrayez pas encore... mais il suffirait
d'une méchanceté de voisins... il y a des gens si envieux!... pour qu'il fût lui-
même en butte aux soupçons.

— Lui! Ah! cette fois, c'est impossible...

— Je le veux bien... mais vous comprenez en tout cas que pour sauver
Jean, il faut un homme qui n'ait jamais été en butte à aucun soupçon, qui ait
toujours défendu la cause de l'ordre... et si j'osais, je dirais que si vous le
voulez, cet ami.

— Eh bien?

— Ce sera moi.

— Vous?

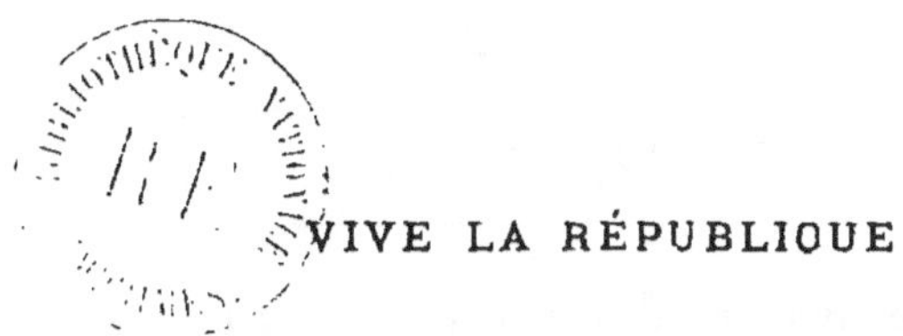

ET LA LUTTE RECOMMENÇA ODIEUSE, MONSTRUEUSE.

— Je vous assure, mon enfant, que vous me méconnaissez... vous vous défiez de moi... que vous ai-je fait?... parce que je vous ai trouvée aimable, charmante, parce que j'ai eu l'audace de vous le dire... vous croyez que je suis un ennemi... mais je veux vous prouver le contraire... je serai votre appui, votre défenseur... et si par incroyable votre père était menacé.

Le misérable serrait entre ses mains les mains de la jeune fille, il se penchait... et son visage effleurait presque ses cheveux.

Ce fut comme une commotion électrique... elle se dégagea, le repoussa, et s'écria :

— Mais, monsieur, je ne vous comprends pas!

— Quoi! faut-il que je m'explique plus clairement?... Pour vous, sur un ordre donné par ces lèvres si jolies, sur un signe de ces yeux si beaux, je suis prêt à tout... pour sauver Jean... pour défendre votre père.

Et il revenait vers elle, et il s'efforçait de reprendre sa main.

Tout à coup, elle comprit... elle vit dans ces yeux ardents une lueur criminelle qui l'épouvanta.

— Taisez-vous, s'écria-t-elle, se redressant fière et impérieuse, taisez-vous et sortez !

Et ces mots avaient été prononcés d'une voix si ferme, si vibrante, que Trassard tressaillit ; il vit que toutes ses ignobles câlineries étaient dépensées en pure perte. Il jeta le masque :

— Prenez garde, fit-il. Vous oubliez que Jean est en danger... vous oubliez que votre père lui-même...

— Je n'oublie rien... et je vous ordonne de sortir.

— Encore une fois prenez garde... vous ne me connaissez pas encore!... Je suis venu à vous en ami, en protecteur... je vous dis : Marie, vous êtes belle ! et si vous le voulez, je puis tout pour votre bonheur.... ne me repoussez pas, ne m'insultez pas, sinon...

— Ah ! enfin je vous retrouve ! s'écria Marie. Quand je songe que j'ai pu me tromper un instant... je ne veux plus rien entendre, rien écouter... et si vous ne sortez pas, j'appelle à l'aide.

Une effroyable colère tordit le visage du misérable :

— Ah ! c'est ainsi ! s'écria-t-il. Eh bien !... il faut que vous sachiez tout !... Marie !... si vous me repoussez, Jean est perdu !... et je perdrai votre père !

Marie, affolée de terreur, s'était élancée vers la porte... elle se souvenait enfin qu'elle était seule... qu'il n'y avait là auprès d'elle qu'un cadavre inerte, qui ne se lèverait pas à sa voix !... son père était loin !... Jean en prison !

Entre elle et la porte, Trassard, les bras étendus, menaçant, hideux de sauvagerie, ayant aux yeux, au front, l'épouvantable folie du désir infâme !

Mais elle ne s'abandonna pas, la vaillante !... devant ce danger atroce, toute son énergie se redressa...

— Place ! cria-t-elle.

Mais que pouvait-elle ?

L'homme la saisit au passage et l'attira contre lui... De ses deux mains crispées elle le frappa au visage... Il eut un cri de rage qui se perdit dans un éclat de rire qui ressemblait à un rauquement de fauve.

Dans ses bras convulsés, il serrait cette taille souple à la briser.

Elle se débattait, elle luttait... dans ce corps frêle se révélaient tout à coup des vigueurs inconnues.

Elle parvint à lui échapper... elle courut vers la chambre où gisait le mort... un instinct secret lui disait que le mort était une défense.

Non ! elle se trompait !... quand les misérables sont en proie au démon qui les agite, quand leur organisme surexcité est dominé par les instincts de la brute, il n'est plus de respect, il n'est plus de pudeur ! rien de l'homme !...

Et la lutte recommença... odieuse... monstrueuse...

Marie criait, pleurait, appelait au secours !

Tout à coup et au moment où ses forces épuisées allaient la trahir, un cri terrible, aigu, sinistre lui répondit... et ce bruit était si effrayant, que Trassard lui-même ouvrit les bras et resta un instant immobile.

Et la même voix, qui semblait sortir des profondeurs de la terre, hurlait :

— Au feu ! au feu !

XII

UN MARCHÉ DE TOTO LAMUCHE

Malgré notre vif désir de ne pas tenir en suspens la curiosité de nos lecteurs, cependant nous leur rappellerons que la vie des héros — et celle de Titi Rabolet prendra place parmi les plus curieuses — est un composé de circonstances multiples qui se suivent, s'enchevêtrent et que nous devons mentionner au fur et à mesure qu'elles se produisent.

Force nous est donc, avant de suivre sur le cri terrible : Au feu ! de remonter de quelques instants en arrière et de revenir dans cette chambre où la belle Claudia, bousculée par le nerveux gamin, l'avait vu s'échapper à travers l'escalier.

Or, on n'a pas oublié que la digne compagne de Lamuche, si portée à s'attendrir, avait tenté de combattre son émotion par force verres de punch au kirsch.

Tant et si bien que, selon le bréviaire des *éméchés* (encore de Titi), la simple poussée que lui avait administrée le fuyard lui avait fait voir trente-six chandelles.

Elle avait trébuché et, glissant sur le parquet, elle était tombée à genoux.

Elle tendait les poings vers la porte, maugréant :

— Petit gueux ! petit bandit !

Mais toutes ces objurgations ne lui rendaient pas la force absente. Et, de fait, elle était absolument impuissante à reprendre son équilibre.

Pourtant, peu à peu, la notion de la réalité se faisait jour dans son esprit, et, à mesure qu'elle comprenait ce qui venait de se passer, elle se sentait saisie d'une terreur épouvantable.

Car cette femme avait de Lamuche une peur atroce.

Elle ne craignait pas d'être battue. A ceci elle était habituée de longue date.

Elle était de ces natures lâches qui s'attachent à qui les maltraite.

Mais il était arrivé déjà que, par quelque imprudence, par un oubli involontaire, elle avait compromis les opérations de son seigneur et maître.

Alors elle avait vu la colère blanche s'emparer de cet homme, la pâleur livide envahir son visage féroce ; et, sans que ses lèvres violacées parlassent, elle avait deviné la menace de mort.

Elle le connaissait : il était capable de la tuer. Que de fois, le couteau ne s'était arrêté qu'à une ligne de sa poitrine !

Et, alors que Lamuche lui avait recommandé de veiller sur Titi, de le garder, coûte que coûte, à la maison, elle l'avait laissé échapper !

Ceci pouvait être, devait être grave !... que répondrait-elle, lorsqu'elle serait interrogée ? En songeant, elle frissonnait des pieds à la tête. Et, sous l'action de cette sensation, elle parvint à se redresser et courut vers la porte.

Il avait dû retourner chez lui. Où était-ce ?

Et la malheureuse femme, perdant la tête, plongeait ses doigts dans ses cheveux et les arrachait à poignées.

Tout à coup une voix retentit dans l'escalier qui chantait.

Oh ! là ! là !

N'en faut pas !

De ceux qui font de l'épatas...

Oh ! là ! là !

N'en faut pas !

On les fich'ra tous dans l'tas !

Et la porte s'ouvrit...

Toto Lamuche fit son apparition.

Or il faut expliquer rapidement quels étaient les rapports de Toto et de Claudia.

Lamuche avait été marié ; sa femme était morte. Restait Toto. Or, la femme de Lamuche était honnête et avait succombé aux mauvais traitements de son mari... Celui-ci haïssait Toto... Toto le lui rendait... Mais sa haine s'était attachée surtout à Claudia.

Non que Toto eût au cœur le moindre bon sentiment, ne fût-ce qu'un souvenir vague et respectueux de sa mère !

Point ! il haïssait Claudia d'instinct parce qu'il était de nature haineuse... Du reste son père se préoccupait fort peu de ce qu'il faisait ou pensait ! il avait jeté l'enfant à travers la vie, et n'avait point regardé où il allait. Vagabond, Toto le gênait moins. Voleur, Lamuche avait le droit de le détester tout à son aise.

Toto ne s'était pas fait faute de mériter cette aversion.

Nous l'avons dit, c'était le voyou dans toute l'acceptation mauvaise du mot. Un vice qui grandissait.

Quant à son antipathie pour Claudia, elle se centuplait par la jalousie. Elle tenait chez son père une place dont il n'aurait certes pas voulu, mais qui était la sienne.

D'où venait-il ? de partout et de nulle part. Débarrassé de ses terreurs, ayant mis ses pistolets aux mains de Titi, il avait rôdé, volé les morts... Il rentrait parce qu'il avait faim.

Apercevant la lumière, il ouvrit la porte.

Claudia horriblement pâle, les cheveux défaits, était appuyée au mur.

Toto la dévisagea de son regard oblique :

— Ouais ! murmura-t-il en guignant de l'œil le bol de punch, paraît qu'on liche ici !

— Ah ! Toto ! mon ami ! s'écria Claudia dont une pensée subite venait de traverser le cerveau.

— De quoi ! fit Toto en se reculant. Des familiarités avec Bibi, n'en faut pas !

— Mon ami ! je t'en prie ! tu peux me sauver la vie !

Elle parlait un peu au hasard, étourdie par la fumée de l'ivresse.

— Te sauver la vie, la vieille ! y a pas de presse. Si tu crois que c'est pour ça que je rapplique !

Certes, Titi Rabolet n'était pas la distinction incarnée, et son style ne le désignait pas au choix de MM. les académiciens.

Mais il y avait dans son accent, dans les fantaisies même de son langage, dans sa voix criarde et enfantine, je ne sais quoi de primesautier, de naïf qui ne déplaisait pas.

Toto était ignoble, le mot est dur, mais juste. Cet enfant de quatorze ans avait déjà les allures d'un rôdeur de barrières. Si le type d'Alphonse eût été connu, on lui eût appliqué ce surnom, malgré son âge et l'invraisemblance de ce rôle. Il avait la casquette plaquée sur le front, les mèches plates collées aux tempes, le teint blafard, les yeux bistrés.

Sa voix surtout répugnait. Rauque comme celle d'un buveur d'absinthe, traînante comme celle d'un habitué de police correctionnelle.

Son argot était hideux. Nous devons l'adoucir. Ce n'était pas la langue d'un parisien du faubourg, mais l'écho du bagne.

Il s'approcha du bol, le souleva et buvant à même :

— Non de... on se met bien pendant l'absence de papa.

Cependant Claudia se remettait peu à peu... mais en allant vers la table, elle n'avait pas la marche très solide.

— Là! là! fit Toto. On a son plumet!... Bigre! on godaille et on ne m'invite pas!... je suis toujours le galeux, pas vrai!

— Mon enfant, dit Claudia d'une voix douce, je t'assure que tu te trompes... je ne te veux pas de mal !

— Ouais !... des phrases !

— Et je te supplie de me rendre un service !

— Pas possible !... eh bien ! à charge de revanche, rendez-m'en un... fichez le camp de chez papa.

— Mais c'est de ton père qu'il s'agit !

— Ça m'est encore bien inférieur ! si tu crois que je tiens à lui faire plaisir !

Le ton de Toto n'était pas engageant... Cependant, pendant qu'il buvait, Claudia s'enhardit :

— Ecoute... j'ai commis une imprudence... ton père, qui est occupé d'affaires importantes... qui est en train de devenir riche... très riche.

A ce mot Toto lâcha le bol et tendit l'oreille :

— Ton père m'avait chargée de garder ici quelqu'un... et je l'ai laissé partir !

Toto éclata de rire :

— Eh bien? il te flanquera une trempe, la vieille! C'est pas moi qui en pleurerai du sang !

— Ça ne serait rien, reprit Claudia qui frissonna malgré elle, mais ça peut faire manquer ses affaires... et alors plus de réussite, plus d'argent.

Toto eut un haussement d'épaule :

— Quoi que j'y peux, moi !

— Tu peux me sauver... Sauver la situation.

— Toi! je m'en bats l'œil !... mais la situation... c'est bien vrai, ça, que papa va gagner de l'argent?

— Je te dis qu'il va devenir un Crésus, mais ce que j'ai fait peut le perdre, alors il faut le réparer.

— Et s'il a de l'argent, est-ce que j'en aurai, moi!

— Tu peux y compter... je te ferai donner une bonne somme.... mais ne perdons pas de temps... écoute-moi! tu connais tous les gamins du quartier?...

— Un peu, que je dis...

— En connais-tu un qu'on appelle Titi?

— Titi Rabolet !

— Rabolet! oui, ça doit être lui! fit Claudia qui cherchait à rassembler ses idées.

— Titi Rabolet, continuait Toto très fier de prouver son érudition dans les questions de voisinage, le fils au père Rabolet, le mécanicien?

— Le mécanicien! tu as bien dit...

— Eh oui! le père Rabolet un homme qui passe sa vie à inventer un tas de machines.

Claudia poussa un cri.

a lumière se faisait tout à coup dans son cerveau troublé!

Ce nom de Rabolet, elle l'avait entendu prononcer par Lamuche. Puis ce personnage qu'on appelait l'homme aux machines, Trassard!... tout s'expliquait. C'était chez Rabolet que Lamuche était allé, c'était pour n'être point dérangé dans une œuvre qu'elle soupçonnait que Lamuche lui avait ordonné de garder Titi !

Et ils s'allaient rencontrer! elle frissonna de terreur.

Elle saisit la main de Toto :

— Écoute, il faut que tu me conduises chez Rabolet.

Toto éclata de rire :

— Tu veux peut-être causer avec lui... un peu tard, ma vieille, il a passé l'arme à gauche!

Claudia se souvint :

— C'est vrai! il est mort!... n'importe... il faut que j'aille jusqu'à sa maison... que j'empêche Titi d'y entrer.

Toto Lamuche se dandinait sur ses jambes arquées.

— Qué qu'ça peut me faire tout ça!

— Conduis-moi chez lui... je t'en prie... est-ce loin?

— Non... pas précisément... mais...

— Mais quoi?

— Je vois que tu y tiens diablement! T'as fait un bêtise, la vieille, et tu as peur que le père te casse les reins.

— Après?

— Après? eh bien ! rien pour rien! je te conduirai.

— Ah! merci! viens, viens vite !

— Minute... avant, tu vas me donner une jolie roue de derrière.

Claudia était parfaitement au courant de l'argot parisien. Aussi s'écria-t-elle :

— Cent sous ! mais je ne les ai pas !

— Tant pis pour toi... alors rien de fait !

— Mais tu sais bien que ton père ne me laisse pas d'argent !

— Ça t'apprendra à être si bête.

— Toto ! mon petit Toto ! je t'en prie...

— Y a pas de mon petit Toto ! Cent sous... ou bien zut !

Au moment où l'aimable Toto posait nettement son ultimatum, on entendit retomber la porte extérieure de la maison.

Claudia pâlit.

— Trop tard ! le voilà ! mon Dieu ! cria-t-elle affolée. Où me cacher?

Toto commençait lui-même à n'en pas mener large : il savait que, quand son père cognait, il y avait des éclaboussures pour tout le monde.

Il cherchait, lui aussi, un coin pour se dissimuler, quand tout à coup la porte s'ouvrit.

— Céline ! s'écria Claudia avec un cri de joie.

Une femme ayant presque atteint la quarantaine, de haute taille, aux formes hommasses, enveloppée dans un tartan, venait d'apparaître dans l'encadrement de la porte :

Mais, chose étrange, elle n'était pas seule.

Derrière elle, et la poussant pour entrer, se profilait, éclairée par le reflet de la lampe, une singulière créature.

Était-ce une jeune fille? Était-ce une enfant?...

Sa taille lui eût attribué douze ans au plus. Mais sa physionomie était celle d'une femme... D'épais cheveux noirs, coupés courts et bouclés, vagabondaient sur un front bombé, large, et dont la teinte, comme celle de tout le visage, était d'un blanc mat... les yeux, grands, d'un brun sombre, largement fendus, rappelaient ceux des bohémiennes et dardaient des éclairs... la bouche avait des lèvres rouges, sensuelles... et sur tous les traits éclatait une énergie presque sauvage.

Elle était vêtue d'une robe de nuit, en cachemire blanc, serrée à la taille par un large ruban de moire écarlate... ses bras étaient nus et ses pieds sans bas jouaient dans des babouches à broderies rouge et or... elle tenait à la main une badine noire dont la pomme était ornée de diamants.

IL SE DÉBATTAIT STUPIDEMENT.

— Mademoiselle de Courtraige ! fit Claudia avec une surprise mêlée d'un respect involontaire.

Toto, du coin où il s'était blotti, regardait cette étrange apparition... et, sur sa face de voyou, il y avait je ne sais quelles contractions singulières.

— Oui, mademoiselle Noëla a voulu à toute force m'accompagner... répondit Céline, qui était — si le lecteur veut bien s'en souvenir — la sœur aînée de Claudia Juzeau.

— Mais que viens-tu faire... ici... à cette heure et par une nuit pareille ?

— Je viens chercher M. Lamuche de la part de M. de Courtraige.

— M. Lamuche n'est pas ici.

— Il faut le chercher, il faut le trouver, dit sèchement Céline d'un ton qui n'admettait pas de réplique. M. le duc est rentré tout à l'heure dans un état de colère indomptable... il a fait à sa femme une scène violente, puis il m'a appelée et m'a ordonné de courir à la recherche de M. Lamuche et de ne pas rentrer sans lui.

Claudia eut un geste désespéré.

— Je ne sais pas où il est.

— Quoi ! n'est-il pas rentré depuis hier ?

— Si fait... mais il est ressorti presque immédiatement.

— Sans dire où il allait ?

— Je te répète que je n'en sais rien.

Pendant cet échange de répliques, Noëla de Courtraige — regardait autour d'elle avec un sourire méchant et ironique :

— Comme c'est laid ici ! fit-elle d'un ton dur. C'est donc des pauvres ?

Le temps nous manque en ce moment pour présenter au lecteur cette fille nerveuse, bizarre, excentrique, à la volonté de fer, aux caprices insensés.

C'était réel. Elle avait contraint Céline à l'emmener. Une curiosité étrange l'attirait à travers la ville en lutte... et, le long de la route, tandis qu'elle entendait le grondement de l'artillerie, quand elle voyait les lueurs rouges fouetter le ciel, tandis que la pluie froide cinglait ses bras, elle levait fièrement la tête d'un air de défi.

Au moment où Claudia répétait :

— Je te jure que je n'en sais rien :

Toto, émergeant de l'ombre, se campa au milieu de la pièce et dit :

— Elle ment !

Noëla se recula un peu, non par terreur, et darda sur le voyou ses regards hautains.

— C'est bien à toi de dire cela, petit misérable, dit Claudia. Tu le sais, toi, et tu ne veux pas le dire.

— C'est à savoir, si je veux ou si je ne veux pas.

— Figure-toi, ma sœur, reprit Claudia furieuse, qu'il ne veut rien dire si je ne lui donne pas d'argent.

— Quand ça serait? grinça Toto.

Céline Juzeau eut un haussement d'épaules :

— Que veut-il?

Elle tira son porte-monnaie de sa poche et l'ouvrit.

Mais au même instant, d'un geste rapide, Noëla le lui arracha des mains... et, le jetant à terre aux pieds de Toto.

— Donne-lui tout, à ce mendiant! cria-elle avec un accent d'indescriptible mépris!

Toto eut un cri de rage et serra les poings. Une contraction hideuse convulsa son visage.

Noëla, courbée en arrière, dans une pose à la fois insolente et provocatrice, éclata de rire et dit :

— Parle donc, maintenant... Tu es payé!

— Eh bien! non! cria Toto... je ne dirai rien.

— Petit gueux! clama Claudia en levant la main...

Mais Toto, immobile, tenait les yeux fixés sur Noëla... Je ne sais quel travail s'opérait dans ce cerveau d'enfant corrompu. Cette beauté l'attirait, le fascinait, l'hébêtait.

Elle, toujours riant, soutenait son regard.

— Je parlerai, cria Toto.

— Enfin!... fit Claudia.

— Mais à une condition.

— De l'argent! Eh bien, prends!

— Non... pas d'argent! reprit Toto dont la voix frissonnait.

— Mais que veux-tu donc?

— Je veux...

Toto hésita encore. Puis :

— Je veux embrasser... celle-là!

Et, de sa main tendue, il désignait Noëla.

— Par exemple! fit Céline en saisissant le bras de Noëla et en l'attirant en arrière.

Mais celle-ci se dégagea et allant droit à Toto...

— Tu veux m'embrasser?

— Oui...

En vérité, cette enfant, développée plus que ne le sont les jeunes filles de son âge, avait une attitude de quasi-courtisane... Elle enveloppait Toto de son regard chaud et brillant...

— Oui... oui... répéta-t-il.

— Eh bien, embrasse-moi !

Hardiment, elle se pencha vers lui.

Toto, timide malgré sa précocité, effleura sa joue de ses lèvres.

— Maintenant parle ! dit Noëla très calme.

— Le serrurier Rabolet demeure rue Perdue.

— C'est bien cela que tu voulais savoir, Céline? demanda Noëla.

— Oui... partons...

Mais à peine avait-elle répondu qu'on entendit un hurlement de douleur furieuse.

· Levant la badine flexible qu'elle tenait à la main, Noëla en avait cinglé le visage de Toto... avec une telle force que le sang jaillit.

Et Toto sentit un éblouissement lui monter aux yeux... et quand devenant enragé, il voulut s'élancer... les trois femmes avaient disparu... et la porte était refermée...

— Oh ! comme je me vengerai ! siffla le voyou entre ses dents serrées.

XIII

AU FEU !

Revenons à la maison de la rue Perdue.

Ce cri terrible : Au feu ! avait éclaté si strident, si horrible, qu'on eut dit qu'il n'était pas proféré par une gorge humaine.

Marie avait échappé à l'étreinte du misérable Trassard... mais l'infâme, dans une angoisse épouvantable de terreur, s'était rué vers la porte — on n'a pas oublié qu'il avait poursuivi la pauvre fille jusque dans la chambre du mort — et la fermant, affolé, comme si l'incendie eût été derière lui et non devant lui, il poussa un lourd verrou... et courut vers le palier.

Marie était prisonnière... mais, encore haletante de la lutte atroce qu'elle venait de soutenir, elle avait à peine entendu l'appel désespéré qui avait jailli des profondeurs de la maison.

Et, se sentant enfin libre, elle était tombée épuisée sur une chaise, auprès du lit où gisait le cadavre.

Trassard, arrivant sur le palier, poussa une clameur d'épouvante... Toute la cage de l'escalier semblait en feu... Une lueur d'un éclat bizarre, plus blanche que rouge, blafardait les murailles.

Et, du fond de cet entonnoir, qui semblait une fournaise, une voix — celle de Lamuche — hurlait.

— Au feu ! au secours !

Trassard se pencha sur la rampe.

Et il aperçut, se débattant au milieu de flammes énormes qui montaient, sifflaient, cinglaient, une forme convulsée qui bondissait comme une apparition fantastique.

— A moi ! à moi ! glapissait la voix qui s'aiguisait en un cri plus effroyable encore.

Trassard, tremblant, sentant ses jambes se dérober sous lui, était impuissant à agir... Une peur hideuse crispait sa large face... lui serrait la gorge... lui brisait les bras.

Il poussait des : Han ! longs comme des rugissements.

Et il ne bougeait pas. C'était la paralysie qui cassait tous ses muscles. Ses lèvres s'agitaient dans un bégaiement stupide.

La flamme montait. Elle avait mordu les marches de bois... vieille maison... bois vermoulu... C'étaient des craquements qui ressemblaient à des coups de pistolet... Maintenant une fumée noire, tourbillonnante, se ruait en haut.

Mais Lamuche ! on ne l'entendait plus... et non plus on ne pouvait le voir... Le misérable était-il tombé au milieu de la fournaise?...

D'ailleurs, que s'était-il donc passé ?

Ceci :

Le voleur avait soigneusement démonté la machine du vieux Rabolet. En somme, la tâche n'avait pas été difficile.

Rabolet la soignait, cette espérance dernière d'une vie manquée. Et tout était bien tenu.

Lamuche, content, avait commencé le transport. Il suivait le conseil de Trassard. Il avait aisément trouvé la cachette dont son complice lui avait parlé.

C'était derrière la porte de la rue, une sorte de niche creusée dans le mur.

Mais Trassard la croyait vide. Il se trompait, il y avait là une bonbonne de verre, enveloppée d'osier, et solidement fermée.

Lamuche la soupesa, c'était lourd. Mais l'Auvergnat avait les muscles solides. La chose était fragile, il prit des précautions. Il enveloppa bien la panse ronde entre ses bras, et, sans accident, il posa la dame-jeanne à terre.

Il fit : Ouf ! étant satisfait.

— Ça va bien, murmura-t-il. Trassard avait raison, il y a un Dieu pour les honnêtes gens.

Il ricanait, en vérité! Et même passant devant le logement du mort, où devait — dans sa pensée — s'accomplir l'acte criminel dont lui avait parlé Trassard, il eut un geste ignoble et dit : — Bonne chance, ma vieille!

Il prêta l'oreille — mais n'entendit rien. Trassard parlait bas.

— Chacun son affaire, ajouta-t-il.

Son affaire à lui c'était l'avidité satisfaite...

L'important, c'était de se hâter.

Il revint à la machine. Elle était là, la pauvre dépiotée, gisant de ses membres épars, comme ces victimes que les assassins découpent pour les emporter et les jeter à la Seine.

Il saisit un morceau. Un des plus lourds, et reprit son pèlerinage. Celui-là se plaça à côté du premier, dans la niche. Ça prenait tournure. Encore deux voyages, et c'était fini.

Il en fit un, qui réussit bien.

Puis le dernier. Cette fois, en homme pratique, il se dit que le mieux était de ne plus revenir dans l'atelier, où il n'avait plus rien à faire.

Quand on commet le mal, le mieux c'est de filer au plus vite. Trassard n'avait pas besoin de lui, après tout ! on ne criait pas. Il était probable que tout s'était arrangé en douceur. Lamuche croyait peu à la vertu des femmes, peut-être en souvenir de Claudia... Trassard ayant de l'argent, Lamuche admettait fort bien qu'on ne lui résistât que pour la forme... ou pour tirer parti de sa défaite. Auquel cas on n'ameute pas les voisins.

Donc Lamuche se dit qu'il allait le lâcher, et carrément. Il se mit donc en devoir de refermer la porte de l'atelier, qu'en ancien serrurier il avait ouverte si dextrement.

Il y parvint à merveille.

Il portait maintenant les petites pièces de la machine, les écrous, une manivelle, un court levier, choses peu pesantes, mais assez embarrassantes en somme.

Il les tenait sur son bras replié, attentivement, contre sa poitrine ; de l'autre main, il tenait la lanterne, qui était de celles qui servent dans les écuries, c'est-à-dire bâties de joints de zinc, dans lesquels des verres sont enchâssés.

On n'a pas oublié qu'il lui fallait remonter jusqu'au palier du premier étage, puis de là redescendre vers le couloir d'entrée... Ainsi fit-il. Et, se hâtant, il franchit légèrement les dernières marches.

Mais voici qu'au moment suprême, Lamuche fit un faux pas.

Instinctivement, il étendit les bras pour se retenir...

Ecrous, manivelle, levier s'échappèrent... et...

Une pièce de fer alla heurter la bonbonne qui se trouvait justement au pied de l'escalier... En même temps, la lanterne avait été heurtée par le fer... et était tombée.

La bonbonne fit clac. Et par l'issue ouverte, le liquide blanc comme de l'eau s'échappa.

Ce fut instantané !

La lanterne dardait sa flamme jaune. Le liquide la toucha. Embrasement, non pas successif, non pas limité, mais d'un seul coup complet, énorme, jaillissant... Le verre éclata, et un flot se répandit, tout éblouissant de flammes bleues.

Lamuche qui était lancé et qui avait suivi l'impulsion de son faux pas, était au milieu de ce feu, qui roulait, courait, le cernait.

Et les flammes, avec un grésillement moqueur, le léchaient aux vêtements, aux mains, au visage.

Il était pris... il appartenait au feu !

Toute raison humaine, toute énergie fond dans cette surprise de la fournaise, l'acier y devient plomb.

Et il sautait sur lui-même, comme un aliéné, battant la flamme de ses mains, avec le mouvement instinctif de l'acharnement... Il se sentait dardé, happé, des dents croquaient sa chair... il hurlait... il ne cherchait même pas à fuir, il se débattait stupidement, comme si le feu fût un ennemi qu'on pouvait battre à coups de poing.

— Au feu ! à moi ! au secours !

Il eût crié n'importe quoi ! il ne savait pas quels mots il lançait ! c'était la bête seule qui gueulait !

Et cependant il ne devait pas mourir... pourquoi ?

Le terrain du couloir était en pente et allait vers la base de l'escalier, effet de l'usure des pierres par les pieds qui étaient lourdement tombés de la dernière marche.

Et le liquide enflammé roulait vers ce creux, s'attachait à cette marche de bois, à la rampe — et aussi vers l'atelier, dont le sol se trouvait en contre-bas.

De telle sorte que la couche combustible s'amincit sous les pieds de Lamuche... et que, sans le vouloir, sans le savoir, n'ayant rien tenté pour son salut, il se trouva libre.

Oui, libre !... la flamme était maintenant devant lui... le séparait de l'intérieur de la maison... mais non plus de l'extérieur.

Dans un éclair il eut cette notion !... il recula... puis se retourna. Était-il blessé, brûlé ? il ne le sentait pas... Oui, de ses mains la peau boursouflée s'élevait en cloques sanguinolentes, ses vêtements de laine fumaient, les poils de son crâne, de son front avaient grésillé et l'environnaient de leur odeur cornée.

Mais... il était sauvé.

Il se rua vers la porte de la rue, l'arracha plutôt qu'il ne l'ouvrit de ses ongles dont le sang jaillissait... et il s'élança dehors.

Il pleuvait à torrents... Il eut une seconde d'incroyable jouissance, puis il lui sembla que son cerveau éclatait.

Il tourna sur lui-même, battit l'air de ses deux mains et, de toute sa hauteur, s'affaissa sur le pavé !...

Et Trassard ?

Et Marie ?

Trassard était resté, hébété, plié sur la rampe de l'escalier. Ses nerfs, tout à l'heure tendus à se rompre, semblaient s'être tout à coup brisés.

Mais voici que la fumée plus noire envahit l'escalier. — Voici que le bois crépite, que les flammes longues dardent comme des flèches lancées d'en bas... déjà les plus hardies menacent de le toucher...

Trassard, rauque, se jette en arrière.

Et par un subit réveil de la sensation animale, cette brute à face humaine comprend cette terrible notion de la mort, qu'il bravait tout à l'heure, lui qui outrageait la fille devant le cadavre d'un père.

Fuir !... oui, fuir !... mais où ! comment ?... par quelle issue ?

L'escalier... coupé !

Monter aux étages supérieurs, c'est se livrer soi-même... c'est attendre l'effondrement épouvantable, la chute terrifiante dans la fournaise.

Et pourtant il fallait agir... se décider... derrière lui, la porte de Rabolet. il y courut instinctivement, puis il s'arrêta tout à coup... se souvenant de Marie !

Non par pitié ! non par remords ! Ah ! vous ne le connaissez pas ! une lueur traversa son esprit.

Elle voudrait être sauvée, elle aussi ! et s'accrocherait à lui ! elle paralyserait ses mouvements !

Non. Chacun pour soi. Et ce grand amour ? Et cette passion ? Autant en emporte le vent de la débauche ! Maintenant eût-elle été devant lui, se traînant à ses genoux en criant : A l'aide ! qu'il l'eût tuée pour la contraindre à lui livrer passage.

Tout à coup, il poussa un cri de joie.

Dans l'affolement, il avait oublié — comment cela avait-il pu se faire ? — l'escalier intérieur qui conduisait au magasin de Rabolet... Oui, c'était cela !... par la boutique, brisant les carreaux, enfonçant les volets à coups de barre de fer, il sortirait... C'était le salut !

Alors !... d'un bond il dégringola l'escalier... c'était à peine si la fumée formait un léger brouillard... Bravo ! Trassard ! tu disais bien qu'il y a un Dieu pour les honnêtes gens !

La porte, la voilà !... il se rue sur elle. Il agrippe la serrure de ses ongles.

Malédiction ! fermée ! c'est Lamuche qui a fait cela ! Trassard le croyait mort... quelle imprécation il lança à son souvenir !

— AH! MISÉRABLE ENFANT, TU AS TUÉ TON FRÈRE.

Et voici que le ruisseau d'essence qui avait contourné la base de l'escalier principal, roulait maintenant vers cette porte, lentement, hypocritement... derrière le misérable qui ne voyait pas...

Soudain, il y eut un sifflement... c'était fait... l'explosion partait !...

Trassard était pris. Le feu d'un côté, de l'autre la porte fermée... rôtissoire atroce où le bandit allait griller tout à l'aise...

Mais si parfois la terreur brise, il est des moments où elle centuple les forces... Il se recula d'un pas, insoucieux de piétiner un instant dans le feu, et se lança, corps perdu, tête et genoux en avant, contre la porte, comme un clown qui veut traverser un cerceau de papier...

Et la porte qui était vermoulue cria, céda, éclata... Des griffes, des dents — en vérité, c'était comme un fauve déchirant une proie — Trassard arracha le panneau... y creusa une issue et sans attendre même qu'elle fut assez large, s'y engagea, la tête la première et les épaules après.

Mais le trou était étroit.

Trassard était obèse... Voici que le ventre pressuré, écrasé, ne put passer.

Il était soulevé, les pieds en l'air, les bras étendus, partie dans l'atelier, partie dans le foyer qui grandissait et hurlait maintenant.

Horrible ! Trassard criait !... il n'était pas brûlé encore, mais il avait peur... il sentait que la mort rouge l'avait pris entre ses pinces de fer et ne le lâcherait plus.

Hon ! Aïe donc ! il se débattait, tentait des coups de reins, les ais brisés faisaient pointes dans sa chair et le retenaient comme des crocs.

Les semelles de ses souliers s'échauffaient... déjà il sentait aux chevilles, aux genoux, des chaleurs intolérables.

Pauvre Trassard ! il allait donc, si brave homme qu'il fût, rendre son âme — s'il en avait une — au diable.

Mais non le diable n'était pas si pressé, paraît-il. Et peut-être aida-t-il bien son fidèle à gagner encore quelques instants de vie...

La porte, secouée, tordue, s'écroula tout à coup. Trassard tomba dans l'atelier... Le panneau brisé le faisait libre — il se dressa hurlant toujours comme un démoniaque.

Maintenant, il était aveuglé... la fumée l'enveloppait... tenaillait ses yeux, brûlait ses paupières... il voulut respirer... le tourbillon noir entra dans sa gorge comme une main de fer rouge qui lui eût arraché la langue.

Et découragé, vaincu, s'abandonnant, Trassard titubant, s'affaissa sur le plancher de l'atelier... avec un râle !

Mais là-haut ! dans la chambre du mort... que se passait-il donc ?

Marie était seule, sans secours, enfermée !

Allait-elle donc mourir de cette horrible mort ?

XIV

AU SECOURS ! AU SECOURS !

Avoir seize ans, être toute chasteté, toute pureté, ne connaître de l'amour que ces délicatesses incomprises dont le charme est d'autant plus exquis qu'il semble être la révélation d'un inconnu sans bornes.

Avoir rêvé de longues matinées à ce doux mot : Amour ! Avoir vu dans une auréole de dignité, de probité, celui qui a été désigné, pour être le mari, le compagnon, l'ami des bons comme des mauvais jours, et, dans cette méditation, n'avoir pas même senti sur son âme l'effleurement d'une pensée mauvaise.

Puis tout à coup dans une sorte de cauchemar se trouver en face d'un être pansu, laid, violent, bavant des mots d'amour qui sont des insultes, portant sur la beauté que le fiancé révère la patte lourde du sacrilège... éprouver je ne sais quelle terreur folle de ce que cet homme veut et qu'on ne devine même pas.

C'est hideux, n'est-il pas vrai ?

Les ignorances d'amour, déchirées par une griffe sale, c'est épouvantable.

Haletante, Marie avait cru mourir... elle avait lutté. Chose atroce, cette faiblesse adorable avait été contrainte de combattre pour se sauver d'elle ne savait quelle souillure immonde.

Quand elle avait senti les poignets de fer se desserrer, elle s'était jetée en arrière... Pourquoi cet homme s'était-il rué sur elle ; pourquoi la délivrait-il tout à coup de son contact répugnant... Elle ne le savait pas.

Elle avait vu ceci. Il avait couru vers la porte... la porte s'était ouverte, puis refermée... elle était libre, elle était seule.

Et la pauvrette, palpitante, éprouvait un bien-être immense... et dans ce repos subit, où elle se sentait redevenue maîtresse d'elle-même, elle eût voulu s'endormir.

En vérité, il lui semblait qu'elle avait rêvé : C'était un hideux cauchemar qui l'avait écrasée ; le délire calmé, elle revivait.

Elle s'était affaissée sur une chaise, puis elle avait appuyé sa tête sur ses mains.

Dans ce mouvement elle avait senti que ses cheveux étaient défaits... ses tresses blondes avait été honteusement pétries par la main du bandit. Elle les releva précipitamment, par un geste de pudeur... et son corsage détaché !... des larmes jaillirent de ses yeux...

Pour la première fois, cette honnêteté concevait la honte.

Mais c'était une fille vaillante. Elle ne s'abandonna pas. Après quelques minutes, surmontant l'épuisement qui la brisait, elle se leva.

S'approchant du lit, elle vit le vieux Pierre Rabolet, toujours immobile dans son calme sépulcral. Elle n'eut point peur de lui.

Au contraire, dans un élan irrésistible, elle se pencha vers lui et l'embrassa au front, murmurant :

— Merci !

Il lui semblait qu'elle lui devait son salut. Elle oubliait que les aliénés — comme Trassard — ne reculent pas devant le sacrilège le plus odieux.

Se sentant réconfortée, elle tendit l'oreille pour bien s'assurer que le misérable était parti. Elle n'entendit rien. Elle songea alors à fermer la porte d'entrée. — Oh ! cette fois elle n'ouvrirait plus qu'à son père.

Soudain elle poussa un cri de surprise. La porte de la chambre où elle se trouvait avait été — on s'en souvient — verrouillée par Trassard inconsciemment, dans un mouvement de terreur inexpliquée.

— Enfermée ! murmura-t-elle. C'est étrange !

Puis elle ajouta :

— Mais pourquoi donc cet homme s'est-il enfui tout à coup?

Elle se sentit de nouveau envahie par une peur vague. Elle se raidit cependant contre cette impression.

— Il va revenir, se dit-elle. Oh ! cette fois, je me tuerai plutôt avant qu'il ne me touche.

Et, elle était là, debout, pâle, écoutant.

Mais voici que tout à coup une odeur âcre, étrange, aiguë, en quelque sorte, arriva jusqu'à elle. Elle ne la reconnut pas tout d'abord. — Qu'était-ce cela?

Puis, peu à peu elle vit que la lampe qui l'éclairait s'obscurcissait... c'était comme un brouillard terne, léger, qui l'enveloppait.... l'odeur se faisait plus nette.

Soudain elle recula, en proie à une indicible épouvante.

Sous la porte, par les fentes du bois, des languettes noires, comme d'impalpables serpents, filtraient, s'enroulaient, s'étendaient, pareilles à des bras qui l'eussent menacée.

Et une sensation suffocante de chaleur, d'étouffement, la saisit à la gorge et à la poitrine. La terrible révélation éclata dans son cerveau.

Le feu ! c'était le feu !

Elle courut à la fenêtre et l'ouvrit... déjà la lueur se projetait rouge sur le pavé de la rue... Elle ne cria pas... Devant ce péril tout matériel, la courageuse fille se retrouvait tout entière.

Elle regarda en bas. Elle était séparée du sol par une hauteur de dix mètres... par là l'évasion était impossible.

Voyons la porte !

Bravant la douleur qui lui serrait les tempes, elle revint vers l'issue. Mais en vain elle s'efforça de l'ouvrir. Le verrou était solide, ayant été forgé par Rabolet.

Et la chaleur augmentait, et maintenant les tourbillons noirs roulaient à travers la chambre... A travers ce voile à chaque instant plus opaque, la face du mort paraissait plus pâle.

De qui attendre des secours ?

La rue déserte. Au loin le fracas monotone de la fusillade et du canon. Là-bas on se battait toujours.

La maison qui faisait face à celle de Rabolet était vide. Les locataires avaient fui au commencement de l'émeute pour regagner la rive droite... personne !

Pouvait-on même deviner l'incendie ? Cette lueur se confondait avec les jaillissements de l'artillerie.

Et la pluie, lourde, mate, incessante, tombait toujours.

Marie se sentit perdue... elle était seule ; toute aide humaine lui était refusée. Il fallait mourir.

Seulement, la fenêtre étant ouverte, le rafraîchissement de la pluie venait à elle. Elle se penchait en dehors ; poussée par l'ennemi qui la pressait.

Mourir par le feu ! oh ! elle ne voudrait pas cela ! Plutôt, quand la flamme l'atteindrait, elle se précipiterait dans le vide ; il lui semblait que la torture serait moindre.

Elle était résignée maintenant. Elle avait pris son parti. Elle comprenait que, le feu venant de l'intérieur de la maison, l'escalier était coupé... Voulût-on même la sauver, on ne pourrait parvenir jusqu'à elle.

Alors pourquoi lutter ? pourquoi pleurer ?... Elle ne fut point lâche même en face d'elle-même.

Dans cette suprême prière du souvenir qui est le salut des mourants, deux noms montèrent à ses lèvres :

— Mon père ! Jean !

Où sont-ils tous deux ? Ah ! si du moins Jean pouvait être sauvé ! en vérité, si elle avait su cela, elle aurait été moins navrée de mourir.

C'était bien dur pourtant. Seize ans ! la vie, l'avenir ouvert... L'espérance ! puis, tout à coup, plus rien... un voile sur tout cela... le silence !... la mort !

Et par un dernier effort de résistance elle se penchait de plus en plus au dehors. buvant à pleines lèvres cet air que tout à l'heure elle n'aspirerait plus...

Mais soudain une pensée traversa son cerveau :

— Le mort !

Non, elle ne devait pas le laisser ainsi... puisque tout était fini pour elle... du moins elle tiendrait sa promesse... N'avait-elle point juré de ne le point abandonner ?

Et puis, c'était le père de Jean ! c'était quelque chose de celui qu'elle aimait tant ! mourir près du père, oui, elle voulait cela puisqu'il ne lui était pas donné de mourir près du fils...

Courageuse, ayant aux lèvres un sourire, au front un rayonnement de martyre, la brave fille se retourna, et, marchant à travers la fumée, lente, mais sûre d'elle, elle alla jusqu'au lit, qu'elle retrouva... elle chercha la main de celui qu'elle ne voyait plus, se courba, y appuya ses lèvres.

Et, prête à s'endormir dans l'asphyxie, elle s'agenouilla... trouvant je ne sais quelle joie dernière à s'endormir là.

Mais Calertin, mais Titi Rabolet !

Où donc êtes-vous ?... Au secours ! au secours ! Marie va mourir ! .

XV

LA MALÉDICTION

Qu'était devenu Titi Rabolet ?

Nous l'avons laissé, on s'en souvient, au moment où, réveillé subitement de sa torpeur stupide par le cri républicain proféré par Claudia, il avait obéi tout à coup à une sorte d'instinct mécanique, et, repoussant la maîtresse de Lamuche, il s'était élancé dans la rue.

Quel mobile l'avait soudain conduit ? quelle révélation s'était faite dans ce cerveau ?

En tout cela, rien de précis.

Les souvenirs même évoqués par les trois mots fatidiques qui devaient exercer sur sa vie une influence décisive n'avaient aucun caractère de netteté.

C'est que les nerfs des enfants ont une sensibilité excessive. Cet appareil est si faible que la moindre surexcitation l'échauffe au plus haut point, le trouble, l'affole.

Quand Titi s'était trouvé dans la rue, sous la pluie tombant à verse, sous les tourbillons d'eau qui l'enveloppaient, qui le cinglaient aux yeux et à la figure, il avait éprouvé une sorte d'étourdissement, plus encore, de vertige.

Tout tournait autour de lui.

Les fracas qui hurlaient dans la nuit résonnaient à ses oreilles comme des clameurs folles. Il s'arrêta un moment, titubant, comme s'il eût été frappé de la foudre.

D'où venait-il? où allait-il? que s'était-il passé? pourquoi était-il ici plutôt que là, pourquoi se trouvait-il soudain dans cette rue, dans le noir, dans l'inconnu?

Il avait aux lèvres un rire niais, abruti. Il balbutiait des mots sans suite qu'il n'entendait même pas. Cette fois, il n'y avait même pas en lui effort vers la notion du présent. C'était l'ivresse absurde, noyant toute idée. De grands coups, lourds et mats, ébranlaient son crâne et brisaient ses tempes.

Et le malheureux gamin, la bouche en feu, les paupières gonflées, les yeux hagards, se mit à marcher devant lui stupidement, suivant dans la rue de larges zigzags, tapant les murs, s'accrochant parfois pour ne pas tomber et ricanant sans raison, éprouvant des désirs inexpliqués de parler, de crier, de chanter...

De chanter surtout. Sur un air qui n'avait ni forme ni rythme, il mettait des paroles incohérentes, monotones, les répétant vingt fois sans même comprendre leur sens.

Se dirigeait-il dans un sens quelconque? Non. Il n'avait pas la volonté d'aller de ce côté plutôt que d'un autre. L'homme ivre est hideux, l'enfant ivre est navrant. Il s'arrêtait tout à coup, poussant un éclat de rire rauque comme un râle, puis il faisait une cabriole.

Pourtant, il y avait trois mots qu'il ne prononçait pas.

C'étaient : Vive la République !

Non qu'il se souvînt de la défense de son père. Mais c'était un instinct auquel il lui fallait obéir. Et ceci était si réel, qu'il hurla plusieurs fois, en manière de défi :

— Vive le roi !

Puis il se remettait à gambader, s'objurguant lui-même, interpellant Titi lui-même, comme s'il eût été un personnage imaginaire qu'il accablât de toutes les épithètes, depuis les plus louangeuses jusqu'aux plus insolentes.

Et comme il allait toujours, en plein hasard, marchant peut-être à un accident dont il n'avait pas conscience, voici qu'au beau milieu d'un entrechat, il retomba en arrêt, les jambes écartées, le nez au vent, les yeux ronds.

Il venait d'apercevoir Calertin.

Le pauvre charpentier avait, hélas ! trotté toute la nuit. Et en vain. Il était allé à la caserne qui lui avait été indiquée. Mais la carte de l'officier ne lui avait été d'aucun secours.

A quiconque a traversé des temps troublés, il est inutile de chercher à expliquer pourquoi il n'avait pu pénétrer jusqu'à celui qui lui avait été désigné.

— Au large !

C'était la seule réponse qu'il obtînt de ceux auxquels il s'adressait. Il est des instants de peur étrange qui, dans tout homme, quel qu'il soit, si humble qu'il se courbe, font voir un ennemi.

A voir la brutalité avec laquelle on repoussait l'ouvrier, on eût dit en vérité qu'on craignait de le voir s'emparer à lui seul de la caserne, du quartier, de Paris tout entier. Au large ! on croisait la baïonnette !

Il ne faisait pas bon insister. Pour un peu, on l'eût arrêté lui-même. En vain, il priait, il tentait de s'expliquer :

— Ah ! tu t'intéresses à ces gueux-là ! lui cria quelqu'un. Eh bien ! sois tranquille, à lui comme aux autres, l'affaire sera vite faite.

On entendait des détonations qui lui retournaient le sang. Il ne se faisait plus d'illusion. Il entendait dire que les prisonniers étaient entassés dans la caserne. Des bavards se prétendant mieux informés que les autres affirmaient qu'on les faisait sortir dix par dix pour les fusiller.

Après tout, c'était possible. On percevait de temps à autre des clameurs sauvages... colère ou révolte, ou désespoir. Peut-être des cris d'agonie.

Pourtant il ne voulait pas quitter la place. C'est vrai, il ne pouvait revenir vers Marie sans lui apprendre quelque chose.

Etait-il, le pauvre Jean Rabolet, vivant ou mort ?

Que répondrait-il à sa fille quand elle l'interrogerait ? Elle ne croirait pas que lui, un homme, un courageux, n'eût pas pu obtenir le moindre renseignement.

Et sans se décider à partir, il tournait autour de la caserne, se faufilait dans les groupes qui stationnaient là, curieux, questionnant, essayant de saisir un mot au passage. Il y avait là des gens qui avaient passé la nuit dehors. Beaucoup avaient aussi des amis, des parents, un fils, un frère, enfermés là-dedans.

Il y avait des femmes qui, averties tout à coup de l'arrestation de leur mari, étaient sorties de chez elles, à peine vêtues, la chemise collée aux épaules par l'eau, pleurant silencieusement.

— Vous attendez quelqu'un ? oh ! mon pauvre monsieur ! vous attendrez longtemps. Ils ne veulent rendre personne. C'est drôle qu'on soit féroce comme cela pour des gens de son pays. Les soldats, après tout, c'est des hommes comme nous.

Ils citaient toujours les mêmes phrases.

Les plus hardis allaient à la porte, criaient, suppliaient. On les repoussait à coups de crosse. Il y avait des colères et des plaintes.

ET TANT ET SI BIEN QU'IL COURBA LE CADAVRE.

Calertin vit qu'il n'y avait rien à faire; il se décida à partir. Il y avait déjà plus de deux heures qu'il était là, et il n'était pas plus avancé qu'à la première minute Mais on n'abandonne pas ainsi son espérance.

Vingt fois, il tourna le dos à la caserne, fit cent mètres, puis revint. C'est qu'en vérité ce pauvre homme avait peur de la douleur de sa fille. Est-ce qu'elle pourrait admettre qu'il n'avait pas pu ce qu'il avait voulu. A la fin, convaincu de son impuissance, il continua son chemin.

Bah! il ferait un mensonge... il dirait qu'il avait eu des nouvelles de Jean, qu'il était tranquille, qu'il ne fallait pas s'inquiéter.

Ce qu'il fallait avant tout, c'était gagner du temps.

Le lendemain matin, il trouverait un nouveau prétexte pour se remettre en chasse. Peut-être qu'en plein jour on serait moins défiant.... lui-même se sentirait plus audacieux. Il n'y aurait plus à craindre une méprise; car, c'était vrai, plusieurs fois, il avait craint d'être saisi lui-même... Alors que serait devenue Marie?

Il devait revenir, elle l'attendait... Il n'avait pas le droit de commettre d'imprudence.

Et comme il venait de traverser le pont, et qu'il suivait le quai Montebello à deux pas de la rue Perdue, il jeta tout à coup un cri où il y avait à la fois de la surprise et de la joie.

Il venait d'apercevoir Titi.

Mais le gamin, lui aussi l'avait vu. Et il était cloué sur ses jambes, ayant peur, il ne savait pas de quoi.

D'abord le charpentier ne s'apercevait de rien... il était si content de revoir l'enfant! C'était toujours un peu de tranquillité d'un côté.

Il s'approcha de lui, ayant un bon sourire :

— Te voilà, mon pauvre Titi ! commença-t-il.

Oh ! il ne put pas ajouter un mot de plus, car voici que Titi, pris d'une espèce de vertigo, se mit à se sauver à toutes jambes.

Et il n'allait pas droit... Au quatrième saut, il tomba, mais se releva et se mit à courir de plus belle.

Calertin n'y comprenait rien d'abord. Pourquoi Titi se sauvait-il? Est-ce qu'il avait crainte d'être battu? C'était vrai que Calertin avait été un peu brutal avec lui, quand il l'avait fourré dans la cave... ce qui avait été d'ailleurs une bien mauvaise idée et avait causé un grand malheur.

Calertin se mit à courir, lui aussi.

Se sentant poursuivi, Titi prit ses jambes à son cou. S'il avait été solide il y a gros à parier que le charpentier n'aurait pu l'atteindre... mais il ne pouvait pas aller bien loin... Il avait si grand mal au cœur, maintenant... il était tout blanc et des gouttes de sueur froide inondaient son front...

Calertin le saisit par le fond de sa blouse, en plein dos, criant :

— Titi ! Titi ! mais qu'est-ce que tu as donc ?

Ah ! ouiche, il était bien disposé à répoudre, à donner des explications.

Voici que soudain, sentant la main vigoureuse qui le tenait, il eut l'instinct de la résistance, de la défense personnelle... il se mit à hurler, le sacré moutard ! et à se battre, cognant des poings, des pieds, hurlant.

— Voulez-vous me lâcher ! grand lâche !

Calertin, avec toutes sortes de précautions, ayant peur de lui faire du mal, s'efforçait de le maintenir. Mais c'était difficile. Ce paquet de nerfs avait des énergies incroyables. Il devenait méchant.

Cela griffait, mordait, tapait.

Tant et si bien que Calertin fut obligé d'employer les grands moyens.

Il empoigna l'enfant à bras le corps, le souleva de terre, et comme un paquet le jeta sur ses épaules...

Il venait de s'apercevoir de la vérité ! Titi était ivre ! c'était épouvantable... Et pourtant, au fond, il ne lui en voulait pas trop... il sentait bien que le pauvre gamin était dans une espèce de folie.

Titi, impuissant, n'en était que plus furieux. Sa voix avait des glapissements aigus. Calertin avait peur maintenant qu'il n'attirât quelque patrouille... Et il se hâtait ! il lui tardait de mettre Titi en lieu sûr. Un accident pouvait si vite arriver !...

Enfin il atteignit le coin de la rue Perdue !

Mais là, comme il l'enfilait, il eut soudain un arrêt brusque... une exclamation rauque s'échappa de sa poitrine... Titi, glissant de ses mains desserrées, tomba à terre comme un paquet. Tout à fait ivre maintenant, insensible... il resta sur le pavé.

Et le charpentier, l'oubliant, s'élança.

La rue était pleine de fumée... une détonation venait de retentir... les carreaux de la boutique de Rabolet venaient d'éclater... et par ses volets disjoints, la flamme se ruait dehors !

L'incendie !

Que se passa-t-il dans l'âme de ce pauvre père ? Ce fut horrible. Il avait levé la tête, il avait distingué la fenêtre du premier étage, et, dans le cadre, avait vu la lueur rouge.

— Marie !

Ce nom jaillit de sa gorge comme un épouvantable râle.

Il arrivait évidemment trop tard. Il courut vers la porte... il voulut pénétrer dans le couloir... Ah ! bien oui ! Avec cela que c'était possible. C'était une fournaise maintenant. La maison était sapée par le bas... entrer était impossible... Horreur ! l'enfant, la pauvre fille, était là-haut, seule, livrée à l'incendie...

Calertin sentit le feu courir à travers ses os.

Cependant pas une seconde il ne s'abandonna. Il ne raisonna même pas. Ce qu'il fit, ce fut par instinct, immédiatement.

. Et ce fut ceci :

Il bondit, s'accrocha au tuyau de la gouttière qui descendait du toit. Comment cela ne plia pas, ne se brisa pas sous son poids, ce fut miracle.

Le charpentier était agile. Dans ce métier-là, on a besoin de faire de la gymnastique... et puis, vous savez cela, il y a des moments où tous les muscles. toutes les fibres se tendent avec une énergie incroyable.

Il grimpa, suspendu aux poignets, s'accrochant des mains aux tenons qui supportaient le tuyau, agrafant ses pieds aux moulures du plâtre, aux effritements du vieux crépi.

De sang-froid, on lui aurait dit de faire ce qu'il faisait, qu'il aurait haussé les épaules et n'aurait même pas essayé, tant cela lui eût paru impossible.

Il parvint à la hauteur du premier étage.

D'un élan désespéré, il lâcha le tuyau et se jeta vers la fenêtre... et quoiqu'il ne vît rien, quoique la fumée noire cachât tout à ses yeux, il put saisir la barre de bois; il se hissa, posa ses genoux sur l'appui.

— Marie! Marie! cria-t-il.

Pas de réponse. Il roula, il tomba dans la chambre.

Le malheureux ne sentait rien, ni la chaleur effrayante qui le prenait à la gorge, ni la fumée qui lui arrachait les yeux...

Au moment ou ses pieds touchaient le plancher, voici que la porte — naguère fermée au verrou par Trassard — éclata sous le feu.

Il y eut un jet de flamme, une sorte de coup de vent, une éclaircie dans le tourbillon noir et épais.

Et Calertin poussa un hurlement presque sauvage.

Il venait d'apercevoir Marie, pliée sur le cadavre du serrurier, immobile, morte, peut-être !

Ah! je vous réponds qu'il ne perdit pas de temps !... Il se soucia de ce cadavre comme d'une pierre... il le repoussa, arracha les draps du lit... les unit par un nœud solide... revint à la fenêtre, attacha un des bouts à la barre, se cambra en arrière pour en assurer la solidité.

Puis saisissant Marie par la taille, comme si elle eût pesé autant qu'un fétu de paille, il franchit de nouveau la fenêtre et se suspendit dans le vide.

C'était inouï, inexplicable. Comment avait-il pu dans cette fournaise, dans ce brouillard fumeux, réaliser tout cela, sans tomber foudroyé par l'asphyxie?

Bref, c'était fait.

Maintenant se tenant d'une main aux draps, de l'autre soulevant Marie dont la tête inerte pendait, Calertin se laissa glisser... rapidement... si vite même qu'à peine si le poids agissait sur l'étoffe... Heureusement, d'ailleurs, c'était un gros drap d'ouvrier, d'une toile épaisse et solide.

Et Calertin toucha le sol de la rue.

Là, pour la dernière fois, il regarda la jeune fille... Elle était livide... une légère écume sanglante était montée à ses lèvres... et sous ses paupières demi closes, son œil paraissait terni, convulsé.

— Morte ! s'écria Calertin... Marie ! ma fille !

Et au moment où il jetait ce cri d'angoisse il vit Titi qui s'était dressé, hagard, n'ayant pas compris, mais devinant la catastrophe !

Et alors Calertin sentit une épouvantable colère lui monter du cœur aux lèvres, et il cria :

— Ah, misérable enfant ! tu as tué ton frère, tu as tué Marie ! Sois maudit ! maudit à jamais, au nom de ton père !

Puis, reprenant dans ses bras le corps de sa fille, Calertin se mit à fuir... fou, criant : au secours !...

Titi, seul, abruti, répéta stupidement.

— Maudit ! maudit !

XVI

HÉROISME D'UN FOU.

Un instant, l'auteur demande la parole.

L'histoire qu'il raconte n'est pas, qu'on veuille bien le croire, un simple produit de son imagination. Il a connu, il a apprécié celui qui s'appelait Titi Rabolet, et c'est dans une circonstance grave, dans un de ces moments où la conscience s'épanouit et se livre tout entière, c'est au moment où la patrie menacée appelait à elle tous ses enfants, qu'il a recueilli les confessions du gamin de Paris.

C'est Étienne Rabolet lui-même qui a livré le secret de sa vie, de ses faiblesses, de ses expiations, de sa réhabilitation morale.

Donc, lecteurs, ne vous hâtez pas de le condamner, l'auteur vous en prie instamment.

Ces natures vivaces, actives, surexcitées, ces vrais esprits de Parisiens, prompts au bien comme au mal, peuvent faiblir, peuvent à certaines heures voir s'obscurcir devant eux la notion exacte du devoir.

Mais lorsque vous les voyez tomber, ne vous hâtez pas de les condamner.

Et sachez ceci — qui est vrai — le Parisien est foncièrement bon, foncièrement honnête, et, si bas que vous le croyiez descendu, ne vous y trompez pas, la conscience même du mal qu'il a fait donne à son âme un ressort nouveau pour remonter vers le bien.

L'auteur a voulu dire cela, parce qu'il sent que son héros est sur la pente mauvaise.

Il a été maudit par Calertin, le pauvre père qui emporte dans ses bras sa fille quasi morte, par l'ami de Pierre Raholet que le péril couru par celle qu'il aime plus que lui-même contraint d'abandonner le cadavre qui va devenir la proie des flammes.

Il a été maudit, ce malheureux Titi, et il est là, haletant, livide, ayant au front de grosses gouttes de sueur, ayant aux lèvres les crispations étroites de l'ivresse...

Il répéta sans comprendre :

— Maudit ! maudit !

S'est-il enivré avec volonté? Non. Le pauvre garçon n'avait plus la tête à lui... il est tombé entre les mains d'une sorte de folle... il a bu, sachant à peine quel est l'effrayant pouvoir de la liqueur !

Et maintenant... il regarde autour de lui, à demi idiot.

Pourtant, il se fait dans sa tête un travail étrange. La notion du réel n'y vient pas nettement, mais elle s'y glisse peu à peu.

Qui donc a-t-il vu, tout à l'heure? qui donc lui a parlé !

Calertin !... c'est-à-dire celui qui était auprès de son père, au moment où il est mort ! Mort! Père! Sentez-vous la progression !... la révélation prend un peu plus de consistance... Qui donc était sur les bras de Calertin?.

Marie! sa fille! la douce enfant qui a toujours été si bonne pour lui !... Pourquoi donc l'emportait-on ainsi?

Et alors, dans cette pauvre petite tête affolée, cet éclatement subit... le feu !

Oui, la maison où il est né, où il a grandi, où on l'a tant aimé...

Cette maison brûle !

Et le père est là-haut ! Mais oui, Titi s'en souvient bien!... le père, immobile avec son visage blanc comme s'il était de marbre !

Titi leva la tête, regarda ; maintenant la fenêtre, on ne la voyait plus, elle disparaissait presque dans l'éblouissement de l'incendie.

Il y avait maintenant des rumeurs dans la rue. On accourait.

Fût-ce un peu d'amour-propre! fût-ce un soulèvement de cette nature nerveuse ?

Titi vit les draps blancs qui pendaient... et sans réfléchir, sans raisonner, il bondit et s'y accrocha.

Ah ! le brave enfant !... l'agile gamin !

Il voulait sauver son père.

Il grimpa, vrai singe parisien, s'accrochant des ongles, des dents, criant de petits cris, ne pleurant plus, mordant la toile.

Et il toucha la fenêtre !

C'était folie que de s'élancer dans la chambre ! mais il était fou.

— Père ! père ! répétait-il.

Il se rua. Comment il arriva jusqu'au lit, ceci ne s'explique pas. Mais cela est.

Et dans ses petits bras, il saisit le corps !

Parisien ! Parisien, je le répète, jusqu'à la moelle des os, jusqu'au dernier de ses muscles ! Car ce crapaud débile, qui n'avait pas douze ans, souleva le corps de son père... le traîna jusqu'à la fenêtre.

C'eût été horrible, si ce n'avait été sublime !

Il râlait ! il souffrait ! il tirait sur le corps ! il piétinait sur le plancher qui craquait et s'effondrait ! il tirait toujours.

Et tant et si bien qu'il courba le cadavre sur l'appui de la fenêtre.

Il eut encore — comment ? — la force de saisir le drap... il hissa le cadavre en dehors.

Mais il ne calculait pas... il fut saisi par l'inexorable fatalité.

Le corps était lourd... lui petit...

Et le cadavre manqua d'équilibre... et le père Rabolet — s'il eût vu son fils, comme il lui eût pardonné ! — le père Rabolet et Titi tombèrent de toute la hauteur du premier étage sur le pavé.

Cri horrible, poussé par l'enfant, répété par la foule qui, maintenant, était amassée en bas !

Bruit mat !...

Tous deux s'étaient écrasés sur le sol !

XVII

ENTRE NOBLES PERSONNAGES

Le faubourg Saint-Germain ne possède pas seul le privilège — si toutefois privilège il y a — de donner asile aux derniers débris de l'ancienne noblesse de France.

A mesure que la sereine lumière qui rayonne du grand soleil de liberté s'étend sur Paris, à mesure que la vie pénètre ce corps immense, l'échauffe et le surexcite, les adorateurs du vieux temps reculent devant ce flot qui, peu à peu, les cerne et les réduit à merci. Mais ils ne se rendent pas.

Ils ont conservé dans le pays conquis des forteresses dont jusqu'ici personne n'est parvenu à les déloger.

Et, quand partout le mouvement et le bruit attestent la vitalité des peuples modernes, ils ont réussi à se parquer dans ces citadelles auxquelles ils ont imprimé le caractère d'immobilité, de repos quasi funéraire, qui, pour eux, représente une protestation passive, inerte, mais infatigable contre le progrès.

Du reste, on ne les inquiète pas. Ils se mettent en dehors de la civilisation, ils font la moue à l'avenir. L'avenir est patient, comme l'a dit Hugo, et il les attend.

De ces quelques quartiers mornes, solennels, confits en regrets et en dédains, l'île Saint-Louis est un des plus tristes.

Et surtout à l'époque où se passe la première partie de notre récit, c'est-à-dire il y a trente ans, cet îlot enserré par la Seine, séparé de l'île-sœur, la Cité, par un pont à deux arches, des quartiers du sud par la Tournelle, de la ville du nord, par le pont Marie, semblait une barque amarrée solidement dans le passé et se refusant à tout mouvement en avant.

Les noms de ces quais étaient d'ailleurs comme une sorte de défi. Anjou, Bourbon, Orléans, Béthune! Comme on sentait bien que ce bloc. coupé en deux par la rue Saint-Louis, se croyait le dépositaire, l'archivist des histoires évanouies! A peine. si la rue des Deux-Ponts, formant route entre Sainte-Geneviève et l'Hôtel-de-Ville, participait quelque peu à l'activité générale.

C'était comme une artère où eussent à peine coulé quelques gouttes de sang. Mais à droite et à gauche, rien. Point de passants, affairés ou flâneurs.

Les hautes façades des hôtels se penchaient maussades sur l'eau impassible; et par dessus les murailles qui défiaient le regard, les arbres hauts et vigoureux semblaient lancer leurs branches vers la ville, comme des bras qui maudissent.

L'île Saint-Louis est fière : le quai d'Anjou se souvient qu'il doit son nom au quatrième fils de Henri II et de Catherine de Médicis. A peine a-t-il daigné accepter pour son hôte messire Lambert de Thorigny, simple président, dont l'hôtel appartient aujourd'hui au prince Czartorisky.

Combien elle préfère d'autres noms qui sonnent presque royalement! C'est là que le marquis Poisson de Marigny, frère de Mme de Pompadour, avait planté sa tente. Ici l'hôtel de Lauzun, là l'hôtel de Pimodan.

Voilà qui réjouit des oreilles aristocratiques.

En 1848, le coin oriental du quai d'Anjou, s'étendant de la rue Poultier au pont de Damiette, était occupé tout entier par la résidence du duc Achille

BRAVO! MESSIEURS LES ASSASSINS!

de Courtraige, entourée d'une sorte de parc, régnant sur le quai et sur la rue Saint-Louis, en une telle épaisseur de futaies qu'à peine soupçonnait-on la présence des bâtiments d'habitation.

Pas un bruit ne s'évadait de cette prison de pierres et de verdure.

La lourde porte, à ciselures massives en plein fer, étendait ses deux énormes panneaux sur le quai. C'était comme une barrière formidable contre laquelle expiraient les agitations du dehors et qui, peut-être, gardait en geôlier rigoureux les secrets du dedans.

Une autre porte, de forme basse, rappelant vaguement les mystérieuses issues qu'on découvre tout à coup aux murs des vieux châteaux, s'ouvrait en face du pont de Damiette, seul point de la propriété où s'appuyât, sur la voie publique une aile de l'habitation, haute de deux étages, mais à fenêtres et à volets hermétiquement fermés.

Du côté de la rue Poultier, le mur élevé de plus de quatre mètres arrêtait toute investigation ; sur la rue Saint-Louis régnait une grille de fer, claque-murée de persiennes intérieures. Dans cette grille, une troisième porte bâtarde, mais dont les serrures et les gonds rouillés prouvaient le très rare usage.

C'est quinze jours après les faits racontés au précédent chapitre que nous introduirons le lecteur dans cette thébaïde d'aspect si peu humain...

Quinze jours ! c'est-à-dire que les derniers échos de la lutte terrible qui avait ensanglanté le sol de notre pauvre et cher Paris étaient depuis longtemps éteints.

L'état de siège avait fait peser sur la capitale son implacable sévérité. L'insurrection vaincue n'avait même plus de râles qu'on pût entendre, plus de cris perceptibles...

Les exécutions sinistres de la dernière heure, les enlèvements, les déporta-tions vers les pontons regorgeants avaient fait le silence.

Et déjà l'insouciance des indifférents reparaissait. Paris oublie vite, même ses blessures. Cette ville est la seule mère qui ne pleure pas longtemps ses enfants.

Or, au commencement de juillet 1848, par une soirée d'orage pesant, alors que des nuages noirs couraient dans le ciel, laissant à peine de temps à autre filtrer un pâle rayon de lune, deux hommes, enveloppés d'obscurité, marchaient d'un pas rapide, ou plutôt agité, dans l'une des allées du jardin de Courtraige qui longeaient la rue Saint-Louis.

De ces deux hommes, l'un était de haute taille, aux épaules carrées, presque massives. Le privilège du romancier étant de voir à travers la nuit, nous pouvons indiquer au lecteur les traits principaux qui composaient la physionomie de ce personnage.

La face hardie, énergique, amincie par des yeux noirs profondément enfoncés dans leurs orbites, mais jetant des rayons qui éclataient même dans les ténèbres, révélait une audace peu commune. La bouche épaisse, surmontée d'une épaisse moustache, effilée en deux pointes, était pourvue de deux lèvres sensuelles, qui riaient faux et montraient des dents larges, fortes, presque menaçantes.

Le menton carré se terminait en une barbiche que tordait sans cesse une main plus fine que ne l'eût indiqué le reste de la carrure.

Quelqu'un avait dit du duc Achille de Courtraige (car c'était lui) : « Cet homme ressemble à un Charles IX vigoureux. »

C'était la même *félinité* dans le regard, la même cruauté dans le rictus, la même dureté hypocrite. La coupe de la barbe ajoutait à cette ressemblance.

Vu de dos, M. le duc aurait pu prétendre au titre d'athlète. Mais, pour qui l'examinait de près, il y avait en lui, dans la finesse des attaches, dans la désinvolture insouciante, ce je ne sais quoi qui dénote la race et qui n'est le plus souvent que la preuve de l'oisiveté de longues générations.

L'interlocuteur du duc Achille formait avec lui un singulier contraste... mais en lui encore, on aurait pu discerner une ressemblance royale... et certes plus exacte.

Celui-là était un Henri III, mince, efféminé, aux traits fins, au teint pâle et presque blafard. L'élégance était plus parfaite, la distinction plus évidente. Mais, dans la taille souple, on devinait une fatigue excessive, dans le dos un peu courbé la débilité qui suit une vie de plaisir et de débauche.

Dans le comte Hector de Courtraige, frère du duc Achille, il y avait du Saint-Mégrin, du mignon de la cour des Valois.

Donc c'étaient les deux frères qui causaient :

— Monsieur le duc, disait Hector dont la voix était traînante et qui grasseyait, je vous avoue que votre refus m'est on ne peut plus pénible. D'honneur, un Courtraige ne peut cependant pas s'étendre sur un fumier comme le divin Job et crier ses peines aux passants... Une dernière fois, ces mille louis !

— Ces mille louis, reprit le duc avec une impatience qu'il avait peine à dissimuler, je vous ai déclaré, monsieur mon frère, que je ne les possédais pas.

— Mauvaise défaite !... Vous avez du crédit ?

— Qu'en savez-vous ?... ajouta le duc Achille avec colère. En vérité, ne connaissez-vous pas tous les sacrifices que j'ai dû m'imposer moi-même pour soutenir l'éclat de notre maison !... Sans compter que vos folies, monsieur, m'ont singulièrement coûté.

A cette riposte directe, le comte Hector s'arrêta brusquement.

— Vous avez tort, monsieur le duc, de lancer de pareilles allusions !

— Et pourquoi donc, je vous prie ?... n'ai-je pas deux fois déjà payé vos dettes... s'élevant à plusieurs centaines de mille francs ? Je vous le dis, monsieur mon frère, il est temps de songer à l'avenir, j'entends ne plus avoir de ces faiblesses qui m'ont réduit parfois aux expédients... Vous êtes jeune, énergique ! imitez-moi... travaillez de toutes vos forces à reconstituer votre position... En un mot, comptez sur vous-même et ne comptez plus sur moi.

Pendant que le duc Achille parlait d'un ton âpre, presque impuissant à se contenir, le comte Hector, toujours immobile, ricanait... et ses lèvres pâles blanchissaient encore.

Quand son frère se tut :

— Vous avez parlé, dit-il avec une affectation de politesse excessive. Monsieur le duc me permettra-t-il de plaider ma cause ?

— Plaidez, s'il vous plaît... mais c'est cause perdue d'avance.

— Ce serait donc à vous récuser comme juge... pourtant je préfère parler... Marchons un peu, s'il vous plaît, car je me fatigue à rester en place.

Tous deux reprirent leur promenade monotone à travers les allées du jardin.

— Or, monsieur mon frère, reprit le comte Hector, dont le flegme ne se démentait pas, je regrette que vous ayez cru devoir me refuser la bagatelle que je vous demande... mais surtout que vous vous soyez laissé entraîner à me reprocher les quelques services que vous m'avez rendus.

— N'en ai-je pas le droit ?

— Non, monsieur le duc.

— En vérité ? qu'est-ce à dire ?

— C'est-à-dire, monsieur mon frère, qu'il n'y a don gracieux et bienveillant...

Et ici sa voix se sombra avec une singulière expression de menace :

— Il n'y a, dis-je, service réel dont on puisse s'enorgueillir que lorsque pour ce don on n'a reçu aucune compensation, que lorsque le service n'a pas été payé !...

— Monsieur ! taisez-vous ! cria le duc Achille. Vous êtes chez moi, et...

— Je suis chez vous, c'est très exact. J'y suis même venu plus d'une fois, si je ne me trompe, dans des circonstances assez bizarres... et que je vous rappellerai, s'il vous plaît.

— Je vous le défends !

Et le duc Achille, serrant les poings, fit un pas vers son frère.

Celui-ci sans reculer, continua :

— Je suis venu ici, il a quinze ans, pour entendre votre confession ... Tenez, monsieur le duc, vous étiez là... à cette même place... par une nuit semblable à celle-ci... et vous me criiez.., d'un ton moins menaçant qu'aujourd'hui : Sauvez-moi ! sauvez ma fortune !

— Oh ! taisez-vous ! taisez-vous ! grinçait le duc de Courtraige, dont les yeux lançaient des éclairs.

— Je n'ai pas fini, reprit Hector, toujours calme. Ce que vous me demandiez était non seulement criminel, mais encore très périlleux... Ai-je hésité à vous servir... et l'enfant de la duchesse de Courtraige ?

— Pas un mot de plus ! hurla le duc, ou, sur l'honneur, je vous tue comme un chien.

Et sa main se leva.

Mais le comte Hector n'était pas effrayé, paraît-il. Car, éclatant de rire :

— Défaites-vous donc de ces manières de manant, monsieur le duc, je vous en conjure... et de même que je vous ai écouté avec patience, laissez-moi parler à mon tour... Vous m'avez d'ailleurs si bien compris que je passerai sur le premier fait et je ne dirai qu'un mot du second. Après que la duchesse de Courtraige fut devenue folle, Émilie de Solesnes, sa sœur, devint votre maîtresse ; elle fut mère !... Et vous vîntes encore à moi !... ne fallait-il pas un nom à cet enfant, à cette bâtarde née d'un père adultère et d'une mère non mariée, qui avait trahi, tué sa sœur ?... Ce fut encore le comte Hector qui vous sauva de ce mauvais pas !... C'est moi qui reconnus Noëla... et aujourd'hui vous avez daigné recueillir chez vous celle que vous appelez votre nièce... et qui n'est pas ma fille, monsieur le duc. Et tout cela, vous l'avez payé quelques centaines de mille francs !... Et vous avez la légèreté ! voyez, comme je suis poli ! la légèreté de parler de vos bienfaits... A d'autres, je ne vous dois rien... et j'estime moi, que vous êtes encore mon débiteur !

Vaincu par le sang-froid de son interlocuteur, et plus encore par l'évocation subite de souvenirs mystérieux qui semblaient peser sur son cerveau de toute la lourdeur des crimes ignorés, le duc Achille chancelait... il s'appuya à un arbre.

L'autre dit :

— Je veux mille louis ! vous m'entendez, je dis : je veux !

— Je ne les ai point !

— Je vous ai déjà répondu que vous les trouverez.

— Et si je ne puis me les procurer ?

Le comte Hector eut un rire faux et méchant :

— Mon cher frère, reprit-il, vous me connaissez bien... et la preuve, c'est que, dans vos embarras passagers, vous n'avez jamais hésité à vous adresser à moi... sachant que je suis de ces hommes auxquels rien ne coûte pour assouvir leurs passions !... Que je sois un viveur, un débauché... que j'aie englouti des centaines de mille francs, c'est plus que possible, c'est vrai!... mais la même volonté que j'ai déployée pour vous servir, je vous jure que je la retrouverai le jour...

Il posa sa main fine et maigre sur le bras de son frère, et, approchant son visage du sien, si près que le duc pouvait sentir son souffle brûlant.

— Le jour où je voudrai me venger, acheva-t-il.

Le duc se redressa, comme s'il eût été secoué par une commotion électrique :

— Vous venger!... mais vous ne pouvez rien contre moi!

— Vous croyez!

— Vous ne possédez aucune preuve!

— Allons donc!... monsieur le duc, mon frère, quand, à la fille de la duchesse de Courtraige, vous avez substitué un enfant mort, qui donc s'est chargé de faire disparaître cette héritière, qui vous eût enlevé la fortune des Solesnes... c'est moi, le comte Hector.

— Eh bien?

— Eh bien? Croyez-vous par hasard que dès lors... je n'aie pas songé au jour où M. le duc Achille se montrerait ingrat?

Si en ce moment Hector eût pu voir le visage de son frère, il eût tressailli devant l'expression de fureur folle qui contractait son visage.

— Achevez! dit cependant le duc Achille d'une voix qui sembla calme.

— J'ai pris mes précautions... j'ai en main toutes les preuves du crime commis... je sais où est l'héritière des Solesnes et des Courtraige... et je jure Dieu, que dussé-je aller au bagne, eh bien, monsieur le duc, mon frère, vous y viendriez avec moi!

— Misérable! cria le duc.

Et sa main qu'il avait cachée dans sa poitrine en jaillit armée d'un poignard aigu, triangulaire, qu'il brandit à quelques lignes du cœur de son frère.

Mais au même instant, un rire éclatant, aigu, retentit et une forme blanche se dressa entre les deux frères, tandis qu'une voix railleuse, effrayante de mépris et de dégoût, s'écriait :

— Bravo! messieurs les assassins!... comte et duc de Courtraige!

— Noëla! crièrent les deux hommes.

Oui, celle qui venait de se lever entre eux, c'était l'étrange créature que nous avons vue chez la maîtresse de Lamuche, celle qui avait coupé de sa badine le visage de Toto.

Et elle était là, riant.

Ses formes sveltes, enveloppées d'une robe blanche, éclataient dans la demi-obscurité de cette nuit. Et comme si le hasard eût voulu rendre cette subito apparition plus fantastique encore, un éclair jaillit des nuées sombres.

Le duc et le comte s'étaient reculés, stupéfaits, terrifiés.

Noëla resta un instant immobile. Puis, s'adressant au duc de Courtraige :

— Monsieur mon père, lui dit-elle, sachez que jamais je n'oublierai ce que je viens d'entendre... et que je saurai, moi, contre vous et contre cet homme qui m'a imposé son nom, ce qu'est devenue la fille de celle que vous avez tuée.

Et avant qu'ils fussent revenus de leur stupeur, déjà Noëla avait disparu.

Il y eut un long instant de silence.

Puis le duc de Courtraige dit à son frère :

— Monsieur, vous avez compris... grâce à vous, voici la haine entrée sous mon toit... vous m'avez perdu.

— Qui sait? fit le comte Hector qui réfléchissait.

— Vous connaissez Noëla... c'est un caractère indomptable... elle me fait peur !

— J'ignore ce que signifie ce mot! dit le comte.

— Eh? suis-je donc moi-même un timide, un lâche! tenez, voici quinze jours que Noëla a ramené ici un misérable gamin ramassé par elle je ne sais où... elle l'a installé dans son appartement... elle le soigne nuit et jour... nul ne peut pénétrer auprès de lui, pas même Céline... eh bien!... cet enfant!... dont j'ai appris le nom et qui me semble sous mon toit une menace vivante... je n'ose pas le chasser. .

— Ceci est secondaire, dit le comte Hector. Mais le point grave, c'est que Noëla possède une partie de nos secrets... ce qui, entre nous, est votre faute. Si vous ne m'aviez pas refusé ces misérables mille louis.

- Vous les aurez, s'écria le duc. Donnez-moi jusqu'à demain... je ferai l'impossible.

— Est-ce donc, fit Hector en ricanant, que vous avez un nouveau service à me demander.

— Je ne vous comprends pas.

Le comte se pencha à son oreille :

— Peut-être que Noëla vous gêne?

— Noëla!

-- Or je ne suis pas son père, moi!... et s'il était utile...

— Ah! taisez-vous!... pour Dieu! taisez-vous!

— Prenez garde!... elle vous perdra!

— Pas un mot de plus! je veux tout vous dire, Hector! Cette fille me terrifie... mais je l'aime!... oui je l'aime follement!... et je sais qu'elle sera et ma torture et mon châtiment!

Le comte Hector se contenta de hausser les épaules...

XVIII

LA MILLE DEUXIÈME NUIT

Figurez-vous une petite chambre, un nid, tout foisonnant de soies, de rubans, avec je ne sais quel caractère d'étrangeté et d'élégance originale.

Des draperies, brodées au point le plus fin d'étincelles d'or, et d'oiseaux merveilleux aux couleurs éclatantes, des paons-lyres dont la queue s'éploie en éventail constellé, des oiseaux de paradis disparaissant dans un rayonnement de soleil levant.

Des meubles en bois de rose, tout fanfreluchés d'incrustations d'une légèreté inouïe... des étagères d'où de petits monstres jettent des grimaces qui sont des rires.

Un lit, emmitouflé de courtines rouge et or comme une sultane étendue.

Figurez-vous cet entassement de merveilles exotiques qui semblent empruntées à tous ces pays d'Orient où s'ébattent les éblouissements des mille et une nuits, évoqués par une volonté un peu bizarre, mais sachant cependant mesurer chaque fantaisie au trébuchet du goût.

Puis, regardez ici, à droite de cette cheminée dont le foyer disparaît sous une masse de fleurs sans parfum, mais à qui, en couleurs, en chatoiements, la nature a donné leur revanche.

Voyez-vous ce divan qui disparaît sous une couverture de crêpe de Chine, chef-d'œuvre d'un artiste qui a tenté d'y fixer toutes les splendeurs du prisme?...

Voyez-vous ces tissus moelleux que seule pourrait rêver une reine et auxquels nul sybarite ne saurait trouver un pli?

Regardez encore, de plus près... et sur cet oreiller, à fourreau de batiste, dont le lin doit être une caresse, penchez-vous!... Examinez ce pauvre petit visage, maigre, pâle... ces yeux cernés, ces lèvres blanches.

N'est-ce pas à douter de sa raison?

Quoi! dans ce nid, dans ce luxe, dans cette splendeur... celui-ci qui semble dormir, insoucieux de tout ce qui l'entoure comme si toute sa vie s'était écoulée là...

Eh oui! il faut en prendre son parti!

C'est Titi Rabolet!

O prodige!... accompli d'un coup de baguette!

Titi Rabolet, le gamin, qui a tant de fois couché dans la rue sans se plaindre de la dureté des pavés! Titi Rabolet! qui n'a pas un sou vaillant et qui n'a plus d'asile!

C'est bien lui... et voici que la porte s'ouvre doucement et que vers ce

COMME C'EST BEAU, CHEZ TOI!

lit improvisé, une ombre blanche glisse lentement!... oh bien lentement! de ses petits pieds qui effleurent à peine le tapis. Et cette fée mystérieuse s'approche... regarde et secoue la tête. Puis, avec cette délicatesse de mouvement que les petites filles ont pour leurs poupées, apprentissage de douceur pour la maternité future, elle passe son bras sous le cou de Titi et lui relève la tête!... C'est vrai! il l'avait trop basse!...

Un soupir s'échappe de la poitrine de Titi... soupir long et pénible comme une plainte.

Ses lèvres s'agitent, sans que ses yeux s'ouvrent... il veut quelque chose... Elle a bien vite deviné, elle court à la pièce voisine et revient tenant une tasse pleine.

Et encore une fois, elle le soulève et approche la tasse de sa bouche...

Il boit un peu, ronronne et redevient immobile.

Il ne s'est même pas éveillé.

Celle qui le soigne, c'est Noëla, nièce du duc de Courtraige, prétendue fille du comte Hector!

Avouez que tout cela est assez étrange pour mériter explication et que je n'ai pas le droit de vous la refuser.

Où avons-nous laissé Titi?

En proie à une surexcitation nerveuse que venait encore centupler l'effrayant spectacle qui éclatait devant ses yeux. Titi avait tenté une œuvre impossible.

Et cependant l'instinct auquel il obéissait était véritablement généreux, héroïque. C'était humain.

Il avait eu cette notion que son père devait ne pas être abandonné. Mais la nature a des brutalités implacables. Un nombre de kilos est un fait avec lequel le sentiment ne discute pas. Cadavre et corps vivant étaient tombés.

Mais, en vérité, il est des moments où il semble que la fatalité même revête je ne sais quelle sombre poésie... et où les choses matérielles ont des révélations supérieures à toutes les imaginations des fantaisistes.

Le cadavre du père sauva l'enfant.

Il tomba le premier, l'enfant s'était accroché à lui. Et sur cette masse de chair pantelante, le fils s'évanouit, mais ne fut pas tué.

Au moment de la chute, cent cris avaient retenti.

Nous l'avons dit, des rues avoisinantes, du quai Montebello, des Grands-Degrés, des Trois-Portes, de la rue de Bièvre, on accourait. On avait compris que ceci n'était plus de guerre civile, mais de malheur commun.

Il était trop tard, en réalité.

Calertin, fou de douleur, avait disparu, emportant dans ses bras sa fille morte peut-être.

Tous étaient là, impuissants... et, chose plus terrible! ayant la conscience de leur impuissance.

Quand le canon tonne à deux cents mètres de là, songez donc aux pompiers! L'humanité se tait quand hurle la sauvagerie. Retour en arrière.

Et tous avaient vu cet enfant qui grimpait.

Et tous le virent tomber.

On s'élança vers le lieu de la chute, croyant que c'étaient deux cadavres à relever... quelqu'un — un ouvrier — prit Pierre Rabolet par les épaules, le regarda et dit :

— Pauvre vieux! Fini!

Tandis qu'un second s'écriait :

— L'enfant n'est pas mort!

Alors, des rangs de cette foule qu'elle écartait, une jeune fille, Noëla, parut en avant et dit :

— Il n'est pas mort! je ne veux pas qu'il meure.

— Mais, mademoiselle, enfin! je ne comprends pas! s'écria Céline qui sentait en somme sa responsabilité engagée.

Elle ne put achever. Claudia avait reconnu, elle, ce malheureux enfant qu'elle avait soûlé bêtement, pour le plaisir de faire le mal.

Et cela lui coûtait la vie!

— Titi Rabolet!... cria-t-elle. Ah! j'ai commis un crime!

Et comme elle s'était beaucoup approchée, Noëla dit :

— Je ne sais pas ce que vous avez fait... mais je le réparerai.

Elle se tourna vers ceux qui étaient derrière elle :

— Je suis riche... je m'appelle Noëla de Courtraige... prenez cet enfant, et conduisez-le chez moi? je payerai!

Elle était vraiment curieuse... dans ce sens que l'argot parisien donne à ce mot... cette *moutarde* qui donnait des ordres et parlait de payer.

Un homme se détacha du groupe.

C'était un fort gars, en bras de chemise, à figure hâlée.

Je ne jurerais pas qu'il n'eût pas combattu.

— C'est une bonne action que vous demandez, mademoiselle, fit-il nettement, ça ne se paye pas!

Et se baissant vers le gamin :

— Pauvre crapaud! dit-il. J'ai bien peur qu'il n'ait son compte.

Il le souleva. Claudia répéta :

— C'est Titi!

Céline s'avança vivement :

— Le fils du serrurier Rabolet !... Ah! je ne veux pas!

— Tu ne veux pas... demanda Noëla avec une indicible hauteur.

— Mais, mademoiselle, je vous assure... il est impossible que cet enfant soit amené chez vous.

— En vérité... et pourquoi?

Mais elle s'arrêta brusquement. Quel était donc le motif mystérieux de cette subite opposition?

— Une dernière fois, demanda Noëla dont la voix vibrait de colère.

— Je vous en prie, s'écria Céline. Ne faites pas cela... je ne puis parler... mais si votre père savait.

— Il ne saura rien, articula sèchement la jeune fille.

Et s'adressant à l'ouvrier, qui, portant avec précaution Titi sur ses bras, attendait patiemment :

— Mon ami, dit Noëla de sa voix qui résonna calme et grave, vous m'avez dit que c'était une bonne action... Veuillez nous suivre.

— Avec plaisir, ma belle demoiselle, dit l'homme. Et ce serait à faire qu'on rencontrât souvent des bons cœurs comme le vôtre.

— Mais le mort ! cria une voix, on ne peut pas le laisser comme cela dans la rue.

— Que quelqu'un se charge de le garder jusqu'à demain, dit Noëla, et ma gouvernante viendra s'entendre pour l'enterrement.

Rien de contagieux comme le bon exemple.

Un voisin s'offrit à donner asile au pauvre Rabolet. Noëla contraignit Céline à prendre son adresse. Cette nature étrange était douée d'une énergie, d'une netteté pratique qui provoquait la surprise.

Céline n'osait lui résister. Evidemment, elle subissait l'ascendant de cette nature originale et despotique.

Le triste cortège se mit en marche.

Il ne bougeait pas, le pauvre Titi. Une sorte de râle sourd s'échappait de sa poitrine. Dans cette chute terrible, n'était-il pas à craindre qu'à défaut de blessure apparente il n'eût éprouvé quelque lésion organique.

On alla vers l'île Saint-Louis.

Noëla — qui obéissait à une pitié qu'elle ne raisonnait pas — marcha droit à la petite porte qui se trouvait en face du pont de Damiette...

Par cette entrée, un escalier conduisait directement à son appartement particulier.

Tout était silencieux dans l'hôtel. Noëla pouvait agir sans que nulle surveillance vînt la troubler.

Cependant, au moment où l'ouvrier se disposait à franchir le seuil de la porte :

— Céline, dit-elle, prenez le blessé, c'est plus prudent.

La Juzeau obéit.

Noëla s'adressa à l'ouvrier :

— Vous êtes un brave homme, dit-elle, je ne veux pas vous donner d'argent... mais prenez ceci.

Elle détacha un étroit bracelet d'or qui lui ceignait le poignet. Et, comme il se défendait d'accepter, en raison de la valeur probable du bijou :

— Prenez donc, répéta Noëla avec une nuance d'impatience, et si cela vaut trop cher, vous le vendrez... et distribuerez l'argent à ceux qui en ont besoin.

Et voilà comment Titi se trouvait dans la chambre de Noëla. Elle avait interdit à Céline de parler du blessé. Mais le secret était impossible à garder, et bientôt Céline lui apprit qu'elle avait été questionnée par le duc et sa femme.

Elle n'avait pas trahi le secret de Noëla. Mais d'un instant à l'autre le duc pouvait venir dans l'appartement de sa fille. Noëla eut bientôt pris son parti ; bravement elle alla trouver le duc et lui dit ce qu'elle avait fait... Seulement par un instinct spécial, elle ne révéla ni le nom ni la demeure de celui qu'elle avait sauvé.

Elle se souvenait des paroles échappées à la Juzeau, au moment où Claudia avait proféré le nom de Titi Rabolet.

Le duc et la duchesse ne virent là qu'un généreux caprice d'enfant, le premier obéissant à l'ascendant que la jeune fille exerçait sur lui, la seconde par insouciance... ce qui était — comme on le saura plus tard — l'essence même de son caractère.

Donc Noëla resta libre de soigner son hôte comme elle l'entendait. Elle appela le médecin de la famille. Celui-ci déclara que Titi ne courait pas risque de la vie. Une fièvre intense, compliquée de délire, suivit la terrible commotion qui avait ébranlé cet organisme.

Et Noëla — avec une énergie qui ne se démentit pas — soigna notre gamin... Et quelle garde-malade !... jamais complaisances plus maternelles, jamais patience plus infatigable ne veillèrent au chevet d'un enfant.

Les jours et les nuits passaient. La guérison était lente

C'était surtout la tête, le cerveau qui souffraient. Titi n'avait pas encore reconquis la notion nette des choses... et peut-être même, si ses yeux s'étaient entr'ouverts, il s'était cru, au milieu de ce luxe, bercé dans un rêve inexplicable, parti déjà dans un monde étrange tel que parfois les enfants en visitent en songe.

Or, reprenant notre récit, revenons à ce moment où Noëla venait de donner à Titi la potion ordonnée par le docteur.

C'était, nous l'avons dit, quinze jours après l'accident. Le médecin avait enfin prononcé son arrêt. La guérison était certaine, elle allait s'achever promptement.

Chose curieuse, les forces étaient revenues plus vite que l'intelligence. Il semblait qu'un voile restât étendu sur ce cerveau. Mais il était certain maintenant que, dès que se dissiperait ce brouillard, Titi ferait dans la vie active sa rentrée définitive.

Il était retombé sur son oreiller, immobile, mais ayant aux lèvres sa petite langue rouge qui savourait la liqueur sucrée. Noëla, debout auprès de lui, le regardait.

Elle portait, comme toujours, un costume singulier, une longue robe de cachemire qui l'enveloppait et moulait les formes sveltes, mais déjà féminines, de son corps admirable. Ses bras nus sortaient, blancs et bien modelés dans leur gracilité, des manches doublées de soie cerise ; sa taille était serrée par un large ruban de même couleur, à reflets moirés.

Tout à coup, Titi ouvrit les yeux... tout grands... Ses pauvres mains qui étaient bien maigres se joignirent comme pour la prière, ses lèvres s'agitèrent et il dit :

— Oh ! comme elle est jolie !

A vrai dire, Noëla, coquette, eut un tressaillement joyeux. C'étaient les premiers mots que prononçait Titi, et il lui semblait doux que ce fût un hommage...

Lui, stupéfait, comme frappé d'une indicible surprise, continuait à la regarder. On eût dit que, craignant la disparition de cette vision charmante, il voulut la retenir avec ses yeux.

— Parle-moi ! dit-il encore.

Il la tutoyait, comme les Italiens tutoient la Madone.

Elle se pencha vers lui et dit :

— Comment vas-tu ?

— Je ne sais pas.

— Est-ce que tu souffres !

— Non, je rêve... et c'est un bien beau rêve.

Puis rapidement il regarda autour de lui. Il eut un nouveau cri d'extase, un oh ! prolongé.

— Où suis-je donc ! murmura-t-il.

— Tu es chez moi... fit Noëla, non sans une certaine nuance d'orgueil.

— Chez toi... qui ?

— Tu veux savoir mon nom ?

— Oui... je t'en prie.

— Je m'appelle Noëla.

— Et tu es bien jolie ! répéta le gamin qui ne trouvait pas d'autre mot pour expliquer son admiration.

Ils restèrent ainsi quelques instants, en face l'un de l'autre. Titi n'avait jamais été beau, à vrai dire, mais sa figure pâle avait un caractère souffreteux qui la rendait intéressante. Ses yeux s'étaient agrandis... et puis il avait aux lèvres un sourire d'étonnement heureux qui éclairait sa physionomie.

— Comme c'est beau, chez toi! reprit-il encore.

Et il fit effort pour se dresser un peu, afin de mieux voir.

On devinait dans ses yeux écarquillés un double effort.

D'abord il voulait tout embrasser, il jouissait par tous les instincts du Parisien de ces splendeurs qui étaient pour lui une révélation. L'enfant de la vieille Lutèce est artiste par tempérament. Le brillant l'attire. Il boit, il déguste, il savoure la forme et la couleur. C'est dans le sang.

Puis il cherchait à rétablir un lien entre ce présent fantastique et le passé encore vague.

Mais le médecin avait dit vrai. Le voile s'étant déchiré, la lumière affluait dans son cerveau, mais si vivement, d'une façon si éclatante que c'était sous son crâne une sorte d'éblouissement au milieu duquel aucune forme ne prenait de contours définis. Des figures vagues s'agitaient comme dans un brouillard, et, sur elles, il ne pouvait mettre un nom.

Noëla ne le troublait pas.

Elle s'était reculée un peu : sans se l'avouer, elle éprouvait un ineffable plaisir à suivre les progrès de sa stupéfaction admirative.

L'enfant a des orgueils immenses. Sans savoir au juste ce qu'était Titi Rabolet, elle comprenait bien que ce n'était là qu'un fils d'ouvrier... tandis qu'elle était... ou plutôt se croyait encore... la fille du comte Hector de Courtraige, la nièce d'un duc. Il ne lui déplaisait pas d'apparaître à son protégé dans ce rayonnement de richesse.

Mais voilà que tout à coup Titi eut un sursaut nerveux, un cri étouffé s'échappa de sa poitrine et de grosses larmes jaillirent de ses yeux, en même temps qu'il s'écriait ·

— Maudit! maudit! je me souviens!

Noëla s'était élancée vers lui. Elle avait peur et pitié à la fois.

Le délire l'avait tant effrayée la première fois !

— Qu'as-tu donc? s'écria-t-elle à son tour.

Et Titi sanglotant répondait :

— Si tu savais! Si tu savais!

Alors ce fut de la part de cette fille bizarre une longue tentative de consolation. Lui ne voulait rien entendre, ou plutôt il ne pouvait pas, tant les voix qui surgissaient de son cœur résonnaient douloureuses et troublantes.

Cependant peu à peu la réaction se fit.

Et Titi, qui s'abandonnait maintenant, ayant la tête appuyée sur l'épaule de Noëla, fit sa confession tout entière... oui, une vraie confession, dans laquelle il ne cachait rien.

Il s'accusait :

— Je suis méchant, disait-il de sa voix entrecoupée de larmes, je n'ai jamais été bon à rien... J'ai fait de la peine à tous ceux qui m'aimaient.

Et il disait comment il avait été cause de l'arrestation de son frère :

— C'est bien ma faute... Toto n'avait pas cru faire de mal... il m'avait donné les pistolets... j'ai voulu m'amuser à faire du bruit... Est-ce que je savais ce qui allait arriver! On a emmené Jean, mon bon, mon brave frère!... si tu le connaissais, en voilà un qui vaut mieux que moi.

Puis c'était la mort de son père. Seulement quand il en vint au cri que son père lui avait interdit, il n'osa même pas prononcer les mots.

Rien ne se grave mieux dans la tête d'un enfant qu'un ordre qui revêt une forme matérielle... le père Rabolet avait eu là une inspiration de génie. Pour rien au monde, Titi n'aurait crié : Vive la République! tant qu'il ne sentait pas en avoir reconquis le droit.

— Mais ton frère, dit Noëla, où est-il?

— Est-ce que je sais, moi!... je te dis que les soldats l'ont entraîné... et depuis... Combien y a-t-il de temps que je suis malade?

— Quinze jours, dit Noëla.

— Quinze jours! mon Dieu!... Il est perdu! perdu!... et c'est moi!

Et Titi pleurait plus fort.

Noëla réfléchissait :

— Écoute, lui dit-elle. Je vais te dire qui je suis... mes parents sont riches, très riches... ils sont comtes et ducs... tu sais ce que cela veut dire... ils sont puissants... Veux-tu que je leur parle de ton frère.

— Tu ferais cela? dit Titi avec une profonde ferveur de reconnaissance.

— Oui! si cela te fait plaisir?

— Tu m'aimes donc bien?

Noëla eut un sourire étrange. La question lui semblait ridicule. Puisqu'elle avait des parents comtes et ducs, elle ne pouvait pas aimer le fils d'un serrurier.

A cette pensée d'orgueil dans laquelle éclatait le réveil de cette nature fiévreuse, les yeux de Noëla jetèrent un si vif éclat que Titi, effrayé, baissa les yeux :

— Qu'est-ce que j'ai dit de mal? fit-il un peu tremblant.

— Rien, seulement, prie-moi... voilà tout.

Commencée d'un ton dur, cette phrase s'acheva plus doucement.

La petite idole s'humanisait.

— Eh bien! oui, je te prie... à mains jointes, reprit Titi. Si tu veux m'aider, je me mettrai à genoux.

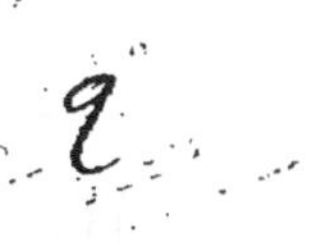

DÉJA LA MAIN DE NOELA S'ÉTAIT POSÉE SUR SON BRAS.

Et il faisait effort pour se dresser... Par une rapide liaison d'idées comme il en passe au cerveau des enfants, il s'aperçut qu'il était plus vigoureux qu'il ne le supposait et s'écria :

— Oh! comme je vais bien! je pourrai bientôt sortir.

— Sortir! s'écria Noëla. Tu veux donc t'en aller ?

— Il le faudra bien! soupira Titi.

— Pourquoi?

— Pour chercher mon frère...

— Puisque je t'ai dit que je parlerai à mes parents.

— C'est que ce n'est pas tout.

— Parle...

— Il y a encore monsieur... monsieur Calertin.

— Qu'est-ce que celui-là?

— C'est un brave homme!... un charpentier!

Noëla fit une petite moue.

— Et j'ai peur que Marie ne soit morte !

— Marie! qu'est-ce que Marie? s'écria Noëla d'un accent de colère.

Vrai! elle ne voulait pas être aimée par le fils d'un serrurier!... mais elle était jalouse...

— Marie! dit Titi. C'est la bonne amie à Jean.

Il employait ce mot « bonne amie » dans le sens vague et innocent que lui donnent les enfants.

Noëla respira.

— Tu ne l'aimes pas?

— Moi! fit le gamin avec orgueil et rendant à Noëla, — comme on dit — la monnaie de sa pièce, est-ce que je peux aimer la fille d'un charpentier?

Qui eût entendu le ton de ce moutard eût haussé les épaules! Noëla sourit.

— Dis donc, reprit Titi, tu vas t'occuper de Jean, pas vrai?

— Je te le promets...

— Quand cela?

Justement Noëla entendit dans le jardin le sable qui craquait sous le pied de promeneurs. Elle courut à la fenêtre et reconnut son père (le comte) et son oncle (le duc).

— Tout de suite, fit-elle.

— Oh ! comme tu es bonne !... mademoiselle Noëla !

Il n'avait pas osé dire le prénom tout court. Ceci fut encore une attention délicate qui flatta la vanité de la fille des Courtraige.

En elle, il y avait un peu de la femme et beaucoup de l'enfant. Était-elle généreuse ou cruelle? Éprouvait-elle de la pitié ou seulement le plaisir d'une

orgueilleuse protection ? Le plus profond analyste hésite devant ces carac-
tères où toutes les vertus, où tous les vices sont si intimement amalgamés que
la distinction est impossible !

Quoi qu'il en soit, hâtive de tenir la parole donnée à Rabolet, décidée à
user de l'ascendant que lui donnait sur le duc l'affection que celui-ci lui
témoignait et dont la vivacité l'avait frappée, alors qu'elle croyait n'être que
sa nièce, Noëla recommanda à Titi de se tenir bien tranquille, d'être patient,
elle n'en avait pas pour longtemps. Elle allait signifier sa volonté au duc de
Courtraige, et il n'oserait pas lui résister... elle n'était pas inquiète.

Il n'y avait pas d'exemple qu'on lui eût résisté...

Et tandis que Titi, les larmes aux yeux, tout remué par l'espérance et —
disons-le — par une admiration enfantine et vivace pour la déesse de ce
temple éblouissant, lui envoyait du bout des doigts un baiser respectueux
qu'elle accueillait par un sourire, Noëla s'élança dans le parc.

Titi se recoucha doucement, murmurant :

Oh ! père !... quel malheur que tu sois mort ! tu aurais été si content
de me voir ici !

Noëla légère comme un oiseau, se glissa derrière les arbres. Il lui plaisait de surprendre le duc. Elle savait que, dès qu'elle surgirait devant lui, il
la saisirait dans ses bras et l'embrasserait bien fort...

Comme le moment serait bien choisi pour lui adresser la requête!
Comme elle serait fière de rentrer dans la chambre et de dire à Titi :

— C'est fait !.. on m'obéira !..

Mais voici qu'au moment où elle approchait du groupe que formaient ces
deux hommes, elle entendit la voix irritée de son oncle, l'accent ironique et
provocateur du comte Hector.

Instinctivement, elle devina qu'il se passait entre eux quelque chose de grave...

Un instant elle songea à revenir sur ses pas. Elle n'était pas curieuse,
quoique demi-femme.

Mais un mot frappa son oreille... puis un autre... elle s'arrêta brusquement, respirant à peine, haletante...

Ils parlaient presque à voix haute... et que disaient-ils ?

Le lecteur a assisté à cette conversation tout entière... c'étaient les récriminations de deux complices se jetant leur passé à la face.

C'était le crime de l'un soufffletant la bassesse de l'autre !

Noëla comprenait à peine... mais cependant il lui montait au cerveau
comme une vapeur sanglante, comme un parfum de mort !..

Celui-ci avait tué ! cet autre avait volé un enfant !... et puis ce qui la frappait encore, c'est que l'un d'eux, le comte, se disait son père et n'avait aucun droit à ce titre !...

Alors, ayant la colère et le mépris aux lèvres, elle se dressa entre les deux hommes, et leur jetant ces imprécations, d'autant plus terribles qu'elles s'échappaient de la bouche d'une enfant, elle s'enfuit, épouvantée et de ce qu'elle avait entendu et de ce qu'elle avait osé dire...

Et, au lieu de retourner dans la chambre où l'attendait Titi Rabolet, elle gravit rapidement les marches du grand escalier... et gagna l'appartement de la duchesse.

Elle rencontra Céline Juzeau sur le seuil.

— Ma tante est là ? demanda-t-elle, en accentuant ces mots « ma tante » avec une ironie presque effrayante.

— Mme la duchesse repose...

— Je veux lui parler...

— Mais qu'avez-vous donc, Noëla! Comme vous êtes pâle !...

— Que vous importe ! répondit la jeune fille.

Et écartant brusquement Céline, elle ouvrit une porte, traversa un boudoir et entrant dans la chambre de la duchesse :

— C'est moi, madame ma mère ! dit-elle d'une voix qui tremblait.

XIX

LA DUCHESSE AMÉLIE.

Avant de raconter cette scène, rappelons en quelques mots certains événements qui sont à la fois la clef du passé et de l'avenir du drame étrange auquel Titi Rabolet devait se trouver mêlé jusqu'à la fin de sa vie.

Le duc de Courtraige avait vu sa première femme, Blanche de Solesnes, frappée d'aliénation mentale, lorsque, après une année de mariage, elle avait mis au monde — du moins elle le croyait — un enfant mort.

Certaines paroles échappées au comte nous ont édifiés sur la réalité de cet accident.

En vérité, la duchesse était accouchée d'un enfant vivant, mais le duc, auquel le contrat de mariage assurait la fortune de sa femme, au cas où elle mourrait sans enfants, avait eu recours au comte Hector et à une autre personne, qui, disons-le tout de suite, n'était autre que Céline Juzeau, dont le duc, nature ardente, avait fait sa maîtresse.

C'était Céline qui avait donné naissance à un enfant mort. C'était cet enfant qui avait été substitué à l'enfant vivant de la duchesse, et le comte Hector s'était chargé de le faire disparaître.

Triple crime qu'expliquaient et l'avidité du duc de Courtraige, et la bassesse du comte Hector et aussi une troisième circonstance.

Le duc Achille aimait la sœur de sa femme, Amélie de Solesnes. Dès que la duchesse Hélène avait été enfermée dans une maison de santé, Amélie avait pris sa place.

Tout d'abord, elle ignorait la passion qu'elle avait inspirée au duc. Son père, le comte de Solesnes, avait été subjugué, circonvenu, par l'hypocrisie de M. de Courtraige.

Il avait cru à sa douleur, à son désespoir, à des menaces de suicide. Et, complice sans le savoir des projets du duc, il avait décidé sa fille Amélie à se dévouer au bonheur de son beau-frère.

La maison était vide. Ils allaient la repeupler, lui rendre la vie...

Amélie y consentit. Mais c'était une créature vivante, au sang chaud. Le comte de Solesnes avait épousé une créole, appartenant à une des plus grandes familles de nos colonies ; et cette mère avait transmis à sa fille Blanche sa passivité, à Amélie ses énergies latentes et sa nature amoureuse.

Amélie en butte aux obsessions du duc, succomba. Tous deux croyaient d'ailleurs à la mort prochaine de la duchesse Hélène.

Mais Amélie devint mère, il fallut cacher la faute, et encore une fois le comte Hector intervint.

Le viveur avouait avoir eu d'une maîtresse un enfant naturel et priait son frère de lui donner asile. Il la reconnaissait. Donc tout scandale était évité, Dans ces nobles familles, on respecte les lois du monde plutôt que celles de la probité.

Ce qu'on appelle l'honneur du nom n'est bien souvent que le masque de l'infamie dissimulée.

Pendant quinze ans, cette liaison resta cachée. Amélie de Solesnes — qui avait seize ans quand elle était entrée dans la maison du duc — ne porta qu'à trente ans, c'est-à-dire à la mort de sa sœur, le titre de duchesse. Mais quinze années d'une existence hypocrite, mais les enseignements du duc de Courtraige avaient perverti cette femme...

Un jour était venu où il avait été assez sûr d'elle pour lui avouer tout le passé...

C'était au moment même où la duchesse Hélène, à son lit de mort, avait appelé son père auprès d'elle !...

A l'heure suprême, son intelligence s'était réveillée, le souvenir lui était revenu...

Si elle était devenue folle, c'est que, dans la crise qui avait suivi son accouchement, elle avait vu substituer l'enfant mort... à son enfant à elle, qu'on enlevait, qu'on emportait...

Elle avait voulu crier, protester... mais il s'était fait dans son cerveau comme un brisement... sa raison avait succombé...

Et le comte de Solesnes, qui n'était plus qu'un vieillard, avait été saisi à son tour, après avoir fermé les yeux de sa fille bien-aimée, d'une maladie qui l'avait conduit rapidement aux portes du tombeau...

Mais il avait eu la force d'écrire le récit du crime... et dans son testament, il disait et l'infamie du duc et le vol dont avait été victime une innocente créature qui, peut-être réduite à la misère, souffrait et mourait sans pouvoir revendiquer ses droits...

Ce testament, il l'avait enfermé dans un coffre-fort dont lui seul possédait le secret... Il se disait qu'aussitôt relevé de son lit de douleur (les moribonds se font tous de ces illusions-là !) il poursuivrait la réparation du crime commis...

Il comptait sans M. de Courtraige, sans la duchesse Amélie.

Ce coffre-fort, il l'avait vu forcer sous ses yeux par un criminel qu'on était allé quérir on ne sait où, il avait vu les pièces probantes aux mains des spoliateurs... et, désespéré, frappé au cœur, le comte de Solesnes était tombé... mort...

Désormais le duc et la duchesse pouvaient vivre sans conteste du prix de l'infamie !...

Et combien d'années encore devaient-ils rester impunis ?

Telle était la femme à laquelle Noëla adressait ces simples mots, si effrayants dans leur gravité laconique :

— Madame ma mère !

La duchesse Amélie était à demi couchée sur son lit. C'était une de ces femmes de trente ans qui sont dans tout l'épanouissement de leur beauté fière et splendide...

Blanche était blonde, Amélie était brune.

Sa peau présentait cette matité qui donne à la chair un éclat marmoréen. Ses lourds cheveux, relevés en masse sur son front, formaient comme un diadème de diamants noirs... et ses yeux, d'un brun sombre, complétaient cette physionomie qui saisissait et étonnait à la fois...

La duchesse de Courtraige était une des reines de Paris. Mille adorations s'étaient courbées à ses pieds... mais jusqu'ici nulle n'avait trouvé le chemin de son cœur ni éveillé ses sens.

Elle avait un amant, le monde : Elle avait une passion, l'ambition. Digne compagne du duc !...

Aimait-elle son mari ?... Plus justement, disons qu'elle était son alliée, son auxiliaire, sa complice ! Tous deux avaient mêmes désirs âpres de puissance et de domination..., régner par le luxe, par la richesse, par l'orgueil, tel était leur idéal !...

Il laissait peu de place à l'amour...

A la voix de Noëla, la duchesse Amélie se dressa, surprise, ne comprenant pas...

Elle fixa sur la jeune fille ses yeux ardents :

— Que me voulez-vous? fit-elle ne songeant même pas à relever les mots étranges qui avaient été prononcés, et qui vous a permis de pénétrer dans mon appartement, sans être appelée ?

Mais Noëla, qui avait, elle aussi, dans les veines du sang des tropiques, supporta ce regard et répondit :

— Depuis quand une fille a-t-elle besoin de permission pour entrer chez sa mère ?

Céline qui, sans doute, écoutait derrière la porte, entra brusquement.

— Madame la duchesse, dit-elle, veut-elle que je reconduise Mlle Noëla dans sa chambre.

— Comment se trouve-t-elle ici? demanda Mme de Courtraige.

— Je me trouve ici, dit nettement Noëla, arrêtant toute réponse sur les lèvres de Céline, parce que je veux causer avec vous, ma mère !

Et encore une fois, elle accentua ce mot avec une indicible expression de colère contenue.

Chose étrange ! dans ce mot qu'elle prononçait pour la première fois, elle ne percevait aucun charme... la fièvre la tenait tout entière... il y avait en elle je ne sais quelle révolte qui la dominait et lui ôtait la nette perception des sons qu'elle proférait...

Mme de Courtraige se redressa et dit à Céline :

— Laissez-nous !

— Vous faites bien, déclara Noëla, j'allais la chasser !

Et comme, interdite, Céline semblait prête à protester.

— Allez, mon amie, dit la duchesse. Et priez M. le duc de se rendre ici.

Un singulier sourire effleura les lèvres rouges de Noëla.

Elle attendit que la porte fût refermée.

Profitant de ce court répit, la duchesse Amélie s'était laissée glisser de son lit.

Rejetant la couverture de satin qui la cachait, elle apparut, debout, enveloppée dans une longue robe de velours noir qui modelait ses formes admirables.

Puis allant à un haut fauteuil, au pied d'une cheminée sur laquelle brûlaient les six bougies d'un candélabre de bronze.

— Mon enfant, dit-elle d'une voix calme, vous ne me paraissez point être dans votre état normal... Vous avez parlé à cette excellente Céline avec une dureté que rien ne justifie... j'espère que vous vous repentez... Mais laissons cela. Vous avez désiré causer avec moi... Je vous écoute, *ma nièce...*

— *Madame*, reprit Noëla qui resta debout, les deux bras croisés sur sa poitrine, la tête baissée, les yeux demi clos comme si elle s'efforçait de concentrer toute sa volonté sur elle-même, depuis mon enfance, je suis dans votre maison... On m'a appris à lire, à écrire... On m'a enseigné le dessin, le piano, l'anglais et l'allemand...

— Et vous avez donné toute satisfaction à vos maîtres, interrompit la duchesse, surprise du ton que prenait l'entretien, et presque rassurée.

Noëla, immobile, continua comme si elle n'avait rien entendu...

— Je sais beaucoup ; on a laissé à ma disposition la bibliothèque et j'ai beaucoup lu... je sais ce que je suis... Enfant par l'âge, par les instincts... femme par l'imagination, par la volonté...

— Oh ! femme ! fit la duchesse en souriant.

— J'ai dit femme !... Je me connais... Vous ne me connaissez pas, mais il est temps que vous sachiez qui je suis...

A vrai dire, ces paroles quasi-mélodramatiques sonnaient étrangement dans la bouche de cette enfant... Mais leur *romantisme*, si nous pouvons employer cette expression — était tempéré par l'accent de profonde conviction avec lequel elles étaient prononcées.

— Enfin, fit la duchesse avec une nuance d'impatience, où voulez-vous en venir ? je vous avoue qu'il est tard et que je serais désireuse de prendre un peu de repos.

— Je ne vous retiendrai, madame, qu'autant qu'il vous plaira de ne me pas répondre franchement, dit nettement Noëla.

— Qu'est-ce à dire ? Il me semble que vous vous oubliez !

— Non, madame, je vous ai dit ce que je sais, ce que j'ai appris, il me reste à vous demander si c'est vous qui m'apprendrez ce que je ne sais pas, ce que je n'ai pas appris.

— C'est-à-dire ?

Noëla se dressa un peu. Sa taille parut grandir... et elle dit :

— A être une honnête femme, ma mère !

La duchesse jeta un cri :

— Vous m'appelez votre mère... et il semble que vous veuillez m'insulter !...

Déjà la main de Noëla s'était posée sur son bras :

— Écoutez-moi... il est inutile de vous irriter... tout à l'heure, le hasard — ah ! rien de plus, je le jure ! — m'a fait surprendre une conversation secrète entre le duc de Courtraige et son frère Hector !

— Ah ! fit la duchesse en tremblant.

— Vous comprenez, n'est-il pas vrai ? continua Noëla à voix basse. Je sais tout... je sais que vous êtes ma mère... je sais que pendant qu'une pauvre

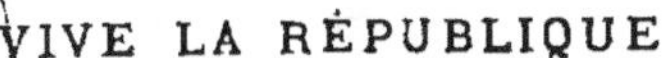

QUAND IL REVINT A LUI, IL FAISAIT GRAND JOUR.

femme, votre sœur, était enfermée dans une maison de folles, vous preniez, ici sa place.

— C'est faux ! qui a dit cela ?

— C'est vrai ! Votre beau-frère parlait... votre mari le suppliait de se taire, oh ! j'ai tout entendu... allez !... et j'ai compris que dans cette maison où je vis, moi qui suis, comme vous le dites, une enfant, il y avait une atmosphère de crime qui pèse sur moi et m'étouffe... et je suis venue vous déclarer que je n'y voulais plus rester.

— Toi ? partir ! s'écria la duchesse. Tu es folle !

— Peut-être !... seulement, au lieu de ce cri, j'aurais mieux aimé vous entendre nier.

— Nier ! mais certainement... Tu n'as pas compris.

— Ainsi, il n'est pas vrai que la duchesse Blanche ait mis au monde un enfant, une fille vivante qu'on lui a enlevée.

La duchesse hésita, puis dit :

— Ce n'est pas vrai !

— Il n'est pas vrai que le comte Hector se soit chargé de faire disparaître cette jeune fille ?

— Ce n'est pas vrai !

— Il n'est pas vrai que je sois votre fille, à vous... et au duc Achille et que le comte Hector ait menti en me reconnaissant pour la sienne ?

— Tu es la fille du comte Hector !

Une pâleur livide couvrit le visage de Noëla.

Mais, sans faiblir, elle alla au lit de la duchesse, détacha un crucifix fixé au mur, et revenant, éleva le signe religieux et dit :

— Jurez que vous dites la vérité !

La duchesse tressaillit ; mais, se levant à demi, elle étendit le bras et dit :

— Je jure que je dis la vérité !

Une contraction nerveuse passa sur le visage de Noëla.

— C'est bien, dit-elle. Donc c'est moi qui suis folle... soit ! vous n'auriez pas prêté un faux serment, n'est-ce pas ? Vous n'êtes pas ma mère. Je suis la fille du comte Hector, voici pour vous... mais pourquoi mon père — vous entendez, j'appelle le comte Hector mon père, a-t-il dit que la fille de la duchesse Hélène existait ?

— Il a dit cela ? s'écria la duchesse épouvantée.

— Qu'il savait où elle était et que si le duc ne lui remettait pas mille louis, il découvrirait ce secret... et se vengerait !...

— L'infâme !... oh ! il n'oserait !...

— Il n'a donc pas menti ? lui dit froidement Noëla.

Ainsi l'implacable logique de l'enfant triomphait de l'astuce hypocrite de la femme...

La duchesse comprit qu'elle s'était trahie... et elle cherchait dans son imagination le moyen de réparer sa faute...

Quand la porte s'ouvrit brusquement...

Le duc Achille parut accompagné du comte Hector.

Le duc était très pâle; on devinait qu'il était en proie à d'horribles combats.

Mais le comte Hector était calme et gardait aux lèvres son sourire d'ironie méchante.

— Noëla, dit le duc d'une voix grave, j'ai entendu les paroles que vous venez d'adresser à votre... bienfaitrice... Vous l'avez insultée en nous insultant nous-mêmes... Tout à l'heure déjà vous vous êtes laissée emporter à proférer je ne sais quelles calomnies nées dans votre cerveau d'enfant... Je vous demande si vous êtes prête à reconnaître vos torts... et à demander pardon...

Noëla tressaillit, puis reculant d'un pas :

— Je n'ai point de pardon à demander...

— Prenez garde, Noëla! s'écria le comte Hector.

Mais le duc, lui imposant silence d'un geste, s'approcha de Noëla, puis d'une voix triste et douce :

— Voyons, mon enfant !... vous savez qu'ici vous avez été aimée, soignée, adulée... avez-vous quelque reproche à nous adresser ?... aucun! Quelles sont ces folies qui tout à coup sont venues vous hanter...

— J'ai entendu, dit Noëla d'une voix sourde.

— Vous avez cru entendre... vous n'avez pas compris... Je veux être indulgent... oublions cela... et chassez de votre imagination troublée ces idées insensées...

Noëla ne répondit pas. Depuis quelques instants sa physionomie prenait un caractère singulier, presque effrayant... Ses yeux agrandis semblaient ne plus percevoir les objets... Elle se sentait comme enveloppée d'un brouillard qui l'étouffait...

Cependant, se raidissant contre cette impression douloureuse :

— J'ai entendu, répéta-t-elle, et je n'oublierai pas...

Le comte s'écria d'un accent de colère :

— Eh bien! ma fille, il faudra bien que votre entêtement plie sous ma volonté... je suis votre père... j'ai toute autorité sur vous et dès demain vous entrerez au couvent...

— Hector! fit le duc avec un accent de pitié...

— Qu'elle déclare qu'elle a menti... ou ma décision est irrévocable !...

Encore une fois, Noëla se tut... il y eut un long instant de silence.

— Mais parle donc ! s'écria le duc qui, ainsi qu'il l'avait avoué au comte, aimait sa fille d'un amour ardent...

— Écoutez, dit Noëla d'une voix singulière qui ressemblait à un souffle, vous voulez que je me taise... vous voulez que je garde à jamais les secrets que j'ai découverts... je le veux bien... à une condition...

— Une condition ! fit le comte Hector d'une voix dédaigneuse.

Mais Noëla continua :

— J'ai recueilli, soigné un pauvre petit garçon... qui était blessé... Il est malheureux... surtout parce que son père est mort... et parce que son frère est arrêté... Si vous voulez que j'oublie, que je déclare que je me suis trompée...

— Eh bien ? demanda le duc.

— Puisque vous êtes riches, puisque vous êtes puissants, jurez-moi de sauver son frère, de faire mettre en liberté Jean Rabolet...

— Rabolet ! cria la duchesse.

Le duc était livide. Seul il connaissait le nom de l'enfant que sa fille avait amené sous son toit...

La duchesse lui saisit le bras.

— Mais parlez donc, monsieur le duc, quoi ! cet enfant, c'est le fils du serrurier Rabolet ?...

Le duc baissa la tête. C'était répondre :

— Et cet enfant est ici... chez moi ! continua la duchesse hors d'elle-même. Vous êtes donc fou !...

— Mais que vous importe ce nom ! s'écria Noëla effrayée.

La duchesse la repoussa durement vers la porte.

— Où allez-vous, madame ? fit encore Noëla.

— Je vais chasser ce misérable, dit Mme de Courtraige.

Et comme elle disparaissait, Noëla bondit vers la porte... mais le comte Hector la retint...

Alors elle poussa un cri, ses membres se raidirent, sa tête se courba en arrière...

Et froide, inanimée, elle tomba aux pieds des deux hommes :

— Malédiction ! cria le duc, vous avez tué ma fille ! Ah ! nous sommes maudits !...

XX

SEUL !

On avait dit à ce pauvre Titi d'être patient, de rester tranquille, et cela d'une voix si douce et avec un si beau sourire qu'il n'avait garde de désobéir.

Encore une fois, il se sentait renaître... et il espérait si bien ! Noëla lui semblait si jolie qu'elle ne pouvait vouloir le tromper. Donc il s'était refourré sous la couverture, et ses yeux, fixés sur les tentures soyeuses, y découvraient mille arabesques qui lui paraissaient féeriques.

Le temps passait. Il ne s'en apercevait pas... Il était si bien, si dorlotement enfoncé dans de bons matelas qui se creusaient sous lui.

La jeune fille allait revenir, pas vrai?... elle lui donnerait des nouvelles de son frère... Oh ! il ne doutait pas. On lui avait parlé de comtes, de ducs. — C'étaient de grands mots pour lui... Des sortes de rois qui pouvaient tout ce qu'ils voulaient.

De plus il n'était pas bien sûr que Noëla ne fût pas une de ces magiciennes dont il avait lu les histoires dans des bouquins chipés sur le quai...

Tout à coup il entendit des pas dans la pièce voisine... C'était elle !... Son cœur battait bien fort... Il se dressait pour lui jeter à son apparition sa question d'espérance.

Quelqu'un entra... Ce n'était pas elle...

C'était une femme de haute taille, enveloppée d'une robe de velours noir qui la faisait pâle.

Et derrière elle, un laquais, vigoureux, à la face laide et basse...

Interdit et un peu tremblant, il regardait, la bouche entr'ouverte...

— Lève-toi, lui dit la femme d'une voix dure.

Et comme il ne se hâtait pas, n'ayant peut-être pas compris, elle répéta cet ordre plus nettement encore...

— Aidez cet enfant à s'habiller, dit la duchesse (car c'était elle) au domestique qui l'accompagnait.

On eut quelque peine à trouver les vêtements de Titi. Noëla les avait jetés dédaigneusement — une blouse et un pantalon de toile dans un coin de son cabinet de toilette...

Maintenant, Titi avait peur ; cette femme noire le regardait avec des yeux si méchants.

Il se dépêchait, se trompant, mettant le bras droit dans la manche de gauche... le laquais, brutalement, réparait l'erreur.

Cependant il s'habillait... mais il avait les pieds nus... et encore une fois la fièvre le prenait...

La duchesse ne voyait rien, ne voulait rien voir...

— Maintenant, dit-elle au laquais, emportez cet enfant... et jetez-le dehors...

— Oh! madame! fit Titi frissonnant. Vous me chassez.

— Obéissez! ajouta la duchesse.

— Mais.., Mlle Noëla! où est-elle! je voudrais... la voir...

Il n'en dit pas plus long. Sur un signe impérieux de la duchesse, le laquais le saisit dans ses bras... il pensa à se débattre, mais il était trop faible.

Puis il croyait qu'il rêvait, que c'était un affreux cauchemar... A peine de ses petites mains essaya-t-il de s'accrocher aux tentures, aux meubles...

On l'emportait!... Il vit vaguement de grands salons, des étoffes, les unes sombres, les autres éclatantes... puis il sentit l'air frais... il vit des arbres... une grille... il perçut le grincement des gonds qui tournaient.

Puis, le laquais étant brutal, il sentit un coup violent; et, la tête la première, il roula sur le pavé...

Alors, pris d'une terreur folle, il se releva et se mit à courir... Il lui semblait qu'on le poursuivait...

Cette fois, pour le coup! on était injuste et méchant avec lui... Il n'avait pas fait de mal, pour qu'on le traitât ainsi...

Et pleurant, geignant, la tête en feu, la poitrine serrée, Titi courait toujours... au hasard, droit devant lui...

Soudain, il lui sembla que son cerveau craquait, un éblouissement passa devant ses yeux, et voyant un coin de mur, il s'y affaissa, laissa tomber sa tête et s'évanouit...

Combien de temps resta-t-il ainsi?

Quand il revint à lui, il faisait grand jour... des passants l'entouraient, le regardaient, le plaignaient...

Tout à coup, une voix dit :

— Mais c'est Titi Rabolet, le fils du serrurier de la rue Perdue...

— Pauvre petit! répondit un autre. Son père est mort!

— Et son frère a été fusillé!...

Titi s'éveilla tout à fait...

— Fusillé! Jean! non! ça n'est pas possible!...

— Si! c'est bien vrai! tout le quartier le sait, repartit un de ceux qui avaient déjà parlé.

Titi s'était relevé. Il s'efforçait de se tenir debout...

— Où vas-tu aller? lui demanda-t-on.

— Je ne sais pas...

— Connais-tu quelqu'un ?

— Moi !... non... oui ! Ah ! Calertin !...

— Le charpentier ?...

Titi s'écria :

— Mais je ne veux pas y aller !

Il se souvenait maintenant que l'ouvrier l'avait maudit.

— Quand même que tu le voudrais, ajouta un des voisins, ça ne serait la peine d'y penser... Calertin a été enlevé par la police et renvoyé de Paris...

Il paraît que la dénonciation de Trassard avait porté ses fruits.

— Alors, balbutia Titi en sanglotant, je suis tout seul...

A ce moment une voix cria :

— Titi ! tiens ! le v'là donc ressuscité !...

En entendant son nom, Titi tourna la tête et avec un cri de joie :

— Toto Lamuche ! fit-il. Oh ! emmène-moi ?...

— Qué qu't'as donc, reprit le voyou de sa voix traînarde. T'as donc évu des malheurs !...

— Emmène-moi ! répéta Titi que la fièvre reprenait avec plus de violence...

— Tout de même ! fit Toto. T'as pas l'air d'en mener large... viens avec moi, ma vieille ! les amis, c'est les amis ! je vas te mener dans un bon endroit... si tu as du chien, on tâchera de faire quelque chose de toi !...

Et Toto, passant son bras sous celui de Titi, l'entraîna en le soutenant.

— Où me mènes-tu ? demanda Titi.

— Laisse donc faire... chez des amis ous qu'on rigole !... et où on gagne sa vie sans s'échigner...

Titi ne songea pas à résister, et se laissa faire...

Pauvre Titi !

DEUXIEME PARTIE

LES MAUVAIS CHEMINS

I

UN DOMPTEUR D'AIGLES

— Holà ! père Austerlitz ! une bouteille... du cacheté... et deux verres !

— Hé ! pas tant de bruit, parbleu !

— Tu te fâches ! mon vieux de la vieille ! il n'y a donc plus d'amis !

Le dialogue ci-dessus était échangé, en un cabaret du passage Saint-Pierre, à Batignolles, qui portait pour enseigne une sorte d'image, bâclée par un peintre en bâtiments, et ayant la prétention de représenter *l'Homme de bronze* enveloppé dans la traditionnelle redingote grise.

Le patron — nous n'oserions dire le mastroquet — était connu dans le quartier sous le nom expressif de « vieux débris ».

Et de fait, à le voir, on aurait supposé qu'il avait laissé un membre sur chacun des champs de bataille où l'homme de Brumaire semait, dans un terreau sanglant, les meilleurs germes de la race française.

Ce *vieux débris* avait le nez coupé, le front troué, la bouche crevée. Il parlait de façon grasse et incompréhensible, comme ayant reçu une balle qui lui avait brisé le palais, après avoir détérioré les narines.

Un bras de moins, une jambe de bois... A force d'être incomplet, il était curieux à voir.

De son nom, le père Saboulot.

A l'entendre, depuis Memphis jusqu'à Montereau, il n'avait pas quitté son « Empereur ». Il avait avalé Vienne comme une prune à l'eau-de-vie, Berlin comme un chinois et s'était chauffé la main — ayant perdu l'autre à Wagram — au foyer de Moscou.

Du reste, une franche canaille. Usurier, voleur et proxénète. Tenant un garni borgne où logeaient les vagabonds de la pire espèce.

Enfin, pour être impartial — ce qui est le devoir de l'historien — menteur

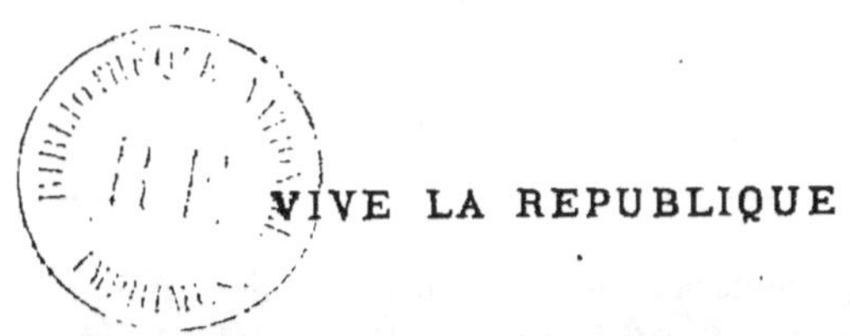

— MILLE BALLES POUR MOI, CENT FRANCS PAR HOMME.

comme un arracheur de dents, à ce qu'affirmaient les mieux informés, qui lui déniaient très carrément toute participation aux épopées de Marengo, Austerlitz ou autres lieux.

Mais ces découpages multiples qui avaient diminué sa personnalité physique au point de ne plus laisser qu'un demi-homme, à quoi les attribuer?

Voici, toujours d'après les envieux qui s'acharnent à toute gloire :

Le père Saboulot était un vieux chauffeur qui avait perdu bras, jambe et le reste à la bataille... des quatre chemins, ce qui veut dire (j'hésite à expliquer cette métaphore si claire) aux attaques de carrefours, lisières de forêts et autres localités où règne la fée Coupe-Bourse.

Évidemment, c'étaient là coups de mauvaises langues.

Comment supposer un passé aussi panaché à un homme qui ne jurait, ne sacrait que par l'Ancien, qui répétait à qui voulait l'entendre que l'ordre, la famille, la propriété et la religion ne pouvaient être sauvés que par un Napoléon, qui arborait franchement les opinions bonapartistes !

Est-ce qu'il y a jamais eu des voleurs parmi les impérialistes ! Fi donc ! il faut bien être de la vache à Marianne pour avoir de ces idées-là !

Du reste, à qui avait l'air de douter de lui, le père Saboulot — *alias* Austerlitz — avait certaines façons de décocher un regard, à la fois ironique et féroce qui clouait la *blague* au gosier des plus intrépides...

Il n'aimait pas qu'on se moquât de lui, le père Saboulot. Il n'aimait pas non plus qu'on eût l'air de se poser en maître dans son cabaret...

Il l'avait installé en lieu calme, le passage Saint-Pierre, à la droite de la grande rue des Batignolles — aujourd'hui avenue de Clichy — étant, au temps dont nous parlons, c'est-à-dire en 1831, une des ruelles les plus étroites et les plus criminellement mystérieuses de Paris *extra-muros*.

C'est pourquoi, de son arrière-boutique, où il manipulait quelque mélange, destiné à écorcher les maxillaires de ses clients, il avait répondu très durement à la voix *chopinante* qui l'avait interpellé.

Mais voici une preuve nouvelle de cet adage, qu'il faut se défier du premier mouvement, dès qu'il eut frappé de sa jambe de bois le plancher de sa boutique et qu'il eut aperçu l'un des deux arrivants, son ton changea subitement :

— Ah ! c'est toi, Carcasson ! mille pardons, sacredié ! tu cries comme si tu commandais la charge contre un régiment de kaiserlicks...

Celui qu'il venait de nommer Carcasson eut un ricanement singulier et répondit :

— Pas besoin de parler d'Autrichiens, mon vieux lascar. Je suis avec un ami.

Saboulot regarda l'ami.

C'était un gros homme, à panse rebondie, à houppelande bourgeoise, coiffé d'un large chapeau dont les bords entiers eussent suffi à cacher le visage, s'il en eût été besoin.

Mais ledit visage était coupé en deux par un bandeau qui obturait l'œil droit, une partie du nez et la majeure partie des lèvres.

Quant à ce qui, du visage, émergeait de ce cache-face, c'était quelque chose d'horrible une peau couturée, rouge et blanche, avec des saillies, des creux... cela rappelait le masque d'un variolé à sa première sortie de l'hôpital. C'était à la fois triste et répugnant...

Saboulot eut un sourire. Il paraît que les monstruosités ne lui faisaient pas peur. Peut-être aussi une lourde chaîne de montre et une épingle de cravate du plus mauvais goût, — mais de l'apparence la plus cossue, — lui inspiraient-elles au coup d'œil une certaine sympathie.

— Hé ! hé ! c'est du bon que tu veux, Léonard ? demanda Saboulot qui se doutait bien que l'homme à la chaîne devait payer.

— Ce que tu as de mieux... cachet jaune, hein ?

— J'ai mieux que ça ! fit le vieux débris en clignant de l'œil !

— Bon ! apporte... et puis viens causer avec nous... on a à jaser...

— Est-ce qu'il y a du nouveau ? demanda le débitant.

— Mon petit, fit Carcasson, en se redressant, quand on me voit, c'est toujours qu'il y a du nouveau...

— Ça c'est vrai ! je me rappelle qu'en 1836...

— Chut !... mais, dis-moi un peu à quelle date nous sommes ?...

— Dame ! au 27 novembre 1851...

· — An III de la République une et indivisible, compléta Carcasson. Eh bien ! écoute ce que je te dis... fini de rire... avant quinze jours la République... frrrt !

Et ce « frrrt » sifflé de façon stridente entre les dents de Carcasson, fut accompagné d'un geste des plus significatifs, la main ouverte coupant l'air de haut en bas.

Profitons de ce que le vieux débris descend à la cave pour y chercher « mieux que le cachet jaune », et demandons au lecteur la permission de lui présenter le sieur Carcasson.

Carcasson (Léonard) n'est pas un inconnu pour nous. Et sans aller bien loin, quiconque connaît le type du bonapartiste si bien esquissé par notre pauvre Gill, le voit d'ici.

Grand, maigre, serré dans une redingote usée qui le sangle à la taille, coiffé d'un tromblon à bords ultra cambrés, engainé d'un pantalon large aux cuisses, étroit aux chevilles, tel était Léonard Carcasson.

Gros yeux saillants et ternes, gros nez, grosses moustaches sur des lèvres baveuses, barbiche tordue au menton, pommettes saillantes, voilà pour la figure.

Mains longues et ongles noirs, doigts spatulés, qui ont toujours l'air de vouloir crocheter quelque chose, pieds larges et plats, à couvrir un trottoir, allures brutales, toux rauque et quasi despotique, voix avinée, voilà pour le reste.

Le passé de Léonard Carcasson?... Hum! voici qui frôle les plates-bandes de la vie privée! Carcasson avait fait de tout, ce qui se dit des gens qui n'ont rien fait de bien. Un peu voleur, escroc par occasion, assassin s'il était indispensable, ayant grapillé ici, pillé ici, pillé là, assommé à droite, trahi à gauche... du reste excellent bonapartiste?

Lié à la cause depuis de longues années, Léonard Carcasson avait de splendides états de service.

Né en 1803, de je ne sais qui, ayant fait je ne sais quoi jusqu'en 1836, il avait travaillé à Strasbourg avec l'honorable prétendant, avait fui avec le courage d'un vrai paladin, avait bibeloté de ci de là et s'était trouvé en Angleterre, étant alors dompteur d'animaux.

Ceci tombait à souhait pour sa fortune. Et il avait failli rendre à la France un signalé service.

Ce fut à lui qu'on acheta l'aigle apprivoisé qui, à Boulogne, devait quérir un morceau de lard sur le chapeau du dernier des Napoléons...

Par malheur, l'affaire rata comme l'on sait. L'aigle dut rester dans son panier; il fut confisqué et envoyé au Jardin des Plantes, où d'ailleurs il mourut bientôt, d'une indigestion de lard, probablement.

Carcasson pleura, non pas son aigle, mais ses espérances; comme c'était une âme de bronze, il ne se découragea pas et se remit noblement au travail, c'est-à-dire à l'escroquerie, s'entretenant la main pour le jour où son candidat monterait sur le trône de France.

Carcasson était intelligent — un Morny aux grands pieds. En 1848, il avait vu clair dans le jeu, et avait compris qu'en biseautant les cartes on avait grande chance de gagner.

Imitant son maître, il se fit républicain, et, avec non moins d'enthousiasme que les Persigny et les Rouher, il déclara que la République était le meilleur des gouvernements possibles. En juin, il se fit socialiste et porta le drapeau sur lequel étaient écrits ces mots:

« Du plomb ou du pain ! »

Naturellement, il n'avait pas été inquiété et avait pu continuer son petit commerce. En juin 1849, il avait rendu un service remarquable à la cause napoléonienne. Forgeant une fausse dépêche, il avait soulevé la ville de Lyon et avait amené la mitraillade de quelques milliers de Croix-Roussiens...

Un très honnête homme, comme l'on voit, très bien vu à l'Élysée et dont Maupas disait :

— C'est un b... à poils !

Maintenant la bouteille étant servie, écoutons ces braves gens :

— Mon vieil Austerlitz. dit Carcasson, as-tu pensé à ce que je t'ai dit ?..,

Austerlitz-Saboulot pinça les lèvres en regardant l'homme couturé qui se tenait immobile à côté de Carcasson.

Celui-ci comprit cette muette interrogation.

— Ah çà ! fit-il. Est-ce que tu te défies ! Quand je viens avec un camaro, est-ce que tu ne sais pas que c'est comme si je m'étais dédoublé... Vois-tu, celui-là, ajouta-t-il, en frappant sur l'épaule du gros homme, c'est un bon... un pur...

— Et monsieur s'appelle ? demanda le vieux débris.

— Trassard, le père Trassard !... un vrai défenseur de l'ordre ! et tiens, regarde-moi ça...

D'un revers de main, Carcasson écarta le paletot de son compagnon, ce qui laissa voir un bout de ruban rouge :

— A été décoré pour sa belle conduite pendant les journées de juin 1848... Il a failli être brûlé... ce qui t'explique les bizarreries de sa tête !... un brave... et qui en tient pour le fils d'Hortense. ajouta-t-il en baissant un peu la voix...

Or, il disait vrai. C'était bien le père Trassard.

Comment on l'avait tiré des débris de la maison Rabolet, comment il avait pu prouver, le voleur ! que c'était par dévouement à la cause de l'ordre qu'il se trouvait là, ce sont là mystères que nous ne chercherons pas à approfondir... bref ! il était décoré !... et défiguré !...

— Salut à l'étoile des braves ! dit le vieux débris en se mettant au port d'armes...

Au même instant, éclata au dehors, au coin du boulevard, un épouvantable charivari de grosse caisse, de chapeau chinois et de cornet à piston.

— Qu'est-ce que c'est que ça ? glapit Trassard.

— Faites pas attention ! dit Saboulot. Des saltimbanques qui travaillent à la barrière...

A cette époque, c'étaient encore les vraies barrières, la vieille muraille, noirâtre et sinistre, enserrant Paris et l'étouffant. Mais Batignolles était déjà, comme Montmartre, lieu privilégié !

Une grande place s'ouvrait en face de la porte où veillaient les gabelous : c'était le plus souvent le rendez-vous des marchands forains auxquels l'édilité suburbaine était plus complaisante que la municipalité parisienne, comme une sorte de kermesse perpétuelle, égayée par mille cris divers, par les boniments les plus insensés... depuis celui du dentiste au manteau rouge constellé de piécettes d'or, jusqu'aux déclamations de Pradié, le poète vagabond...

Cependant Trassard s'était remis de sa surprise, et il avait repris son attitude morne et passive.

Saboulot, rassuré par les affirmations de Carcasson, avait pris en grande estime l'homme à la redingote.

— Maintenant, réponds à ma question, dit le dompteur d'aigles, as-tu trouvé les hommes qu'il nous faut?...

Le vieux débris se pencha vers lui et dit à voix basse :

— J'ai mis à peu près la main sur notre affaire...

— Combien de figures?...

— Une cinquantaine... mais tout ce qu'il y a de fin...

— Tous hommes du monde ! ricana Léonard.

— Le moins complet a au moins ses deux ans de Poissy sur la tête !...

Carcasson poussa un gros soupir :

— Quand on pense que nous autres, honnêtes gens, et pour soutenir la plus honnête des causes, il faut avoir recours à des bonshommes comme ça!

Puis, reprenant le fil de la conversation :

— Et ça marchera?

— Comme un seul homme... seulement, faudra payer.

— Tu as été prudent? qu'est-ce que tu leur as dit? Ils ne se doutent de rien, au moins...

— Pas de danger... tu me prends donc pour une bête !... Seulement, tu comprends, mon vieux Carcasson, j'ai dû mettre quelqu'un dans la confidence.

— Qui ça? pas de bêtises, sacredié !

— Le chef de la bande... un vrai gueux, d'ailleurs, mais qui comprend les affaires comme pas un.

— Qui s'appelle?...

A ce moment la porte du cabaret s'ouvrit et un nouveau personnage parut.

— Eh! tenez, le v'là ! fit Austerlitz.

Trassard jeta les yeux sur celui qui venait d'entrer et tressaillit.

C'est qu'il venait de reconnaître Toto Lamuche et qu'il ne se souciait guère d'être reconnu lui-même.

Il oubliait sans doute que le diable lui-même n'eût pu retrouver sur cette face horrible les traits du vieux coquin...

Toto Lamuche — grand, sec — avait grandi en laideur et en gredinerie. Sa figure glabre portait sur chacune de ses lignes la trace d'un vice. C'était le masque effrayant de la débauche et du crime.

Il était vêtu d'une courte cotte de velours qui descendait à peine au-dessous des reins; une culotte de drap côtelé, collait sur ses formes osseuses qu'il cambrait avec une hideuse impudeur. Plus que jamais, ses cheveux en accroche-cœur dardaient leurs pointes à chacune de ses tempes flétries.

Sa bouche lippue et baveuse serrait un mauvais cigare éteint qu'il mâchonnait de ses dents jaunes. Le tout complété par une casquette sans visière, dont le fond pendait sur l'occiput, et par la cravate groseille chère aux habitués de la Reine-Blanche...

Carcasson l'avait examiné du coin de l'œil et détaillé en connaisseur.

Puis, se levant, il lui avait tendu la main.

— Nous vous attendions, dit-il. Les amis de nos amis...

— Allons ! pas de blagues ! fit Toto, qui refusa d'un geste la main de Carcasson, nous ne sommes pas ici pour nous passer les doigts dans les cheveux et nous donner des noms d'oiseaux... c'est-y vous qui venez pour les affaires...

La voix de Toto — connu dans le quartier, des Épinettes au Petit-Mazas, sous le nom flatteur de Toto Crapule — était rauque, avinée, et s'harmonisait avec les allures générales du bandit.

Carcasson s'était assis de nouveau. Il lui déplaisait de se voir si mal accueilli.

Cependant, faisant contre fortune bon cœur :

— Austerlitz vous a expliqué de quoi il s'agit?

— A peu près !... avant tout, que je me rince la dalle. Un mêlé-cassis, et plus vite que ça...

Le vieux débris qui paraissait professer pour Toto une estime toute particulière se hâta de le servir. Toto but, puis retourna le verre sur la paume de sa main et lissa ses accroche-cœur. Puis :

— Eh bien ! allez-y... Mais d'abord qu'est-ce que c'est que ce trumeau-là? ajouta-t-il en montrant Trassard.

— C'est un ami... qui est dans l'affaire...

— Ah!... est-ce que c'est lui qui casquera? (*payera*).

— J'avancerai quelques fonds, dit Trassard.

— D'avance ?...

— Si c'est nécessaire.

— C'est toujours nécessaire... Est-ce que vous croyez qu'on va risquer de se faire casser la figure pour votre bel œil?...

— Mais vous savez, dit Carcasson, qu'il y aura très peu de risques à courir...

— Ouais ! on dit toujours ça!...

— Puisqu'il ne s'agira que de simuler une émeute.

— Eh ! parbleu... ça me connaît... Mais on a parlé de commencer des barricades...

— C'est cela même... écoutez, dit Carcasson à voix basse et en se rapprochant, jouons cartes sur table...

— Et n'essayez pas de tricher, fit Toto Crapule en riant, à ce jeu-là, je vous rendrais des points...

— Je suis franc, articula Carcasson, et je sais qu'on ne vous trompe pas... Donc il faut vous dire que d'ici à quelques jours, il va y avoir à Paris de grands événements...

— Un chambardement général...

— Quelque chose comme ça... il est temps de sauver la société...

— Farceur! s'écria Toto en lui frappant l'épaule.

— Or, il se pourrait que ça ne fût pas du goût de la canaille...

— Pardon! Qu'est-ce que vous appelez la canaille? Vous, moi... ou les autres!

— Tous ceux qui ne seront pas contents...

— Bon!... alors cette canaille-là se soulèvera, résistera, se battra...

— C'est-à-dire que ça n'est pas assez sûr ou bien elle se battra trop bien... il faut empêcher qu'il y ait trop de résignation... ou trop d'énergie...

— C'est-à-dire qu'il faut exciter cette canaille à se défendre... la lancer en avant dans les plus mauvaises conditions possibles.

— Bravo!... savez-vous que vous êtes un profond politique!...

— Et puis après cela... la lâcher au bon moment pour qu'on la mitraille tout à son aise...

— Oh! fit Trassard en joignant les mains, vous allez peut-être un peu loin!... le moins de sang possible!...

— Oui, mon vieux lascar, reprit Toto en riant, c'est bien d'avoir de l'humanité!... tu m'as l'air de couper dans ces ponts-là!...

— Enfin, reprit Carcasson, vous pouvez nous aider?

— Parfaitement!... j'ai un demi-cent de camarades qui travailleront comme de petits anges...

— Qui pousseront à la résistance...

— S'ils y pousseront!... quand nous saurons au juste de quoi il s'agit, as pas peur? Ils auront de l'exaspération et de l'héroïsme à revendre...

— Et puis il faudra commencer la bataille...

— Bon! on fera ce qu'il faut!... mais tout ça, c'est bel et bien!... et l'argent?...

Carcasson se redressa, passa sa main dans son gilet, et avec la solennité d'un homme qui va frapper un grand coup :

— Cinq cents balles pour vous... deux louis à chacun de vos hommes... et de l'eau-de-vie à discrétion...

Toto haussa les épaules :

— Cinq cents francs pour moi! vous voulez rire, pas vrai?...

— Comment!...

DES SALTIMBANQUES SE LIVRAIENT A L'EXERCICE DE LA PERCHE.

— Est-ce que vous croyez que je ne connais pas vos manigances aussi bien que vous?... Voyez-vous ça, cinq cents francs!...

Et il ajouta d'un ton net et tranchant :

— Allons ! c'est pas assez cher pour faire un empereur

— Hein? cria Carcasson.

Trassard, qui ne pouvait pas pâlir, devint d'un violet azuré.

— Eh bien ! quoi? est-ce que vous croyez qu'il n'y a que vous qui avez des secrets d'État !... continua Toto Crapule. Comme si ça ne crevait pas les yeux... C'est votre Napoléon qui va flanquer les représentants à la porte... et la canaille... c'est les républicains !

Carcasson s'était dressé et avait passé sa main sous son vêtement comme pour y chercher une arme :

Mais Toto reprit :

— Ça vous étonne que je sois aussi malin que vous... Mais, ne nous fâchons pas! vous comprenez bien que je me moque de la République comme de ça...

Et il fit claquer son ongle sous sa dent.

— Elle m'embête, d'abord, votre République... avec sa pose d'honnêteté !... parbleu ! il est temps qu'on s'amuse un peu en France... un bon Empire ! ça me va ! Il y aura quelque chose à faire pour les malins ! La République, c'est de l'eau trop claire !... moi, je suis impérialiste... au moins, c'est de l'eau trouble... on pourra jeter l'épervier... et puis j'ai déjà travaillé dans la partie... En juin 48, j'étais tout petit... on m'avait donné une belle pièce de quarante sous pour crier: « Vive la sociale ! mort aux riches !... » Aujourd'hui, c'est plus cher... mille balles pour moi... Cent francs par homme... ça va-t-il?... voilà !... j'ai dit !

Et Toto Crapule, qui s'était fait verser un verre de kirsch, l'avala d'un coup de coude.

Carcasson s'était remis de ses alarmes, seulement il s'avouait qu'il avait affaire à un maître... mais six mille francs ! c'était lourd !

On se mit à marchander. Trassard résistait. Il paraît que c'était lui qui tenait les cordons de la bourse... nous saurons bientôt comment. Mais Toto n'était pas homme à « lâcher l'os ». Il fallut en passer par ses conditions.

Par exemple, il s'engageait à travailler dans le grand... Il avait notamment un petit plan pour les boulevards... Sacrédié! si on ne mâtait pas Paris, ça ne serait pas faute d'avoir eu la poire et le couteau.

Finalement, Trassard donna un premier acompte de vingt louis.

Il fallait seulement être prêt à toute heure... ça pouvait être dans huit ou dans quinze jours, mais ouvrir l'œil, c'était le principal. D'ailleurs, on se reverrait...

Et quand Léonard Carcasson et Trassard se retirèrent, Toto Crapule consentit à leur serrer vigoureusement les mains.

— Savez-vous que c'est cher ! dit Trassard au dompteur d'aigles, quand ils furent dehors

— Bah ! ça serait encore plus cher d'aller au bagne.

— Chut ! taisez-vous donc !...

— Nous sommes entre nous... ça sera bien le diable si, dans la bagarre, vous ne vous débarrassez pas de ceux qui vous gênent... vous et ce brave M. Lamuche...

Leur conversation se perdit dans le brouhaha de la place Clichy.

A ce moment, des saltimbanques, au milieu d'une foule formant cercle, se livraient à l'exercice de la perche...

Une jeune fille, ayant la pique de bois au creux de l'estomac, nageait dans le vide.

Mais revenons à la *Redingote grise* et à nos honorables amis, Toto et Austerlitz.

II

ON DEMANDE UN AZTEC

Toto était resté sur le seuil du cabaret jusqu'à ce que les deux hommes eussent disparu.

Quand il les eut perdus de vue, il rentra et se tourna vers Saboulot.

— Qu'est-ce que ce grand Iroquois-là ? demanda-t-il.

Saboulot se mit à rire :

— C'est un défenseur de l'ordre, de la famille et de la propriété...

— Dans notre genre ?

— A peu près !... Seulement, il travaille dans le grand... et, s'il réussit, ça sera un personnage...

— A moins qu'on ne le jette par dessus bord... et l'autre, le ravagé ?

— Connais pas !

— C'est drôle... cette voix-là me dit quelque chose... il me semble que je l'ai entendue chez mon noble père.

Saboulot avait pris une bouteille et était venu s'installer en face de Toto :

— A propos de ton auteur, qu'est-ce qu'il fait ?... Ça marche-t-il, les affaires :

— Hum ! je n'en crois rien ! depuis qu'il m'a flanqué à la porte et qu'il a épousé cette espèce de fillasse qu'on appelait Claudia, je crois qu'il file un mauvais coton...

— Tant pis pour lui! il n'avait qu'à ne pas renier son sang!... mais dis-moi donc, Toto, toi qui as du vice, comment donc t'es-tu laissé faire comme ça... C'est ton vrai père, tu as le droit d'entrer chez lui quand même.

— Oh! ça, mon petit, c'est mes affaires... la vérité, c'est que comme il voulait se débarrasser de moi, il a trouvé un truc...

— C'est un malin.

— C'est le dernier des gueux... tiens, je peux bien te conter ça, à toi... Il a fait semblant de m'amadouer, il m'a donné quelques sous, moi, je croyais que ça allait rouler dans le grand, et je m'en donnais... à tire-larigot... et des bombances, et des femmes et des dettes!

— Ça, c'est vrai que t'es un vrai vainqueur!

— Oui, mais ça n'a pas duré. Il a serré les cordons de la bourse... Je me suis adressé à des usuriers... et il y en a un qui m'a prêté dix mille francs.

— Sur ta signature!

— Non, sur celle du père...

— Il te l'a donnée!

— Non! v'là, le chiendent! je ne la lui ai pas demandée...

— Et t'as signé toi-même!

— Juste. Or, c'était manigancé par lui... si bien que quand j'ai été sous le coup d'une poursuite pour faux, il m'a carrément jeté à la rue... me menaçant de m'envoyer où tu sais... si je faisais le méchant!... mais, tonnerre de chien! je le repincerai!... et je te réponds qu'il passera un mauvais quart-d'heure! Et la Claudia donc!

Nulle expression ne rendrait l'ignoble cynisme de la voix et du geste de ce personnage.

— Ça vaut ça, fit le père Saboulot. Mais à notre tour de causer de nos affaires... Qu'est-ce qu'il y a pour moi dans cette opération-là?

— De quoi? sur quoi?...

— Pardieu? sur les six mille balles que tu empocheras?

— On verra.

— Eh! dis donc! t'as pas envie de me flouer, je suppose! qu'est-ce qui t'a procuré ça?

— Qu'est-ce qui parle de te flouer! T'auras ta part, quand on aura aboulé!

— T'as déjà reçu quelques sous!

— Oh! ça, minute!... C'est placé d'avance.

— Il y aura bien une pauvre pièce de vingt francs pour le vieux...

Toto le regarda. Et son coup d'œil n'était rien moins qu'amical. Cependant il s'adoucit tout à coup et dit :

— Au fond, c'est juste !

— Donne les vingt balles.

— Comme t'es pressé, mon vieux débris !... tu les auras... Et d'autres avec... Mais...

— Mais quoi ?

— Es-tu toujours un homme d'attaque, comme au bon temps où tu rôtissais les mollets des avaricieux ?

— Le cœur y est, fit Saboulot en secouant la tête, mais... c'est le bras et les jambes qui manquent...

— Mais s'il n'y avait besoin ni de bras ni de jambes.

— Pour une affaire...

— Oui... et une bonne... tiens, écoute-moi ça... Tu sais que je rôde toujours un peu par ci par là et je guigne les bons coups à monter...

— Pour ça, t'es un futé !

— Eh bien ! j'ai levé un lièvre... Oh ! mais là !

Et Toto, mettant ses doigts à ses lèvres, envoya un baiser dans le vide.

— Voyons ! voyons ! fit Austerlitz tout guilleret et se penchant pour mieux entendre...

— Figure-toi une maison, un hôtel, un château où il y a des mille et des cents, et des meubles en or, et des pendules ! et des glaces ! et de tout... quoi ?

— Et de l'argent ?

— Parbleu !...

— Et gardé ?

— Par deux domestiques, des vieux ! ça se retournerait en un tour de main.

— Mais comment sais-tu qu'il y a de l'argent ? Si les maîtres n'y sont pas, ils n'y laissent pas leur saint frusquin.

— Laisse donc, je ne suis pas un imbécile.

— Enfin, continue, tu m'intéresses.

— Donc si on pouvait entrer là-dedans... comme qui dirait une nuit, on ferait son barbot à fond.

— Mais les voisins !

— N'y a pas de voisins, le bazar est au milieu d'un parc.

— A Paris ?

— Mais oui, je te dis que c'est fait pour nous... seulement tu comprends, faudrait pas être trop de monde, un pour faire le guet, ça t'irait-il ?

— Tout de même...

— Deux autres pour entrer dedans... piger les vieux et leur ôter l'envie de crier à la garde...

— Ça fait trois...

— Oui, mais il en faudrait un quatrième.

— Pourquoi faire?

— Je vas te dire ça... Figure-toi que, quant à ouvrir les portes ou les grilles, il n'y a pas à y penser... c'est verrouillé! et puis des chaînes! tout le bataclan?

— Des gens qu'aiment pas la société! ricana le vieux chauffeur.

— Il y a bien les murs du parc... mais c'est haut... et puis j'ai entendu — en rôdant par là — des satanés chiens qui m'avaient tout l'air d'avaleurs de petit salé... premier numéro.

— Diable! alors c'est une citadelle! Ah! si c'était seulement en pleine campagne!

L'honorable vieillard se rappelait ses anciens exploits.

— Mais quand on est malin, continua Toto, on trouve toujours un moyen.

— Et tu as trouvé?

— Un peu? mais voilà où tu vas comprendre ce qui nous manque. Figure-toi que l'hôtel n'a qu'une aile qui donne sur la rue; il y a une porte bâtarde pas trop solide, mais qu'on ferme du dedans avec un gros verrou. Tu me suis bien?

— Parbleu! j'en perds pas une bouchée!

— Au-dessus de cette porte, il y a une ouverture, tiens, grande comme ça.

Et Toto dessina un carré d'un pied de côté environ.

— Elle est divisée en deux par une barre de fer, mais ça, c'est peu de chose... un bon coup de lime sourde, et va te promener... Il faudrait pouvoir entrer par là... on descendrait à l'intérieur, on ouvrirait les verrous... et à nous la pomme!... nous serions là comme chez nous.

— C'est rudement bien raisonné... mais qui diable veux-tu qui puisse passer par là?

— C'est vrai qu'il ne faut pas qu'il soit gros; j'ai regardé parmi les gars que je connais... rien à faire! ils vous ont tous des épaules! mais, voyons, cherche un peu... tu n'as pas dans tes connaissances un aztec quelconque...

— Voyons donc! murmura Saboulot en prenant l'attitude de la méditation. J'en ai bien connu un... qui a fait le *raton* comme ça dans une affaire, à Passy.

— Eh bien?

— Il est en correction jusqu'à vingt et un ans.

— Diable! je n'ai pas le temps d'attendre jusque-là... Faut pourtant pas laisser échapper ça...

— Ça serait trop bête... mais enfin, tu ne veux pas travailler cette nuit?...

— Non, mais je ne voudrais pas trop attendre... Quand on a un bon morceau à la broche, faut pas le laisser refroidir...

— T'as raison... mais tu comprends... ce soir, après avoir fermé la baraque, j'irai faire un tour dans les environs... chez des amis... où nous trouverons peut-être ça... Vois-tu, il n'y a rien de tel pour vous aider comme le hasard.

Au moment où Saboulot prononçait ces paroles philosophiques, une clameur s'éleva du côté de la place Clichy... c'étaient des cris de surprise, de pitié...

— Qu'est-ce qui se passe donc par là? dit Toto. Du grabuge! allons donc voir... Il y aura peut-être bien quelque poche à barboter...

Et il s'élança dehors.

III

LES DEUX BOUTS DE LA PERCHE

Or, voici ce qui se passait sur la place.

On se souvient qu'au moment où Carcasson et Trassard franchissaient la porte de Paris, ils avaient eu quelque peine à se frayer un passage à travers un groupe de badauds, qui entouraient des saltimbanques.

Il y avait presse. Femmes, enfants, ouvriers ayant l'outil à l'épaule, commis ou clercs en rupture de courses semblaient cloués sur place, ouvrant de grands yeux et poussant des cris de surprise.

En somme le spectacle en valait la peine, non qu'il différât beaucoup de ceux qu'on rencontrait chaque jour au même endroit, mais il présentait un ragoût spécial qui intriguait et intéressait à la fois.

Tout à l'heure, descendant des profondeurs de la rue de Lévis, deux personnages avaient fait leur apparition sur le boulevard.

L'un — qui attirait tout d'abord le regard — était une grande fille, mesurant près de cinq pieds et demi, longue et maigre comme un échalas, aux traits un peu forts, marchant comme un homme... et marchant dru, je vous jure.

On eût dit qu'elle était bien pressée d'arriver là où elle allait; il y avait dans le lancement de ses jarrets nerveux, je ne sais quoi d'automatique, de sec qui, aux yeux d'un observateur eût dénoncé un effort et une volonté incroyables.

Je parle de ses jarrets. On les voyait donc? Certes! car elle était vêtue du costume traditionnel des saltimbanques, le corsage couleur de chair, garni de passementeries d'or, la jupe de tulle rose bouffant mal sur des jambes longues, serrées d'un maillot blanc. On ne voyait pas tous les détails; ne travaillant pas encore, elle s'était enveloppée tant bien que mal, plutôt mal que bien, dans un mauvais tartan...

Il faisait un satané vent d'automne. Et ses mains crispées sur le tissu à carreaux, étaient toutes rouges comme aussi le bout de son nez un peu pointu.

Le second arrivant était un petit bonhomme, non moins maigre, blafard, aux joues creuses, aux maxillaires saillantes, qui, allongeant ses petites jambes pour suivre sa rapide compagne, portait sur l'épaule une perche, un de ces mâts colorés de rouge, garnis au pied d'une gaine de velours de coton, au sommet d'un tampon de cuir, que tous ont vus dans les cirques avec un être humain à chaque bout.

Celui-là ne portait pas l'uniforme réglementaire. Il avait un pantalon de toile, effrangé par le bas et caressant de ses loques des souliers crevés dont l'un montrait le bout du pied. La tête était coiffée d'une casquette, mais on voyait sous la visière, sur les cheveux d'un blond douteux, la teinte rouge d'un ruban de coton qui faisait nœud sur l'occiput.

La blouse bleue avait été rentrée dans le pantalon; à la taille, une large ceinture qui faisait deux tours, comme si elle eût été dérobée à quelque possesseur obèse, soutenait, suspendue sur le devant, une sorte de sac de peau qui ballottait à chaque pas...

Ils allaient vite et parlaient peu.

A peine aurait-on pu surprendre quelques phrases dans ce goût :

— Eh' bien ! Lézardine, ça va-t-il?

— Faut bien !

— Tu pourras faire la nage...

— Ou j'y crèverai ou j'aurai des sous ! mais c'est toi qui m'effrayes... t'es pas de force, je te dis !...

— Pas de force... attends un peu pour voir...

Et de ses deux poignets relevant la perche de près de trois mètres de derrière son dos, il la redressa d'un seul effort de biceps.

— Fais pas de bêtises ! T'assommerais un bourgeois.

— Je ne veux pas que tu aies peur.

Tous deux arrivèrent à la place :

— De la chance ! fit Lézardine. Le grand rond est libre !

— Allons-y — et du chien ! dit l'autre.

Ils se campèrent au beau milieu de l'esplanade.

La femme qui était laide, mais qui avait quand même la grâce innée qui ne perd jamais ses droits, rejeta le tartan qui tomba à ses pieds.

Il était quatre heures. Le temps était assez clair; le soleil couchant enflam-

FERME TA BARAQUE, VIEUX DÉBRIS.

mait les vitres des maisons et jetait sur le sol une lueur rougeâtre. Lézardine, avec sa haute taille, se profilait énergiquement sous cette clarté chaude...

— Attention !...

Quelques passants s'étaient arrêtés.

L'être à la perche la posa sur le sol, la retenant d'une main, puis croisant ses deux pieds, le buste un peu en arrière, le nez en l'air, la bouche gouailleuse :

— Holà! les camaros! cria-t-il. Arrêtez-vous... venez un peu voir... pour voir... ce qu'il y a à voir!... Ça n'est pas de la petite bière!... et, nom d'un pétard!... ceux qui vont avoir l'honneur de travailler sur cette place, c'est pas des feignants!

Il était drôle, avec sa face pâle, ses gestes dégingandés et sa voix glapissante. Il avait jeté ce mot : *feignants* avec l'inimitable accent du gamin.

La perche vacillait. Il lui administra une calotte.

— Veux-tu bien te tenir tranquille, mamzelle la Quille!... or donc, messieurs, mesdames! vous n'êtes pas nombreux, mais vous êtes choisis! je suis flatté... nous sommes flattés... rien que des gens chics!... Ça me rappelle quand j'ai travaillé aux Tuileries!... mais ce que personne n'a vu, c'est ce que vous allez voir! c'est des gens qui n'ont rien dans le coco depuis quarante-huit heures... et qui vont s'échiner le tempérament pour gagner dix sous!

— Tais-toi donc! dis pas ça! murmura Lézardine.

— Et pourquoi donc?... est-ce que c'est pas des amis!... Il y en a peut-être dans le tas qui n'ont pas vingt mille livres de rentes! pas vrai, les camarades! pauvreté n'est pas vice!... mon banquier a levé le pied... ça se voit tous les jours!... Donc, messieurs et mesdames, amoncelez-vous autour des artistes... ça leur fait plaisir!... moi, je suis rien!... Mais regardez-moi un peu Lézardine... une belle fille, hein?... un peu planche à pain... ne riez pas!... respect à la maigreur!... mais elle va vous tricoter des bras et des jambes dans l'*atmosphère* que ça sera un beurre! et votre serviteur aura celui de la soutenir dans les airs... Grattez un peu vos profondes... Il y a bien un cuivre au service de la force et de l'élégance!... allons-y!... donne un sou, toi qu'as l'air d'un mylord! et vous, la petite mère, vos cinq centimes... jetez ça par terre... ça fait pousser des pièces de vingt sous!

Quelques sous tombèrent.

Alors le boniment s'accentua. Le petit bonhomme imita la trompette avec son nez... sa langue claquant son palais joua des castagnettes... Il se tapait sur le ventre qui ronflait comme un tambour :

— Hein! ça sonne creux! dépêchez-vous! quand j'aurai mangé, je ne pourrai plus battre le rappel... ran tan plan! ran tan plan!... Hi! mon vieux birbe... t'as rien donné!... t'as pas deux liards! que ça t'empêche pas de regarder... quand y aura du *frichti*, t'auras ta part ! et dzing ! et boum ! taratata !

Il guignait de l'œil les rares monacos qui tachaient la poussière.

— Six sous ! tout ça ! cria-t-il. Eh bien ! je vas vous prouver qu'on est plus chouette que vous !... nous allons vous faire l'avance de notre travail... crédit aux bourgeois !... mais après ça, vous savez, pas de banqueroute !

Disant cela, il se campa, avançant une jambe, s'arc-boutant sur l'autre, courba ses reins, et enlevant la perche, en ficha le bout dans le sac de son abdomen.

— Une, deux ! ça y est ! et comme c'est équilibré ! mieux que le budget, pas vrai !... et Lézardine pèse un peu plus que les quarante-cinq centimes !... mais nous allons enlever ça... Hop ! Lézardine !... et grimpe !

La jeune femme regarda. La perche se tenait droite... le porteur, quoique petit, semblait d'une résistance sérieuse... elle saisit le bois entre ses doigts qui s'y nouèrent... puis elle monta.

Le sac de soutien tendit la ceinture qui se plaqua aux hanches, mais rien ne bougea.

— Une paille ! cria le gamin. Cette artiste-là est en plumes !... Houp ! Lézardine !... ne me tombe pas sur la coloquinte... et le grand jeu !... v'la des messieurs de la haute... des têtes couronnées... par leurs épouses ! épate-moi ce monde-là !

Elle était parvenue au sommet.

Alors étreignant la perche d'un bras, appuyant la pointe sous l'aisselle, elle s'étendit dans le vide...

L'autre — en bas — les yeux fixés sur le bout supérieur de la perche, était devenu plus pâle. Il se déplaçait lentement, la poitrine serrée, visant bien la ligne droite... ça allait bien.

Lézardine changea de position.

Maintenant elle s'était étendue, ayant placé le tampon de cuir au creux de l'estomac... se tenant encore des deux mains au bois qui pliait... Il y avait des vacillations inquiétantes... mais elle entendait la voix qui montait le long du bois et disait :

— As pas peur ! je tiens ferme ! il y a dix sous ! ça boulotte !... remue pas brusquement... je réponds de tout... très chic ! très bien !

Et il hurla pour la foule :

— Applaudissez donc, tas de... Parisiens !... mais pas en tapant des mains... en les fourrant dans vos poches... Vous ne savez donc pas qu'au pays des bayadères on ferait un tas d'or qui monterait jusqu'au haut de la perche... et on vous en fichera des bayadères comme Lézardine.

Il s'interrompit pour dire, avec l'accent des charretiers parlant à leurs chevaux :

— Holà! Ho!

Puis s'adressant encore à Lézardine :

— Qu'est-ce qui te prend! ça frissonne!... pas de blagues, hein?

Un souffle descendit jusqu'à lui :

— Je ne peux plus!

— Des fadeurs! un peu de zinc... sacredié! il y a quinze sous! Démène-toi encore là-haut... deux minutes seulement... y aura le rond de vingt sous... et alors, noce sur toute la ligne.

La pauvre fille se redressa et, lançant ses bras et ses jambes, imita les mouvements des nageurs :

— Hein! est-ce tapé! ça!... la grenouille récalcitrante... fuyant le crapaud amoureux! et des sous... jetez du cuivre... l'argent, et l'or sont reçus!... dzing! boum!... un sou... deux sous!... encore trois sous... et je déclare que vous êtes tous des anges!

— Je ne peux plus!... j'étouffe!... disait Lézardine.

— Pas mèche!... eh bien! redescends! je suis d'attaque!

Il regardait maintenant, ayant au front de grosses gouttes de sueur. La malheureuse battait l'air de ses mains... elle cherchait à ressaisir la perche.

— Non de D... grinça l'autre. Ça va rudement mal!... Aïe!

Il poussa un cri de douleur... dans un effort convulsif, Lézardine était parvenue à s'accrocher, et elle était tombée le long de la perche, suspendue par les poignets... et le mouvement avait été si brusque, si dur, que le sac de cuir avait cédé.

Maintenant le bois de la perche s'appuyait au ventre du pauvre garçon.

Mais il ne lâchait pas. Non!... ça lui entrait dans les boyaux :

— Descends donc! hurlait-il. Tu me crèves!

Elle n'entendait pas. Elle se cramponnait avec des crispations d'agonie.

Lui se sentait faiblir... Tous ses nerfs, tous ses muscles étaient tendus à éclater.

Soudain il eut un râle...

Il avait plié en arrière... et la perche, ayant au bout son poids énorme, s'abattait.

Une clameur terrifiée s'échappa de toutes les poitrines.

On entendit un sifflement... puis un coup mat, et des cris...

La perche et la femme étaient tombées...

L'autre était à terre, renversé, mais il se redressa et s'élança dans la foule... mais déjà Lézardine avait été retenue par vingt bras levés...

Elle était évanouie, livide... Par un hasard inouï, la perche n'avait blessé personne...

Et comme il saisissait Lézardine pour la mieux regarder :

— Tonnerre! cria une voix. Mais c'est Titi Rabolet!...

Et Toto Lamuche se dressa.

— Nous crevons de faim! cria Titi.

— Allons! donne-moi ça! et viens becqueter!

Toto Lamuche s'empara de Lézardine toujours inanimée, et dit à Titi :

— Toi, marche devant! paraît que t'as pas eu une riche idée de me lâcher...

La foule s'écarta. Un bourgeois dit :

— La police devrait défendre ces exercices-là.

IV

ÉDUCATION SENTIMENTALE

— Ferme ta baraque, vieux débris! avait dit Toto Crapule en pénétrant, chargé de son fardeau, dans le débit de la *Redingote grise;* pas besoin que tout ce monde-là s'occupe de nos affaires.

L'honnête Saboulot se hâta d'obéir, tout en grommelant. Ah çà! est-ce que maintenant Toto allait s'imaginer que sa boutique était un hôpital! Il allait jouer au sauveteur! une bonne blague!

— Allons! tas d'idiots! cria le débitant en s'adressant à la foule. Fichez-nous le camp!... et plus vite que ça! on soigne les malades ici... il n'y a pas besoin de vous.

Cette objurgation amicale eut tout le succès désirable. En un clin d'œil, le passage Saint-Pierre fut évacué.

Saboulot ferma la porte, mit les volets, puis revint vers Toto et ses protégés.

La grande Lézardine était affaissée sur une chaise ; elle était livide et des taches noirâtres marbraient ses joues. Toto avait versé dans un verre quelques gouttes de vin et s'efforçait de faire pénétrer le liquide entre les dents serrées de la malheureuse.

Quant à Titi Rabolet, il s'était laissé tomber à terre, et là, ramassé sur lui-même, le visage caché dans ses mains, il restait immobile... tout son corps était agité de tressautements convulsifs. Du reste, pas un gémissement, pas une plainte.

Tout à coup Lézardine ouvrit les yeux et, d'une voix rauque, elle jeta ces seuls mots qui résonnèrent sinistres :

— J'ai faim!

— Diable! fit Toto. Voilà donc le fin mot!... Paraît que les affaires ne marchent pas, ajouta-t-il entre ses dents en regardant les haillons de Titi.

Un singulier sourire passa sur ses lèvres.

Il s'écarta de Lézardine, puis, prenant le bras de Saboulot. il l'entraîna à l'écart :

— Mon vieux, lui dit-il à l'oreille, faut te distinguer! Va chercher du pain, du bouillon, du bœuf, et apporte ça...

— Alors comme ça... c'est ici un dépôt de mendicité, grogna le vieux qui paraissait n'avoir pas la bosse de la charité.

— Imbécile! continua Toto sur le même ton. Est-ce que tu crois que j'ai plus envie que toi de jouer au saint Vincent de Paul... fais ce que je te dis... et tu verras que ça sera une pièce de quinze sous bien placée...

Saboulot le regarda d'un air interrogateur.

— Mais, va donc! tu comprendras plus tard! ajouta Toto qui cligna de l'œil et le poussa amicalement par l'épaule.

La grande Lézardine se remettait peu à peu : elle regardait autour d'elle, mais ses dents claquaient comme si elle avait froid.

— Un peu de patience, la belle! fit Toto. On va manger!

— Manger! répéta-t-elle.

— Il paraît qu'il y a longtemps qu'on n'a rien grignoté... ça arrive dans les familles les mieux organisées.

Un instant après, Saboulot rentrait avec les provisions demandées. Un litre de bouillon, une livre de bœuf et une forte miche, un balthazar, quoi!

Toto, avec une complaisance qui ne lui semblait pas habituelle, se hâtait de disposer un couvert.

Puis soulevant doucement la pauvre fille :

— Allons! ne faisons pas l'enfant! Voilà du frichti premier numéro! donnons-nous-en une bosse et qu'il n'y paraisse plus.

Elle parvint à se dresser. Elle vit le pain, le bouillon; un éclair passa dans ses yeux. Elle étendit les mains, saisit le bol, et quoique le liquide fût brûlant. elle se mit à boire avidement à longues gorgées.

— Là! est-ce un joli velours!... disait Toto en ricanant.

Mais voici que Titi avait entendu, et lui aussi, il avait levé la tête. Cependant il n'osait pas s'approcher. Peut-être avait-il quelques raisons de craindre son ancien copain. Mais celui-ci l'encourageant avec la plus aimable rondeur :

— Eh bien! et toi? est-ce que tu vas bouder contre ton ventre? Viens et tape-moi là-dessus.

Ma foi! le pauvre Titi ne le se fit pas répéter. Il attrapa une chiffe de pain, un lopin de bœuf, et se mit à jouer des mâchoires avec une énergie superbe.

Il n'était pas facile à reconnaître. Il avait presque seize ans maintenant; mais il avait dû sans doute manger de la vache diablement enragée.

Il n'avait pas grandi. Mais les épaules étaient carrées, la poitrine s'était développée : et n'eût-on pas vu les tours de force qu'il accomplissait tout à l'heure qu'on eût deviné dans ces jambes arquées, dans ce râble solide, dans ces mains nerveuses une vigueur peu commune. Mais la figure!... quelle lame de rasoir!... on ne pouvait pas dire qu'il fût devenu plus laid.

Au contraire, à bien l'examiner, le masque un peu grimaçant du gamin s'était pour ainsi dire régularisé.

La bouche était grande, mais vivace, toujours rieuse si l'on veut, mais ayant déjà contracté le pli du chagrin. Les yeux petits ne s'étaient pas ternis, au contraire; dans les prunelles grisâtres éclatait une lueur d'acier qui étonnait et troublait à la fois.

Il y avait dans ces yeux-là de la colère, de la volonté, plus encore peut-être de la témérité mauvaise.

C'est qu'il avait rudement souffert, le gamin, depuis le jour où, chassé de l'hôtel de Courtraige, ne sachant ni d'où on l'avait jeté dehors, ni pourquoi on le traitait ainsi, il était venu s'abattre pas loin d'une borne, foudroyé par ce triple malheur :

Son père mort, son frère fusillé, Calertin — le seul sur lequel il pût encore compter — chassé de Paris...

Pendant qu'il mange, avec des ardeurs de fauve qui craint de se voir enlever sa proie, racontons aussi brièvement que possible les chemins parcourus entre ces deux étapes où Toto Lamuche était apparu, au jour de l'isolement douloureux et à cette heure où le fils du serrurier pliait sous le poids de la perche du saltimbanque.

Donc, on s'en souvient, Toto lui avait dit naguère :

— Viens donc, je me charge de toi!... Je vais te conduire dans un endroit où l'on s'amuse et où l'on gagne sa vie sans s'éreinter le tempérament.

A vrai dire, Titi n'avait rien entendu, sinon que celui qui parlait le connaissait et parlait de l'aider.

Quand un enfant est perdu, quand il pleure de se sentir seul, la première voix qui résonne à son oreille lui semble une délicieuse musique. Il cesse de geindre. Et, si on lui tend la main, il y met la sienne, comme s'il disait :

— Vous me voulez... je me donne...

Puis, il ne faut pas oublier que le pauvre enfant était malade, que ses dents claquaient la fièvre, que ses tempes bourdonnaient. Tandis qu'il suivait Toto, se hâtant de toutes ses forces, il se sentait chanceler comme en ce jour maudit où la Claudia l'avait enivré.

Oui, il était ivre, cette fois encore, mais de peur, de souffrance, d'humiliation, de regrets...

Il avait un voile devant les yeux. De telle sorte qu'il ne vit rien, ni la maison où Toto le conduisait, ni les gens qui le recevaient. Il y avait une voix de femme, brutale, grossière, mais conservant quand même je ne sais quelle harmonie maternelle.

Et un lit! de gros draps! un traversin bien dur!... mais enfin un lit où le malade avait pu se pelotonner en chien de fusil, cacher son nez sous une couverture, s'étouffer de cette chaleur brûlante qui est la fièvre et semble un soulagement... Il avait pu fermer les yeux et dormir.

Vous croyez qu'il cherchait à savoir autre chose! On ne le battait plus, il n'avait plus à meurtrir ses pieds sur le pavé, il y avait autour de lui du calme et du silence... il pouvait se dispenser de penser... c'était du bonheur.

Combien de temps cela dura-t-il?... je vous affirme qu'il ne cherchait pas à le savoir. Il est vrai pourtant qu'on lui fit plusieurs fois du mal... On lui mettait aux jambes des plaques qui le brûlaient... et puis aux reins des bêtes noirâtres qui le piquaient et buvaient son sang...

Il fallait qu'il fût bien solide, car tous ces bouleversements lui avaient donné la plus violente fièvre cérébrale.

Cependant un jour il revint à lui... et vit dans un coin de la pièce une grosse femme à face large et poilue, à poitrine ballottante, à mains énormes qui tordait des choses brillantes, les cassait et les jetait dans un coffre où cela sonnait le métal.

Cette femme était tout simplement une voleuse, la femme d'un ferrailleur nommé Brouillat, qui achetait aux filous de la capitale les métaux glanés à droite et à gauche, depuis le zinc des toitures et le plomb des gouttières jusqu'aux couverts et aux bijoux.

Or, cette femme, absolument insouciante du bien et du mal, n'était pas méchante. N'ayant jamais eu d'enfants, elle s'était intéressée à Titi.

Elle l'avait soigné bonnement, pas en sainte-nitouche, un peu rudement. — Mais, bah! elle n'avait pas été fâchée de voir qu'il avait l'âme chevillée dans le corps...

Brouillat était un gros homme, une sorte de colosse qui avait des allures d'ours. Mais très gai, bon vivant, ayant de larges éclats de rire qui secouaient la maison.

Encore un qui faisait son métier avec une parfaite indifférence. Pour un peu, si on l'eût poussé, il eût discuté avec vous pour vous prouver qu'il n'y avait rien à redire à ce qu'il faisait.

Est-ce qu'il volait, lui? jamais. Quant aux marchandises de toutes sortes qu'on lui apportait, ça ne le regardait pas de savoir d'où elles venaient. Il n'était pas de la police, pas vrai? pour moucharder les gens qui étaient en affaires avec lui; il payait le moins cher possible, il était dans son droit. Chacun cherche à gagner sa vie.

Encore deux ou trois ans, il aurait son petit magot, et il irait se retirer dans

IL AVAIT A FOURBIR CASSEROLES, POÊLES...

son pays où il avait déjà une maison et un lopin de terre. Et il vivrait honnê-tement, sans rien devoir à personne.

Du reste, ayant de la religion, respectant le gouvernement, ayant sur sa cheminée une statuette du petit caporal, le recéleur disait bien haut à qui voulait l'entendre qu'avec les révolutionnaires, il fallait être dur, parce qu'ils empêchaient le commerce d'aller...

Toto était un intime de la maison. Brouillat l'estimait parce que c'était un gars qui n'avait pas froid aux yeux et qui lui avait apporté de bien bonnes opérations.

— Il ira loin, ce gaillard-là, se plaisait à répéter Brouillat, sans se douter que ce « loin là » pouvait être tout aussi bien le bagne que la guillotine.

Mais Brouillat, étant travailleur, n'aimait pas les fainéants. Un beau jour, il dit à sa femme :

— Le moutard va bien, faut voir à ce qu'il paye sa nourriture.

C'était trop juste. Parbleu! maintenant qu'il avait retrouvé sa mine, on voyait bien que c'était un malin, qui ne demandait qu'à aller.

— Veux-tu travailler? demanda-t-elle à Titi.

Lui, courageux, répondit nettement qu'il ferait ce qu'on voudrait.

Oui, mais voici que, lorsqu'il fallut lui expliquer de quel travail il s'agissait, la grosse femme se sentit toute drôle. Ce n'était pas qu'elle eût plus de scrupules que son mari. Mais enfin, ça l'ennuyait de faire cette éducation-là.

Par bonheur, Toto était là.

Il avait rompu avec son père. Lamuche, après son expédition de la rue Perdue, avait fait, lui aussi, une rude maladie. Mais il en était revenu, et son premier soin avait été de flanquer son fils à la porte avec un lot de coups de pieds n'importe où.

Toto n'avait pas hésité un instant sur sa voie. Nouvel Hercule, se trou-vant au début de la vie entre deux routes, celle de la vertu et celle du vice, il avait pris bravement celle du vice.

Un compagnon ne lui déplaisait pas, d'autant plus qu'en un moment donné rien n'était plus facile que de le lâcher ou de le compromettre pour se sauver soi-même.

Titi, aux premières propositions que lui fit Toto (qui, en garçon habile, ne s'expliqua pas très nettement), accepta avec joie l'association qu'on lui proposait.

Toto se méfiait de lui : il savait que le père Rabolet n'entendait pas raillerie sur la question de probité. Donc Titi pouvait avoir la tête dure.

Donc, pour commencer, Titi fut employé aux petits ouvrages. Un beau soir, on le collait dans le coin d'un mur, dans quelque rue déserte, et on lui disait :

— Si tu vois du monde, tu siffleras... et tu décamperas...

Ce n'était pas bien dur, comme vous voyez.

Quand on revenait chez Brouillat, il y avait de la bonne soupe bien chaude. Et puis on riait dans cette maison-là! des bosses de bon sang, à s'en faire éclater la sous-ventrière! Titi avait bien besoin de cela après tant de misère.

Au fond, il n'était pas si bête que de ne pas deviner qu'il y avait quelque anguille sous roche.

Étant curieux de nature, il avait interrogé et on lui avait répondu... franchement... là, le cœur sur la main... qu'on faisait des affaires de contrebande.

Titi s'était senti reconforté. Faire la nique au gouvernement avec les tabacs, les vins, les eaux-de-vie, c'était pain bénit, n'est-il pas vrai? Jamais vous ne feriez entrer à certaines cervelles que le vol est toujours le vol. La contrebande n'est pas un méfait, c'est une malice.

De fait, on se cachait encore de lui. A certains symptômes, on avait reconnu qu'il n'était pas assez mûr pour être initié aux mystères des opérations. On lui laissait la robe blanche et les illusions du catéchumène.

Et il était toujours prêt. Quand on était deux jours sans rien faire, il disait :

— On ne sort donc plus!

Toto, Brouillat, la mégère, tous étaient si bons enfants!

Un jour, Brouillat lui dit :

— Ton père était serrurier?

— Oui...

— Est-ce que tu sais travailler?

— Pas beaucoup... mais un peu.

— Est-ce que tu saurais faire une clef?

— Je peux essayer.

D'abord il était de sa dignité de se rendre utile pour gagner le pain qu'il mangeait. En somme, il ne mettait jamais la main à la pâte et ça l'humiliait un peu.

Aussi fut-il assez content quand, dans la cave du ferrailleur, on lui eut installé une petite forge... et un étau... et des cisailles... et des limes. Je vous réponds qu'il travailla de bon cœur. On lui avait donné d'abord une serrure, dont, disait-on, la clef était perdue.

Il se mit à l'œuvre, tâtonna, recommença et finit par réussir. Il était fier. Il mordait à la serrurerie, et voilà que les idées de mécanique du père Rabolet lui trottaient par la tête.

Mais ce n'était pas de cela qu'il s'agissait. On lui remettait des tas de vieilles serrures, pour qu'il les démontât, les étudiât de près. Et toujours faire des clefs!

Un matin, le père Brouillat eut une idée :

— Est-ce bête, dit-il, qu'on ne puisse pas ouvrir toutes les serrures avec la même clef.

Toto se mit à rire.

— Pour les serrures ordinaires, c'est possible ?

— Ah oui ! les crochets !… mais, tu comprends, on ne peut pas avoir dans sa poche un outil comme ça… on aurait l'air d'un voleur.

— Il n'y a pas besoin que ça se voie.

— Ah ! fit Brouillat avec curiosité.

— Et si ça peut vous faire plaisir, je me charge de vous faire un petit bijou… ça ne tiendra pas plus de place qu'un canif à six.

— On ouvrirait toutes les serrures ?

— Je m'en flatte… pourtant ; excepté les serrures à secret.

— C'est bien entendu… mais tu te vantes ! tu n'es pas assez malin.

— Pas assez malin !

Titi, froissé dans son amour-propre, ne fit ni une ni deux… il retroussa ses manches et se mit à l'œuvre.

Il s'était un peu vanté. On n'est pas parfait. Mais il avait du sang de Rabolet dans les veines ; car sa tête travaillait au moins autant que ses mains.

Il ne voulait pas en avoir le démenti. Comme il y avait déjà plus de quinze jours qu'il restait continuellement dans son petit atelier, Toto se moqua de lui et l'appela *propre à rien*.

Ça, par exemple, c'était trop fort. On t'en fichera des *propres à rien* comme Titi.

Et, deux jours après, Titi, fier comme l'Artaban légendaire, disait à l'excellent Brouillat :

— Fermez les yeux et ouvrez la bouche…

Et il lui mettait entre les dents un petit rouleau de fer…

Un vrai bijou ! Titi n'avait pas menti ! Ah ! la bonne soirée qu'on passa. Il paraît que le ferrailleur avait des douzaines de serrures dans ses vieux bibelots.

On les essaya toutes. Il y avait des paris. Titi même, tant il était joyeux, s'émécha un brin.

Et le gracieux outil glissait dans le tissu de la serrure, on pesait un peu, cela faisait : cric !… et le pène jouait.

Dam ! pour les doubles tours, il y avait des ratages. Mais Titi, secouant la tête d'un air grave, affirmait que ça pouvait se faire.

Il y avait un an qu'il était chez Brouillat.

Toto prit un jour le ferrailleur à part et lui expliqua une affaire qui fut acceptée d'emblée. Il y avait une vieille femme, avare comme tout, et qui cachait un magot dans sa paillasse. La dévaliser, rien n'était plus élémentaire.

L'argent est rond, c'est pour rouler. A bas les accapareurs, n'est-ce pas ?

Seulement, elle ne bougeait guère de chez elle. Et elle devait avoir le sommeil léger. Si elle criait!...

Bah! on verrait! qui ne risque rien n'a rien!... Il s'agissait de dix mille francs au moins... Ça valait bien la peine de se donner un peu de mal...

Avec le rossignol de Titi, on entrerait tout doucement... on ferait tout son possible. On a des égards, parbleu! surtout pour les personnes du sexe et les vieillards!

— Seulement, ajouta Toto, comme l'opération peut nécessiter un travail sérieux, il faut faire ça en famille... défions-nous des mouches et dans les camarades, on n'est jamais sûr...

— Tu as raison, dit Brouillat, d'abord, j'en suis de l'affaire!

— Parbleu!... mais il faut encore du monde... je t'expliquerai pourquoi. . ta femme...

— La mère Brouillat... oh! elle ne boude pas sur l'ouvrage...

— Je sais bien...

— Et puis le petit...

— Le moutard! tu le crois de force?

— Faut bien qu'il se forme... et puis, vois-tu, mon vieux, il a trop bien mordu aux fausses clefs pour n'avoir pas pris son parti.

— C'est possible !

Bref, il fut convenu que l'affaire en question serait le baptême de Titi.

La vieille femme occupait une mansarde, située au fond d'une maison perdue dans un quartier désert.

Les locataires étaient tous des chiffonniers ou autres travailleurs nocturnes, qui sortaient vers dix heures du soir.

Il y avait en bas un portier, ou plutôt une portière qui restait éveillée toute la nuit, à cause de ce va et vient des locataires.

Voici ce qui fut convenu :

La Brouillat entrerait la première, tenant Titi par la main, sous prétexte de demander ceci ou cela, elle entrerait dans la loge du portier et entamerait une bonne conversation, pendant laquelle Toto et Brouillat s'introduiraient dans la maison et grimperaient au dernier étage.

Et Titi! Voici. En gamin mal élevé, il lâcherait sa prétendue mère dans la loge et monterait deux étages. Là, il attendrait. S'il voyait arriver du monde, il ne ferait qu'un saut jusqu'en haut et avertirait.

S'il y avait des cris, il redescendrait vers la loge avec des signes de terreur, s'accrocherait aux jupes de la portière et l'empêcherait de monter, pendant que les deux hommes fileraient sur le toit.

C'était bien simple, comme on voit.

Seulement on ne donna à Titi ses instructions que lorsqu'on fut en vue de la maison. Par une dernière velléité de prudence, on ne prononça pas le mot « cris » ; on y substitua celui de bruit.

Tout parut d'abord se passer au mieux.

La portière était bavarde et, comme elle s'ennuyait à attendre, elle accueillit fort bien la Brouillat, qui avait la langue bien pendue et ne demandait qu'à tailler une bavette.

Titi avait un peu peur. Il ne comprenait pas bien. Un instinct inconscient le troublait.

Cependant il obéit, et se glissa dans l'escalier. Seulement son cœur battait fort.

On avait bien encore parlé de contrebande. Mais c'était un drôle d'endroit... et puis en dehors des barrières !

Titi flairait un mensonge. Pour tout dire, il avait des idées depuis quelque temps et se défiait de Toto.

Donc il était à son poste, l'oreille au guet...

Tout à coup il entendit un cri horrible, effroyable... puis une porte s'ouvrit au-dessus de lui... et il vit, hagarde, les cheveux en désordre, le cou haché d'une épouvantable blessure rouge, une vieille femme, qui n'avait pour tout vêtement qu'une longue chemise.

Elle ressemblait à un spectre...

Elle battait des mains, suffoquant, râlant...

Titi était resté immobile, foudroyé... Tout à coup la misérable tomba en avant, la tête la première ; peu s'en fallut que son corps n'écrasât Titi... L'élan l'entraîna au delà du palier où se trouvait Titi et lui ferma la retraite...

En même temps, il entendait en bas des voix glapissantes, on montait... on allait le trouver là auprès du cadavre... il fut saisi d'une terreur folle, et ne songeant plus qu'à fuir, d'un bond il atteignit le dernier étage.

Là, il vit une porte... il s'élança... il y avait du sang partout... La fenêtre — une sorte de tabatière — était ouverte, il se hissa. Cette issue donnait sur le toit... il comprit que les autres avaient fui par là... pourquoi n'en ferait-il pas autant ?

Et à la force des poignets, gardant son équilibre par miracle, il se mit à courir sur le toit glissant... il tomba, roula, se cramponna et, sans savoir ni pourquoi ni comment, il se trouva en bas, au delà d'un mur, dans un jardin de maraîcher.

Il ne s'arrêta pas, se rua vers l'autre mur, le gravit avec l'agilité d'un chat, enjamba et finalement se trouva libre, en plein air, dans la nuit, ayant aux oreilles le râle de la victime.

Il comprenait enfin que ces hommes qui l'avaient accueilli, nourri. pour qui il avait travaillé, étaient des voleurs et des assassins...

Révélation sinistre et qui le brisa.

Et comme il s'était arrêté un instant pour reprendre haleine, les yeux à demi fermés, il lui sembla que l'image de son père se dressait devant lui... Il frissonna tout entier, tendit les mains en avant en disant :

— Non! père! non! je n'ai rien fait!

Il se remit à courir. S'éloigner, c'était tout d'abord ce qu'il voulait. Il se disait que, s'il était pris, on le mettrait en prison. Et puis, plus que cela... est-ce que ce gamin-là n'était pas allé voir guillotiner — un nuage rouge passa devant ses yeux...

Encore une fois, Titi était jeté au hasard, ayant en plus une épouvante qui lui torturait le cœur.

Il avait marché toute la nuit... il souffrit de la faim pendant vingt-quatre heures plutôt que de s'arrêter et d'entrer dans une maison...

Mais la fatalité se lassa un instant...

Il rencontra un maçon ivre qui était bon garçon et qui avait besoin d'un servant. Ma foi! autant Titi qu'un autre!... Pendant trois mois, Titi, qui s'était vite mis au fait, entendit le cri :

— Une truellée au sâ!

Il était revenu à Paris avec le compagnon. Celui-là n'était pas trop dur. Il lui donnait à manger. Et puis, ce qui plaisait par dessus tout à Titi, c'est qu'il se blanchissait la figure avec du plâtre et qu'il ne craignait pas d'être reconnu par la police...

Car c'était là sa crainte.

Et elle était telle qu'il supportait sans se rebiffer les taloches que l'autre lui administrait quand il était gris, ce qui arrivait régulièrement une fois par semaine.

Cependant peu à peu, sa terreur diminuant, il prêta l'oreille aux propositions d'un autre gamin dont il avait fait la connaissance.

C'était rudement séduisant, ce que lui disait l'autre, qui était, sauf votre respect, un *va de la gueule* premier numéro.

Il s'agissait d'entrer comme aide de cuisine dans un grand restaurant des Champs-Élysées.

L'autre lui racontait des joies insensées, les doigts trempés dans la sauce, la lichette des dessertes... et puis, voyez comme cela tombait, il commençait à faire froid, et il pensait que dans les cuisines, il fait toujours chaud...

Pourtant Titi ne se décidait pas; mais le compagnon lui ayant encore une fois fichu la plus vénérable tripotée qu'il eût reçue de sa vie, Titi, qui, tout petit, était d'une force exceptionnelle, lui sauta à la gorge... l'autre tomba et butta sur le flanc...

Titi ne fit ni une ni deux; il prit ses quatre nippes et alla trouver l'autre...

On se fit bien un peu prier. Mais il paraît que le petit gourmand était au mieux avec le chef laveur de vaisselle. Toutes difficultés furent levées, et Titi fut élevé au grade qu'il sollicitait.

Mais, ce qu'il faut savoir, c'est que les garçons de cuisine sont le plus souvent — on pourrait dire presque toujours — des Auvergnats ou des Savoyards, gens durs au travail et doués d'une incroyable force de résistance.

Or, il est peu de métiers qui réclament une plus grande dose de vigueur physique.

On n'y croit pas tout d'abord : et il n'y croyait pas. Qu'y a-t-il donc de si fatigant à contempler des rôtis qui se dorent, des ragoûts qui mijotent et des roux qui noircissent?

Eh bien! écoutez ceci.

Titi avait reçu le titre d'*omnibus*.

C'est-à-dire qu'il aidait le chef, le rôtisseur, l'entremettier, le chef de garde-manger; qu'il avait à fourbir casseroles, poêles, bassines, vaisselle, argenterie, à astiquer les fourneaux, à laver et à récurer, à aller chercher l'eau, à fendre le bois...

Total, vingt francs par mois...

Ce n'était pas que l'ouvrage lui fît peur. Il était si content d'être sorti des griffes de Toto et de Brouillat qu'il s'était jeté à corps perdu dans le travail! et aussi il ne regrettait pas le maçon, qui avait le caractère trop mal fait quand il était ivre.

Il se disait :

— Je vais engraisser...

Et il y avait là une satisfaction d'amour-propre qui n'était pas à dédaigner. Pour grandir, pour avoir « l'air d'un homme », Titi en aurait supporté bien d'autres!

Mais voici que, peu à peu, il sentit sa tête s'alourdir, des éblouissements passer devant ses yeux. Quelquefois, il se voyait chanceler comme s'il eût été ivre...

— En mangeant bien, se dit-il, cela se passera...

Oui, manger!... c'était bien séduisant, ces bonnes choses qu'il voyait fumer dans des plats de jolie porcelaine!... On le laissa faire en riant...

— Avale tout ce que tu pourras, gamin! disait le chef.

Et Titi, avec une stupeur qui touchait à l'épouvante, s'aperçut qu'il ne pouvait rien manger.

C'est un fait assez singulier que des cuisiniers, les uns sont très gras,

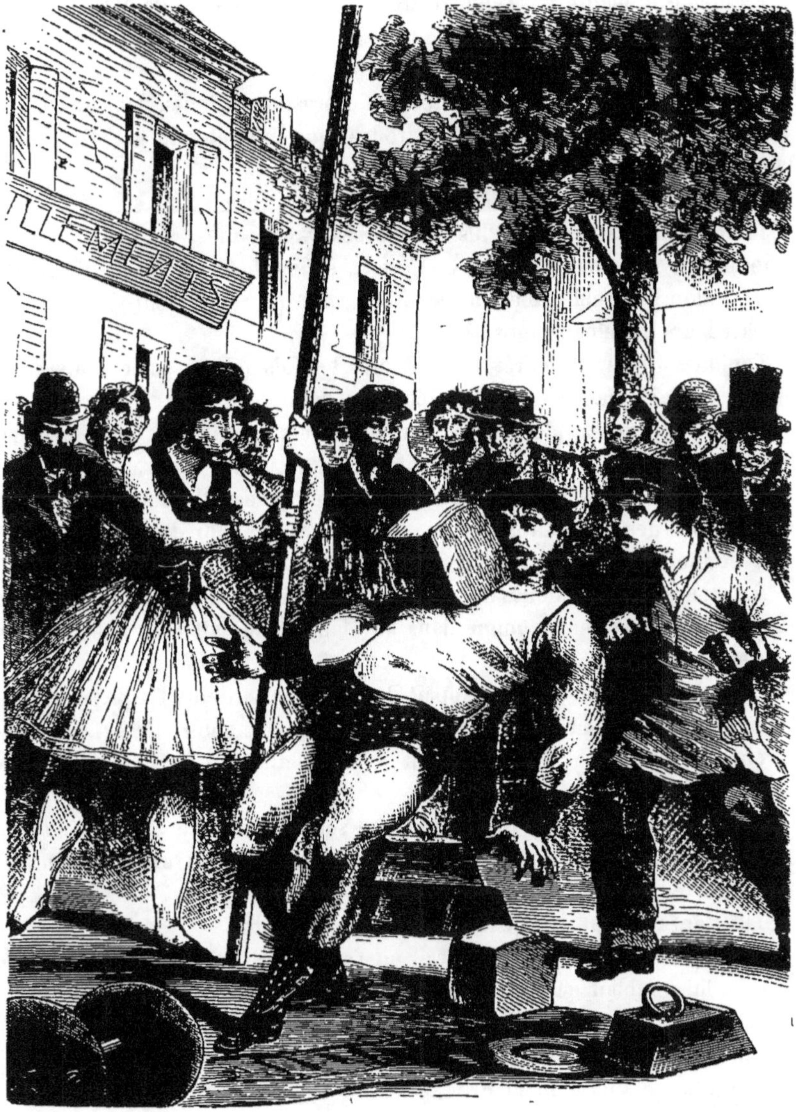

UN DES PAVÉS QUI N'ÉTAIT PAS EN CARTON...

lourdement obèses, ou, au contraire, maigres à rendre des points à des harengs-saurs...

En pleine et plantureuse nourriture, dans le paradis des goinfres, Titi maigrissait ! il se recroquevillait !

Puis, ce n'était rien encore.

Travaillant debout, la tête au-dessus de brasiers ardents, dans un sous-sol à plafond écrasé, Titi commençait à trouver que ce prétendu paradis ressemblait singulièrement à un enfer.

Il restait là toute la journée et le soir jusqu'à minuit.

Jamais une distraction. Plus de courses vagabondes. En vérité, c'était à se demander s'il existait encore un Paris... et les théâtres, les boulevards !... rien... sinon l'éternel roman de ces fourneaux qui semblaient grogner avant d'ouvrir leurs gueules rouges.

Toujours 40 ou 50 degrés !... et, toutes les fois qu'une porte s'ouvrait, un courant glacial venant siffler sur le corps en sueur !

Il arrivait ceci. En plein hiver, Titi se sentait mouillé des pieds à la tête. Le vent passait... et le bas de son pantalon se gelait [1].

Puis, tous ces résidus d'aliments, entassés pêle-mêle dans ces cuisines, produisaient des émanations fades, écœurantes, qui lui donnaient des nausées. Son teint, déjà pâle, s'était cuivré.

Il éprouvait des douleurs dans les intestins, il lui semblait que son estomac fût sans cesse serré comme dans un étau, il toussait avec une espèce de râle sec et cassant...

Le gaz carbonique qui s'échappait des charbons ardents l'asphyxiait.

Et pourtant il était bien traité. Les chefs étaient bons enfants, on riait et on chantait dans ce pandémonium de la victuaille. Mais Titi se sentait mourir.

Si bien qu'un soir, n'y tenant plus, se sentant presque fou, Titi se glissa vers la porte... Il aspira l'air frais, l'air pur. Ce fut une ivresse. La tentation fut trop forte...

Titi s'enfuit, tout droit, sans regarder derrière lui.

Il se croyait bien riche. Il avait quarante-trois francs, gagnés, économisés. Il lui semblait qu'il faisait dans la vie une entrée triomphale.

Et quand il se fut installé dans un mauvais garni. où. pour dix francs, on lui donna un lit impossible et des draps noirâtres, Titr s'écria :

— Enfin, je suis mon maître !...

A ce moment-là, il se sentait de forcé à dominer le monde. Hélas ! ce ne fut pas long ! Cela ne dura pas plus que les trente-trois francs qui lui restaient,

---

1. Ces détails sont rigoureusement exacts. Voir Vinçard, *Les ouvriers de Paris.*

et qu'il jeta un peu — dans sa joie — à travers les joies parisiennes, avec la désinvolture d'un nabab semant les sequins.

Songez donc ! il avait faim ! il mangeait ! C'était une résurrection... mais voici que, grattant sa poche, après une ripaille de gamin, où le flan et le chausson aux pommes avaient joué un premier rôle, Titi s'aperçut qu'il n'y avait plus rien...

Terreur ! mais bah ! l'avenir était à lui...

Et il commença cette folle vie, toute de fatigue et de douleur, qui consiste à chercher pendant toute la journée le morceau de pain du soir...

Il n'avait pas osé retourner chez ceux qu'il avait si délibérément lâchés. Donc il n'avait pas de certificats. Le maçon ne savait pas écrire, et, de plus, ayant été à demi assommé par Titi, il se fût peut-être refusé à certifier que son ancien servant fût un ange de douceur. Et enfin demander un témoignage d'honnêteté à Brouillat ou à Toto n'était point une idée pratique, d'autant qu'ils étaient peut-être au bagne, sinon plus loin.

Titi eut pourtant du courage. Il fit de tout. Par malheur, en 1851, les affaires n'allaient guère. Tout le monde se sentait dans l'attente d'événements graves et terribles. C'était un arrêt général.

On ne prenait pas d'ouvriers nouveaux. Loin de là, on en renvoyait.

Si bien qu'après avoir fait de tout, il ne trouva plus rien à faire. Il aidait... quand il trouvait... les ouvriers des ports, les hommes de peine, les chiffonniers. Puis il se lassait, il en arrivait aux petits métiers qui ne sont que de la mendicité déguisée.

Il ouvrait les portières et tendait la main pour que la jolie dame lui donnât deux sous. Il appelait les bourgeois « mylords ».

Le soir, à la porte des théâtres, il courait après le spectateur qui s'en allait, en lui criant :

— M'sieur, vot' contremarque !

De gamin, il devenait voyou, puis descendait jusqu'à la *gouape* la plus ignoble. Quand il avait quelques sous, il *lézardait* jusqu'à ce que la faim le relançât sur le bitume.

Il vivait avec cette tourbe grouillante qui est comme la boue humaine de Paris ; il voyait ses camarades faire le mouchoir, embobiner un provincial naïf et lui soutirer des monacos, sinon l'enivrer et le voler.

Il n'allait pas jusque-là. Je ne sais quels derniers instincts luttaient encore en lui. Il aimait mieux crever que voler :

— Alors crève, lui disaient les autres.

Et il vit bien qu'il fallait en venir là. Il n'avait plus d'énergie à rien. Il n'avait plus de vêtements, à peine cachait-il sa nudité sous des lambeaux et des loques.

Quand il ne dormait pas — et où dormait-il? partout, dans des chenils infâmes ou dans les carrières de Bagnolet — il perdait tout son temps à louper, n'ayant plus d'énergie à rien, hésitant maintenant, se demandant s'il n'y avait pas quelque limite à franchir pour entrer du connu dans l'inconnu, du vice dans le crime.

Terrible institutrice pour un enfant que la misère!... Il avait des moments de colère folle contre son père qui s'était laissé mourir, contre son frère qu'on avait tué, contre Calertin qui l'avait maudit.

Celui-là, il l'avait cherché ! Mais il n'avait pu mettre la main dessus. Il était seul, bien seul, flambé, décati, fichu !

Avec chaque morceau de semelle qui s'en allait, il perdait un scrupule; par chaque trou qui perçait ses loques, les mauvais conseils passaient jusqu'à son cœur !

Non ! vous n'auriez plus reconnu Titi.

Il avait la voix rauque, la démarche balancée, l'œil insolent, ou plutôt menaçant. Et passant devant les vitrines des changeurs, il levait le poing d'un air de menace.

Un jour, place du Château-d'Eau, il vit qu'un saltimbanque allait commencer ses exercices. C'était un gros homme, un taureau, et avec lui une fille d'une longueur bizarre.

— Tiens ! un bilboquet ! ricana Titi.

Et il se faufila au premier rang, spectacle gratis. C'étaient les vieilles passions qui se réveillaient. Il y avait longtemps qu'il n'avait pu se payer même un paradis à l'Ambigu.

Le gros homme jonglait avec des pavés. A côté de lui, sa fille attendait, tenant une perche.

Et puis voilà que le taureau fit un faux mouvement. Un des pavés — qui n'était pas en carton — lui tomba en plein sur la poitrine. Han ! il y eut un craquement. Le colosse s'effondra.

La foule cria. La fille se jeta sur le corps en criant :

— Papa!...

Titi se sentit tout remué. C'est que, si corrompu qu'il fût maintenant, il y avait toujours dans son cœur un petit coin intact, celui de la bonté.

Il s'élança vers le groupe :

— Il est démoli? demanda-t-il.

— Il respire... il vit...

L'homme fit un effort et murmura :

— J'ai des côtes enfoncées. Lézardine, ramène-moi chez nous.

Titi regarda cette fille que son père appelait Lézardine, et n'eut pas envie de rire. Il pleurait à grosses larmes...

— Il faudrait une voiture... un brancard, sanglotait-elle en se tordant les mains...

Titi ne fit ni une ni deux. Il connaissait près de là un loueur de voitures à bras. Il pria, supplia, offrit sa garantie, sa caution ! on lui prêta une voiture...

Tout fier, faisant bondir les roues sur le pavé, il accourut à toute bricole jusqu'au blessé.

— Collons-le là-dedans, dit-il à Lézardine. Je m'en charge.

Et, aidé par elle, il souleva l'homme qui maintenant s'était affaissé, évanoui. Il était rien lourd... une paille — quoi ! mais enfin, il fut hissé, pelotonné dans la paille...

Titi remit les bricoles de cuir à ses épaules, et cria :

— Hue ! Cocotte !...

Lézardine, portant la perche, marchait à côté.

Quelques-uns des spectateurs de tout à l'heure suivirent pendant quelque temps. Puis, comme on se fatigue vite de s'apitoyer, ils firent demi-tour et partirent à leurs affaires.

— Où qu'on va ? demanda Titi.

— Bien loin... à Batignolles, répondit Lézardine d'un accent navré, car elle craignait d'être abandonnée. Pour tirer la voiture, il fallait lâcher la perche. Et ça coûtait gros.

—Batignolles ! répliqua Titi. Ça me va comme un gant... c'est pas loin de l'Élysée... et j'ai tous les jours affaire chez le président de la République...

Toujours rieur et surtout, peut-être, quand il avait envie de pleurer.

Et il tirait, la tête et les épaules en avant, s'accrochant de ses plantes nues aux pavés ! c'était en novembre. Il avait plu et ça glissait !... vrai, c'était dur ! mais Titi était décidé... il ne lâcherait pas le vieux...

Ce qu'il y eut de raide, ce fut la montée de la rue du Rocher, nom de !... Titi jura comme un soudard. Il s'interpellait comme les charretiers insultent leurs chevaux :

— Eh ! va donc ! rosse ! va donc, carcan !... gibier d'abattoir... bijou d'équarisseur !

Il soufflait, il anhélait... Lézardine, ne tenant plus la perche que d'une main, poussait.

C'était un spectacle curieux, Titi aurait ri en voyant passer ce cortège, Lézardine étant en costume de travail, en sylphide.

On allait rue du Bac-d'Asnières, une sorte de ruelle mal famée où un chat n'aurait pas mis la patte. C'était tout au bout de la rue de Lévis.

Il fallait près de deux heures pour faire le chemin. Vous comprenez, on ne pouvait pas aller aussi vite qu'on aurait voulu, rapport à l'homme qui geignait.

Enfin on arriva. Des voisins donnèrent un coup de main. Le blessé fut étendu sur son grabat. Puis Lézardine et Titi se regardèrent. Il y a des coups d'œil qui équivalent à des questions.

— Pas un rotin? fit Titi.

— Pas le sou ! déclara Lézardine.

Il y eut un silence. Il est des instants où l'on a besoin de se recueillir. Lézardine regardait autour d'elle, interrogeant les murs nus, les coins noirs. A vrai dire, on ne voyait que le vide. Il y avait longtemps que la dernière nippe vendable avait disparu.

Titi regardait lui aussi. Et il sentait, lui montant au cœur et aux lèvres, une effrayante haine contre tous ceux qui étaient riches et heureux. Cette misère et la faim le rendaient furieux, presque féroce. '

— Alors, il faut que nous crevions comme des chiens ! dit encore Lézardine.

— Non, répondit brusquement Titi, quand je devrais...

Il ne dit pas le mot qui lui venait.

Le blessé râlait. C'était atroce.

— Attends! fit Titi.

Et il dégringola l'escalier.

Au moment où il allait franchir la porte de la rue, pour aller on ne sait où, il se heurta à l'inspecteur de police. On était allé au bureau raconter l'accident. Il venait voir.

Titi remonta.

L'agent entra, en faisant la grimace. Cet employé à quinze cents francs méprisait souverainement le bouge.

Il interrogea durement, comme il sied quand on parle à des misérables. Le sang de Titi bouillait :

C'était une vraie enquête. Quand on a eu un malheur, il faut donner des détails positifs.

Qu'il eût des côtes enfoncées, une épaule brisée, cela n'empêchait pas les formalités. Quel était son nom? D'où venait-il? Il faisait le métier de saltimbanque. Il devait avoir une permission. Où était-elle?

Quand il l'eut entre les mains, il l'épela.

L'homme s'appelait Bourassan, Pierre-Charles. Il était né aux Andelys; il n'avait obtenu sa permission que deux ans auparavant. Pourquoi?

Il fallut avouer. Il avait eu un malheur. C'était un ouvrier maréchal-ferrant. Dans une rixe, il avait tué un homme, et avait été condamné à dix ans de réclusion. Il avait *viré* six ans et avait été gracié du reste.

Seulement sa femme était morte et sa fille était à la mendicité... et même à pis que cela. Ils avaient cherché un métier. Ils avaient pris le métier de saltimbanques...

— Joli métier! fit l'inspecteur en ricanant.

— Fallait peut-être entrer dans le régiment des ministres! grommela Titi qui se tenait à quatre pour ne pas envoyer *dinguer* le bonhomme...

Celui-ci le regarda de travers. Encore de la graine de vagabond?

Enfin, il fut dit que le lendemain matin le médecin de la bienfaisance viendrait examiner l'état de l'homme et l'enverrait à l'hôpital, s'il y avait lieu.

Qu'on le sache bien! Cet agent n'était pas plus mauvais qu'un autre. Il disait ces monstruosités avec le plus parfait sang-froid.

Pour la police, un repris de justice n'est plus un être comme les autres. Il a payé sa dette, mais il redoit toujours et quand même.

Lézardine — qui s'appelait Louise Bourassan — essaya de lui persuader qu'il fallait se hâter, que le père pouvait passer dans la nuit

C'était fâcheux! mais pas moyen de faire autrement...

Et il sortit.

Lézardine dit à Titi :

— Eh bien! va-t'en, toi? nous mourrons bien tout seuls! — d'abord j'en ai assez! on me fera bien crédit dé quatre sous de charbon...

Elle avait des lueurs dans les yeux. Le désespoir la faisait moins laide.

— Moi aussi, j'en ai assez, cria Titi.

— Je ne sais pas ce que tu as souffert, petit, reprit Lézardine. Mais vois-tu, des fatigues et du mépris et pas de pain à manger... ça n'est plus possible!... ah! sans lui...

Et elle montrait son père.

— J'aurais bien trouvé, parbleu!... il y en a de plus laides que moi qui mangent.

— Mais tu n'es pas laide! dit Titi...

Elle se mit à rire, comme on rit quand on souffre.

— C'est pas le moment de me faire la cour, va!

Titi avait de grandes hésitations. Tout à l'heure, quand il était descendu la première fois, il était bien décidé... à quoi? à tout!... on l'avait fait remonter... ça l'avait troublé.

Mais il n'y avait pas à dire... fallait pourtant se mettre quelque chose sous la dent. Tout seul, il aurait bien trouvé quelque camarade qui aurait partagé ses quelques sous avec lui... mais il n'était pas seul!... maintenant Lézardine prenait place dans sa vie. Il ne voulait pas la laisser comme ça... c'était une brave fille!... et puis, et surtout... c'était une femme... et Titi avait seize ans...

Il se décida à sortir de nouveau.

Quand il revint, au bout d'un quart d'heure, il tira de sa poche un morceau de saucisson, des pruneaux et... un morceau de pain. Le pain, il l'avait demandé : le boulanger le lui avait donné.

Le reste!... Titi avait franchi le pas. Et pour qui? pour Lézardine. Il ne voulait pas qu'elle mangeât du pain sec...

Et ils avaient si grand faim, qu'ils oubliaient l'autre qui semblait dormir... à moins qu'il ne fût en train de mourir...

Dans la soirée, ils eurent une chance.

Un chiffonnier qui habitait la maison vint voir le camarade avec lequel souvent il tuait le ver le matin. Les pauvres ont des charités sublimes. Il vida sa poche. Il y avait plus de cinquante sous. Seulement il fit monter deux litres par Titi.

Le malade avait ouvert les yeux. En somme, il était possible qu'il n'eût rien de cassé. Il se plaignait seulement de grandes douleurs dans les reins et les épaules.

— Avale-moi ça, vieux, dit le chiffonnier.

Et on le força à boire du vin. Le saltimbanque s'engourdit et retomba dans sa torpeur.

Le chiffonnier était guilleret. Il lutina Lézardine.

Titi se mit en colère.

Alors le chevalier du crochet les regarda tous les deux, se mit à rire et s'écria :

— Parfait amour! fallait donc le dire!... faut pas vous gêner...

Et il se mit à raconter des histoires égrillardes. Titi regardait Lézardine du coin de l'œil. Elle haussait les épaules et appelait le chiffonnier « vieux polisson ».

Tous trois buvaient; cependant Titi avait été obligé de renoncer bien vite; il avait eu l'estomac si creux que ça lui donnait mal à la tête.

Le chiffonnier, qui avait déjà son compte avant de commencer, fut bientôt rond comme une pomme. Quand il fit tout à fait nuit, il s'en alla.

Lézardine et Titi restèrent seuls, sans chandelle. Il restait dix-huit sous du chiffonnier. Pas de folies possibles!

D'abord ils ne parlèrent pas.

Puis Titi sentit que Lézardine cherchait sa main; il la lui donna bien vite, sentant des frissonnements qui lui donnaient la fièvre.

— Est-ce que tu m'aimeras un peu? dit Lézardine...

Le lendemain, le père fut emporté à l'hôpital. Trois jours après, il était mort. Titi pleura, Lézardine dit seulement :

— Pauvre vieux! après tout... il est plus heureux...

PIGE-MOI UN PEU CE RETRO.

Cependant elle ne voulait plus mourir. Ces créatures ont besoin de s'attacher à quelqu'un... Malheureuses, elles aiment à donner du bonheur... Sans protection, elles aiment à protéger.

Elle garda Titi auprès d'elle. Puis elle fit des prodiges. Comment parvint-elle à trouver quelques sous? Ponson du Terrail aurait écrit ce seul mot : — Mystère!

Bref, une quinzaine passa. On n'avait pas fait grand deuil pour le mort. Évidemment cela ne prouvait pas un grand fonds de sensibilité. Ça s'émousse à la longue. On ripailla. Titi et Lézardine allaient se promener. On riait de lui qui se redressait parce que sa compagne était trop grande.

Mais Lézardine était connue pour bonne fille. On ne les ennuyait pas. Puis, comme il y en avait un qui avait un peu trop *blagué*, Titi avait cogné, et il avait les poings durs.

La vérité, c'est qu'à chaque heure un lambeau de moralité s'en allait : Titi descendait; toutes notions du passé s'effaçaient dans le vague. Il se berçait dans le repos. Quand Lézardine sortait, il l'attendait, à moitié endormi. Si elle était restée trop longtemps dehors, il l'injuriait, la frappait... et ne s'adoucissait que parce qu'elle rapportait de l'argent et qu'elle le partageait avec lui.

Tout a une fin. Le réveil vint. Lézardine avait épuisé toutes ses ressources avouables ou non.

Si bien qu'après être restés quarante-huit heures sans manger, ils eurent l'idée de reprendre le métier... Titi accepta le projet. Ça l'amusait. Il trouverait là matière à gouailleries de pitre... Et après s'être un peu exercés dans la cour de la maison, ils vinrent sur la place des Batignolles...

Et quand Toto Lamuche retrouvait Titi, il le regardait et comprenait à voir cette face étirée, ces yeux creux, ces tempes jaunies, il comprenait que l'éducation du gamin était complète...

V

GARE À LA SÉRIE!

Une heure après leur entrée dans le bouge du vieil Austerlitz, Lézardine et Titi, repus, réconfortés, semblaient déjà faire partie de la maison.

La grande fille dormait dans un coin, sur un matelas que Titi avait étendu lui-même, avec une prévenance charmante. Titi était attablé avec les deux amis, en face d'une bouteille que le mutilé était allé chercher derrière les fagots les plus reculés.

La blessure que Titi avait reçue, lorsque le bout de la perche avait percé le sac de cuir, se réduisait en réalité à une meurtrissure sans importance.

S'il avait cédé sous le poids, c'était surtout à cause de la douloureuse compression exercée tout à coup sur son estomac.

Titi venait de raconter son histoire. Et cela sans bégueulerie. Dès qu'il avait revu Toto, un mauvais sentiment s'était emparé de lui. Il ne voulait plus qu'on le considérât comme un imbécile.

Eh bien! lui aussi avait roulé sa bosse un peu partout.

— Voilà, conclut-il. J'ai mangé de la vache enragée tant que j'ai pu, et maintenant, enragée ou non, je serais bien content d'avoir de la vache tous les jours... J'en ai plein le dos!... il n'y a rien à faire pour les bons garçons dans ce monde... un tas de riches se gobergent... pendant que nous crevons... ça n'est pas à faire! Il y a de bons morceaux... j'en veux! il y a du bon vin, de belles femmes, des spectacles, des voitures, je veux de tout ça... et, tonnerre! on verra si je suis plus bête qu'un autre!

Toto n'avait pas l'air de le regarder, mais il ne perdait rien du jeu de sa physionomie.

Il est à point! se disait-il avec une joie mauvaise.

C'est que Toto haïssait notre gamin. C'était cette antipathie profonde que ressent le criminel pour quiconque garde encore un fonds de probité.

Et il était vrai que, si Toto avait glissé sur la mauvaise pente, il se retenait encore pour ne pas tomber tout à fait.

— T'es pas bête du tout, fit le fils de Lamuche, mais t'as pas assez de confiance dans les amis.

Titi le regarda. Certes, la mise de Toto n'était pas le dernier mot de l'élégance et du bon goût, mais c'était neuf, confortable.

Ça vous avait un chic, une désinvolture.

Pourtant Titi avait un souvenir.

Savez-vous quand il avait vu Toto pour la dernière fois? Voici : un jour de la cuisine où il trimait dur, Titi avait été envoyé à l'office pour donner je ne sais quel renseignement au garçon d'entremets.

La porte de la grande salle était ouverte; Titi aperçut les dorures étincelantes, les lumières se reflétant dans les glaces, les femmes à robes froufroutantes... et dans un groupe, Toto Lamuche vêtu en gandin par le meilleur faiseur, crâne et rieur... Oh! à ce moment-là, il était d'un éblouissant, d'un épatant!

Et en somme aujourd'hui, il y avait dégringolade, c'était clair. Aussi Titi ne put-il s'empêcher de rendre à celui qui l'écrasait de sa pitié un peu de la monnaie de sa pièce :

— Dis donc, Toto, fit-il de sa voix traînarde, est-ce que tu n'as pas eu des malheurs, toi aussi?...

— Moi... non... j'ai toujours boulotté...

— Je t'ai pourtant vu... habillé comme un prince...

— Eh bien! est-ce que tu crois que, pour venir voir les amis, je vais les écraser bêtement... je suis ici en camarade, à la bonne franquette...

Cette explication désappointait Titi qui se sentait envieux :

— Alors t'es toujours riche!...

— Je fais des affaires...

— Qui te rapportent gros?...

— Un peu... je t'affirme... Il y en a de bonnes, il y en a de mauvaises... mais la moyenne!...

Et, sans achever sa phrase, il frappa sur son gousset où tintèrent des pièces de monnaie.

— T'as toujours eu de la veine! fit Titi en pinçant les lèvres.

— Dis donc pas ça!... T'as l'air d'être jaloux!... Si tu avais voulu, est-ce que tu ne serais pas comme moi... avec de l'argent dans tes poches...

Ces mots « si tu avais voulu! » rappelèrent tout à coup à Titi l'horrible scène de la vieille assassinée. Et il frissonna tout entier; mais, réprimant sa répulsion, il dit avec une sorte d'insouciance :

— Il y a des affaires qui ne me vont pas!

Toto éclata de rire en lui donnant une tape sur l'épaule :

— Crétin! je parie que, quand tu t'es sauvé, tu sais?... de là-bas... tu as cru un tas d'histoires...

Titi baissa la tête :

— J'ai vu, dit-il...

— T'as vu... quoi?...

Et se tournant vers Austerlitz, Toto continua toujours riant :

— Faut que je te raconte ça, mon vieux Saboulot. Figure-toi que nous avions déniché une petite opération... un miel. Une espèce de vieille gueuse qui vivait de croûtes de pain et d'eau claire et qui avait dix mille francs dans sa paillasse...

— Vous m'aviez dit que vous faisiez de la contrebande, objecta Titi.

— Laisse-moi donc parler... tu es trop niais, vois-tu!... je crois qu'il n'y aura jamais rien de rien à faire avec toi!... Voyons! écoute et raisonne un peu... si tu peux... Voilà une espèce de mendiante... à quoi que ça lui servait?... elle ne dépensait pas un sou!... Gardait-elle ça pour ses enfants! elle n'en avait pas... Non, c'était pour le soir étaler ses jaunets sur son grabat et puis les compter et les regarder et les baiser... Ah çà! depuis quand que l'argent est fait pour être embrassé comme les jolies filles...

— Ça, c'est vrai que c'était idiot, affirma Saboulot.

— Je dis plus... des gens comme ça c'est des voleurs!

— Oh! fit Titi.

— Oui, des voleurs!... cet argent-là doit rouler, passer de poche en poche... on doit acheter avec, faire aller le commerce... Au lieu de ça, ces filous-là l'enterrent, le cachent... Est-ce qu'ils en ont le droit? pas du tout! Voyons, Titi, est-ce que tu admets, pendant que tu meurs de faim parce que tu n'as pas une mauvaise pièce de deux sous dans ta profonde, qu'il y ait des gens qui couchent sur des billets de banque...

— C'est vrai que c'est pas juste, dit résolument Titi.

— Tu vois bien!... voilà que tu deviens raisonnable! ce que c'est que de comprendre pourtant... eh bien! quoi que nous nous étions dit, le père Brouillat et moi...

— Ah! le père Brouillat en était! fit Saboulot en riant.

— Qu'est-ce qu'il est devenu? demanda Titi qui s'était toujours senti un faible pour le gros homme...

Toto fit une grimace grotesque...

— Il a eu tant de chagrin de ta fuite... qu'il est allé s'enfermer dans un couvent pour dix ans...

Cette fine allusion à une condamnation à dix ans de bagne, récoltée par le digne Brouillat, porta au comble l'hilarité des deux amis.

Titi qui n'avait pas bien compris fit chorus avec eux.

— A sa santé! fit Toto.

Ils burent. Titi questionna :

— Qu'est-ce que vous vous étiez dit... toi et le père Brouillat?...

— Nous avons eu une bonne pensée... c'est le gros qui l'avait trouvée. Comment! qu'il avait fait, voilà un brave garçon — c'était de toi qu'il parlait, Titi — qui gagnerait de l'or s'il pouvait se monter une maison, un atélier, acheter des outils... et il ne se trouvera pas un moyen de l'établir?...

Titi commençait à comprendre qu'on se moquait de lui; il fronça les sourcils.

— Aussi vrai qu'il y a un soleil, reprit gravement Toto c'est les propres paroles du père Brouillat. Tu sais bien qu'il te gobait, cet homme! Donc il disait : Nous ne sommes pas riches! faut lui trouver des fonds. Puisque cette vieille-là a des capitaux, faut les lui emprunter. On pourrait les lui demander; mais elle a un sale caractère, elle refuserait... Nous nous passerons de son consentement. Nous aurons l'argent, Titi s'installera... et quand il aura fait fortune, parbleu! il lui rendra ses monacos...

— Et après? demanda Titi qui avait de grosses gouttes de sueur au front.

— Eh bien! quoi! après? tu sais bien comment que ça s'est joué... Nous croyions que la vieille dormait... pas du tout! la harpie était éveillée... Elle n'a pas voulu...

— Et?

— Nous l'avons un peu bousculée!... elle piaillait... elle allait nous faire pincer...

Titi se dressa, pâle :

Il y a eu du sang!...

Toto se mordit les lèvres :

— Du sang! où que tu as vu ça! c'est pas vrai!... le père Brouillat l'a poussée sur le carré, voilà tout! Fallait peut-être se faire prendre comme des alouettes...

— J'ai vu, dit Titi d'une voix sourde, la vieille femme, couverte de sang rouge, qui tombait à travers l'escalier...

— C'est qu'elle a fait un faux pas, reprit Toto avec impatience. Quant au sang, je te répète que tu avais la berlue... à moins qu'elle ne se soit cognée à la porte!... tant pis pour elle.

Titi était toujours debout les traits contractés.

Une épouvantable lutte se livrait en lui. Il revoyait la scène, il se sentait enveloppé dans le crime et dans l'infamie!...

Et puis, quoi? se sauver... encore!... aller au hasard!... encore, tomber au coin d'une borne, avoir faim, mourir de cette mort lente qui est la torture de chaque jour!...

Il y eut dans sa conscience une sorte d'écroulement.

Il se laissa tomber sur le banc, et, saisissant son verre de sa main crispée, il le tendit avec un geste de défi, en disant :

— A boire!...

Toto eut un sourire effrayant. Enfin Titi se livrait.

— Allons! assez causé, comme ça! reprit-il. Après tout, s'il y a eu un malheur, le mieux est de n'y pas penser... on ne fait pas d'omelette, sans casser des œufs. Voyons, te sens-tu remis?

— Oui, articula Titi avec effort.

— Alors, finissons gaiement la soirée... ta femme dort! A propos, ajouta-t-il en se penchant à l'oreille de Titi, tu sais qu'elle est toc, madame Titi. T'es assez beau garçon pour en avoir de mieux que ça!

Titi prit un air protecteur pour répondre.

— Elle m'aime bien, la pauvre fille!

— Parbleu! je comprends ça! mais ça ne t'empêche pas de t'amuser un peu, tu ne l'auras pas volé, hein? sais-tu jouer au billard?

— Tiens! cette question! fit Titi avec crânerie.

Le fait est qu'il avait quelque peu pratiqué le carambo, dans le cours de sa vie aventureuse

— Eh bien! j'offre un moss... père Saboulot, viens-tu avec nous... tu compteras les points.

— Non, je garde la maison.

— A ton aise... surtout respect à la femme maigre !... les amours de nos amis sont sacrées !...

Titi regarda Lézardine. La pauvre fille, dont le visage était marbré de taches violacées, dormait d'un sommeil lourd... c'était l'épuisement !... Titi eut comme un remords. C'était mal de la quitter... Si elle allait mourir ?

Mais Toto était là qui le couvrait de son œil terne. Est-ce qu'un homme comme Titi devait se laisser mener par les femmes ?

— Va pour le carambo ? dit-il en se dandinant. Es-tu fort ?...

— Hum ! hum !

— Je t'en rends dix de cinquante !...

— Diable ! t'es donc un malin ?...

— Tu verras...

Les deux hommes sortirent. Un instant après, ils étaient installés dans un ignoble estaminet de la rue des Carrières.

Au moment où Toto Crapule entra, des êtres immondes qui se trouvaient là se levèrent en lui tendant la main. Il leur adressa un signe d'intelligence en leur montrant Titi que ces faces patibulaires étonnaient...

— C'est des braves ouvriers ! lui dit Toto à l'oreille. Je fais travailler...

Quel travail ? Titi n'insista pas.

L'atmosphère chaude du cabaret lui monta à la tête. Toto releva sa proposition de bière et offrit d'y aller d'un bishoff. Bravo ! un saladier de vin blanc au kirsch fut apporté. En sentant le parfum empyreumatique de la liqueur, Titi eut je ne sais quel vague souvenir d'une scène qui s'était passée entre lui et Claudia...

Il passa sa main sur son front, saisit une queue de billard et s'écria :

— Allons ! commence ! et gare à la série !

VI

DE LA MISÈRE AU CRIME

A une heure du matin, les deux joueurs sortaient du bouge où ils venaient d'achever la soirée.

Titi avait gagné sur toute la ligne. Ç'avait été une jubilation sans trêve. Il s'était même permis de blaguer fortement son camarade. A chaque coup, c'étaient des :

— Pige-moi un peu ce retro ! un six-bandes ! Hein ! est-ce tapé ? et cette finesse ? Comme un cheveu quoi !

Or, ce que Titi, dont la vue était singulièrement troublée par l'alcool, ne remarquait pas suffisamment, c'est que, la plupart du temps, Toto disait de l'accent le plus désappointé :

— Allons ! bon ! encore un de livré !

Si le fils du serrurier eût été de sang-froid, il eût bien vite remarqué que son adversaire, loin de chercher à gagner, lui faisait à tout instant la partie belle, ratant les carambolages les plus simples, et lui offrant les coups les plus aisés.

Mais Titi avait la fièvre. Tout s'en mêlait, l'ivresse physique et l'ébriété morale. Bien que ses idées ne fussent pas très nettes, il sentait qu'il était sur la pente du mal, et il se répétait le mot des criminels et des Césars :

— Tant pis ! le sort en est jeté !...

Le vice a ses Rubicons. Titi était en train de passer le sien ; mieux que cela, il prenait son élan pour sauter à pieds joints sur l'autre rive... où le poteau d'infamie allait marquer sa route...

Étant dehors, saisi par l'air froid de la nuit, Titi chancelait. Il ne résistait plus. Toto, complaisant, le soutenait, et le fils Rabolet hoquetait des phrases cyniques :

— J'ai-t-y rigolé !... à bas la dèche ! vive le bon temps !... n...i... ni, c'est fini !... je veux devenir un mirliflor... de la morale ! n'en faut plus !... à nous la noce à mort !

Toto parlait peu. Il avait le tempérament solide, était calme et ne se livrait pas encore. Il n'était pas assez sûr de Titi. Il fallait encore que le malheur, que le désespoir poussassent le gamin en avant.

Et, dans sa tête, il cherchait un moyen d'appuyer sur la plaie saignante de façon à le faire crier :

Le hasard allait le servir.

Ils revenaient vers le passage Saint-Pierre. Toto ne voulait pas lâcher son compagnon ; il passerait la nuit avec lui. D'ailleurs Titi, d'une voix pleurarde, le suppliait de ne point s'en aller. Il lui répétait cent fois :

— Toto, t'es mon ami, pas vrai !... quant à moi, ton ami... à la vie, à la mort ! ne me quitte pas...

Comme ils étaient en vue du cabaret du père Saboulot, ils entendirent des cris... C'était comme un aboiement, quelque chose de rauque, de sinistre...

Titi frissonna. Toto écouta ; puis il frappa à la porte qui s'ouvrit aussitôt...

Et le mutilé, qui n'était pas couché, s'écria :

— Ah ! vous voilà ! c'est pas malheureux !...

— Que se passe-t-il donc ?

— Eh ! c'est cette satanée femme qui est en train de passer... et qui hurle à ameuter la police...

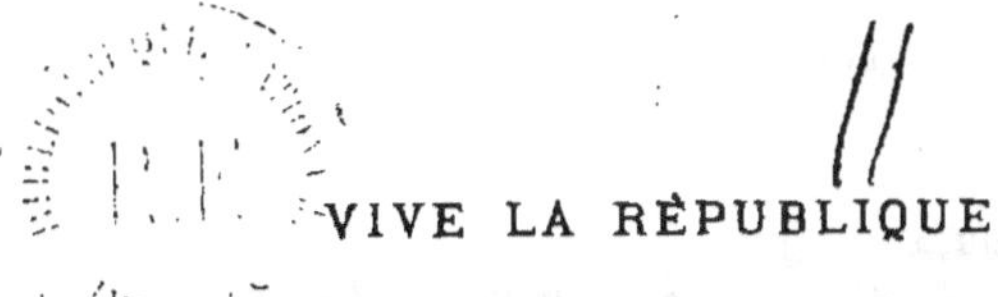

TITI! JE MEURS.

Un nouveau cri éclata, sauvage, effrayant...

Et, à la lueur de la chandelle jaunâtre, Titi aperçut Lézardine...

Elle était debout, appuyée contre le mur. Son corsage était arraché, sa jupe en lambeaux... les yeux vitreux, la bouche ouverte et convulsée, ayant le masque hideux de l'agonie poignante. La pauvre fille tendait les mains en avant, crispant ses ongles comme si elle eût voulu s'accrocher à quelque appui invisible...

Puis, tout à coup, elle les ramenait sur sa poitrine qu'elle déchirait avec une rage telle que la peau saignait, et elle criait :

— Ah !... je souffre !... du feu !... ça brûle !... malédiction... j'ai quelque-que chose de brisé dans la poitrine ! Heu ! heu !... à boire ! non... je ne veux pas !... mourir... je vais mourir !...

Et, à ce mot, se tordant les bras avec un geste d'inexprimable désespoir :

— Je ne voudrais pas !... Qu'on me sauve ! qu'on me guérisse !... Ah !... c'est atroce !...

Et elle s'affaissa... se traînant sur ses genoux, râlant, s'accrochant aux tables...

Titi, livide, ayant au cerveau l'ivresse bouillonnante, ne la voyant qu'à travers un voile de sang... et il était saisi par une épouvante sans nom, comme si devant lui se fût dressée quelque apparition fantastique...

Elle se taisait maintenant, ses poumons sifflaient comme des soufflets de forge...

— Qu'est-il donc arrivé ? demanda Toto, tandis que l'autre, hagard, tombait sur un banc et avait un balancement de fou...

— Voilà ! dit le père Austerlitz. Il y a comme qui dirait une heure que ça lui a pris. Bien sûr que quand elle est tombée, elle s'est cassé quelque chose dans le coffre... je croyais qu'elle dormait... et moi je roupillais, là, en vous attendant, ce qui commençait fameusement à m'ennuyer... et puis, v'là qu'elle a poussé un cri... Avant que j'aie pu l'en empêcher, elle a sauté sur ses pieds... Se tordant, se dressant, vrai ! on eût dit qu'elle était empoisonnée !... et v'là la fin ! bien sûr qu'elle va passer l'arme à gauche...

Dans sa chute, la malheureuse avait subi une lésion intérieure, dans la région de l'estomac... et le travail de la digestion la tuait au milieu d'épouvantables tortures...

Toto gardait le silence. Ceci l'ennuyait. Il avait compté sur la misère de cette fille pour accroître celle de Titi... elle allait mourir. C'était un atout de moins dans son jeu...

Quant au gamin, il avait laissé tomber sa tête sur sa poitrine... Ses mains tremblaient comme celles des buveurs d'absinthe...

Tout à coup Lézardine cria :

— Titi, viens ici !

Il leva la tête, secoué par une commotion... Elle s'était à demi relevée et, de sa main longue, elle l'appelait en répétant son nom...

— Viens donc, dépêche-toi !

Il se leva en s'appuyant à la table... ses jambes se dérobaient sous lui, et, quand il fut près d'elle, elle lui saisit la main et, l'attirant, elle le força à s'agenouiller auprès d'elle... Lui, avec une terreur désespérée, il fixait ses yeux sur ses yeux qui s'agrandissaient...

Elle appuya ses lèvres sur ses oreilles :

— Écoute, dit-elle. Je m'en vais !... ça me fait de la peine !... parce que tu es un bon garçon !... Vois-tu, le jour où tu es allé voler pour me donner à manger, je me suis dit : Qu'il me batte ! qu'il me tue s'il veut... ça n'est pas toi qui m'as tuée ! c'est le malheur ?... c'est la fin !... ça m'ennuie de dégringoler... mais tant pis ! Seulement ce qui me désole... c'est que tu vas être tout seul, et qu'est-ce que tu vas devenir ?... Je n'ai rien à te laisser... tu prendrais mes quatre nippes que tu n'en tirerais pas dix sous... La dernière fois que je suis allée au Mont-de-Piété, on m'a refusé... parce qu'on ne prête pas moins de trois francs... C'est drôle, tout de même, quand avec cinq sous on empêcherait un pauvre chien de crever !...

Elle s'arrêta. Ses idées se troublaient. Elle ne savait plus au juste pourquoi elle voulait parler à Titi :

— Ah ! oui... je sais !... viens plus près !... que je te parle tout bas !... tout à l'heure... on croyait que je dormais... c'est pas vrai !... j'ai entendu !... T'as retrouvé un camarade qui voudra te faire faire des mauvaises choses ! Titi, prends garde !... tu sais que père était allé au bagne... pauvre homme !... il m'a dit ce qu'il y avait souffert... n'y va pas ! Ça me ferait pleurer sous terre.

Elle eut un sanglot :

— Et pourtant... je ne voudrais pas non plus que tu meures de faim... Ah comme j'ai mal ! vois-tu, c'est d'avoir eu trop faim... Ce que j'ai mangé me crève l'estomac. Ça n'est pas que ton ami ait l'air méchant... c'est possible qu'il t'aime bien, jamais autant que je t'aimais pourtant !... Si tu n'as pas d'autre moyen... et il n'y en a pas pour nous autres... fais comme lui... mais sois prudent, ne te risque pas.

Elle fut obligée de s'arrêter. La douleur reprenait ses droits, plus lancinante, plus dure.

Et, dans cette agonie, elle suivait sa pensée, mais maintenant avec une sorte de colère.

— Avec ça que ça sert à quelque chose d'être honnête ! j'ai jamais volé, moi ! je n'en crève pas moins ! De la vertu, c'est pas malin d'en avoir... avec de l'argent autour !... Ah ! malédiction !... Ces gueux qui sont riches, oui c'est pain béni de leur reprendre ce qu'ils ont de trop!... Si je revenais à la vie, il me semble que je me vengerais... sur le monde... de ce que j'ai enduré!... Titi!... ta main!... Titi, je meurs! au secours! à moi! Heu! venge-moi!

Elle eut une hideuse convulsion. De ses bras crispés elle saisit Titi par le milieu du corps, puis, par une contraction suprême, elle s'enroula autour de lui, poussa un dernier râle qui n'avait plus rien d'humain... et tomba, en l'entraînant à terre...

Lié à ce cadavre, il cria, lui aussi.

Toto s'était élancé vers lui...

— Ami... elle m'emporte! elle m'entraîne! grinçait le malheureux dont les dents claquaient...

Lamuche le dégagea. Le cadavre, perdant l'équilibre, s'écroula sur le sol. C'était chose horrible que ce corps à peine vêtu, sur lequel brillaient encore à la clarté de la chandelle les paillettes du saltimbanque...

Le père Saboulot lui-même était atterré, le vieux chauffeur!

Titi tremblait de tous ses membres. Il aurait voulu pleurer, il ne pouvait pas.

Toto de sa voix criarde lui disait à l'oreille :

— Tu vois bien! Elle l'a dit, la pauvre fille! voilà à quoi ça sert d'être honnête!... Elle n'a jamais volé!... mais qui est-ce qui lui a donné de quoi vivre?... Il a fallu qu'elle se tuât le tempérament... c'était une belle fille. La misère l'a étranglée... comme elle t'étranglera!...

Titi n'écoutait pas, mais il entendait. C'était comme si un écho d'enfer eût résonné jusqu'à lui...

— Seulement... elle a raison, il faut être prudent!... parbleu! c'est la guerre!... On se bat pour manger, voilà tout!... faut pas se laisser prendre!... Est-ce que tu voudrais mourir comme ça... une nuit... après avoir travaillé d'arrache-pied pour gagner à peine de quoi crever de faim... elle te l'a bien dit aussi... je suis ton ami!... est-ce que je me suis fait prendre, moi!... je connais les bons trucs... va... et puis j'ai un tas de camarades qui m'obéissent...

Il avait pris la main de Titi et la serrait :

— Et puis ça n'a qu'un temps... on fait sa pelote... ça n'est pas bien long... et alors, on ne doit plus rien à personne... On a de l'argent dans ses poches... et on s'amuse, et on boit et on mange... tous les jours... Allons! Titi! est-ce dit? Veux-tu être mon associé?... dis oui!... et je te donne tout de suite de l'argent... Tiens, j'en ai... vois...

Et le misérable plongeant sa main dans sa poche tira quelques pièces d'or qu'il plaça sous les yeux de Titi!...

Celui-ci eut un frémissement... ses yeux jetèrent un éclair... Il étendit la main et dit d'une voix rauque :

— Donne !... Il me faut bien de l'argent pour la faire enterrer...

VII

ACCALMIE

Malgré soi et si fidèle historien qu'on prétende rester, on se sent saisi de je ne sais quelle fatigue, d'une sorte d'invincible dégoût à rester dans ces égouts où la misère et le crime se mêlent comme les eaux noires qui roulent cachées sous les fondations des villes...

Entre Toto Lamuche, criminel endurci qui a perdu toute pudeur et le malheureux Titi qui peu à peu sent toute honnêteté s'échapper de sa conscience, comme d'un vase que les chocs du hasard auraient brisé, entre les misérables comme Lézardine et les monstruosités sociales comme le vieil Austerlitz, qu'il nous soit permis de glisser une pure et chaste figure !

Tenez, ceci rafraîchit le cœur, de voir cette petite chambre, tout en haut d'une grande maison, sous les toits, mais éclairée à plein par le soleil qui, même en ces tristes jours de novembre, a, vers ces hauteurs, des clartés qui ressemblent à des sourires.

Il est sept heures du matin.

La fenêtre est ouverte. C'est d'une élévation superbe, rue Berthe, à Montmartre. La maison regarde Paris, de toutes ses fenêtres qui sont comme de grands yeux carrés, Paris qui peu à peu émerge de la brume du matin, caressé par une brise d'aurore.

La grande ville paraît toute blanche. Elle a des grâces de vierge, l'hypocrite : et vue de si loin, elle semble une fée qui entr'ouvre ses voiles de gaze.

Elle n'est pas encore bruit : à peine rumeur, presque murmure. La machine immense n'est pas encore en marche, les engrenages n'ont point commencé leur travail de morsure, qui déchirera tout à l'heure des membres et des consciences. A mesure que la buée s'écarte, on dirait que la belle s'étire. Elle reste encore étendue, paresseuse, ensommeillée.

Or à cette fenêtre dont je parle, que nul ne distinguerait d'en bas, mais d'où l'œil émerveillé embrasse le colossal panorama, une jeune fille était appuyée, le regard perdu dans le vide, accoudée à une de ces caisses de bois peint que les sergents de ville surveillent impitoyablement, comme si les pauvres fleurs qui sourient là-haut avaient des allures de suspect.

Elle était vêtue de noir ; un léger bonnet de crêpe couvrait ses cheveux blonds simplement ramenés en arrière par le peigne qui avait peine à les contenir.

C'était un blanc et pâle visage d'une finesse, d'une grâce, d'un charme pénétrant ! Quel âge ? seize ans peut-être, peut-être dix-huit. C'était la pureté de l'enfant, mais dans l'œil à demi-caché sous les longs cils, comme une pierre précieuse que voilerait une plume d'oiseau, il y avait une langueur douloureuse qui était de la femme...

Elle regardait... où donc ! Certes elle ne voyait pas la ville. Sa pensée était ailleurs, plus loin peut-être, dans un monde de souvenirs, de regrets...

Oui, de regrets ! Car voici que soudain une larme trembla au coin de sa paupière, brillante au rayon du matin qui s'y reflétait.

La larme tomba sur sa petite main ; elle tressaillit, comme si elle eût été surprise. Ignorait-elle donc qu'elle pleurait !

A ce moment, elle entendit sans doute quelque bruit, car elle se rejeta vivement en arrière, passa sa main sur ses yeux et s'écarta de la fenêtre.

La chambre était tendue de perse grise, à ramages bleus, simplicité coquette, mais un peu triste. On devinait à voir cette pièce trop bien rangée, sans un seul de ces ornements qui égayent l'étoffe nue, sans un ruban à coques provoquantes, on devinait, disons-nous, que souvent on pleurait là.

Sur une table, des travaux d'aiguille ; sur la cheminée, où se voyait un cartel modeste, un livre. Titre : *les Rayons et les Ombres*.

Accroché au mur, un cadre entourant une aquarelle, habilement teintée et représentant un jeune homme, brun, au visage intelligent, aux yeux honnêtes.

Puis au-dessous, comme un emblème de douleur, d'abandon de soi-même, un pinceau brisé, celui-là même sans doute qui avait donné à cette intéressante figure la dernière touche.

Une voix venait de s'élever de la pièce voisine :

— Fillette ! quelle heure ?...

— Père, il est sept heures !

— Sept heures ! et tu me laisses dormir ! s'écria la voix qui était rude, mais sonnait la bonté et la franchise. Petite malheureuse ! tu vas me faire manquer mon rendez-vous !...

— Mais non, père, puisque vous m'avez dit que ce n'est que pour huit heures !

— Bon ! je me lève ! et je vais me dépêcher pour avoir encore un peu de temps pour vous gronder.

— Oh ! je n'ai pas peur !

Et, souriant, la jeune fille passa dans une petite cuisine où, sur un feu clair, chauffait un bol de lait.

Elle le prit, l'apporta dans sa chambre, écarta son ouvrage pour le poser sur la table; puis, s'approchant de la cheminée, elle se regarda dans la glace.

Au même instant la porte s'ouvrit... et le père entra.

Il vit dans la glace le visage de sa fille et s'écria :

— C'est cela! tu as encore pleuré! et tu ne veux pas que je te gronde?

Elle alla passer ses bras autour de son cou et lui tendant son front :

— Hélas! père, est-ce que je puis oublier?

— Je ne te dis pas d'oublier, chère fille. Mais cela me peine de voir que ton chagrin ne se calme pas.

Elle étendit la main vers le portrait :

— Il était si bon... si doux!...

— Et tu l'aimais tant!... et tu avais raison!

Puis se reprenant tout à coup :

— Mais d'abord je ne veux pas que tu continues à parler de notre pauvre Jean Rabolet au passé... Est-ce que tu sais seulement s'il n'est pas vivant?...

Marie Calertin — le lecteur l'a déjà reconnue, ainsi que le charpentier, son père — hocha tristement la tête :

— Vous savez bien qu'il n'y a plus d'espoir...

— Je ne sais pas cela du tout... pour qu'un homme soit mort, il faut qu'il y ait un acte de décès. Où est le sien? je l'ai cherché partout et n'ai rien trouvé...

— Oh! père... en ces jours terribles, tu m'as dit toi-même cent fois qu'il se commettait bien des erreurs...

Calertin jugea sans doute inutile de continuer la discussion.

— Enfin j'ai mon idée... moi... mais ce n'est pas de cela qu'il s'agit en ce moment... mon déjeuner est prêt?

— Voici, père... .

— Oh! je sais bien que tu ne me fais jamais attendre, dit le père en jetant à Marie un bon regard. Tu es bien la meilleure et la plus charmante fille!

— Tu me gâtes trop!

— Comment! je te gâte, moi?... quand je me fais servir comme un pacha...

— Cela me rend si heureuse... j'aime tant à ce que vous trouviez votre intérieur agréable...

— Et tu y réussis, va. Et je se serais tout à fait heureux si j'avais encore l'ami d'autrefois..

— Ce bon M. Rabolet...

— Oui! c'était un cœur d'or... et un honnête homme! quelles bonnes causeries nous avions ensemble... et puis il savait tout, et si je lui parlais charpenterie, il me donnait un tas d'idées... mais vois-tu, fillette, si quelquefois tu me vois triste, c'est que j'ai un remords...

— Vous, mon père !

— Oui, je n'ai pas tenu la parole donnée à un mourant... pauvre Rabolet ! il m'avait dit de veiller sur Titi... et moi... dans un moment de folie, alors que je te croyais morte, je l'ai chassé... je l'ai maudit... Qu'est-il devenu ?

— Vous n'avez jamais pu obtenir aucun renseignement...

— J'ai bien cherché pourtant ! mais j'étais trop longtemps resté loin de Paris... quand on m'a expulsé !... quelle singulière chose tout de même !... Certes je suis bon républicain... mais je ne m'étais mêlé en rien des dernières affaires... Pourquoi s'en est-on pris à moi ?... On m'a dit que j'avais été dénoncé... par qui ? est-ce que j'avais des ennemis ? Enfin j'ai pu gagner tout de même ma vie et t'empêcher d'être trop malheureuse !... puis on m'a autorisé à revenir à Paris. Je n'ai pas eu de cesse que je n'aie mis la main sur le gamin ! Ouiche ! ça glisse... ça file !... bref nulle part je n'ai rien su...

— Vous verrez qu'un jour le hasard vous mettra en face de lui !

— Je le souhaite ! mais a-t-il pris la bonne ou la mauvaise voie ? Ça n'est pas méchant, ces gamins-là, ça a tant de malice...

— Titi a bon cœur...

— Je le crois... et c'est ce qui me donne de l'espoir... je serais bien heureux de le retrouver bon ouvrier... et de pouvoir lui remettre les papiers que son père m'a légués... Tu les as bien serrés, n'est-ce pas ?

— Soyez sans crainte...

Le père Calertin avait achevé son modeste repas. Il se leva.

Sept heures et demie, j'ai le temps d'arriver à huit heures... et il y a là une importante question de travail. Seulement j'avoue qu'il s'agit d'un particulier que je n'aime guère...

— Qui donc, père ?

— Un certain M. Lamuche... tu dois te souvenir de lui... il fut dans le temps assez lié avec notre vieux Rabolet...

Marie réfléchissait et gardait le silence :

— Qu'as-tu donc, mon enfant ? demanda le charpentier :

— Ecoute, père. Je me rappelle en effet ce Lamuche... Dis-moi, est-ce que ce n'est pas lui qui as mis M. Rabolet en relation avec... cet homme qui était notre voisin dans la rue Perdue...

— Et qui l'a exploité... à telles enseignes que j'ai toujours cru qu'il était pour quelque chose dans la mort de notre ami... Tu veux parler de Trassard ?...

Marie eut peine à réprimer un tressaillement.

— En effet... père...

— Mais, tu pâlis ! on dirait que ce nom te fait un effet d'effroi ?

Marie se remit promptement. Il est des secrets d'infamie qu'une fille chaste ne dévoile pas, par respect d'elle-même.

— LE PÈRE TRASSARD! JE NE M'ÉTAIS DONC PAS TROMPÉ.

Quand le père Calertin l'avait arrachée aux flammes, il s'était étonné qu'elle n'eût pas tenté de fuir par l'escalier. Mais elle avait su tromper sa vigilance, et il n'avait rien deviné.

Pour un peu, le nom du misérable, tout à coup évoqué, l'eût forcée de se trahir. Mais, reprenant son sang-froid :

— Avez-vous oublié, père, qu'il a été cause en grande partie de l'arrestation de mon bon et regretté Jean ?

— Ça, c'est vrai ! c'était un vil gredin et un lâche !

— Êtes-vous sûr que ce Lamuche avec lequel vous êtes en pourparlers ne soit plus en relations avec cet homme ?

— Pour ça, je n'en sais rien... je n'en ai pas entendu parler. Du reste, aujourd'hui, je ne dois pas voir M. Lamuche lui-même, mais son intendant, une sorte d'homme d'affaires. M. Lamuche est devenu un gros personnage, banquier, entrepreneur, usinier, que sais-je ! et il s'agit de travaux très importants pour une fabrique qu'il commandite, à la Villette... Sais-tu que ce serait pour moi, pour toi, quelque chose comme six mille francs à gagner.

— Ah ! si cela pouvait réussir et vous permettre de vous reposer un peu... car, vrai ! vous travaillez trop !

— Bah ! j'ai le bras et le cœur solides ! et puis, tu ne sais pas, chère fille, je rougis quelquefois à te voir dans ce pauvre petit logement... toi qui...

Il s'arrêta tout à coup, comme s'il se sentait soudain entraîné trop loin...

— Avec vous, dit Marie en l'embrassant, je trouve que ma petite chambre est un palais.

— Un palais où l'on pleure ! fit Calertin. Ah ! bonté du ciel ! faut-il qu'il y ait de méchantes gens au monde... une fille comme Marie dans une mansarde !... Les misérables !...

Puis, comme s'il eût eu hâte de s'arracher aux peines qui le poignaient, il serra Marie contre sa robuste poitrine et s'élança dehors.

— Oui, je suis heureuse, murmura Marie. Et pourtant je pleure... je pleure l'absent !

Et elle reprit son ouvrage qu'elle avait tant de fois déjà mouillé de ses larmes.

VIII

FILOUS DORÉS

Je ne doute pas un seul instant que parmi les lecteurs qui veulent bien « m'honorer de leur confiance » il n'y en ait beaucoup — la majorité, devrais-je dire — qui aient des fonds à placer.

Nous sommes tous plus ou moins millionnaires. Et nous nous mettons, n'est-il pas vrai, à la recherche d'excellentes affaires qui décupleront nos capitaux en quelques semaines sans aucun travail...

C'est la folie universelle. Ne rien faire et gagner beaucoup. Or à cette passion une autre répond. C'est justice.

Elle a pour principe le fameux mot de Dumas fils :

— Les affaires, c'est l'argent des autres.

Ceux qui ont inventé cet axiôme se sont dit :

— Voici une collection de niais qui supposent que, sans effort personnel, ils peuvent devenir des Crésus ; nous allons leur prouver que la chose est possible. Du théorème, ils nous fourniront eux-mêmes la démonstration. Car ce sont leurs capitaux que nous empocherons.

Puissamment raisonné. En effet, il y a quelque trente ans, tout travailleur qui avait économisé quelques billets de mille francs fut tenté par les hameçons de ces pêcheurs en eau dorée.

Les millions s'éparpillèrent en actions de cinq cents francs.

Pour organiser les affaires les plus colossales, il n'était plus nécessaire de disposer de la banque des Rothschild. C'était bien plus simple. On faisait appel aux petits capitalistes. Les trésors de Golconde se débitaient par portions, comme un simple fromage de Brie.

Si bien que quiconque possédait quelques sous mettait ses cinq cents francs dans la société par actions, comme leurs pères — laissez-moi vous le dire — plaçaient leur argent sur un quine à la loterie.

Si l'homme avait par hasard la franchise d'avouer ses petitesses, combien d'actionnaires reconnaîtraient qu'ils ont eu la pensée de conquérir — grâce au hasard — un bénéfice de mille pour cent...

C'était un enfantillage — qui a coûté bien cher à quelques-uns, mais dont les spéculateurs ont fait leur profit.

En 1848, il y eut la loterie des lingots d'or, énorme escroquerie organisée par les bonapartistes. En 1851, il y eut cent affaires au premier rang desquelles brillait la banque L... de Landogne.

Le conseil d'administration s'étalait, splendide, sur les prospectus. A côté de quelques noms appartenant à la noblesse interlope, mais réelle, entre autres celui de M. le duc de Courtraige, on rencontrait des marquis de Naunay (Nièvre), des comtes de Chavanaz (Haute-Savoie) des barons de Fabrègues (Hérault).

C'était superbe, imposant. Toute l'histoire de France semblait défiler derrière le comptoir de ces escamoteurs en chambre.

L. de Landogne (Puy-de-Dôme) n'était autre que l'infâme Lamuche, né dans la localité en question.

Il avait changé de nom. Lamuche ! est-ce que cela soune suffisamment ? mais de... Landogne !... cela vous a un parfum de vieille aristocratie...

Et quels prospectus :

SOCIÉTÉ GÉNÉRALE

DES MOTEURS MÉCANIQUES

Le boniment était un chef d'œuvre. Nous en donnons un extrait :

« Il est temps, disait le banquiste, de prendre la nature corps à corps, de prouver aux éléments que l'homme est leur maître.

« Grâce aux découvertes modernes, à la science des Lavoisier et des Geoffroy Saint-Hilaire, il n'est plus de secrets pour le chercheur. L'air, l'eau, le feu sont devenus nos esclaves.

« C'est la lutte grandiose de l'intelligence contre la matière.

« C'est la victoire remportée enfin par les conquêtes de l'esprit moderne...

« C'est-à-dire par le moteur à air comprimé, sans électricité, sans vapeur, force essentiellement mécanique, etc. »

La société L. de Landogne se déclarait prête à organiser en France deux cents usines qui écraseraient la production étrangère.

Le mot d'ordre était : Pas de frais !

Seulement comme entrée de jeu, il fallait un capital de dix-huit millions...

Quant aux bénéfices, l'arithmétique devait se déclarer impuissante à les dénombrer :

« Nous ne fixons aucun chiffre, disait le prospectus, qu'il nous suffise de déclarer que, sous l'action du soleil, le grain de blé produit une moisson... »

« La société des moteurs mécaniques est le Soleil. Au public, à jeter les grains de blé. »

Et quel local ! Ceci était la merveille du genre. Rue Laffitte, justement en face de la maison des Rothschild, la société en question avait acheté — ou loué (ceci ne nous regarde pas) une maison entière.

Au rez-de-chaussée, les caisses (il y en avait dix-sept), la comptabilité (dont le meuble principal était un indicateur de chemins de fer) et le contentieux.

Au premier, la direction, le secrétariat général et la salle du Conseil d'administration.

Au second, la correspondance, le service des titres...

Au troisième, les bureaux du matériel et de l'exploitation et le cabinet de l'ingénieur en chef.

Voilà. Avec cela, commandez à un sculpteur la statue en pied de l'article 408 du code pénal, posez-la sur un piédestal en pleine façade...

Et vous avez la représentation exacte de la maison L. de Landogne et Cᵢᵉ...

A vrai dire, depuis quelques mois, il régnait dans les régions officielles de la maison L. de Landogne et Cᵉ une certaine inquiétude, — comment dirions-nous ? — un malaise.

Les benêts qui avaient apporté leur argent commençaient à s'impatienter. Devant les guichets, venaient de temps à autre se poser des gens qui commençaient par placer leurs cannes sur les planchettes de bois et demandaient si, oui ou non, on se f...ichait d'eux.

— Et ces usines ! et ces fabriques ! où ? quand ? comment ?...

Terribles questions auxquelles les employés répondaient par des paroles melliflues, mais peu concluantes.

Le fait est que le sieur Lamuche (qui pour nous n'est guère de Landogne que par son extrait de naissance) était comme l'on dit... au bout de son rouleau.

Il avait épuisé, dans ses circulaires, dans sa correspondance, tous les dithyrambes...

On sait ce que c'est que le vol au poivrier. On y enivre un homme, puis on fouille dans ses poches, et l'on s'enfuit après.

Il avait bien soûlé ses actionnaires. Il avait barboté leurs *profondes*, mais l'heure du réveil venait, et ils étaient tout prêts à crier à la garde...

D'où cette pensée :

— Il faut donner à ces appétits furieux une pâture quelconque.

Sur les capitaux récoltés — grapillés plutôt — L. de Landogne avait tout à coup payé un dividende...

Qui ne lui avait pas coûté cher d'ailleurs, puisqu'il était pris sur le fonds social.

Puis il avait raisonné ainsi :

— Puisque ces impatients réclament la construction de cent usines, il est un moyen de les satisfaire... Nous allons leur en monter une.

La première règle était de ne la placer ni dans les Vosges, ni dans la Brie, ni en Auvergne, ni dans les Pyrénées, mais tout près de Paris.

Paris est tout puissant. Quand Paris dit :

— J'ai vu remuer un moellon...

La province rêve la construction d'une ville.

Le père de Toto n'ignorait pas ces règles élémentaires.

Si bien que, sur sa proposition, le conseil d'administration — moyennant un jeton de présence de quarante francs — décida la construction d'une usine à la Villette, pour la mise en pratique du nouveau moteur à air comprimé sur lequel était basé tout l'avenir de la Société.

Il est bon de dire que les actionnaires n'avaient encore versé que le quart de leurs actions et que le second appel de fonds échéait au quinze décembre.

Il convenait donc de se hâter.

On avait acquis à vil prix des terrains sur la route d'Allemagne. Maintenant le plus pressé, c'était d'y mettre des ouvriers. Le nombre n'importait pas. On ne saura jamais l'influence qu'exerce sur l'actionnaire un ouvrier qui pousse une brouette. Pascal qui l'a inventée n'avait pas prévu cela.

On était à la fin de novembre. Il n'y avait plus de temps à perdre. Seulement il y a un tas d'entrepreneurs — le monde est si défiant — qui demandent avant de commencer un tas de renseignements... Il en est même — ô imprudence ! — qui demandent une provision...

Or M. L. de Landogne — et son intendant que nous allons présenter au lecteur — s'étaient dit qu'il existait sur le pavé de Paris de braves entrepreneurs qui avaient besoin de faire des affaires et qui, dans leur naïveté, seraient profondément contents de travailler pour le compte d'une société au capital de dix-huit millions.

L'intendant — qui avait une arrière-pensée — avait mis tout de suite le doigt sur le nom de Calertin.

Calertin possédait un petit capital. De plus sa probité connue lui donnait du crédit sur la place. Situation à exploiter. Donc quand il se présenta pour soumissionner des travaux à la Société de Landogne, il fut accueilli — sinon à bras ouverts — tout au moins avec une cordialité encourageante...

Donc ce jour-là, à huit heures du matin, Calertin se présentait aux bureaux de la rue Lafitte.

Quoiqu'il fût heure matinale, un garçon revêtu d'une livrée splendide, lui dit dès qu'il eut décliné son nom :

— M. l'administrateur vous attend depuis une heure !

Diable ! voilà qui sent diantrement bon ! une maison où les chefs sont debout à pareille heure est nécessairement solide.

Calertin suivit donc le galonné, non sans une certaine émotion. On lui fit traverser des salons, boisés de palissandre, et drapés de vert qui sentaient la prospérité sérieuse à pleines mains...

Et finalement il fut introduit dans une grande pièce au milieu de laquelle un bureau ministre, à cylindre, redondait son ventre important.

Derrière le ventre de bois, il y avait un homme, mais tout ce qu'on apercevait de lui, c'était une cravate blanche, montant si haut qu'elle cachait ses lèvres, tandis que des lunettes vertes, à oreillères et œillères, cachaient presque complètement le front...

Là-dessus, pas de cheveux. Entre les lunettes et la cravate, quelque chose d'informe qui n'avait même plus droit au titre de nez.

La chose ne se leva pas, ne bougea pas, mais restant courbée sur des papiers multiples et foisonnant, entama aussitôt l'entretien par un coup droit :

— Vous avez sollicité l'entreprise des travaux de la Compagnie... quelles garanties offrez-vous !

Calertin, intimidé — comme tous les honnêtes gens, il était d'une naïveté profonde — se hâta de répondre :

— Si un cautionnement est nécessaire, veuillez en fixer le chiffre...

— Un cautionnement! c'est bien!... En effet, il nous faut des sûretés. Du reste, la valeur du dit (style d'exploit qui produit toujours son effet) sera représentée par des valeurs adéquates, des actions de la Société, portant intérêts.

— Oh! fit Calertin avec un geste désintéressé.

Puis il ajouta à part lui :

— Où diable ai-je donc entendu cette voix-là !

— Si, monsieur, cela est ainsi. La Société estime que quiconque travaillera pour elle doit avoir droit à ses bénéfices... C'est ainsi qu'elle entend le droit au travail... mais laissons ce détail. Vous savez quelle immense extension vont prendre les affaires de la Compagnie. Il nous importe de ne traiter qu'avec des hommes dont la moralité...

— Mais, monsieur, fit Calertin en relevant la tête, ma probité est connue ; et je ne sache pas que le monde soupçonne...

— Je ne parle pas de cela... je sais cependant que vous avez été inquiété pour vos opinions politiques...

— En effet, monsieur, fit Calertin avec un sourire amer (car, il faut bien le dire, la patience commençait à lui échapper) j'ai le tort d'être républicain sous la République...

Je ne vous adresse pas de reproches...

— Et s'il m'est arrivé un événement douloureux, si j'ai été frappé d'une expulsion injuste, je le dois à quelque misérable que je retrouverai un jour, et qui passera, je vous le jure, un mauvais quart d'heure...

Son interlocuteur se baissa de plus en plus et disparut pour ainsi dire dans le monceau de papier qui s'étalait devant lui.

Il changea brusquement le sujet de la conversation, et d'un ton presque dur :

— J'ai parlé de moralité... et non point d'autre chose...

— Hein! Quoi! fit Calertin, qu'entendez-vous par ce mot?...

— J'entends, monsieur, que nous nous considérons comme responsables de la situation morale des personnes que nous employons.

— Eh bien ?

— Vous êtes marié, monsieur ?

Calertin eut un tressaillement. Décidément cet interrogatoire lui déplaisait singulièrement et la moutarde commençait à lui monter au nez.

Il répondit sèchement :

— Je suis veuf, monsieur !

— Je regrette vivement de réveiller vos douleurs, continua l'autre, mais permettez-moi de vous adresser une question ?

Ah ! si les affaires avaient bien marché, s'il ne s'était point agi de gagner une bonne somme pour procurer un peu de bien être à sa chère Marie, comme le brave charpentier eût envoyé au diable cette espèce d'homme d'affaires ; mais, qui veut la fin veut les moyens ?

— J'écoute, dit Calertin.

— Vous ne vivez pas seul ?

— Non, après ?

— Vous avez chez vous une jeune personne...

— Oui, Marie, ma fille !... est-ce que cela a quelque rapport avec la charpenterie ?

— Je vous demande pardon... il n'y a rien d'indifférent au point de vue des mœurs !...

Au moment où il prononçait ces mots, une pensée qui hantait Calertin depuis le début de cet entretien se formule tout à coup plus nettement.

Cette voix ! mais oui, l'ouvrier la connaissait...

— Puisque cette jeune fille est née de votre mariage légitime, reprit l'homme, vous aurez l'obligeance, pour couper court à toute interprétation mauvaise, de joindre à vos papiers l'acte de naissance de votre fille et l'acte de décès de votre épouse.

— Ah çà ! vous êtes fou !...

— Monsieur !...

Et comme l'homme d'affaires se dressait, par un mouvement involontaire, pour réprimer une pareille insolence, Calertin lui passa brusquement la main sur le front, releva ses cheveux — qui n'étaient qu'une perruque... et dans ce mouvement dérangea ses lunettes... et le bandeau qui cachait le visage.

— Le père Trassard ! cria-t-il. Je ne m'étais pas trompé !

Il fallait en vérité que Calertin eût bonne mémoire, car dans cette figure couturée, hachée, il était bien difficile de retrouver vestige d'une face connue.

— Ah ! vous êtes Trassard ! continua Calertin. Pourquoi donc ne le disiez

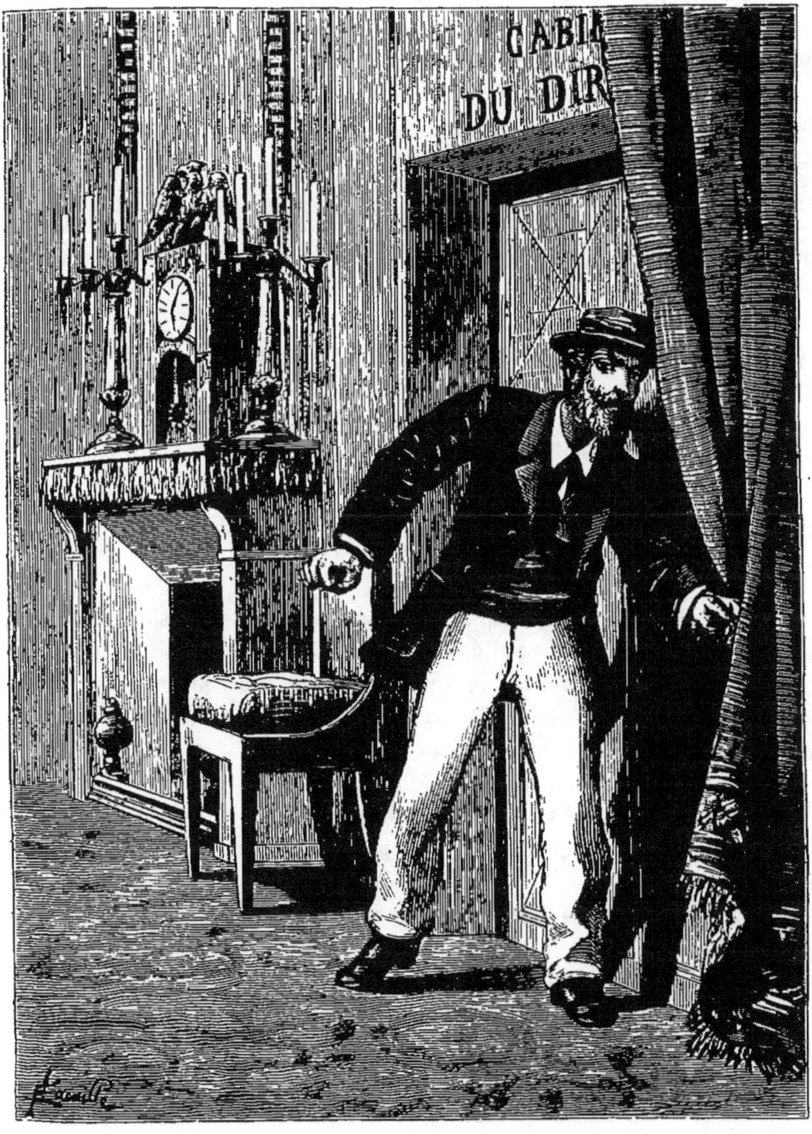

IL AVAIT ENTENDU UN NOM : COURTRAIGE.

vous pas tout de suite... et me faisiez-vous poser comme cela? Est-ce que vous ne connaissiez pas ma fille ?...

— Mais... je... mon devoir... balbutiait Trassard.

Calertin se souvint tout à coup du mouvement de répulsion qui avait échappé à Marie.

— Votre devoir!... avec cela que je ne vous connais pas pour la plus franche canaille qu'il y ait au monde... Finissons-en... une fois, deux fois, sans tant de phrases, puis-je avoir la commande?...

— La façon dont vous me traitez...

—N'est que juste... je vous en ai dit cent fois autant... Croyez-vous donc que si je n'avais pas besoin de travailler je ne vous aurais pas déjà planté là pour reverdir... je vous le répète... finissons-en.

Or, M. Trassard, se voyant reconnu, au lieu de sonner un des nombreux galonnés qui peuplaient l'antichambre et de faire jeter l'impertinent dehors. rajustait sa perruque, son bandeau, puis reprenait de sa voix la plus pateline:

— Vous avez tort de m'insulter... car je vous veux du bien...

— Prouvez... en me faisant travailler...

— Je ne dis pas non... Ce que je vous en disais, c'était par ordre de mes supérieurs...

— C'est aussi par ordre que vous avez fait fusiller ce pauvre Jean Rabolet?...

— Oh! je vous en prie! reprit Trassard avec une expression suppliante, ne me parlez pas de cela... j'ai agi sans savoir ce que je faisais... tant j'avais peur... C'est mon remords!... je voudrais oublier, mais je ne puis... et si je vous ai fait venir ici, c'est qu'il me semble qu'en vous faisant du bien je rachète un peu de cette faute... qui me pèse!...

C'était un fameux comédien que le père Trassard.

Calertin était naïf; il se sentit remué...

— Mais enfin, pourquoi toutes ces questions au sujet de ma... de Marie?...

— Pourquoi? je vais être franc avec vous... Un de vos concurrents vous a dénoncé...

— Décidément c'est une monomanie...

— Le conseil d'administration est très strict... On lui a dit que vous n'avez jamais été marié...

Calertin pâlit:

— Encore une fois... qu'est-ce que cela fait quand il ne s'agit que de travail !

— Je suis de votre avis... mais je ne puis qu'obéir. Voyons, ne vous défiez pas de moi; vous ne pourrez pas traiter sans répondre à cette calomnie.

Et Trassard continua lentement :

— Si vous n'êtes pas veuf, si cette jeune fille n'est pas votre fille, avouez-le moi... j'arrangerai l'affaire...

Calertin était tombé sur une chaise, ayant des larmes aux yeux.

C'est qu'en ce moment il s'avouait à lui-même une situation douloureuse, jusque-là cachée au plus profond de son cœur.

Il était ruiné, il ne possédait plus rien. Il était en retard de plusieurs termes dans son pauvre petit logement de la rue Berthe ; et cette commande était sa dernière planche de salut...

Mais ces questions ?

— Répondez-moi, disait doucement M. Trassard. Votre silence me prouve qu'on a dit vrai...

— Eh bien, quand cela serait !...

— Mais alors vous n'avez aucun droit sur Marie ! s'écria Trassard.

Il s'était laissé emporter par sa surprise ! Il n'avait plus composé sa voix ce fut une révélation pour Calertin. Il était tombé dans un piège...

Il devina qu'un danger menaçait Marie. Lequel ? il ne pouvait le comprendre... mais ce misérable Trassard méditait quelque projet infâme...

En une seconde Calertin prit son parti. Il se leva, croisa ses bras sur sa poitrine et regardant Trassard en face.

— Mais c'est ma fille, j'ai des droits que nul ne peut discuter... assez là-dessus ! Vous donnerez le travail à un autre... je n'en veux pas !...

Et brusquement, tournant le dos à l'homme d'affaires, sans même attendre sa réponse, il sortit...

Le père Trassard eut un petit rire :

— Tiens ! tiens ! fit-il. La belle Marie n'est pas la fille de cet homme ! Carcasson ne m'a pas menti ! Hé ! avec un peu de misère... on pourrait reprendre certaine causerie interrompue...

Et cet être monstrueux, chez lequel les hideuses passions avaient résisté à tout, frissonna des pieds à la tête...

Cependant Calertin frappé au cœur, ayant au cerveau des bourdonnements pénibles, descendait lentement l'escalier, tout tapissé. Ses pas lourds étaient étouffés par la moquette... Il parvenait au palier inférieur, mais au moment où il allait l'atteindre, regardant au-dessous de lui, il eut un soubresaut violent et se rejeta en arrière...

Un personnage montait à la direction, mince, vêtu avec la dernière élégance, ayant le dos légèrement courbé. Son teint était pâle, et son front portait l'indélébile stigmate de la débauche.

— Lui ! lui ! murmura Calertin. Oh ! le hasard !... quel est donc cet homme ?

Cependant le personnage, sans remarquer celui qui l'observait, avait pénétré dans l'appartement, sur la porte duquel on lisait en lettres de cuivre les mots solennels :

Direction centrale.

La porte s'était refermée derrière lui.

Calertin réfléchit un instant. Il fallait qu'il eût un intérêt bien puissant à connaître celui dont l'apparition l'avait si violemment frappé.

Il songea à remonter auprès de Trassard et à l'interroger. Mais que pourrait-il obtenir? Et puis cet homme lui répugnait.

Il fit un geste de résolution et, nettement, il entra à son tour à la direction...

Là une large antichambre. Deux garçons à l'air insolent :

— Que voulez-vous? demanda l'un, de ce ton grossier qui est caractéristique de l'argent à livrée.

— Parler au directeur...

— Ah ! vous croyez qu'on parle comme ça au directeur... Il ferait beau voir qu'il reçût sans qu'on lui eût demandé audience...

Calertin eut une inspiration de génie :

— Je suis un des entrepreneurs engagés par M. Trassard, dit-il doucement, et je suis envoyé par lui pour verser mon cautionnement entre les mains de M. le directeur...

Le laquais eut un mouvement de surprise. Il cligna de l'œil à l'adresse de son collègue.

— Oh ! du moment que c'est M. Trassard qui vous envoie.

Et tout bas il ajoutait :

— Et que vous apportez de la monnaie...

— Si vous voulez attendre, vous passerez à votre tour...

— Merci ! vous êtes bien honnête. C'est que voyez-vous, je suis un peu pressé... quand on a de l'argent à placer, on est toujours impatient de s'en débarrasser... Est-ce que cela sera bien long...

— Non ! M. de Landogne est avec un ses amis... vous êtes le premier...

— Un de ses amis... Ah ! ce monsieur que j'ai vu entrer il n'y a qu'un instant... il est joliment bien ! on dirait un grand seigneur !...

Calertin avait pris l'air le plus niais du monde.

— Un grand seigneur ! un peu ! fit le larbin se rengorgeant comme si l'éloge se fût adressé à lui-même. C'est un comte! rien que cela !

— Un comte !... oh ! je m'en doutais !... et il s'appelle?

Mais au moment où l'homme allait répondre, un double coup de sonnette retentit...

— Allons bon ! voilà M. Trassard qui appelle ! dit le laquais en consultant le tableau. Et puis le caissier!... Ah, bien!... tant pis!... ça restera libre ici... Dites donc, mon brave, s'il vient du monde, priez d'attendre...

— Volontiers, dit Calertin.

Et les deux garçons sortirent chacun par une porte différente.

Calertin était un homme de résolution. Puis il était évident qu'un intérêt puissant le dominait tout entier...

Il tendit l'oreille. Rien.

Sur l'une des portes, il y avait ces mots:

Cabinet du directeur.

Sur l'autre, à côté :

Salle des conférences...

Il ouvrit cette dernière porte et la referma soigneusement derrière lui. Puis, au risque d'être surpris, il se dirigea du côté du cabinet. Une porte à deux battants servait de communication. Elle était fermée. Le charpentier appuya son oreille contre le panneau.

Deux hommes causaient.

L'un disait :

— Oui, mon cher comte, dites à M. le duc que tout va bien... et que nous sommes prêts. Mais, pour Dieu ! qu'on se hâte là-bas!... qu'on en finisse avec la République !... Bah ! avec quelques coups de fusil ce sera chose faite...

Celui qu'on avait appelé le comte répondit, mais d'un ton si bas que Calertin ne put saisir aucune parole.

— Bien ! bien ! Monsieur de Courtraige ! riposta l'autre en riant. On sait que vous êtes insatiable !... Mais savez-vous bien que si je n'avais eu cette victorieuse idée des cautionnements d'entrepreneurs, il n'y aurait pas un sou en caisse... Voici votre bon ! mais je vous le répète... que l'Élysée se dépêche... et qu'un bon coup d'État nous jette bas madame la République...

Calertin s'était redressé !

Il avait entendu... un nom : M. de Courtraige !... puis un aveu : le vol des cautionnements... et enfin, plus encore peut-être... l'annonce d'un coup d'État prochain...

Il perçut que l'un des deux interlocuteurs avait la main sur le bouton de la porte. D'un bond, il revint à l'antichambre.

Les garçons n'étaient pas revenus...

Il se trouva sur l'escalier, remonta un étage et attendit. Au bout de quelques secondes, le visiteur sortit.

— C'est bien lui ! dit Calertin. Mes souvenirs ne m'avaient pas trompé. Ainsi c'était le comte de Courtraige !... Oh ! Marie ! Marie !...

Et, chancelant sous le poids d'une émotion immense, il quitta la banque...

Sortant de cet antre doré, l'honnête homme secoua la poussière de ses pieds, et descendit vers le boulevard...

Au dernier moment, il avait vu le comte Hector sauter dans sa voiture qui l'avait emporté.

IX

TITI MONTRE QU'IL EST UN HOMME

Calertin rentra tard chez lui.

Nous avons tous connu cette situation. Non seulement l'affaire dont il parlait le matin même avec tant de confiance lui avait échappé, mais encore il avait, en dehors de cette catastrophe (le mot n'était pas trop fort), d'autres sujets de préoccupation.

Or, lorsque nous sommes troublés par des ennuis intimes, nous ne redoutons rien tant que les questions, fussent-elles les plus désintéressées et les plus bienveillantes.

La femme — la compagne — qui, voyant un nuage sur le front de son compagnon, s'aperçoit qu'il cherche à dissimuler et s'abstient déjà : — Mais qu'est-ce que tu as donc? que t'est-il arrivé? est-ce que tu as des contrariétés?

La femme qui est assez forte pour feindre de ne pas voir ces ombres est la plus excellente, mais la plus rare créature qui se puisse rencontrer.

Elle n'y met pas de malice, le plus souvent, la pauvrette! Elle croit remplir son rôle de consolatrice en réclamant sa part des ennuis éprouvés. Elle questionne dans toute la bonté de son cœur. Mais ce qu'elle ne comprend pas, c'est que, pour avouer, l'homme doit retourner de sa propre main le couteau qui a fouillé sa plaie, raviver les blessures dont saigne encore son amour-propre...

Principe. Chère femme, quand vous voyez le père ou le mari soucieux, attendez qu'il parle le premier. Et s'il se tait, respectez son silence. Soyez tranquille! ou le mal sera réparé et il vous racontera en riant quelle peine l'oppressait, ou bien il s'aggravera et alors son cœur débordera et il sera le premier à quêter des consolations et des encouragements...

Donc Calertin était comme nous tous.

Il sentait le besoin de rester seul avec lui-même, de s'interroger, de reprendre son assiette ordinaire.

Tout d'abord, il savait s'être laissé enlacer dans des rêts tendus avec une habileté infernale. Il avait avoué à Trassard que Marie n'était pas sa fille. C'était vrai.

Il y avait là tout un mystère que Calertin cachait depuis longues, longues années. Le lecteur se souvient-il par aventure de certaines réticences du charpentier, alors que le père Rabolet lui parlait d'un mariage entre Jean et Marie? Pour qu'il y eut mariage Calertin savait qu'il lui faudrait révéler un secret qui touchait à l'état civil de Marie.

Mais pourquoi Trassard avait-il cherché à le deviner? Comment l'avait-il appris? Pourquoi s'était-il efforcé d'obliger Calertin à se trahir? Enfin quel profit entendait-il tirer de cette révélation ?

Puis cet autre ordre d'idées : Trassard agissait-il pour son propre compte ou pour celui d'autrui? Quelqu'un avait-il intérêt à retrouver une trace disparue depuis si longtemps? Et quel était cet intéressé ?

Toutes interrogations qui poignaient le cœur et l'intelligence de l'honnête homme ! Est-ce qu'on songeait à lui arracher Marie ?

Le plus grand de nos poètes a intitulé un chapitre sublime : *Une tempête sous un crâne*.

Quelle tempête n'était-ce pas que celle qui bouleversait la conscience du charpentier alors qu'il se disait que cette enfant qu'il avait élevée, à laquelle il s'était dévoué avec toute l'énergie d'une probité active pouvait lui être tout à coup arrachée!... C'était horrible, c'était sa mort tant il l'aimait! Mais après tout de quel droit viendrait-on la réclamer? il savait bien lui que, si elle était à lui aujourd'hui, c'était à la suite d'un abandon criminel!

Allons donc! à celui qui oserait se présenter il répondrait par des dénégations effrontées!... Il mentirait... parbleu!... Quel mensonge ne commettrait pas un père pour garder son enfant?... Et qui pouvait nier qu'il fut lui, lui seul, le vrai père de Marie?...

Quand il l'avait... reçue, trouvée, ce que vous voudrez, enfin ! elle était âgée de quelques jours... Il y avait de cela... combien? C'était en 1832... et nous sommes maintenant en 1851... dix neuf-ans !... car elle avait dix-neuf ans, Marie ! bien qu'elle parut à peine seize ans...

Eh bien ! pendant dix-neuf ans, pas un jour ne s'était écoulé sans que le charpentier donnât pour son bonheur le plus pur de sa vie et de son sang !... et on prétendait la lui arracher ! Qu'on essaye !...

Ayant raisonné tout cela, Calertin se sentit plus calme. Trassard ni personne ne lui faisaient plus peur. On verrait bien...

Mais était-ce tout?

Il y a de mauvaises journées. Sans parler de l'affaire manquée, des vingt mille francs qu'il allait être obligé de restituer à un brave garçon qui s'était offert comme son associé, Calertin avait un autre sujet de trouble...

Pour la première fois depuis dix-neuf ans, il s'était trouvé en face d'un homme... qu'il n'avait vu qu'une fois... et dans une nuit sinistre.

Cet homme était sur le bord de la Seine, tenant dans ses bras une sorte de paquet... il s'était arrêté sur la rive, comme s'il eût eu honte à faire ce pourquoi il était venu.

Et Calertin, s'étant approché, dans l'ombre, avait cru percevoir des cris doux et faibles, des vagissements d'enfant... Le cœur de l'ouvrier avait bondi dans sa poitrine, et comme l'inconnu avait fait un mouvement comme pour jeter à l'eau le fardeau qu'il portait, Calertin, s'était élancé vers lui en criant :

— C'est un enfant ! donnez-le moi !

L'homme n'avait pas prononcé un mot ! Il avait regardé longuement celui qui parlait et lui avait tendu l'enfant — car le charpentier avait bien deviné — et lui avait dit :

— Prenez-le !

C'était tout. Mais ce court instant avait suffi pour que les traits de cet homme se gravassent à jamais dans la mémoire de l'ouvrier...

Puis, sans qu'aucun serment eût été exigé de lui, Calertin s'était juré que cet enfant serait le sien. Il l'avait emporté chez lui.

C'était une fille, gracieuse, mignonne, souriante, ignorante du danger couru...

Calertin vivait seul. Il avait éprouvé un grand chagrin, une ouvrière qu'il aimait l'avait quitté. Son cœur s'était brisé, mais, comme on dit, les morceaux en étaient bons.

La petite fille entra dans sa vie, avec le despotisme de sa grâce et de sa gentillesse... Nous avons dit le reste...

Et voici qu'après dix-neuf ans, au moment même où Trassard par son hypocrisie le contraignait d'avouer une partie de la vérité, voici que lui, Calertin, se trouvait en face de qui ?...

Du misérable qui allait tuer un pauvre petit enfant... de l'infâme qu'il avait cherché, sans jamais pouvoir le découvrir, non qu'il eut quelque intérêt à le retrouver, mais en raison d'une curiosité tout humaine...

Et cet homme était un noble, un associé de ce voleur cynique qui avouait extorquer aux ouvriers, sous le titre de cautionnement, leurs économies et leurs dernières ressources...

Cet homme parlait de coup d'État, de ruine de la République...

Enfin il s'appelait M. le comte de Courtraige...

Au fond, qu'importait cela à Calertin. Cependant cette coïncidence lui semblait qu'après tant d'années de calme, de sécurité, des dangers inconnus allaient surgir de toutes parts...

Marie ! la République !... dans son cœur Calertin les unissait toutes les deux. Il craignait de les perdre du même coup...

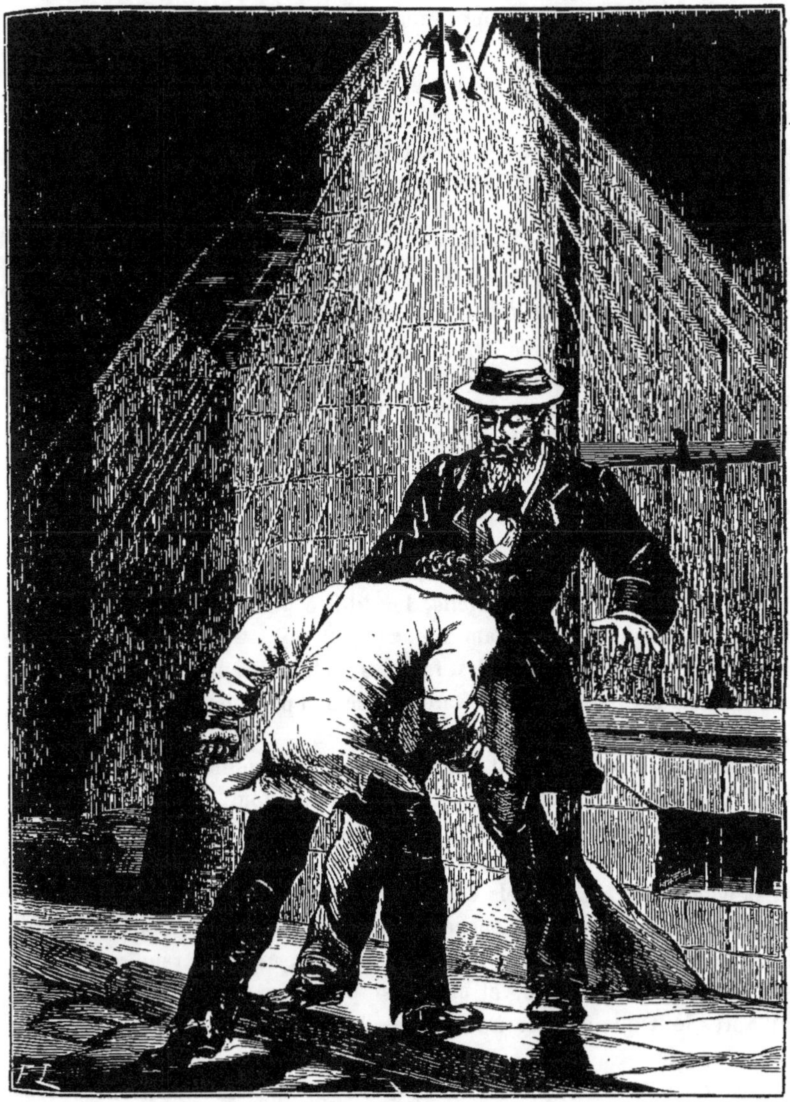

IL LANÇA UN COUP DE TÊTE DANS LA POITRINE DE CALERTIN.

Enfantillages ! folies ! voyons ! soyons homme ! Il est tard déjà, Marie m'attend... elle est inquiète peut-être...

La nuit était depuis longtemps venue quand Calertin se décida à reprendre le chemin de la rue Berthe.

On était au 30 novembre 1851. Le temps était froid, une bise glacée saisissait les épaules.

En approchant de chez lui Calertin hâta le pas. Il se disait qu'il avait eu tort de s'attarder. S'il n'allait plus trouver Marie ! Quand il frappa, il avait un horrible serrement de cœur.

La jeune fille ouvrit en s'écriant :

— Père, comme vous rentrez tard !

Il eut un sanglot qui lui montait aux lèvres. Cela ne fait rien. Il se sentait bien heureux.

— M. Frédéric vous attend, lui dit encore Marie, depuis plus d'une heure.

— Oui, je suis en retard, c'est vrai ! mais j'ai eu beaucoup à faire...

— Ah ! vous voilà enfin, camarade ? dit celui qu'on avait appelé M. Frédéric et qui était un brave garçon, ouvrier comme Calertin, qui avait fait quelque temps auparavant un petit héritage. Eh bien ! et l'affaire !...

Comme Marie était allée à la cuisine, Calertin adressa un regard à son camarade et posa un doigt sur ses lèvres, pour lui recommander le silence.

— Après dîner, nous sortirons, lui dit-il à voix basse. Je t'expliquerai cela... c'est manqué ! et c'est tant mieux !

— On a souvent accusé les femmes d'être les anges de la dissimulation. La vérité est que les hommes ne leur cèdent point en cela, à la condition qu'il s'agisse de tromper une femme.

Un mot, un signe suffisent dans cette franc-maçonnerie masculine. Elle ne doit rien savoir. Cette simple indication répond à tout.

Donc, pendant le repas, pas un mot ne fut prononcé qui pût inquiéter la jeune fille.

Les banquiers chez lesquels Calertin était allé offrir ses services n'avaient pas encore pris de décision. Cependant on pouvait considérer l'affaire comme faite... du reste on y retournait le lendemain, on avait un rendez-vous, etc. Toute la rubrique connue, et qui n'est pas bien criminelle puisqu'il ne s'agit après tout que d'éviter à la femme des ennuis que l'homme veut être seul à supporter.

Un mot sur l'ami de Calertin, celui qu'on appelait M. Frédéric. C'était un ouvrier comme lui ; ils s'étaient liés au chantier.

Frédéric était un républicain de la vieille roche, ce qui n'avait pas peu contribué à resserrer l'amitié entre les deux hommes.

Dès que Frédéric avait vu Marie, il l'avait aimée.

Mais en honnête homme qu'il était, il avait aussitôt expliqué ses intentions à Calertin.

— Tout dépend d'elle, dit le charpentier. Mais je t'avoue que je n'ai pas confiance...

Respectueusement, Frédéric avait parlé à Marie, lui offrant d'être son mari. Elle, avec une franchise complète, lui répondit :

— J'aime un mort. Voici son histoire. Mon cœur est plein de lui comme un cercueil où il se serait endormi. Je ne puis être votre femme, je veux rester sa veuve...

— Voulez-vous me donner votre main, avait dit Frédéric, et ne voir en moi qu'un ami...

Et depuis ce jour, Frédéric avait tenu parole. Il n'avait plus prononcé un seul mot qui fit allusion à ses anciens projets :

— J'ai épousé la République, disait-il en riant.

De fait, il l'aimait comme une maîtresse, comme une compagne. Il était de ceux qui se défiaient du Bonaparte et qui étaient prêts à tout pour la défendre de lui.

Le repas fut court. Dès qu'il fut terminé, les deux hommes sortirent.

— Nous avons à causer, dit Frédéric. Connais-tu un cabaret tranquille où l'on ne craigne pas d'être espionné?...

Un instant après, ils étaient installés ayant entre eux une bouteille de vin.

Calertin rendit brièvement compte à son camarade du résultat négatif de sa démarche, pourtant il lui tut les détails spéciaux à l'attitude de Trassard et au personnage mystérieux qu'il avait reconnu.

Mais quand il répéta les quelques bribes de conversation surprise par lui.

— Ainsi, dit Frédéric, tu as réellement entendu parler du coup d'État...

— Très nettement.

— Je ne me trompais donc pas... Ah! le général Bergamote a eu beau dire aux représentants : « Mandataires du pays, délibérez en paix! » je crois bien qu'un de ces quatre matins, il y aura un coup de chien...

— Je doute qu'ils osent...

— Allons donc! j'ai été soldat... j'ai entendu parler de Saint-Arnaud, et je sais ce qu'il vaut... Quant au Morny, l'homme qui a vécu aux crochets d'une comtesse dans la Niche à Fidèle est capable de tout!... mais qu'ils essayent!...

Il eut un geste de menace :

— Écoute, Calertin. Je ne t'ai jamais demandé cela... mais aujourd'hui, il le faut... Si la République est attaquée, es-tu prêt à te battre?

— En doutes-tu?... Quand il y a un coup d'État, les honnêtes gens doivent risquer leur vie pour défendre la loi...

— C'est bien. Donc si je venais te chercher, une nuit, en te disant que l'heure est venue...

— Je te suivrais... j'ai encore mon fusil... et je te jure que je ferais mon devoir...

— Eh bien? entends-moi bien... tu sais que j'ai une vingtaine de mille francs... Cet argent-là, je voulais le mettre dans l'affaire de Landogne, ça n'a pas réussi... tant mieux... puisque c'étaient des voleurs! mais je veux te demander quelque chose...

— Parle, ami, et quoi que tu me demandes, je suis tout à toi...

— Voici! il faut te dire que, quoique je ne sois pas un enfant, j'ai de mauvais pressentiments...

— Que veux-tu dire?

— Ça ne peut pas s'expliquer... c'est instinctif.,. mais je suis convaincu qu'on va bientôt se battre dans les rues de Paris... et que je serai tué!...

— Toi! veux-tu bien te taire! tu es fou!

— Je serai tué, te dis-je... je recevrai une balle, là...

Il posa son doigt sur son front.

— Ne me dis pas le contraire... c'est une idée qui ne trompe pas... Il me semble que je vois la scène... moi, debout sur une barricade... la troupe en face.. je crie : Vive la République! la décharge part, et je tombe.

Il parla d'un ton si calme, si résolu que Calertin ne répondit pas.

— Je ne veux pas que la petite somme que je possède soit perdue... et je veux qu'elle serve à une bonne action... C'est pour cela que je compte sur toi...

— Camarade, dit Calertin, je ne crois pas un seul mot de tous tes pressentiments, cela va sans dire... mais je ne veux pas te contrarier... dis-moi donc quel service tu attends de moi...

— Voici. Tu m'as dit souvent que tu ne croyais pas que le jeune homme, si fidèlement aimé par ta fille, fût mort.

— Non, je ne le crois...

— Tu n'as pas de preuves du contraire!

— Non, c'est un pressentiment...

— Tu vois bien que tu y crois aussi bien que moi... Eh bien! quand je serai mort, comme je n'ai pas d'héritier et que personne n'a droit à mon argent... je te le donne à la condition qu'avec cette somme, tu feras toutes les recherches nécessaires pour savoir la vérité sur Jean Rabolet... soit par toi-même, soit en confiant cette mission à quelqu'un en qui tu aies toute confiance ·· Me promets-tu d'obéir à ma volonté... comme à un testament...

Calertin avait les larmes aux yeux. Il prit dans ses deux mains celles de son camarade.

— Je ne veux pas que tu parles ainsi... un autre jour, plus tard, nous en recauserons...

— Pas du tout, reprit Frédéric. Tout de suite... et puis nous n'en reparlerons plus... Consens-tu à me promettre ce que je te demande...

— Certainement... cependant...

— C'est bien... j'ai ta parole, n'est-ce pas?

— Mais oui ! encore une fois...

Frédéric lui imposa silence d'un geste...

— J'ai les vingt mille francs sur moi, je les avais apportés pour le cautionnement... tiens, regarde...

Il tira un portefeuille de sa poche, l'entr'ouvrit, montra les billets et les remit dans sa poitrine.

— Tu vas venir jusque chez moi, ce sera plus prudent... Je te remettrai cela, ainsi qu'un papier que je signerai pour que personne ne puisse rien dire.

- - Cache donc ça! fit vivement Calertin.

En effet au moment même où Frédéric avait entr'ouvert son portefeuille, la porte du cabaret s'était brusquement ouverte.

Et un homme, dont le costume et les allures présentaient le type le plus complet du rôdeur de barrière, était entré dans le cabaret, et, se jetant dans un coin mal éclairé, il avait adressé un signe au cabaretier qui lui avait servi un verre d'eau-de-vie.

Calertin et Frédéric se mirent à causer à voix basse :

— C'est une imprudence, disait le charpentier, de montrer des billets de banque dans un endroit comme celui-là...

— Bah! on ne se laisse pas voler, voilà tout...

— As-tu remarqué ce singulier personnage qui est entré?...

— Il y en a bien d'autres par ici...

— Peut-être regardait-il à travers la devanture...

Frédéric tourna les yeux du côté qu'indiquait Calertin. Bien que l'hypothèse fût très probable, cependant il était à remarquer que le rideau intérieur était justement soulevé et que les deux causeurs, éclairés par la lampe, se trouvaient en pleine lumière par rapport aux passants...

— Allons-nous-en, dit Calertin.

— A ton aise. Tu viens chez moi?...

— Tu tiens à ton idée?

— Est-ce que tu me reprends ta parole?

— Non pas... je vois qu'il faut passer par où tu veux... dépêchons-nous alors, car il ne fait pas bon se promener par ici avec de l'argent dans sa poche... et, si tu m'en crois, je vais aller chez toi... tu me feras le papier dont tu parles... et au lieu de me donner l'argent, tu le confieras à ton logeur... Est-ce un brave homme !

— Oh! le plus honnête homme que je connaisse...

— Cela vaudra mieux...

— Tu as raison, sortons.

Frédéric se leva pour payer.

Au même instant, le rôdeur jeta une pièce sur le comptoir et sortit en se dandinant.

Frédéric, ayant donné cent sous, il fallut quelques minutes pour lui rendre la monnaie.

Puis les deux amis quittèrent le cabaret.

Le boulevard extérieur était désert. C'était une nuit sans étoiles, et une sorte de brume froide tombait en brouillard.

Instinctivement les deux hommes hâtèrent le pas. Frédéric demeurait à la Chapelle, rue de la Goutte-d'Or...

Ils tournèrent le coin et s'engagèrent dans les rues étroites...

Tout à coup un coup de sifflet retentit... Ils passaient alors devant une ruelle noire... Trois hommes se ruèrent sur eux et les poussèrent dans le cul-de-sac.

Surpris, Frédéric et Calertin avaient reculé devant cette subite bousculade.

Mais c'étaient des hommes de vigueur et de courage. Bien qu'ils eussent affaire à de rudes adversaires, ils n'hésitèrent pas à soutenir la lutte...

On sait ce que sont les coups de traîtrise de ces misérables, connus sous le nom argotique d'escarpes. Coups de poing en plein estomac, coups de pied dirigés de façon à briser le tibia... mais le charpentier et son compagnon étaient aussi de vieux Parisiens... et la bataille était égale...

Trois contre deux, c'est bonne proportion quand le bon droit est tout entier d'un côté...

Et, de fait, les voleurs n'avaient pas beau jeu.

Adossés au mur, Calertin et Frédéric cognaient dur... et ne se laissaient pas surprendre... Les coups résonnaient sourds et violents... Cependant le charpentier avait été atteint en plein front et saignait. Frédéric en assénant un coup sur la tête d'un des agresseurs, s'était luxé le poignet...

— Faut en finir ! dit une voix enrouée. Aux surins !

Et des couteaux brillèrent dans l'obscurité...

Mais, à ce moment même, des pas retentirent à l'entrée de l'impasse, un coup de sifflet perça la nuit, et une voix stridente cria :

— La rousse ! gare ! à l'esbigne !...

Et soudain les deux amis se virent dégagés. Les hommes s'étaient enfuis...

sans doute par une issue connue d'eux seuls, et qui s'ouvrait sur le fond de la prétendue impasse...

Calertin, dans un mouvement instinctif, s'était élancé en avant, du côté où la voix avait résonné... Il vit une forme sombre qui fuyait à toutes jambes redescendant vers le boulevard...

Le charpentier s'élança... le pavé glissait... ce fut le fuyard qui tout à coup trébucha et tomba... La main de Calertin le saisit au collet, le redressa et le traîna sous un réverbère...

Et un cri douloureux, désespéré, s'échappa de la poitrine de l'honnête homme.

— Titi ! toi !... toi !...

Et il le tenait devant lui, ayant mis ses deux mains sur ses épaules, le regardant en face :

— Toi ! voleur ! toi ! avec des assassins !

— Eh bien ! de quoi ? fit Titi, vous allez me fiche la paix, n'est-ce pas ?

Il avait reconnu Calertin. Sa voix devenait rauque, ne pouvant sortir de son gosier... mais l'amour-propre ! mais l'orgueil infâme !

— Malheureux ! disait Calertin. Est-ce ainsi que tu obéis à ton père ! est-ce ainsi que tu rachètes le crime que tu as commis en tuant ton frère ?...

Titi se sentit blêmir.

— Assez ! fit-il tout bas. Encore une fois, lâchez-moi !

— Écoute. Je ne peux pas te laisser ainsi... viens chez moi... viens avec moi... Je demeure rue Berthe... au numéro dix... je te donnerai une chambre dans la maison... tu travailleras...

Que se passait-il dans l'âme du malheureux ? Qui sait quelles pensées se réveillaient en lui !...

Mais, voilà que tout à coup résonna dans la nuit, à quelque dix mètres de distance une sorte de cri bizarre :

— Hou ! Piiiiwitt !... Titi !... Hou !... Titi !...

Entendant cet appel, Titi tressaillit... puis, s'arc-boutant sur ses jambes, il lança un coup de tête dans la poitrine de Calertin qui recula sous le choc.... et s'élança dans les ténèbres...

— Le malheureux ! cria le charpentier.

Il sonda encore du regard le boulevard, mais ne vit plus rien... que deux sergents de ville qui s'avançaient de leur pas lent et régulier, n'ayant rien vu... ainsi qu'il convient...

X

LA PENTE FATALE

Oui, c'était bien Titi Rabolet! Quel chemin parcouru! et quelle issue sinistre s'ouvrait à lui!...

Le malheureux ne s'appartenait plus.

Comme ces damnés des légendes qui se sont vendus à Satan, il s'était donné à Toto Lamuche, et celui-ci le tenait solidement, je vous jure, en ses griffes de fer.

Nous l'avons dit, Toto haïssait son ancien camarade... Il le voulait gangrené, pourri jusqu'aux moelles. Et quoiqu'il l'eût empaumé cette fois de la bonne façon, je ne sais quel instinct lui disait que le fils du serrurier pouvait lui échapper.

Aussi se hâtait-il de le plonger au plus profond de l'abîme... et de fait, à l'heure où il avait rencontré Titi Rabolet, le terrain était admirablement préparé pour recevoir la semence mauvaise. Boire, manger, trouver chaque jour des amours faciles, n'était-ce pas pour Titi, l'inespéré, l'éblouissant?...

Toto n'avait pas lésiné. L'infâme eût donné mille francs s'il les avait eus pour pouvoir se dire :

— Titi est un voleur! Titi est un assassin!...

Il avait louvoyé. Du premier coup il ne lui avait point proposé d'affaire. Il ne voulait pas l'effrayer, redoutant toujours un réveil.

Quand il parlait de choses criminelles, c'est qu'il avait d'abord grisé Titi avec de l'eau-de-vie. Celui-ci, pâle, l'écoutait les yeux fixés dans le vide, comme s'il eût regardé ailleurs.

Un jour pourtant, l'ivresse elle-même avait été son adversaire...

Titi, la tête brûlante, la bouche en feu, rentrant dans le taudis qu'il partageait avec son mauvais génie, avait été saisi d'une sorte de fièvre furieuse.

Debout, les traits crispés, il avait crié à Lamuche :

— Je te hais! je te maudis! tu m'entraînes! je ne veux pas te suivre!... Tiens, regarde... là... devant moi! vois-tu?... C'est mon père! il va mourir!.. il me parle de probité!... il me dit que je suis un lâche!...

Puis, reculant comme si un spectre se fût avancé vers lui :

— Jean!... va-t-en!... pourquoi as-tu au front... à la poitrine ces taches de sang!... laisse-moi! ne me touche pas!...

Toto s'était efforcé de le calmer, de le saisir dans ses bras, de l'étendre sur son lit :

Titi s'était débattu, sanglotant et criant :

— MADEMOISELLE NOELA, FIT GERMAIN EN RECULANT D'UN PAS.

— Et elle? elle! je veux la revoir! je ne veux pas qu'elle me maudisse! Ah! comme elle est jolie!... elle a de beaux yeux qui me regardent si douce ment!... dis-moi, comment t'appelles-tu ?... Hein?... tu dis... Noëla! Noëla! ah! le beau nom!... je t'aimerai bien!

Puis, il secouait la tête avec désespoir :

— Tu as des parents qui sont ducs... qui sont comtes !... c'est pour cela qu'on me chasse, qu'on me jette dans la rue!... ça ne fait rien! ça n'est pas toi qui m'a chassé !... je t'aime toujours! je voudrais tant te revoir... tu m'a vais promis de me rendre mon frère! mon pauvre Jean!... Noëla! j'ai peur... viens me délivrer.

Et il était tombé sans force, frappé de stupeur alcoolique...

Toto s'était demandé :

— Qu'est-ce que c'est donc que cette Noëla!... et qui diable Titi peut-il connaître qui ait des parents ducs ou comtes ?...

La nuit s'était passée. Au matin, Titi ne se souvenait plus. Toto l'emmena, comme à l'ordinaire, à travers les cabarets.

Après déjeuner :

— Dis donc, Titi, lui dit-il, tu connais donc des duchesses, toi ?...

Titi tressaillit et jeta sur son compagnon un regard menaçant :

— Qu'est-ce que tu veux dire? j'aime pas ces blagues !...

— Qui blague ici ? personne!... seulement si tu veux être discret, faut pas parler en dormant !...

— En dormant? moi! qu'est-ce que j'ai dit ?

— Dame...! tu as avoué que tu avais eu des amours dans le grand monde. Titi le regardait toujours. Ses lèvres blanchissaient.

— Fais donc pas le dissimulé, continuait Toto gouailleur. Quand on a des bonnes fortunes, on les raconte aux amis... Dis donc, ajouta-t-il en le poussant familièrement du coude, elle était jolie... hein?... ta Noëla?

A ce nom, Titi bondit, le repoussa violemment et, saisissant un couteau, il le brandit en disant d'une voix sourde :

— Tais-toi! Tais-toi! ou je te tue !

Toto avait reculé. Le courage n'était pas sa première qualité. L'ancien gamin était effrayant de rage.

— Eh bien! quoi? on se tait! grogna Lamuche. V'la-t-il pas! depuis quand ne peut-on pas rire en société, sans se fâcher?

— Assez! ordonna Titi.

Il ne parla plus jusqu'à la fin du repas.

Abattu, pensif, il revoyait le passé, Noëla!... Ah! certes non, il ne l'avait pas oubliée! dans sa vie d'enfant, ç'avait été comme une éclaircie lumineuse! Était-ce de l'amour qu'il éprouvait pour elle!... non! car à ce moment-là, il ignorait jusqu'au sens vrai de ce mot... mais elle dominait son souvenir comme une apparition charmante, devant laquelle tout son être s'inclinait...

Et il se rappelait qu'à cette heure-là, il valait encore quelque chose! Il n'avait commis qu'un crime de gamin, inconscient... tandis que maintenant...

Est-ce qu'il avait le droit de penser à Noëla, de prononcer son nom? Il se sentait rouler dans la boue... Est-ce qu'il pouvait y entraîner ce souvenir avec lui?... Il fallait effacer jusqu'à ce nom de sa pensée.

Il était perdu! il y avait désormais deux choses qui lui étaient à jamais défendues... le cri que son père lui avait interdit... le nom de Noëla.

— A boire! dit Titi en tendant son verre à Lamuche.

Il n'avait plus la force de réagir. Il se mettait de lui-même dans l'engrenage. La machine pouvait tourner maintenant; elle broierait ses os et sa conscience...

Lamuche se l'était tenu pour dit. Il avait compris qu'il était dangereux de toucher à la mémoire de Titi... elle était trop pleine de souvenirs. Il fallait au contraire l'aider à oublier le passé. Et il s'y employa de toutes ses forces.

Titi, fatigué, énervé, se laissait faire. L'autre avait d'ailleurs un moyen sûr de le dompter. C'était par l'amour-propre. Titi avait toutes les mesquines vanités du Parisien. Il ne se laissait pas *épater*. Ce que les autres faisaient il pouvait bien le faire lui-même.

Et puis, pour tout dire, s'il existait encore en lui quelques vestiges de probité, il les effaçait bien vite... il avait peur de la misère.

Quand Toto lui proposa de venir rôder le soir, pour voir s'il n'y aurait pas quelque bon *fricotage* à faire, Titi serra les dents, ne répondit pas et sortit avec lui...

Aujourd'hui il luttait contre lui-même. Il se colletait avec ce qui restait de bon en lui et il entendait bien avoir le dessus. Tout homme a en lui une soif déréglée d'éloges. D'où la passion du ruban. Pour Titi, la croix d'officier, c'eût été un éloge de Lamuche lui décernant un brevet de canaillerie.

D'abord, il avait besoin de s'étourdir. Quand il était calme, les voix du père, du frère, de Noëla... parlaient trop haut... trop doucement en lui... Elles le faisaient frissonner... elles l'écœuraient. Il se sentait tout prêt à fléchir, à pleurer...

Est-ce que c'était d'un homme, cela? Eh bien! quoi? après? il allait son petit bonhomme de chemin, comme les autres! Est-ce qu'il avait des rentes? Qui donc lui en avait laissé? Il fallait gagner sa vie... il avait essayé, pas vrai? Ça n'avait pas marché... il ne pouvait pourtant pas se faire assommer par un singe de maçon ou rôtir pour le plaisir d'un rôtisseur... La société ne voulait pas de lui... elle le jetait dehors... il repasserait à la force des poignets par dessus le rempart...

Et puis, comme disait Lamuche, celui qui ne serait pas content n'aurait qu'à se plaindre...

Tout à coup... cette nuit-là... il s'était trouvé face à face avec Calertin.

Ah! il faut tout dire! le charpentier n'avait pas trouvé le mot. Les cœurs sont comme les serrures. Il y a un ressort, il faut appuyer dessus...

Il était si ému, si exaspéré, le brave ouvrier, qu'il avait eu la voix dure. Et alors même qu'il promettait le pardon à Titi, qu'il lui offrait secours et asile, cela avait l'air d'un reproche, plus encore d'une menace...

Il n'y avait pas deux heures que Toto lui avait dit :

— Nous verrons bien ce soir si tu es un homme... oui ou non !...

Sacrédié ! quand même Titi eût été sur le point de s'émouvoir, quand devant l'ami de son père il eût été disposé à fléchir le genou, criant pardon, le simple cri de Lamuche :

— Hou ! Piwiiit... Titi !

Ce cri de ralliement avait suffi.

Flancher devant un camarade ! jamais ! Zut pour la vertu ! et à la porte les gêneurs ! Voyez-vous ce monsieur qui vient vous offrir un asile dans la rue Berthe, au fin fond de Montmartre ! Cette occasion ! et du pain !

— Je l'ai rien remisé ! dit Titi en rejoignant Lamuche.

— Ah çà ! qu'est-ce qu'il te voulait, ce monsieur-là ? fit Toto. Est-ce qu'il était de la rousse ?

Titi se redressa :

— De la rousse ! ça ne serait pas à faire ? Mais non... c'était un dévideur de vertu... un ancien ami à...

Il allait dire : à papa ! Il lui sembla qu'un fer rouge se posât sur sa langue.

— Un ami... à qui ?

— A moi... du vieux temps...

— Eh bien ! ne pensons plus à cela ! Ça ne fait rien... tu nous as rendu un rude service... sans toi, ce que nous étions pincés...

— On connaît sa consigne, dit Titi important.

— Enfin... c'est un ratage... d'ailleurs c'était une affaire de hasard... Ça réussit rarement .. mais demain c'est autre chose...

— Ah ! demain? fit Titi interrogateur...

— Oh ! pour ça... un miel... une expédition sûre... des mille francs à nous partager en famille... Mais, bois donc, Titi !...

Titi, qui encore une fois était au cabaret, releva la tête ; sa physionomie présentait une singulière expression de douleur et de forfanterie...

— J'aurai ma part, dit-il.

— Parbleu !

— Et je serai un voleur... définitivement !

— Veux-tu bien ne pas dire de ces mots-là !

— Si ça me fait plaisir ! s'écria le malheureux en écrasant son verre sur la table. Je veux être une canaille... une bonne fois... qu'il n'y ait plus à revenir...

— Tu peux te fier à moi, dit Toto très sérieusement.

— Et pour quand ça serait ?

— Tu es pressé ?

— Oui...

— Eh bien, pour cette nuit !

Titi eut un soubresaut.

— Déjà ?

— Tiens ! je croyais que tu attendais après ça comme après le Messie !

— Eh bien ! oui !... pour cette nuit ! ça y est. Bonsoir la compagnie ! faut que je devienne un vrai zigue... comme toi ! et en avant la rigolade ! et nous aurons de l'argent... et des petites femmes tout habillées en soie... avec du linge blanc ?

— Sais-tu que tu es un vrai aristocrate !...

— Oh ! si tu savais, fit Titi avec un accent singulier, je voudrais me plonger jusqu'au cou, jusque par-dessus la tête dans un flot de jouissances folles... et ne plus rien voir... ne plus rien entendre... A bas le passé !

— Et vive l'avenir ! s'écria Toto. Décidément tu es mon homme... donc la nuit prochaine, sois prêt... Peut-être ne me verras-tu pas de la journée... mais, à onze heures militairement, chez le père Austerlitz ; jusque-là bois, dors, fais ce que tu voudras... C'est convenu ?...

Titi se versa un grand verre d'eau-de-vie et dit :

— Je dormirai... jusqu'à onze heures du soir...

XI

NOELA

Le lecteur n'a pas oublié l'hôtel dont nous lui avons donné une description minutieuse et qui depuis longues années appartenait à la famille de Courtraige.

Cette résidence s'étendait à l'extrémité orientale de l'île Saint-Louis, de la rue Poultier au pont de Damiette, triste sous l'ombrage de son vaste parc qui restait encore il y a quelques années, comme le dernier vestige des hautes futaies qui ont été abattues par la hache des démolisseurs haussmaniens.

Il y a plus de deux ans que nous avons assisté à des scènes étranges, que nous avons entendu dans ce parc des aveux cruels, échappant à des querelleurs... Il y a plus de deux ans que nous avons vu le pauvre Titi, saisi par la main brutale d'un valet, et jeté, brûlant de fièvre, brisé de maladie, de colère et de honte sur le pavé du quai...

Cet hôtel ducal était alors silencieux et sinistre.

S'est-il amusé depuis lors ? la vie est-elle rentrée dans ces murs qui semblent ceux d'un sépulcre ? Point. Au contraire. Il semble que plus lourdement l'immobilité se soit appesantie sur ce lieu, que plus noire l'ombre l'ait enveloppé...

L'hôtel est inhabité maintenant.

M. le duc de Courtraige, ardent aux spéculations, a pris logement dans le quartier de la Bourse : le prêtre veut être près du temple.

Provisoirement, il a abandonné avec la duchesse l'hôtel de ses ancêtres, dans lequel il ne veut rentrer que la tête haute et les poches pleines.

Ses aïeux sont allés en croisade pour reconquérir un symbole de foi, lui est parti en guerre à la conquête du million. Les uns sont revenus chargés de reliques, lui prétend retourner au logis bardé de billets de banque.

Mais. au fond, ce que les uns tentaient par la violence, lui l'essaye par l'adresse. C'est toujours la conquête, les termes seuls ont changé.

Duc Achille et comte Hector se sont réconciliés : les deux héros sont alliés pour courir à l'assaut de la citadelle Fortune. Quant à Noëla... voici :

C'était le 1er décembre 1851. Neuf heures venaient de sonner.

Deux vieux serviteurs avaient été laissés par le duc à la garde de l'antique hôtel. C'étaient d'anciens fidèles de la maison, que, par pudeur, on avait su toujours laisser dans l'ignorance des choses ténébreuses qui s'y étaient accomplies.

Germain et sa femme Germaine comptaient à eux deux près d'un siècle et demi. C'est assez dire que ce n'étaient pas des enfants. Ils avaient vu naître le comte Hector et le duc Achille ; ils avaient pleuré sincèrement la duchesse Hélène, mais, respectueux, ils avaient salué respectueusement Amélie de Solesnes, entrant dans la famille des Courtraige.

Pour eux ce nom était entouré d'une auréole. Ils avaient la superstition du passé et, quoique bien vieux, espéraient encore que la maison de leurs maîtres recouvrerait son ancienne splendeur. Le soleil des Courtraige pouvait s'obscurcir ; s'éteindre jamais !

En somme, vie végétative dans laquelle il y avait une seule douleur, mais celle-là bien réelle. Ces enthousiastes de la race des Courtraige déploraient qu'il ne fût pas né un enfant pour perpétuer le nom.

La duchesse Hélène avait mis au monde un enfant mort. On aurait pu les voir, sanglotant, accompagner à sa dernière demeure cette créature qui leur semblait emporter avec elle un lambeau du noble blason.

Noëla entra dans la maison. Elle était du sang des Courtraige, étant, à ce qu'ils croyaient, la fille du comte Hector. Ils eussent préféré un fils. Mais on leur avait dit que les souverains de France pouvaient faire revivre un titre au profit de l'époux d'une fille de grande maison. Ceci les avait consolés...

Mais voici qu'il y avait plus de deux ans Noëla un jour était partie. On disait qu'elle entrait au couvent, qu'elle allait prendre le voile. Ce fut un coup pour les deux vieillards. Cette fois, c'était bien fini.

N'attendant plus ce renouveau qui peut-être les eut rajeunis, ils se laissaient endormir dans leur vieillesse sans espoir. Du moins on leur avait laissé l'hôtel, dont ils étaient comme deux pierres vivantes.

Ils passaient leurs journées, l'un en face de l'autre, Germain hochant de temps en temps la tête sans parler, Germaine comprenant des regrets inexprimés et approuvant d'un geste...

Or ce soir-là, après avoir fait, par un instinct d'habitude, leur ronde de chaque jour, ils étaient rentrés dans la vaste chambre qu'ils occupaient au rez-de-chaussée, du côté de la rue Poultier. Lui, somnolait dans un vieux fauteuil, concédé par la complaisance des maîtres ; elle tricotait.

Tout à coup un même tressaut les fit bondir...

— As-tu entendu ? fit Germain...

— On sonne à la grille...

— Du côté de la rue Saint-Louis...

— Ce ne peut être M. le duc ; il a emporté les clefs...

Ils tendirent l'oreille. La cloche tinta violemment.

— C'est singulier, pourtant, fit le vieux serviteur, on dirait que c'est un maître qui sonne... il faut y aller...

— Si c'étaient des malfaiteurs !

Germain haussa les épaules. Il ne croyait pas à ces légendes de rôdeurs attaquant nuitamment les maisons.

Et puis ce vieux avait du courage.

— Allume la lanterne ! dit-il d'une voix de commandement.

Pendant que Germaine obéissait, le vieillard jetait un manteau sur ses épaules, car l'air était froid. Puis il prit un gros bâton :

— As-tu remarqué, dit-il encore, que les chiens n'aboient pas...

— Il faut que ce soit quelqu'un de la maison...

Et rassuré décidément par cette déduction, Germain se hâta de sortir. La cloche tintait toujours et des éclats de voix perçaient.

— Qui est là ? demanda Germain approchant de la grille et se mettant en défense, par un dernier reste de prudence...

— Mais ouvrez donc ! cria une voix féminine. Et hâtez-vous ! je meurs de froid dehors !

— Mademoiselle Noëla ! fit le vieillard qui cette fois se hâta pour de bon...

— Mon oncle n'est pas ici ? demanda Noëla à travers la grille.

— Ni M. le duc ni Mme la duchesse ne demeurent en ce moment à l'hôtel ; nous sommes tout seuls, Germaine et moi...

Disant cela, il se hâtait de détacher les chaînes à cadenas qui fixaient la lourde grille qui enfin tourna en grinçant sur ses gonds rouillés...

— Enfin, fit Noëla en s'élançant à l'intérieur.

Germain ne put réprimer un cri de surprise...

La jeune fille, tête nue, les cheveux détachés, était vêtue d'une longue robe blanche qui l'enveloppait tout entière. A la lueur de la lanterne qu'il avait élevée jusqu'à son visage, le vieillard reconnut que son front était couvert de sueur, tandis que ses joues étaient teintées du rouge le plus vif...

— Ah ! mon Dieu ! fit-il. Est-ce qu'il vous est arrivé un malheur ?

Mais sans lui répondre, elle avait passé devant lui. Puis l'arrêtant un instant :

— Ne referme pas la grille, mon bon Germain.

— Mais, mademoiselle, il le faut.

— Ne la referme pas, te dis-je. Pousse seulement le gros verrou de fer...

— La maison ne sera pas sûre... et j'aurais peur pour vous...

— Peur ! fit Noëla en relevant la tête par un geste plein d'énergie. Sois tranquille, je n'ai rien à redouter... et je saurais bien me défendre... donc obéis-moi, sans m'interroger, sans chercher à comprendre... et ce sera une bonne action.

— Vous êtes une Courtraige, dit le vieillard en s'inclinant, et vous êtes ici la seule maîtresse.

Il suivait Noëla qui marchait rapidement vers le bâtiment.

— Ce n'est pas un ordre que je te donne, mon bon Germain. C'est une prière que je t'adresse. Je vais te donner tout à l'heure quelques explications... mais, avant tout, il faut que je me réchauffe, car je suis glacée.

Déjà, sur un signe de son mari, Germaine avait ravivé le feu prêt à s'éteindre. Celle-ci n'était pas femme à adresser une seule question à celle qui portait le nom de Courtraige.

— Germaine, dit encore Noëla, donne-moi un manteau... que je m'enveloppe... Ah ! la froide soirée !

— Germaine se hâta de lui donner ce qu'elle demandait.

Mais comme Noëla étendait les bras pour prendre le manteau, elle vit que les mains de la jeune fille étaient teintes de sang. Elle poussa un cri, et, sans parler, désigna les taches du doigt.

CE MISÉRABLE, C'ÉTAIT TOTO LAMUCHE...

Noëla sourit :

— Oh! ne t'effraye pas! je ne viens pas de commettre un crime... Seulement, ajouta-t-elle tout bas, les murailles du couvent étaient hautes et les pierres étaient rudes.

— Quoi! s'écria Germain qui comprit tout à coup, mademoiselle s'est échappée du couvent!

Noëla le regarda en face :

— Écoute, mon vieux Germain... tu m'as toujours témoigné une bonne et sincère affection...

— Je vous aime et je vous respecte, mademoiselle Noëla, car vous êtes une vraie fille de Courtraige.

Noëla eut peine à réprimer un léger mouvement d'impatience. Évidemment elle eût voulu un tout autre motif à la sympathie de ce vieillard.

— Je veux te demander un grand service.

— Je suis à vos ordres...

— Pour des motifs qu'il m'est impossible d'expliquer, je vais quitter cet hôtel, quitter Paris...

— Vous, mademoiselle! Mais M. le duc...

— M. le duc de Courtraige... fit Noëla avec un indicible accent d'ironie, me porte, il est vrai, un très grand intérêt... mais je désire cependant qu'il ne soit pas instruit de ma résolution.

Germain recula.

— Mademoiselle, c'est impossible. M. le duc est le chef de la famille et s'il m'interroge.

— Il ne t'interrogera pas.

— Pourtant dès qu'il saura que vous êtes venue ici, la nuit, il voudra savoir où vous êtes allée ensuite.

— Qui donc lui dira que je suis venue? Personne ne m'a vue, si ce n'est toi et ta femme... Le duc ne soupçonnera pas que je me sois rendue à l'hôtel... Donc vous êtes, tous deux, les dernières personnes qu'il questionnera.

Évidemment il y avait là un sophisme qui troublait le vieillard. Mais sa conscience lui disait que, ne fût-il pas même interrogé, son devoir était de rendre compte au duc dès qu'il le verrait de ce qui s'était passé dans l'hôtel.

Du reste il ne se reconnaissait aucune autorité pour s'opposer aux volontés de Noëla.

— Mademoiselle, dit-il enfin, je suis né dans la maison des ducs de Courtraige... je les sers depuis que j'ai l'âge de raison, et jamais je ne me suis permis ni une réticence ni un mensonge. Je ne puis donc pas vous promettre ce que vous me demandez. D'autre part, je puis vous assurer que M. le duc vient très rarement ici... et que je n'aurai pas de longtemps peut-être l'occasion de lui parler.

Noëla eut un sourire :

— Vous ne jugez pas indispensable d'aller de vous-même le prévenir.

— M. le duc m'a défendu d'aller chez lui sous aucun prétexte.

— C'est bien, je n'insiste plus. Maintenant que je suis réchauffée, je vais aller me mettre au lit... nous reprendrons cet entretien demain matin.

— Mademoiselle veut sans doute que j'allume du feu dans sa chambre ?

— Non, merci. Donnez-moi seulement de la lumière, et ne vous préoccupez pas de moi. Je suis exténuée de fatigue, et je serai promptement endormie.

Malgré l'insistance des deux vieillards qui voulaient à toute force lui faire accepter leurs soins, Noëla se retira seule. Un instant après, elle était dans sa chambre.

— Il me semble que tu n'as pas refermé la grille, dit Germaine à son mari.

— C'est vrai. Mlle Noëla m'en a empêché. Mais sans doute elle était pressée de venir se chauffer... j'y vais.

Et, s'éclairant de sa lanterne, le vieillard resserra les chaînes et fit jouer les ressorts du cadenas... puis il revint dans son logement.

Noëla était dans sa chambre, seule.

Promptement, elle ouvrait les tiroirs de ses meubles ; elle en retirait à poignées des bijoux, des parures.

C'est que jusqu'au jour où son exaltation avait effrayé le duc Achille, elle avait été sa préférée. Point de jour ne se passait où il ne lui fît quelque cadeau. C'était sans cesse quelque nouvelle fantaisie qu'il semblait trop heureux de satisfaire.

Elle recevait alors toutes ces luxueuses bagatelles avec un sourire presque ennuyé. Et c'était un nouveau désir qui surgissait en elle.

Aujourd'hui elle examinait tout cela, elle pesait dans sa petite main l'or et les pierreries, et sur ses lèvres roses passait une question singulière :

— Qu'est-ce que cela vaut ?

D'où lui était donc venu soudain cet amour de richesse ? Pourquoi calculait-elle mentalement la somme qu'elle pourrait retirer de toutes ces babioles qu'elle avait naguère jetées insouciamment au fond de ses tiroirs ?

Pour expliquer ceci, quelques mots suffiront.

Après l'enlèvement de Titi Rabolet, Noëla avait été prise d'une crise nerveuse suivie d'une prostration assez prolongée.

Mais, dès que le sentiment lui était revenu, le souvenir de ce qui s'était passé surgit dans son cerveau plus violent, plus net.

En vain le duc, en vain Hector, en vain la duchesse elle-même s'efforcèrent de lui donner le change. Elle s'était trompée... lui disait-on, elle avait eu la fièvre.

Mensonge! tout était réel! Elle s'était bien glissée dans le parc, elle avait bien entendu la conversation des deux frères... elle était bien la fille du duc et d'Amélie... mais aussi ce qu'elle n'oubliait pas, c'est qu'il y avait quelque part un enfant volé, une fille comme elle, qui peut-être gémissait dans la misère et l'abandon...

Sûre d'elle et de sa mémoire, elle ne se laissa pas vaincre par les lâchetés de tous ceux qui l'entouraient... Elle n'avait plus qu'un but, qu'une volonté, réparer le crime qui avait été commis.

Et elle osa, tant il y avait d'énergie dans cette nature vivace, elle osa encore une fois menacer les coupables d'une dénonciation.

C'en était trop! deux jours ne s'étaient pas écoulés qu'elle était enfermée dans un couvent... et que là, considérée comme une malade, elle subissait l'horrible traitement qu'on inflige aux folles!

Folle! le mot avait été prononcé!... en vain elle protestait, en vain elle se débattait. Les *bonnes* religieuses avaient reçu leurs instructions.

Étaient-elles de bonne foi et croyaient-elles réellement à l'exaltation cérébrale de la jeune fille? Il ne nous appartient pas d'insister sur ce point délicat.

Toujours est-il qu'un jour Noëla comprit que toute résistance était inutile. Elle était vaincue... ou du moins l'heure était venue de feindre la soumission.

Ainsi, dans cette âme toute de franchise, ces misérables avaient fait germer l'hypocrisie. Ils la contraignaient à mentir pour se soustraire aux tortures physiques et morales qu'on lui imposait.

Que prétendait-on exiger d'elle? une rétractation?

Elle la fit devant le duc et le comte, solennelle, absolue. Oui, elle avait été folle, elle n'avait rien entendu, rien compris.

Le résultat de cet acte d'abjuration d'elle-même eût été immédiat, dès qu'elle y eût consenti. Les portes du couvent allaient s'ouvrir devant elle.

Elle refusa. Elle voulait rester dans cette solitude; il lui fallait le calme du repentir et le repos de l'oubli.

On s'efforça de combattre sa résolution ; elle resta inébranlable..

Pourquoi? C'est que cette âme loyale répugnait à se retrouver en contact avec ceux qui lui avaient imposé ce qu'elle considérait comme une infamie. puis, plus encore, elle était hantée de la pensée de retrouver celle qu'elle considérait comme sa sœur... celle qu'on avait chassée de la maison de son père, dont on avait tué la mère comme on l'eut tuée elle-même, si elle n'avait pris la résolution de plier.

Elle resta au couvent, passant des jours et des nuits à méditer. Elle était si jeune ! que pouvait-elle ?... Il lui fallait attendre, mûrir ses pensées, trouver dans sa conscience l'énergie dont elle aurait besoin !

On la crut tout entière à ses devoirs religieux. Ce qu'on prenait pour du mysticisme n'était que la concentration de ses facultés raisonnantes tendues vers un seul point.

Le duc et sa femme avaient pris leur parti. Décidément elle prendrait le voile. Aussi bien ne trouverait-elle pas dans la vie cloîtrée le calme qu'ils avaient toujours cherché?

Mais Noëla ne songeait pas à cela?... le temps passait, et son projet s'imposait à elle avec plus de force.

Si bien que, lorsqu'approcha l'époque où elle devait prononcer ses vœux, se sentant enfin suffisamment préparée pour la tâche qu'elle voulait entreprendre, elle prépara ses projets d'évasion.

Elle avait tout combiné. Elle agit seule, sans complices, sans aide étrangère.

Et c'est ainsi que, cette nuit, ayant franchi les murs du couvent, certaine que l'éveil ne serait pas donné avant le lendemain, Noëla avait reconquis sa liberté.

Quels étaient ses plans? Avant tout, elle voulait disparaître. Qu'on la crut à jamais perdue, morte même, c'était ce qu'elle prétendait.

Où irait-elle ? Elle comptait sur le hasard.

Hélas! elle était encore bien jeune, n'ayant pas accompli sa dix-septième année! elle ne se rendait pas un compte exact des dangers qu'elle allait courir... mais elle ne les redoutait pas.

Son âme était pleine de la grandeur presque héroïque du projet auquel elle s'était jurée de consacrer sa vie.

Elle savait seulement qu'il lui fallait de l'argent.

Elle comptait.

Outre ses parures, elle possédait environ deux cents louis, tant parfois la prodigalité du duc pour celle dont il niait être le père dépassait les bornes.

Elle les cousit dans une petite bourse et les glissa dans son sein. Puis elle enferma ses bijoux dans un sac qu'elle dissimula sous ses vêtements...

Elle s'était habillée de noir, simplement, avait caché ses magnifiques cheveux noirs sous un chapeau qui les enserrait. Voici ce qu'elle avait imaginé. Elle se rendrait à une gare de chemin de fer ; là, feignant d'arriver d'une ville de province, elle s'adresserait à un commissionnaire qui la conduirait à un hôtel.

Sachant admirablement broder, il lui serait facile de se faire passer pour

une ouvrière. Elle irait demander du travail dans un atelier. Bref, elle parvien-
drait à dissimuler son identité et à se créer une existence nouvelle.

Et alors elle commencerait son œuvre.

C'était fou à force de hardiesse. Mais elle avait seize ans, et l'imagination
colorait ces fantaisies d'une clarté qui l'éblouissait.

Qui à cet âge n'a rêvé de confondre les méchants et de sauver les op-
primés!

Enfin, Noëla avait achevé ses préparatifs.

Elle s'était arrêtée devant la glace, comme pour se regarder en face et
s'encourager...

Elle était plus belle encore qu'au jour où pour la première fois le lecteur
l'a vue flageller de son mépris et fustiger de sa badine l'ignoble Toto.

Ses traits avaient pris une netteté qui en avivait le charme, ses yeux brillaient d'un feu sombre et vivant.

— Allons ! fit-elle avec un geste de décision.

Elle éteignit les bougies, puis se dirigea vers la porte.

Elle traverserait le parc, retrouverait ouverte la grille de la rue Saint-Louis
et une fois dehors, à la grâce de Dieu!

Au moment où sa main se posait sur le pêne, elle tressaillit.

Un bruit singulier venait de parvenir jusqu'à elle.

On eût dit des pas, mais étouffés, plutôt un glissement.

Certes, Noëla n'était pas peureuse. Cependant, à cette heure et dans
cette maison solitaire, elle ne put réprimer un frissonnement. Peut-être
s'était-elle trompée? Puis c'était sans doute Germain qui dans son zèle venait
s'assurer que rien ne lui manquait.

Doucement elle ouvrit la porte de sa chambre et plongea ses regards dans
le vaste salon qu'il lui fallait traverser pour gagner l'escalier.

Et un cri, aussitôt contenu, s'échappa de sa poitrine...

XII

CHEMIN DE DAMAS

Voici ce qu'elle avait vu.

Deux hommes éclairés par une lanterne sourde inspectaient les murs, les
tentures, les cheminées, les meubles.

Elle ne voyait pas leurs visages. Ils étaient vêtus de paletots bruns qui se
confondaient avec l'obscurité.

Ils parlaient, mais à voix si basse que pas un mot ne parvenait jusqu'à elle.

C'étaient des voleurs ! des assassins !... et elle était là, immobile, retenant son souffle... sentant ses jambes qui tremblaient... **Que faire ?** quel parti prendre ? ..

Seule ! que pouvait-elle contre ces misérables ?... Qui pouvait-elle appeler à son secours ? les vieillards qui gardaient la maison ? mais avant qu'ils ne fussent arrivés jusqu'à elle, elle serait attaquée, frappée !

Cependant les deux hommes, avec un calme des plus admirables, continuaient leur inventaire. Et avec une sûreté de coup d'œil qui eût fait honneur à des commissaires priseurs, ils déposaient sur le parquet, qu'ils avaient recouvert d'une large couverture, tantôt une pendule, puis des candélabres, puis les rideaux qu'ils détachaient...

Un instant, l'un des deux décrocha un tableau et le plaça devant les yeux de son camarade qui promena sur la toile la lueur de sa lanterne.

— Inutile ! fit le voleur. C'est une copie !

Très-fort comme l'on voit.

Quand la couverture fut pleine, ils la nouèrent solidement par les quatre coins, y passèrent une forte corde, ouvrirent la fenêtre, puis firent descendre leur butin...

— Voilà qui est fait ! dit l'un. Le plus important est enlevé. En bas, on place tout sur la voiture. Toi, tu vas partir, t'atteler aux bricoles et enlever le baluchon...

— Et toi ?...

— Moi ! je vais faire encore un petit tour dans la baraque... J'ai idée qu'il doit y avoir encore dans quelque coin des bijoux et de l'argent...

— Dis donc ! ne fais pas de barbot personnel ! surtout !

— Pas de danger. Voyons ! est-ce que tu te défies de moi ?

L'autre fit un geste de protestation, témoignant de la profonde estime en laquelle il tenait son compagnon. Celui-ci lui donna encore quelques instructions à voix basse :

— Emmène Austerlitz, disait-il, mais dis au petit de continuer à faire bonne garde... Du reste, je ne vais pas moisir ici... dans un quart d'heure, j'aurai rincé toutes les cambrioles et je vous rejoins...

— A Saint-Pierre...

— C'est entendu. Et surtout ne vous laissez pas piger par les curieux... étalez bien sur le bibelot les verres cassés... ça fait que ceux qui viendraient y toucher se couperaient les abatis...

— Sois tranquille...

L'un des deux hommes sortit. L'autre écouta.

Au bout de quelques minutes, on entendit dans la rue le bruit d'une voiture qui s'éloignait...

Le voleur restait seul.

Noëla, toujours immobile, continuait à guetter.

L'homme regardait autour de lui, cherchant à s'orienter, et dirigeant de tous les côtés le rayon de sa lanterne.

Tout à coup la lueur tomba sur la tenture qui cachait la porte de Noëla. Comme si la lumière l'eût matériellement touchée, la pauvre fille frémit et ne put réprimer un léger cri.

Le voleur tressaillit à son tour, leva la tête, puis tendit l'oreille.

Il avait entendu. Cependant il croyait avoir été la dupe d'une illusion. Évidemment la maison était maintenant déserte. Les seuls habitants, Germain et sa femme, gisaient chargés de liens qui leur meurtrissaient les chairs sur le sol de leur chambre.

Ils avaient été surpris et saisis, et les deux malfaiteurs avaient eu facilement raison des deux vieillards trop faibles pour opposer à leurs assaillants une résistance sérieuse.

Donc le voleur était bien tranquille.

En vérité, il s'était consulté et avait été sur le point de fuir. Mais rassuré, il fit un geste de décision et marcha droit vers la porte.

Glacée d'effroi, impuissante à faire un mouvement, Noëla était immobile, debout, livide.

D'un geste violent, la porte fut ouverte...

L'homme vit cette femme, poussa un cri de surprise, et en même temps, d'un mouvement plus prompt que l'éclair, il arracha un couteau passé à sa ceinture.

En même temps que son autre main élevait la lanterne à la hauteur du visage de Noëla terrifiée.

Un cri rauque s'échappa de la poitrine du bandit.

— Elle ! cria-t-il.

Et tandis que maintenant elle reculait, en proie à une épouvante indicible, il courut à elle, la saisit par le bras et cria :

— Ah ! je te tiens !... et je te réponds que je ne te lâcherai pas !

— Laissez-moi !... je ne vous connais pas ! fuyez !... je n'appellerai pas !

— Ah ! tu ne me connais pas, fit le brigand en ricanant.

Et il dirigea sur lui-même le rayon de la lanterne.

Ce misérable, c'était Toto Lamuche.

— Ah ! tu ne me connais pas ! répétait-il avec un grincement de colère, je vais te rafraîchir la mémoire, ma petite.

Sa main se crispait au poignet de la jeune fille, secouée par un tremblement convulsif :

— Rappelle-toi, continuait-il... regarde-moi bien !... Il y a quelque chose

ET LES DEUX HOMMES ROULÈRENT SUR LE TAPIS.

comme trois ans... dans une maison de la rue Saint-Victor... je l'ai embras-
sée... et tu m'as coupé la figure d'un coup de cravache...

D'abord, dans le paroxysme de la terreur, Noëla n'avait pas reconnu les
traits de l'infâme... mais, à mesure qu'il parlait, la lumière se faisait dans son
esprit...

Un suprême dégoût lui monta aux lèvres... et, se retournant tout entière,
reconquérant à la fois sa force physique et son énergie morale, elle eut un
mouvement si brusque qu'elle se dégagea de l'étreinte du bandit, et lui cria :

— Arrière, misérable !...

Il poussa un rugissement, et fit un geste comme pour bondir sur elle et
l'écraser...

Mais tout à coup il s'arrêta... S'adossant à la porte, le couteau à la main,
il posa sa lanterne sur la cheminée... puis frottant une allumette sur sa cuisse,
il enflamma la mèche d'une bougie...

— Quand je suis avec mon amoureuse, fit-il de sa voix ignoble et traînante,
j'aime à y voir clair...

Elle se taisait, la tête haute, les bras croisés sur sa poitrine...

— Ça ne fait rien, continua Lamuche, je ne croyais pas avoir cette chance-
là... En voilà une veine, de venir comme ça pour faire son petit barbot bien
honnêtement !... et puis de tomber sur une petite femme chérie !... Tu n'en
mènes plus si large qu'autrefois, hein ? mam'zelle grands-airs... fini de rire,
pas vrai !...

Son regard s'allumait, son accent prenait des intonations menaçantes...
Elle fit un pas :

— Place ! dit-elle. Je vous ordonne de me laisser passer...

— Tu m'ordonnes, pas possible ! ma petite mère ! Ah çà, tu me crois plus
bête que je ne suis... Nous avons un vieux compte à régler et je suis rudement content de l'occasion...

Noëla détacha le petit sac qu'elle portait à sa ceinture, l'ouvrit, prit le
rouleau de deux cents louis, le brisa... puis jetant les pièces d'or sur le
parquet :

— Voleur... voici pour vous ! fit-elle fièrement. Maintenant... livrez-moi
passage !

Lamuche eut un mauvais rire.

— A ce qui paraît que tu as l'habitude de jeter l'argent par terre... reprit-
il en s'écartant de la porte, tout en la couvrant toujours de son corps... mais
aujourd'hui comme jadis, je te dis, moi, que ce n'est pas de l'argent que je
veux !...

Son masque se faisait hideux. Dans ses yeux brillants, il y avait je ne sais
quel feu sombre et effrayant...

Malgré son courage, Noëla recula encore...

— Mais que voulez-vous donc? murmura-t-elle oppressée par l'horreur.

— Ce que je veux, ma belle, ce n'est pas de l'or... ce n'est pas des bijoux!... ce que je veux... c'est toi!...

Et les bras étendus, la bouche crispée, il marcha vers Noëla...

Vierge de cœur et de corps, la malheureuse enfant n'avait pas compris tout d'abord... mais soudain une révélation atroce éclata dans son esprit...

— Arrière ! misérable ! cria-t-elle. Ne me touchez pas ; sinon...

Elle s'était élancée vers un meuble sur lequel se trouvait un couteau, arme de luxe, hélas ! bien inutile alors même qu'elle aurait pu s'en emparer...

Mais d'un bond Lamuche l'avait prévenue... il la saisit par le milieu du corps, et la courbant en arrière, il s'efforçait d'appuyer ses lèvres sur son visage...

Galvanisée par le dégoût que lui inspirait le misérable, elle lui avait appliqué les mains sur le visage et le déchirait de ses ongles...

Mais que pouvait la faiblesse de cette enfant, si énergique que la fît sa pudeur, contre le bandit dont l'amour n'était qu'une exaspération de haine...

Elle se défendait. C'était une hideuse bataille. La volonté résistait, les muscles fléchissaient.

Noëla se sentait enlacer. Elle était perdue. Et pourtant elle combattait encore... et avec une telle énergie qu'encore une fois elle parvint à échapper à son bourreau... Elle s'élança vers la porte et la franchit... elle courut à travers le salon, sachant que, si elle pouvait atteindre l'escalier, elle était sauvée...

Mais Toto Lamuche avait bondi derrière elle. Encore une fois il la saisit... Quand elle sentit l'étreinte infâme, elle comprit que cette fois toute espérance était perdue...

Et avec un râle d'angoisse, elle cria :

— Au secours! à moi!...

— Va, crie, ma belle, hurla Lamuche. Je te tiens et...

Il n'acheva pas.

Une forme sombre venait de surgir à l'entrée du salon... un coup violent avait été asséné en pleine figure du bandit... qui avait chancelé et avait été rejeté en arrière...

Et celui qui l'avait frappé lui sautait à la gorge, et le menaçant d'un couteau :

— Misérable ! criait-il, je vais te tuer...

Noëla était restée appuyée au mur, brisée, inerte...

Et les deux hommes se roulaient sur le tapis... Il y avait des grincements et des imprécations...

Enfin l'un d'eux se releva, l'autre était resté étendu... avec une tache rouge sur la poitrine...

Et celui qui était debout dit à la jeune fille :

— Mademoiselle Noëla, me reconnaissez-vous ?...

C'était Titi Rabolet. Il était en bas faisant le guet... Cédant enfin aux conseils criminels de son complice, il avait accepté une part d'action dans l'attentat qui allait être commis...

C'était lui qui s'était introduit par l'imposte que Lamuche avait signalée au père Austerlitz...

Mais voilà qu'une voix avait tout à coup résonné à son oreille, avec un accent déchirant d'appel et d'angoisse...

Ah ! cette voix ! il lui sembla qu'elle lui entrait dans le cœur ! il ne douta pas et n'hésita pas... en deux bonds il franchit l'escalier...

Il était arrivé à temps...

— Me reconnaissez-vous ? avait-il demandé à Noëla.

Elle, pâle comme une morte, ouvrait faiblement les yeux :

— Titi !... ah ! oui ! je sais... je me souviens ?... Ah ! je meurs !... emportez-moi d'ici.

Et elle s'affaissa sur elle-même... évanouie, mourante peut-être...

Mais déjà Titi l'avait saisie dans ses bras, sans raisonner, obéissant à un instinct plus fort que sa volonté, il emporta à travers l'escalier le corps inanimé et se trouva dans la rue...

Qu'allait-il faire ?

Il se faisait dans son cerveau un travail étrange !... En un instant, tout son passé se dressait devant lui... Il avait horreur de lui-même !... Cette voix, dont l'écho avait été si souvent évoqué dans sa conscience, lui avait soudain révélé toute son infamie... C'était plus qu'une révélation... c'était un réveil...

Une voiture passait à vide...

Titi eut une pensée subite...

— Cocher, cria-t-il, ma sœur vient de se trouver mal... voulez-vous nous reconduire chez nous...

Par hasard, le cocher était de bonne humeur. Cependant il demanda :

— Est-ce loin ?

— A Montmartre...

— Tiens ! justement c'est là que je vais... Allons ! emballez le colis... et en route... nous allons... bourgeois ?...

— Rue Berthe, n° 10, dit Titi Rabolet, se souvenant de l'adresse que lui avait jetée Calertin...

La voiture roula. Titi avait étendu la jeune fille sur l'une des banquettes... Il la soutenait, ayant placé sa tête sur sa poitrine...

Et rêvant, ayant des larmes dans les yeux :

— Allons ! Titi, murmura-t-il, tout cela n'était qu'un mauvais rêve.. réveille-toi... et souviens-toi !...

XIII

CONFESSION

Noëla, brisée par les émotions de cette nuit tragique, n'avait pas encore repris ses sens lorsque le cocher, à grand renfort de coups de fouet, eût forcé ses chevaux poussifs à gravir les hauteurs montagneuses de Montmartre.

Du reste, le trajet s'était accompli sans incident, à l'exception d'un seul cependant.

Au moment où la voiture avait traversé le Pont-Neuf pour gagner la rue Montmartre, elle avait dû s'arrêter assez longtemps pour laisser passer une file de fiacres.

Titi avait mis, discrètement, le nez à la portière et avait vu, non sans quelque surprise, des uniformes de sergents de ville encombrant lesdits véhicules. C'était tout au moins bizarre.

— Il paraît, pensa-t-il, qu'on va faire cette nuit une rafle dans Paris.

Il pensait à quelque bande de malfaiteurs, et, malgré lui, il s'était senti frissonner. Combien le gamin qui, tout à l'heure, prêtait la main au pillage d'un hôtel, eût été surpris, s'il eût pu deviner que cette expédition nocturne était dirigée contre d'honnêtes gens par une sorte de Toto Lamuche, siégeant à l'Élysée.

— Nous y voilà, bourgeois ! fit le cocher en s'arrêtant devant le numéro 10 de la rue Berthe.

Et sautant au bas de son siège, il ajouta en ouvrant la portière :

— Et j'espère que ça vaudra un rude pourboire... Ah çà ! mais la petite dame n'a pas l'air d'en mener large, tout de même?...

Titi qui ne tenait pas à ce que sa curiosité s'exerçât plus longtemps sur une aventure qui pouvait lui sembler singulière, plongea sa main dans sa poche et, chose étrange, la retira tout à coup comme s'il eût touché du feu.

C'est qu'une pensée subite venait de lui traverser l'esprit...

Oui, il avait de l'argent... une dizaine de pièces de cent sous ; mais d'où venait cet argent !

Il l'avait reçu quelques heures auparavant de son infâme complice... c'était le salaire anticipé du crime... et il allait s'en servir pour qui?... pour Noëla... c'était une profanation...

— Eh bien ! vous ne descendez pas ! reprit le cocher. Dites-donc, j'ai pas envie de moisir ici...

Titi se décida : il prit deux pièces de cent sous, les mit dans la main de l'homme qui poussa un solide « Merci, bourgeois !... » puis il lui dit :

— Voulez-vous me rendre un service ?...

— Pourvu que ça ne soit pas une course... volontiers ! pas pour moi que je dis ça, mais pour Coco qu'est rudement esquinté...

— Non, je vous prie d'entrer dans cette maison... d'y trouver un charpentier nommé Calertin — et de le prier de descendre tout de suite...

— Ça va ! Calertin ! bon !...

Le cocher sonna violemment. La porte s'ouvrit... Titi attendait...

Pourquoi n'était-il pas monté lui-même tout de suite?... Il avait le courage de se l'avouer... c'était par honte... et cette honte, c'était le commencement de la réhabilitation.

Ah ! combien le cœur change, lorsque s'y appuie la tête d'une femme qu'on respecte et qu'on ose à peine aimer !

Il paraît que les recherches du cocher n'étaient point aussi faciles qu'on eût pu se l'imaginer. Mais l'honorable automédon avait dû batailler avec le très gracieux concierge... et près de dix minutes s'écoulèrent avant que le charpentier, qui s'était jeté hors du lit à la hâte, parût enfin à la porte de la rue...

Titi prit son courage à deux mains, écarta doucement la tête de Noëla et sautant à bas de la voiture :

— C'est moi ! monsieur Calertin ! vous m'avez dit de venir vous voir... me voilà !...

Calertin eut un geste de surprise. Mais, à vrai dire, cela lui faisait plaisir de voir le fils de Rabolet.

— Bien, Titi, répondit-il. Monte avec moi...

— C'est que je ne suis pas seul...

— Il a sa pauvre sœur, fit le cocher en riant. Faut pas me la laisser pour compte...

— Sa sœur ! exclama Calertin.

— Oui, oui, interrompit vivement Titi. Je vous expliquerai cela là-haut...

Et il ajouta en appuyant sur ces mots :

— Aidez-moi à achever une bonne action...

Une bonne action ! ce n'était pas le brave Calertin qui se serait fait prier. Bien plus, il eut l'ingénieuse délicatesse des vrais bons cœurs... il ne parut s'étonner ni de voir une jeune fille ni de la trouver évanouie...

Doucement il la prit dans ses bras...

Au moment où il allait franchir la porte avec son fardeau:

— Monsieur Calertin, lui demanda Titi à voix basse, avez-vous vingt francs?...

— Oui... mais pas dans ma poche... là-haut...

— Vous voulez bien me les donner...

— Parbleu!

— Bon! je vais monter...

Le cocher était remonté sur son siège. Titi revint vivement vers lui

— Encore deux minutes!... camarade, dit-il. Je monte et je descends... et vous n'aurez pas perdu votre temps...

— Va pour deux minutes!... mais dépêchez-vous... la bête et moi nous avons besoin d'un joli coup de traversin...

Mais déjà Titi était dans l'escalier.

Il arriva en haut en même temps que Calertin.

Marie s'était levée, et, enveloppée d'un peignoir, elle aidait son père à déposer l'inconnue sur le lit...

— Monsieur Calertin! les vingt francs! dit Titi.

Calertin le regarda. Evidemment il était pris d'un soupçon :

— Oh! monsieur, fit Titi tout rouge et d'un ton suppliant, ayez confiance en moi...

Le charpentier ouvrit un petit coffre et en tira une pièce d'or, qu'il mit dans la main du gamin.

Oui... gamin! quand même et toujours! malgré son âge, malgré ses épreuves... car savez-vous comment il descendit... pour aller plus vite, tant il craignait que le cocher ne fût parti?...

Il se colla à califourchon sur la rampe, et psstt! grande vitesse, glissa les cinq étages en un rien de temps...

— Camarade, dit-il, vous avez les deux roues de derrière que je vous ai données...

— Un peu, mon petit...

— Eh bien! rendez-les-moi!...

— Hein?... des bêtises!...

— Non! puisque voilà vingt francs à la place.

Le cocher eut un juron de surprise satisfaite. Les deux pièces tintèrent dans sa main :

— Voilà le jaunet, dit Titi.

— Drôle de petit bonhomme tout de même! murmura le cocher qui fit l'échange demandé, poussa un : Hue! Guizot! des plus accentués et détala enchanté.

Pourquoi donc Titi avait-il voulu rentrer en possession de ses deux pièces?... Voici...

Il regarda autour de lui, avisa une borne... y alla, prit dans sa poche les autres « roues de derrière », y joignit celle qu'on venait de lui rendre, puis, enveloppant le tout dans son mouchoir, le déposa dans l'angle...

Puis avec un soupir de soulagement, il revint vers la maison, et ferma la porte derrière lui, en disant :

— Il y aura bien un pauvre chien, pour ramasser ça !...

Et dans sa poche il n'avait plus d'argent volé...

Cependant Marie, avec la délicatesse native des femmes avait desserré les vêtements de Noëla, tandis que Calertin, fort intrigué, tournait le dos en tapotant les vitres de ses doigts...

— Oh ! père ! Comme elle est jolie ! dit Marie. Pauvre chère !... mais venez donc voir... elle a du sang !...

Elle avait jeté une couverture sur la jeune fille.

Calertin s'approcha.

En effet, dans la lutte, les mains du misérable Lamuche avaient déchiré la peau fine et blanche de Noëla... Elle avait au cou une ecchymose rouge...

Le charpentier fut aussitôt rassuré. L'épiderme seul avait été blessé.

— Ce n'est rien ! dit-il. Fais tiédir un peu d'eau... mais, avant tout, il faut que cette enfant reprenne connaissance... du vinaigre suffira...

Au premier coup d'œil, il était facile de comprendre qu'aucun péril réel n'existait. La respiration régulière soulevait la poitrine de la jeune fille... et déjà des teintes rosées montaient à ses joues...

Marie, obéissant aux prescriptions de son père, lui frotta les tempes de vinaigre, puis lui en fit respirer...

Noëla ouvrit les yeux...

A ce moment, Titi, qui était remonté moins vite — je vous assure — qu'il n'était descendu, se sentant oppressé par une timidité qui ne lui était pas habituelle — Titi parut à la porte...

— Titi Rabolet ! s'écria Marie qui, tout à l'heure dans son trouble, n'avait pas reconnu le frère de Jean.

— Lui ! Ah ! le brave garçon ! murmura Noëla. Il m'a sauvée !...

Calertin s'était vivement approché du fils de son vieil ami. Il vit alors qu'aux paroles de Noëla, Titi s'était mis à sangloter. Ç'avait été plus fort que lui... et comme il sentait que c'étaient de bonnes larmes, il ne se retenait pas...

— Allons ! entre donc ! fit Calertin en lui tendant sa main ouverte.

— Oh ! monsieur Calertin ! pas votre main.

— Enfin, tu ne vas pas rester sur le carré.

— Pourquoi n'entre-t-il pas ? fit Noëla dont la voix était bien faible, mais si douce ! je voudrais lui dire encore merci...

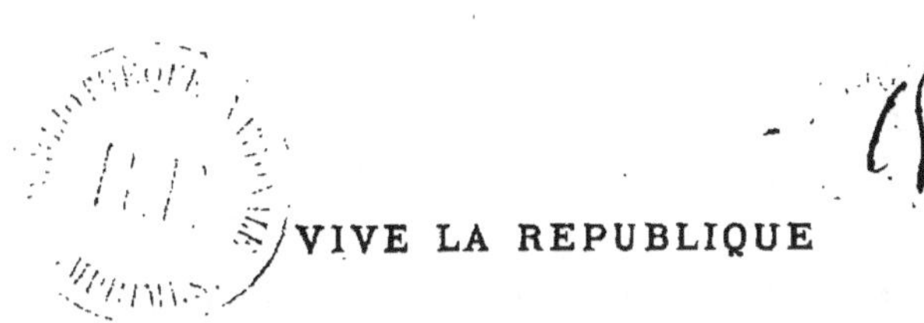

ET PRENANT UNE LARGE ENVELOPPE CACHETÉE.

Marie écarta son père ; prit Titi par la main et l'attira vers le lit.

Avec sa finesse féminine, elle devinait que Titi n'osait pas...

Alors Titi se mit à genoux, cacha son visage dans les draps et encore plus fort pleura à chaudes larmes.

— Qu'est-ce qu'il a donc ! disait Noëla. Titi, est-ce que, à moi, vous ne voulez pas donner la main...

Et son bras se penchant hors du lit se posa sur les cheveux du gamin...

Tout son être fut secoué par une commotion quasi électrique. Il se dressa à demi, et dit :

— Mademoiselle Noëla, n'est-ce pas que je ne suis pas méchant?

— Lui! méchant. Oh ! si vous saviez... il s'est battu si courageusement... pour me défendre... pour...

Elle ne put achever. Soudain l'horrible scène s'était retracée tout entière dans son cerveau et, prise d'un nouveau spasme, elle se laissa retomber en arrière, pâlissante...

Le charpentier se hâta d'intervenir :

— Allons !.!. tenons-nous tranquille ! fit-il de sa bonne et rude et voix. Ma bonne Marie, soigne de tout ton cœur la jolie sœur que le hasard t'envoie... moi, je vais confesser ce garnement-là...

Il prit Titi par l'oreille, comme autrefois, en ami et ajouta:

— En route, mauvaise troupe !... laissons ces dames chez elles, et nous autres, hommes, allons- causer...

Il s'efforçait de conserver le ton gai, encourageant. Mais, en vérité, il avait le cœur serré.

Ce lui était une grande joie que le retour de l'enfant prodigue... mais était-il sincère ? et puis quel mystère cachait cette détermination subite?... ce pouvait être effrayant !... Ne l'avait-il pas vu quelques jours auparavant prêtant son aide à des rôdeurs de nuit ?

Titi s'était relevé. Il passa sa main à revers sur ses yeux... puis il eut un geste de courageuse fierté...

— Monsieur Calertin, dit-il, je suis un misérable... et je viens vous demander pardon... si vous voulez me l'accorder, quand vous saurez tout...

Marie se pencha vers lui :

— Étienne, dit-elle à voix basse, tu ne sais rien de Jean?

— Jean ! fit Titi en frissonnant. Ah! je vous le disais bien que je suis un misérable !...

Calertin le poussa vers sa chambre. La porte se referma sur eux.

Se sentant seul avec celui qu'il considérait comme son juge, Titi se sentit pris d'un tremblement nerveux. Oui, il voulait parler, pleurer, prier... les mots s'arrêtaient dans sa gorge...

Dès qu'il avait mis le pied dans le logement de l'honnête homme, il s'était senti enveloppé d'une atmosphère chaude et vivifiante. Il ressuscitait, mais en même temps, il était ébloui comme ceux qui, ayant longtemps marché dans l'obscurité, arrivent tout à coup en pleine lumière... Son âme trébuchait, ne pouvant encore retrouver son équilibre...

Patient, Calertin attendait. Les braves gens sont physionomistes à leur manière. Pour lui, le doute n'était pas possible. C'était bien un repentant qui venait à lui. Mais maintenant l'honnête indulgent avait peur de blesser cette conscience endolorie...

Tout à coup une inspiration traversa son esprit.

Il alla vers un coffret qui se trouvait sur la cheminée et qui servait de piédestal à une réduction en plâtre de la République de David d'Angers, déplaça la statuette, fit jouer la serrure, souleva le couvercle, et, prenant une large enveloppe cachetée, il revint vers Titi :

— Écoute, mon enfant, dit-il, quand ton père est mort, te souviens-tu de ce qu'il a dit ?

Titi ne répondit pas. Il tenait son visage caché dans ses mains :

— C'est à moi, continua Calertin, qu'il s'adressait :

« — Ami, m'a-t-il dit de sa pauvre chère voix qui s'éteignait, quand je serai mort, tu prendras sous le chevet de mon lit des papiers... que j'allais donner à mon fils Jean, quand... »

— Tu sais ce qu'il voulait dire, Étienne ?

« — Tu garderas ce dépôt, acheva-t-il, et tu attendras que Titi soit digne de ta confiance... alors tu remettras ces papiers... »

« — Étienne, je m'adresse à toi en toute sincérité de conscience, certain que tu ne me mentiras pas. Réponds-moi comme tu répondrais à ton père, si, par un miracle, il se trouvait là, devant toi, si c'était lui, le mort, qui t'interrogeait...

« Étienne, es-tu digne de ma confiance ? dois-je, puis-je te remettre les papiers de ton père ?...

Titi plia le genou et dit ce seul mot :

— Non !

Calertin lui mit les deux mains sur les épaules :

— Écoute, Étienne, lui dit-il, tu n'es plus un enfant, mais tu n'es pas encore un homme... tu as suivi la mauvaise voie. Mais il est encore temps de revenir en arrière... dis-moi franchement, sincèrement, ce que tu as fait... A ton âge, l'irréparable n'existe pas... je fus l'ami de ton père, je suis le tien... veux-tu être mon fils ?...

A mesure que l'honnête charpentier parlait avec cette netteté franche qui persuade, Titi relevait la tête.

Quand Calertin eut achevé :

— Monsieur, dit-il, hier j'étais un coupable... aujourd'hui je suis un repentant...

— Bien! mon enfant!... mais pourquoi n'es-tu pas venu plus tôt?...

— Je ne sais pas... Est-ce que vous ne m'aviez pas maudit?...

— Toi! oh! c'est vrai!... ce jour-là, j'ai commis une faute... et bien souvent je me la suis reprochée...

Titi eut un geste de protestation.

— Ne dites pas cela, monsieur Calertin... j'ai été un misérable... et il faut que vous sachiez tout.

Alors, d'une voix faible, à ce point que le charpentier était obligé de se pencher vers lui pour l'entendre, Titi eut le courage de raconter toute sa vie depuis trois ans...

En vérité dans sa franchise le gamin ne pouvait écarter la note comique. C'était un bizarre mélange de paroles douloureuses et d'argot.

— Oh! je ne vaux pas cher, disait-il, mais aussi j'ai rudement turbiné! Vrai! si le maçon ne m'avait pas flanqué plus de gnons que de pain, je crois que j'aurais mordu à la truelle... Quant à la cuisine, vous savez! ça m'avait séché comme un hareng saur... il fallait m'humecter...

Quand il vint à parler de Toto Lamuche et de l'influence malheureuse que le bandit avait exercée sur lui :

— Mais en vérité, s'écria-t-il, je n'ai pas tué, je n'ai pas volé... sauf le jour que je vous ai dit, pour la pauvre Lézardine... Seulement il était temps, malheur! si j'avais pas entendu la voix de... celle que j'ai ramassée, eh bien! ça y était! ni plus ni moins, en route pour Cayenne...

Calertin l'avait écouté sans l'interrompre.

A mesure que le récit de Titi se prolongeait, l'inquiétude de l'ouvrier augmentait. L'irréparable n'existe pas, avait-il dit. Mais peut-être Titi avait-il dans son passé quelqu'un de ces actes dont la justice doit demander un compte sévère...

— C'est bien tout? fit-il avec une dernière inquiétude.

— Aussi vrai que vous êtes un brave homme, c'est tout...

Calertin eut un soupir de soulagement. Il ne doutait pas; il sentait que Titi ne lui avait rien caché. Et il était bienheureux, le pauvre charpentier... Après tout, Titi avait glissé, mais il n'était pas tombé tout à fait .. et puis ce qui lui plaisait par dessus tout, c'est que le gamin n'avait pas de protestations braillardes, de promesses bavardes. Il disait simplement :

— Me voilà... ni meilleur ni pire que je ne suis... Maintenant c'est fini... je viens vous demander de faire de moi un honnête homme...

Il avait des larmes aux yeux, le bon Calertin!

Il attira Titi dans ses bras et l'embrassa comme du pain, aurait dit Titi.

— Oh! c'est un vrai velours, murmura le gamin d'un ton pénétré qui fit sourire malgré lui l'ouvrier.

— Eh bien! reprit Calertin, passons une éponge sur tout cela... nous verrons à t'aider à racheter ce mauvais passé!... Tu travailleras bien, n'est-ce pas?...

— Oui!... je vous le jure... ma vraie parole d'honneur...

— Nous recauserons de tout cela... Maintenant, dis-moi, mon ami, qu'est-ce que tu as amenée cette nuit chez moi... tu comprends que je compte sur ton entière franchise...

— Pour ça vous pouvez être sûr, fit Titi qui rougit jusqu'aux oreilles... mais je ne peux pas dire grand'chose...

— Pourquoi ?

— Parce que je ne sais rien...

— Mais son nom ?

— Noëla...

— C'est tout ?

— Oui, mais je sais... elle m'a dit qu'elle a des parents ducs, comtes, tout un bataclan de noblesse...

— Est-ce que tu te moques de moi !...

— Pouvez-vous croire?... Ce qui vous étonne, je sais bien, c'est que je connaisse des personnes comme ça... moi, un vagabond, un propre à rien, mais je vais tout vous expliquer...

Et il raconta comment, après être tombé de la fenêtre de la rue Perdue, il avait été recueilli, soigné... où? par qui? Certes, il n'en savait rien... Noëla avait été bonne, c'est tout!... puis une femme très belle, mais très cruelle, l'avait fait jeter dehors...

Certes, jamais il n'aurait cru se trouver en face de Noëla... mais le hasard avait tout fait... Quelque répugnance qu'éprouvât Titi, à insister sur l'expédition de Lamuche, à laquelle il prenait part, cependant il eut le courage de ne rien dissimuler...

— Du moins, tu sais où est cet hôtel? demanda Calertin.

Titi donna les quelques indications qui l'avaient frappé.

— Il sera facile de trouver un hôtel aussi important... D'ailleurs, dans l'île Saint-Louis, les recherches seront aisées... enfin à ton idée, c'est la fille d'un grand seigneur...

— Oh! pour ça, je n'en doute pas...

— Et c'est bien dans cette maison-là que tu avais été conduit et dont tu avais été chassé?...

— Oui, j'ai reconnu le salon à travers lequel j'ai été emporté... il y avait des meubles avec des dessus... comme qui dirait des blasons... comme j'en ai vu dans les théâtres...

— Un dernier mot. Quand l'ignoble Lamuche maltraitait cette enfant, elle s'était évanouie...

— Oui... il n'était que temps... Ah! le gueux! je lui ferai passer le goût du pain!

— Pas de ces paroles de haine, Titi. Ce que je voulais savoir, c'est si c'était de son plein gré que la jeune Noëla avait quitté la maison.

— Dame! qu'est-ce qui l'en aurait empêchée?... Il n'y avait pas un chat dans la baraque...

— Tout cela est bien étrange, murmura Calertin. Enfin pour cette nuit on réclame l'hospitalité, on l'a... mais vois-tu, Titi, je n'aime guère à me mêler des affaires des grands personnages... pour nous autres, ça tourne toujours mal...

Titi le regarda avec effarement :

— Vous ne la renverrez pas?

— Comme tu dis cela!... Allons, Titi, tu sais que je suis bon et que je ferai tout pour que personne n'ait rien à me reprocher... Reposes-toi donc sur moi... et maintenant, tu m'as l'air éreinté, le mieux est de te coucher et de ne faire qu'un somme jusqu'à demain.

Le fait est que depuis quelques instants, Titi, malgré tous ses efforts pour se retenir, bâillait à se décrocher la mâchoire... Les deux nuits précédentes avaient été passées en orgies et la lutte contre Lamuche avait épuisé le reste de ses forces...

Calertin ouvrit un petit cabinet qui attenait à sa chambre :

— Fais-toi un lit là-dedans... Arranges-toi de ton mieux, et bonsoir!...

— Monsieur Calertin, je voudrais encore vous demander quelque chose...

— Parle!...

— Vous n'avez jamais eu de nouvelles de... Jean?

— Jamais...

— Vous le croyez mort...

— Malheureusement tout semble le prouver... et cependant je ne puis me défendre d'espérer encore.

Titi secoua la tête et ne répondit rien. Une douloureuse contraction lui oppressait le cœur... il avait besoin d'être seul... de s'étudier... de s'encourager lui-même...

Il ne demanda pas à l'ouvrier de lui donner la main... et, refermant sur lui la porte du cabinet qui lui était destiné, il s'étendit sur un tas de vieilles hardes... et les yeux ouverts regardant dans le noir, il se mit à rêver...

Ça ne fait rien! cette confession lui avait fait un rude bien!

XIV

ALERTE !

Pendant que Titi livrait ainsi tous ses secrets au charpentier, Marie et Noëla étaient restées seules... et encore une fois avait été prouvée cette vérité — que chez toute femme il y a une sœur de charité...

Grâce aux soins intelligents de Marie, la jeune fille avait enfin repris connaissance; et voyant devant elle ce doux visage, à la fois si pur et si bon, elle lui avait souri .

— Vous sentez-vous mieux? demanda la fille de Calertin.

Noëla ne répondit que par une inclination de tête... Elle cherchait d'abord à ressaisir le fil de sa pensée.

Les événements lui semblaient s'être pressés avec une rapidité vertigineuse. Depuis le moment où son sauveur lui était apparu, elle avait perdu toute notion du temps écoulé...

Elle craignait d'avoir été le jouet d'un horrible cauchemar; et, bien qu'elle eût reconnu Titi, cependant elle n'était pas sûre que tout cela fût bien réel.

— Où suis-je ? demanda-t-elle d'une voix faible. Que s'est-il donc passé?

— Vous êtes chez mon père, un honnête homme qui répond de vous... soyez donc sans inquiétude...

Noëla regardait autour d'elle. Ces lieux inconnus excitaient sa curiosité. Mais elle ne craignait pas. Un sentiment d'indéfinissable sécurité emplissait son cœur...

— Votre père?... reprit-elle. Quel est-il donc?

— Un ouvrier... qui travaille courageusement pour gagner sa vie...

— Et vous... vous travaillez aussi?..

— Certes oui, mademoiselle...

Noëla eut un petit cri de joie :

— Quel bonheur ! fit-elle. Vous m'apprendrez aussi à travailler...

Marie sourit :

— Je ne crois pas que ce soit le moment de penser à cela... Il faut d'abord vous soigner, vous guérir...

— Je vous demande pardon, mademoiselle, reprit Noëla qui était redevenue rêveuse, mais il me semble que mes pensées se heurtent dans ma tête... Voudriez-vous répondre à quelques questions?...

— Volontiers... interrogez-moi !

— Comment se fait-il que je sois ici... chez vous?...

— Vous avez été amenée ici, évanouie, par un jeune homme, un ami de mon père...

— Dites-moi son nom, voulez-vous?...

— Il s'appelle Étienne... mais, par amitié, nous l'appelons Titi Rabolet...

— Titi! oui, c'est bien cela! Ah! je me souviens maintenant! Si vous saviez! j'ai cru que j'allais mourir... quand tout à coup ce brave Titi est accouru à mon aide. . il a montré tant de courage! Où est-il?... je voudrais encore le remercier!...

— Il est là, à côté, causant avec mon père! mais je vous en supplie, ne vous exaltez pas ainsi... vous avez la fièvre, et, avant tout, vous avez besoin de calme...

Marie lui prit la main, et avec une voix pleine d'inflexions maternelles :

— Voyons! voulez-vous être bien raisonnable; je veux que vous vous reposiez... et demain matin nous causerons bien longuement...

— Comme vous êtes jolie... et bonne!

— Je vous dirai aussi que vous êtes jolie, riposta Marie avec une sorte de mutinerie; mais, pour que je puisse vous trouver bonne, il faut que vous m'obéissiez.

Noëla l'attira vers elle :

— Embrassez-moi! lui dit-elle tout bas.

— De grand cœur!...

— Voulez-vous être mon amie, ma sœur!...

— Certes, je le veux... et je vous jure que jamais vous n'aurez trouvé sœur plus dévouée que moi...

— Si vous saviez, fit Noëla en secouant tristement la tête, combien j'ai besoin d'être aimée!...

Et de grosses larmes roulaient dans ses yeux.

— Ne pleurez pas!... si vous avez été malheureuse... eh bien! je ferai tout pour que vous l'oubliiez...

— Dites-moi votre nom?...

— Marie... et mon père se nomme Calertin. Et vous?

— Moi?

Noëla parut hésiter. Puis :

— Je m'appelle Noëla, dit-elle, mais je vous en prie... ne me demandez rien de plus...

Et comme Marie, surprise, semblait cependant disposée à pousser plus loin son interrogatoire :

— Écoutez-moi, continua Noëla en l'attirant auprès d'elle, je veux que vous ayez confiance en moi... Il y a dans ma vie un grand secret, mais ce

SANS LUI PARLER IL LUI MONTRA L'AFFICHE.

secret ne m'appartient pas... je veux réparer une grande injustice qui a été commise par...

— Par qui? demanda vivement Marie.

— Par des personnes que je ne puis encore nommer... Je vous en supplie! ne me pressez pas; laissez-moi d'abord reprendre possession de moi-même... demain, plus tard, je vous dirai peut-être tout... mais jusque-là, gardez-moi auprès de vous, cachez-moi... que nul ne soupçonne qui je suis...

Et s'étant méprise à un geste de la jeune fille :

— Ne craignez rien! s'écria-t-elle, je ne vous serai pas à charge... je travaillerai... vous verrez, je sais admirablement broder... et puis j'apprendrai tout ce que vous voudrez... Mais, dites-moi, dites-moi que vous voulez bien que je sois votre sœur!

Elle était si charmante, Noëla, elle avait dans la voix tant de charme, dans tous ses traits tant de grâce et de naïve franchise que Marie se sentait toute troublée...

— Ma sœur, répéta Noëla en appuyant sa tête sur son épaule.

A ce moment il se passa un incident singulier.

Se laissant entraîner à l'étreinte de la jeune fille, Marie avait tourné sur elle-même, si bien que son gracieux visage se trouva pour la première fois en pleine lumière... jusque-là, faisant face à Noëla, elle n'était éclairée que faiblement, la lampe se trouvant sur la cheminée derrière elle...

Tout à coup, Noëla poussa un cri :

— Qu'avez-vous donc, Noëla! s'écria Marie. Souffrez-vous?...

— Non! non!... mais laissez-moi... oh! laissez-moi vous regarder...

— Tout à votre aise, fit en souriant la fille du charpentier.

Et Noëla attachait sur elle ses regards fixes qui s'animaient d'une lueur singulière.

— On dirait que vous me reconnaissez, dit Marie, est-ce que par hasard nous nous serions déjà rencontrées?..

Mais Noëla ne répondait pas. Il était évident qu'un travail étrange s'opérait dans son cerveau... Non. Elle n'avait jamais vu Marie, et pourtant ces cheveux blonds! ce front pur! ces yeux d'un bleu gris dont la profondeur laissait apercevoir l'âme tout entière... où donc Noëla avait-elle déjà vu tout cela?

— Eh bien? demanda encore Marie.

— Je ne sais, murmura Noëla, et pourtant!

Puis avec un élan en quelque sorte involontaire, elle jeta ses deux bras autour du cou de la jeune fille en s'écriant :

— Je ne me souviens pas! ma pauvre tête est brisée! mais ce que je sais, c'est que je t'aimerai bien, ma sœur... car... j'en ai la conviction!... il y a longtemps que je t'aime...

Le jour commençait à venir. Aux fenêtres, l'aube pâlissait... et pendant quelques instants, les deux jeunes filles restèrent ainsi enlacées. Marie n'osait pas se dégager... car elle sentait que le bras de Noëla s'alourdissait... la pauvre fille brisée, succombait à l'émotion et à la fatigue.

Tout à coup Marie tressaillit.

Elle avait entendu des pas dans l'escalier, puis on avait frappé discrètement à la porte extérieure. Une terreur subite lui serra le cœur.

Si l'on venait lui enlever Noëla! Depuis qu'elle l'avait ainsi tenue dans ses bras, il lui semblait que leurs deux âmes s'étaient fondues au point de n'en faire qu'une seule... Oui, elle serait sa sœur! et déjà elle sentait naître en elle la volonté de la défendre contre le danger.

On frappa de nouveau.

Doucement avec des précautions infinies, Marie détacha le doux collier que lui faisaient les mains de Noëla, et, passant dans l'antichambre qui était la première pièce de leur logement, elle se pencha vers la porte :

— Qui est là? demanda-t-elle avec un battement de cœur.

— C'est moi, M. Frédéric. Ouvrez vite !

Toute rassurée, quoique à pareille heure la visite de l'ami de son père la surprît, elle se hâta d'obéir.

— Calertin est là ?

— Oui... dans sa chambre.

— Est-il éveillé ?

— Je ne sais.

— Il faut que je lui parle... tout de suite ?

— Comme vous êtes pâle, monsieur Frédéric. Est-ce qu'il vous est arrivé quelque malheur ! demanda Marie qui remarquait le bouleversement de ses traits.

— Non ! Il ne m'est rien arrivé ! ... Cependant...

Puis regardant Marie :

— Vous êtes courageuse, vous !... et puis, je sais que vous aimez bien la République. Ce n'est pas nous qui sommes en danger, c'est la France !

Calertin, entendant des chuchotements, parut sur le seuil de la chambre.

Il vit son camarade et eut un geste de surprise.

Frédéric marcha à lui et lui prenant les mains :

— Entrons chez toi, dit-il, il faut que je te parle...

— Mais je veux savoir ! fit Marie.

— Tout à l'heure ! dit Frédéric. C'est à nous d'abord qu'il appartient de savoir où est notre devoir...

La porte se referma sur les deux hommes.

— Ami, dit Frédéric, le Bonaparte a jeté le masque !... le coup d'État est fait !...

Carlertin tressaillit.

— Ah ! le misérable ! fit-t-il, mais es-tu certain ?...

— Tiens, regarde !...

Et de sa poitrine, Frédéric tira une affiche encore humide qu'il avait pu arracher de la muraille où elle venait d'être apposée.

Elle était ainsi conçue :

(Qu'on nous permette, quoique simple romancier, de rappeler les termes de ce document historique qui devait être la déclaration de guerre des ambitieux et des criminels à la conscience de tout un peuple.)

« AU NOM DU PEUPLE FRANÇAIS,

Le Président de la République décrète :

Article premier. — L'Assemblée nationale est dissoute.

Art. 2. — Le suffrage universel est rétabli. La loi du 31 mai est abrogée.

Art. 3. — Le peuple français est convoqué dans ses comices à partir du 14 décembre jusqu'au 21 décembre suivant.

Art. 4. — L'état de siège est décrété dans l'étendue de la première division militaire.

Art. 5. — Le conseil d'État est dissous.

Art. 6. — Le ministre de l'intérieur est chargé de l'exécution du présent décret.

Fait au palais de l'Élysée, le 2 décembre 1851.

« LOUIS-NAPOLÉON BONAPARTE.

« *Le ministre de l'intérieur,*

« DE MORNY. »

Jamais plus insolent défi ne fut jeté à la face d'un peuple.

Un homme se substituait à la loi. Un homme, de sa propre autorité, s'érigeait en maître, et foulait aux pieds toutes les garanties dont la justice sociale a entouré l'homme et la vie des citoyens.

Calertin était atterré.

Ce n'était pas un démagogue, celui-là, selon le mot stupide qu'on jeta plus tard aux combattants. C'était le plus honnête, le plus infatigable des ouvriers, c'était le père de famille dévoué à ceux qu'il aimait...

Et pourtant en face de cet audacieux attentat, il n'eut qu'un mot.

— Ami ! nous n'avons qu'un devoir ! Combattre et, s'il le faut, mourir pour la loi et la République !...

— Je n'ai pas douté de toi... puisque me voilà !...

— Mais déjà le peuple se soulève, je pense !

— Pas encore. Jusqu'ici c'est de la stupeur ! une sorte de curiosité !... mais je ne doute pas que dans quelques heures Paris tout entier n'ait reconquis ses droits...

— C'est à quoi nous devons, tout d'abord, nous employer... Nous allons courir aux faubourgs... les ouvriers se rendent à leur travail... nous saurons bien les entraîner...

Hélas ! confiance d'honnêtes gens !... ils oubliaient que le peuple était fatigué de lutter... et que Juin l'avait décimé !

Calertin alla à la porte et appela sa fille.

Sans lui parler, il lui montra l'affiche. Trop souvent Marie avait causé avec lui pour ne pas comprendre :

— Quel est mon devoir ? lui demanda le charpentier.

Marie devint horriblement pâle :

— Mon père, dit-elle en se contenant, déjà mon pauvre Jean n'est plus !... Songez seulement que je n'ai plus que vous au monde !...

Il la prit dans ses bras et l'embrassa, puis :

— Ne crains rien ! je reviendrai dans quelques heures... d'abord nous avons à parler de plusieurs sujets... Veille sur Titi et que sous aucun prétexte, il ne sorte d'ici... A propos, et cette jeune fille !...

— Est une charmante et bonne créature... que j'aime déjà comme ma sœur !...

— Qui est-elle ?

— Je vous dirai tout, mon père. Mais hâtez-vous... car il me tarde de tout savoir, il me tarde de vous voir revenu...

Calertin l'embrassa encore une fois, et entraînant Frédéric, s'élança dehors.

XIV

TESTAMENT PATERNEL

Quarante-huit heures s'étaient passées depuis l'heure où Frédéric était venu chercher le charpentier, en lui révélant l'attentat commis par celui qui portait le titre de président de la République.

Calertin n'avait paru qu'un moment dans la matinée du 3 décembre.

Pâle, les dents serrées, ayant au cœur la colère bouillonnante, l'ouvrier avait à peine eu le temps d'embrasser Marie.

En quelques mots bienveillants, il l'avait interrogée au sujet de Noëla.

En toute autre circonstance, Calertin eût tenu à approfondir le mystère qui entourait la singulière aventure à laquelle Titi s'était trouvé mêlé.

Mais le charpentier était trop préoccupé des événements pour conserver toute sa liberté d'esprit.

— Puisque cette jeune fille réclame notre appui, avait-il dit à Marie, je te la confie... ce que tu feras sera bien fait. Tu es aussi prudente, aussi raisonnable qu'il faut pour ne pas te laisser entraîner par un dévouement irréfléchi... je me repose sur toi...

Marie l'avait interrogé, ses inquiétudes et ses angoisses étaient au comble. Elle savait par les voisins qu'un certain nombre de républicains avait décidé de lutter jusqu'au bout... Elle avait appris les arrestations... On lui avait fait lire les impudentes proclamations des Maupas et de Saint-Arnaud.

Elle comprenait bien que son père était résolu à faire son devoir... elle n'eut pas trouvé, pour le dissuader, une parole que sa conscience n'eût désavouée... elle le regardait de ses yeux pleins de larmes...

— Allons, mon enfant, lui dit Calertin, en la prenant dans ses bras, aie patience et courage. La bonne cause ne peut succomber... Quand tu me reverras, c'est que tout sera fini!...

Marie lui prit la main et la baisa silencieusement :

— Que deviendrais-je si vous n'étiez pas là! fit-elle.

— Bah! fit l'ouvrier en s'efforçant de rire, chassons toutes ces tristes idées!... Ah çà! et Titi...

— Titi a passé toute la journée à lire...

— Pas possible! et quels livres!...

— Il a choisi dans votre petite bibliothèque une histoire de France... et puis un traité de mécanique... il m'a demandé du papier, j'ai vu qu'il travaillait...

— Tiens! tiens! voilà du nouveau! Ah çà! est-ce que ce serait une véritable résurrection... nous allons voir cela...

Et il entra dans la chambre que Titi n'avait pas quittée...

Et Marie avait dit vrai... Sur une table qu'il avait débarrassée de tout ce qui la couvrait, Titi avait installé de grandes feuilles de papier... et il les avait couvertes de dessins qui, révélant une certaine hésitation de main, ne manquaient ni de régularité, ni de clarté...

— Bravo! fit Calertin. On mord donc à la besogne...

Titi leva la tête et rouge comme s'il eût été en faute.

— Il ne faut pas te troubler pour cela... Rien ne peut me faire plus grand plaisir... Voyons! qu'est-ce que tu étudies là...

— Les principes de la mécanique... pauvre père m'avait déjà appris cela autrefois... mais... j'avais oublié...

— Quel est ton but !

— Dame ! monsieur Calertin, puisque je suis décidé à redevenir un honnête homme, il faut bien que j'apprenne à travailler...

Il y avait dans son accent une naïveté qui frappa l'ouvrier.

— Oh oui ! répéta-t-il avec énergie, je voudrais savoir... je voudrais devenir, moi aussi un inventeur... Comme était père... Il me semble que je me sentirais près d'être pardonné...

Calertin était ému. Les larmes montaient à ses yeux.

Ah ! s'il eût pu lire dans l'âme de Titi, il eût compris que ce n'était pas seulement l'espoir de ce pardon qui lui mettait cette énergie au cœur...

C'est qu'aussi il entendait de l'autre côté de la cloison la voix de Noëla, et que cette voix parlait à sa conscience... je ne sais quelle vision d'avenir éclairait sa conscience... il voulait être digne d'elle.

Pourquoi ? il n'eut pas même osé penser à cela... mais des bouffées d'ambition montaient à son cerveau...

Calertin réfléchit un instant...

L'enveloppe contenant les papiers que lui avait remis le père Rabolet mourant, était restée sur la cheminée. Titi n'y avait pas touché, c'était visible.

Pas même curieux ! Décidément, notre gamin était en train de faire peau neuve... Calertin songeait. Il se disait qu'il allait jouer une partie suprême pour la défense de la République ! S'il allait être tué ?

Puisque Jean n'avait pas reparu, puisque Titi semblait prêt à s'amender, à rentrer dans la bonne voie, n'était-il pas de son devoir de ne pas garder plus longtemps le secret que Rabolet lui avait confié...

— Titi, fit-il d'une voix grave, approche-toi de moi, et fais bien attention à mes paroles.

Troublé, par cet accent empreint d'une étrange solennité, Titi fit un pas vers lui, Calertin lui prit les mains :

— Étienne, lui dit-il, je te l'ai dit... Il n'est pas de fautes qui ne se puissent racheter, mais avant tout, il faut que la résolution prise soit profonde, irrévocable... est-ce de toute l'énergie de ta conscience que tu as la volonté de devenir un bon et honnête ouvrier ?

— C'est bien vrai, bien sérieux, je vous le jure, dit Titi.

— Tu promets comme si ton père, sorti de sa tombe, était là pour recevoir ta promesse ?

Titi plia le genou et, par une sorte, de poétique fiction, il regarda le sol et dit :

— Père, entends-moi !... je serai digne de toi...

— Eh bien ! s'écria Calertin, je ne veux plus douter.

Il prit l'enveloppe et la plaçant aux mains de Titi :

— Je te donne ces papiers...

— Quoi! déjà?

— Il le faut!... vois-tu? enfant, il se passe des choses graves... et je ne peux pas tarder plus longtemps à obéir aux ordres de ton père...

— Des choses graves! que voulez-vous dire?

Calertin baissa la voix :

— Je vais me battre... et peut-être me faire tuer, en criant : Vive la République !...

Titi tressaillit tout entier :

— Ah! vous avez le droit, vous, de pousser ce cri... hélas! à moi, père l'a défendu.

— Reconquiers ce droit, enfant, par ta bonne conduite, par ton travail... mais il faut que je me hâte, mes amis m'attendent...

— Vous ne voulez pas que j'aille avec vous !...

— Non, je désire que tu restes ici... Qui sait si celles qui sont là n'auront pas besoin de toi... Prends connaissance des dernières volontés de ton père... A mon retour nous parlerons de tout cela... maintenant, donne-moi ta main... embrasse-moi... et au revoir!

Que Titi n'aurait-il donné pour pouvoir, lui aussi, aller combattre pour cette cause qui se formulait, à ses yeux, dans le cri que son père lui avait interdit !...

Mais si Calertin pouvait lui pardonner, lui, Titi n'était pas si indulgent... Il ne se pardonnait pas encore...

Ah! le jour où il crierait largement, franchement : Vive la République! Ce jour-là, c'est qu'il aurait reconquis sa propre estime, — et il s'était promis d'être difficile et sévère...

Calertin revint vers Marie et sa compagne.

— Mademoiselle Noëla, dit-il à la jeune personne, cette maison est la vôtre; vous avez su faire la conquête de Marie. Je vous confie donc l'une à l'autre.

— Puisse-t-elle m'aimer comme je l'aime, dit Noëla en souriant à la fille du charpentier. Et vous, monsieur, je vous respecte déjà comme si vous étiez mon père !...

Calertin attira Marie sur le palier :

— Ma fille, lui dit-il, tu sais que Frédéric m'a remis vingt mille francs... Au cas où il lui arriverait malheur... C'est sa volonté que cette somme soit employée à des recherches pour retrouver la trace de Jean...

— Brave cœur! fit Marie. Mais vous reviendrez tous deux!

Calertin, pour ne pas répondre, l'embrassa à pleines lèvres. Il s'arrêta un instant, comme s'il eût encore voulu parler; puis, avec un geste de résolution, il s'élança dehors :

— ALLONS! DIT-IL, PUISQU'ON ME L'A PERMIS.

— A quoi bon ! murmura-t-il. Qu'elle reste à jamais la fille de Calertin l'ouvrier... cela est mieux ainsi... et maintenant, au devoir !

Titi était resté seul.

Il tenait toujours à la main l'enveloppe jaunie. Il tremblait un peu. Qu'était-ce donc que ce précieux dépôt ?...

— Allons, dit-il, puisqu'on me l'a permis...

Et il déchira le pli...

De nombreux papiers s'en échappèrent... Titi les examina un à un. Pour la plupart c'étaient des devis, des épures, des croquis de mécanique.

Mais Titi s'y reconnut facilement. C'étaient les dessins de cette fameuse machine à air comprimé à laquelle le père Rabolet avait consacré les dernières années de sa vie. Titi la connaissait bien ; souvent le serrurier l'avait admis dans l'atelier, alors que seul, aux prises avec le démon de l'invention, il tâtonnait, il combinait...

Et peu à peu Titi se sentit empoigné — c'est le mot propre — par ces études. Des notes explicatives y étaient jointes. Le serrurier avait reçu une éducation primaire qu'il avait plus tard perfectionnée par l'étude. Son écriture était lourde, l'orthographe n'était pas irréprochable comme celle d'un rédacteur du dictionnaire de l'Académie, mais en fait les explications étaient d'une remarquable netteté...

Titi prenait à ces travaux un singulier intérêt. C'était comme une révélation qui se faisait en lui, pour un peu, il se fut écrié : ·

— Et moi aussi, je suis mécanicien !

En réalité, il avait déjà prouvé, — ne fût-ce que dans la fabrication des engins que lui avait demandés naguère le père Brouillat — de véritables dispositions...

Il s'absorba dans cet examen, si bien que les heures passaient sans qu'il s'en aperçût...

Marie l'appela pour partager son repas avec Noëla.

Déjà Titi n'était plus le même : il avait un air presque timide qui lui allait bien. Et puis monsieur le gamin se sentait coquet. Il avait fait un bout de toilette, c'est-à-dire qu'il s'était fortement débarbouillé et s'était donné un vigoureux coup de peigne...

Certes, il n'était pas beau ; il avait toujours son nez pointu et ses yeux émerillonnés... mais les dents étaient bien blanches, le regard était malin... puis pour peu que Noëla levât les yeux sur lui, il rougissait jusqu'aux oreilles, ce qui ne lui messeyait pas...

Seulement, c'était ce style !... Là, il lui était bien difficile de changer tout d'un coup... Il parlait la langue parisienne dans toute sa verdeur excentrique... Noëla ne comprenait pas toujours... mais lui jetait des regards de reproche qui arrêtaient parfois sur ses lèvres le mot prêt à s'en échapper... c'était toute une éducation à refaire.

Titi ne se doutait pas que de longues années devaient s'écouler avant qu'il pût prendre l'habitude de ne plus appeler une promenade « une balade » ou de s'abstenir des « fiche le camp » et autres fleurs de rhétorique dont il émaillait son langage...

Désespérant de parvenir tout de suite aux préciosités du français de bonne compagnie, il se hâta de rentrer dans sa chambre.

Il se disait d'ailleurs que peut-être il s'était laissé trop longtemps arrêter par les questions mécaniques et qu'il lui fallait d'abord examiner les autres papiers laissés par son père.

Le soir étant venu, Marie lui donna une lampe et lui souhaita bonne nuit.

Mais Titi n'avait pas envie de dormir.

Il reprit son travail.

Une lettre était adressée à Jean. Voici ce qu'avait écrit le père Rabolet :

« Mon cher enfant, avant de mourir, j'aurai le courage de te faire un aveu pénible. Il y a dans ma vie un secret dont je me meurs. Lorsque tu liras ceci, tu le connaîtras; je sais que tu es bon et que tu m'auras pardonné... mais aussi tu auras pris l'engagement d'employer toute ta vie à réparer le mal que j'ai fait... »

Titi s'arrêta. Il ne comprenait pas. Quoi! son père, cet homme si bon, dont toute l'existence n'avait été qu'un long sacrifice à ceux qu'il aimait, cet homme s'accusait :

Et, songeant à ces fautes imaginaires dont parlait son père et à celles que lui-même avait commises, Titi se sentait plus humilié et plus repentant.

Le père continuait :

« Donc Jean, tu connais le fond de l'histoire. Je t'en ai évidemment donné déjà quelques détails... mais la souffrance m'a-t-elle permis d'être assez clair? je ne sais.

« Tu trouveras dans une note ci-jointe les indications précises que j'ai pu retrouver dans mon souvenir. Tu comprendras facilement à quelles circonstances chacune d'elles se rattache. Ne recule devant aucune recherche. Il faut que l'enfant dépouillé, volé, soit remis en possession de ses droits... pauvre fille! quand je songe qu'aujourd'hui elle a seize ans, et que peut-être elle est en butte à toutes les tentations de la misère et du désespoir! Ceci rend ma mort bien dure, mon pauvre enfant!... c'est un terrible exemple de ce que pèse sur la vie un seul moment d'erreur.

« Je ne doute pas de toi, cependant. Et ceci me rend un peu de tranquillité.

« Je te confie Étienne. Tu sais que je l'ai toujours profondément aimé... pas plus que toi, certes!... mais sais-tu bien que dans mon affection pour lui... il y a toujours eu un peu d'égoïsme... Je suis sûr que Titi, tout en étant un franc gamin, a beaucoup de cœur et beaucoup d'intelligence... dans un an ou deux, si j'avais vécu, je l'aurais initié à tous les secrets du métier... et il aurait fait, j'en suis certain, un mécanicien de premier ordre...

« Si comme moi tu avais entendu, quand il me regardait travailler, ses remarques pleines de malice, d'habileté... Si je te disais que j'ai plus d'une fois profité d'une idée qu'il jetait en l'air, comme s'il eût joué à la balle.

« Tu es un très bon ouvrier. Tu es rangé, honnête. Tu épouseras, j'y compte bien, la fille de mon ami Calertin... mais ne perds jamais Titi de vue... il a besoin d'être tenu, pas trop durement, bien entendu. C'est comme les jeunes poulains, il faut leur laisser un peu de large. Je crois que tu en seras content : ce feu de polissonnerie passera. J'ai été comme cela, moi. Et je suis devenu bien calme ! trop calme... hélas !

« C'en est assez. Je me suis confessé à toi. Je t'aime et je te bénis. Aime bien ton frère, et quand tu penseras à moi, donne-moi un bon souvenir : va, au fond, je suis un brave homme et je vous ai bien aimés ! »

Le serrurier avait signé d'une main tremblante. Titi pleurait sans savoir pourquoi : Il y avait dans ces lignes bien des obscurités qui lui échappaient.

Mais ce qui le touchait, ce qui le peinait avant tout, c'est qu'il sentait que son père était malheureux... et que lui Titi avait centuplé ses angoisses suprêmes par le crime *inconscient* qu'il avait commis...

Oh ! comme il eût voulu pouvoir s'agenouiller encore devant le mourant ! Toute cette scène se retraçait dans son esprit, et il pliait sous le poids de ce passé, qu'il ne pouvait pas racheter.

Et comme son père l'aimait ! Oui ! il deviendrait une bon ouvrier, un vrai mécanicien... il lui semblait sentir une fièvre lui monter au cerveau...

Relisant cette lettre, son attention s'arrêta sur cette ligne :

« Il faut que l'enfant dépouillé, volé, soit remis en possession de ses droits !»

Qu'était-ce donc là ! Mais en vain il faisait appel à toutes les ressources de son imagination, il ne devinait rien. Seulement il comprenait que son père avait l'intention de confier un secret à Jean.

En avait-il eu le temps ! C'est ce que Titi ignorait.

Il prit alors la dernière feuille, qui était jointe aux épures et à cette lettre.

En tête se lisaient ces deux mots :

NOTES COMPLÉMENTAIRES

Elles étaient divisées par paragraphes de la façon suivante :

« 1. *Époque exacte.* Soirée du 17 juillet 1847. Entre neuf et dix heures — « le temps était lourd — un orage menaçait, mais passa sur Paris sans éclater, « si bien que le vent devint tout à coup assez frais.

« 2. *Portrait de l'homme.* — Je n'ai pas vu son visage — dans la boutique,
« il se cachait avec son chapeau — dans la maison, il avait un masque —
« pourtant j'ai fait quelques remarques — il est grand, a les épaules très
« larges — doit être d'une force exceptionnelle — quand il m'a pris le poignet
« pour me guider, j'ai senti que ses doigts étaient très doux, — ce ne sont pas
« les mains d'un ouvrier, mais d'un grand seigneur — il porte les ongles longs
« et taillés en pointe.

« J'ai peu vu ses cheveux — cependant je crois savoir qu'ils étaient gri-
« sonnants ; — il avait au menton une barbiche assez longue et pendant la
« scène finale (celle du vieillard), il la tordait avec une sorte de rage.

« La voix était grave, bien timbrée, mais facilement dure, presque bru-
« tale.

« Quant à son costume, c'était celui de tout le monde — une redingote
« noire — du linge très blanc, très fin, — des bottes vernies sur un pied très
« petit. Pas de bijoux ; — seulement une chaîne d'or très fine et ne cherchant
« pas l'effet.

« C'est peu à peu que j'ai retrouvé ces détails dans ma mémoire — je puis
« certifier qu'ils sont très exacts.

— *Portrait de la femme.* « Je peux dire peu de choses. Elle est grande, a
« les cheveux très noirs et très épais — à travers le voile qui couvrait son
« visage, je voyais ses yeux qui brillaient d'un très vif éclat. La main qui tenait
« serrés les plis de ce voile était très fine — point très important : à l'un des
« doigts il y avait une bague assez originale — un cercle noir dans lequel était
« enchassé un gros diamant.

« Quand elle s'est élancée vers le coffre ouvert pour prendre les papiers.
« elle a lâché le voile, qui s'est un instant dérangé. Elle avait le cou très dé-
« couvert, et j'ai vu un collier d'or auquel était suspendue une croix noire, sur-
« montée de diamants.

« *La voiture.* — Drapée de drap très fin capitonné, ma main a rencontré
« un gland de soie qui évidemment devait servir à tirer un cordon pour avertir
« le cocher ; à l'extérieur, une caisse brune sur laquelle ne se trouvait, du
« moins je le crois, aucune armoirie.

« 5. *La distance.* — Malgré mon trouble, je suis certain d'avoir remarqué
« que la voiture tournait sur elle-même. On cherchait à me dépister. Mais je
« suis convaincu qu'on est passé sur un pont. A ce moment-là, j'ai entendu les
« cloches de Notre-Dame, sur ma gauche, donc on allait vers l'île Saint-Louis.
« Peut-être était-ce le pont de la Tournelle. Mais je ne puis rien affirmer. —
« Le trajet n'a pas duré un quart d'heure. En tenant compte des détours, cela
« doit faire tout au plus six à huit minutes. — Ce n'est donc pas loin de la
« rue Perdue.

« De plus, on est évidemment venu chercher le serrurier le plus proche,
« pourvu cependant qu'il fût d'un autre quartier.

« J'ai su depuis qu'on s'était adressé à des voisins, et que ce sont eux qui
« ont envoyé chez moi. Mais c'est le domestique qui a demandé les rensei-
« gnements et personne ne l'a remarqué suffisamment pour le désigner
« clairement.

« 6. *La maison où je suis entré.* — Je n'ai pas vu l'extérieur, — puisque
« c'est seulement dans le salon qu'on a défait mon bandeau, mais il y a des
« choses auxquelles on ne se trompe pas. Ce doit être un hôtel au milieu d'un
« parc. J'ai très bien reconnu le bruit des feuilles, comme aussi le craquement
« du sable sous mes pieds.

« J'ai monté un perron, machinalement j'ai compté les marches, il y en
« avait six. Puis un premier étage, une vingtaine de marches. Un instant, per-
« dant l'équilibre, je me suis appuyé à la rampe... elle est en fer forgé et doit
« remonter à plus d'un siècle.

« Dans le salon, j'étais trop troublé pour examiner attentivement les
« meubles. Cependant leur couleur m'a frappé... Soie jaune brillante, avec
« des encadrements noirs. Au milieu des dossiers, il y avait des blasons
« brodés.

« Malheureusement, je ne me connais pas du tout en ces sortes de choses.
« Je ne peux donc donner une description. Mais voici à peu près ce que j'ai
« retenu :

« Le blason est divisé en quatre parties, deux rouges et deux blanches.
« Dans l'une des rouges il y a une tour blanche. Dans l'une des blanches
« un animal bizarre, debout brodé en noir, une espèce de lion fantastique
« avec la queue relevée et tordue.

« 7. *Le coffre-fort.* — Ici, je puis te donner des indications précises. C'est
« une affaire de métier. Et si je n'étais pas tombé malade, c'est par là que
« j'aurais fait mes recherches. Tu sais qu'en 1825 j'étais chez Fichet au mo-
« ment de la construction des premiers coffres-forts. C'est lui qui le premier
« eut l'idée des deux caisses de tôle d'une seule pièce roulées aux quatre an-
« gles et enchâssées l'une dans l'autre. Les Anglais se sont aussitôt emparés
« de l'idée. Le coffre que j'ai ouvert avait été construit à Birmingham par la
« maison Clavery et Cᵗᵉ ; entre ces deux caisses, il y en avait une troisième
« enveloppée d'une bande de fer aciéré.

« Tu connais trop bien la serrurerie pour que je sois obligé de te faire une
« longue description. Un mot te suffira. La serrure est faite sur le type inventé
« par l'Anglais Joseph Bramah, qui, comme tu le sais, fut le premier qui per-
« fectionna la serrure égyptienne. Elle est remarquable en ce que les gardes
« ont été absolument négligées et que le mécanisme de la serrure réside

« seulement dans l'adaptation de l'encoche à la mortaise. Le premier mé-
« canicien anglais t'expliquera cela.

« Ce coffre-fort devait avoir été construit depuis cinq ou six ans au plus.
« Jamais, jusque-là, je n'en avais vu de même fabrication en France. La maison
« Clavery pourra te renseigner à ce sujet.

« Le *mot* se composait de quatre lettres. Ce jour-là, c'était un mot bizarre.
« *Rabe*. Mais je doute que cette indication puisse servir à quelque chose.

« 8. *Le vieillard*. — Celui-là, je l'ai vu, en face. Et l'impression qu'il a
« produite sur moi a été trop violente pour que ses traits ne soient pas restés
« gravés dans ma mémoire.

« Grand, très maigre — presque chauve — ayant seulement quelques
« mèches de cheveux blancs collés aux tempes — la bouche sans dents — les
« yeux très creux, enfoncés dans leurs orbites. Évidemment il est mort.

« Mais il a parlé. Et ses paroles sont très importantes.

« Il y avait une fille qui a eu un enfant. — On le lui a volé, et dans le
« berceau on a mis à la place un enfant mort.

« Sans doute, on avait décidé de tuer l'enfant vivant. Mais le vieillard sait
« que l'enfant n'a pas été mis à mort.

« La folle a parlé — a-t-il dit : je suppose que c'est sa fille qui était de-
« venue folle et qui plus tard lui a révélé le crime commis.

« Ce crime a eu lieu quinze ans avant 1847, c'est-à-dire en 1832 ; l'en-
« fant en 1848 a donc seize ans. C'est une fille.

« Je crois n'avoir rien oublié.

« Cherchant à reconstruire les faits, voici ce que j'ai trouvé :

« Un grand seigneur a voulu faire disparaître un enfant, sans doute pour
« s'approprier un héritage. Il fallait tromper la mère, et on lui faisait croire
« qu'elle avait mis au monde un enfant mort. Elle est devenue folle de
« douleur.

« Mais la raison lui est tout à coup revenue, à l'heure de sa mort proba-
« blement, et elle a tout révélé à son père qui, pour punir les meurtriers,
« avait consigné ces faits dans son testament, par lequel il déshéritait les cou-
« pables.

« Ceux-ci ont surpris son secret, ont voulu s'emparer du testament. On sait
« le reste, ils ont réussi.

« Sans retrouver le nom de cette famille, retrouver la jeune fille dépouillée,
« tenter de réparer les crimes et les fautes de tous, telle est ta mission.

« Jean, mon fils, je compte sur toi. »

Titi avait lu ces mots avec une attention qui grandissait à chaque instant.
Puis il avait repris un à un chaque paragraphe, cherchant non seulement à

s'en graver les termes dans la mémoire, mais encore à pénétrer le sens de cette énigme.

Ah! combien plus il se sentait coupable en ce moment d'avoir causé la mort de Jean! il y avait là un vœu suprême du père, et ce vœu ne pouvait pas être rempli.

Claires pour quiconque connaît le récit que le père Rabolet mourant avait fait à son fils, ces indications restaient lettre morte pour Titi, qui ignorait les faits.

Et pourtant que n'eût-il pas donné pour accomplir la dernière volonté de celui qu'il pleurait !

Et il lisait, et il relisait encore ! puis les yeux à demi fermés, il se répétait à voix basse les lignes parcourues, comme il eût fait d'une leçon qu'il eût voulu apprendre par cœur.

La nuit tout entière se passa à ce travail.

Titi n'avait pas senti le besoin du sommeil. Il avait la fièvre.

Le matin le trouva encore courbé sur une table...

Tout à coup il entendit frapper à sa porte. Et la voix de Marie lui criait :

— Étienne ! Étienne ! mon père !

Il ouvrit promptement.

— Qu'y a-t-il? qu'est-il arrivé ! s'écria-t-il.

Marie sanglotait.

— Ah! je ne sais !... mais quelqu'un... vient de me dire que père avait été tué sur une barricade !...

Titi se dressa sur ses pieds. Une barricade! On se battait donc!... Calertin ne l'avait pas emmené !

Le voisin qui avait apporté la triste nouvelle était debout sur le seuil. Ses vêtements étaient en lambeaux... ses mains noires de poudre...

— C'est fini ! dit-il encore. Les gredins sont vainqueurs !...

— Mais mon père ?...

— Hélas! je l'ai vu tomber !... c'était à la rue Poissonnière !... moi je me suis enfui !... je n'en pouvais plus !... Je reviens pour embrasser mes enfants... et puis je disparais... je me sauve... je n'ai pas envie d'aller au bagne pour avoir fait mon devoir...

Marie chancelait. Elle serait tombée si Noëla ne l'avait reçue dans ses bras.

— Monsieur Étienne, dit Noëla. Il faut savoir... peut-être cet homme se trompe-t-il !...

Déjà Titi avait compris.

— Rue Poissonnière, dit-il. J'y vais... mademoiselle Noëla, voulez-vous me donner votre main... cela me donnera du courage.

— ON VIENT DE DIRE QUE MON PÈRE A ÉTÉ TUÉ SUR UNE BARRICADE.

Noëla lui tendit la main.

— Ah! maintenant... j'irais au bout du monde... et je vous jure que je retrouverai Calertin... et que s'il a encore un souffle de vie, je le sauverai !... Au revoir !

Il s'élança dehors.

Hélas! combien de temps devait s'écouler avant que cet — au revoir ! — devînt une réalité !

Celui qui referait l'histoire avec des *Si* arriverait à de bien étranges conclusions.

Si le 3 décembre 1851, au matin, lorsque passèrent au faubourg Saint-Antoine les neuf ou dix omnibus qui transféraient les représentants, de la caserne du quai d'Orsay à Vincennes, les prisonniers avaient accepté le secours du peuple, si au lieu de supplier les citoyens de ne les point délivrer, ils avaient eu le courage de les encourager, de leur donner l'exemple de la résistance, Napoléon était perdu... le coup d'État avortait... la légalité triomphait...

Mais, en présence de cette inqualifiable désertion, que pouvait le courage des Baudin, des Esquiros, des Schœlcher... de tant d'autres, auxquels le peuple pouvait répondre :

« Nous sommes abandonnés par ceux-là même qui devaient combattre à notre tête !... »

Et cependant, que d'énergiques efforts furent encore tentés !... Les barricades s'improvisaient... et sur la première qui fut élevée, au coin des rues Cotte et Sainte-Marguerite, tomba celui dont le nom, à vingt années de distance, a résonné comme le signal de la chute du régime impérial, Baudin, dont l'ombre semble s'être levée de sa tombe pour reprocher aux Français de subir si longtemps l'opprobre du Césarisme.

La barricade enlevée, les représentants s'efforcèrent de soulever le faubourg Saint-Antoine. Leur voix rencontra peu d'échos. Mais rue du Temple, rue Saint-Denis, la colère commençait à bouillonner dans les âmes...

Mais hélas! que d'incertitudes, que d'hésitations, que d'ordres et de contre ordres, se croisant en tous sens et paralysant la résistance.

Et pourtant, les criminels de l'Élysée se sentaient inquiets. Maupas affirmait qu'on allait avoir à combattre « les résolutions du désespoir. »

Décidé à la guerre des sauvages. Saint-Arnaud osait édicter cette proclamation qui sera son éternelle honte :

« Tout individu pris construisant ou défendant une barricade ou les armes à la main SERA FUSILLÉ ! »

La mort sans phrases !... sans délai !... sans grâce !...

Cette journée du 3 se passa cependant sans engagement sérieux. Rue Aumaire, près de l'imprimerie nationale, rue Greneta, rue Transnonain, rue

Beaubourg, la lutte fut plus vive. Et on vit le général Magnan obéir à la proclamation de Saint-Arnaud.

Il osa l'avouer lui-même :

« Ceux qui descendaient la rue Beaubourg furent *passés par les armes.* »

Mais c'était dans la journée du 4 que les criminels de l'Élysée allaient dévoiler toute la férocité de leur ambition. Vaincre à tout prix, ce fut le mot d'ordre. Réduire Paris par la terreur, ce fut le plan, et il ne fut que trop cruellement exécuté.

Mais d'autres ont raconté dans tous leurs détails les infamies de cette aventure terrible... Restons dans notre rôle, et restreignons-nous au cadre plus étroit dans lequel se meuvent les personnages de ce récit.

Calertin et Frédéric avaient été des premiers à répondre à l'appel des représentants.

Le 4, au matin, aidés d'une centaine de citoyens, ils avaient élevé une formidable barricade dans la rue Rambuteau. Les deux charpentiers avaient construit une véritable redoute, qui pouvait tenir contre l'effort des troupes.

Autour d'eux, c'était comme un cercle de fer et de feu.

A la rue du Petit-Carreau, à la rue des Jeûneurs, on se battait avec acharnement. La brigade Canrobert attaquait le faubourg Saint-Martin. A la mairie du V° arrondissement on fusillait les prisonniers.

La brigade du général de Bourgon balayait la rue du Temple, cherchait à opérer sa jonction avec les colonnes parties de l'Hôtel-de-Ville.

A deux heures le général Dulac quittait la place Saint-Eustache et se lançait à l'attaque des barricades de la rue de Rambuteau.

Mais dans le bouleversement, dans cette fournaise, au milieu de ces ruines et de ces cadavres, un jeune homme, presque un enfant, rôdait.

Comment passait-il? Comment se frayait-il un passage? On l'aurait vu en quelques heures se glissant derrière toutes les barricades, se tapissant au milieu des morts, fuyant devant les soldats... puis après avoir échappé comme par miracle à une mort certaine, bondissant au milieu d'une autre barricade en disant :

— Calertin! M. Calertin!

C'était Titi. Encore une fois, il était pris par la fièvre. Mais bonne et franche fièvre! Il avait promis de retrouver Calertin, de le sauver et s'il le fallait de lui faire un rempart de sa poitrine... il ne voulait pas être tué avant d'avoir tenu sa parole... il était redevenu le gamin d'autrefois, agile, riant au nez de la mort!... on ne se refait pas! Devant les fusils pointés sur lui, il esquissait une cabriole!...

Une fois un soldat l'avait saisi au collet. D'un croc en jambe, il s'était dégagé, criant :

— Pas de ça, Lisette, je suis chatouilleux !

— Il y a un Dieu pour les ivrognes : il en est un, paraît-il, pour les témé-raires. Le fait est qu'il avait laissé sa casquette rue du Petit-Carreau, un bout d'oreille rue des Jeûneurs... que sa blouse n'était plus que haillons... et qu'il avait dû serrer son pantalon sur ses hanches avec un morceau de drapeau...

Vingt fois il était tombé, vingt fois il s'était relevé. Toujours cerné, il trou-vait toujours le moyen de s'échapper.

Inventant pour son compte le système de trouer à travers les maisons quand le péril était trop grand, il s'engageait dans les cours, passait par dessus les murs, découvrant des issues là où un rat eût hésité...

Et il reparaissait, le nez à la poudre, flairant le vent...

Les combattants du peuple lui disaient :

— Tu es brave, reste avec nous ?

Il répondait :

— Impossible ! Je cherche une pièce de dix sous que j'ai laissé tomber.

On riait, et il filait. Nul ne se défiait de lui. On devinait le véritable enfant de Paris. Et sous ses gouailleries, on sentait une énergie de fer.

— Avez-vous vu le charpentier Calertin ?

Cent fois on lui répondait négativement.

Enfin, comme il arrivait aux halles, un bleu lui dit :

— Connu ! il est à Rambuteau ! il brûle sa dernière cartouche !...

Il savait. Oh ! cette fois il ne lâcherait plus la piste.

Mais les troupes se massaient. Impossible de passer. Pourtant il fallait arriver... Comment faire ?...

Titi se tapit dans un angle et se gratta l'oreille.

Tout à coup il vit à quelques pas de lui une cantinière blessée, qui se traînait soutenue par deux soldats...

Il courut vers le groupe :

— Un peu d'eau-de-vie... pour le général qui a reçu une prune !...

— Quel général ?

— Celui qui est là...

Et il désignait l'entrée de la rue de Rambuteau.

— Dulac ?... eh bien ! prends, petit !...

Et faisant un effort, la cantinière lui donna le bidon. Titi le passa sur son épaule, et, sans s'arrêter, courut à la colonne des soldats... et je te pousse ! et je te cogne !... on jurait...

Mais on voyait le bidon !... Il disait :

— C'est pour les officiers !

On le laissait passer en l'injuriant. Et de rang en rang, se faufilant, se glis-sant, rampant, trouvant pour répondre à chacun un mot, un geste qui voulaient dire une foule de choses en ne disant rien, Titi vit enfin devant lui l'énorme silhouette de la barricade...

On eût dit un monstrueux visage... deux voitures sur le haut jouaient les yeux, une poutre transversale faisait bouche...

Arrivé là, Titi prit son élan...

Il y avait cinquante mètres à parcourir... Si l'on tirait, il était tué!... d'où que vînt la balle !...

Était-ce surprise? était-ce dédain ! nul ne cria : Feu!... Seulement on le vit s'accrocher à la barricade encore muette, bondir, grimper... Ah! cette fois vingt coups de feu retentirent... vingt balles s'écrasèrent autour de lui...

Mais Titi atteignant le faîte, se dressa, se tourna vers les troupes, leur lança un geste de gamin et d'un bond, sauta à l'intérieur en criant :

— Calertin ! Calertin!...

— Titi Rabolet! répondit une voix.

Et le charpentier le saisit dans ses bras.

— Toi ici! mais tu es fou! je t'avais défendu!...

— Oui, mais mademoiselle Marie m'a ordonné!. .

— Pourquoi?

— On vous disait mort !

— C'était une heure trop tôt! dit le charpentier avec un sourire triste.

Titi regarda autour de lui.

Il ne vit que des visages pâles et des fronts résignés.

C'étaient bien là des hommes prêts à mourir.

— Attention ! cria une voix. Les soldats avancent.

— Sapristi ! fit Titi, je vous ai retrouvé; c'est bien. Mais je crois que je ne ferai pas ma commission.

— Silence dans la barricade! reprit la voix qui commandait. Les armes prêtes... feu au commandement...

Ce fut un silence mortel.

Titi, secouant la tête, s'assit sur un tas de pavés.

— C'est pas amusant de compter les coups sans rien faire, grommela-t-il, Bah! on ne m'a pas défendu... de me défendre...

On entendit l'officier qui sommait les défenseurs de la barricade de se rendre.

Calertin se dressa sur le môle et, brandissant le drapeau déployé :

— Vive la République! cria-t-il.

Alors le signal de l'assaut fut donné. Ce fut une épouvantable lutte.

Les honorables historiographes du coup d'État — entre autres M. Belouino — affirment que, derrière cette barricade, il n'y avait que d'anciens sicaires de Caussidière, faisant admirablement le coup de feu.

En vérité, c'étaient d'honnêtes gens et qui firent vaillamment leur devoir...
On employa le canon.

Pendant trois quarts d'heure, ce fut un formidable écrasement. Calertin, toujours calme, se tenait auprès de Titi qui rechargeait ses armes.

Mais tout à coup, il y eut un écroulement... la barricade s'effondra...

Calertin lâcha son fusil, ouvrit les bras et tomba à la renverse...

Alors Titi vit rouge... il ramassa l'arme, bondit sur les pavés... et comme les soldats escaladaient la barricade, le fils de Rabolet déchargea son fusil en criant :

— Vive la Rép!...

Il n'acheva pas. Une balle lui laboura le crâne et il tomba...

La trombe passa... encore une fois le droit était vaincu...

Mais Titi!...

Il ne devait pas encore mourir... Sa tâche n'était pas achevée...

TROISIÈME PARTIE

CAYENNE

I

DE BICÊTRE A CAYENNE

Titi avait été ramassé mourant sur la barricade de la rue Rambuteau. Comment il n'avait pas été achevé à coups de baïonnette, c'était miracle!

Du reste, on ne peut point dire qu'il fût pour quelque chose dans cette évasion de la mort. Il ne sut jamais qui l'avait relevé, ni comment il avait été emporté du champ de bataille... Quand il revint à lui, par une sorte de réveil, il se trouvait dans une casemate du fort de Bicêtre...

Il avait la tête enveloppée de linges. Il vit à travers les demi-ténèbres qui l'entouraient des êtres humains entassés, les uns assis par terre, la tête penchée, les autres, étendus, tous hâves, ressemblant à des spectres

Et de bonne foi, le gamin crut qu'il était mort et jugea que la tombe était fort laide chose.

Mais bientôt il entendit des gémissements, il vit des membres qui se convulsaient, des larmes qui coulaient... Il interrogea, et bientôt il sut qu'il était vivant... provisoirement d'ailleurs, puisque, d'une minute à l'autre, tous ces malheureux s'attendaient à être passés par les armes...

Il y avait plus de vingt jours que ces vaincus attendaient... on était à la veille de Noël.

Titi avait été jeté trois jours auparavant dans ce sépulcre. Et le geôlier avait dit :

— En voilà un qui ne fera pas de vieux os!

Mais il était dur, l'enfant de Paris, et surtout de la tête. La mort n'avait pas voulu de lui. Seulement il se sentait hébété. Lui si vif, à l'intelligence si ouverte, comprenait à peine ce qu'on lui disait, et était obligé de se faire répéter les mots. D'abord pourquoi était-il là? Pour tout avouer, quand il avait fait le coup de feu sur la barricade, il ne savait pas trop bien quelle était la cause qu'il défendait...

Seulement il avait vu que c'étaient d'honnêtes gens — Calertin et les autres — qui se battaient, cela lui avait suffi.

Sa première rentrée dans la vie se manifesta par la curiosité. Et quand il eut entendu les explications que ses codétenus chuchotaient à son oreille, il apprit à haïr un nom qu'il mêla à une imprécation... celui de Napoléon!...

Attentif, il écouta causer les prisonniers. Et dans ce cerveau encore inhabile aux étrangetés de la politique, il se fit comme une révélation. Il eut des questions ridicules :

— Comment! cet homme avait prêté serment à la République et il y a manqué!...

— Quoi? c'est sans provocation que ce Napoléon a terrifié Paris!...

Quand on lui raconta l'histoire du boulevard Montmartre et de l'enfant qui « avait reçu deux balles dans la tête », il n'y voulut pas croire tout d'abord... mais il y avait là auprès de lui des hommes qui portaient au front les signes indéniables de la probité... Titi avait du bon sens... il sut que ceux-là ne mentaient pas!...

Ainsi tous ces martyrisés étaient des innocents! Bien plus, ils étaient voués à ces tortures pour avoir fait leur devoir!...

Étrange confusion qui troublait sa pensée!. Cela ne pouvait pas durer! est-ce que le bon droit ne triomphe pas toujours? Et, raisonnant ainsi, il eut des moments d'espérance presque joyeuse :

— Ma foi, disait-il, c'est la première fois que j'aurai mangé de la vache enragée sans l'avoir mérité!...

A minuit, à la lueur des torches, des soldats pénétrèrent dans les souterrains. Et une partie des prisonniers fut enlevée, Titi était de ce nombre...

Alors, il vit des brutalités sans nom, des violences hideuses, des cruautés inhumaines... et la haine s'incrusta plus profondément dans sa conscience...

Il apprenait en même temps à mépriser.

La bassesse des argousins lui était un apprentissage d'orgueil.

Imitant la résignation des uns, la fière attitude des autres, Titi se tint admirablement, ce qui lui valut menace de mort. Le lendemain, il était au fort d'Ivry.

Le 9 janvier, nouvelle invasion de soldats.

On fit l'appel. Comment savait-on son nom? Ceci ne lui fut jamais expliqué. Sans doute, il avait répondu à quelque question qui lui avait été posée pendant la période de délire.

On mit les menottes aux premiers appelés.

Quand on vint à Titi, il n'y avait plus que des ficelles :

Titi protesta. Déjà son ricanement de gamin reparaissait.

— Hé! les camarades! fit-il, j'ai droit au cabriolet comme les autres!...

IL N'ACHEVA PAS. UNE BALLE LUI LABOURA LE CRANE.

Il y gagna qu'on serra à le faire crier.

Et alors naquit en lui la volonté de la résistance. Pâlissant sous la douleur, il rit plus fort et dit :

— Un vrai miel ! quoi !...

Il y avait quatre cents prisonniers et trois mille soldats, l'arme chargée, prêts à faire feu au moindre signe de rébellion.

Un médecin du fort s'approcha de l'officier, et lui dit en montrant Titi :

— Celui-là ne peut partir, il mourrait en route !...

En même temps, l'officier répliqua :

— J'ai des ordres... je ne discute pas...

Et Titi, qui avait entendu, s'écria :

— Ne vous inquiétez pas !... le Napoléon qui doit me tuer n'est pas encore pendu !

Il ne fut pas fusillé sur place. Mystère, aurait dit l'auteur de Rocambole.

On traversa Paris jusqu'à la gare Saint-Lazare. C'était la nuit, il y avait des fenêtres éclairées. On entendait de la musique. Peut-être dansait-on, Titi fredonnait. On le fit taire d'un coup de crosse aux reins.

Les hommes furent entassés dans des wagons entre des gendarmes. Le lendemain, on était au Havre.

La fièvre avait repris Titi, il n'y voyait plus, mais il riait toujours.

Une vieille frégate à vapeur, le *Canada*, chauffait dans ce port. On y entassa les quatre cents républicains (467, chiffre exact).

Alors commença pour ces malheureux, pour Titi Rabolet, l'épouvantable existence des pontons.

Les officiers croyaient avoir à bord des forçats. On les détrompa. Mais que pouvaient-ils ?... le mensonge venait de haut.

Il y eut une horrible tempête. On crut à la perte du navire ; le feu prit à la chambre de la machine... On rentra au port.

Une partie des condamnés — sans jugement, sans interrogatoire, sans défense possible — fut jetée sur un autre navire qui fit voile vers Cayenne..

Titi était encore sous le poids de la stupeur cérébrale quand il aborda à l'île du Diable... Anéanti, il regarda ce vide immense que faisait la mer... et au delà duquel il y avait la France ..

Et un nom monta à ses lèvres :

— Noëla !...

Il sentit qu'il allait pleurer. Il ne le voulut pas. Et gouailleur, insolent, il montra le poing à l'immensité en criant ce seul mot : — Zut !

Il y avait trois ans de cela, et de ces trois années pas un seul jour ne s'était passé sans que se révélât l'indomptable ténacité de ce caractère, forgé au feu de la colère et de la souffrance...

Il s'était fait en Titi une singulière transformation...

Le gamin semblait être devenu plus gamin : c'étaient des saillies continuelles, des blagues sans fin. Il narguait le désespoir et riait au nez de la persécution.

Mais en même temps, sous ses apparences d'ironie, se cachait une implacable volonté de vengeance... contre qui? contre ceux qui avaient commis ce qu'il comprenait être maintenant le plus grand des crimes.

Oh ! il savait maintenant à quoi s'en tenir... un vieux républicain, mort à la peine, deux mois après son arrivée aux îles du Salut, avait fait son éducation. Celui-là était sans colère; il n'avait que du dédain. Aussi, froidement, avec la saine entente des choses, écartant toute passion, il avait expliqué à Titi ce que l'attentat de décembre avait de hideux.

Celui-là avait vu les mitraillades du boulevard Montmartre. Il savait tout, il avait tout dit.

Titi avait eu le dégoût aux lèvres.

Et d'ailleurs rien pouvait-il mieux prouver l'infamie des déportations sans jugement, que la brutalité presque féroce dont les prisonniers étaient l'objet? On sentait que ces geôliers avaient besoin de s'étourdir de leur propre cruauté.

Mais Titi s'était dit maintenant que jamais il ne plierait, que tant qu'il lui resterait un souffle de vie, il l'userait dans une perpétuelle protestation...

Et pour obéir à cette pensée — qui coïncidait avec le caractère de l'ancien Gavroche — Titi prétendait lasser la violence de ses bourreaux...

Cent fois, il aurait dû selon les lois draconiennes de la transportation être livré au peloton d'exécution et jeté aux requins... En vérité, c'était à croire qu'on n'osait pas.

C'était un duel entre lui et les geôliers, à qui le premier amènerait pavillon.

Coups, séquestration, carcan, poteau, tout avait été mis en œuvre pour l'abattre. A tout, Titi n'avait qu'une réponse, le rire. Si on le frappait, pas un des muscles de son visage ne tressaillait. Quand le bras du bourreau était las, quand Titi pantelant, le dos lacéré, gisait sur la terre, il trouvait encore la force de se tourner vers l'exécuteur... et de rire...

S'il pouvait parler, il lançait une bravade... une grosse bourde de gamin parisien...

C'est qu'en fait tous ces gens lui semblaient si méprisables ! Quand il était petit, Titi avait vu une sorte de brute à face humaine, grosse et forte, qui torturait un oiseau... Titi s'était jeté sur cet homme, au risque de se faire écraser, et, des griffes et des dents, il lui avait arraché le pauvre animal râlant...

Ici, il ne pouvait à ces brutes arracher leurs victimes; mais, du moins, il leur crachait son mépris à la face...

Et cependant il s'arrêtait à certaines limites...

Il n'avait jamais rendu coup pour coup! jamais même il n'avait laissé échapper une de ces apostrophes grossières qui eussent autorisé une exécution martiale.

Non. C'était le taon qui pique et non le serpent qui blesse et tue.

Il saisissait — de ce coup d'œil unique du Parisien — les ridicules de celui-ci, les bouffissures orgueilleuses de celui-là, les mesquineries de ce troisième... et il les affublait d'un sobriquet... et il les clouait d'un mot au pilori de la blague...

C'était comme un bourdonnement qui sans cesse susurrait à leurs oreilles, insaisissable, mais trop appréciable... Ils se vengeaient. C'était facile. Si le sage pèche sept fois par jour, Titi enfreignait vingt fois les règlements... et cela de propos délibéré, pour pouvoir répondre :

— Le règlement? connais pas!... C'est-il dans la Constitution de 48?

Une de ses plaisanteries favorites était d'annoncer son évasion. Alors on redoublait de surveillance, de mauvais traitements... Lui, laissait faire, puis disait :

— Il faudrait bien que je sorte du Château-Rouge (la prison), et ça sera ce jour-là!... vous pouvez être tranquilles!

En réalité, il ne cherchait pas encore à fuir. Et quand il y avait songé, je ne sais quel instinct lui avait dit de rester...

Cette sensation, cette espèce de pressentiment s'étaient même si fortement imposés à Titi, qu'il se demandait parfois si quelque fait soudain ne devait pas surgir tout à coup dans son existence...

A cette question intime, le destin devait répondre...

Titi était resté. Il avait bien fait.

On va le voir.

II

FRANCE!

Métamorphosé moralement, ayant acquis sous la griffe de fer de l'adversité une pression farouche du bien et de l'honneur, Titi n'avait pas subi une moindre transformation physique...

Aux premiers temps de son séjour à l'île du Diable, le gamin avait comme tant d'autres plié sous la fièvre, mais à ce feu intérieur son organisme s'était durci comme le métal qui a passé par la flamme et que martèle ensuite le bras du forgeron.

Ce corps aux apparences frêles, mais tout pétri de muscles et de nerfs avait acquis une effroyable force de résistance.

Qui l'avait raillé ou menacé avait promptement reconnu un maître. Du reste, pour tous ses compagnons de misère, Titi s'était montré d'une complaisance, d'une bonté qui lui avaient conquis l'affection générale.

Jetés dans une île dépourvue de tout ce qui est nécessaire aux premiers besoins de la vie, combien peu de ces hommes dont la plupart avaient reçu une éducation libérale savaient manier un outil... et pourtant il fallait construire des cases. Travail de Robinson Crusoé pour lequel le matelot anglais était certes plus apte que ces hommes habitués à la vie parisienne.

Titi se multiplia. Il avait le génie du travail. C'était — pour employer un terme bien parisien — le débrouillard par excellence. Rien ne l'étonnait. Tour à tour menuisier, charpentier, mécanicien, charron, il avait mis la main à tout... excepté au défrichement. Chose explicable peut-être, cet enfant des faubourgs professait une sainte horreur de l'agriculture... et de plus, il avait cette ignorance profonde du batteur de pavé, qui distingue à si grand'peine un orme d'un chêne ou le blé de l'avoine.

Il aurait pu apprendre, soit. Il manquait de goût, et puis il avait autre chose à faire.

Dans le peu de loisirs que lui laissaient, d'une part les travaux que réclamaient sans cesse de lui les déportés, et de l'autre les heures de prison, de carcan, de poteau et autres menues dettes qu'il payait à la paternelle administration, Titi, — détail singulier, — avait demandé à tous ceux qui l'entouraient des leçons, ici de français, de calcul, d'histoire, là de langues étrangères... et il profitait, je vous l'affirme...

Et sous le langage du gamin incorrigible — transformant l'argot Maubert en une arme d'ironie et de colère, se cachait une véritable érudition...

Pourquoi avait-il voulu cela? A quelle pensée secrète répondait cette étrange persévérance?... A qui l'avait interrogé, il avait répondu :

— J'ai vingt ans et je ne claquerai pas de sitôt!...

Et pourtant c'était peut-être là une parole imprudente.

Il avait tant souffert! mais maintenant il était dans les bras de son frère tant aimé. Et il oubliait tout! Car nous revenons maintenant aux scènes qui ont marqué le début de cette histoire vraie, nous reprenons notre récit au moment où Titi tombait dans les bras de son frère, de celui qu'il ne croyait plus jamais revoir...

Ah! les années de souffrance, de résistance énergique, de torture, tout cela disparaissait!...

C'était un si grand bonheur que de sentir ce cœur battre auprès du sien! il se taisait, il se laissait vivre, fermant à demi les yeux.

Cependant Titi dit le premier :

— Alors, c'est bien vrai?... tu m'as pardonné!...

— Tais-toi! ne prononce pas ce vilain mot!... Est-ce que je t'ai jamais accusé!... Tu étais un enfant!...

— J'ai été coupable et lâche!

— Tais-toi, te dis-je!... c'est la fatalité qui a tout fait... il fallait qu'il en fût ainsi...

— Et c'est par moi que tu as tant souffert?

— Qu'importe! j'oublie tout... puisque je te retrouve!...

Mais, tressaillant tout à coup, Jean ajouta :

— Mais, que dis-je! Ah? égoïste que je suis!... j'oublie que toi-même?... Comment es-tu ici?... à l'île du Diable!...

— J'ai été pris en 1851...

— En décembre? Tu t'es donc battu pour défendre la République?

— Oh? sans trop savoir ce je faisais... je t'expliquerai tout...

— Et il y a quatre ans qu'on te torture! pauvre, pauvre frère!...

— Bah! ne t'occupe pas de moi!... ils m'en ont fait voir de dures, ma's, sois tranquille, je ne leur ai pas fait la vie agréable... Ah! les bandits! ont-ils ragé!...

Et Titi, chez qui le naturel, selon l'expression du fabuliste, revenait au galop, se mit à rire. Mais s'interrompant :

— Ne parlons pas de moi, je te le répète. Nous avons tant de choses à nous dire!...

— Tu as raison! fit tristement Jean Rabolet, mais en vérité j'ai de telles craintes que j'hésite à t'interroger...

— Et je n'ai, par malheur, que de tristes nouvelles à t'apprendre... Notre père est mort une heure après ton arrestation, désepéré... et... je dois tout t'avouer... presque en me maudissant...

— Toi! oh! ses lèvres pouvaient t'accuser, mais son cœur plaidait ta cause... il t'aimait tant!...

— Et moi aussi... je l'aimais bien!... mais j'ai toujours été un peu fou, tu le sais, et cette folie-là m'a fait bien du mal...

Jean posa sa main sur ses yeux. Puis :

— Voyons! je suis un homme... et je dois avoir du courage... Il est quelqu'un... dont je n'ose prononcer le nom...

— Marie!...

Jean porta la main à son cœur comme s'il eût reçu un coup douloureux :

— Oui, dis-moi... ce que tu sais... tout!... ne me cache rien!...

— Eh! que devrais-je donc cacher!... la fille de M. Calertin est la plus noble, la plus courageuse, la plus pure enfant dont le nom puisse être prononcé... et elle t'aimait, va!... et au jour où j'ai quitté le logement du charpentier, elle pleurait encore en regardant ton portrait...

— Mon portrait?...

— Qu'elle avait fait-elle-même... de mémoire!... Oh! il était ressemblant; on aurait dit une photographie dont elle avait pris le modèle dans son cœur.

— Chère Marie !... moi non plus, je ne l'ai pas oubliée!... et à travers ces longues années de souffrances, son souvenir a été ma sauvegarde contre le désespoir! Mais, hélas! depuis quatre années, qu'est-elle devenue?... Ah! quelle chose infâme que la proscription!

— Je voudrais pouvoir te rassurer, frère. Mais je ne sais rien... et je ne puis mentir! quelles épreuves a-t-elle traversées depuis ces jours terribles... seule?...

— Seule! dis-tu, mais son père?...

— Je l'ai vu tomber sur la barricade... à côté de moi!

Jean se tut. De grosses larmes coulaient sur ses joues...

— Ainsi voilà le crime d'un Bonaparte!... le père tué!... la fille isolée, réduite à la misère!... l'enfant jeté à mille lieues de son pays!... infamie!...

— Oh! pour moi, fit Titi, ça a été un bien...

— Que veux-tu dire?

— Que j'avais besoin de manger de la vache enragée... Oh! je suis franc, va! je ne valais pas cher... et quand je me souviens de ce que j'ai été... et que je sens ce que je suis devenu, eh bien! je suis content... il ne se doutait pas de ça, monsieur l'empereur... mais je lui dois une fière chandelle d'être devenu un honnête homme!...

— Avais-tu de graves reproches à t'adresser?

Titi baissa la tête. Puis :

— Écoute, frère. Avant tout, je veux que tu entendes ma confession... je ne te cacherai rien... je ne serai pas indulgent pour moi-même... je ne le dois pas... nous avons encore deux heures avant le jour... je vais te raconter toute ma vie depuis ce jour effrayant... où, moi, ton frère, je me suis enfui lâchement en te laissant au pouvoir des soldats...

— Je t'ai défendu de parler de cela ..

— Je t'obéirai en tout, je te le promets... mais aujourd'hui je garde ma liberté. Tu vas voir ce que peut devenir un pauvre gamin livré à lui-même... Heureusement il y avait en moi du sang de père, et du tien aussi... et je me suis raccroché à la dernière branche... Il était temps, je t'assure... mais j'ai regrimpé... et aujourd'hui, ma foi, j'ai dans le cœur tant de dévouement pour toi, tant et de si bonnes intentions que, tout ça mêlé, ça pourrait bien faire un bon garçon...

Et comme quatre ans auparavant, Titi agenouillé devant Calertin lui avait dit toute la vérité, ainsi il parla à son frère qui l'écoutait, le front penché sur sa main.

Au moment où le jour se levait, Titi achevait son récit...

Il regarda son frère et lui dit d'une voix tremblante :

— Maintenant que tu sais tout... me pardonnes-tu encore !...

Jean l'attira contre lui et baisa ses cheveux...

Titi se laissa faire, puis il reprit :

— Oh! merci... et maintenant séparons-nous! demain ici, à minuit... j'ai encore un tas de choses à te dire... et comme disait autrefois Titi le gamin, ajouta-t-il en souriant, je te promets que nous ne moisirons pas ici!

III

ÉPREUVE

Lorsque le Parisien — que nous appellerons désormais de son vrai nom, Jean Rabolet — revint à la case, le jour était levé! La transition des ténèbres à la lumière est prompte en ces climats.

Ses deux compagnons, inquiets, l'attendaient devant la porte.

Mais dès qu'ils virent son front brillant, ses yeux animés, ils comprirent qu'un fait grave s'était produit dans sa vie. A la façon dont il leur serra les mains, encore impuissant à épandre au dehors la joie dont son âme était pleine, ils devinèrent un immense bonheur ..

Pourtant, dans cette existence sombre du proscrit, quelle étoile d'espérance pouvait donc s'être levée tout à coup?...

Enfin Jean leur raconta rapidement ce qui s'était passé, comment il avait tout à coup retrouvé son frère qu'il aimait du plus profond de son cœur.

— Ainsi, c'est lui qui nous a bâti notre case, qui nous a procuré toutes ces douceurs depuis si longtemps oubliées, puis?...

— C'est lui!...

— Mais pourquoi se cachait-il? pourquoi ne pas se révéler tout de suite à toi?..

— Ne m'interrogez pas, mes chers amis. Il y a là un secret qui ne m'appartient pas... mais sachez-le, cet enfant, je puis l'appeler ainsi étant son aîné, son père en quelque sorte — cet enfant nous protégera, nous sauvera...

— Eh! parbleu! fit le squelette, celui qui entend si bien le *confortable* mérite toute notre confiance... De plus, c'est ton frère, Parisien! et il me tarde de le voir, de lui serrer la main... A quand la présentation?...

MAIS D'UN SECOND ÉLAN TITI S'ÉTAIT ÉLANCÉ DANS LA MER.

— Je ne sais, dit Jean en souriant. Titi, c'est ainsi que je l'ai toujours appelé — Titi m'a bien recommandé de ne pas sembler le reconnaître, si je le rencontrais dans l'île... il se peut qu'à l'administration on ne remarque pas la similitude de noms... et il m'a avoué qu'il était si mal noté ici que notre parenté, une fois découverte, pourrait causer à nos projets le plus grand dommage...

— Bon! nous attendrons! dit Trente-Deux. N'importe, le hasard fait bien les choses... et ne sentez-vous pas, tous deux comme moi, une impression de bonheur, d'espérance toute nouvelle...

L'heure de l'appel était venue.

Par exception et pour faire preuve de zèle, l'honorable Adhémar de la Cloîtrerie avait tenu à assister en personne à cette formalité... et puis une autre considération le guidait.

Naturellement la liste des nouveaux détenus lui avait été remise. L'adjudant, entre autres qualités, était doué d'une rancune à toute épreuve. Il n'avait pas encore digéré les impertinences dont le 93 l'avait abreuvé.

Si bien que, lorsque le nom d'Étienne Rabolet passa devant ses yeux, il eut comme une commotion électrique. C'était bien le nom de son prisonnier. Le prénom seul différait.

Or, avant même de connaître cette circonstance, M. de la Cloîtrerie détestait cordialement Jean Rabolet. Pourquoi? la raison était fort simple.

Avec l'aménité qui le caractérisait, M. de la Cloîtrerie se plaisait à interner les nouveaux venus le plus longtemps possible dans le vieux ponton démâté qui se trouvait en rade de Cayenne. Sans même savoir s'ils étaient prêts ou non à la soumission, il prétendait qu'il était bon de leur faire comprendre que, selon son aimable expression, tout n'était par rose dans la déportation.

Une semaine et souvent deux, telle était la limite que son caprice de geôlier stupide fixait à cette atroce et énervante captivité. Selon lui, ils sortaient de là doux comme des agneaux!...

Et voilà que vingt-quatre heures s'étaient à peine écoulées depuis la claustration de Jean et de ses compagnons que le gouverneur de Cayenne se permettait — comme si cela le regardait, — d'ordonner leur débarquement immédiat sur l'île du Diable...

On verrait bien si M. Adhémar de la Cloîtrerie était **homme** à se laisser marcher sur le pied!... il trouverait bien moyen de les rattraper au demi-cercle!

Comment d'ailleurs expliquer cette étrange intervention du gouverneur! Par caprice, sans doute...

Il ne pouvait pas savoir, le brave argousin, que le fameux 93, qui était bon à ses heures et quand il lui plaisait, avait sauvé la vie de la jeune négresse, attachée au service de la fille du gouverneur... que des liens, sur la nature desquels nous glisserons, unissaient la sauvage de la Guyane au sauvage de Paris... et qu'il lui avait suffi de couler un mot dans l'oreille de la favorite pour que M. le gouverneur, obéissant à une prière de sa fille, mît immédiatement un terme au supplice que l'intendant de l'île Royale prétendait infliger à des innocents...

Ces explications lui importaient peu. Le fait suffisait; protégés par le gouverneur, les arrivants lui étaient antipathiques... et si Jean Rabolet était un parent d'Étienne? Qui sait? il y avait peut-être moyen de prendre une revanche...

Donc, devant le logement du brigadier, les détenus de l'île du Diable étaient rangés comme si l'adjudant de l'île Royale eût voulu les passer en revue...

L'appel commença, par numéros comme à l'ordinaire.

On appela le 93.

— Présent! dit Titi

— Ah! ah! fit M. de la Cloîtrerie. C'est toi, petit misérable. Sors des rangs et approche...

Titi obéit.

Jean eut un tel tressaillement que Trente-Deux, qui était auprès de lui, lui prit la main et lui dit :

— Quoi! c'est lui?...

— Chut! fit Jean qui était devenu livide.

L'adjudant regarda Titi en face. Par extraordinaire, celui-ci tout en conservant son calme, n'avait pas les allures gouailleuses auxquelles on était habitué... Il se tenait immobile, les yeux à terre.

— Tu sais que nous avons un vieux compte à régler? dit l'adjudant.

Titi se contenta d'adhérer d'un signe de tête.

— Mais avant d'en venir là, réponds à une question?... As-tu une famille?...

Titi leva vivement la tête. Un éclair passa dans ses yeux. Mais, maître de lui, il eut un ricanement et lui dit :

— Je suis né sous un chou!...

— Toujours gai, à ce qu'il paraît, dit M. de la Cloîtrerie. Cependant sois sérieux un instant... as-tu un père?

— Il est mort, dit Titi.

— Ne te reste-t-il aucun parent...

— A moi! des parents! ça ne serait pas à faire! dit encore Titi qui se sentait inquiet et cachait son souci sous une gaminerie factice. S'il me tombe un héritage, faudrait partager!... Ah! mais non!

— Le 123! appela M. de la Cloîtrerie...

C'était sous ce numéro que Jean avait été inscrit.

Il comprit qu'il y avait là je ne sais quelle arrière-pensée cruelle. Mais il était décidé à imiter Titi, à lui obéir en quelque sorte quoi que celui-ci exigeât.

— Présent, dit Jean.

— Avance.

Jean marcha vers l'adjudant. Il se trouvait à qnelques pas de Titi. Celui-ci paraissait fort occupé à se gratter la tête et de l'autre main faisait la chasse aux moustiques...

— Regarde ce coquin-là? dit M. de la Cloîtrerie à Jean, en lui montrant le 93.

Jean se tourna vers Titi. Un seul regard fut échangé entre eux, mais si rapide, si significatif, que, sans être surpris par l'espion, il signifiait clairement que le danger était là et qu'il fallait se tenir sur ses gardes.

— Le connais-tu? demanda l'adjudant?

Jean le regarda avec une surprise bien jouée :

— Moi! à quel propos?

— Tu t'appelles Jean Rabolet.

— Eh bien?

— Celui-ci se nomme Étienne Rabolet!

— C'est assez singulier en effet... mais, ajouta lentement Jean, je ne le connais pas..:

— De quoi! glapit tout à coup Titi avec le plus pur accent faubourien. Monsieur se prétend un Rabolet! Minute! Pas d'usurpation! A-t-il des papiers? qu'il les montre! Le dernier des Rabolet est mort à Bouvines, comme le dernier des Montmorency!... A la porte, le Rabolet de contrebande...

M. de la Cloîtrerie se mordait les lèvres.

Je ne sais quel instinct lui disait qu'il était dupe d'une comédie. Sa colère grandissait. Il eût donné un mois de solde pour pouvoir englober le 123 dans la haine qu'il portait au 93. Mais, en présence de ces deux déclarations fort nettes, toute insistance eût été ridicule.

Il se taisait, réfléchissant.

Et Titi devinait bien que ces réflexions n'avaient point pour but de lui procurer quelques douceurs.

Tout à coup un sourire mauvais passa sur les lèvres de l'adjudant

— Avance encore, dit-il à Titi.

Celui-ci, feignant de n'avoir pas entendu, se fit répéter l'ordre deux fois. Puis, simulant une grande terreur, comme ferait un chien que son maître, irrité, appelle, il fit un circuit pour s'approcher de l'adjudant si bien qu'il passa près de Jean et que, sans remuer les lèvres, sans le regarder, il lui dit :

— Au nom de notre père, quoi qu'il arrive, silence!...

M. de la Cloîtrerie n'avait rien entendu. Mais sa haine était perspicace.

Quand Titi fut près de lui, il le saisit par l'oreille :

— Tu t'es évadé de l'île Royale l'autre jour !...

— Je n'avais plus rien à y faire...

— Tu te trompes, il t'était dû quinze coups de corde et tu n'en avais reçu que dix...

— Je n'ai jamais su la comptabilité !...

— Ceci est mon affaire... et comme j'aime que mes balances soient justes, je veux apurer ce compte... en y ajoutant les intérêts... Holà ! ajouta-t-il en se tournant vers les argousins, qu'on attache ce gaillard-là à un poteau et qu'on lui administre la bastonnade !...

Un murmure passa dans les rangs des condamnés.

— Apprêtez armes ! cria l'adjudant aux soldats qui formaient son escorte. Et au premier signe, feu sur ces misérables !

Tous se turent.

Jean, les dents serrées, ayant au front des gouttes de sueur, attendait. Titi riait... Il avait retrouvé sa sublime et courageuse arrogance...

— Prudence ! murmura Trente-Deux à l'oreille de Jean.

— Mais si on le frappe ! répondit Jean à voix basse.

Deux gardes-chiourme étaient venus saisir Titi, chacun par un bras.

M. de la Cloîtrerie, les bras croisés, avait les yeux fixés sur Jean Rabolet. Il attendait qu'un signe le trahît. L'occasion eût été bonne. Il y aurait eu mensonge constaté. De là à une hypothèse de complot, la transition était facile...

Donc il ne se hâtait pas d'en venir à la péripétie suprême.

Les gardes-chiourme attendaient.

Jean avait recouvré tout son sang-froid.

Il comprenait qu'une imprudence pouvait les perdre tous les deux...

Alors M. de la Cloîtrerie eut un élan de rage.

— Allez ! cria-t-il. Frappez !... et surtout songez à faire votre devoir, sinon, c'est vous que je fais attacher au poteau...

Cette scène ignoble se passait à vingt mètres de la rive...

Les argousins traînèrent Titi jusqu'à un pieu, où ils se disposèrent à l'attacher...

Mais soudain cet être si frêle en apparence étendit les deux bras, écarta les hommes qui chancelèrent, puis d'un bond formidable s'élança sur le bord...

— Feu ! cria l'adjudant...

Six balles sifflèrent...

Mais, d'un second élan, Titi s'était précipité dans la mer...

Jean bondit...

— Et tu dis que ce n'est pas ton frère ? cria M. de la Cloîtrerie.

Jean s'arrêta soudain...

— C'est un homme ! dit-il froidement. Souhaitez qu'il ne meure pas ?...

— Qu'est-ce à dire ? des menaces !

Jean le regarda... mais ce fut...

L'adjudant n'osa pas sévir... la brute était domptée...

Mais il cria :

— Les canots à la mer ! et que cet homme soit repris... mort ou vif !...

— Oh ! s'il ne revient pas cette nuit, murmura Jean Rabolet, je me ferai justicier...

Et, l'appel étant fait, il s'éloigna avec ses deux amis...

IV

TITI PINXIT

Que la journée se traîna lente et triste ! Jamais, depuis le jour terrible où il avait été arraché à son père mourant, Jean n'avait éprouvé une douleur aussi poignante !...

C'est que tout à coup et à l'heure où il perdait ses dernières espérances, étant jeté si loin de France, voici que se renouait la chaîne brisée de ses souvenirs ! Étienne ! Marie ! mais c'était la vie qui recommençait ! Qui sait si ce n'était pas l'avenir qui s'ouvrait de nouveau ?

Puis l'éclair de cette joie s'était subitement évanoui... Titi avait disparu, entraînant dans les vagues cette ombre de fraternité et d'amour. Jean avait senti que son cœur enfonçait et se noyait. Mais non ! c'était impossible ! Jean cherchait à se le prouver. Titi n'avait pas pu préférer la mort à un châtiment, même immérité. D'autant plus que Jean avait interrogé, et quelques détenus lui avaient appris à connaître l'intrépidité railleuse de celui que tous appelaient le gamin, comme si ce nom eût dû suivre Titi toute sa vie.

Pas un ne croyait à sa mort. Il en avait vu bien d'autres. Pourtant ce qui surprenait tous ses compagnons de captivité, c'était qu'il se fût dérobé aux coups.

Jusque-là on l'avait vu provoquer les punitions avec une sorte de forfanterie, sans faire plier son orgueil, sans donner à ses bourreaux la joie de lui arracher un cri.

Ce qui était positif, c'est qu'il nageait comme un poisson. Mais il n'y avait pas à se le dissimuler, c'étaient des parages dangereux. Des requins peuplaient la mer. Comment se pouvait-il faire que Titi n'eût pas reparu ?...

En vain les barques avaient fouillé les flots. Les chasseurs étaient revenus sans avoir même aperçu leur proie.

— Et pourtant, disait un vieux déporté, je mettrais ma main à couper que ce n'est pas encore de cette fois-là que le gamin ira *ad patres* !

C'était des mots ! rien de positif !... est-ce qu'on pouvait se cacher sur cette rive maudite ?... M. de la Cloîtrerie, furieux que sa victime lui eût échappé, avait appelé de l'île Royale des soldats qui avaient visité l'île dans tous ses recoins.

Jean les regardait passer, les larmes aux yeux. Et quand, au bout du chemin, il les voyait revenir, il sentait son cœur se serrer. Pauvre Titi ! si on le ramenait, il allait avoir à subir toutes les brutalités de ces implacables !... et pourtant, ne l'apercevant pas, Jean avait d'épouvantables angoisses...

Quand vint le soir, il rentra dans sa case avec ses deux camarades. Ni l'un ni l'autre n'eurent le courage de lui adresser des consolations banales. Lui se taisait. Les poings crispés, il se répétait tout bas le serment qu'il avait proféré. Il le vengerait !!! C'était un but dans sa vie... il punirait ce misérable adjudant qui l'avait torturé, lui, son frère !... Il serait fusillé ! Eh bien ! après ! n'avait-il pas fait dès longtemps le sacrifice de sa vie ?...

Et comme il tenait les yeux baissés, il lui semblait que la douce figure de Marie, de la compagne, hélas ! perdue, lui apparaissait et que ses beaux yeux l'encourageaient !

Il chassait cette pensée égoïste. Est-ce qu'il avait le droit de penser à d'autres qu'à son frère, à celui que son père lui avait légué ?

Pendant les longues heures d'obscurité, jusqu'à minuit, Jean, haletant, comptait les minutes... Il avait songé d'abord à ne pas attendre, à courir à la grotte.

Puis, je ne sais quel scrupule l'avait retenu. Il devait avant tout obéir à Titi. Le gamin le lui avait dit : la moindre imprudence pouvait les perdre tous deux.

Il lui fallut une rude force de caractère pour s'imposer cette cruelle patience...

Enfin, le moment vint.

Silencieusement ses deux amis lui serrèrent les mains. Seul, Trente-Deux lui dit :

— Tu reviendras... n'est-ce pas ?... quand même !...

— Je vous le promets, dit Jean dont les larmes brisaient la voix.

Le Parisien sortit dans la nuit. Cette fois, il n'avait pas de guide. Il craignit d'abord de s'égarer, non qu'il redoutât la fatigue, mais parce qu'il eût été plus lent à atteindre la grotte. Il vit enfin la silhouette sombre du rocher se déta-cher dans les ténèbres.

Au même instant, comme si elle eût obéi à un signal attendu, la lune se dégagea des nuages et jeta dans la grotte sa lueur blanche et blafarde...

Jean poussa un cri et porta la main à son cœur, comme s'il eut reçu un coup violent...

La grotte était vide ! Titi n'y était pas...

Alors il se laissa tomber sur une saillie du roc et, la tête dans les mains, se prit à pleurer. Oui, puisque Titi manquait au rendez-vous, c'est qu'il était mort !...

C'était trop de douleur de ne l'avoir ainsi retrouvé que pour le perdre !... et, songeant à celui qui avait jeté cet enfant, ce cher gamin, en proie à l'île maudite, Jean leva le poing vers la France...

Mais, levant la tête, comme pour défier, pour insulter le bourreau de Décembre, Jean vit devant lui, à quelque distance, dans le flot qui, doux et monotone, léchait l'entrée de la grotte, une forme noire...

Il tressaillit et s'élança d'un bond. Était-ce donc que l'Océan rendait sa proie ! L'ironie du hasard allait-elle jeter au pied du frère le cadavre du frère !...

Sans hésiter, Jean entra dans le flot. La pente était douce. L'objet sombre était à peine à un mètre de la rive... Jean se baissa, plongea ses bras dans l'eau...

Non ! ce n'était pas Titi ! non, ce n'était pas un corps !...

C'était une sorte de boîte, fermée et goudronnée... et, chose curieuse, que Jean n'avait pas remarquée tout d'abord, cette boîte était retenue à la terre par une corde. Cette épave était fixée.

Donc ce n'était pas le hasard qui l'avait placée là ! Jean sentit un immense espoir gonfler son cœur ! Titi, sauvé, n'avait pas risqué de venir... mais il avait voulu donner à son frère une preuve indéniable de son existence.

Et d'abord, Jean ne pensa qu'à cela ! En vérité, tant ses idées se confondaient dans son cerveau, il ne voyait, ne devinait rien de plus. Il tenait entre ses mains le bloc de bois et répétait que Titi était vivant, comme s'il eût besoin de se le persuader à soi-même.

Ce ne fut qu'au bout de quelques minutes que lui vint cette pensée que la boîte renfermait peut-être un message... Quand il l'eut conçue, il eut un geste de colère d'avoir autant tardé.

Puis, s'efforçant de reconquérir son calme, il plaça la boîte sur ses genoux et l'examina soigneusement. Elle était faite de six petits pans de bois, habilement emboîtés l'un dans l'autre. Les fissures avaient été bouchées avec du goudron. Évidemment elle aurait pu longtemps flotter sans être submergée.

La soupesant, Jean la trouva légère. La secouant, il la crut vide. Il la considérait comme on fait d'une lettre dont on étudie l'enveloppe, espérant à un signe extérieur en deviner le contenu.

Enfin, il se décida à l'ouvrir.

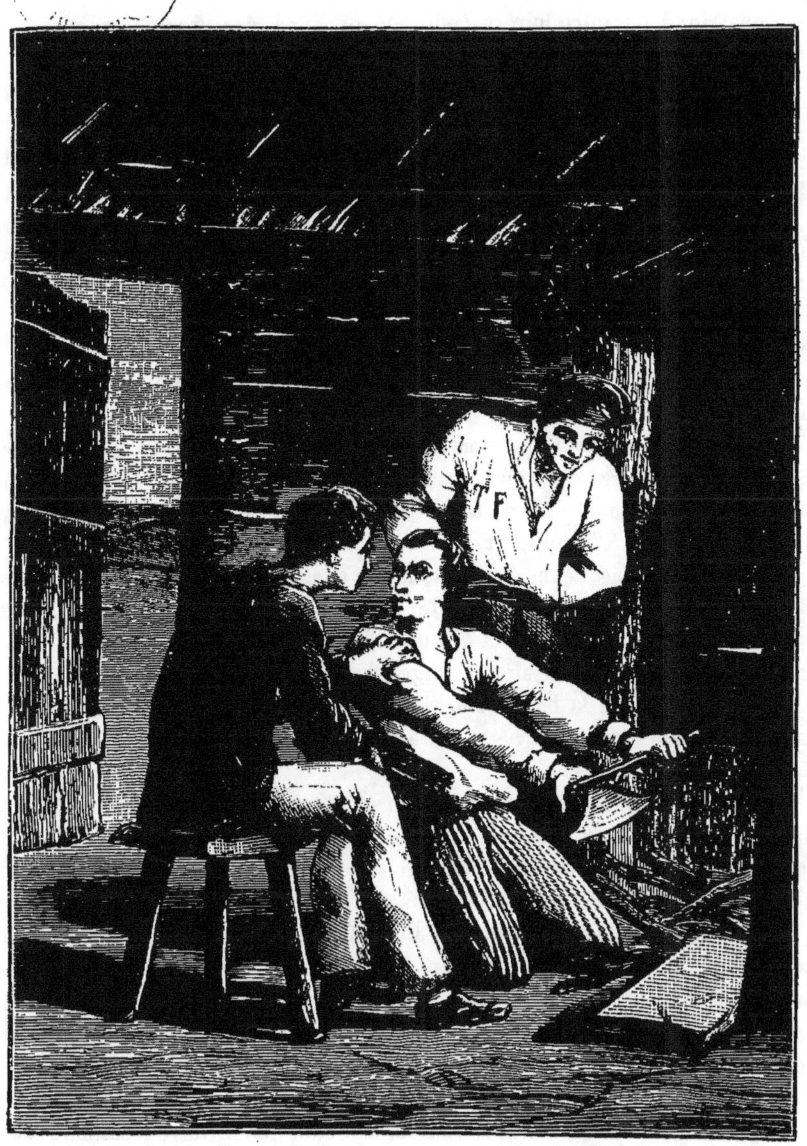

LE SQUELETTE SURTOUT NE POUVAIT SE DÉFENDRE D'UN SOURIRE.

Ce n'était pas chose facile. Et tout l'art du serrurier n'eût servi à rien si, par bonheur, Jean n'eût eu dans sa poche un couteau à lame forte et pointue.

Il parvint à en introduire la pointe dans l'une des fissures, et avec une vigoureuse pesée il écarta une des planchettes.

Du reste, il usait de précaution, dans la crainte de la détériorer. Il parvint à séparer un des ais de côté. Mais, quoiqu'il n'eût rien entendu en la secouant, il jeta une exclamation de désappointement en reconnaissant qu'ainsi qu'il l'avait jugé tout à l'heure elle était vide.

A dire vrai, Jean, brave cœur et nature honnête, n'avait pas l'intelligence aussi vivace que son gamin de frère. Seulement il avait en plus la prudence et une certaine défiance de soi-même.

Donc après avoir plongé sa main dans la boîte, et l'avoir soigneusement explorée dans tous les sens, il se prit à réfléchir.

Il ne pouvait supposer que cette boîte — attachée certainement là par Titi — fût seulement un signe visible de son existence.

'Évidemment, sachant que son frère viendrait cette nuit-là à la grotte des Soupirs, il avait placé cet objet le mieux en vue qu'il lui avait été possible. Il savait que, de là, un Français ne pouvait se défendre de porter ses yeux du côté de la France. C'est pourquoi il avait choisi ce point spécial.

Mais tandis que Jean, se perdant en conjectures, essayait de deviner l'énigme qui se proposait à lui, le ciel s'était tout à coup obscurci. De larges gouttes de pluie commençaient à tomber larges et lourdes. De sourds roulements de tonnerre annonçaient l'orage prochain.

Tout examen de la boîte étant donc rendu impossible, Jean, convaincu maintenant que son frère ne viendrait pas, mais sûr de son existence, se décida à regagner la case.

Serrant soigneusement contre lui son étrange trouvaille, il se mit à courir dans la direction de sa demeure. Mais dans ces pays brûlants, les pluies sont formidables. On dirait que la terre assoiffée attire à elle tous les torrents du ciel pour les absorber d'un seul coup...

La tourmente était horrible. C'était la première fois que Jean se trouvait aux prises avec cette furie qu'ignorent les Européens. Le sol, balayé, se transformait sous ses pieds en un lac où il avait peine à conserver son équilibre... les rochers craquaient comme si un coup de hache les avait fendus. Puis les éclairs, se ruant à travers l'horizon noir, lui mettaient aux yeux des éblouissements aveuglants...

Cependant il ne s'arrêtait pas... il lui semblait que la terre tremblait sous ses pas. Ses pieds s'embarrassaient dans les lianes. Il tomba... et dans cette chute il sentit que les planchettes de la boîte se brisaient. Quelques-unes s'échappèrent de ses mains. Pendant plusieurs minutes, il chercha à tâtons... enfin il retrouva ou crut retrouver les morceaux épars...

Une demi-heure après, épuisé, trempé jusqu'aux os, il atteignait la case...

Trente-Deux et le Squelette l'attendaient dans un indicible état d'inquiétude...

— Enfin! le voilà! crièrent-ils.

Ils avaient par précaution allumé un grand feu :

— As-tu retrouvé ton frère?...

— Non, dit Jean.

— Nulle trace? Ah! ce serait affreux!...

— Ne craignez rien, j'ai bon espoir.

Quelques instants après, il leur expliquait ce qui s'était passé. Et, curieux, les trois hommes examinèrent les débris de la boîte... Tout à coup Trente-Deux s'écria :

— Voyez! là! il y a des traces faites avec la pointe d'un couteau... mais l'humidité brouille les lignes... il faut d'abord sécher le bois...

Il disait vrai. Alors, se rendant à son conseil, Jean plaça les planchettes à quelque distance du foyer. Comme ils les couvaient de l'œil!... il ne s'agissait pas là, comme dans le *Scarabée d'or*, d'Edgar Poë, de la découverte d'un trésor... mais quel trésor valait pour Jean la certitude que Titi avait échappé à la mort!

Et tout à coup, s'il avait encore douté, une révélation l'éclaira. .

Ce fut le Squelette qui du doigt montra sur l'une des planchettes des lettres à peine visibles, mais cependant reconnaissables.

Ceci était écrit :

Titi pinxit

V

LE RÉBUS

— Ah çà! fit Trente-Deux. Il sait donc le latin, ce gamin!...

— Il paraît qu'il en sait bien d'autres, répliqua le Squelette, on m'a dit aujourd'hui qu'il apprenait tout avec une incroyable facilité .. Ce qu'il y a même de plus curieux, c'est que, sans qu'on sache ni pourquoi ni comment, il a même appris la langue des sauvages de la Guyane...

Tout en échangeant ces propos, les trois amis s'occupaient à examiner les planchettes. Brisées dans le choc, lors de la chute de Jean, elles étaient soigneusement rapprochées.

A mesure qu'elles se desséchaient, des lignes apparaissaient encore trop vagues d'ailleurs pour qu'on pût y distinguer une forme claire...

L'impatience de tous grandissait.

Jean cependant avait recouvré son calme.

Plus il réfléchissait, et plus il acquérait la conviction que Titi était vivant. En effet, cette boîte, retenue au rivage par une corde, ne pouvait avoir été fixée là que par lui, et de plus, depuis le moment où il s'était jeté à la mer.

Il était évident que le gamin avait découvert, dans l'île, qu'il connaissait admirablement, quelque recoin où il avait pu se blottir et déjouer toutes les recherches.

Il était évident encore que, par ce singulier message, il donnait des indications sur le lieu où il pourrait être retrouvé !

Ces déductions conduisaient nécessairement à un examen attentif des planchettes.

Ils les avaient étalées maintenant sur la table, et, penchés au-dessus, ils les examinaient.

Maintenant des lignes tracées au couteau se détachaient clairement. Mais ce n'étaient pas des lettres.

On distinguait une sorte de dessin élémentaire, qui prouvait d'ailleurs que si Titi savait beaucoup de choses, cependant il n'avait pas acquis la pureté de lignes qui fit la gloire de M. Ingres.

Jean poussa une exclamation satisfaite.

— Voyez, dit-il, cette forme ronde... en forme de porte... Je reconnais cela... c'est l'entrée de la grotte...

— Bon ! fit Trente-Deux, alors voici une petite flèche, taillée au coin et dont la direction indique clairement qu'il faut entrer dans la grotte...

— C'est cela même... c'est un premier point acquis...

— Maintenant, continua Jean, voyez cette petite croix... entourée d'un carré...

— Ce carré m'a tout l'air de représenter une grosse pierre qui doit se trouver au fond de la grotte...

— C'est à n'en pas douter, au-dessous de cette pierre... cette ligne pointillée, en forme de rond, ne figurerait-elle pas un trou caché sous la pierre...

— Oui ! oui !... quelque chose comme l'entrée d'un souterrain...

— Parbleu ! s'écria le Squelette. Et le gamin qui est futé confirme absolument cette supposition... Voyez ce petit dessin... est-ce qu'il ne représente pas exactement une lanterne ?...

— Ce qui veut dire obscurité, ténèbres...

— Et aussi précaution à prendre...

— C'est un rébus... mais en somme facile à deviner. .

— Voyons, reprit Jean, réfléchissons, et gardons-nous de commettre quelque imprudence... Titi savait que je ne viendrais qu'à minuit... donc il savait aussi d'avance qu'il me serait impossible de déchiffrer le logogriphe à l'endroit où je trouverais la boîte... donc il était certain que je reviendrais ici et que j'étudierais cela soigneusement... ce que je me demande, c'est s'il nous attend immédiatement...

— En plein jour?... nous ne serions pas à la grotte avant le lever du soleil...

— En allant ainsi trois ensemble, il se pourrait qu'on nous remarquât...

— Titi n'a pas voulu cela... Il est trop prudent, comme le prouve la précaution qu'il a prise de rendre son message incompréhensible pour tout le monde, excepté pour moi...

— Donc, c'est la nuit prochaine que nous devons aller en exploration.

— C'est certain... mais encore un détail... Peut-être a-t-il besoin que nous lui portions quelque chose... Je ne parle pas seulement de provisions... cela va de soi...

— Eh! parbleu! s'écria le Squelette, voilà qui prouve que ton raisonnement est juste...

Et du doigt il montrait d'autres traits que jusqu'ici les déportés n'avaient pas remarqués.

Voici en quoi ils consistaient :

D'abord on distinguait la forme facile à reconnaître d'un fer de hache. Puis au-dessus, des lignes assez longues, se courbant et se mêlant, formant des pointes dressées de bas en haut. Au milieu de ces lignes, d'autres horizontales et nettes...

Enfin le tout était encadré dans trois lignes droites, l'une horizontale portée pour ainsi dire sur deux verticales.

Qu'est-ce que cela pouvait bien signifier?... Ici le sphinx se faisait plus mystérieux, et le rebus indéchiffrable...

Les trois amis regardaient longuement, puis se consultaient du regard, secouaient la tête et reprenaient leur examen.

Quant au fait de la hache, il ne pouvait exister aucun doute. Mais Jean et ses compagnons n'avaient point de hache. Aucun déporté n'en avait à sa disposition. Quant à en fabriquer une, c'était folie que d'y songer. Le fer, la forge, tout manquait.

— En somme, on dirait que Titi a voulu figurer des flammes, dit Jean. Est-ce une allusion à la forge...

— Existe-t-il une forge dans l'île du Diable?...

— Non... j'en suis certain... puis, si nous acceptons l'hypothèse des flammes, ce qui me paraît assez plausible... il faut supposer alors que ces petites lignes qui les traversent figurent le combustible... c'est-à-dire des bûches de bois... or forger au bois est et serait surtout ici absolument impossible...

Le temps passait et ils ne trouvaient rien.

L'heure de l'appel arriva. Ils s'y rendirent. M. de la Cloîtrerie avait daigné regagner l'île Royale. Quand ils eurent satisfait à cette formalité, ils se prirent à causer avec les autres déportés.

Jean demanda négligemment si l'on ne pourrait pas se procurer une hache pour achever la construction de la case.

Mais il apprit que depuis plus de six mois on avait enlevé ces outils aux habitants de l'île du Diable, parce qu'un d'eux avait menacé un surveillant qui le maltraitait de lui fendre la tête.

Elles avaient été toutes emportées à l'île Royale. Et à moins que quelque captif fût parvenu à en soustraire et à en dissimuler une, il n'y fallait pas songer...

Si l'on avait à exécuter quelque chose qui nécessitât forcément l'usage de cet outil, il fallait adresser une demande au gouverneur qui, après enquête, rapport, etc., enverrait quelques soldats pour faire le nécessaire.

— C'est à n'y rien comprendre, dit Jean à ses compagnons. Pourtant Titi n'a pu donner une indication inutile.

Tout à coup le Squelette se frappa le front :

— Une idée ! s'écria-t-il.

— Parle...

— Venez avec moi... N'avez-vous pas entendu qu'il n'est pas impossible qu'une hache ait été dérobée, mise en lieu sûr par un déporté ?

— En effet... mais je ne comprends pas...

— Titi ne peut-il avoir fait cela... seul peut-être dans l'île du Diable possède-t-il cet outil ?

— Mais il est certain qu'il a dû prendre les précautions les plus prudentes pour qu'elle ne fût pas découverte...

— Si bien qu'il nous inviterait à la trouver et à la lui apporter...

— Justement...

— Reste à découvrir où elle peut être...

— Revenons à la case, et peut-être trouverons-nous la solution du problème...

Saisis d'une espérance qu'ils n'osaient pas encore croire fondée, ils retournèrent en toute hâte à leur demeure. Mais, au lieu d'y entrer, le Squelette les arrêta sur le seuil, et leur désignant du doigt une des poutrelles qui soutenaient la toiture, et qui était faite d'un arbre grossièrement équarri :

— Regardez, dit-il, ceci n'a-t-il pas été travaillé avec la hache ?...

— En effet, repartit Jean. Les morsures du fer, quoique polies ensuite pour ne pas attirer l'attention, prouvent l'emploi de cet instrument...

— Donc Titi possédait une hache...

— C'est clair...

— Donc il l'a cachée quelque part...

— Acceptons la supposition... mais où?... voilà la question...

— Revenons au dessin... la hache est placée au-dessous des lignes qui figurent tant bien que mal des flammes, et cet encadrement qui entoure le tout ne pourrait-il pas passer à la rigueur pour la forme d'une cheminée?...

— C'est possible! Eh bien?...

— Eh bien! ou je me trompe fort... ou cela signifie très clairement : Chercher, trouver et apporter la hache que j'ai cachée sous le foyer...

Tous trois s'élancèrent à l'intérieur.

En un instant, les cendres, les tisons refroidis furent écartés ; au-dessous du foyer apparut une pierre plate... mais ils n'étaient pas disposés à s'arrêter en si bon chemin... En quelques instants, la pierre fut déplacée...

Et un cri de joie s'échappa des trois poitrines...

Le fer de la hache y était... Ce fut un instant de joie profonde, mêlée — pour tout avouer d'un peu de vanité satisfaite. Le Squelette surtout ne pouvait se défendre d'un sourire plus triomphant que modeste...

Mais s'ils éprouvaient cette joie, c'était encore parce que dès à présent il apparaissait clairement que Titi poursuivait quelque plan auquel sa disparition momentanée était sans doute nécessaire...

L'impatience des trois prisonniers était à son comble : et, comme à Jean pendant la journée précédente, il leur fallut de grands efforts de volonté pour se résigner à attendre la nuit.

La hache avait été solidement emmanchée, puis cachée de nouveau. Ils comprenaient de quelle importance était pour eux la possession de cet instrument. Mais ils étaient surtout en hâte de connaître à quel usage la destinait celui qu'ils s'habituaient à considérer comme leur protecteur.

Et malgré eux, la pensée d'évasion surgissait dans leur cerveau et précipitait les battements de leur cœur.

L'orage qui avait surpris Jean pendant la nuit précédente avait cessé. La journée fut torride. Mais vers le soir reparurent les signes avant-coureurs de la tempête...

Un des plus anciens déportés de l'île déclara que la nuit serait terrible.

Mais qu'importait aux trois amis!...

Dès que de toutes parts le silence se fut étendu sur l'île du Diable, ils sortirent de la case... emportant la hache et une lanterne.

Le vent soufflait avec violence... et des profondeurs de l'Océan sortait une voix sourde et menaçante...

Ils se hâtaient. Maintenant Jean n'hésitait plus, il connaissait sa route. Mais bientôt la tourmente éclata dans toute sa fureur. . Ils étaient sur la rive, les vagues, agitées avec fureur, déferlaient avec une violence inouïe... Le sentier qu'ils suivaient se couvrait d'écume, et parfois l'eau leur fouettait le visage... Silencieux, ils ne s'arrêtaient-pas...

Maintenant je ne sais quelle angoisse serrait leurs poitrines.

Tout à coup il se passa quelque chose d'étrange... une rafale, une sorte de trombe s'abattit sur l'île... et si violent fut le choc, qu'ils chancelèrent...

Au même instant, devant eux, il sembla que la mer soulevée par un volcan, se dressât hors de son lit !... Une immense ombre, noire, large, marbrée de teintes d'acier se leva et se rua vers le rivage. On eut dit un mur mouvant.

Puis il y eut un écroulement soudain, épouvantable... Cette masse s'abattit sur la terre...

C'était le ras de mer, le plus effrayant des phénomènes marins...

Les trois hommes s'étaient accrochés à la roche... Pendant quelques instants, ils se sentirent enveloppés par le flot immense... suffoquants... croyant à la mort....

Et quand la mer eut passé, ils étaient là, haletants, livides comme des cadavres arrachés au sépulcre... Oui, c'était bien la sensation de la mort qu'ils avaient éprouvée. Il leur semblait que la griffe énorme de la nature s'était refermée sur eux, pour les écraser...

Pourtant ils étaient sauvés... A voix basse, comme s'ils craignaient de ne pas entendre de réponse, ils s'appelèrent...

Vivants ! vivants tous trois !...

Maintenant la mer étincelait d'une phosphorescence fantastique, et à cette lueur bizarre, ils virent qu'autour d'eux des roches s'étaient écroulées... Des arbres brisés pendaient comme des corps échevelés...

Alors Jean, saisi d'une crainte soudaine, s'élança en avant... il arriva à l'endroit où la veille il attendait son frère...

Et il poussa un cri terrible...

La grotte s'était effondrée... et à la place de l'ouverture, un monceau de décombres formait une effrayante barrière !

DU TROU NOIR SORTIT UNE FORME HUMAINE.

VI

PH... OUIT!

Ce fut un moment d'effrayante stupeur... et, en vérité, il eût fallu être doué d'une force surhumaine pour ne pas se sentir ébranlé en face de cette catastrophe...

Les trois hommes — brisés par la lame, à peine échappés à la vague — se retrouvaient en face d'une énigme nouvelle, plus terrible encore... et de cette énigme, le mot n'était-il pas déjà connu — n'était-ce pas la mort?...

Rien n'est plus épouvantable que le phénomène connu sous le nom de ras de mer. Sa soudaineté centuple son horreur. Cette masse, soulevée du fond des gouffres, se rue avec une impétuosité vertigineuse, saisit, brise, écrase, renverse... et, quand elle a passé, on ne voit plus qu'écroulements et ruines!...

Sous ce poids formidable, la voûte de la grotte s'était effondrée.

Et s'ils avaient compris les indications données par Titi, c'était dans un souterrain au-dessous de ces décombres, qu'il était maintenant enseveli!... Ah! s'ils s'étaient trompés! mais non, tous les raisonnements sur lesquels ils avaient étayé leur conviction leur revenaient en foule à l'esprit, plus clairs, plus probants...

Il était enterré là. Vivant! c'eût été folie de le penser!

Le premier, Jean revint à lui, et, d'une voix rauque, étranglée par le désespoir, il dit :

— Amis, à l'œuvre! n'épargnons aucun effort!... et si mon pauvre frère a péri, du moins disputons son cadavre à cette terre maudite...

Vous avez lu souvent dans les journaux le récit de ces sinistres tragédies qui tiennent haletantes les populations des pays miniers. De malheureux ouvriers ont été engloutis dans les entrailles de la terre, et pendant des jours, pendant des nuits, le pic et la pioche frappent sans relâche, la science et le courage disputant à la mort ces martyrs du travail.

Mais du moins ceux qui s'efforcent ont à leur disposition tous les engins de la mécanique. Leur nombre même les encourage, la foule qui les entoure augmente leur ardeur...

Ici, rien de tout cela.

Trois hommes, possèdent en tout une hache. Derrière eux la mer furieuse, autour d'eux la nuit, devant eux des quartiers de roc écroulés et dont le moindre semblerait exiger l'effort d'un Titan.

A l'appel de Jean, ils se regardèrent; et un même frisson les secoua. Oui, ils tenteraient l'impossible ! mais déjà ils devinaient que toute leur énergie serait vaine...

Cependant, tous trois, arc-boutés au sol, enveloppèrent de leurs bras nerveux un des blocs grisâtres... leurs muscles se raidirent, leurs reins se cambrèrent dans une tension violente. Le bloc resta immobile.

Dix fois ils revinrent à la charge. Sous le souffle glacé de la mer, une sueur brûlante inondait leurs membres. Ils étaient pris d'une sorte de fureur.

L'un, de la hache, frappait à tour de bras, tentant de briser le granit. L'autre se ruait contre la masse, comme s'il eût voulu la renverser sous le choc de son corps.

Rien ! le sépulcre ne rendait pas sa proie ! il la serrait au contraire dans ses bras de pierre... Il la serrait plus fort à mesure qu'on s'acharnait après lui, car sous les heurts de la hache des affaissements se produisaient... rendant plus lourde la masse à soulever.

Jean passa sa main sur ses yeux :

— Pauvre cher Titi ! fit-il. C'est moi qui l'ai tué !...

— Toi ! que veux-tu dire ? s'écria Trente-Deux, effrayé de son désespoir, et serrant ses mains dans les siennes.

— N'est-ce pas pour me protéger, pour me défendre, que ce frère bien-aimé a risqué sa vie ? N'est-ce pas pour me soustraire aux brutalités de ce misérable adjudant, qu'il s'est exposé lui-même à un cruel châtiment, auquel il n'a échappé que pour trouver ici une mort plus affreuse encore ?...

Il s'exaltait. La fièvre s'emparait de lui.

— Et quand je pense que là, à cette même place, il me suppliait de lui pardonner !... à lui, si bon, si dévoué !... Étienne ! mon cher Étienne ! Je le sens... je ne te survivrai pas...

Et, s'arrachant à ses deux amis, qui se serraient auprès de lui, Jean s'élança vers la mer pour s'y précipiter...

A ce moment un cri sourd, prolongé retentit... Jean s'arrêta ; les deux hommes tressaillirent.

Ce cri semblait sortir des profondeurs de la terre...

Jean, rapidement, s'étendit à terre, appuyant son oreille sur le sol. Les deux autres l'avaient imité.

Et le même cri retentit encore, mais cette fois plus distinct...

Ce cri était une sorte de sifflement... et voici qu'il retentit une troisième fois, strident, net... et ce cri, — fantaisie goguenarde au milieu de cette scène de deuil, — c'était le vieux cri du Parisien, l'appel gouailleur des gamins...

C'était le Piiii... ouitt ! des faubourgs...

Cela retentissait comme un éclat de rire jaillissant d'une tombe.

Déjà le Squelette, saisissant la hache, attaquait le sol. Puis Jean et Trente-

Deux, de leurs mains, de leurs ongles, arrachaient la terre et la rejetaient.

Ils travaillaient avec une activité fébrile... Pendant quelques minutes, longues comme un siècle, on n'entendit que le bruit de la hache contre la terre...

— Attendons ! dit Jean.

Et tous trois se redressèrent, tendant l'oreille.

Jean avait calculé juste. Celui qui était enseveli profita de ce temps d'arrêt, et répéta son cri.

Le hasard les avait bien servis. Du premier coup, ils avaient attaqué la place la plus proche. Mais le déblai était difficile. Maintenant, de grosses pierres étaient mêlées au tuf. Et il fallait leurs efforts réunis pour les arracher. Mais l'espoir leur avait rendu toutes leurs forces...

Et tout à coup éclata cette phrase :

— Eh ! les camarades ! pas de blagues !... doucement ! sans ça tout ce chambardement me tombe sur la tête !

C'était la voix de Titi, cette voix aiguë, vibrante qu'ils connaissaient si bien...

Et un quart d'heure ne s'était pas écoulé, que du trou noir, creusé à plus de deux mètres, une forme sombre émergeait, deux bras s'appuyaient sur les bords... et Titi, avec une cabriole, sautait hors de cette fosse, criant :

— Oh ! là ! là !... 'en voilà un Mazas d'occasion !...

Jean l'avait saisi dans ses bras et le serrait contre sa poitrine avec frénésie.

— Mais tu ruisselles d'eau ! s'écria-t-il en s'apercevant que les vêtements de Titi étaient spongieux comme s'il se fût trempé dans la mer.

— Bah ! un bain !... il est vrai que ça n'était pas très chaud ! mais ne nous occupons pas de ça... j'avais besoin de me laver... comme ça tombe !...

— Ainsi tu t'étais enfermé dans un souterrain...

— Un sous-sol ! ni plus ni moins !... pas cher de loyer, va !... mais nous n'avons pas de temps à perdre... Causons peu et causons bien...

A l'accent si tranquille et presque gai du gamin, il était impossible de ne pas se sentir immédiatement réconforté.

— Mais dis-moi du moins comment tu as pu te sauver? s'écria Jean.

— Quoi ! quand ce propre à rien voulait me faire donner la schlague ?... Je dois te dire, mon bon Jean, qu'avant ton arrivée je recevais plus de coups de trique que de billets de mille... Ça m'amusait, parce que je leur disais tout ce que j'avais sur le cœur... mais à présent ! minute, mon gars !... j'ai autre chose à faire que de me faire crevasser le dos comme une vieille cheminée lézardée... c'est pour ça que j'ai piqué une tête !... et ils m'ont cherché, comme une aiguille dans une botte de foin... mais j'étais bien tranquille... D'abord, Jean, dis-moi si tu as bien compris mon message...

— Je le crois, du moins. Et la preuve, c'est que nous avons trouvé la hache !

— Vous êtes malins comme de petites chouettes... mais est-ce tout?

— Non ! il nous a semblé qu'au fond de la grotte il devait se trouver une grosse pierre...

— Parfait !

— Qui cachait l'entrée du souterrain...

— Bravo !... quand nous serons en France, tu devineras tous les rébus de *l'Illustration* et tu t'en feras trois mille livres de rente...

— Tu ris toujours !

— Parbleu ! pourquoi pleurer ! C'est de la bonne eau de perdue ! mais revenons à nos moutons... C'est donc ça, exactement... j'avais découvert là-dessous un petit trou... un grand trou... plein de crabes, de homards et autres crustacés plus aimables les uns que les autres... Je leur ai donné congé, et je me suis installé là comme un coq dans de la pâte.., et j'y ai fait un petit travail... vous verrez ça plus tard !... Alors, quand ce crétin honoré de la confiance du souverain a voulu faire le méchant, crac ! je suis rentré chez moi !... bien décidé cette fois à mettre à exécution certain projet qui vous fera venir l'eau à la bouche...

« Comme je n'entendais pas donner mon adresse à la nation entière — crainte des créanciers — j'ai imaginé la petite boîte... ça a marché comme sur des roulettes... et je vous attendais bien tranquille, quand, patatras ! voilà la mer qui n'en est pas une pour moi — qui fait des siennes, qui détraque mon immeuble... et qui, remuant la pierre qui fait ma porte me lance à bout portant la plus belle douche d'eau !...

Là-dessous, j'en avais jusqu'à la ceinture rien que ça !

Et à tout moment, je craignais que ça ne me montât par dessus les épaules... c'était un ras, je connais ça... Seulement s'il avait duré, n..i.. ni, c'était fini de Titi... mais j'ai toujours eu de la chance... Ça s'arrête... très bien !... Seulement, voilà que la grotte était à bas, et que j'étais calfeutré dans mon trou comme un rat dans une souricière... dame ! je ne vous dirai pas que j'ai eu à ce moment-là des idées couleur de rose...

C'est pas que ça me fasse grand'chose de mourir... mais ça m'aurait scié de ne pouvoir pas embêter les gredins d'ici, comme j'y compte...

— Et moi ! Étienne, m'oubliais-tu donc? s'écria Jean...

— Tu sais bien que non... Mais maintenant, les camarades, il faut se mettre à l'œuvre...

— De quoi s'agit-il?

— Eh ! d'une chose bien simple... parbleu ! nous allons brûler la politesse à messieurs les argousins...

Les trois déportés poussèrent un cri de joie :

— Quand donc? cette nuit!...

— Oh! oh! fit Titi. Voilà déjà que l'eau vous vient à la bouche... gourmands! sans le ras, ça aurait pu se faire en moins de rien... mais maintenant il faut travailler... quelle heure est-il?...

— Environ deux, dit Jean...

— Hum! le jour se lève à quatre..., nous n'avons guère de temps... enfin, nous allons toujours profiter de ce qui nous reste... ces messieurs n'ont pas peur de se mouiller les pieds?...

— Quelle plaisanterie...

— Que voulez-vous? je ne serai jamais raisonnable!... Autre chose; nous avons la hache, c'est bien... mais de la lumière?

— J'ai la lanterne...

— Ouiche... tu crois que la mer a respecté tes allumettes... tout cela nous gêne pour aujourd'hui... et pourtant je ne voudrais pas vous avoir fait venir pour rien... Satanée mer! sans elle, nous filions à quatre heures...

— Et où allions-nous? demanda Trente-Deux...

— Curieux! ça ne vous suffira pas d'être hors d'ici!...

— Nous étions décidés à tout risquer...

— Soyez tranquille, nous risquerons notre peau... et il n'est pas encore bien sûr que nous arrivions... mais il sera toujours temps de causer de cela... Maintenant un homme de bonne volonté pour rentrer avec moi dans le trou...

— Je suppose que tu m'acceptes, dit Jean en riant...

— Je ne sais pas trop... me voilà enrhumé! Un seul rhume suffit pour la famille... Non, toi, je te réserve autre chose... Viens avec moi...

Il prit la main de Jean et, le guidant sur la rive, il le conduisit à une sorte d'anse étroite, bordée d'un balcon de roc, et qui en temps ordinaire surplombait de plus d'un mètre au-dessus de la mer.

— Toi, dit-il, tu vas avoir la bonté de te tenir là avec un de tes camarades... et quand tu nous entendras frapper à coups de hache, tu nous guideras... Il faut que nous creusions un trou, justement en face de ce balcon... tu saisis...

— Mais ne me diras-tu pas?

— Rien encore... tu sauras tout dans une heure...

Le Squelette s'installa avec Jean à l'endroit indiqué par Titi.

Puis le gamin s'introduisit de nouveau dans le trou creusé tout à l'heure pour son évasion; Trente-Deux le suivit armé de la hache...

Le flot qui avait effondré la grotte et forcé d'entrée du souterrain s'était épandu de telle sorte que son niveau avait sensiblement baissé.

C'était à peine maintenant si l'eau atteignait leurs genoux. Mais le froid était si intense que les deux hommes éprouvaient une atroce souffrance.

Titi, d'ailleurs, grelottant, claquant des dents, trouvait encore le moyen de *blaguer*. Et, malgré lui, Trente-Deux riait. Au bout de quelques minutes, d'ailleurs, la réaction se fit et la circulation se rétablit.

Titi, qui avait guidé Trente-Deux sur une longueur de trente mètres à peu près, s'arrêta enfin et dit :

— Y voyez-vous clair?

— Pas le moins du monde...

— Écarquillez bien vos yeux. Il faut ici rendre des points à un chat.

— Je distingue bien quelque chose... une sorte de forme blanche...

— Bon! ça n'est pas un revenant... c'est une poutre...

— Je touche et je sens les arêtes du bois...

— Eh bien ! mon cher monsieur, je vais maintenant vous expliquer pourquoi je n'ai pas voulu que Jean vînt avec moi. Vous ignorez peut-être que la race des Rabolet, — qui remonte au père Adam, — ne compte plus que deux représentants, Jean et moi...

— Je sais que vous êtes orphelins...

— Or, je dois vous avertir qu'il y a fort peu de chance pour que le Rabolet qui a l'honneur de vous parler en ce moment sorte vivant du trou où nous nous trouvons...

— Que dites-vous?

— Ce n'est pas tout... il y a — attention ! — cent à parier contre un que vous-même vous allez rester en gage dans cet aimable souterrain...

— Voyons ! est-ce encore une de vos plaisanteries !

— Pas le moins du monde! je suis sérieux comme un âne qu'on étrille... Je vous dis donc que tous les deux nous avons la douce perspective d'avoir mangé hier notre dernier morceau de morue... Or, si à votre place se trouvait le nommé Jean, mon frère, tout indique que la race des Rabolet eût péri dans ce lieu aussi malsain que peu séduisant... et voilà ce que je ne voulais pas...

Trente-Deux commençait à se demander si sérieusement son étrange compagnon n'avait pas un grain de folie!

Mais Titi continua avec le plus parfait sang-froid.

— Maintenant, vous voyez bien la poutre en question, n'est-ce pas? Eh bien, je dois vous dire qu'elle soutient la voûte du souterrain. Si elle cède, nous sommes aplatis comme de vieilles limandes, et voyez les joies que l'avenir nous réserve, il faut absolument que nous la brisions...

— Et pourquoi?

— Rien de plus limpide. Parce que derrière la poutre se trouve le seul point attaquable qui puisse nous donner issue sur la rive...

— Après?

— Et parce que par cette issue il faut que nous fassions sortir toutes les pièces du radeau que j'ai eu l'honneur de construire et qui est là, sous nos pieds...

Trente-Deux garda un instant le silence.

Titi se méprit sur les sentiments qui l'agitaient et reprit d'un ton assez aigre :

— Mais, vous savez, au fond... si ça vous gêne aux entournures, faut le dire...

Trente-Deux lui saisit la main :

— Ah! mon ami, s'écria-t-il, ne doutez pas de mon courage... Ceux qui ont eu l'énergie de souffrir toute leur vie pour une cause ne redoutent pas la mort, sous quelque forme qu'elle se présente. Seulement, je veux vous faire une proposition...

— Est-ce que vous voudriez m'emprunter de l'argent? Je vous avouerai que je n'en ai pas sur moi...

— Non, monsieur le farceur, dit Trente-Deux en riant. Mais comme je tiens essentiellement à ce que la dynastie des Rabolet ne s'éteigne pas... Comme en outre je n'ai pas, moi, de l'autre côté de ce roc, un frère dont le cœur batte d'inquiétude, je vous prie, monsieur Titi, d'avoir la bonté d'aller voir à dix mètres d'ici, si j'y suis... et de me laisser tenter l'aventure tout seul...

A son tour, Titi ne répondit pas tout de suite. Il avait eu à la gorge une petite contraction d'émotion. Mais se remettant aussitôt :

— C'est ça! monsieur est un accapareur, tout pour lui, rien pour les autres... Désolé de vous refuser, mon cher monsieur...

— Je vous en prie...

— Laissez-moi vous dire que vous pouvez vous fouiller... par cette raison fort simple que, pour faire le nécessaire, il faut être deux... Voyons, ne perdons plus de temps en générosités sublimes, mais inutiles!... écoutez-moi bien!... La poutre peut céder tout de suite, mais aussi elle peut résister jusqu'au dernier moment... comprenez bien...

Il prit la main de Trente-Deux et la plaça contre le roc.

— Il faut creuser ici... Vous sentez que, pour que l'ouverture soit assez large, il faudra forcément, au dernier moment, attaquer la place devant laquelle se trouve la poutre... Ce n'est donc qu'à ce dernier moment que, si elle ne s'est pas brisée toute seule, nous devrons l'enlever et provoquer l'éboulement... mais de longue date sachant cela et tenant à ma peau, autant qu'homme au monde, j'ai imaginé un truc... Mais je ne veux pas vous en parler avant de vous avoir demandé quelque chose... Êtes-vous fort?...

— Dans ma jeunesse, je passais pour un athlète... et je suis encore d'une force exceptionnelle...

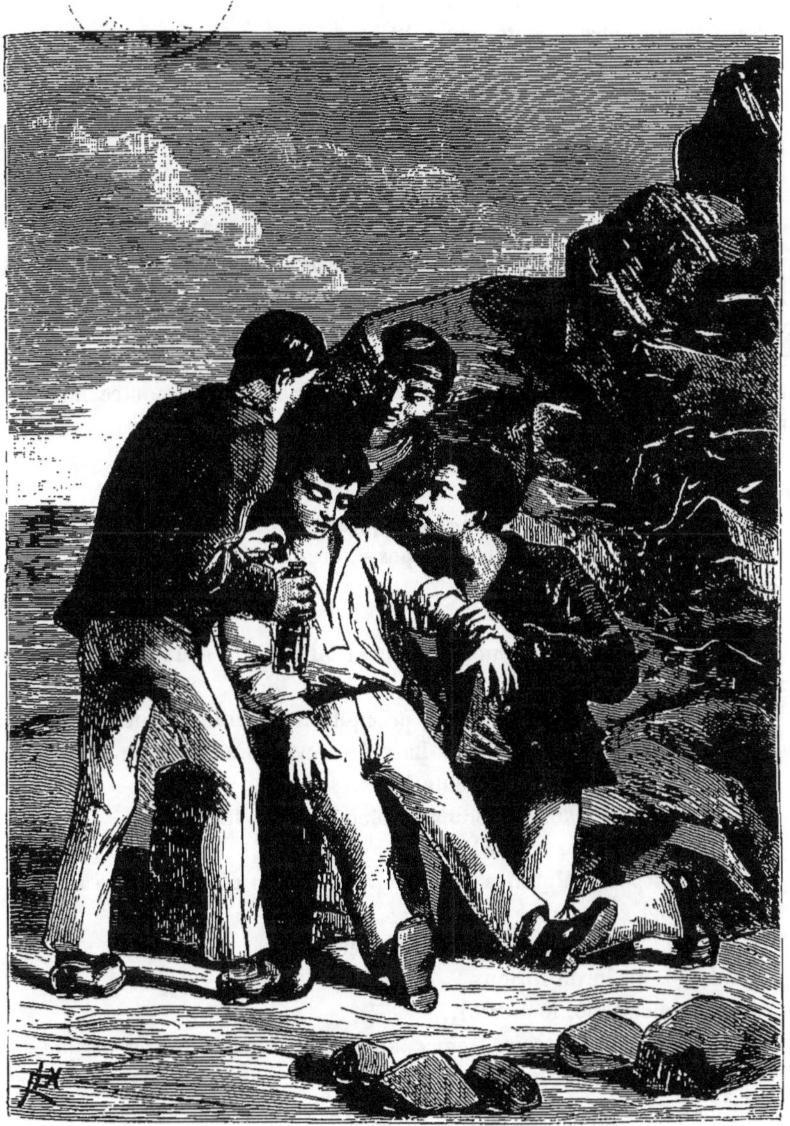

LE PAUVRE GAMIN S'ÉTAIT AFFAISSÉ.

— Eh bien ! arc-boutez-vous sur vos jambes... et carrez-vous sur les reins...

Sans comprendre, Trente-Deux obéit...

— Vous y êtes... vous porteriez bien deux cents livres sur vos épaules...

— Certes !...

— Alors attention...

Titi lui posa ses deux mains sur les épaules.

— Nom de D..., cria Trente-Deux.

Sous la pression, il s'était senti plier.

— Histoire de vous prouver que je ne suis pas en carton-pâte... Maintenant je puis vous dire mon histoire. Là, le long du mur, il y a deux rebords sur lesquels je place les pieds... je me colle les épaules à la voûte... vous commencez à creuser, j'attends, je guette ma voûte... si elle veut faire des bêtises, je la rappelle à l'ordre... Je vous promets que la poutre ne cassera pas... et ainsi jusqu'à la fin. Dame ! vous vous dépêcherez un peu, voilà tout...

Il y eut encore une courte discussion. Mais Titi avait le génie de la persuasion.

L'autre se mit à l'œuvre. Après les premiers coups de hache, il s'arrêta, et s'adressant à Titi, qui était à son poste, arc-bouté sur les reins, les épaules à la voûte :

— Eh bien ? demanda-t-il.

— Un miel ! fit Titi, ça ne bouge pas ! Allons-y d'achar... et défoncez-moi ça...

Les coups résonnèrent violents et précipités... Il semblait que les prévisions de Titi ne dussent pas se réaliser. La voûte restait inébranlable.

— Le roc est percé ! cria Trente-Deux.

— Bon ! dit Titi sans se déranger. Maintenant à la poutre !...

— Mais vous serez écrasé !...

— As pas peur ! M. Atlas qui portait le monde n'était qu'une mauviette auprès de moi ! à la poutre ! enlevons !...

En vérité, Trente-Deux n'osait pas obéir.

Titi lança un juron furieux.

— Mais allez donc, tonnerre !...

La hache attaqua le bois. Deux coups, trois coups, la poutre craqua....

Alors il se passa quelque chose d'effrayant. Il y eut dans l'ossature du souterrain un oscillement... puis la partie du roc qui se trouvait devant Trente-Deux s'effondra. Par l'ouverture jaillirent les premières lueurs du jour qui se levait...

— Et Titi ! mon frère !... s'écria Jean.

— Présent ! fit le gamin, sortant de dessous les décombres.

Puis se secouant :

— Ça ne fait rien! c'était rien lourd!... fit-il.

VII

OU L'ON SE DONNE RENDEZ-VOUS

Il était retombé sur ses pieds, ce sacré Titi? comme les chats! et pourtant le diable sait quelle rude charge il avait reçu sur les épaules...

A vrai dire, il était bien pâle.

Il avait tenu à crier le mot Présent, avec la désinvolture d'un Mélingue héroïque.

Mais le fait est qu'à peine eut-il « fait son effet » qu'il chancela comme un homme ivre :

— Étienne! qu'as-tu donc? cria Jean en le retenant dans ses bras.

— Il a, repartit Trente-Deux, qu'il vient de recevoir mille kilos sur les épaules... et qu'il y a de quoi en crever!...

Titi avait fermé les yeux, ses paupières se teintaient de nuances violacées.

Saisi de terreur, Jean s'était agenouillé auprès de lui. Le pauvre gamin s'était affaissé, impuissant à surmonter plus longtemps la prostration sous laquelle il pliait...

Tout à coup le Squelette s'écria :

— J'ai de l'eau-de-vie!...

— Donne, donne vite! s'écria Jean à son tour.

Et, saisissant le flacon que lui tendait son camarade, il en plaça le goulot entre les lèvres de Titi.

Décidément, c'était un rude gars que notre Béni-Maubert. Car, à peine l'alcool eût-il, — comme il le dit lui-même plus tard, — agréablement chatouillé sa luette, qu'il ouvrait ses deux yeux tout grands... et regardant son frère :

— Eh bien! de quoi? fit-il, de l'émoss! n'en faut pas!...

Il ajouta en sourdine :

— Ça ne fait rien! c'était rudement lourd tout de même!...

Son frère passait ses mains sur ses membres.

— Tu veux savoir si j'ai une patte cassée. Je ne crois pas. J'aurai une rude courbature... c'est tout!.... Cependant, faut savoir!... quoique je ne me sente rien, j'ai peut-être un aileron de dérangé... Aide-moi.

Il s'appuya à l'épaule de son frère, et se dressa.

Vraiment, le mâtin avait la bosse comique. Et si la situation n'eût pas été aussi terrible, un spectateur se fût pris à rire, pendant que Titi, très sérieux, secouait une à une ses jambes, un à un ses bras, avec des allures de pantin désossé...

— Tape-moi un peu dans le dos, dit-il à Trente-Deux.

Et comme celui-ci obéissait :

— Hum! hum! toussa Titi. Allons, le creux est bon?... encore un peu du goulot de tout à l'heure, et il n'y paraîtra plus.

Il avala une gorgée d'eau-de-vie :

— Sacredié! reprit-il! j'avoue que je ne suis pas fâché d'être sorti de là!... nom d'un pétard! quelle beigne sur les épaules! les rochers d'ici ne sont pas en échaudé!...

— Mais enfin, s'écria Jean, pourquoi diable avoir fait cette folie? Il était bien plus simple de sortir par où tu étais entré, c'est-à-dire par le trou que la hache avait creusé...

Titi éclata de rire :

— C'est ça! fais-moi des scènes! dis-moi tout de suite que je suis un idiot! ça sera plus simple!

— Je ne dis pas cela...

— Mais tu le penses, ça revient au même... Écoute, Jean, Titi n'est pas la moitié d'une bête... Et, si vous le voulez bien, pendant qu'il va rester assis, bien tranquille, à se tourner les pouces, vous allez avoir la bonté de lui obéir...

— Allons, ordonne! dit le Squelette, car, en vérité, je commence à croire que tu es notre bon génie!...

— Merci pour cette bonne parole... Donc, mes bons amis, voici le jour qui vient... et il va nous falloir disparaître tout à l'heure comme des souris qui ont peur du chat... mais avant tout, je veux que vous sachiez comment je ne suis pas tout à fait un imbécile... Qui est-ce qui a la hache?

— C'est moi, dit Trente-Deux.

— Et tu cognes dur... c'est bien. Alors aie la bonté d'élargir le trou par lequel nous sommes sortis de là. Vous, les camarades, jetez les pierres à la mer... et déblayez jusqu'à ce que le trou en question soit de niveau avec le balcon sur lequel nous nous trouvons. Oust! et plus vite que ça!

Titi avait maintenant le ton et les allures d'un général en chef.

Et, de fait, personne ne songeait à discuter ses ordres.

On se mit à déblayer aussi rapidement que possible.

Bientôt le niveau étant établi, l'eau de mer qui se trouvait dans le souterrain commença à s'écouler.

— Ça va bien, disait Titi. La nature est une bonne fille, elle fait nos affaires. Hardi, là !... Si vous saviez comme ça me remet de vous voir bûcher comme cela !...

On ne sait pourquoi, il eut tout à coup un élan

— Jean, fit-il, viens ici !

Son frère s'approcha.

— Je suis richement content ! dit-il.

Et, attirant Jean à lui, il l'embrassa.

— Là ! assez d'émotions ! nous n'avons pas le temps ! mais j'avais besoin de ça ! ça me fait encore plus de bien que l'eau-de-vie...

Le jour grandissait rapidement. Déjà à l'horizon le disque du soleil émergeait, filant ses rayons que les pâtres ont — très justement — comparé à des flèches d'or... mais que Titi appelait lui des aiguilles à tricoter.

Les pierres avaient été enlevées.

Maintenant, du côté de la mer, il y avait une ouverture presque aussi large que celle qu'avait obstrué l'éboulement déterminé par le ras de mer.

— Halte ! Front ! cria Titi. C'est assez pour aujourd'hui !... Seulement, mes enfants (il devenait paternel maintenant), comme tout travail mérite sa récompense, je veux vous donner une petite satisfaction.

Ils se tournèrent vers lui, le regardant surpris, ou plutôt attentifs, car en vérité ils en étaient arrivés à ne s'étonner de rien.

— Trente-Deux ! la barque est-elle vidée ?... Tâte-moi un peu le sol !

Trente-Deux obéit :

— C'est humide ! dit-il. Mais le plus gros de l'eau est parti...

— Eh bien ! monsieur mon bon frère ! reprit Titi ! vous allez avoir la bonté d'entrer dans le souterrain...

— Tout de suite !

— Attendez donc ! vous aurez ensuite l'honneur de vous mettre à quatre pattes, ni plus ni moins que le plus vulgaire des toutous passés, présents et futurs...

— Et après ?

— Après... vous me rendrez compte de ce que vous aurez remarqué. Je vous attends au rapport...

Il était superbe de désinvolture et de solennité joyeuse.

Jean se glissa dans l'ouverture béante.

Trente-Deux dit à Titi :

— Il ne court aucun danger au moins ?

Titi lui donna une petite claque sur la joue...

— T'es bête ! fit-il, puisque je suis là !

Quelques minutes passèrent. Jean reparut.

— Eh bien ?... demanda Titi.

— J'aurais bien voulu y voir clair ; j'ai senti sous mes mains des poutrelles, des bois de diverses grandeurs...

— Et passâtes-vous vos doigts sur lesdites poutrelles? reprit Titi, avec la dignité qu'impliquait ce passé défini.

— Oui... et je ne sais si je me trompe, mais j'ai cru deviner qu'il y avait des pas de vis, des boulons...

— Eh! eh! il y a un peu de ça...

— Mais qu'est-ce que c'est?...

Titi se dressa :

— Ce que c'est?...

Il étendit son bras vers l'est :

— Tenez, mes bons amis, il y a là-bas... à une distance que vous n'avez pas besoin de connaître, une terre qui n'est plus sous la coupe de Bonaparte... un pays habité par de bons Hollandais qui fument dans des pipes en porcelaine. Eh bien! ce que tu as vu, cher frère, nous mènera là!

— Ce sont les pièces d'un radeau?...

— *Ne plusse ne moinsse*, articula Titi avec l'inimitable accent du gamin de Paris. Et là-dessus, bonjour les amis! Rendez-vous, la nuit prochaine, ici à trois heures... à quatre en mer !... et bonsoir la compagnie!... Vive la liberté...

VIII

ADHÉMAR PROPOSE, TITI DISPOSE

M. Adhémar de la Cloîtrerie n'était pas homme à rester inactif. C'était un de ces êtres pleins de fiel que leur impuissance irrite jusqu'au paroxysme, comme les enfants criards qui tapent à tour de bras sur l'arbre contre lequel ils se sont cognés.

La disparition de Titi l'avait exaspéré. C'était pour lui un coup terrible. Car, nous l'avons dit, il ne remplissait que par intérim les fonctions de gouverneur de l'île Royale, et il avait fondé toutes ses espérances d'avancement sur la prologation d'absence de son chef qui, à n'en point douter, devait solliciter son rapatriement et s'efforcerait de procurer, dans son propre intérêt, sa succession à son second.

Mais une évasion! voilà qui dérangeait singulièrement les plans de Rageot. Il ne croyait pas à la mort de Titi; et d'ailleurs en eût-il la preuve certaine, que sa position n'en eût pas été améliorée.

Car le gouverneur de Cayenne avait été informé des brutalités sans nombre, et le plus souvent sans motif sérieux, exercées par ce misérable argousin sur les déportés.

Qu'on les maltraitât, soit ! mais qu'on les poussât jusqu'au désespoir, jusqu'au suicide, c'était trop...

Il est une puissance dont ces messieurs ont toujours eu grand'peur, c'est celle de la presse.

Bâillonnée en France, elle commençait à élever la voix à l'étranger. L'Angleterre accueillait les plaintes des torturés de Cayenne, et peut-être nos lecteurs retrouveraient-ils, dans leur mémoire, le souvenir des lettres, adressées à Louis Blanc et publiées par le *Times*, où se lisaient ces lignes :

« Qu'on sache donc qu'on nous inflige, sous les plus misérables prétextes, des tortures sans nom... qu'on sache, par exemple, que, sur cinq hommes arrêtés dernièrement (1856) pour propos qu'il avait plu à un surveillant d'inventer, deux ont été liés à un poteau et traités comme les derniers des criminels...

« Sur leur refus de se soumettre à un châtiment ignominieux, on a fait venir des soldats, qui, se précipitant sur les victimes, les ont meurtries de coups, leur ont arraché la barbe, et sans être touchés par des cris qui auraient ému des bêtes fauves les ont liées avec des cordes serrées au point de faire jaillir le sang.

« ... Où est la loi qui assimile des proscrits politiques à des galériens? »

Le *Moniteur* protestait ; il flagellait ces *mensonges* et démentait ces publications, *faites à l'étranger*, destinées à tromper l'opinion publique !

Mais on sait ce que valent les démentis officiels. Ce qu'il fallait empêcher à tout prix, c'est que l'homme des Tuileries apparût revêtu de la livrée rouge des bourreaux. Il fallait que le silence pesât sur Cayenne et les îles du Salut !

Et voilà que la mort de Titi pouvait causer un scandale ! voilà que les sévérités capricieuses de M. Adhémar pouvaient compromettre la responsabilité du gouvernement impérial...

Il comprenait bien cela, ce bon M. Rageot. Et il eût donné je ne sais quoi pour tenir là Titi, entre quatre murs, vivant, soit, mais réduit au silence...

En tout cas, il voulait se venger, — ainsi qu'il convient, — du mal qu'il lui avait fait.

Se venger... sur qui? puisque le gamin lui avait échappé.

Bah ! il restait un Rabolet. C'était toujours cela. Ils prétendaient qu'ils n'étaient points parents ; mais pour être cruel, l'Adhémar n'était pas absolument niais. Et il avait fort bien deviné qu'on lui avait menti... Pourquoi? Il n'avait pas à le rechercher... mais il était convaincu que Jean Rabolet était le frère du 93...

C'en était assez pour qu'il se décidât à le persécuter.

Restait à trouver le moyen.

Depuis les quelques jours qu'ils avaient passés à l'île du Diable, les trois compagnons n'avaient donné lieu à aucune plainte.

Donc l'adjudant, enfermé dans ce cabinet où nous l'avons trouvé la première fois que nous avons eu l'honneur de le présenter à nos lecteurs, réfléchissait profondément.

Ses joues appuyées sur ses mains, se creusaient sous l'empreinte de ses ongles. Cette face de fouine avait des taches livides, comme en donne la colère contenue.

Tout-à coup — en désespoir de cause peut-être — il attira à lui une liasse de dossiers.

La règle était qu'il fît pour ses registres un extrait des pièces relatives à chacun des prisonniers qui lui étaient confiés, puis qu'il renvoyât le dossier original au gouverneur de Cayenne, seul chargé des archives des pénitenciers.

M. de la Clottrerie, d'une main fiévreuse, chercha et mit la main sur une chemise ministérielle portant en ronde d'expéditionnaire le nom de Rabolet (Jean).

Bah! qu'allait-il y trouver? Cet homme comme tous les autres devait avoir fait partie de sociétés secrètes ; il s'était sans doute arrogé le droit de résister à l'homme providentiel. Section politique par excellence...

Mais voilà qu'à mesure qu'il lisait, le visage de M. Rageot s'éclairait. C'est-à-dire qu'il devenait blanc comme linge à force de pâleur. C'était sa façon, à lui, de ressentir la joie.

Et voici pourquoi M. Adhémar, dit Rageot, sentait ces douces émotions lui remuer le cœur.

Rabolet (Jean) n'était pas la victime des troubles de décembre 1851. C'était en 1848 qu'il avait été arrêté, pendant la terrible insurrection de Paris...

Et il avait été condamné, — sans jugement, bien entendu, — aux travaux forcés à perpétuité, pour tentative d'assassinat.

Seulement une note suivait cette mention. On lisait :

« Assimilé provisoirement aux condamnés politiques. »

Provisoirement!... Ceci était tout bonnement sublime ! Donc ce provisoire pouvait cesser ! Et il s'agissait de quoi ? d'une tentative d'assassinat, crime de droit commun. En vérité, c'était bien le moment d'user d'indulgence...

Pourquoi donc ce meurtrier, ce bandit, jouirait-il des prérogatives — très modestes, d'ailleurs, on le sait, — des déportés de l'île du Diable?

Sa place était au bagne... au bagne de l'île Royale. Là, M. Adhémar l'aurait sous son autorité directe.

« Ah ! tu n'as pas voulu avouer que 93 était ton frère !

— COMMANDANT! TROIS ÉVASIONS!...

— Ah ! tu t'es permis de ne pas te révolter !... tu es cause de la disparition du 93 !

M. de la Cloîtrerie se renversa sur son fauteuil, et se passa la langue sur les lèvres en se frottant lentement les mains. Des horizons radieux s'ouvraient devant lui...

Seulement, comme c'était un homme de bon sens, il réfléchit longuement avant de prendre un parti.

Il s'arrêta enfin à ceci.

Il se hâta de faire le travail administratif que lui imposaient les règlements... Seulement sur son registre, il négligea de recopier certaine ligne que l'on devine...

Ce qui n'était pas mal imaginé, comme bien vous le supposez. M. de la Cloîtrerie connaissait fort bien le cœur humain, ou mieux le rouage gouvernemental.

Il savait que jamais celui qui représentait l'autorité à Cayenne ne se donnerait la peine de compulser le dossier, et que les excellents employés qui, — à la Guyane comme à Paris, — passent la majeure partie du temps payé par les contribuables à se tailler les ongles avec leur grattoir, — se contenteraient purement et simplement de recopier les indications rédigées par lui.

Autant de besogne d'épargnée.

Ce raisonnement arrêté dans son esprit, M. de la Cloîtrerie appela son secrétaire, donna ordre de préparer une embarcation pour se rendre au continent, puis mit les dossiers sous son bras, y joignit son registre et, calme comme l'honnête homme qui accomplit un devoir, il se mit en route pour Cayenne.

Le temps était beau. Le navire filait avec rapidité. M. de la Clottrerie aborda bientôt, et de son pied léger, se sentant tout guilleret de la bonne pensée qui lui était venue, il débarqua et se dirigea vers la demeure du gouverneur.

Celui-ci naturellement, ne le reçut pas, et le renvoya à son chef de bureau.

C'était bien là-dessus qu'avait compté messire Rageot.

Ce fonctionnaire — absolument abruti par la longue pratique du fauteuil à rond de cuir — sourit à M. Adhémar, lui offrit un siège, prit les dossiers, les enfouit dans un tiroir bien profond, où ils se noyèrent dans un gouffre déjà rempli d'épaves, puis s'empara du registre, l'ouvrit, affermit d'un coup de pichenette ses lunettes sur son nez, puis, de l'air le plus imposant, avançant la lèvre inférieure de façon prud'hommesque, il lut :

— Hé ! hé ! mauvaise engeance, monsieur de la Cloîtrerie. Dur métier que le vôtre ! et quelle responsabilité !...

Deux colonnes attiraient surtout son attention. L'une indiquait le lieu où le prisonnier était interné, l'autre le motif de son internement.

Tout à coup, le fonctionnaire leva l'index à la façon d'un magister qui surprend en faute un élève qui a fait à une mouche une queue en papier:

— Ho! ho! ho! ho! modula-t-il sur un ton ascendant. Qu'est-ce que cela, monsieur de la Cloîtrerie?

Celui-ci eut un sourire obséquieux :

— Qu'y a-t-il?

— J'aperçois, si je ne m'abuse, une grâve, très grâve erreur!

L'*a* avec accent circonflexe fait partie de la linguistique de toute administration qui se respecte.

— Une erreur? vous m'étonnez!

— A qui, je vous prie, est réservée la faveur du séjour à l'île du Diable, selon nos instructions formelles?...

— Mais... aux détenus politiques !...

— Eh bien?

— Eh bien !

— L'assassinat est-il un crime politique?...

— Certes, non !

— Donc, un homme condamné aux travaux forcés pour assassinat doit être détenu...

— Au bagne de l'île Royale...

— C'est cela même. Or, mon cher monsieur de la Cloîtrerie, veuillez lire...

Et l'index se posa sur la fameuse ligne que l'on connaît.

M. Rageot eut une exclamation de surprise.

— En effet ! je ne comprends pas !

Puis se frappant tout à coup le front :

— Ah ! je me souviens! lorsque M. le gouverneur a daigné visiter le ponton, il a donné ordre de transférer ce détenu avec deux autres à l'île du Diable !...

— Bah ! le gouverneur !... mais lui aviez-vous communiqué le registre ?...

— Point !

— Avait-il quelque raison particulière de modifier les règles administratives en faveur de cet assassin?

— Non pas ! il ignorait jusqu'à son nom...

— Simple erreur... qu'il nous appartient de redresser... sans tarder, car si par hasard il se faisait une inspection...

— Oh! croyez bien que j'aurais tout pris sur moi, sans nommer M. le gouverneur...

— Certainement ! mais la régularité est préférable !

— Alors vous aurez la bonté de me délivrer un ordre de transfert...

— Immédiatement...

Et la plume d'oie — du fonctionnaire — courut en grinçant sur un imprimé...

Quand M. Adhémar sortit, il était plus léger qu'une plume. Il alla visiter quelques collègues, fut charmant, se prit même à esquisser quelques plaisanteries, bref passa à Cayenne le reste de la journée... et ne revint que tard à l'île Royale...

Seulement il donna ordre que dès le lendemain, à la première heure, le 123 fût transféré à l'île Royale...

Comme Titi, il n'avait pas perdu sa journée...

Mais, hélas ! à sept heures du matin, un sous-officier d'argousins se précipita dans sa chambre... et tandis que le doux Adhémar se frottait les yeux, ces mots terribles résonnèrent à son oreille :

— Commandant, trois évasions !...

IX

« MA VIEILLE BRANCHE. »

L'espace immense, la mer énorme et sans fin, la nuit sombre... de grandes voix courant à travers l'étendue... est-il rien qui donne mieux à l'imagination les notions fantastiques du néant ? Ciel, océan, horizon, tout est confondu, perdu dans l'ombre gigantesque.

Et sur cette solitude colossale, écrasante, passent des bruits sourds, vagues, comme on en entend dans les rêves...

C'est le Rien dans sa profondeur sans limites. Cités, peuples, empires, continents, là tout est ignoré ; mouvement, civilisation, humanité, disparaissent dans l'éloignement des chimères... La nature seule règne dans son impossibilité sphingienne, mer et ciel sont les voiles dont elle enveloppe ses mystérieuses énigmes...

L'homme est-il seulement ?

Oui... regardez... là, tout au fond de cet abîme noir, dans les ténèbres mates de cet agrégat de matières quelque chose apparaît...

Oh ! si petit, si tremblant ! est-ce une étoile, est-ce le point mathématique qui n'a ni forme ni grandeur ?...

Cela brille, pourtant... comme si dans un vaste drap noir tendu devant un foyer, un enfant eut donné un coup d'aiguille...

C'est une lueur, faible à ce point que le battement d'aile d'une mouche devrait l'éteindre, que la millième partie d'une goutte d'eau l'écraserait...

Eh bien ! en face de ces puissances énigmatiques et monstrueuses, cette lueur est triomphante... elle a l'audace arrogante, elle est la marque du doigt que l'homme pose sur la nature en lui disant :

— Tu es colossale... je suis faible !... je te défie !...

La petitesse même de l'homme devient sa grandeur : ce cerveau qui ne pèse pas un grain dans la balance des mondes, devient plus lourd que cieux et océans amoncelés... l'atome se dresse devant le grand tout et le fait reculer...

Cette lueur jaillit d'une lanterne... Cette lanterne est accrochée à l'arrière d'un radeau que la houle secoue, et sur ce radeau quatre hommes, accroupis, les yeux fixés sur l'ombre, attendent l'inconnu, prêts à se mesurer corps à corps avec lui...

Il y a quarante heures que ces hommes se sont évadés de l'île du Diable, quarante heures qu'ils luttent contre la mer, regardant derrière eux s'ils n'auront pas à lutter contre des hommes...

Ils ne dorment pas, quoique la fatigue les accable. Depuis l'heure où ils ont lancé à la mer le radeau construit pièce à pièce par Titi, ils n'ont pas pris un moment de repos. Il a fallu tenir la mer, car la côte est dangereuse...

Ce que les Français redoutent avant tout, ce sont les Français. Une seule fois, entraînés par le courant, ils se sont rapprochés de la rive.

Et une voix leur a crié :

— Par ici, camarades !...

Et ces mots, prononcés dans leur langue, leur a fait froid au cœur, car ils savent que là il n'y a que des geôliers...

— Jean n'a pas cessé de tenir le gouvernail, Trente-Deux et le Squelette ramant sans s'arrêter ..

Titi, veillant au radeau, risquant cent fois sa vie pour assujettir une pièce de bois que la lame avait disjointe, pour rattacher un tonneau dont le lien menaçait de se briser.

C'est lui qui a baptisé le radeau, parce qu'à tout moment il a besoin de lui parler comme s'il était un être animé.

Il l'appelle : Ma vieille branche !

Il le morigène, l'encourage, au besoin l'engueule amicalement.

— Hé ! ma vieille branche ! pas de blagues... dans l'eau ! Qu'est-ce qui te prend ! tu fais la méchante, attends, on va t'en flanquer, des caprices de cocottes !...

Et il la secoue, sa vieille branche. Il la cogne à coups de marteau, il lui rive des clous aux flancs...

Et la vieille branche suit son petit bonhomme de chemin, docile et résignée. Elle semble savoir qu'elle porte Titi et sa fortune.

Elle a des douceurs infinies, des résistances héroïques. Elle berce les déportés et montre les crocs à la mer. On dirait une de ces grosses bêtes qui se laissent tirer les oreilles par les enfants et grognent à tout adversaire...

Les premières inquiétudes étaient dissipées.

Elles étaient de deux sortes : l'une venait des hommes ; — à quelle heure s'était-on aperçu de l'évasion ?... Avait-on lancé aussitôt un navire à la poursuite des fugitifs ?... le garde-chiourme de l'île Royale avait-il trouvé la piste ?...

L'autre péril venait des choses...

— Au fond, avait dit Titi, vous comprenez bien que je n'ai jamais été constructeur de radeaux en chambre... J'ai fait ça de chic... j'ai manqué de leçons... seulement j'ai du nez... et j'ai fait de petits essais... Seulement c'est grand, cette gueuse de mer... et ça vous a un gosier à avaler Titi comme une pilule !...

Il se calomniait, en somme.

Un vieux marin eût admiré sa bâtisse de bois, qui était à la fois légère et solide ; un trait de génie avait été l'adjonction de quatre tonneaux qui la soulevaient comme un liège. Titi avait eu de petits mouvements de vanité satisfaite, et avait tapé familièrement sur la croupe de la « vieille branche », comme on flatte un chien.

Autre point.

On devine qu'aux îles du Salut on néglige généralement de mettre à la disposition des déportés des cartes topographiques, expliquant la situation exacte des colonies hollandaises. En interrogeant de ci de là, Titi avait bien appris que c'était au nord, sur la rive ouest, et qu'il fallait franchir la rivière Maroni.

Quant à la distance, personne n'avait pu lui donner des renseignements positifs. Les uns avaient parlé de quatre jours, les autres de huit.

C'était peu concluant. Mais, partant de ce principe que, — qui peut le plus peut le moins — Titi avait amassé en lieu sûr des provisions pour une dizaine de jours. Il pensait à tout, le gamin... il avait même du tabac et des allumettes !

Mais il s'était produit dans l'esprit des évadés une réaction trop ordinaire : après l'enthousiasme du départ, l'exaltation de la libération possible, ils s'étaient sentis fatigués, affaissés. Jean et Étienne luttaient contre cette espèce de prostration toute physique.

Mais Trente-Deux et le Squelette faiblissaient. Il y avait si longtemps qu'ils avaient fait le sacrifice de leur vie, qu'ils s'imaginaient que l'heure était venue d'en finir. Ils se résignaient, et, au moment où toutes les énergies doivent se concentrer dans un effort suprême, la résignation ressemble à une sorte de désertion.

Ils en étaient arrivés à l'incrédulité, ce qui est la pire chose. Ils se disaient :

— Nous sommes perdus! nous ne toucherons pas la terre!... tant pis!

Alors Titi entrait dans des colères bleues? il les injuriait avec un ensemble qui les galvanisait un peu :

— Comment! tas de feignants! s'écriait-il, vous croyez que je me suis échiné le tempérament pour préparer tout simplement aux-requins un salmis de déportés! Je vous dis que nous nous sauverons!... et qu'il y a encore de beaux jours pour la France...

Ils riaient et reprenaient un peu de courage.

Mais il n'y avait pas à s'y tromper. C'était un réveil factice. Bientôt ils retombaient dans leur torpeur. Parfois ils se courbaient sur les rames, ne songeant plus à les relever...

En ce moment, sous l'influence de cette nuit lourde et sombre, les deux amis de Jean s'étaient laissés aller à un demi-sommeil, plein sans doute de rêves douloureux, entrecoupé de sursauts fièvreux...

Titi se glissa vers son frère :

— Tu ne dors pas? lui demanda-t-il à voix basse.

— Non...

— Maintiens le gouvernail, que nous ne nous éloignions pas trop. Ces mauviettes-là ne sont plus bonnes à rien. Malheur!...

— N'oublie pas tout ce qu'ils ont souffert...

— Parbleu, est-ce qu'ils croient que j'ai dormi sur des roses, moi?...

— Toi, tu es une nature exceptionnelle!...

— Bon! mettons que je suis en zinc... enfin, n'en parlons plus... laissons-les roupiller pendant une heure ou deux... après ça nous donnerons un coup de collier... Mais puisque nous sommes seuls, et que nous pouvons causer un peu, il faut que je te parle de quelque chose... d'un mystère qui me travaille l'imagination...

— Je t'écoute...

— Tu as confiance en moi, n'est-ce pas?...

— Certes... puisque je t'aime...

— Eh bien, dis-moi... au moment où j'ai fait la bêtise en question... tu sais, le coup de pistolet?...

— Oui, oui.. passons!...

— Tu étais avec le pauvre père qui se mourait...

— Oui!... c'était un douloureux moment!...

— Il te parlait... n'est-ce pas? il te donnait ses dernières instructions...

— **Oui**... il me confiait un secret douloureux...

— Nous y voilà... tu te rappelles sans doute qu'il devait te donner des papiers...

— Je ne l'ai pas oublié!... mais depuis, hélas! je n'ai plus entendu parler de rien...

— Mais moi! j'ai fait mieux que d'entendre parler... Ces papiers, je les ai eus entre les mains!...

— Toi!

— Oui, pendant toute une nuit... c'est le brave Calertin qui me les avait confiés, quand il a cru en moi, alors que je lui jurais de devenir meilleur...

— Mais tu dois avoir oublié...

— Pas un iota... Il me semble que je les ai encore sous les yeux... Je sais tout par cœur ..

Jean lui saisit la main.

— Ah! que tu me fais du bien!... C'était une de mes douleurs de ne pas tenir la parole que j'avais donnée à notre pauvre père...

— Eh bien! cette douleur-là, tu la rayeras de tes papiers... je ne sais pas trop ce dont il s'agit... mais, avec ce que je te dirai, ce que je te réciterai pour mieux dire, comme un perroquet, c'est bien le diable, si tu n'arrives pas à quelque chose... je dois te dire qu'aussitôt que j'ai été un peu tranquille, j'ai écrit le tout... et je crois pouvoir t'affirmer que, sauf, quelques changements de mots, c'est exactement ce que mon père avait écrit lui-même...

— Où est cet écrit? demanda Jean.

— Oh! sois tranquille! voilà plus de trois ans que je le garde; je l'ai sur moi et si nous ne servons pas d'entremets à MM. les requins, je te le donnerai...

— Mais tu peux me dire en quelques mots ce que me confiait mon père...

— Oui, te dis-je! j'ai une vraie mémoire, va... je te le répète seulement, je n'y comprenais pas grand'chose... il me semblait que mon père s'accusait d'avoir commis une faute... mais je n'avais pas le droit, moi, de chercher à savoir s'il avait eu tort, oui ou non...

— Continue, dit Jean.

— C'est vrai, toi, tu sais... il disait dans une première lettre que tu connaissais « le fond de l'histoire. ». — Il parlait d'un enfant volé, dépouillé, une fille... et il voulait que tu fisses tout au monde pour lui rendre ses droits...

— C'est bien cela. Père m'avait raconté une bien étrange histoire, et je te l'avoue, bien que je l'eusse écouté avec la plus profonde attention, la crise, qui survint ensuite fut si brusque, si imprévue, j'eus à lutter contre de telles angoisses que, malgré moi, le souvenir s'effaça... j'ai besoin que tu me remettes en mémoire tout ce que tu as appris ..

TITI S'ÉTAIT PRÉCIPITÉ AU HASARD!...

— Dans la lettre, rien de particulier... sauf un petit détail...

— Lequel?

— Je ne voudrais pas te faire de peine en te rappelant un souvenir...

— Est-ce que je n'ai pas le cœur bronzé à toutes les douleurs?...

— Au fait! Ce n'est pas une douleur! Car tu l'aimes toujours, Marie Calertin?

— Si je l'aime! s'écria Jean. Ah! pour avoir le bonheur de la voir, pour lui dire que pendant ces longues années de torture, pas un jour ne s'est passé sans que son image adorable vînt sourire à mes rêves...

— Tu jetterais Titi à l'eau comme une vieille loque!... et pour l'épouser, comme le voulait père, tu me couperais en petits morceaux aux poissons...

— Ne dis pas de folies!... mais en vérité pour elle je donnerais ma vie...

Jean s'interrompit tout à coup...

— Marie! fit-il en passant sa main sur son front! En vérité, au moment où tu me parles d'elle, voilà un bien singulier hasard...

— Que veux-tu dire? demanda Titi

— A quelle date sommes-nous?...

— Mais, dame! sauf erreur, au 17 juillet 1855.

— Eh bien! cher frère, c'est un jour comme celui-ci, c'est un 17 juillet que j'ai connu Marie pour la première fois... Oh! tu ne peux pas t'en souvenir... tu étais tout petit!... un vrai bébé!...

— Et déjà criard, je parie!...

— Ne te fais donc pas pire que tu n'es... Eh! père avait fait la connaissance de Calertin pendant que la petite Marie était malade... moi, je ne savais pas encore trop ce que c'était que la maladie et la mort... mais j'avais bien du chagrin de savoir que la petite fée souffrait. — On l'appelait comme cela quand elle était toute petite... et n'est-ce pas qu'elle a toujours eu l'air d'une bonne fée?...

— Comme j'ai l'air d'un bon diable, à ce que m'a dit Trente-Deux!

— Un jour, je ne l'ai pas oublié, je vis Calertin se jeter dans les bras du père en s'écriant :

— « Sauvée! elle est sauvée! »

Puis il ajouta :

— « Et, vois comme ça tombe, c'est justement un 17 juillet, à l'anniversaire du jour où ce petit ange est entré chez moi... »

— Tiens! c'était drôle! fit Titi.

— Eh bien! je veux qu'aujourd'hui, pour l'anniversaire de ce jour béni, ma pensée franchisse l'espace et aille vers elle, heureuse ou malheureuse, lui porter mon souvenir et mon affection...

Or Titi, au lieu de lui répondre, avait appuyé son menton sur ses deux mains, et il poussait en les modulant de la plus bizarre façon des : Tiens ! Tiens ! Tiens !... qui témoignaient d'un singulier travail de raisonnement attentif.

— A quoi penses tu donc? demanda Jean.

— A rien !... ou plutôt c'est une idée bizarre qui me passe dans la tête...

— Quelle idée? peux-tu me dire?...

— Ah mais ! c'est que c'est si drôle ! si drôle !...

— Tu m'impatientes avec tes réticences...

— Bon ! ne te fâche pas, ou plutôt promets-moi que tu ne te moqueras pas de moi...

Mais, sans écouter la réponse de son frère, Titi continuait, se parlant à lui-même :

— C'est qu'en y réfléchissant c'est très possible !...

— Mais, enfin, quoi?... s'écria Jean impatienté.

— Un peu de calme, que diable ! est-ce que tu crois qu'entre ciel et mer on peut rassembler ses idées en un tour de main... Voyons? c'est aujourd'hui le 17 juillet 1855...

— Parfaitement...

— Marie est née, ou plutôt selon l'expression du brave Calertin, le petit ange est entré chez lui, le 17 juillet... de quelle année?

— Elle est née en 1832.

— Bon! elle a vingt-trois ans !... Or, te rappelles-tu certaine date citée par le père dans le récit qu'il t'a fait?

— Je ne te comprends pas.

— Tu n'as pas la mémoire fraîche... Je vais t'aider... Je ne sais pas au juste ce qui s'est passé ce jour-là où père a vu un homme, une femme, un vieillard, un coffre-fort et le reste, mais c'était le 17 juillet 1847...

— Oui, oui... je me souviens... deux jours après l'échéance du 15... donc le 17... après?...

— Or, il a écrit textuellement ceci : « Le crime — c'est-à-dire l'enlèvement de l'enfant a été commis — en 1832... »

Jean poussa un cri :

— Et le vieillard s'était écrié, dans cette nuit du 17 juillet 1847 (oh! les paroles de mon père me reviennent maintenant à l'esprit textuelles comme si je les entendais encore) le vieillard avait dit à mon père :

Jean répéta lentement ces paroles :

« — Il y a quinze ans, dans cette même nuit (c'est-à-dire la nuit du 17 juillet) ils ont volé l'enfant vivant, la fille de ma fille... Ils ont mis dans son berceau un enfant mort... mais l'autre vit, je le sais !... »

Jean s'arrêta, écoutant sa propre voix, comme s'il eût été surpris des idées subites qu'elle éveillait en lui...

— Dis donc, frère! reprît Titi, est-ce qu'il ne te vient pas la même idée qu'à moi?...

— C'est-à-dire que... le père Calertin ne disait pas que Marie était née chez lui...

— Va, continue...

— Que Marie n'avait pas tout à fait l'air de la fille d'un ouvrier.

— Oh! tais-toi! tais-toi!...

— Et qu'elle pourrait bien — c'est peut-être une folie! — mais enfin qu'elle pourrait bien être... la fille de ces grands seigneurs...

Titi s'arrêta brusquement. Il venait de sentir sur ses mains la chaude pression d'une larme.

— Tu pleures, frère? pourquoi?

— Parce que cette révélation me brise le cœur!...

— Allons donc!...

— Ne comprends-tu pas que, si Marie est la fille de quelque haute famille, elle est perdue pour moi?... Alors que m'importe la liberté! la vie!

— Bon! des enfantillages!... mais d'abord... c'est moi qui suis un imbécile comme toujours!... je vois trouble! je fais du roman! et dans tout ça il n'y a pas un mot de vrai...

— Hélas! frère, il n'y a pas là de roman! il n'y a là que la vérité!...

— Bah! qu'en sais-tu? J'ai une imagination à dégoter Alexandre Dumas...

— Écoute-moi... jamais je n'avais pensé à cela... et pourtant il s'était passé un jour quelque chose qui aurait dû m'ouvrir les yeux...

— Voyons ça! je pense qu'il n'y a pas de quoi fouetter Badinguet!...

— Je m'étais endormi à parler à M. Calertin de mon amour, de mes projets... et je lui disais, moitié sérieux, moitié riant : N'est-ce pas que vous voulez bien que Marie Calertin s'appelle Mme Rabolet!...

— Eh! parbleu! s'écria Titi, avec ça qu'on en trouve treize à la douzaine des noms comme ça...

— Attends, je vis tout à coup la figure du bon Calertin s'assombrir, et il me dit : « Ne parlons pas encore de cela, Jean. — Et pourquoi? — Ne m'interroge pas! — Est-ce que ce serait un refus? fis-je le cœur serré. — Non! non! reprit-il vivement, mais je n'ai peut-être pas sur l'avenir de Marie tous les droits que tu crois. » Je le regardai stupéfait. Il se hâta de détourner la conversation, et moi, pris de je ne sais quelle inquiétude, je n'osai pas insister. Souvent j'avais pensé à cela, et je m'étais dit que peut-être Marie n'était pas la fille du charpentier... et puis cela me faisait tant de mal que je chassais cette idée... et voici que tout à coup tu viens la réveiller... tu me donnes des preuves!...

— Mais pas du tout!... pas la moindre preuve!...

— Pourquoi m'abuser ! n'as-tu pas reconnu comme moi, tu l'as avoué tout
à l'heure, que Marie ne semblait pas née au milieu de nous...

— Halte-là ! fit Titi, je ne sais pas si elle a dans les veines du sang de po-
pulo ou du sang de duchesse, mais ce que je puis dire, c'est que c'est une
brave et honnête fille, digne des braves et honnêtes gens qui travaillent pour
gagner leur vie... je te dis, moi, que je la connais assez, que je l'ai assez vue,
estimée, aimée, pour te dire que fille de charpentier ou d'aristo, elle n'en est
pas moins la bonne et douce fiancée de mon frère Jean !... Et puis, tout ça
c'est des bêtises !... il ne faut pas se monter le coup comme ça ! nous reprendrons tous ces raisonnements-là... bien froidement... et peut-être que toutes
ces imaginations là tomberont comme des châteaux de cartes...

— Que tu es bon, cher et bien-aimé frère. Ah ! du moins, je t'ai retrouvé,
toi ?...

— Une rude trouvaille que tu as faite là !... et qui vaut bien vingt-cinq francs
de récompense, tout compris !

A ce moment, le radeau subit une violente secousse.

— Hé ! la vieille branche ! s'écria Titi. Qu'est-ce qui se passe ?...

Mais une voix s'éleva.

Trente-Deux, tiré soudain de la torpeur qui l'engourdissait, s'était dressé
et criait :

— Au secours ! au secours ! le Squelette est tombé à la mer !...

— Nom de D..., hurla Titi en s'élançant...

Il courut au bout du radeau et se pencha sur les vagues.

Rien ! toujours l'obscurité !... impossible de rien distinguer !...

— Titi ! s'écria Jean dans un fraternel élan d'égoïsme, pas de folies !...

— Marat a bien pris un bain ! s'écria le gamin. Je suis aussi républicain
que lui...

Et on entendit le choc d'un corps dans l'eau...

Titi s'était précipité au hasard !...

X

MORT !

Il y eut une minute d'épouvantable silence, d'angoisse effrayante. Jean
avait saisi les mains de Trente-Deux, et les deux hommes, impuissants à proférer un cri, un murmure, se penchaient sur le gouffre noir, haletants...

Et cette minute semblait un siècle... Est-il rien de plus atroce que de se
sentir impuissant à rien tenter pour prévenir une catastrophe certaine ?

Ils ne savaient même pas si le radeau filait ou s'il était immobile. Autour d'eux pas un seul point de repère. Peut-être déjà la vague sombre sur laquelle ils cherchaient à découvrir une trace du disparu, l'avait-elle laissé loin derrière elle?...

Mais tout à coup il se fit dans le flot un remous violent. Quelque chose de plus ténébreux que les ténèbres, émergea, et une voix — qui n'avait plus rien d'humain — cria : — Au secours ! à moi !...

Qui criait? Était-ce le Squelette? Était-ce Titi?

Jean s'était couché à plat ventre, et le corps à demi dans l'eau, il étendait les bras, il eût voulu crier lui aussi : Courage!... Il ne le pouvait pas...

— Allons ! nom d'un pétard! tenez ferme... Ho! hisse!...

C'était Titi.

La main de Jean s'accrocha à son vêtement. Trente-Deux, avec un instinct naturel, s'était attaché à Jean et le tirait en arrière...

— Ferme! répéta Titi. Car c'est rudement lourd...

Il se hissait au bras de son frère, il saisit le rebord du radeau.

— Tu l'as sauvé! s'écria Jean...

— Sais pas!... il a peut-être son compte!...

Titi traînait derrière lui un corps inerte... un cadavre peut-être...

Le radeau s'affaissait sous le poids... et plus Titi s'efforçait de grimper, plus l'embarcation s'enfonçait... et toujours cette nuit terrible qui ne permettait pas de régler les mouvements !..

Titi jurait comme un païen.

C'est qu'il comprenait qu'il lui faudrait ou abandonner le corps du malheureux ou risquer de submerger le radeau.

Sa main, la seule dont il eût l'usage libre, se crispait et se raidissait.

Tout à coup Titi dit :

— Tu sais nager, Jean?

— Oui.

— Eh bien !... lâche-moi... va de l'autre côté du radeau et glisse-toi dans l'eau en te tenant au radeau... ça fera contre-poids... que Trente-Deux s'asseye sur le bord d'un des tonneaux... Allons !... pas le moment d'attraper des mouches !... Enlevons!

Jean lui obéit.

Titi restait seul du côté où il s'était accroché. Alors par un effort suprême, rassemblant toutes les énergies de ses nerfs de fer, il souleva hors de l'eau le corps du malheureux qui s'abandonnait... et parvint, en le faisant basculer à le jeter sur le radeau.

Puis, de ses deux bras auxquels la liberté était rendue, il se hissa et, à son tour, tournant sur lui-même, il roula sur le radeau...

— Et hop! fit-il. Jean! reviens, la faction est faite...

Un instant après, les trois hommes se retrouvaient au milieu du radeau...
Au milieu d'eux, le Squelette était étendu.

A ce moment, les premières lueurs du matin jaillirent à l'horizon... Cependant, ils ne voyaient qu'une forme vague, noire, sur laquelle tranchait seulement une sorte de tache blanche qui devait être la face livide du noyé.

— Cré non! fit Titi. Est-ce que j'aurais sauvé un machabée!... quinze francs au lieu de vingt-cinq! pas de chance! voyons! c'est pas tout ça... frottons ce gaillard-là! pas besoin de voir clair pour ça...

Et s'accroupissant auprès du Squelette, il lui arracha ses vêtements et commença à le frictionner vigoureusement, disant en même temps.

— Eh! mon vieux! pas de blagues, n'est-ce pas! tu ne voudrais pas taquiner Titi!... Pristi! est-il maigre, c'est à s'en écorcher!...

Mais tout à coup il poussa un cri :

— Tonnerre! qu'est-ce que c'est que ça?...

Il levait en l'air sa main, la présentant au reflet de l'aube :

— Du sang! cria Jean.

— Mais oui, du sang!... Voyons! il a donc rencontré un clou dans l'eau...

Soudain, il sembla qu'une pensée nouvelle traversa son cerveau. Écartant son frère, il passa les mains sur le corps entier du malheureux... et une exclamation rauque, pleine d'angoisse et peut-être de terreur, jaillit de sa gorge!

— Ah! le pauvre bougre! fit-il, il lui manque un pied...!

La lumière venait rapide, et alors on vit une chose atroce...

La jambe du misérable avait été coupée à la cheville. Titi avait dit vrai : un pied manquait... un flot de sang coulait des artères...

— Ah! je comprends! murmura Titi. Le requin!... c'est donc cela!... j'avais vu une ombre énorme... je lui ai donné une calotte... ça s'est sauvé!... mais le gueux avait pris sa portion!...

Puis, frissonnant, il prit la main de son frère :

— Et quand je pense, mon Jean aimé, que je t'ai fait fourrer là-dedans!

Il oubliait que lui-même avait couru cet horrible danger...

Mais il était dit qu'il ne penserait pas à lui.

Il saisit une corde du radeau, et la passant autour de la jambe du Squelette, toujours immobile :

— Faut arrêter ça, dit-il. Il est fichu!... mais enfin si on peut lui gagner quelques minutes...

Il fit un nœud et serra vigoureusement.

Les artères comprimées retinrent le sang qui maintenant sourdait seulement en gouttelettes lentes...

— Et voyez ! s'écria Titi. Voilà qu'il remue !...

De fait, le blessé avait agité un bras... puis ses lèvres s'agitèrent, ses yeux s'ouvrirent démesurément, avec une expression d'indicible horreur...

Évidemment, il avait vu le requin, et dans ce cerveau de moribond il y avait la hideuse image du monstre.

— Eh bien ! vieux ! fit Titi. Peux-tu nous entendre ? C'est nous, les camarades ! as pas peur ! tu es en sûreté ! et si tu veux faire un besigue, tu n'as qu'à le dire.

Le Squelette eut une longue expiration... qui se perdit dans un râle...

Titi se tourna vers ses deux compagnons et fit un haussement d'épaules significatif.

— Mon ami ! reprit Jean en lui prenant la main, regarde-nous... Reconnais-tu tes compagnons ?...

Alors le Squelette frissonna comme s'il eût été secoué par une commotion galvanique, et il dit ces seuls mots :

— La mort !...

Puis, après un nouveau silence, une expression subite et calme se répandit sur son visage, blanc et exsangue... et regardant autour de lui, il dit d'une voix à peine perceptible :

— Jean !... Trente-Deux !... vous !... Ah ! je ne croyais pas vous revoir... Je meurs...

— Courage ! fit Jean qui avait des larmes dans la voix. Qui sait ?... peut-être pourra-t-on te sauver ?

— Me sauver !... moi ! je me sens mort !... Ah ! c'est atroce !... Maintenant à cette dernière minute, je vois mes idées si nettes... quoiqu'il fît noir dans l'eau, j'ai vu l'énorme bête... sa mâchoire atroce... j'ai senti le brisement des os...

Et il eut ce mot, sinistre dans sa trivialité :

— Qu'est-ce qui me manque ? Ah ! le pied !... C'est drôle ! j'ai mal comme si je l'avais encore... Vrai !... je sens de la douleur dans les orteils !... comme c'est singulier !...

Il se souleva sur les coudes et regarda, mesurant du regard la différence de ses deux jambes étendues...

— Bah ! reprit-il, ça y est... Mais vous... êtes-vous sauvés ?...

— Nous n'allons pas mal, fit Titi, j'espère que dans quelques heures il y aura du nouveau...

— Je ne le verrai pas... Ça m'est égal de mourir... et pourtant, j'aurais voulu toucher la terre de liberté... Tenez, je veux vous demander quelque chose... Si le voyage ne dure pas trop longtemps, ne jetez pas mon cadavre à l'eau... Savez-vous pourquoi ?... C'est qu'il me semble que je retomberais

SOULEVÉ PAR UNE VAGUE ÉNORME, LE RADEAU A ÉTÉ LANCÉ CONTRE LA TERRE.

sous la griffe de Bonaparte... Il m'a eu vivant, je ne voudrais pas qu'il m'eût mort... Portez-moi jusqu'en terrre hollandaise... Vous me le promettez?...

— Oui, dit Titi. Sois tranquille... mais tu n'es pas encore mort, que diable!...

— Je n'en ai plus que pour quelques minutes.,. mon cerveau vacille comme s'il allait s'éteindre...

— Ami, lui dit Jean d'une voix grave, entre hommes comme nous, on ne se trompe pas... oui, tu vas mourir!... laisse-nous au moins te remercier une dernière fois de l'amitié et du dévouement que tu nous as témoignés... tu as été un brave toute ta vie, sache que tu as été estimé et aimé du plus profond de notre cœur... Maintenant dis-nous... si par bonheur nous atteignons le continent, si nous pouvons retourner en France, n'est-il pas d'adieu que nous devions porter à un être que tu aies aimé!... n'as-tu pas quelque mission à nous confier?...

— Moi! non!...

Il sembla hésiter :

— Et pourtant... il y a un être qui aurait dû m'aimer... Ah bah!... on se moque de moi...

— De qui veûx-tu parler?...

— D'une femme que j'ai aimée... et qui m'a quitté pour devenir la maîtresse d'un grand seigneur... parbleu! j'étais pauvre!

L'agonie venait. Il s'exaltait :

— Ah! la gueuse!... s'écriait-il. Elle s'est perdue!... le duc l'a prise. Elle était enceinte... et puis, qu'est-ce qu'elle a fait de l'enfant! Tenez, vous devriez tâcher de savoir ça. Elle s'appelait Céline Juzeau... et le grand seigneur... c'était un duc... de Courtraige. Eh bien! je sais, moi, qu'elle est accouchée, la gredine! dans la nuit du 17 juillet 1832... et l'enfant! jamais on n'en a entendu parler! Elle m'a dit, — parce que je l'avais revue et j'avais voulu la forcer de parler, — elle m'a dit que l'enfant était mort... C'est possible! Mais alors, où était le cadavre? C'était pas à moi, cet enfant... mais j'aurais voulu le prendre et l'emporter... et ce qu'il y a de singulier, c'est que, la même nuit, la duchesse a accouché aussi d'un enfant... d'un enfant mort, et elle a été folle de douleur! Oh! la Céline n'a pas été folle, elle!

Il s'arrêta. Le spasme le prenait à la gorge.

Jean et Titi se regardaient... dans les paroles entrecoupées du moribond, ils devinaient je ne sais quel mystère qui se rattachait au secret du père Rabolet.

L'homme se taisait.

Tout à coup il étendit les bras :

— Tournez-moi du côté de la France!... fit-il.

Et comme on lui avait obéi, il eut un sourire suprême d'amour désespéré et mourut...

Les trois survivants étaient comme foudroyés.

— Allons ! fit enfin Titi, nous lui avons promis de l'enterrer en terre libre... travaillons à tenir notre serment.

Et on entendit bientôt le bruit des rames qui coupaient le flot...

Sous une couverture se moulait le cadavre !

Et la lumière blanche enveloppait de son éclat le mort et les vivants.

XI

SONT-ILS SAUVÉS?

Vous qui, doucettement bercés au cours de la vie, respirez bon air en été ou menez grand feu en hiver, qui, rassurés contre tout péril par la civilisation qui vous garde, ne redoutez aucune catastrophe, qui en ce moment lisez les aventures de Titi Rabolet dans une chambre bien close contre laquelle ne peuvent rien, ni le vent, ni la pluie, ni l'orage...

Pouvez-vous un instant vous abstraire de cette béate placidité, et, dans une évocation presque fantastique, créer dans votre imagination cette scène sinistre, dont les acteurs sont trois hommes et un cadavre ?

Le jour a passé. Puis la nuit. Puis encore le jour. Encore une fois les ténèbres s'abaissent.

Mais la mer, calme jusque-là, semble prendre sa revanche; cette mégère est irritée de la dédaigneuse énergie de nos héros. Elle les voudrait plier au désespoir. Chose étrange! à mesure que le péril devient plus terrible, à mesure que les chances de salut s'éloignent, ces hommes retrouvent plus de vigueur morale.

La lutte a épuisé leurs corps, mais leur cœur s'est endurci.

Le cadavre est là, au milieu d'eux. Ils l'ont couvert. Seule la figure est visible. La décomposition est lente. L'air imprégné de sel défend la chair contre la corruption.

Mais on dirait que la mer réclame cette proie qu'on lui refuse. Est-ce donc pour la reprendre que tout à coup elle s'est ruée sur le radeau, comme une bête fauve sur sa victime !

Pauvre « vieille branche », elle en voit de dures ! Elle craque, elle se disloque, à tout instant la lame en tourbillons la couvre.

Cramponnés au bois, aux cordes, les trois évadés ne s'abandonnent point.

Parfois en réponse à l'éclair qui cingle à travers l'obscurité noire, Titi jette un lazzi qui claque et soufflète la force brutale.

Parfois, au tonnerre formidable, Jean ose lancer un juron.

Et pourtant à moins d'un miracle (et ils n'y croient pas) ils sont perdus! Hardis comme des Français, un peu fous comme des Parisiens, ils se sont lancés à l'aventure. Ils se figuraient peut-être que la Liberté serait un phare qui les guiderait et dont la lueur leur servirait de but.

En vérité, ceci est de la poésie.

Ils n'ont pas de boussole. En eussent-ils une qu'elle leur serait de peu d'usage, puisqu'ils ignorent presque où ils vont. Quel est leur guide?... le soleil, les étoiles?... le soleil est couché maintenant, et les étoiles ont disparu.

De quel côté maintenir le radeau? Quelle direction suivre?... Sont-ils en pleine mer à des centaines de lieues des côtes, c'est possible...

Ils sont couverts d'eau : leurs vêtements ruissellent. Les paupières sont gonflées, les mains se déchirent à se crisper au point d'appui...

— Mâtin! fait Titi. Si c'est notre dernière nuit, au moins nous pourrons nous vanter d'avoir dansé...

Ils ont ceci de généreux, qu'ils ne récriminent point les uns contre les autres. Ils ont voulu fuir, ils ont fui. Responsabilité à personne et à tous.

Dans ce fracas, impossible d'échanger une parole. Chacun s'exclame pour lui seul. Que se diraient-ils, d'ailleurs?... Pas un conseil ne serait utile, pas un raisonnement ne prévaudrait contre la brutalité des vagues.

Ils attendent. Qui viendra... la vie ou la mort?...

Titi trouve bien que si c'est la mort, elle fait beaucoup d'épate avant d'en finir, mais c'est une opinion individuelle. La vérité est qu'il n'en mène pas plus large que les autres. Il est affalé à plat ventre, les bras en croix, les jambes écartées. Jean est accroupi, Trente-Deux seul est assis.

Les heures passent. C'est prodige que le radeau résiste encore. Au fond, Titi est flatté. C'était rudement bâti, il n'y a pas à dire.

Enfin, un cri s'élève :

— Le jour!...

C'est vrai. Tout là-bas, voici une teinte grise... Le vent redouble de rage, comme s'il voulait achever son œuvre de ténèbres... la foudre, plus violente éclate...

Et soudain, il semble que le radeau soit arraché du flot... il se fait un épouvantable craquement... Titi crie : Pétard! Un atroce chambardement... un choc à vous briser les côtes... Est-ce la fin?...

Non, c'est le salut!... soulevé sur une vague énorme, le radeau a été lancé sur la côte...

Impuissante à soumettre ces entêtés, la mer les a saisis et les a jetés au diable... ils sont tombés n'importe comment... et point doucement, je vous jure...

Car les voilà immobiles, insensibles, inertes... étendus sur les débris de bois...

Et ce qui est curieux, c'est que le cadavre projeté est tombé la face contre terre et les bras étendus, comme si ce mort embrassait la terre qu'il a réclamée...

Étaient-ils évanouis! ou bien s'abandonnaient-ils à cette jouissance suprême du repos relatif...

Le premier, Titi leva le nez et dit ce seul mot :

— La terre!...

Alors d'un bond il sauta sur ses pieds... et s'écria :

— Christophe Colomb n'était qu'une moule!... voilà! j'ai découvert mon continent... et j'y veux planter l'étendard des Rabolet!

Puis allant à son frère :

— Hé! Jean! fit-il en le secouant par le bras. Tu n'es pas mort... tu n'as pas le droit d'être mort!... dis-moi quelque chose d'aimable!...

Cette voix est comme un clairon de victoire. Jean entend et s'éveille, Trente-Deux est debout à son tour...

Et Titi continue :

— Mes enfants!... tout est bien qui finit bien... détirez-vous les bras et les jambes... et reprenez un peu le dessus... si vous avez quelque chose de cassé, dites-le... Sinon, tenons un conseil des ministres...

Tout en parlant, Titi se déshabille :

— Vous savez... je vous demande pardon!... mais je suis trempé comme une vieille soupe... et je vais exposer mon beau corps au souffle aimable de la brise... je vous conseille d'en faire autant... et puis nous allumerons du feu et nous sécherons nos frusques... si votre pudeur se révolte, que la pureté de votre conscience vous serve de feuille de vigne...

Ce qui est admirable dans le gamin de Paris, c'est cette faculté unique de réaction. Il ne faiblit pas. Il rompt, mais ne plie pas. Ce n'est pas un roseau, c'est une tige de fer, quelque chose comme une baguette de fusil.

Il se redresse, fixe, raide, d'un seul effort...

Jean et Trente-Deux, quoique énergiques eux-mêmes, se seraient reposés, qui sait? se seraient endormis dans cette première béatitude du danger écarté.

Titi, non!... à l'œuvre et tout de suite...

C'est qu'il a tout de suite réfléchi à la question grave. Dans cet esprit vivace, une pensée — le vrai, l'utile — a tout de suite jailli.

Où sont-ils!... En terre française ou en terre hollandaise... Ont-ils passé l'embouchure du Maroni...

S'ils sont en deçà, ils peuvent tomber au pénitencier des Hattes ou de Saint-Laurent; et alors c'est la captivité nouvelle, et plus dure et sans espoir cette fois...

Donc il faut être alerte et dispos...

Titi a agi comme il a dit. Son corps maigre, sur lequel saillent les os d'une façon exceptionnelle, se profile comme une statue de la phtisie...

Le hasard a bien fait les choses; ils ont été jetés sur une plage déclive, à pente douce... le flot formidable qui les a lancés comme une catapulte ne les atteint plus... Sous l'aurore, les nuages fuient, se dissipent, s'évanouissent.. ceci est fréquent en Guyane... encore dix minutes, et il n'y aura plus que le souvenir de la tourmente...

Titi marche à la mer, et plongeant ses mains dans de l'eau salée, se frotte vigoureusement...

— Allons! les vieux, dit-il. Ça n'est pas le moment de barguiner... pas de rhumes ni de rhumatismes... déguisez-vous en sergents de ville et dites au sang : Circulez! monsieur, circulez!... Eh! toi, Trente-Deux, est-ce que tu as peur de t'écorcher... monsieur, à la peau d'ours...

Puis :

— J'ai l'habitude quand je voyage de prendre les usages du pays .. nous sommes chez des sauvages... donc je prends le costume... Voyons maintenant si je puis faire du feu...

Au premier coup d'œil, ceci paraissait insensé.

Mais Titi, très malin, avait prévu l'éventualité de longue date. Il avait confectionné, de bois et de goudron, une petite boîte imperméable, dans laquelle il avait enfermé des allumettes, de l'amadou et — voyez la précaution — quelques brindilles de bois sec... et des cigares!! il n'en avait pas parlé c'était une réserve.

Il s'agissait de trouver des branches...

Titi regardait autour de lui... Voici où ils se trouvaient. Le bout de plage sur lequel ils étaient tombés, était cerné par un épais rideau d'arbres de toutes sortes, dont bien entendu, ni Titi, ni les autres ne savaient les noms.

Cela formait comme une barrière inextricable... mais pour l'instant il n'y avait pas à se préoccuper de cela...

— Sapristi! la hache, cria Titi.

Pour cela, il n'y avait plus à y songer. Dans la dislocation du radeau, tout était tombé à la mer, tout, sauf les hommes et un petit tonneau de morue.

— Bon! le déjeuner est assuré! fit Titi. Ça va bien! seulement il faudrait un couteau...

— Présent! dit Trente-Deux qui oubliant son couteau, fit le geste de porter sa main à sa poche.

Mais déjà Titi l'avait deviné et, fouillant dans sa poche y avait pris l'instrument. Puis courant aux arbres les plus proches, il revint bientôt avec une brassée de bois.

Quelques instants après, un feu clair pétillait, et les trois évadés se réchauffaient et séchaient leurs vêtements.

Ce fut un moment de joie immense, de sédation exquise. Pour la première fois depuis près de cent heures, ils se sentaient rattachés à la vie. Ils n'osaient pas échanger leurs pensées, tant ils avaient peur qu'un mot troublât leur espoir. Ils savouraient en quelque sorte ce silence qui était en même temps l'absence du péril. C'est qu'ils avaient encore aux oreilles le râle furieux de la mer, ils avaient aux yeux l'épouvantable obscurité dans laquelle ils s'étaient débattus, et par tous les sens, ils aspiraient ce calme et cette lumière.

Titi lui-même était sous le charme.

À la chaleur du foyer, une vague somnolence s'emparait de lui. Sa tête se penchait sur son épaule, ses paupières se fermaient, mais encore une fois le ressort se tendit, et, se secouant, le gamin se frotta vivement les yeux et regarda autour de lui.

En réalité, il avait eu comme une absence. Il ne savait plus où il était.

Le sentiment de la réalité lui revint brusquement.

Il aperçut à quelques pas d'eux, masse immobile, le mort auquel ils ne songeaient plus. Il y avait là un premier devoir à remplir, et puis, il fallait penser aux vivants.

C'était fort bien d'avoir touché la terre ferme, fût-ce au prix d'une atroce culbute. Mais après?...

Titi s'écria :

— Une! deux! trois! tout le monde sur le pont!... à la toilette!...

Les deux hommes tressaillirent. Et, s'arrachant à l'engourdissement qui les avait un instant dominés, ils obéirent à l'injonction de Titi.

D'abord ils s'étaient si bien habitués à le considérer comme un chef, qu'ils exécutaient ses ordres, sans les discuter, avec la ponctualité de soldats disciplinés.

D'ailleurs sa verve était communicative à ce point qu'ils éprouvaient à l'entendre un sentiment de quasi-satisfaction qui les encourageait et les réconfortait.

Les hardes étaient sèches, un peu raidies seulement.

— Maintenant, fit Titi, il faut donner au camarade son dernier domicile... on n'a qu'une parole, pas vrai?...

— Il nous faudrait creuser une fosse, dit Jean. Mais la hache a disparu... que faire?...

— Nous avons le couteau... et nos mains et nos ongles... dit Trente-Deux.

— Un instant! reprit Titi. Vous savez pourquoi le pauvre vieux n'a pas voulu être jeté à la mer...

— Parce qu'il voulait être enterré en terre libre...

— Hors des griffes du Bonaparte... Eh bien! voulez-vous me dire si nous en sommes sortis!...

— Comment! s'écrièrent les deux hommes qui ne comprenaient pas.

C'est qu'en vérité ils n'avaient pas songé un seul instant à cela. Être à terre, cela signifiait pour eux être sauvés, être libres!...

Mais les lois humaines sont ainsi faites; la terre a été ainsi découpée en tranches appropriées, que ce qui est crime un kilomètre en deçà, est vertu un kilomètre au delà.

Pour les fugitifs, la limite du droit se traçait à la rivière Maroni.

Étaient-ils sur la rive gauche, ils étaient des forçats évadés... Sur la rive droite, des martyrs à protéger et à défendre.

L'attentat de décembre était-il tout puissant sur ce coin de plage où les avait jetés la tempête. Ou bien n'était-ce là qu'un de ces crimes que toute conscience humaine flétrit justement.

C'est chose douloureuse de penser qu'en terre française l'infamie fut pendant vingt années respectée et obéie, et qu'il fallut déserter la patrie pour avoir le droit de parler en honnête homme...

Toutes ces idées affluaient au cerveau des proscrits.

Ils tenaient leurs yeux fixés sur le sable, comme pour lui demander s'il était complice de celui qui avait logé deux balles dans la tête d'un enfant.

Ceci prouve plus que tout la grandeur impassible de la nature.

L'homme peut la tacher de sang. Elle reste elle-même. Ses sanies ne la souillent pas.

Tout à coup, Titi poussa une exclamation aussitôt réprimée :

Puis à voix basse, il dit :

— Chut! un singe!... Bougez pas! je le connais!...

Il y avait dans ces quelques mots une telle folie de grotesque que Jean et Trente-Deux eurent peine à ne pas éclater de rire, malgré la gravité de la situation. Mais Titi avait l'air parfaitement sérieux, et clignant de l'œil, il leur montrait la ligne de palétuviers qui s'étendait comme un rideau bizarre à une centaine de mètres.

Ils regardèrent. Et d'abord ils ne distinguaient rien.

— Un singe! avait dit Titi.

ILS LE COUCHÈRENT SUR UN LIT DE FEUILLES.

En somme, ceci était indifférent. Quoiqu'ils n'eussent pas d'armes, ils ne craignaient rien de la brute. C'était l'homme seul qu'ils redoutaient.

Mais voici qu'ils virent Titi, se dressant sur ses ergots, se livrer à la pantomime la plus bouffonne que jamais bouffon ait esquissée sur une scène de funambules.

Il poussait de petits rires, grimaçait, tirait la langue, agitait les bras en haut, en bas, écartant les jambes, sautait à cloche-pied...

Bref, en quelques secondes, il prenait les attitudes les plus variées et — disons tout — les plus folles.

Et il parlait en même temps :

— Toi! ma petite vieille! tu vas être la vieille chatte à papa! tu es laid comme un derrière!... Tu es sale, tu es bête! mais tu seras aimable! mais oui, idiot, crétin, brute, écarquille les yeux. regarde Coco. Il n'est pas mal. Coco .Espèce de ramolli!...

Et il saluait tout en débitant ces insanités, il marchait vers les palétuviers, il avait des prosternements et des signes d'appel...

Et les deux amis stupéfaits aperçurent, entre les lianes enchevêtrées, une forme noire, bizarre, fantastique...

Un singe! Eh! pourquoi pas?

Mais non, à bien regarder, cela avait sur une face simiesque l'indéniable empreinte de l'humanité...

Cela avait l'air tout content des contorsions de Titi. Et de fait, à mieux examiner le gamin, on aurait vu que tout ce qui paraissait acte de folie procédait, au contraire, d'une certaine régularité.

S'il parlait, c'était pour lui-même. Mais il agissait avec la parfaite régularité d'un ambassadeur qui connaît l'étiquette autant que l'illustre Cambacérès. Ces déhanchements, ces tours de bras, ces dodelinements de tête et de reins, tout cela avait un faux air de danse...

— Chut! pas un mot! murmura le Parisien. Laissez-moi faire!... Vous allez voir comme beau petit nègre va être gentil... C'est un Bosh.

Ce mot de Bosh était — bien entendu — lettre absolument morte pour les évadés. Mais on n'a pas oublié que Titi avait eu des « bontés » pour certaine négresse qui tenait au service particulier du gouverneur de Cayenne. Et — lui malin — se disant qu'un jour ou l'autre, cela pourrait servir, il avait appris de la donzelle noire certains exercices bizarres qui constituaient, de lui au *singe* en question, une espèce de franc-maçonnerie.

Le fait est que la face du pithèque en question — ressemblant à s'y méprendre à une de ces têtes en caoutchouc qui s'écrasent sous les doigts des enfants — témoignait d'abord une surprise croissante; puis d'une joie, puis d'une sympathie qui allait grandissant...

Et Titi rigolait, fallait voir !

Il jouissait par avance de sa victoire qu'il savait certaine. Maubert triomphait.

Le faubourg Saint-Germain eut, par ses airs courroucés, mis le demi-homme en fuite.

Mouffetard le fascinait, l'engluait, le conquérait...

Tant et si bien que, de la masse verte émergea un corps, — absolument nu — d'un noir douteux, à vrai dire assez malpropre qui, des bras, du dos, des jambes, de la tête et du dos, répéta avec une justesse mathématique les exercices de Titi... s'approcha de lui à la distance de deux mètres tout au plus...

Puis, les lèvres grosses, violâtres, de vrais bourrelets à pots de chambre, disait Titi plus tard — s'entr'ouvrirent sur des dents d'une blancheur éclatante...

Et de ce trou des sons jaillirent... C'était peut-être un gloussement de bête, mais c'étaient peut-être aussi des mots...

Cette dernière hypothèse est même la plus croyable : puisque Titi gloussa — ou plutôt répondit... et à grand renfort de gestes, un dialogue s'établit entre le Parisien et le sauvage...

Puisque, après trois répliques, Titi esquissa une cabriole qui ressortait peut-être du rite cérémonial, mais qui s'expliqua par ce seul mot lancé à ses compagnons :

— Terre hollandaise ! sauvés !...

Puis Titi reprit son entretien avec le Bosh en question. Or les nègres bosh sont des évadés des colonies hollandaises. On en compte, dit-on, jusqu'à trente mille sur les rives du Maroni. Ils se sont constituées en peuplade indépendante, sous le gouvernement d'un roi qu'ils appellent le Grand-Man, le grand homme.

Le capitaine Frédéric Bouyer nous a transmis le portrait de ce chef, « homme rusé et intelligent, » qui se nommait Buisan...

Celui-là n'était, certainement, ni un chef ni un dignitaire. Mais si la grandeur devait se donner en prix à la laideur, point de doute qu'il n'eût pu aspirer aux plus hautes fonctions.

Mais si laid qu'il fût, il n'en était pas moins littéralement empoigné par l'éloquence de Titi.

Jean et Trente-Deux, quoique ne comprenant pas un iota aux sons baroques qui s'échangeaient entre le Beni Maubert et l'anthropoïde simiesque dont le mufle s'agitait désespérément sous un flot d'arguments, sans doute retorqués par le gamin, avaient deviné qu'il y avait là pour eux question de vie ou de mort.

Ils attendaient.

Près de dix minutes s'écoulèrent pendant lesquelles cet exercice oratoire rappela les discussions des conciles, surtout par son inintelligibilité..

Mais décidément la langue bien pendue de Titi remporta un triomphe complet. Car le groin simiesque s'épanouit définitivement en un sourire amical, et avec un cri, l'être bizarre, bondissant en arrière, rentra dans la forêt de palétuviers à la façon de ces clowns qui disparaissent à travers des trappes dites américaines :

— Vlan! ça y est! proféra Titi.

Puis revenant vivement vers ses compagnons stupéfaits :

— Il est très bien, n'est-ce pas, ce camaro-là. En v'là un qui ferait la coqueluche des Parisiennes...

— Mais enfin... qu'avez-vous dit? qu'avez-vous fait?...

— Vous êtes pressés, les petits! Sachez donc que cet excellent singe — qui a la prétention d'être un homme — avait tout simplement la douce pensée d'appeler sa tribu et de nous faire massacrer en bloc, comme les plus poilus des petits lapins...

Heureusement, je connais ces cocos-là. Certaine beauté qui daigna jeter ses regards sur moi m'a appris à les connaître. Au fond, ils ne sont pas méchants. Ceux-là ne sont pas les proscrits de M. Bonaparte, ce sont les déportés de l'humanité blanche...

On les traque comme gibier. Ils se tirent les pattes, s'en vont dans les bois où ils vivent maritalement avec des serpents, puis toutes les fois que bon petit blanc leur tombe sous la griffe, ils lui disent deux mots... vous m'entendez bien...

— Devons-nous nous préparer à défendre notre vie?...

— Pssst! pas de ça! est-ce que Titi n'est pas là?... lui ai-je fait assez de mamours; il a gobé ça comme sucre... je lui ai raconté un tas de blagues qui ne vous intéresseraient pas, mais il est devenu souple comme un gant...

— Conclusion?

— C'est bien simple... dans quelques minutes il va revenir avec quelques singes de ses camarades et primo, ils nous aideront à enterrer le pauvre mort.

— Ne crains-tu pas, s'écria Jean, que cette amitié ne cache quelque trahison?...

— Sois donc tranquille. C'est bête, mais c'est plus franc qu'un badingouin... il a promis au nom de l'espèce de bonhomme qu'il adore et qui a un nom à coucher à la porte .. ça tient sa parole, ces gâteux-là! ça ne sera jamais sénateur... et tenez, les amis, regardez...

Jean et son compagnon suivirent du regard la direction que leur indiquait la main tendue de Titi.

Une demi-douzaine de nègres, nus comme une pêche, sortaient de la forêt portant de longues branches d'arbre. En avant marchait celui qui avait eu avec Titi le long colloque qui avait cimenté l'alliance.

Les autres paraissaient défiants et n'obéissaient évidemment qu'à regret à celui qui s'était improvisé leur guide.

— Nous allons faire donner la garde, dit tout bas Titi.

Et délibérément, avec sa fanfaronnade de bon aloi, Titi marcha à la rencontre des nouveaux arrivants.

Ce furent des salamalecs à n'en point finir. Mais les faces noires se déridèrent. Ce gamin étrange, ayant lui-même quelque chose du singe — leur inspirait confiance.

Tout en jetant encore sur les deux autres des regards quelque peu louches, ils s'avancèrent.

Maintenant c'était Titi qui commandait.

Des branches d'arbre habilement entrelacées, ils disposèrent une sorte de brancard sur lequel Jean et Trente-Deux étendirent le cadavre du Squelette.

Le corps rigide semblait avoir été taillé dans un bloc de pierre. La bouche entr'ouverte et laissant apercevoir la langue tuméfiée était sinistre.

Chose curieuse, ces sauvages semblaient pris de respect. La maigreur du cadavre les effrayait. Peut-être avaient-ils, dans les profondeurs de leurs retraites, quelques hallucinés jouant le rôle des fakirs indiens. Le Squelette les leur rappelait.

On se mit en marche.

— Hé ! là-bas ! et le baril de morue ! cria Titi à Jean, qui s'éloignait sans songer à ces dernières provisions.

Jean le prit sous son bras.

— Ne crois pas que nous mangerons ça... à l'île du Diable nous l'aurions jeté... mais ça fait plaisir à ces cocos-là...

On avançait à travers la forêt.

Les nègres ouvraient la voie, brisant et arrachant les branches. On entendait dans les broussailles vertes des bruissements d'animaux qui fuyaient.

C'est une faune dangereuse que celle des Guyanes. Titi ne disait rien — mais, comme on dit, n'en pensait pas moins. Tandis que les nègres, blasés sur le danger, et fatalistes jusqu'à l'indifférence, enfonçaient les chevilles dans les herbes amoncelées, Titi se demandait s'il n'allait pas surgir de là quelque serpent à la morsure mortelle.

Pour lui-même, il ne craignait rien, ayant cette conviction qu'il reverrait la France. Mais le frère ! mais Trente-Deux ! En avoir perdu un, c'était déjà trop. Titi ne pardonnait pas aux requins... qui, disait-il, n'avaient rien d'écossais dans l'hospitalité...

On arriva enfin à une clairière.

Le guide des nègres fit halte. Puis de la main il désigna le sol. On comprit : c'était là que le Squelette dormirait dans son dernier sommeil.

Les Boshs étaient porteurs d'instruments primitifs, mais solides et bien aiguisés.

En un quart d'heure une fosse fut creusée.

Alors Titi et Jean prirent le cadavre et l'étendirent dans le trou béant.

Il y eut un moment de solennel silence.

Il y avait quatre années que ces trois hommes, Jean, Trente-Deux et le mort ne s'étaient point quittés. L'instant suprême de la séparation, de l'abandon serrait le cœur des survivants.

Mais les nègres avaient des gestes d'impatience. Il fallait se hâter. Puis, comme pour exciter l'action des travailleurs, une voix rauque et forte éclata à travers la forêt... C'était la menace jetée de loin au cadavre... Alors on couvrit le cadavre de terre, puis de lourdes pierres furent traînées sur la fosse, pesant sur le corps pour le mieux défendre...

Jean, debout, étendit la main du côté de la France :

— Pauvre victime d'un ambitieux, dit-il, dors en paix... l'heure sonnera où les honnêtes gens seront vengés, et sois tranquille, ce jour-là, ton assassin expiera cruellement le crime par lequel tu es mort...

Tristement, la course recommença à travers la forêt ; Titi marchait en avant, silencieux. Cette scène simple et solennelle avait brisé sa gaieté, bien souvent factice, comme on l'a compris.

A mesure qu'il allait dans la vie, il apprenait mieux à discerner le bien et le mal... et en voyant couché dans ce désert, celui qui n'avait été coupable que de probité, il se demandait si la justice n'était qu'un mot...

Soudain les nègres s'arrêtèrent. On était arrivé à la lisière de la forêt.

Celui qui avait aidé Titi, étendit la main vers le nord. Au lointain, au bout de l'horizon on voyait des fumées noirâtres s'élever dans le ciel...

— Blancs ! dit-il en français... là-bas ! allez ! ailleurs !

— Tiens ! mon vieux pain d'épice, s'écria Titi, t'es un bon zigue, que je t'embrasse au risque de me tacher.

Et il jeta ses bras autour du cou du nègre.

Celui-ci eut un petit mouvement d'effroi... évidemment, il n'était pas habitué à ces démonstrations... mais Titi lui dit encore quelques mots... le nègre sourit...

— Adieu ! mon chat ! dit Titi.

— Adieu ! fit le Bosh...

Et il resta immobile, regardant avec une attention attendrie les Européens qui s'éloignaient dans la direction des colonies hollandaises...

Puis il se tourna vers ses compagnons, fit entendre un sifflement, et tous disparurent de nouveau à travers la forêt...

XII

ASILE

Fatigues, souffrances, désespoirs, comme tout cela était loin ! à voir ces trois hommes déguenillés, hâves, tout à l'heure encore se traînant à grande peine, on aurait cru qu'il leur eût été impossible d'aller encore en avant.

Mais telle est la puissance du désir, de l'espérance suprême, qu'ils couraient s'encourageant l'un l'autre, ne s'arrêtant que pour reprendre haleine, Mais à peine avaient-ils pris une minute de repos que l'un des trois disait : Allons ! en avant !

Et ils couraient encore.

Ils étaient en plaine. Tout d'abord ils avaient cru que les flocons de fumée aperçus tout à l'heure étaient proches, à quelques centaines de mètres peut-être.

Mais il semblait que le but s'éloignât devant eux. Sans se communiquer leurs terreurs, ils craignaient d'avoir été la dupe d'un mirage.

Et puis ces nègres ne les avaient-ils pas trompés. Une défiance subite les envahissait.

Pourtant ils ne s'arrêtaient pas... Titi, plus agile, ou plus impatient encore que ses deux compagnons, avait gagné une avance considérable.

Tout à coup, ils le virent s'arrêter, puis leur adresser des signes. Il les appelait.

Jean et Trente-Deux firent un dernier effort. Et alors ils entendirent la voix de Titi qui leur criait :

— Sauvés !... Sauvés !...

Ils le rejoignirent. Alors comme ils se trouvaient au sommet d'un monticule peu élevé, ils virent devant eux, au delà d'un vaste champ de cannes à sucre, une habitation.

Leur émotion fut telle que ces trois énergiques se mirent à pleurer. Titi lui-même ne faisait plus le malin ; il ne blaguait plus. C'est que la réalité était là évidente, tangible. C'était la vie, c'était la liberté...

Du moins, ils le croyaient ainsi.

Ils ne devinaient pas ce que le sort leur tenait encore en réserve.

Un instant, ils tinrent conseil. Ils ne doutaient plus maintenant qu'ils ne fussent sur le territoire hollandais. Mais quel accueil leur serait fait ? Certes, ce n'était pas sur leur apparence qu'ils devaient compter pour se concilier de prime abord la sympathie de ceux qu'ils allaient rencontrer.

Jamais vagabonds, évadés d'une eau forte de Callot, n'eurent physionomie plus rébarbative et moins rassurante.

Titi surtout, avec ses cheveux hérissés qui semblent des orties poignardant le ciel, avec son nez en pioche et sa bouche fendue comme d'un coup de sabre, figurerait dignement en pleine cour des Miracles.

Ce ne sont plus des vêtements qui les couvrent, ce sont des débris de loques : et à travers les trous, encadrés de hachures, on aperçoit la peau noircie par le hâle...

— Si l'on avait le temps de se donner un coup de fion ! murmura Titi. Mais bast ! au petit bonheur... on se requinquera plus tard.

Alors, se tenant fermes, se serrant les coudes, les trois hommes s'engagèrent résolûment dans une large avenue, au bout de laquelle ils apercevaient un bâtiment bas, de teinte blanche et qui, sous le rayonnement du matin, n'avait pas mine trop inhospitalière.

Dès qu'ils eurent fait quelques pas, entre les plantations de cannes à sucre, voilà que de tous côtés, comme des fauves troublés dans leurs tanières, surgirent des nègres, hommes et femmes, qui les saluèrent de cris gutturaux, arrachés par la surprise et peut-être par la terreur.

Les bras se tendaient vers eux. Il y avait des exclamations épouvantées.

— Nous faisons sensation ! dit Titi. De la tenue !

Et plaçant les deux bras derrière le dos, à la façon du Napoléon légendaire, il passait gravement, saluant à droite et à gauche...

C'était, paraît-il, l'heure du repos. Les arrivants avaient troublé une sorte de sieste...

Mais ces allures insolites des esclaves (on sait que l'esclavage ne fut aboli qu'en 1862 dans les colonies hollandaises) ne pouvaient rester inaperçues aux yeux du maître...

Et, de la maison sortit, ou plutôt s'élança un homme, — un blanc vêtu de toile, la tête couverte d'un chapeau de paille et brandissant un fouet qu'il se mit à faire claquer à la façon des anciens postillons arrivant dans la grand'rue d'une ville.

Ce signal était trop connu. Les nègres disparurent comme par enchantement. C'était l'heure consacrée au repos, ils devaient se reposer sous peine de châtiment. Ainsi le veut la règle inflexible.

Cependant, l'homme au fouet avait vu, sur la bande blanche de son avenue, ces trois spectres qui s'avançaient.

Immobile, faisant de sa main un abat-jour au-dessus de ses yeux, il exa-

— BON'... ENTREZ...

minait attentivement, et, pour tout dire, sa physionomie ne témoignait rien moins qu'une aimable sympathie...

Titi lui cria :

— Français ! nous sommes des Français !

Mais, soit qu'il n'eût pas entendu, soit que cette recommandation produisît un effet contraire à celui que les fugitifs en attendaient, il rentra brusquement dans la maison, et reparut au bout de quelques minutes, flanqué de deux noirs armés de fusils.

Le moment était critique. Le Hollandais allait-il se défendre par les armes contre cette invasion d'ennemis, hélas ! peu redoutables.

Tous trois s'étaient arrêtés.

Mais Titi, qui avait coupé dans la forêt une branche, eut une idée de génie... Il ne les comptait plus...

Il ôta rapidement sa veste de toile et l'arbora fièrement au bout du bâton. Certes, on ne pouvait pas affirmer que ce drapeau parlementaire fût d'une blancheur exquise...

Mais le geste seul suffisait à prouver qu'on n'avait affaire ni à des sauvages complets, ni à des singes, lesquels comme on le sait n'ont pas encore appris les lois de la guerre, ce qui fait leur réelle supériorité sur l'homme.

Ainsi le comprit le Hollandais, qui, d'un mouvement des bras, lent et mesuré, invita le suppliant à s'avancer, mais seul, ainsi qu'il l'indiqua avec insistance en levant un doigt.

Titi, avec un visage de circonstance, et pour cette fois daignant refréner ses tendances gamines, s'avança d'un pas mesuré, à la façon d'un ambassadeur de bonne maison.

Seulement il avait mis le drapeau et le bâton sous son bras.

A mesure qu'il approchait, le Hollandais avait des jeux de physionomie qui modulaient toute la gamme de la surprise jusqu'à l'effarement.

Vu de loin, Titi avait pu paraître inquiétant.

De près, il était fantastique.

Ayant enlevé sa veste, il était nu jusqu'à la ceinture, et sur ce petit corps, dont la maigreur eût certainement rendu des points à celui du malheureux Squelette, il y avait des stries sanglantes. Dans sa course à travers la forêt, Titi avait été blessé par les branches déchirantes, et le sang filtrant de ces égratignures, s'était plaqué sur son corps en tatouages bizarres...

Puis le nez, la bouche, le tout enfin ressemblait, sous les dernières crispations de la fatigue et de la souffrance, à un de ces masques diaboliques que les peuples primitifs taillent dans l'écorce.

Toute l'attitude du Hollandais aurait pu se traduire par le vocable que Victor Hugo orthographie ainsi :

— Keksekça?

Titi, se trouvant enfin à portée de voix, s'arrêta encore une fois, puis arrondissant ses bras autour de sa bouche il lança ces mots — qui sont le vrai fond de la langue :

— Parlez-vous français?

L'homme qui était campé sur la jambe droite se décala et retomba sur la jambe gauche.

— Sprichen sa deutsch?...

Rien. Pas même de changement de statique.

— Diantre! pensa Titi. Ni Français ni Allemand!... et je ne sais pas le hollandais. Tâtons l'italien. *Parlate italiano?* Hein?... ne parlez pas si fort!... *Do you speack english.*

De fait, Titi était au bout de son rouleau : et il en était arrivé à la pantomime la plus expressive, du moins à ce qu'il pensait quand le Hollandais croisant ses deux bras, répondit d'une voix très calme :

— Vous feriez bien mieux de dire tout de suite ce que vous voulez?

Sapristi! c'était trop fort! il parlait français comme père et mère! et il laissait Titi s'égosiller dans tous les idiomes possibles? Mais ce n'était pas le moment de se formaliser. Seulement Titi, qui n'était pas garçon à mettre, fût-ce pour cinq minutes, sa langue dans sa poche, s'écria :

— Pétard! mais, ma petite vieille, fallait donc le dire tout de suite. On dévide la langue à papa. Alors ça va aller comme sur des roulettes!

Il fit un grand salut :

— Môsieu!

Nouveau salut :

— Nous sommes Français... nous sommes donc de braves gens... pour des histoires de politique, nous étions en garni à Cayenne et dans la banlieue... nous avons donné congé et nous voilà! Nous sommes malades, blessés... nous mourons de faim... voilà cent heures que nous trimons... voulez-vous nous donner à manger, à boire... l'hospitalité en douze temps...

Le Hollandais avait écouté cette tirade avec le flegme vrai qui dégote — style Titi — le prétendu flegme britannique. Avait-il compris ce style plus que fantaisiste; c'était à douter, car il ne bougeait pas plus qu'une idole indienne...

Ce planteur de cannes à sucre eût mieux fait, à ce que racontait Titi plus tard, de planter du tabac, tant il ressemblait par la bedaine et la carrure à un pot à tabac.

Enfin, après un long silence pendant lequel il mâchonna sa pensée, il dit simplement.

— Français, tous les trois?

— Oui, mein herr.

— Évadés.

— De plus en plus oui...

— Politiques?

— Voui! voui!...

— Bon... entrez...

D'un geste rond, le Hollandais écarta les deux nègres qui étaient restés au port d'armes, et ayant incliné la tête pour confirmer l'ukase hospitalier qu'il venait de formuler, il disparut dans la maison, entraînant ses deux dangereux acolytes.

Donc, la route était libre.

Ce n'était pas sans inquiétude que Jean et Trente-Deux avaient attendu la conclusion du colloque engagé entre Titi et celui qui pouvait leur sauver la vie.

Mais ils s'étaient habitués à avoir une telle confiance, dans celui qu'ils appelaient quand même « le gamin » qu'ils ne seraient à aucun prix intervenus.

Quand Titi les appela, ils se hâtèrent, et sans demander d'explication, ils le suivirent.

Ah! il faisait beau voir Titi, ayant pris maintenant des allures de don César de Bazan, regrettant seulement dé n'avoir pas de chapeau pour se couvrir comme un grand d'Espagne, et montant d'un pas ferme et solennel les marches du perron.

Si tout homme éprouve quelque embarras à entrer dans une maison inconnue, le sentiment est certes plus vrai lorsqu'on arrive à l'état de mendiant. Or il eût été difficile de donner d'autres qualifications aux trois êtres. déchirés, décharnés, dépouillés, qui pénétraient dans l'habitation du Hollandais.

Mais cet embarras ne fut pas de longue durée...

A peine avaient-ils pénétré dans le vestibule...

XIII

PLAISIR ET DÉPLAISIR

Si l'auteur s'est interrompu brusquement à la fin du précédent chapitre, c'est qu'en présence du fait nouveau qui se produisait, il n'a pu résister à un désir qui s'est imposé à lui...

Le lecteur sait, — nous le lui avons expliqué, du reste, — que cette histoire, véridique en ses moindres détails, est racontée d'après le récit même de Titi Rabolet ; mais...

Il faut ajouter. — dût ledit auteur rougir de son plagiat, — que la plupart du temps, il n'a été qu'un... Comment dirons-nous?... les Anglais ont trouvé un synonyme au mot copiste qui a une saveur toute particulière : il n'a été qu'un *adaptateur* du manuscrit du gamin.

Titi — à une époque ultérieure — n'avait pas combattu la fantaisie d'écrire des espèces de mémoires. Certes, il avait appris sa langue, il ne manquait ni d'originalité ni d'énergie...

Mais le style! Au fond, c'était correct. Mais quelle bohème de linguistique. Nous avons adouci tant qu'il nous l'a été possible. Et cependant on voit quelle haute saveur conserve la langue gaminesque du Parisien.

Comique, brutal, ne tenant pas de l'argot du bagne, mais essentiellement pittoresque, peignant l'idée par la forme et par le son des syllabes... et surtout, détail à constater, éminemment chaste, tournant autour de l'idée scabreuse et la voilant sous les fioritures de la blague...

Or, nous avons tenu, en si court espace que ce fût, à laisser, aux notes de Titi leur crudité joyeuse... qui provoque le rire et n'effarouche pas la pudeur... il faut que le lecteur le connaisse bien... donc lisez.

Il entre avec Jean et Trente-Deux dans le vestibule hollandais, et là, il a un moment de stupéfaction profonde, d'épatement complet.

— Figurez-vous, écrit-il, je n'ose pas trop vous dire cela — mais je gazerai — je me trouve nez à nez avec une superbe négresse, qui avait au moins cinq pieds et demi... et qui était vêtue... de mon simple étonnement...

« Quelle carrure ! quel aplomb ! c'était planté de patte de sculpteur... de la tête, j'ai peu de chose à dire. On s'était peut-être trop longtemps assis sur son nez. Mais sapristi!... elle avait pris sa revanche. Là-bas, à l'île du Diable, un brave vieux m'a appris le latin ; et me parlant du premier bonhomme qui a eu le toupet de s'aventurer en mer sur une coquille de noix, il me citait des vers de je ne sais qui, disant :

« Celui-là avait la poitrine plastronnée d'une triple cuirasse qui le premier, etc.

« Eh bien! vous auriez pu quadrupler, décupler, centupler la cuirasse sur la poitrine de ma négresse, et je vous donne mon billet que, fer, cuivre ou bronze auraient cassé comme verre.

« Je ne me suis jamais mieux représenté le double symbole de l'impassibilité et de la force, avec une petite pointe... de coquetterie.

« Et des épaules... coulées dans un moule ! et des bras, ornés de deux cercles d'argent... j'aurais préféré pincer les bras. Seulement, au point de vue de la civilisation pure, tout de la tête aux pieds, sauf votre respect... manquant de voiles...

« Celle-là, comme le dernier du cortège de Malbrough, ne portait rien. Mais derrière elle, deux jeunes et adorables négresses tenaient à la main des aiguières pleines d'eau... ai-je dit adorables ? Tant pis, je ne m'en dédis point. Il faut réhabiliter le noir. J'ai compris sa fraîcheur... et sa grassouilletterie.

« Et, — souvenez-vous — il y avait cent heures que nous n'avions vu que le ciel ou la mer... ou pour distraire, un cadavre et un faux singe... Je ne suis ni plus ni moins vertueux qu'un autre... Mais vrai ! je me suis senti tout drôle... et pour un peu, j'aurais jeté au diable les aiguières, l'étiquette, la vertu et tout le bataclan !

« Soyez tranquille. Je me suis tenu. On a des mœurs, quand on ne peut pas faire autrement.

« Ça n'a été qu'un éclair... mais il m'avait rudement tapé dans l'œil. »

Fermons la parenthèse... et les yeux.

D'autant plus que Titi et ses compagnons avaient, avant toute chose grand besoin de repos.

Les aiguières n'étaient qu'un symbole. On les conduisit dans une salle de bains où, comme par enchantement, ils trouvèrent à leur disposition des vêtements convenables.

Puis les négresses reparurent et les guidèrent vers une salle où les attendait un repas.

Décidément c'était le paradis terrestre. De la viande excellente, des fruits exquis... et qui plus est, du vin de France.

Le maître de la maison n'avait pas reparu. C'était l'hospitalité large et sans surveillance.

Les trois évadés n'en croyaient ni leurs yeux ni leur palais.

Titi riait, chantait, embrassait son frère...

— Tu vas te griser, prends garde ! lui disait Jean.

— Bah ! quand j'aurai mon petit plumet !... il y a quatre ans que je n'ai bu que de l'eau.

— Raison de plus !...

Du reste, c'était plaisanterie. Titi se tenait malgré tout sur la réserve. Il restait en lui un certain air de finesse qui lui laissait, même au milieu de ces joies de Cocagne, une défiance vague.

Il eût voulu voir le Hollandais, le remercier... il eût désiré avoir en face de lui cet hôte bienfaisant pour lui jeter, sous une formule quelconque, les remerciements mérités...

Mais non seulement il ne paraissait pas, mais les serviteurs, y compris les

« adorables négresses » se refusaient absolument à entamer avec les étrangers le plus léger colloque.

Pourtant, Titi — avec ses connaissances philologiques — s'était donné tout le mal possible. Des trois négresses, l'aînée — la plantureuse, comme disait Titi — appartenait certainement à la race des Boshs.

Il était impossible qu'elle ne comprit pas la langue, d'autant que Titi en connaissait certaines aménités roucoulantes qui avaient eu naguère un très réel succès...

Elle souriait. On croyait qu'elle allait répondre. Mais soudain, une singulière expression de crainte passait sur son visage, qui reprenait son calme marmoréen. Et elle restait muette.

Pas un blanc ne venait.

Les trois hommes n'osaient s'interroger... des craintes inexplicables les oppressaient. A peine s'ils échangeaient des regards furtifs. Chacun sentait la nécessité de rassurer les autres et se hâtait de reprendre une physionomie riante...

Ils étaient fatigués de la table. Ils eussent voulu sortir de cette maison, respirer à l'air libre. Ils n'osaient pas bouger.

Il leur semblait qu'ils étaient encore prisonniers.

Puis quelle langue parler pour se communiquer leurs pensées. Si les négresses ne savaient pas le français, n'y avait-il pas d'aventure, derrière ces tentures de nattes, quelque espion qui guettât leurs paroles...

La position finissait par n'être pas tenable.

Titi — le moins patient, sinon le moins prudent, — se décida le premier à tenter le hasard... après tout, ils en avaient vu bien d'autres...

Il se leva, et délibérément, les deux mains dans ses poches, le cigare aux lèvres — on ne leur avait rien refusé — il alla droit à la porte...

Mais au même instant, un nègre, armé d'un fusil, parut, comme s'il eût surgi de terre.

Sans dire un mot, Titi lui rit au nez, haussa les épaules, et sifflotant entre ses dents, alla à une autre porte — il y en avait quatre — et à la seconde, à la troisième, à la quatrième, même surprise... même révélation d'une surveillance non moins étroite que peu amicale..

Les nègres ayant paru, les négresses s'étaient enfuies ou plutôt évanouies, comme des statues de marbre noir qui se seraient fondues dans l'air.

Titi revint vers ses compagnons, et se campant devant eux :

— Hé! hé! fit-il. Ça marque mal.

— Sommes-nous bien sur la terre hollandaise! demanda Trente-Deux en secouant la tête.

— Oh! on n'aurait pas fait tant de façons, reprit Titi. Sur les terres de M. Bonaparte, on ne nous nourrit pas comme ça.

— Cependant nous sommes prisonniers.

— Ça en a tout l'air... pourtant c'est peut-être une garde d'honneur.

Voulant s'assurer que ces honorables moricauds n'avaient pas été placés là pour leur servir au besoin de cortège magnifique, Titi alla à l'un d'eux, et fit mine de passer...

Alors le noir montra les dents, et croisa le fusil...

C'était clair, trop clair...

Mais qu'est-ce que cela pouvait bien signifier?

Ils fussent restés bien longtemps à creuser ce problème, sans en trouver la solution, quand enfin le propriétaire, l'hôte, le sauveur qui s'appelait M. Van Vorsen, reparut...

Seulement, il n'était pas seul.

Il avait bien conservé son flegme, sa face ronde que lui eussent enviée Pradeau ou Dailly, son sourire béat et bonasse.

Mais à tout ce qui constituait le charme de sa corpulente personne, il avait ajouté :

La présence d'un personnage, appartenant évidemment à la classe militaire, gourmé, morgué, casqué, sanglé.

Van Vorsen lui désigna de la main nos trois amis, puis pirouettant sur lui-même avec une agilité que son obésité n'aurait pu faire deviner, il disparut.

Le personnage glissa sur le plancher, à la façon d'une marionnette.

Titi avait déjà fait signe à ses compagnons de le laisser agir en présence de cette nouvelle complication.

L'uniforme débita d'abord une phrase en hollandais.

C'était sec, raide, impératif.

— Mon petit vieux, lui répondit Titi avec les marques du plus profond respect, tu vas avoir la bonté de causer dans la bonne langue française... ou bien va te faire suer...

— Vrançais : moi pas Vrançais!...

— Oui; mais, moi, Vrançais... donc toi parler à moi dans ma langue, sinon... zut!...

L'officier hollandais eut un petit soubresaut. Ce zut! dont il ne comprenait pas le sens picaresque, l'avait atteint comme petit plomb.

Il se redressa. Puis avec une grimace bizarre qui témoignait de l'effort énorme auquel il se livrait :

— Vous venir... d'où? demanda-t-il.

— Le Cayenne, mon chat aimé...

— Vous, forçats ?... Vous, voleurs?...

— EH BIEN ! CAMARADES, VOUS AVEZ FAIT UNE PETITE PROMENADE D'AGRÉMENT.

A ces apostrophes brutales, Jean et Trente-Deux ne purent réprimer une exclamation de colère. Mais Titi poussa un chut ! énergique. Sur une soile de console, l'excellent Van Vorsen, géologiste à ses heures, avait placé une pierre de forme étrange, telle que parfois la mer se plaît à les sculpter.

Titi fit un signe à l'officier.

— Viens ici, mon poulot.

L'autre, écarquillant les yeux, s'avança.

Titi, de ses deux mains étendues à plat, souleva la pierre et, à bout de bras, l'offrit au Hollandais avec un sourire :

— Prends ça, lui dit-il.

L'officier se recula en secouant énergiquement la tête... Alors Titi remit la pierre à sa place et dit avec une extrême aménité :

— Excellent Hollandais, si tu nous appelles encore voleurs, je te f...lanque par la fenêtre...

— Hein ? mais...

— Je te casse en deux comme une vulgaire canne à sucre !

Ou il comprenait très bien le français ou l'attitude de Titi était d'une parfaite éloquence, toujours est-il qu'il s'écria presque purement :

— Mais qui êtes-vous ?

— Français ! condamnés politiques ! tiques ! tiques ! cria Titi qui commençait à s'exaspérer.

— Preuve ? articula l'autre...

Ceci devenait scabreux. La question était ridicule, attendu que jamais condamné ne fut porteur de l'extrait du jugement qui l'a frappé.

Mais que répondre? Titi lui-même se grattait assez embarrassé.

— Est-ce que nous avons l'air de malfaiteurs ? cria Trente-Deux

— Sais pas ! répliqua l'officier.

— Conclusion ? demanda Titi adoptant le style télégraphique du Hollandais.

— Moi vous emmener ?...

— Ou çà ?

Un frisson passa dans la poitrine des trois amis.

— A Paramaribo, répondit l'autre.

— Ville hollandaise ! s'écria Titi... Mais tant que tu voudras, petit père...

Mais en même temps il eut un geste si excentrique que l'autre bondit en arrière en criant :

— Pas résister !

— Mais on ne résiste pas, ange de ma vie !... fit Titi en prenant la voix de femme. Nous sommes à toi... comme l'homme est au malheur... c'est une citation d'*Antony*... Tu ne comprends pas, ça ne fait rien...

— Vous obéir? demanda l'officier qui ne se sentait pas suffisamment édifié.

— Oui... là, c'est clair.

— Eh bien ! venez !..

— Tout de suite, comme ça !... sapristi !... nous aurions bien cassé une légère canne... ça veut dire, nous aurions bien dormi un peu... tu comprends, vieux birbe, cent heures d'évasion, ça secoue...

L'autre fit un geste qui coupa court à l'éloquence du gamin et prononça ce seul mot qui, du reste, était suffisamment explicite :

— Voiture...

— Obéissons, dit Jean. Le mieux est de nous trouver le plus tôt possible en face de gens intelligents auxquels nous puissions expliquer notre situation.

— Tu as raison, répondit Titi. Ça ne fait rien, ajouta-t-il avec un soupir, la maison était bonne. Et puis des jolies négresses... à mettre sur une étagère...

L'officier était allé à la fenêtre et avait fait un geste.

On entendit un bruit de roues sur la terre de l'allée. Titi et ses compagnons aperçurent une espèce de fourgon ou de charrette, douillettement tapissée, il faut le dire, de paille de manioc.

— En route ! dit le Hollandais.

Il n'y avait plus à hésiter. Quant au digne Van Vorsen, il restait invisible. Il est vrai qu'il avait une façon bizarre de pratiquer l'hospitalité. Il s'était hâté de réconforter les fugitifs ; mais, avec non moins de hâte, il était allé avertir les autorités...

Que de petitesses se commettent en vertu de ce mot ridicule :

La crainte de se compromettre...

Un quart d'heure après, Titi et ses amis, sous bonne escorte, roulaient sur la route de Paramaribo.

XIV

LA GRANDE ÉPREUVE

Où allait-on ? à Paramaribo.

Quoique en proie à de nouvelles inquiétudes, les trois évadés faisaient bonne contenance. En somme, plus on s'éloignait de la colonie française, et plus leurs espérances grandissaient.

Il leur tardait surtout de se trouver en face de ceux qui décideraient de leur sort, et ils se sentaient résolus à défendre avec énergie leur liberté reconquise.

Peu à peu, d'ailleurs, vaincus par la fatigue, ils s'étaient laissés aller au sommeil, Titi comme les autres.

Quand ils se réveillèrent, l'escorte venait de s'arrêter.

Ils regardèrent autour d'eux et un sentiment d'angoisse leur serra le cœur. Ils se trouvaient dans la cour intérieure d'une citadelle, et la grande porte qui leur avait livré passage venait de se refermer.

L'officier qui les avait accompagnés les invita à descendre, puis ils furent conduits dans une vaste salle, où leur désignant des bancs, on les invita à s'asseoir et à attendre.

Une sentinelle fut placée devant la porte. Puis on les laissa seuls.

— Eh bien ? dit Jean, que penses-tu de tout cela, Titi ?...

— Et toi... je demande à parler le dernier...

— Nous sommes prisonniers...

— Et on nous livrera aux autorités françaises, ajouta Trente-Deux.

— C'est vraisemblable, ajouta Jean. Entre la théorie et la pratique, il y a sans doute loin. Nous croyions tous qu'il suffisait de toucher le sol hollandais pour être libres, mais peut-être existe-t-il des conventions que nous ne connaissons pas...

Titi secoua la tête :

— Moi, je ne jette pas si facilement le manche après la cognée... Après tout, les Hollandais m'ont l'air de braves gens... on nous a nourris, habillés... pas le moindre mauvais traitement... tout cela ne me présage rien de sinistre...

— Puisses-tu avoir raison...

A cet instant un officier hollandais parut à l'entrée de la salle, et resta quelques moments sur le seuil, examinant les trois hommes.

Puis il s'avança, et s'adressant à eux.

— Vous êtes Français, messieurs ? demanda-t-il avec la plus parfaite politesse. Vous êtes évadés de Cayenne ?

Ils répondirent affirmativement.

— Je parle et je comprends bien votre langue. Je vous engage à me donner sur votre situation les renseignements les plus complets et les plus détaillés. Je compte d'autant plus sur votre franchise, qu'il serait absolument inutile de chercher à nous tromper.

Si vous êtes des condamnés politiques, vous serez libres... Sinon, vous serez tenus à la disposition du gouvernement français... en tous cas, votre sort ne sera fixé que lorsque vos affirmations auront été contrôlées... maintenant, parlez, je vous écoute...

C'était poser nettement la question.

Jean prit la parole, et, avec un accent de vérité dont on ne pouvait méconnaître la sincérité, il raconta toutes les circonstances de l'évasion.

L'officier les écouta avec soin. Sa bienveillance était évidente, et peu à peu, les trois amis se sentaient rassurés sur l'issue de cette nouvelle complication.

L'interrogatoire fut d'ailleurs conduit avec assez d'habileté pour que le Hollandais eût pu facilement relever les contradictions, si elles eussent existé.

Quand ils eurent achevé de parler, l'officier les informa qu'ils étaient libres à l'intérieur du fort, qu'ils seraient traités avec les plus grands égards et qu'enfin, avant trois jours, si, comme il le supposait, leur récit était exact, les autorités hollandaises aviseraient.

— Je ne vous demande pas encore, ajouta-t-il en terminant, où vous désirerez être conduits. Soyez convaincus, cependant, dès à présent, qu'à cet égard vos vœux seront exaucés dès que partira un navire pour la destination que vous aurez choisie.

Décidément, rien n'était perdu. La marche suivie était régulière, et les trois amis ne pouvaient s'étonner qu'on tînt à contrôler leurs assertions.

Du reste, tous les habitants du fort leur témoignèrent la plus grande sympathie.

Titi avait retrouvé toute sa gaieté, et bien que les braves Hollandais le comprissent peu, cependant il trouvait le moyen de les mettre en belle humeur.

Le lendemain il y eut progrès. On leur permit de parcourir la ville, à la seule condition de revenir pour la nuit dans le fort.

C'était presque la liberté. Ils se sentaient pleins de confiance. Déjà deux jours s'étaient passés, ils comptaient sur la parole donnée, encore vingt-quatre heures et leur sort serait fixé.

Ils s'étaient décidés à demander d'être transportés à New-York. Là, ils prendraient une résolution décisive.

Jean déclarait, d'ailleurs, qu'à tout prix il rentrerait en France, et Titi abondait dans ce sens.

Il suffisait de trouver un moyen sûr de dissimuler leur identité. Après tant d'années, la chose paraissait possible. Et puis, il y avait là-bas des attractions auxquelles ils ne pouvaient résister. S'ils hésitaient encore, chacun d'eux prononçait tout bas un nom... Marie... Noëla... et ils se sentaient courageux jusqu'à la témérité.

Le matin du troisième jour, tandis que Jean et Trente-Deux dormaient profondément, Titi, qui s'était éveillé, en proie à je ne sais quelle angoisse involontaire, s'était approché de la fenêtre qui éclairait la salle et regardait dans la cour.

Tout à coup, il tressaillit.

Il venait d'apercevoir l'uniforme français.

Un officier de la colonie venait d'arriver.

C'était l'instant décisif. Titi, malgré son énergie, eut un horrible serre
ment de cœur.

— Voyons ! murmura-t-il en cherchant à reprendre son sang-froid, qu'est
ce qui te prend, Titi !... est-ce que tu n'as plus de moelle dans les os !...

Cependant, le commandant hollandais, averti, était venu au-devant de l'of
ficier français. Titi les vit se serrer la main, échanger quelques mots, pui
entrer à l'intérieur.

Le Français était accompagné de quelques soldats qui se mêlèrent au
Hollandais.

Impuissant à rester plus longtemps inactif, Titi, s'étant aperçu que Jea
dormait toujours, se glissa hors de la chambre.

Il descendit dans la cour.

Les soldats s'étaient réunis autour de la cantine, les Hollandais offrant au
arrivants le rhum de la bienvenue.

Titi marcha délibérément vers le groupe.

Des Français, il n'en connaissait aucun. Ils appartenaient à la garnison d
pénitencier de Saint-Laurent, ainsi que l'officier qui les commandait.

Les Hollandais, reconnaissant le gamin, se mirent à rire et l'invitèrent
approcher et à trinquer avec eux.

— Eh bien ! camarades ! dit Titi aux Français, vous avez fait une petit
promenade d'agrément...

A sa grande surprise, ils se regardèrent sans répondre. On eût dit qu'ils n
l'avaient pas compris.

— Je veux dire, reprit-il, que vous allez retourner chez vous bredouille..

— Peut-être pas ! dit l'un d'un air vague.

— Comment ça !... fit Titi qui se sentait pâlir malgré lui, est-ce que vou
croyez par hasard que nous vous ferons, par distraction, un bout de con
duite...

— Ah ! vous êtes un des évadés, repartit le soldat.

— Je m'en flatte... Voyons, est-ce que vous pouvez nous en vouloir pou
ça... vous avez l'air tout drôle à m'examiner... je suis un bon garçon, qu
diable !... et vous. ne tenez pas tant que ça à mettre le grappin sur des poli
tiques...

— Oh ! des politiques ! fit le soldat en hochant la tête. Faudra voir.

— Faudra voir quoi ?... Ah çà !... qu'est-ce que vous avez donc dans votr
sac... Videz-le... Est-ce qu'on vous aurait fait des cancans ?... A votre santé
sapristi !...

Un soldat, qui n'avait pas encore parlé, tendit son verre pour trinquer ave
Titi ; mais l'autre lui posant la main sur le bras :

— Pas encore, dit-il. Tu sais bien qu'il faut attendre...

— Mais attendre quoi! s'écria Titi exaspéré.

— Mon petit bonhomme, reprit le soldat d'un air d'importance, tu es des trois, c'est bien. Mais sur les trois, il y a deux politiques.

— Hein? deux!

— Parfaitement...

— Et le troisième?... qu'est-ce que c'est?...

— C'est un criminel ordinaire... un assassin!

Titi recula d'un pas. Qu'est-ce que cela signifiait?... et de qui voulait-on parler?...

Le soldat, voyant l'effet produit, se sentit en veine de parler :

— C'est comme ça, reprit-il, je veux bien boire avec les politiques... ça ne me regarde pas, moi, ces affaires-là... chacun son idée, mais pour les autres, bernique! et comme je ne sais pas si c'est toi ou un autre que nous aurons à ramener, je ne trinque pas... est-ce clair?...

Titi fit un effort violent sur lui-même :

— C'est limpide, reprit-il. Mais sauf votre respect, fusilier, vous vous fourrez tout simplement le doigt dans l'œil... et vous ne ramènerez personne...

— Et moi, je te dis que si... je sais bien ce que nous avons à faire...

— Mais puisque vous savez tant de choses, vous savez sans doute le nom de celui que vous avez à repincer.

— Ils sont deux du même nom.

— Ça c'est vrai... même qu'on les croyait frères... mais ils ont des prénoms; il y en a un qui s'appelle... Comment donc déjà?... Étienne.

— Et l'autre, Jean...

— Oui, c'est bien ça! et je parie que c'est Étienne que vous venez chercher...

— Voilà ce qui te trompe... Étienne, c'est le politique!... mais l'assassin, c'est Jean... Là-dessus, assez causé, nous avons fait une jolie trotte, et nous allons dormir un brin...

— Fusilier, encore un mot, je vous prie...

— Vas-y.

— A quelle heure devez-vous repartir?

— Ce soir, un peu avant le coucher du soleil...

— Bien, merci !

— Alors, comme ça, ça n'est pas toi qui reviendras avec nous...

— Qui sait? fit Titi en riant. Pourvu que vous en ayez un, qu'est-ce que cela vous fait?

— Je ne te le souhaite pas, voilà tout, fit le soldat en tournant le dos à Titi.

Le gamin resta un moment immobile. Ses pensées se troublaient. Avait-i bien compris? y avait-il un danger, terrible, subit, et c'était sur la tête de Jean qu'il était suspendu!

Un crime de droit commun! un assassinat! Oh! Titi savait bien ce que cela voulait dire! c'était l'extradition, c'était le retour à Cayenne, et quel sort pour l'évadé, alors que ses geôliers l'ont repris! L'ombre de liberté dont il jouissait encore s'évanouit. C'est la chaîne, c'est le châtiment brutal, c'est la bastonnade, c'est la mort lente! la guillotine sèche, comme on a si énergiquement baptisé la torture de la déportation.

Et Jean subirait cela?

Pourquoi?. Comment? Il n'y avait pas à raisonner cela. Dans les dédales administratifs, tout est mystère, tout est effrayant. Titi devinait que Jean était porté sur les registres comme coupable d'assassinat. Il ne comprenait pas les détails. Pouvait-il imaginer l'infâme comédie de férocité jouée par M. de la Cloîtrerie!... mais qu'importaient-ils, ces détails!... le fait était là, patent!... On allait les séparer, les arracher l'un à l'autre!... on reprendrait Jean, on le jetterait, proie vivante, aux tigres du Bonaparte.

Eh bien! non! cent fois non!...

Titi s'était appuyé au mur de la cour, s'étayant comme s'il ne se fût pas senti assez robuste pour supporter le poids de ses pensées.

Qui l'eût regardé eût vu son visage crispé comme dans les affres de l'agonie. De lourdes gouttes de sueur tombaient lentement de son front, et, dans les plis de son visage, se mêlaient à des larmes qu'il ne songeait pas à retenir.

Ce fut une prostration complète, une douleur telle que le malheureux en eût crié.

Mais tout à coup il se redressa :

— Père! père! murmura-t-il si bas que nul n'aurait pu l'entendre, tu m'as dit de me racheter. Je vais te donner ma vie... et je sens que du fond de ta tombe tu pardonneras au pauvre Titi...

Il avait relevé la tête. Son front rayonnait sous le reflet d'une pensée encore vague, mais qui devait être sublime...

Il glissa lentement sa main dans sa poitrine et ramena une petite boîte de métal, carrée, solidement fermée.

Il poussa un ressort. La boîte s'ouvrit.

Elle contenait quelques boules d'un vert noirâtre, sur lesquelles Titi passa légèrement les doigts. C'était une matière visqueuse, huileuse qui cédait sous la pression...

Il les considéra attentivement :

— Voyons, murmura-t-il, il s'agit de ne se pas fourrer le doigt dans l'œil...

JEAN ÉTAIT TOUT A COUP DEVENU PALE.

Alors que Titi était à l'île du Diable, ayant, ainsi que nous l'avons dit, rencontré une jeune négresse à laquelle sa gaieté avait — selon sa propre expression — monté le coup, il avait reçu d'elle un singulier cadeau

C'étaient quelques parcelles d'une pâte — préparée par les indigènes guyanais — et qui joignait, aux propriétés stupéfiantes de l'opium indien, le pouvoir vénéneux du curare.

Selon la dose absorbée, c'était l'ivresse dont l'expérience pouvait régler l'intensité... ou bien c'était la mort.

La pauvre fille n'avait jamais songé qu'à l'ivresse ; peut-être dans son intelligence de sauvage semi civilisée, avait-elle compris que pour le proscrit, pour le captif, l'oubli était souvent le bien le plus précieux... Elle avait donné à Titi ce trésor du sommeil engourdi, à travers lequel passent des rêves dont parfois le souvenir sert à supporter la réalité.

Titi cependant, — quoique trop souvent les Parisiens soient prêts à se laisser saisir par les séductions de l'exaltation factice — n'avait usé de cet opium qu'avec la plus grande prudence. C'était avant tout un raisonneur et un chercheur. Il avait voulu se rendre un compte exact des effets produits sur l'organisme. Et il y était parvenu.

Parfois une parcelle de la précieuse matière l'avait aidé à braver les menaces, les châtiments que lui infligeaient ses bourreaux. Parfois aussi, c'était sous son influence qu'il s'était senti plus hardi à insulter ses geôliers.

Que prétendait-il donc maintenant ?... peut-être n'était-ce encore dans son cerveau qu'une pensée vague, car plusieurs minutes s'écoulèrent avant qu'il s'arrachât à ses réflexions.

Enfin il fit un geste de résolution.

— Pas de temps à perdre, fit-il. Qui sait si ces gens me laisseraient le loisir d'agir.

Il glissa la boîte dans sa poche.

Puis il se dirigea vers la cantine.

Le bon Hollandais qui vendait du rhum et des liqueurs, avait conçu une grande amitié pour Titi, dont la jovialité le déridait et l'amenait à pouffer de rire, alors qu'il fumait sa lourde pipe de porcelaine ; il le salua donc d'un large sourire.

Il faut dire qu'il ne savait pas un mot de français, et que toutes ses conversations avec Titi se réduisaient à une pantomime animée, accompagnée de phrases échangées, auxquelles ni l'un ni l'autre ne comprenaient rien, effet comique qui doublait l'hilarité du Hollandais.

Titi se posa carrément devant lui, et, arrondissant la bouche, fit du pouce de la main droite le signe qui, dans toutes les langues... mimées, signifie :

— Je voudrais boire.

Le Hollandais, qui n'en était pas à un verre près, prit une fiole et se mit en devoir de verser.

— Non ! fit Titi.

Et de l'autre main il désigna la bouteille.

Le cantinier le regarda surpris : n'avait-il pas compris? quoi ! Titi voulait la bouteille entière...

Il eut un geste de vigoureuse dénégation. Et pour l'appuyer, il indiqua à Titi qu'il fallait de l'argent.

Titi se tapa sur les poches avec un air de désolation facile à traduire. Il n'avait pas d'argent. Et pourtant, il voulait la bouteille. Ceci touchait aux fibres les plus profondes du Hollandais. S'il avait pu parler, il aurait dit :

— Rire tant qu'on voudra, mais vendre gratis, jamais!...

Titi se mit à rire à gorge déployée. Si l'autre eût été physionomiste, il aurait vu que sous ce rire il y avait une effrayante angoisse, que dans ces yeux, qui semblaient pétiller de malice, il y avait des larmes prêtes à couler.

Comment fit Titi, comment, sans pouvoir user de son éloquence persuasive, il arriva à convaincre le Hollandais. Ceci est à peine explicable. Ce sont des nuances que seul le théâtre pourrait rendre.

Mais ce qui est réel, c'est qu'il lui tapa sur le ventre, qu'il le chatouilla, qu'il lui adressa les grimaces les plus extravagantes, tant et si bien que le Hollandais, pris d'un vertige joyeux, saisit la bouteille convoitée et la plaça aux bras de Titi.

Celui-ci se mit à la bercer comme il eût fait d'un enfant, il simula une nourrice qui donne à téter. Le Hollandais riait de plus belle...

Titi s'éloigna avec le balancement d'une grosse femme qui allaite un poupon. Le cantinier riait toujours...

Titi avait atteint l'escalier. Il avait la bouteille, il la tenait, il la serrait. Quand il se sentit hors du regard, il s'arrêta, s'appuya au mur et se passa la main sur le front. Ses doigts se mouillèrent de sueur.

— Pétard ! fit-il. Ça a été dur... mais je l'ai...

D'une chiquenaude, il fit sauter le bouchon... et reprenant la petite boîte, il enleva soigneusement de la pointe de l'ongle une parcelle de la pâte, et la fit glisser dans le goulot. Il secoua le rhum et attendit.

Il avait élevé la bouteille à la hauteur de son œil, la plaçant devant le jour. Il vit la parcelle flotter d'abord à la surface du liquide, puis se disjoindre, s'épandre...

Que c'était long !... Il tendait l'oreille... car il éprouvait une terreur folle... Si l'officier français allait reparaître ! Il lui fallait encore quelques minutes... enfin tout disparut. La fusion était parfaite.

Alors, d'un pas alerte, Titi franchit les dernières marches de l'escalier et atteignit la chambre où dormaient encore Jean et Trente-Deux...

Il poussa la porte. A ce bruit, tous deux se dressèrent :

— Victoire! cria Titi, enlevez! c'est pesé!

— Quoi? Que veux-tu dire? s'écria Jean.

— Je veux dire... que nous avons assez moisi ici... et que nous allons nous tirer les flûtes...

— La liberté! cria Trente-Deux.

— *Ne plusse ne moinsse!* fit Titi.

— Comment le sais-tu?...

— On a demandé des renseignements sur nous... et ils sont arrivés.

— Mais explique-toi donc!

— Mon Dieu! c'est bien simple!... Un officier français est arrivé... et il a fourni toutes les indications...

— Pourquoi?... un officier?... fit Jean avec un doute explicable. Il suffisait d'une dépêche pour affirmer que nous étions bien des détenus politiques.

— C'est ça!... une lettre chargée, pas vrai? Avec ça que la poste fonctionne ici comme place de la Bourse. Enfin, il n'y a pas de quoi se creuser l'imagination... ça y est?... on vient de me le dire... Dans deux jours, en route pour New-York...

— Libre? murmura Jean, dont les yeux s'emplirent de larmes... Ah! je n'ose y croire...

— Crois-y! car c'est absolument exact. A ce point que le cantinier, qui est un bon zigue, m'a donné une bouteille pour boire à sa santé...

Et sans attendre de réponse, Titi prit un gobelet, le remplit à moitié, et le tendit à Jean.

— Hume-moi ça! ma vieille! un vrai velours! et vive la France!

Machinalement, Jean, qui ne pensait qu'à cette liberté reconquise, saisit le gobelet et le porta à ses lèvres... il but :

Titi put à peine réprimer un tressaillement.

Trente-Deux le regardait. Plus calme, il découvrit sur la physionomie du gamin quelque chose d'anormal.

— Et moi, dit-il, tu ne me donnes pas une goutte de rhum?...

Titi se retourna. Il reprit le gobelet des mains de son frère. Puis lentement il leva la bouteille...

Mais à ce moment, par un malheureux hasard, elle glissa hors de ses doigts et tomba sur le parquet. Elle se brisa, et tout le liquide se répandit.

Trente-Deux lui saisit le bras.

— Eh! que fais-tu donc? dit-il.

— Tais-toi! dit brusquement Titi. Tais-toi! sur ta vie, et regarde...

Il venait de se produire un fait étrange.

Jean était tout à coup devenu pâle, puis, le sang était remonté vivement à ses joues, ses yeux s'étaient démesurément ouverts. Il partit d'un éclat de rire.

— Mais que se passe-t-il? cria Trente-Deux!

Titi, de sa main vigoureuse, le fit reculer, puis il lui dit vivement :

— Il se passe ceci. C'est qu'entre nous trois il y a un condamné de droit commun, et que celui-là on vient le reprendre pour le recoller à Cayenne...

— Eh bien !

Titi s'approcha de lui, et les yeux dans les yeux, lui dit :

— Et je ne veux pas que celui-là ce soit mon frère...

Trente-Deux ne comprenait pas. Et pourtant il avait l'intuition de quelque sacrifice...

— Silence! fit Titi. Écoute...

On entendait des pas sur l'escalier.

Or, pendant ces quelques secondes qui séparèrent l'audition de ce bruit de l'arrivée des nouveaux venus, il se passa un fait bizarre...

Jean s'était dressé sur ses pieds, hagard, les bras étendus... il ouvrait la bouche, voulant parler, et des sons gutturaux, inarticulés, s'échappaient de sa poitrine.

Et, en même temps, sur toute sa physionomie se gravait, en lignes creuses, une telle expression de souffrance que Trente-Deux, épouvanté, fit un pas vers lui en criant :

— Ami! mais qu'as-tu donc?

Cette fois, Titi ne fut pas tendre. Il saisit Trente-Deux par la nuque avec une telle violence qu'il le força à revenir en arrière; puis, les dents serrées, sifflant plutôt qu'il ne parlait :

— Tonnerre de D... de nom de D... grinça-t-il, si tu n'es pas à la coule, au moins tais ta g... et fais le mort !

La porte s'ouvrit.

L'officier hollandais parut, accompagné de l'officier français.

Derrière eux on voyait trois soldats français.

Titi s'était laissé tomber sur un banc, insouciant en apparence. Il paraissait fort occupé à étudier un des boutons de sa veste.

Trente-Deux était immobile. Jean, à demi affaissé, alternativement, levait la tête et la laissait retomber.

L'officier hollandais fit un pas, puis :

— Messieurs, dit-il, vous connaissez, je n'en doute pas, les clauses des traités d'extradition...

Pour toute réponse, Titi grogna fortement...

— Pour les évadés politiques, continua l'officier, l'hospitalité hollandaise est complète, entière. Mais il ne nous appartient pas d'aider les criminels à échapper aux lois de leur pays. De vous trois, il en est un qui relève du droit commun...

— Ah ! pétard ! je suis pincé ! cria Titi.

Trente-Deux tressaillit, et le considéra longuement.

— Il en est un parmi vous qui a été condamné pour tentative d'assassinat. reprit le Hollandais.

Il y avait un silence de mort.

— Ça n'est pas vrai ! déclara Titi.

L'officier français s'avança :

— C'est exact, dit-il d'une voix ferme, et aucune dénégation ne prévaudra contre les dossiers dont je suis porteur.

— Des dossiers ! Oh ! là ! là ! malheur, dans ces grimoires-là, ils écrivent tout ce qu'ils veulent, glapit Titi.

— Je vous ferai remarquer, reprit le Hollandais, que toute résistance serait inutile.

Dès ce moment Titi était visé. L'officier français avait adressé un signe à ses hommes.

— On me guigne, pensa-t-il, ça va bien.

— Vous, monsieur, dit le Français, en s'adressant à Trente-Deux, vous êtes libre. Il ne m'appartient pas de discuter les motifs de votre proscription, mais l'évasion vous affranchit de tout recours...

Puis après un temps d'arrêt, il ajouta :

— Reste un de ces deux hommes.

Titi jeta un regard furtif du côté de son frère. Il le vit, courbé sous la prostration cérébrale que faisait peser sur lui le poison versé par lui.

Alors, les deux mains dans les poches, se dandinant sur ses jambes, Titi. avec les allures du plus parfait voyou de l'exter (lisez boulevard extérieur), s'avança à son tour...

Et de sa main droite, tapant sur sa cuisse avec un geste d'un canaille achevée :

— Eh bien ! puisque ça y est, ça y est, dit-il. C'est moi ! prenez-moi... mais nom de D... tas de Hollandais ! vous ne valez pas cher...

Le naturel de Dordrecht eut un redressement plein de dignité.

— Oui, mon petit père ! continua Titi, avec les histoires de droit politique ou de droit commun, tu te fourres le doigt dans l'œil comme une poule qui a perdu son chat... tentative d'assassinat ! des fadeurs ! parce que j'ai voulu nettoyer des militaires... V'là-t-il pas !...

Et, toujours, il regardait du côté de Jean, qui ne bougeait pas.

— Un instant! fit l'officier français, je dois procéder régulièrement. Il y a ici deux hommes qui portent le nom de Rabolet...

— De quoi! clama Titi, deux Rabolet! n'en faut pas! N'y a que moi!

— Soyez poli, godferdam! grogna le Hollandais.

— Il y a deux Rabolet, reprit le Français, dont l'un se nomme Étienne... et l'autre Jean...

A ce moment, comme par hasard, Titi fut pris d'une toux convulsive. Bien malin eût été celui qui eût entendu la phrase...

Et pourtant, sous l'influence fiévreuse qui s'était emparée de lui, voici que Jean se leva comme s'il eût été mu par un ressort... il regarda les deux hommes qui étaient devant lui... Chose étrange, sur sa physionomie rien ne révélait l'excitation intime à laquelle il succombait. Le teint était calme, l'œil clair.

— Et puis après? cria Titi en se jetant devant lui. Quel est celui des deux que vous devez piger. Est-ce Jean, est-ce Étienne? on s'explique au lieu de nous tenir le bec dans l'eau !

Jean regardait avec une attention de plus en plus inquiétante.

Titi prit le ton d'un saltimbanque faisant la banque sur une place de banlieue... avec accompagnement de grosse caisse.

— Donc... il y a Étienne!... il y a Jean!... qui est Étienne? qui est Jean!... qui est coupable? est-ce Étienne ou Jean... ou bien Jean... ou bien Étienne... emmenez-vous Étienne ou Jean... ou bien Jean est-il libre... tandis qu'Étienne ne l'est pas... Étienne! Jean! allons, messieurs, demandez! faites-vous servir! Étienne! Jean! Jean! Étienne!...

L'officier français, avec un accent de colère, dit :

— Jean Rabolet... j'ai dit Jean... a été condamné aux travaux forcés à perpétuité... pour tentative d'assassinat...

Titi eut un rauquement de fauve :

— Zut ! pristi! fichu... des navets... encore des gourganes!...

— C'est vous qui êtes Jean Rabolet...

— Parbleu! avec ça que c'est rigolo de l'avouer!

Jean — le vrai Jean — écoutait toujours. Il y avait sous ce crâne un effort immense! une tentative de reconquête de soi-même. Et il ne pouvait pas.

Titi sauta sur Trente-Deux :

— Mais aide-moi donc, sacré mufle! lui dit-il tout bas.

Puis tout haut :

- Eh bien! tu vas t'en aller avec ton Étienne... Bon vent!

Trente-Deux comprit tout à coup l'admirable dévouement du gamin. Il alla à Jean, lui prit la main et dit :

— Allons! mon brave Étienne, n'aie plus peur ainsi. Nous sommes libres!

— Libres! fit Jean... Ah! tant mieux!

Titi (Étienne) alla à lui, et, sans lui tendre la main :

— Camarade ! je ne vous en remercie pas moins... de ce que nous avons le même nom, ça vous avait donné l'idée de me traiter en frère... Vous avez été bon zigue... mais c'est fini de rire... Adieu! monsieur Étienne Rabolet!

Il se livrait évidemment un effroyable combat dans le cerveau de Jean. Mais la stupeur vénéneuse était plus forte que sa volonté. Il rit bêtement et dit :

— Adieu! au revoir!...

— Dis-moi, adieu, Jean ! ça me fera plaisir!...

— Jean! oui... je connais le nom!... Adieu Jean!...

Alors Titi se jeta sur sa main, la prit, la baisa, et se relevant :

— Et vous, tas de gardes-chiourme, emballez-moi!... Car, pétard: je vous f... lanque mon billet que je vous donnerai du fil à retordre!·

Un quart d'heure après, Titi repartait pour Cayenne, escorté par les soldats français.

Jean dormait..

Et Trente-Deux pensait que ce gamin était un héros!

« VOUS QUI ENTREZ ICI, LAISSEZ TOUTE ESPÉRANCE. »

TITI JUSTICIER

I

ANCIENNES CONNAISSANCES

Les vieux Parisiens, — on est bien vieux à Paris quand on retrouve dans sa mémoire des souvenirs d'il y a vingt ans, — n'ont pas oublié le mur d'enceinte laid et noir comme celui d'une prison qui, avant 1859, enserrait la grande ville de sa laide ceinture. Il y avait déjà bien longtemps que l'on parlait de le jeter à terre. Mais les lenteurs administratives retardaient toujours l'exécution de ce projet nécessaire.

A ce propos, et pour qui douterait des allures de cette administration, que le royaume des tortues nous envie, la génération d'aujourd'hui ne constate-t-elle pas avec surprise que, pour certains services, tels que celui de la poste, par exemple, on n'est pas encore arrivé à assimiler les banlieues *annexées* au régime de la métropole!... Et il y a plus de vingt ans que cette annexion a eu lieu!

Mais en 1857, époque à laquelle nous reprenons notre récit, elle était encore à l'état d'étude passant de bureaux en bureaux. L'octroi régnait en maître à mi-côte des faubourgs, et les *villes* de Montmartre, de Batignolles et autres jouissaient d'une autonomie relative.

Il semblait qu'elles fussent au bout du monde. Les bourgeois parlaient de ces régions lointaines comme de contrées sauvages, bonnes tout au plus à recéler des peuplades féroces.

Et pourtant, il y avait encore à cette époque, à deux pas des barrières, de gracieux bouquets verdoyants, où s'élevaient de petites maisons modestes et coquettes. La campagne résistait à la poussée de la grande ville, l'arbre luttait contre le moellon, la feuille se défendait, le bourgeon combattait... C'étaient les dernières oasis de Paris.

A Batignolles, par exemple, lorsque vous aviez suivi la Grande Rue jusqu'à

la Fourche, point où commençaient seulement les deux avenues de Clichy
et de Saint-Ouen, vous aperceviez de chaque côté de la route des branches
chargées de verdure qui égayaient la vue et vous attiraient invinciblement...

La cité des Fleurs — depuis lors encombrée de bâtisses qui se sont élevées
aux dépens des jardins — ressemblait, au mois de juin, à un véritable bouquet de lilas.

Les habitations étaient petites, à bon marché. Chacun avait son enclos où
l'on se blottissait comme dans un nid.

Vers le soir, un flot d'ouvriers et d'ouvrières, quittant Paris, franchis-
sait la barrière et s'épandait à travers les avenues, respirant plus à l'aise,
se hâtant vers ces ermitages souriants qui consolaient des obscurités étroites
de l'atelier.

Ce jour-là, c'était le 24 juin 1857, une jeune fille, aux formes délicates,
et pourtant active et courageuse, remontait rapidement la Grande Rue, puis
s'engageait dans l'avenue de Clichy. Un bonnet, coquettement posé sur ses
cheveux blonds, faisait ressortir la blancheur de son teint; elle était un peu
pâle, et qui l'eût regardée de près aurait vu dans ses yeux des larmes con-
tenues.

Sa main serrait un petit paquet enveloppé dans une pièce de serge, ce
qu'on appelle une toilette.

Tout à coup elle s'arrêta, comme frappée d'une pensée subite.

Elle regarda sa main, à laquelle brillait une bague, hélas ! bien simple.
Puis elle secoua la tête : lentement elle porta le bijou à ses lèvres, puis, revenant sur ses pas, elle se retrouva dans la Grande Rue et s'arrêta devant une
porte étroite, au-dessus de laquelle une lanterne portait ces mots : Commissionnaire au Mont-de-Piété.

Dante a écrit sur la porte de son enfer :

« Vous qui entrez ici, laissez toute espérance. . »

Les monts-de-piété sont les enfers de notre civilisation.

La jeune fille hésita encore : double sentiment. Regret de se séparer de
ce pauvre bijou qui était peut-être un souvenir, et aussi, honte de tout misérable devant ce confessionnal de détresse.

Cependant elle s'engagea résolûment dans le couloir, et poussa une porte.
Elle se trouva alors dans le bureau encombré.

Il était sept heures du soir. A huit heures le bureau fermait.

Alors tous ceux que les efforts de la journée avaient laissés sans ressource
venaient là chercher les quelques pièces de monnaie dont ils avaient besoin
pour manger — mot sinistre dans sa vulgarité brève — et pour conserver
l'énergie nécessaire aux tentatives du lendemain.

Il lui fallut attendre. Il y avait foule.

Les employés rogues prenaient avec un insolent dédain les tristes nippes, glanées au fond du tiroir. Et alors, comme aujourd'hui, on entendait cette phrase épouvantable.

— On ne prête pas là-dessus… Ça ne vaut pas trois francs !…

Je ne sache rien de plus atrocement cruel que cette règle inflexible. Si j'ai faim, est-ce que cinq sous, dix sous ne peuvent pas me sauver de la mort… ou du crime ?… Mais non, messieurs du mont-de-piété n'admettent pas le droit au morceau de pain. Ils ne prêtent pas moins de trois francs… ils veulent que les clients puissent, en sortant de chez eux, se payer un dîner complet avec café et rincette…

Enfin vint le tour de la jeune fille. Elle présenta la bague qu'elle avait retirée de son doigt. L'employé, la voyant jolie, lui adressa un sourire et murmura même une plaisanterie gaillarde ; puis ayant disparu un instant :

— Huit francs ! cria-t-il.

— Oui, répondit l'emprunteuse.

Et, après des écritures nombreuses et régulières, elle reçut les huit francs que ces philanthropes daignaient lui prêter au taux de quatorze pour cent.

Elle sortit bien vite. On ne respire pas dans ces trous d'usuriers. Elle reprit sa course. Le jour baissait, la foule grossissait autour d'elle, elle atteignit la cité des Fleurs. Et là, en vérité, elle eut un sourire. Les bouffées de parfums sortaient des lilas, comme une buée délicieuse. Elle aspira longuement ces effluves consolantes que la nature lui prodiguait… sans intérêt.

Elle arriva à une petite porte basse, qui se cachait sous des masses de clématites formant haie : une voix lui cria :

— C'est toi, Marie ?…

— Oui, père.

— Comme tu viens tard ! il ne t'est rien arrivé ?…

— Non, non ; j'ai été un peu retenue par le travail…

Disant cela, elle avait contourné une allée et se trouvait en face d'un homme aux cheveux blancs, coupés ras, aux fortes épaules, et qui, pourtant, ne s'était pas levé pour aller au devant d'elle.

Il était à demi affaissé sur un fauteuil rustique, et s'il ne se dressait pas, c'est qu'il avait une jambe de bois.

— Marie — puisque c'était son nom — passa ses deux bras autour de son cou et l'embrassa au front.

— Chère et courageuse enfant ! lui dit-il. Ah ! combien je suis en colère contre moi-même de vous laisser ainsi travailler toutes deux… tandis que… je ne suis plus bon à rien…

— Allons, ne parlons plus de cela… mais où donc est ma sœur ?

— Dans sa chambre…

— Est-elle malade ? demanda Marie avec inquiétude.

—J'en ai peur... tu sais qu'elle a tant de courage qu'elle ne veut rien dire .. mais tout à l'heure elle brodait là, à côté de moi... tout à coup elle s'est levée en portant son mouchoir à ses lèvres, et, sans en dire un mot, elle s'est sauvée dans la maison...

Marie ne put réprimer un tressaillement.

— Tu es comme moi, fit l'infirme en baissant la voix. Tu remarques combien elle est changée... et tu es inquiète !...

— Oui, dit Marie à voix basse, j'ai peur...

— Eh bien !... qu'est-ce que vous complotez là, tout bas, fit tout à coup derrière eux une voix jeune, mais un peu âpre.

Marie se retourna vivement.

C'était celle dont ils parlaient.

Elle était grande, mince, d'une finesse de formes qui accusaient à la fois et une élégance native et une constitution épuisée. Ses cheveux noirs, tordus sur son front, donnaient à sa pâleur une matité presque effrayante : et ses yeux, largement ouverts, avaient des reflets rougeâtres.

Marie la regarda un instant sans parler. Puis elle l'attira doucement contre elle et l'embrassa :

— Tu souffres ? lui demanda-t-elle tous bas à l'oreille, ma chère Noëla !

— Non ! non ! je me sens beaucoup mieux, au contraire... Ce beau printemps me ranime...

Et elle ajouta avec un sourire forcé, d'une grâce navrante :

— Tout revit... et je fais comme les fleurs... mais assez parlé de moi... Vite, disposons la table. Vous devez avoir faim, monsieur Calertin.

Le lecteur avait déjà reconnu ces trois personnages.

Le charpentier, laissé pour mort sur la barricade de la rue de Rambuteau avait été sauvé par miracle. De courageux camarades l'avaient relevé et étaient parvenus à le soustraire aux recherches.

Mais, arraché à la captivité, à la mort, le brave Calertin devait payer cher son dévouement à la loi...

Une balle lui avait fracassé le crâne, une autre lui avait brisé la jambe. L'amputation était nécessaire. Mais ce n'était pas tout, le cerveau de l'ouvrier avait reçu une telle commotion que lorsque la blessure fut cicatrisée, son intelligence se trouva soudainement affaiblie.

Ce n'était pas la folie, mais une sorte de ralentissement des facultés de compréhension. Les idées restaient nettes, mais s'étaient faites obscures et lentes. Jadis c'était un esprit primesautier, hardi ; aujourd'hui, il était timide, toujours hésitant, ayant besoin de lutter avec je ne sais quelles ténèbres pour ressaisir une lueur qui lui semblait toujours sur le point de s'éteindre...

Titi avait disparu, Jean passait pour mort, Frédéric s'était fait tuer... de plus il était arrivé ceci.

On avait fouillé les maisons de Montmartre, dans lesquelles le vainqueur de Décembre devinait des adversaires... une de nos vieilles connaissances, Léonard Carcasson, avait dirigé les perquisitions dans la rue Berthe, et par un hasard moins inexplicable que singulier, les vingt mille francs confiés par l'ouvrier Frédéric à Calertin avaient disparu.

Par bonheur, Noëla avait pu sauver les quelques bijoux qu'elle avait emportés lors de sa fuite de l'hôtel de Courtraige.

Quand elle vit cette détresse, quand elle eut compris l'héroïque énergie de cette résignation dont Marie lui donnait l'exemple, elle n'hésita pas un instant.

Elle s'était lancée au hasard dans la vie, avec une pensée de vengeance, de châtiment contre ceux qu'elle méprisait pour leurs crimes passés... elle oublia tout pour se dévouer à ces honnêtes gens, auprès desquels l'avait conduite le hasard...

Et elle répéta à Marie ce que déjà elle lui avait dit :

— Voulez-vous être ma sœur?...

Marie avait protesté. Elle voyait venir la misère : pourquoi y associer cette jeune fille qu'elle devinait habituée au luxe? Si du moins Noëla lui eût avoué la vérité?... Si elle lui avait expliqué les causes d'une résolution brusque et mystérieuse?... Mais Noela demanda confiance et discrétion...

— Qui je suis, d'où je viens, dit-elle à Marie, je vous supplie de me le laisser oublier. Quand je suis entrée chez vous, j'avais dans le cœur d'implacables colères... Aujourd'hui, je sens en moi des bontés qui me surprennent et me charment... Ne m'interrogez pas, ne m'interrogez jamais... Supposez que je suis une pauvre égarée que vous avez rencontrée, prête à mourir sur quelque route, et à laquelle vous avez donné asile... et je vous aimerai tant que vous croirez que jamais nous ne nous sommes quittées...

Marie avait consenti.

Il semblait, d'ailleurs, qu'il existât entre les deux jeunes filles des liens dont elles-mêmes ne connaissaient pas la nature.

Un jour, Noëla avait dit à Marie :

— Il me semble que je vous avais déjà vue...

Et comme Marie, étonnée, la pressait de s'expliquer :

— Oui, quelque part... dans un grand et triste salon, où cependant vous êtes entrée, j'ai bien souvent contemplé un portrait qui était exactement le vôtre...

— C'est le hasard, disait Marie en riant. Je suis la fille d'un brave charpentier... et jamais aucun peintre n'a fait mon portrait...

Quand Calertin put sans danger sortir de l'hôpital, où la discrétion d'un honnête chirurgien l'avait sauvé de toute poursuite possible, les deux jeunes filles vinrent s'installer avec lui dans la petite maison de la cité des Fleurs.

Puis elles se mirent toutes deux en face de la réalité et causèrent de questions budgétaires.

C'était chose facile, d'ailleurs.

A l'actif, rien. Au passif, trois personnes à nourrir, un loyer à payer.

— Nous travaillerons, se dirent-elles.

Noëla brodait. Elle était, il est vrai, musicienne et aurait pu peut-être gagner de bons cachets en donnant des leçons en ville. Mais elle s'y était refusée obstinément. Elle ne voulait travailler qu'à domicile. Marie avait compris qu'elle craignait avant tout d'être rencontrée par quelques-uns de ceux qu'elle avait fuis.

Marie n'éprouvait pas les mêmes craintes. Elle accepta aussitôt le rôle qui lui était imposé, ce qu'elle appelait en souriant le ministère des affaires extérieures.

Elle se mit en campagne. Il s'agissait de trouver des travaux de broderie assez rémunérateurs pour que, aidée de Noëla, elle suffit à l'entretien de la maison. C'est là un problème douloureux dont bien des femmes ont cherché la solution, hélas! sans la découvrir.

Tout nouveau, tout beau, dit le proverbe. Et de fait, combien de fois il arrive qu'au début d'une entreprise, le hasard semble la favoriser exceptionnellement. Munie d'échantillons qui révélaient un véritable talent, Marie n'avait pas tardé à trouver une grande maison qui lui fit des commandes dont le prix était de beaucoup au-dessus de la moyenne.

Elle disait qu'elle travaillait avec sa sœur infirme; tout semblait aller au mieux. Calertin, dont la santé à jamais perdue brisait l'énergie, était traité par les deux jeunes filles comme un cher enfant.

Il n'avait plus songé à poser de questions au sujet de Noëla. Il se voyait aimé, choyé; malgré lui, il se laissait aller aux jouissances de l'égoïsme satisfait. Qui n'a pas vécu auprès d'un malade — de ceux surtout dont le cerveau est atteint — ignorera toujours quel cynisme féroce d'exploitation se cache au fond de la nature humaine.

Plus de trois années s'écoulèrent sans que le vieux charpentier s'enquit une seule fois des ressources que trouvaient les deux jeunes filles. Parfois même, il se montrait exigeant, presque dur, mais ni l'une ni l'autre ne semblaient s'en apercevoir. Noëla était tout à fait métamorphosée. Plus de caprices, plus de vaines colères. Elle s'était modelée sur Marie, dont la patience ne se démentait pas.

Mais les heures d'épreuve approchaient.

Tout à coup Noëla tomba dangereusement malade. Le médecin appelé s'efforça de combattre le mal. Puis, un jour, il prit Marie à part et prononça un mot terrible... la phtisie. C'était la mort lente et sûre. Combien de temps l'organisme résisterait-il à cette affreuse affection ; il ne pouvait rien prévoir. Mais avant tout, le repos était nécessaire, indispensable...

Les médecins ont tous des naïvetés sinistres :

— Il lui faut du repos, disait celui-ci. Une saison dans les pays chauds, à Nice, par exemple, ou mieux encore, à Alger, prolongerait son existence d'un ou de deux ans... en tout cas, nourriture délicate et absence complète de travail.

Et vivre ! comment faire ? Voyager était impossible. Les pauvres gens doivent mourir là où ils sont attachés...

Comme toujours, en pareil cas, Noëla ignorait absolument son état. Elle se sentait toujours lasse, toujours brisée. Elle voulait toujours travailler. Il fallut que Marie la trompât. Elle lui déclara que la broderie n'était plus à la mode et que les commandes manquaient.

Restait la couture. Noëla n'était pas assez habile pour ces ouvrages moins délicats. Elle était trop lente. Peu à peu Marie lui persuada qu'à elle seule elle gagnait suffisamment. Et alors commença pour la pauvre enfant une existence d'hypocrisie héroïque comme seules les femmes la peuvent soutenir.

Elle souriait toujours, tandis que son cœur pleurait.

Elle voyait la misère atroce, mortelle qui s'avançait rapidement. Elle travaillait jusqu'à quinze heures par jour, alors que le père et Noëla dormaient, prenant mille précautions pour que ni l'un ni l'autre ne la surprît. Noëla s'affaiblissait. L'hémoptysie secouait sa poitrine qui parfois semblait se contracter dans un râle d'agonie.

— J'ai deux enfants au lieu d'un, se disait Marie, presque heureuse de cette maternité sublime.

Mais que peuvent les illusions du dévouement contre les réalités de la vie pratique.

Marie voyait arriver le jour où elle ne pourrait plus donner à la maison le pain quotidien, ce strict nécessaire que les économistes. dans leurs états bien alignés, déclarent nécessaire à la moyenne des êtres vivants.

Un de ses plus grands chagrins, c'était qu'il leur faudrait quitter cette petite maison à laquelle la verdure donnait un charme inexprimable.

Mais déjà le propriétaire — auquel on devait le terme d'avril avait déclaré, à Marie, qu'au 30 juin elle recevrait congé, si elle ne s'était pas *exécutée* auparavant.

Elle avait fait des prodiges, parfois elle parvenait à ramener dans le pauvre intérieur une apparence d'aisance. On sait qu'elle peignait l'aquarelle avec

— COURTRAIGE! QUI A PRONONCÉ CE NOM?

une certaine facilité. Elle avait tenté d'utiliser ce petit talent — quoiqu'elle ne se fît pas illusion sur sa valeur réelle.

A sa grande surprise, et aussi à sa grande joie, un éventailliste, dès sa première requête, s'était empressé de mettre des modèles à sa disposition. Et pendant quelques semaines, elle reçut un salaire relativement considérable.

Seulement, un jour — c'était au commencement de juin — elle avait été contrainte de comprendre que le patron ne favorisait l'ouvrière que pour insulter la femme.

Ce fut un étrange et révoltant dégoût pour cette douce vierge qui, ayant donné son cœur à un absent, — à un mort, — n'avait plus conçu une seule pensée qui ne se rapportât à lui.

Elle s'enfuit. rouge de honte et de colère. Et quel désespoir! c'était une suprême ressource qui lui échappait. Elle s'en convainquit bien vite, car les offres de travail qu'elle adressa aux autres maisons restèrent sans résultat...

Il fallut reprendre la couture, travail ingrat et qui, loin de faire vivre la femme, ne l'empêche même pas de mourir.

Et voilà où elle en était arrivée. Ayant vendu peu à peu tout ce qu'elle possédait, elle venait aujourd'hui de mettre au mont-de-piété la bague que jadis lui avait donnée Jean Rabolet, alors que tout ému il l'appelait « sa petite femme! »

C'était sa vie, son passé, son cœur qu'elle venait de donner...

Et que trouvait-elle au retour... Noëla plus souffrante que jamais, Calertin répétant pour la centième fois les phrases inconscientes par lesquelles il s'excusait de ne pouvoir pas travailler!...

Il lui fallait encore une fois refouler ses larmes, leur laisser encore quelques jours la placidité de ce faux bien-être dont, à force de sacrifices, de rouerie admirable, elle était parvenue à conserver l'apparence...

Mais c'était fini. Elle le sentait bien. Elle était à bout de ressources et d'imagination. On l'avait avertie au magasin que la morte saison commençait et qu'elle n'aurait plus d'ouvrage avant un mois.

Alors ils allaient mourir... et cela au moment où la nature s'éveillait, où, au milieu des lilas, inconscients des douleurs qu'ils cachaient sous leur rideau, il eût fait si bon vivre, espérer.

Elle sentait des sanglots lui monter à la gorge.

Noëla faisait la courageuse. Il avait été décidé qu'on dînerait sous la petite tonnelle qui se trouvait dans un coin de l'étroit jardin.

La vigne vierge poussait ses premières fusées, si rapides et d'un vert si gracieux. Il y avait autour d'eux un parfum suave de renouveau: c'était le vieux printemps qui, ainsi que l'on sait, commence à Paris plus tard que partout ailleurs.

Et, à l'exception de Marie, les habitants de la petite maison sentaient l'influence de cette résurrection générale.

Le père Calertin paraissait tout gaillard ; il avait oublié, et ce qu'il avait surpris de l'état de Noëla et les fatigues que s'imposait Marie.

Il riait. Il se frottait les mains, voyant mettre sur la table de bois, la miche de pain blanc, le vin dont Marie ne buvait pas — elle avait prétendu que cela lui faisait mal — le bouillon qui avait mijoté toute la journée ; et, pour comble de joie, Marie lui avait permis de fumer une bonne pipe après le repas — ce qui lui était le plus souvent interdit... pour raison de santé.

Ils dînèrent... puis la nuit s'abaissa... Calertin, somnolent, s'endormit sur son fauteuil...

Alors Marie posa sa main sur le bras de Noëla et se penchant à son oreille, lui dit tous bas :

— Sœur, il faut que je te parle...

II

HEURE DE MISÈRE

Noëla avait tressailli à la voix de Marie.

C'était une étrange nature que celle de la fille des Courtraige. C'était surtout un organisme dès longtemps touché par la mort.

Après les exaltations inconscientes de l'enfance, après avoir subi ces fièvres contre lesquelles elle ne se sentait pas la force de la résistance, elle s'était tout à coup abandonnée avec une sorte de volupté à la prostration dont le mal l'avait tout à coup accablée.

Si elle fût restée au milieu du monde criminel qui l'entourait naguère, elle eût trouvé en elle d'incroyables énergies pour combattre. Mais du jour où, par une sorte de témérité naïve, s'étant jetée seule à travers la vie, elle avait rencontré ces âmes placides et bonnes, — Marie et son père, — elle s'était en quelque sorte endormie dans ce calme du bien.

Maintenant — sans qu'elle l'eût avoué, même à Marie — elle savait qu'elle allait mourir... elle ne se révoltait pas contre l'arrêt de la fatalité. Elle se laissait entraîner doucement, sans un mouvement, sans une révolte, sur la pente au bas de laquelle elle devinait le repos éternel...

Peu à peu le passé s'était perdu — derrière elle — dans une teinte grise où nulle forme n'avait corps : l'avenir, c'était l'ombre profonde du tombeau. Et c'était sans effroi qu'elle regardait cette obscurité. Insensiblement — sans volonté précise — elle s'était détachée de la terre. Une seule pensée lui restait, essentiellement féminine, elle ne voulait pas que les autres connussent son état aussi bien qu'elle-même.

Et quand le flot de sang lui montait aux lèvres, ainsi qu'il était arrivé pendant qu'elle se trouvait seule avec Calertin, elle s'enfuyait et se cachait.

Devant Marie, elle dissimulait moins. Elle se savait devinée.

Quand celle qu'elle appelait sa sœur lui eut dit : « Il faut que je te parle ! » elle eut peur. Depuis quelque temps déjà, malgré les précautions infinies dont Marie avait su entourer les faits brutaux, elle avait eu l'intuition de la vérité. Le malheur planait sur la maison.

Elle eût voulu être morte avant que l'orage éclatât.

Obéissant à la pression de la main que Marie avait mise sur son bras, elle se leva et toutes deux, s'écartant du vieillard qui sommeillait, se retirèrent dans le coin le plus obscur du petit jardin. Elles étaient enveloppées d'ombre, si bien que l'une ne pouvait lire sur le visage de l'autre les angoisses qui pâlissaient les traits et creusaient les plis des lèvres.

— Que veux-tu de moi ? demanda Noëla qui tremblait un peu.

— Sœur bien-aimée, lui dit Marie, je fais appel à tout ton courage... plus encore, à ton obéissance... bien souvent tu m'as appelée — non pas ta sœur — mais ta petite mère, c'est à une mère que je te supplie de répondre et d'obéir...

Noëla l'attira dans ses bras :

— Sœur ou mère, dit-elle à voix basse, tu es tout pour moi...

— Te sens-tu assez forte pour m'entendre, alors même que mes paroles résonneront douloureusement dans ton cœur...

— Mon corps est sans force, dit Noëla, mais mon âme est énergique... parle sans crainte...

— Eh bien ! Noëla... dans quelques jours nous n'aurons plus de pain... nous n'aurons plus d'asile...

— C'est-à-dire...

— C'est-à-dire que, si ignorante que tu sois des questions d'argent, tu me comprendras lorsque je te dirai que toutes nos ressources sont épuisées... Oh ! j'ai bien lutté, va !... Mais si tu savais ce que vaut à Paris le travail d'une femme !... Si tu savais comment, même au prix de mille humiliations, il lui est impossible de vivre... et de faire vivre ceux qu'elle aime !... Après avoir tout tenté, j'en suis arrivée à ceci...

— Nous avons des dettes, continua Marie, le loyer de notre maison... n'est pas payé. Nous allons être expulsés !... Enfin... demain, demain entends-tu bien !... je ne sais pas comment nous pourrons donner à mon père le pain de la journée ! Voilà où nous en sommes ?...

Simplement, Noëla répondit :

— Eh bien!... continue!...

Devant ce sang-froid, Marie fut troublée. Mais elle avait fait provision de courage.

— Tu n'as pas peur de la misère, je le sais, reprit-elle. Mais si tu as le droit de la supporter, je n'ai pas, moi, le droit de te l'imposer plus longtemps...

Elle sentit les doigts de Noëla serrer sa main à la briser. Mais Noëla dit encore, sans émotion apparente :

— Parle encore... je t'en prie.

— Voici, continua Marie. Il y a tantôt sept ans que, dans une nuit de douleur, tu as frappé à notre porte... Sept ans qu'avec une affection profonde tu m'as entourée d'amour et de dévouement... Voici enfin sept années que je t'appelle ma sœur, sans jamais t'avoir demandé ni qui tu es ni par quelle catastrophe tu avais été jetée ainsi dans l'inconnu, dans les misères du hasard... Tant que nous avons été heureux — enfin, j'appelle notre vie passée du bonheur! — j'ai tenu l'engagement que tu avais réclamé de moi... Aujourd'hui, c'est la misère, la misère horrible et cruelle... Demain, ce sera la mort! Noëla, je n'ai plus, je te le répète, je n'ai plus le droit de me taire... je sais, j'ai deviné — et c'était facile! — que tu appartiens à une famille riche... Pourquoi tu t'es enfuie, je ne te le demande pas... mais je te le dis, je ne veux pas que tu souffres avec moi et par moi. . tu as promis de ne me jamais quitter, je te rends ta parole... Noëla, il faut que tu retrouves ta famille! Noëla, rester plus longtemps avec nous serait un suicide et je ne veux point en être complice.

Peu à peu, la main de Noëla s'était desserrée. Marie entendait le souffle haletant qui sifflait dans sa poitrine contractée. C'était un instant solennel et pénible. Marie disait la vérité.

Tant qu'elle avait pu lutter, elle avait admis que Noëla ne la quittât pas.

Puis elle s'était demandée si ce n'était pas là de l'égoïsme. Quand le médecin parlait de soins exceptionnels, coûteux, Marie avait déjà failli crier à Noëla :

— Va-t'en et guéris-toi!

Le courage lui avait manqué. Aujourd'hui elle accomplissait un devoir. Aimer Noëla, c'était bien. Mais l'aimer trop, c'était la tuer... Marie ne le voulait plus.

Mais elle entendit soudain la jeune fille qui pleurait.

Pauvre Marie!... qu'il lui fallait de force pour se montrer cruelle, et pourtant il le fallait, ce moyen étant peut-être le seul pour sauver sa sœur d'adoption.

— Sois forte, lui dit-elle doucement. Certes, il y a entre nous des liens que rien ne pourra rompre... mais songe à ceci. La lutte est devenue impossible... j'ai charge d'âme, vois-tu... avant tout, il faut que je songe à mon père... il est des obligations avec lesquelles il n'est pas permis de transiger...

Noëla ne pleurait plus, mais elle ne l'interrompait pas.

— Sans doute, continuait Marie, les causes pour lesquelles tu as quitté ta famille sont graves… ; mais de longues années sont passées… Il faut que tu pardonnes. vois-tu, il faut que tu retournes vers ceux que tu as quittés…

— Ainsi, interrompit Noëla dont la voix basse avait je ne sais quelle profondeur sépulcrale, ainsi… toi, Marie! toi ma sœur!… tu me chasses!

— Oh! ne dis pas cela, je t'en supplie!

— Tu me chasses… parce que je suis une charge… parce que tu es lasse de moi!

— Mais ne parle pas ainsi!… tu es plus cruelle que tu ne le crois! Je t'aime!

— Tu appelles cela aimer!… Mais moi, je t'aurais dit : Sœur, puisqu'il nous faut mourir, eh bien! mourons ensemble!..

— Et moi je ne veux pas que tu meures!… tu ne comprends donc pas que maintenant je me repens de t'avoir gardée auprès de moi… Je me regarde comme coupable d'avoir pris ton cœur et ta vie que tu me donnais.. si tu souffres, si j'entends dans ta poitrine cette toux qui me désole, est-ce que je ne me reproche pas de t'avoir retenue… tiens, le médecin disait qu'il te fallait aller dans le Midi… que sais-je?… Ce jour-là, j'aurais dû, comme tu le dis, te chasser… car en te chassant, je t'aurais sauvé la vie!…

Il y eut un long instant de silence.

Puis Marie sentit les bras de Noëla se placer autour de son cou :

— A ton tour, dit la poitrinaire, écoute-moi!… Je t'ai répondu durement tout à l'heure… pardonne-moi! C'est qu'aussi tu m'as brisé le cœur… Je sais que je vais mourir, va!… mais j'aurais voulu mourir ici, auprès de vous… Tu me parles de ma famille!… je vais te dire la vérité… Oui, j'ai un père!… il m'a reniée!… j'ai une mère!… elle ne m'a jamais appelée sa fille!…

Maintenant son ancienne exaltation s'était de nouveau emparée d'elle.

— Je sais qu'on ne dit pas cela… mais je dois avouer toute la vérité… Je vivais dans une atmosphère d'infamie et de crime!… Bien plus, je savais que je volais la place d'une autre qu'on avait jetée hors de la maison de sa mère. qu'on avait arrachée de son berceau… qu'on avait voulu assassiner!… Eh bien! tout cela me révoltait… me tuait!… Je me suis enfuie… je serais morte de honte et de colère… laisse-moi mourir dans votre air de probité et d'honneur… voilà tout ce que je te demande!…

Marie était atterrée. Elle comprenait à peine le sens des paroles fiévreuses prononcées par la jeune fille…

— Voyons? lui dit-elle, ne t'exalte pas ainsi, tu me fais peur!… veux-tu me prendre pour un juge… raconte-moi tout ce qui s'est passé… peut-être as-tu exagéré quelque secret, imparfaitement surpris…

— Oh! je te sais indulgente, dit Noëla. Mais ta charité ne s'étendra pas jusqu'à ceux dont tu me demandes l'histoire...

— Veux-tu me la dire...

— N'exige pas cela... c'est par respect pour moi-même, du nom qui est le mien, que je dois te refuser... et d'ailleurs, toi, si franche, si bonne, toi qui n'as jamais connu que le bien, est-ce que tu comprendrais cette histoire — qui commence par un crime horrible... et qui se continue à travers la trahison et le vol...

Marie eût pensé à réprimer un cri. La voix de Noëla avait pris je ne sais quelle âpreté terrible : il y avait dans son accent un dégoût, un mépris qui l'épouvantaient...

Elle lui saisit vivement la main :

— Sœur, dit-elle, pardonne-moi d'avoir réveillé tes douleurs... mais n'était-il pas naturel que je te parlasse ainsi... ta famille est riche, n'est-ce pas?...

— Oh oui! fit Noëla avec ironie, très riche...

— Et ici... c'est la misère.

— La misère! soit! mais c'est l'honneur...

— Je suis désespérée, continuait Marie. Mais qu'ai-je donc fait pour mériter tant de souffrances? Au début de ma vie, j'étais entourée d'affections.

Sa voix faiblissait. Elle pleurait maintenant.

— Et tous... tous perdus!... le père Rabolet, si bon dans sa brusquerie...

— Et ton pauvre Jean! ajouta Noëla, répondant à une pensée intime de la jeune fille...

— Oui! Jean!... Oh! s'il vivait, s'il était là, près de nous, il me semble que je ne redouterais rien... Qu'est-ce que la pauvreté quand on est deux à lutter!...

Elle se tut, et, pendant quelques instants, on entendit la respiration haletante des deux jeunes filles.

— Et ne rien pouvoir! reprit Noëla en se tordant les mains. Oui, j'étais riche, ajouta-t-elle secouée par la fièvre, tu as peut-être raison!... je devrais retourner vers ceux que j'ai abandonnés... et je leur dirais : je connais vos secrets!... je sais que vous avez volé la fortune d'une pauvre enfant dont la mère est morte folle!... Je vous vends mon silence... contre un peu d'or et la liberté de mourir au milieu d'honnêtes gens !...

— Calme-toi, Noëla! je t'en supplie!...

Mais, en proie à une exaltation dont elle n'était plus maîtresse, Noëla s'écria avec colère :

— Et cela porte des titres! cela se dit noble! cela s'appelle le duc Achille... le comte Hector de Courtraige!

— Courtraige ! cria une voix forte. Qui a prononcé ce nom?...

— Père ! père ! qu'as-tu donc ? s'écria Marie en s'élançant.

Dans l'ombre à peine combattue par une dernière lueur de crépuscule, Calertin, dont à leur insu les deux jeunes filles s'étaient rapprochées, cramponné des deux mains aux bras de son fauteuil, se dressait à demi...

— Qui a prononcé ce nom? répéta-t-il. Je veux encore l'entendre! c'est bien Courtraige!... n'est-ce pas?... mais répondez-moi donc? fit-il avec un accent de colère.

— Oui, j'ai dit ce nom? répondit Noëla qui s'efforçait de lire à travers l'obscurité sur le visage du vieux charpentier.

— Marie! fit-il. Vite de la lumière! rentrons! il faut que je parle à Noëla... il faut qu'elle me dise tout!

Surprise et effrayée, Marie se hâta d'obéir : ces deux jeunes filles soutinrent Calertin, qui tremblait tout entier, et le déposèrent doucement sur un fauteuil, dans l'humble pièce du rez-de-chaussée.

Noëla, debout devant lui, l'examina avec attention :

— Puisqu'une partie de mon secret m'a échappée, dit-elle, je n'ai plus le droit de vous rien cacher... je sais d'ailleurs que vous ne me trahirez pas... Cette famille que j'ai fui, dont je me suis séparée volontairement, porte le nom jadis honoré de Courtraige...

Le charpentier, les yeux démesurément ouverts, semblait se livrer à de violents efforts pour ressaisir le fil de sa pensée troublée. Mais nous l'avons dit, ce cerveau ébranlé n'était plus docile à la volonté affaiblie.

— Courtraige, murmurait-il. Où donc? Oui, j'ai entendu ce nom!... Si je me souvenais! Je ne peux pas. Marie!... ma chère Marie!... Oh! malédiction sur les coupables!

Et sa voix s'éteignit... sa tête se courba sur sa poitrine... l'effort l'avait brisé...

— C'est étrange! murmura Noëla. Il est certain que cet homme connaît notre nom... que les Courtraige ont été mêlés à sa vie!...

Tout à coup, elle saisit la lumière et l'approchant du visage de Marie :

— Et cette ressemblance!... qui tant de fois m'a frappée!... Marie! Marie!... es-tu bien la fille de Calertin, le charpentier?

— Moi! oh! n'en doute pas!... je ne te comprends pas! mais est-ce qu'on aime un autre que son père!...

A ce moment un cri sinistre, épouvantable, retentit dans l'air... c'était un hurlement d'effrayante douleur qui n'avait plus rien d'humain...

Puis cette clameur traversa les ténèbres :

— Au feu! au feu!

Les deux jeunes filles s'élancèrent dans le jardin.

AU HASARD, L'HOMME SE JETA AVEC SON FARDEAU.

A la fenêtre de l'une des maisons qui leur faisaient face, de l'autre côté de la cité, une fenêtre était éclairée par une lumière incandescente.

Soudain les vitres volèrent en éclat, et à travers le reflet sanglant, Marie et Noëla virent une forme humaine qui se débattait.

— Au secours ! au secours ! s'écrièrent-elles en courant vers la grille.

Ma's déjà la cité était pleine de gens qui accouraient de l'avenue. Et vingt voix clamèrent :

— Ah ! le brave garçon ! Courage ! courage ! Il la sauvera !...

Un homme venait de bondir et s'aidant des pieds et des mains, grimpait au balcon de la maison incendiée.

Un silence de mort régna tout à coup.

Toutes les poitrines étaient oppressées... Le sauveur arriverait-il à temps.

III

DEMI-BONHEUR

Il y avait de cela trois ans environ, une femme qui n'avait peut-être pas depuis longtemps dépassé la quarantaine, mais à qui sa maigreur et je ne sais quel égarement apathique répandu sur son visage donnaient l'apparence d'une sexagénaire, était venue louer un petit logement au second étage d'une modeste maison de la cité des Fleurs.

Elle s'était installée avec un très simple mobilier, tout neuf. Elle avait de l'argent et avait déclaré vivre d'une petite rente. Elle paraissait peu désireuse d'entrer en relations avec ses voisines. Et après quelques tentatives infructueuses, on se décida à la laisser à son isolement.

Du reste, tout d'abord, son existence retirée offrit peu de prise à la curiosité. Elle sortait fort peu et ne se montrait dans la rue que pour acheter les provisions mesquines dont elle avait besoin pour se soutenir.

Elle ne parlait à personne, payait tout comptant et se hâtait de rentrer. Seulement, comme il faut bien qu'on remarque quelque chose, on s'aperçut bientôt qu'elle semblait toujours cacher quelque chose sous son tablier.

De cette constatation au désir de savoir ce qu'elle pouvait ainsi dissimuler, le pas fut promptement franchi...

De son nom, nul ne s'était enquis. D'où elle venait, qui elle était, ceci importait peu. Mais il y avait là un petit mystère que les commères jurèrent de dévoiler.

Et la chose fut facile. Bientôt on sut la vérité. La vieille femme cachait ainsi un litre qu'elle allait faire remplir d'eau-de-vie chez le marchand de vin du coin.

Très bien !... on a le droit, n'est-il pas vrai, de se soutenir le tempérament. Oui, mais quand la fiole de cent centilitres exécute vide et pleine, un va-et-vient qui se renouvelle d'abord tous les quatre, puis tous tous les trois, puis tous les deux jours... Quand enfin on la voit rentrer pleine le soir et ressortir vide le matin... ceci devient chose étrange...

La révélation était claire. La locataire du 17 buvait. On remarqua de plus qu'elle n'avait pas toujours la démarche très assurée. De plus... le visage se ridait, le masque se creusait, les yeux avaient un reflet singulier.

Le quartier la condamna d'un mot :

On l'appela la mère la Ribote...

Chaque fois qu'elle parut dans la cité ou dans l'avenue, ce mot résonna autour d'elle. Mais elle n'avait pas l'air de s'en soucier. La fiole suivait son oscillation régulière de son deuxième à la boutique du débitant...

Comme elle n'avait point de disputes et qu'elle ne faisait de mal à personne, on en vint à reconnaître qu'elle n'avait pas de comptes à rendre, seulement ceux qui voient au delà du présent déclaraient qu'elle se tuerait, ou que tout au moins elle mettrait le feu...

C'était cette dernière hypothèse qui se réalisait...

Sans doute, plongée dans la torpeur alcoolique, elle avait renversé inconsciemment la chandelle qui l'éclairait... Son rideau, son lit s'étaient enflammés.

Et la misérable, enveloppée par la flamme, s'était ruée vers la fenêtre en hurlant...

Cependant un ouvrier, qui venait de quitter l'usine Farcot, avait entendu l'appel. Et sans hésiter, il s'était jeté dans la cité, avait atteint la maison, et, ne consultant que son courage, il avait grimpé par l'extérieur jusqu'à la fenêtre d'où les cris partaient, à chaque seconde, plus rauques et plus effrayants...

Il était agile et vigoureux. En quelques secondes, il avait atteint le second étage, et là, passant son bras à travers l'ouverture béante laissée par les carreaux brisés, il avait manœuvré l'espagnolette, avait ouvert la fenêtre, puis saisissant entre ses bras la malheureuse, il l'avait attirée au dehors...

Avec cet instinct rapide des Parisiens, les voisins avaient étendu sous la fenêtre une demi-douzaine de matelas...

L'homme se retourna, regardant au-dessous de lui. A la lueur des lampes, il ne vit qu'un trou noir : peut-être hésitait-il, mais une poussée de vent lança la fumée et la flamme au dehors. Alors, au hasard, l'homme se jeta avec son fardeau.

Il y eut un cri d'angoisse.

Mais déjà l'homme, — qui avait roulé à terre, — s'était redressé et reprenait son fardeau.

La Ribote était évanouie. Mais il y avait — comme on dit — plus de peur que de mal. Elle était vêtue de grosse laine, et c'était à peine si la flamme avait grésillé ses cheveux presque blancs...

En même temps, les pompiers accouraient et se mettaient en devoir d'attaquer vigoureusement l'incendie...

Pour leur faire place, le sauveur s'était reculé presque dans la cité. Là, pressé par la foule qui l'admirait et le félicitait :

— Soyez assez bon, dit-il, pour m'indiquer une maison où je puisse déposer cette malheureuse...

— Venez chez nous! dit une voix de femme.

Un autre ajouta :

— Oui, chez le charpentier... elle sera bien soignée...

Et l'homme, avec son fardeau, entra dans le jardin de Calertin. Son visage était noir de fumée, ses yeux clignaient sous la cuisson de la flamme...

Il sentit qu'un bras se posait sur le sien, tandis que la même voix ajoutait :

— Venez par ici...

Et il entra dans la pièce où se trouvait le charpentier encore plongé dans la prostration qui l'avait saisi tout à l'heure...

Il déposa doucement la Ribote sur une sorte de divan qui se trouvait là... puis il dit :

— Approchez la lumière, je vous prie, que je voie si la pauvre femme est gravement blessée.

Marie obéit...

Le courageux ouvrier était penché sur la femme, et l'examinait attentivement...

Tout à coup, il se redressa et tourna la tête du côté de la jeune fille...

Et de leurs deux poitrines un double cri s'échappa.

Ils se reculèrent, stupéfaits, presque épouvantés...

Marie, frissonnante, dit d'une voix à peine perceptible :

— Qui êtes-vous?... Votre nom !... je vous en prie !...

Mais par un mouvement machinal, l'ouvrier avait regardé autour de lui, il vit le charpentier que le bruit avait réveillé de son engourdissement...

— Calertin! s'écria-t-il.

Et le mutilé, saisi par une révélation subite, lui tendit les bras :

— Jean! le fils de Rabolet!... Ah! embrasse-moi!...

Il sanglotait... Jean — car c'était bien lui — s'était agenouillé auprès de lui...

Marie, pâle, prête à défaillir, s'était appuyée au mur pour ne pas tomber...

Noèla la prit dans ses bras, et, doucement, lui dit à l'oreille :

— Et tu désespérais !

Le visage de Calertin s'était ranimé, et pour ainsi dire éclairé d'une lueur intérieure. Sous cette commotion profonde, il semblait que l'intelligence si longtemps engourdie se réveillât plus vivace et plus libre...

— Jean ! sauvé ! vivant ! répétait-il. Mais c'est un miracle !... Il y a si longtemps... et j'ai tant pleuré !... Mais Marie ne voulait pas que tu fusses mort ! elle avait raison, la chère enfant !... Où donc est-elle ?... Marie ! viens donc !... est-ce que tu ne l'as pas reconnu, toi ?...

Noëla poussa doucement Marie, qui s'avança plus pâle encore.

D'un geste touchant, elle tendit la main à l'ouvrier.

Jean y mit la sienne. Et Calertin les prenant toutes deux :

— Ah ! braves et nobles enfants !... dit-il, je puis mourir maintenant... car c'est la plus grande joie que je pusse ressentir...

— Marie, dit Jean d'une voix qui tremblait, il y a neuf ans, à pareil jour, que j'ai été arraché à mon père...

— C'est vrai ! murmura Calertin. C'était le 24 juin 1848... et nous sommes au 24 juin 1857... Allons !... le hasard fait bien les choses !...

— Neuf ans, continua Jean, et pendant cette longue et douloureuse épreuve, c'est votre souvenir qui m'a soutenu... qui m'a donné le courage.

— Et moi, Jean, répondit Marie, votre nom est resté dans mon cœur comme la plus pure et la plus sainte des consolations...

Alors chastement, avec un adorable abandon elle se pencha sur la poitrine de Jean, qui posa ses lèvres sur ses cheveux...

Mais tout à coup Jean tressaillit, et regardant autour de lui.

— Et Titi ? demanda-t-il brusquement.

— Titi ? fit Marie, que voulez-vous dire ?

— Il n'est pas ici ?

— Non !...

— Mais du moins vous l'avez revu !... vous savez où il est !...

— Non. Nous avons appris qu'il avait été condamné, envoyé à Cayenne...

— Rien de plus ?...

— Rien de plus...

Jean cacha sa tête dans ses mains :

— Oh ! si vous saviez !... Étienne ! mon pauvre et cher Étienne !... héros de courage et de dévouement...

— Quoi ! notre pauvre gamin ! demanda Calertin.

— Le gamin sublime a donné plus que sa vie pour me sauver... vous saurez tout !... mais apprenez que c'est lui qui m'a tiré de Cayenne... et que pour me rendre la liberté, il s'est fait reprendre à ma place... il s'est substitué à moi.

Noëla s'était approchée vivement.

— Titi !... lui !... oh ! je savais bien, moi, que c'était un grand cœur !...

Jean la regarda. Puis, frappé d'une pensée soudaine :

— Vous vous appelez Noëla ? dit-il.

— Quoi ! vous savez mon nom ! qui vous l'a dit ?...

Jean lui tendit la main :

—Ah ! mademoiselle !... c'est en votre nom, c'est parce qu'il vous aimait, que mon cher Titi est devenu le meilleur et le plus courageux des hommes !...

Une vive rougeur colora le visage de Noëla :

— Et qu'est-il devenu ? demanda-t-elle.

— Hélas ! je ne puis vous répondre !... Ce n'est que longtemps après avoir quitté la Guyane que je fus en état de comprendre ce qui s'était passé... je sus qu'il avait été reconduit à Cayenne... Aussitôt que je pus prendre des informations, j'appris qu'il était parvenu à s'évader... mais il y a plus d'un an de cela... et j'ai bien peur !...

Noëla posa sa main sur son cœur :

— Oh ! à mon tour... Je vous dis, moi, que notre pauvre Étienne n'est pas mort !...

— Puissiez-vous dire vrai !

A ce moment un gémissement rappela aux acteurs de cette scène émouvante la présence de la Ribote... Peut-on les blâmer de l'avoir oubliée un instant ?

Mais déjà Noëla, — peut-être pour cacher le trouble qui s'était emparé d'elle et qu'elle ne pouvait pas définir elle-même, — était revenue vers la malade...

La Ribote avait maintenant le visage fortement coloré. Les hoquets convulsifs, — mais peu inquiétants, — secouaient sa poitrine. A vrai dire, elle n'avait aucune blessure sérieuse. Une fois de plus était prouvée la véracité du vieux dicton :

« Il y a un Dieu pour les ivrognes. »

Car elle était ivre, à n'en pas douter. Les contractions qui plissaient sa face toute plissée de rides n'étaient que le spasme de l'alcool. Quand Noëla s'était baissée pour la considérer de plus près, une expression de surprise s'était peinte sur son visage. Est-ce que cette mégère ne lui était pas inconnue ? elle la contempla soigneusement. Puis elle haussa légèrement les épaules. Évidemment la pensée qui avait traversé son esprit était une illusion à laquelle il ne convenait pas de s'arrêter.

D'ailleurs, Jean l'avait écartée, en disant :

— Cette femme n'a besoin de rien que de repos. Le mieux est de lui arranger un lit sur ce canapé... demain on avisera. Desserrez seulement ses vêtements... tenez-lui la tête haute, et puis... le temps fera le reste...

Les deux jeunes filles se hâtèrent de lui obéir... un oreiller souleva la tête de la misérable, qui fut douillettement entourée de couvertures...

Puis les trois personnages revinrent auprès du père Calertin qui avait retrouvé pour l'instant toute la lucidité de son esprit.

On entendait le lourd ronflement de l'ivrogne.

Les autres s'entretenaient à voix basse.

Que de confidences échangées! que de questions!... que ces braves gens éprouvaient de joie à plonger de nouveau dans leurs douleurs passées, pour y retrouver les épaves de leurs souvenirs?

Il fallut que Jean racontât en grands détails tout ce qui s'était passé depuis son arrestation... Calertin l'interrompait parfois par de furieuses imprécations contre les hommes de Décembre.

Marie avait de grosses larmes qui roulaient le long de ses joues.

Et quand Jean dit sa rencontre miraculeuse avec Titi, quand il rappela les preuves d'affection que lui avaient données son frère, de tous les yeux les pleurs jaillirent...

Où étais-tu donc, Titi?... malgré tout ton scepticisme de blagueur, tu y serais allé de ta larme... comme les camarades... en comprenant combien tu étais aimé !...

« — Pour accomplir son sacrifice suprême, termina Jean, Titi, ayant trouvé dans mon compagnon Trente-Deux — un brave qui est mort en Amérique sans revoir la patrie — un complice, hélas! trop complaisant, m'avait fait prendre je ne sais quel breuvage, pareil à l'opium, qui m'avait rendu incapable de comprendre la scène qui s'était passée devant moi.

« Il fallait que l'un de nous deux, Étienne ou moi, fût livré par les autorités hollandaises aux sbires du Bonaparte... moi, Jean Rabolet, j'étais porté sur les listes de proscription comme coupable de tentative d'assassinat.

« C'était grâce à une faveur — ils appellent cela une faveur — que j'étais soumis au régime des proscrits politiques. Mais dès qu'il s'agissait de l'application d'une règle internationale, je retombais sous le coup des lois de droit commun, j'étais un forçat... rien de plus...

« C'est ce que comprit Titi... et m'ayant interdit toute protestation en engourdissant mon intelligence dans une ivresse stupide, il se donna hardiment pour Jean Rabolet... par malheur, l'officier français ne nous connaissait ni l'un ni l'autre... il crut sur parole mon pauvre Titi, qui d'ailleurs avait joué la comédie sublime avec une habileté consommée.

« Trente-Deux seul aurait pu le démentir, faire échouer son plan... mais Titi l'avait fasciné, ensorcelé... il laissa faire. Le lendemain et avant que l'erreur eût été reconnue, nous partions pour New-York sur un navire hollandais...

« Je n'avais pas conscience de moi-même, le singulier poison que j'avais avalé m'avait laissé une fièvre ardente, et pendant plus de trois mois, il me sembla que je marchais dans un rêve... Je n'avais plus de souvenirs, plus d'idées nettes.

« Enfin quand je recouvrai la santé, ma première question fut celle-ci :

« — Où est Titi?

« Trente-Deux fut contraint de tout m'avouer. Vous qui m'avez connu autrefois, vous ne doutez pas, n'est-il pas vrai ? que ma première pensée fut de retourner à Cayenne, de me livrer à la place de celui qui m'avait donné plus que sa vie... mais je dus me rendre aux raisonnements de mon camarade...

« On m'eût repris, et Titi n'aurait pas été libre.

« Le mieux, c'était d'employer tous les moyens en mon pouvoir pour adoucir le sort de Titi et de l'aider à reconquérir la liberté. Pour cela il fallait de l'argent. Il fallait travailler. Le hasard me favorisa. Je suis, vous le savez assez habile au métier de serrurier, moins que Titi, il est vrai!... Mais il avait la science infuse, lui!... Il se trouva que la serrurerie était presque à l'état d'enfance... En moins de six mois, j'amassai une somme considérable, 3,000 dollars, ce qui représente plus de 15,000 francs. Je m'occupai aussitôt des moyens de faire parvenir à Titi une forte partie de cet argent.

« J'eus grand'peine, vous le comprenez, à me procurer les indications nécessaires. Mais quand je fus parvenu à établir des relations sûres avec la Guyane, j'appris — et sans grande surprise, je vous le jure — que Titi s'était évadé.

« Où était-il allé?

« Je n'étais resté en Amérique que pour être plus près de lui, je résolus de revenir en France, à tous risques. Du reste, je supposais bien qu'on m'avait oublié.

« Je fus encore retenu pendant près de quatre mois par la maladie de mon pauvre Trente-Deux... J'eus la douleur de le voir mourir, lui aussi, comme celui que nous appelions le Squelette... Il était dit que des trois victimes d'un ambitieux criminel, un seul toucherait le sol bien-aimé de la France...

« Je réunis toute ma petite fortune, puis je vins en France ; là, j'allai trouver un ancien mécanicien, ami de mon père, et je lui dis franchement qui j'étais...

« Il me plaça lui-même dans la maison où je travaille aujourd'hui, et où j'ai obtenu rapidement le poste de contre-maître...

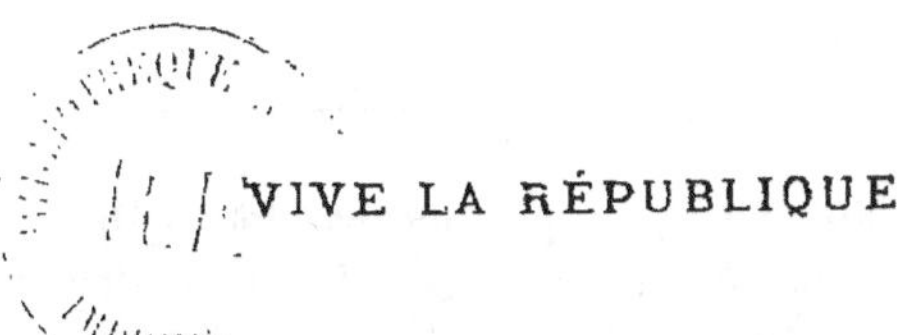

ELLE SE LAISSA GLISSER HORS DE LA FENÊTRE.

« A peine avais-je atteint Paris, que je vous cherchai... Hélas ! comment découvrir vos traces... Je ne désespérai pas ! Je me sentais patience et courage... et vous voyez que j'avais raison, puisque nous voilà réunis !...

« Hélas ! pourquoi ne puis-je pas dire... à tous ceux que j'aime !... car vous le comprenez il me manque... lui... mon gamin chéri, mon Titi... »

Il passa la main sur son front :

— Je suis presque riche, j'ai vingt-cinq mille francs... Père, je sais que vous êtes blessé... vous ne pouvez plus travailler... vous me traiterez comme votre fils, n'est-ce pas?... Ce que j'ai est à vous...

— Je ne puis accepter, dit Calertin avec embarras ; je ne saurais comment te rendre...

— Et moi j'accepte, dit vivement Marie. Et si Jean y consent, ce sera...

Elle baissa la voix et dit :

— Une avance sur ma dot !,..

Jean poussa un cri de joie :

— Quoi ! Marie ! vous consentiriez !...

— Vous en avez douté ! fit la jeune fille. Oh ! c'est mal !...

— Non ! vous avez raison ! je croyais en vous... je vous aimais tant !...

Calertin releva tout à coup la tête :

— Jean, dit-il brusquement, j'accepterai ton offre, mais nous avons à causer ensemble... longuement... sérieusement...

Jean le regarda. Et subitement il se sentit pâlir.

Des souvenirs effacés revenaient en foule dans son esprit. Une fois déjà, quand il avait parlé de son mariage, Calertin avait prononcé des paroles mystérieuses...

Est-ce que les suppositions, les déductions de Titi étaient justes?... Jean sentit une âpre douleur serrer son cœur. Cependant, faisant bonne contenance :

— Demain, nous causerons, dit-il, aussi sérieusement que vous le voudrez...

— Quelle heure est-il donc? demanda Calertin.

Jean tira sa montre :

— Onze heures précises... Je me sauve... Je loge dans un petit appartement de l'avenue, et monsieur mon concierge n'aime pas que je rentre tard

Les adieux furent tristes ; mais du moins on se disait au revoir.

Noëla posa sa main sur le bras de Jean :

— Monsieur Jean, dit-elle, il faudra retrouver Étienne, n'est-ce pas?

— Oh ! je vous le jure !... ce sera le but de ma vie...

— Et que ce ne soit pas trop long, fit Noëla; car... je ne pourrais peut-être pas attendre...

Jean interrogea du regard Marie, qui mit son doigt sur ses lèvres.

Jean sortit... l'incendie avait été éteint en quelques minutes. Tout était calme.

— Père, dit Marie à Calertin, je suis bien heureuse !...

Il la regarda, entr'ouvrit les lèvres comme pour dire quelque chose, puis se ravisant :

— Enfants, dit-il, aidez-moi à me coucher... et reposez-vous... à demain les affaires sérieuses.

A ce moment, ce que nul ne vit, c'est que, tandis que le hasard avait placé le visage de Noëla en pleine lumière, la vieille ivrogne, qui avait ouvert les yeux, les tenait ardemment fixés sur elle...

La jeune fille s'étant retournée de son côté... elle les referma brusquement...

IV

OU LA RIBOTE S'ÉVADE

La nuit était profonde. Après les émotions qui s'étaient abattues sur la paisible maison du vieux charpentier, l'obscurité et le sommeil étaient une double accalmie.

Le sommeil ! mais pour tous les habitants de cette modeste demeure, it s'était montré longtemps rebelle...

Depuis que Calertin avait vu surgir en face de lui celui qu'il désespérait de revoir jamais, il semblait que dans son cerveau, ainsi que dans une horloge depuis longtemps arrêtée, les rouages eussent tout à coup repris leur marche régulière.

En vérité, le mutilé s'était jusque-là en quelque sorte reposé dans son impuissance. Nous l'avons déjà expliqué, ceux dont le cerveau est atteint se laissent engourdir dans un demi-sommeil. La réaction leur causerait un effort douloureux. Mais vienne une commotion, et alors de nouveau le sang afflue sous leur crâne, et les impressions se dessinent plus nettes et plus vives, disons même plus douloureuses.

Ainsi de Calertin. S'il était heureux — plus qu'il n'aurait pu l'espérer — de la résurrection de Jean, en même temps s'était imposée à lui la nécessité d'un aveu qu'il avait bien longtemps retenu sur ses lèvres, et qui, aujourd'hui, peut-être, lui paraissait plus pénible encore... mais il ne pouvait plus reculer... et le vieux charpentier ne dormait pas.

Non plus ne dormait Marie. Oh ! en elle, il n'y avait point de doute, point d'arrière-pensée. Elle était certaine que ce qui venait de se passer n'était pas un rêve.

Oui, c'était bien l'ouvrier honnête et courageux auquel dès longtemps elle avait donné toute sa conscience ; c'était bien Jean, dont elle n'avait jamais voulu admettre la mort, c'était bien l'époux choisi qui, tout à coup, était apparu devant elle... toujours le même, avec son regard franc et clair qui laissait lire jusqu'au fond de son âme, avec sa voix mâle qui donnait aux mots d'amour je ne sais quelle sonorité pénétrante qui émouvait et persuadait à la fois.

Elle ne dormait pas ; mais elle se laissait bercer dans son bonheur, sans crainte maintenant, voyant fuir le hideux fantôme de la misère, rassurée pour elle-même — mais surtout pour tous ceux qu'elle aimait...

Et Noëla veillait aussi.

Mais la fille des Courtraige aurait eu peine à traduire les émotions qui serraient son cœur. Celle-là se sentait mourir : comme l'eau qui filtre goutte à à goutte d'un vase brisé, elle savait que la vie s'en allait d'elle.

Hier elle était résignée : aujourd'hui elle éprouvait une révolte. Pourquoi? C'est que, sans qu'elle se le fût avoué jusqu'ici, elle avait gardé, à la fois étrange et doux, le souvenir de cet être bizarre, fou de témérité, grotesque d'audace, comique dans sa bonté, qui s'était deux fois jeté dans sa vie... la première fois, alors qu'elle l'avait vu risquant sa vie pour sauver un cadavre ; la seconde fois, quand il l'avait arrachée au misérable qui la brisait sous sa féroce brutalité...

Titi ! ce nom la faisait sourire et pleurer à la fois. Elle lui trouvait je ne sais quel écho burlesque et tendre à la fois... Et voici qu'elle apprenait tout à coup que le gamin, — devenu homme — avait accompli un acte sublime !...

En raison de sa nature exaltée, en raison surtout peut-être de la fièvre mortelle qui déjà courait dans ses veines, elle se sentait saisie d'enthousiasme. Et là-bas, au milieu des tortures, des périls sans cesse renaissants, Titi prononçait son nom, l'invoquait!

Noëla fermait à demi les yeux et posait ses deux mains sur son cœur, surprise de le sentir battre si vite...

L'heure passait. Peu à peu cependant toutes ces pensées s'éteignaient comme des lampes vacillantes...

Et pourtant, ce n'était pas seulement Calertin, ce n'étaient pas seulement Marie et Noëla qui veillaient...

En bas, dans la petite pièce qui donnait sur le perron de pierre, la vieille femme — celle qu'on appelait la Ribote — se dressait lentement sur son lit...

On lui avait laissé une veilleuse : et longtemps on avait épié, attentivement, si par quelque plainte elle appelait du secours.

Elle était restée immobile. Pas un soupir ne s'était échappé de sa poitrine. Peu à peu les fumées de l'ivresse se dissipaient : non qu'il lui fût possible de revenir complètement à son état normal. Tout l'organisme saturé d'eau-de-vie était la proie du démon Alcool. Mais dans ce cerveau abruti, une idée avait surgi, une révélation avait tout à coup éclaté.

Et la Ribote avait formé un projet qu'il lui tardait de mettre à exécution. Seulement, patiente, elle attendait que la force lui revînt.

Enfin les premières lueurs du jour pâlirent derrière les rideaux

Ce fut alors que la vieille femme, avec une lenteur calculée, se leva doucement. D'abord elle s'appuya sur son coude. Elle regardait autour d'elle et passait ses doigts maigres dans ses cheveux gris. Peut-être se demandait-elle si elle n'avait pas rêvé, si tout ce qui s'était passé depuis le soir n'était pas une illusion de l'ivresse.

Mais un sourire crispa sa lèvre. Elle reconnaissait la pièce où elle se trouvait. Elle se souvenait de l'incendie, du sauvetage... et puis d'autre chose...

Alors elle eut un geste de résolution.

A ces premières clartés de l'aube, l'insomnie s'enfuit. Calertin et les deux jeunes filles dormaient maintenant d'un sommeil profond.

Cependant ce fut avec d'extrêmes précautions que la vieille femme posa ses pieds sur le plancher.

Elle se tint debout, s'essayant en quelque sorte à l'équilibre. Sa tête était lourde, sa bouche sèche. Elle avait aux membres une sorte de paralysie. Mais tout cela se dissiperait, il le fallait. Je ne sais quel espoir, quelle volonté subite rendaient la force à ses membres débiles.

Elle ajusta à la hâte les vêtements qui la couvraient, haillons par la sordité plutôt que par la misère. Cette femme ne manquait peut-être pas de ressources, mais les habitudes d'ivrognerie lui avaient enlevé toute idée de soin d'elle-même.

Son masque étiré rappelait la face effrayante des sorcières de la légende.

Elle vint à la fenêtre et écarta les rideaux. A travers les arbustes du jardin, elle vit la cité solitaire. Il devait être environ quatre heures. Le travail à cette heure se repose encore des fatigues de la veille et reconquiert les forces pour la tâche du lendemain.

La vieille posa la main sur l'espagnolette. Elle voulait sortir et ne se souciait pas de risquer l'ouverture des portes qu'elle supposait avec raison soigneusement fermées.

Elle était au rez-de-chaussée. L'évasion était facile. Elle agit avec une lenteur si bien calculée que pas un bruit ne grinça. La fenêtre s'ouvrit.

Elle passa la tête au dehors, et, se penchant, regarda. Les fenêtres du premier étaient fermées. De là, elle ne serait pas vue. Alors, avec une agilité qu'on n'aurait certes pas devinée en elle, elle se glissa sur le balcon de la fenêtre, se cramponna, parvint à tourner sur cet appui, puis, se soutenant des poignets, elle se laissa tomber... si légèrement que le choc fut à peine perceptible.

Elle resta un instant immobile... attendant.

Rien ne bougea. Le plus fort était fait.

Elle traversa le jardin, courbée, presque rampant, et atteignit la grille extérieure. Elle était fermée par un verrou qu'il lui fut facile de faire mouvoir dans sa gâche.

Elle se trouva dans la cité.

Elle regarda encore une fois derrière elle. Tout était silencieux. Alors, sans perdre une minute, elle marcha rapidement vers l'avenue de Clichy.

Une buée blanchâtre s'élevait en brouillard au-dessus de la route grise. Déjà les débits de vin s'ouvraient. La Ribote prit le milieu de la chaussée et se dirigea du côté de Paris. En vérité, on eût dit qu'elle rajeunissait. Sous l'air un peu vif du matin, sa face perdait sa lividité jaune. Sa taille se redressait. C'était une métamorphose et une résurrection...

Quand elle eut atteint la Fourche, elle s'arrêta. Là, une fontaine jaillissait. Elle y plongea les mains, se rafraîchit le visage, et respira largement. Ses regards tombère t sur ses guenilles :

— Me recevra-t-on ? murmura-t-elle...

Elle s'assit sur une borne, réfléchissant.

Soudain son visage s'éclaira. Elle venait évidemment de prendre son parti. A ce moment, une voiture sortant du dépôt de la rue Cardinet parut au coin de la rue d'Orléans.

Elle plongea sa main dans sa poche et en tira une bourse grasse et sale.

— Encore quelques francs ! fit-elle. Allons ! je crois que ce sera un bon placement...

Elle appela le cocher, qui tout d'abord lui jeta un regard dédaigneux.

— Je paye d'avance, dit-elle, et avec un bon pourboire.

— En ce cas-là, ma petite mère, grimpez là-dedans... Où allons-nous ?

Elle lui mit quatre francs dans la main, puis, lui ayant jeté une adresse, elle se laissa tomber sur les coussins en ricanant :

— Hé ! hé ! murmura-t-elle, le sort de cette pauvre Céline pourrait bien changer du tout au tout... Je tiens ma revanche.

Où allait cette femme? Quelle était-elle? quel projet avait germé dans cette tête d'ivrogne, c'est ce que nous saurons bientôt...

V

LE PETIT-VIEUX DU CHATEAU-ROUGE

Avant de satisfaire la curiosité du lecteur, il faut solliciter son attention d'un autre côté et déplacer le lieu de la scène.

Qu'il veuille bien nous suivre dans un quartier qui, depuis l'époque où se passent les faits actuels, a grandement changé de physionomie, et qui a même perdu le nom singulier dont on l'avait affublé.

La partie de la banlieue qui s'étend de l'église de Montmartre à la rue des Poissonniers, et qui traversait, montant vers le nord, la chaussée Clignancourt, s'appelait alors la France nouvelle. C'était un parallélogramme, clos au sud par le boulevard extérieur, au nord par la rue Marcadet.

Au milieu des rues enchevêtrées, le Château-Rouge, lieu de plaisir relatif dont toute description serait inutile, dressait ses bannières à hampes dorées, son portique aux tons criards, oasis de la *nopce* au milieu de ce quartier de misère.

Or, chaque matin, en mai et en juin 1857, l'observateur qui aurait eu la pensée de parcourir ces localités où la fantaisie et la curiosité trouvent toujours abondante récolte, aurait été témoin d'une scène véritablement curieuse.

Dès que venait le jour, alors que du fond de Montmartre, travailleurs et ouvrières commençaient à descendre vers la grand'ville, s'arrêtant, les uns pour *tuer le ver*, les autres pour répondre à quelque gaillardise, on voyait, gravissant la chaussée Clignancourt, surgissant des rues transversales — de la Nation, Saint-André, des Vinaigriers, etc. — une nuée de petits bonshommes en guenilles, aux pieds nus, aux cheveux embroussaillés, mais ayant tous le nez au vent, la bouche fendue en un rire gai, cabriolant, rigolant pour tout dire d'un mot, se poussant, insoucieux du ruisseau ou du tas d'ordures — bref, la horde la plus étrange, la plus pittoresque qui ait jamais pu tenter la verve d'un élève de Callot.

Le plus âgé n'avait pas douze ans. Il y en avait de bruns, de blonds, de roux... et même des albinos aux yeux rouges. Ce qui manquait le plus était le fond de culotte, et, sauf votre respect, plus d'un pan de chemise faisait bannière au vent.

Et le sexe faible était représenté dans cette foule pâlotte.

Mme la Gamine, traînant des savates ou meurtrissant ses petits pieds aux pavés, n'était pas la moins alerte, ni la moins querelleuse. S'il survenait quelque obstacle qui arrêtait sa course, elle griffait de ses petits ongles pour s'ouvrir un passage. Il y avait des lambeaux de châles sur des restes de robe, et à travers ces haillons, de la chair fraîche et rose qui grésillait au vent du matin.

Où allait tout ce petit monde? Voici...

Au coin de la rue du Château-Rouge, une maison basse, à un étage, et qui devait se composer en tout de deux pièces, attenait à une sorte de hangar fermé qui, aux temps passés, avait dû servir de magasin à quelque menuisier.

Or, quand les plus agiles avaient atteint le coin en question, ils s'arrêtaient devant une porte en bois qui devait donner accès dans ledit hangar. Et là, c'étaient des cris, des appels. Les plus prudents, sachant que la porte n'ouvrait qu'à sept heures précises, s'écartaient un peu pour faire une partie de bloquette ou de marelle.

Pendant ce temps-là, les retardataires arrivaient. Le groupe se corsait. Il y avait quelques taloches échangées, on se bousculait bien un peu...

Enfin à quelque horloge voisine, résonnait le premier coup de sept heures.

Silence sur toute la ligne.

Et au moment où s'éteignait le dernier écho du septième coup, une voix criait de l'intérieur :

— Pas de chahut! ou je cogne...

Alors un espèce d'ordre relatif s'établissait et la porte s'ouvrait.

Sur le seuil apparaissait celui qu'on connaissait dans le quartier sous le nom du Petit-Vieux du Château-Rouge, c'est-à-dire un personnage haut de cinq pieds tout au plus, enveloppé dans une houppelande qui lui tombait jusqu'aux talons, le crâne couvert d'une casquette à oreillettes qui ne laissait passer que quelques mèches de cheveux gris.

Sur un nez très long, des lunettes juchées cachaient le front et les tempes sous des coques de soie verte. Il faut croire que ce personnage était atteint d'une terrible affection oculaire, et cependant si on eût regardé de très près, à travers les verres, — vert-bouteille, — de ses lunettes, on aurait surpris un rayonnement de prunelles actives qui aurait fait tout au moins espérer une prompte guérison.

Certes, il paraissait bien cassé, bien usé, et ses membres grêles ne semblaient annoncer que la débilité du vieillard.

Cependant, si d'aventure les moutards, ne tenant pas compte de l'injonction qui leur était adressée se ruaient avec toute la *furia* gaminesque, alors le pauvre petit vieillard en prenait un de chaque main par le collet de sa blouse

LE DONNEUR DE SOUPES.

et, se servant de leur corps comme d'un bélier antique, cognait comme il l'avait annoncé sur les impatients..

Effet certain.

— Allons, mauvaise troupe, disait alors le Petit-Vieux en riant, soyons sages ! et à la soupe !

Alors tous pénétraient dans le hangar dont nous avons parlé et qui était ainsi meublé :

Une longue table double régnait dans toute la longueur et, autour des bancs étaient solidement fichés dans le sol battu. Et — voici le prodige ! voici la merveille ! — de place en place, d'énormes terrines laissaient échapper les flocons blancs d'une fumée odorante, tandis que sur le bord des tables, des bols de faïence semblaient frissonner d'impatience en attendant qu'on les remplît...

Ce n'était pas long d'ailleurs.

Le Petit-Vieux, avec une agilité qu'on n'aurait certes pas devinée en lui, faisait le tour des tables ; la large cuiller d'étain plongeait dans le liquide, bondé de pain et graissé de beurre... et il y avait des légumes, des choux, des carottes, des poireaux...

Et c'était plaisir de voir toutes ces joues se gonfler pour souffler, toutes ces bouches s'ouvrir larges et appétissantes...

— Qui veut une seconde tournée ? criait le Petit-Vieux.

Les bols se tendaient.

On ne lésinait pas. Au contraire.

— Eh ! toi !... l'enflé ! pourquoi que tu n'en reprends pas ?... t'as donc fait fortune ! il faudrait peut-être des truffes à monsieur ! mange, mon gros ! gave-toi !... car peut-être...

Ni toi ni moi, n'en mangerons demain...

C'était un quart d'heure gargantuesque, les gamins s'évertuaient à qui mieux mieux.

Cette soupe matinale, — chaude, grasse et copieuse, — représentait pour la plupart — pour tous, dirions-nous plus justement, — le plus clair du fameux pain quotidien dont parle l'oraison dominicale.

Un beau jour, ils avaient découvert cela, le Petit-Vieux jouant au Manteau bleu,

Découvert n'est pas l'expression juste. En vérité ils avaient été recherchés, appelés. Un peu partout, le Dieu-Soupe leur était apparu, sous forme de démon tentateur.

On ne leur demandait pas d'argent, bien mieux, on ne leur imposait aucune condition.

Seulement, le Petit-Vieux, sous ses lunettes vertes, semblait doué d'une perspicacité quasi fantastique.

Tandis qu'il faisait le tour de la table, interrogeant celui-ci, interrogeant celui-là, il paraît qu'il faisait un choix... Dans quel but? dans quel sens? c'est ce que personne ne savait.

Seulement une boutade spirituelle, un élan qui prouvait de l'énergie — pardon! du chien, — semblaient lui plaire tout spécialement.

Le gamin qui avait prouvé, par une réplique, par un récit vivement conté, était certain, à la fin du repas, de s'entendre appeler.

Le Petit-Vieux l'introduisait dans la maison qui attenait au hangar. La porte se refermait sur eux. Les autres curieux auraient donné je ne sais quoi pour savoir ce qui se manigançait là-dedans.

L'entrevue mystérieuse durait plus ou moins longtemps.

Quand le moutard sortait, il était assiégé de questions.

Il arrivait bien souvent qu'à cette interrogation :

— Qu'est-ce qu'il t'a dit?

Il répondait tout simplement :

— Il m'a fait un tas de morale... m'a demandé ce que faisait papa, ce que faisait maman...

— Et c'est tout?

— C'est tout!

— Oh! la, la! malheur!

D'autres fois, le moucheron sortait d'un air de componction assez énigmatique. Et si on l'interrogeait il répondait :

— Des nèfles! ça ne vous regarde pas!...

Le nombre de ces derniers était très restreint. Il paraît qu'il n'était pas si facile qu'on pouvait le supposer de devenir le confident du donneur de soupes.

Ils étaient tout au plus une douzaine sur les cinquante ou soixante, qui venaient tremper leur museau dans la soupe du Petit-Vieux, qui étaient admis à l'honneur de ce qu'ils appelaient « le cabinet. »

Ce terme résumait pour eux toutes les idées tabernaculaires du *sanctum sanctorum* où les privilégiés étaient parfois appelés.

Chacun d'eux répondait à un numéro. Or, comme chez les enfants de toute catégorie et surtout chez le gamin parisien, l'amour-propre existe à doses énormes, il n'en était pas un qui n'eût accompli quelque sacrifice pour entendre le Petit-Vieux crier à la fin du repas :

— Le vingt-sept, dans mon cabinet!

Et il fallait voir l'air fier et quelque peu dédaigneux de ceux qui étaient ainsi élus... C'était surtout quand ils revenaient! Pour le coup, le roi n'était pas leur oncle...

Que se passait-il dans ce mystérieux réduit?

C'est ce que nous allons savoir.

Donc ce matin-là, la soupe absorbée, le Petit-Vieux disparut un instant. Puis il revint, et du seuil de la porte, il cria :

— Qui veut me parler?...

Une voix répondit, glapissante et empressée :

— Moi!...

— Numéro?...

— Onze!...

— Bon! ne t'en va pas! je t'appellerai!... C'est tout? Personne n'a rien à me dire?

Un silence général fut la seule réponse.

Alors le Petit-Vieux chiquenaudant ses lunettes, reprit d'un ton impératif :

— Le 5, à l'ordre!

— Voilà, m'sieu!...

— Passe, fit l'étrange personnage en s'écartant. Puis se tournant encore vers les *soupiers*, le 36, le 48 et le 49 ne s'en iront pas sans me parler...

— Non! m'sieu! crièrent trois voix.

— Les autres sont libres... Seulement si le 22 veut, j'ai quelque chose à lui dire...

— Si je veux, je vous épluche! cria le 22.

Le Petit-Vieux eut un rire silencieux, et reprit :

— Alors reste aussi. Les autres, à la volée!... et à demain!...

Un petit, aux cheveux rouges et tout ébouriffés, s'approcha de lui :

— M'sieu, dit-il, papa m'a dit de vous remercier...

— Me remercier? de quoi? pourquoi? j'ai pas de temps à prendre pour absorber de la reconnaissance ..

Il s'exprimait drôlement, ce Petit-Vieux.

— Dame! m'sieu! il s'est cassé la jambe et vous lui avez envoyé cinquante francs...

— Parce que ça m'a plu! s'il s'en casse une autre, je lui enverrai cent francs... Si ça lui va, c'est affaire faite!...

Le petit avait l'air tout embarrassé.

Le Vieux lui tapota les joues, et ajouta :

— Voyons! est-ce que tu n'as rien de plus à me dire?

Le gosse fit un pas en arrière, se campa sur les reins, — il avait bien neuf ans! — prit une pose d'orateur que lui eussent enviée Casimir Périer ou le général Foy, et montant sa voix à la tonalité aiguë :

— M'sieu, dit-il, y a des choses qui sont pas à faire!...

— Hein? fit le Petit-Vieux avec un soubresaut de surprise.

— Non, m'sieu! c'est pas de jeu! on n'humilie pas les gens!...

— Ce qui veut dire!...

— Ce qui veut dire ça... C'est que vous êtes bon comme du pain mollet... que vous nous fichez des soupes à gueule que veux-tu?... que si les parents sont malades, vous leur collez des médecins, des médicaments... un tas de bibelots, quoi!... que je vois d'ici l'Enrhumé, à qui vous avez payé son terme...

— Ça, c'est vrai! rauqua celui qu'on désignait sous le sobriquet de l'Enrhumé, et dont l'organe n'était rien moins que velouté, sans vous, on nous flanquait sur le pavé...

Le Petit-Vieux eut un geste de protestation modeste...

— Et Rafaleux! qu'est là-bas!... qu'est-ce qui l'a tiré de la préfecture où on l'avait emmené?...

— C'est le môsieu! cria Rafaleux.

— Et Muflon!... qu'est-ce qui lui a donné cent sous pour rembourser le marchand qui l'avait pigé... un jour qu'il s'était égaré sur son étalage?

— C'est le môsieu! cria Muflon.

— Ah çà! auras-tu bientôt fini? s'écria le Petit-Vieux qui avait l'air furieux.

— J'ai pas fini! et v'là pourquoi! c'est que nous ne sommes pas des moules! quand on nous fait du bien, nous voulons le rendre!... pourquoi que vous ne nous demandez rien, à nous!... vous avez eu des chagrins... des embêtements... ça se sent, ces choses-là!... eh bien! s'il y a quelque chose à faire pour vous tirer de la... mélasse, nous sommes bons là!... Pas vrai! les amis, que vous voudriez vous faire casser la gueule pour le Petit-Vieux!

— Oui! oui! crièrent cinquante voix.

Le Petit-Vieux imposa silence d'un geste :

— Mes bons petits mouchaillons! dit-il, vous êtes de bonnes pâtes... et vous me faites un vrai plaisir... c'est çà! faut pas être ingrats... mais ne vous épatez pas, le jour viendra où j'aurai besoin de vous... et alors, hop-là!... toute la gaminerie sur le pont! vous serez solides au poste!

— Ah! je te crois! s'écria celui qui portait la parole et qui dans son enthousiasme s'oubliait jusqu'à tutoyer le bienfaiteur...

— Restez tranquilles, crapauds de mon cœur!... un de ces quatre matins, je vous ferai signe...

— Et il y en n'aura pas un qui flanchera! n'est-ce pas, les camarades?...

— Non! non!...

— Merci! ça se trouvera à l'occasion! vous êtes de bons gars, quand vous avez le ventre plein! reprit le Petit-Vieux. Pour l'instant, allez chacun à vos affaires... et surtout pas de bêtises!... Voyez-vous, mes petits!... soyez d'honnêtes garçons... allez, furetez, fouinez à droite et à gauche, mais soyez comme les moineaux, ça grapille, mais ça ne vole pas !... à demain matin, et bonne chance !..

Un instant après, tous les gamins disparaissaient, à l'exception de ceux que le Petit-Vieux avait retenus, c'est-à-dire le 11, qui avait demandé audience, le 36, le 48, le 49 et le 22, dont il avait réclamé la présence...

Ils étaient en rang devant la porte intérieure...

Le Petit-Vieux passa devant eux :

— J'expédie le 11, dit-il, et je suis à vous...

Il entra...

La porte se referma sur lui...

VI

POLICE SECRÈTE

Le logement du Petit-Vieux se composait, au rez-de-chaussée, d'une assez spacieuse antichambre, dans laquelle ouvrait la porte de la rue, garnie d'un judas indiquant, à n'en pas douter, que le mystérieux personnage n'aimait pas les indiscrets et ne donnait audience qu'à bon escient.

A cette antichambre, qui servait de salle d'attente, attenait le cabinet de *Monsieur*.

Prière de ne pas supposer que ce mot de cabinet, qui a des allures ministérielles, ne soit mis là que par euphémisme. Point. Le Petit-Vieux avait très réellement un cabinet, avec bureau couvert d'un drap vert, un fauteuil directorial, des banquettes le long des murailles.

En face du bureau, un casier à cartons verts et à étiquettes.

A côté, une carte, de celles qu'on appelle planisphères et qui représentent l'univers entier. Un peu plus loin, une autre carte contenant les trois Guyanes.

Le Petit-Vieux avait arrêté dans l'antichambre sa clientèle impatiente : puis ouvrant la porte de son cabinet !

— Allons ! le onze ! enlevons ça !

Le gamin entra. Le patron s'assit dans son fauteuil, et assujettissant ses lunettes sur son nez :

— Voyons, petiot ! qu'est-ce que tu as à me dire ?

Celui-là avait dix ans à peine. C'était un gros garçon joufflu, aux petits yeux émerillonnés. Il tortillait entre ses doigts un morceau de casquette, orné d'un morceau de visière.

— D'abord mouche-toi ! fit le maître. Et puis aie la bonté de mettre ton

embarras dans ta poche et ton mouchoir par dessus... Je n'ai pas de temps à
perdre... de quoi s'agit-il ?... ton père ?...

— Oh ! père va mieux !...

— Très bien. Et ta mère ?...

— Elle a trouvé de l'ouvrage...

— Alors... tout est pour le mieux... Tu n'as donc rien à me demander...

— Au contraire, m'sieu !

— Ah bah ! Eh bien ! mon petit, quand on a quelque chose sur le cœur,
on dégoise tout de suite... ça soulage.

— Je vas vous dire ça... Mais vrai ! vous m'intimidez !

Le Petit-Vieux mit sa main devant sa bouche, comme pour cacher un
sourire. Puis :

— Ne t'épate pas, mon bonhomme ! tu sais bien que je ne suis pas un
avale-tout-cru !

— Oh ! non, vous êtes bien bon !

— Moins bon que ma soupe... mais nous ne sommes pas ici pour nous
faire des compliments... vas-y de ta claquette !...

Le petit se dandina un instant sur ses jambes, puis, prenant tout à coup
son courage à deux mains :

— Vous m'avez dit un jour comme ça : connais-tu la rue Saint-Lazare ?...
J'ai répondu : Oui !...

— Très exact.

— Vous avez ajouté : au numéro 23, il y a un bonhomme qui m'intéresse,
qu'on appelle Victor... Victor de Landogne.

Le Petit-Vieux eut un soubresaut attentif.

— Continue, petit. Tu commences à m'intéresser...

— Et, avez-vous dit encore, si tu peux me dire quelque chose sur ce
qu'il fait, tu me feras plaisir...

— Alors, toi qui es un bon petit gars...

— Je me suis arrangé pour guigner le monsieur...

— Et comment as-tu fait ?...

— J'ai pris une place...

— Hein ?...

— Oui, m'sieu, juste en face du 23 de la rue Saint-Lazare, il y a une
fruitière qui va à la halle tous les matins... elle rapporte des tas de légumes...
alors je me suis présenté comme éplucheur...

— Tiens ! mais ça n'est pas trop bête, ça !

A cet éloge, le petit se rengorgea...

— Si bien que tous les jours, avant de venir ici, à cinq heures du matin,
je dévale à la rue Saint-Laz... et je m'installe devant la porte de la fruitière...

elle me donne un panier de pois, de haricots, ce qu'il y a en saison... quoi !
et je vous épluche la chose... avec chic, je m'en vante...

— Et pendant ce temps-là, tu guignes la maison du nommé Victor...

— Un peu... que je dis !... d'abord je me suis arrangé pour le connaître,
un grand, maigre, qui est habillé... oh ! mais là !... dans le chic, et qui doit
faire une noce d'enragé...

— Bon ! ça ne m'étonne pas... après ?...

— Or donc, ce matin... sur le coup de cinq heures et demie, voilà qu'il est
revenu chez lui en coupé...

— A cette heure-là !...

— Oui, il avait une tête toute drôle ; il a sauté de la voiture... et j'ai vu
qu'il était vert... Il avait passé la nuit je ne sais où... ça n'était pas la première fois, d'ailleurs... et ça ne m'aurait rien fait... mais il s'est passé quelque chose de drôle...

— Voyons ça !

— Il s'est arrêté un instant avant de rentrer chez lui... il ruminait... Enfin
il s'est approché du cocher et lui a dit : A trois heures, pour aller au bois ! —
Bien, monsieur le baron ! a fait le cocher. — Et il a ramassé les guides en
claquant de la langue... l'autre est alors revenu vers sa porte... mais au moment
où il allait sonner, voilà que, du bout de la rue Saint-Lazare, une autre voiture arrive à fond de train... le Victor tourne la tête... et il devient encore
plus vert... la voiture qui arrivait avait une livrée... Je ne sais pas ce qui lui
passait par la tête, mais il n'avait pas l'air à la noce... on aurait dit qu'il avait
peur... Alors, que je me disais, pourquoi qu'il ne rentre pas chez lui !... toujours est-il qu'il hésitait, qu'il piétinait... et, pendant ce temps-là, la voiture
s'arrête... un jeune homme, mis comme un prince, saute sur le trottoir et...

Le petit s'arrêta, comme s'il eût voulu ménager ses effets...

— Mais va donc ! et ?...

— Et, s'approchant de lui, lève le bras et du bout de son gant lui cingle le
bout du nez !...

— Pétard ! fit le Petit-Vieux. V'là que ça se corse !...

— J'ai cru qu'il y allait avoir du potin... j'ai fait ni une ni deux, j'ai lâché
les petits pois, et je me suis coulé dans le coin d'une porte... j'étais à deux
pas d'eux...

Le Petit-Vieux lui imposa silence d'un geste. Puis il ouvrit un tiroir, y prit
une belle pièce de deux sous et la lui mettant dans la main :

— Tu es un malin ! vas... tu iras loin !... Culotte ton histoire !...

— Oh ! merci, m'sieu ! mais y a pas besoin de ça pour que je parle !...

— Les petits cadeaux entretiennent l'amitié. Donc, ils étaient comme ça,
tout près !...

— SI VOUS VOULEZ, IL Y AURA POUR VOUS UN OU DEUX MILLIONS.

— Sauf vot'respect, le Victor faisait une gueule!... je croyais qu'il allait se rebiffer... et je m'attendais à un crêpage de chignon numéro un... pas de ça... Il a dit seulement comme ça :

« — Monsieur !

« — Monsieur, a repris l'autre, vous êtes un voleur !...

« — Moi !... Cette insulte...

« — Vous êtes un voleur... Je vous ai surveillé toute la nuit... Vous trichez au jeu, et vous avez volé cette nuit plus de vingt mille francs !...

« — C'est faux... j'ai perdu !...

« — Vous en avez menti... et voici la première preuve !... »

« D'un tour de main, il a agrippé le gilet de Victor, dont les boutons ont décanillé, et v'là que de son poitrail sortent une cinquantaine de cartes qui tombent sur le trottoir !

— Bravo! cria le Petit-Vieux en battant des mains.

« Le Victor est resté de delà... mais subitement, il a fouillé dans sa poche, a tiré un portefeuille et, le tendant à son attaqueur :

« — Voilà l'argent, a-t-il dit, ne me perdez pas !...

« L'autre a pris, a compté, puis a dit :

« — Il y a là vingt-deux mille francs... mais hier vous en avez volé autant...

« — Ça n'est pas vrai !...

« — Voilà plus de deux mois que vous faites ce métier-là, vous n'avez pas toujours réussi... mais j'estime que vous avez gagné près de cinquante mille francs... c'est trente mille francs que vous redevez à vos victimes...

« — Mais je vous dis que c'est faux !... c'est la première fois !... »

L'autre a haussé les épaules. Puis très froidement :

« — Monsieur de Landogne, a-t-il repris, vous êtes le pire des bandits... Il est temps d'en finir avec vous... vous me connaissez, et vous savez que je ne prends pas d'engagement à la légère... ce soir, je restituerai, à ceux que vous avez dépouillés hier, ces vingt-deux mille francs... quant aux trente autres mille francs, voici ce que je veux. Vous viendrez au cercle avec la somme... je m'arrangerai pour que vous ayez en face de vous ceux que vous avez volés... vous jouerez... et vous perdrez !...

« — Mais je n'ai pas ces trente mille francs !

« — Vous les trouverez !...

« — C'est impossible !...

« — Alors je ferais savoir à tous qui vous êtes... Prenez-y garde !... ma parole ne sera mise en doute par personne... Du reste, cette nuit je n'étais pas seul à vous surveiller, je puis vous citer le comte de... et le duc de... qui vous ont vu faire des portées...

« L'autre s'est mis à gémir comme une moule.

« — Donc, choisissez, vous serez ignominieusement chassé... ou vous restituerez... Désormais vous vous abstiendrez de toucher une carte, et le secret mourra entre nous... Sinon, vous êtes perdu. . Choisissez !...

« — Mais... je ne peux pas ! trente mille francs !...

« — C'est mon dernier mot... Adieu, monsieur de Landogne !... et n'oubliez pas que si vous ne m'obéissez pas, c'est à coups de cravache que ie ferai justice...

« Le Victor était abruti. Il a pleuré, supplié ! J'ai vu le moment où l'autre exaspéré allait lui ficher des gifles... Enfin, il a promis ! Il s'exécutera... ce soir même...

« L'autre a regrimpé dans sa voiture et a filé... Le Victor était resté abasourdi contre la porte... Au lieu de rentrer, il s'est mis à se promener de long en large, un ours, quoi !...

« J'allais retourner à l'écossage, croyant que c'était fini... mais c'était le matin aux surprises...

— Attends, fit le Petit-Vieux. Tu parles tant que tu dois avoir le gosier sec.

— Le fait est que je licherais bien une goutte de quelque chose...

— Baoum ! servez !

Et le Petit-Vieux allant à une armoire dévoila, aux yeux éblouis du gamin, une rangée de bouteilles à étiquettes roses, bleues, dorées...

— Viens ici ! et choisis !

— Oh ! m'sieu...

— Sirop de groseille !... de citron !... de framboise.... d'ananas !...

— Oh ! d'ananasse ! articula le moutard avec une moue d'appétence folle.

— Pas dégoûté, le moucheron ! dit le Petit-Vieux, et, prenant un verre, il y versa quelque gouttes du précieux breuvage qu'il arrosa d'eau.

— A vot' santé, m'sieu !...

Le petit goûta, savoura, fermant les yeux, et quand il eut fini de boire, il lança sa langue au fond du verre pour pomper les dernières gouttelettes...

— Là ! maintenant, continue !... il y a eu encore quelque chose !...

— Et du drôle, bien vrai !...

— Allons ! vas-y !

— Tout ça, ça avait à peine duré un quart d'heure... quand v'là qu'une autre voiture défile la rue Saint-Laz...

— Sapristi ! c'est la matinée aux carrosses...

— Oh ! celui-là, un sapin... un échappé de ferrailleur... Le Victor qui arpentait le trottoir en se tapant le front et en se mordant les lèvres... ne l'apercevait même pas... mais v'lan ! voilà que la voiture s'arrête... et en

déboule une espèce de vieille... une carabosse premier numéro, qui va droit
au Victor et lui dit :

« — C'est moi ! il faut que je vous parle !...

« — Lui avait fait un bond en arrière... je crois qu'il avait encore peur
de recevoir des torgnioles...

« — Qui êtes-vous ? cria-t-il. Que me voulez-vous ! au large !...

« - - Vous ne me reconnaissez pas !...

« — Non !...

« — Céline... Céline Juzeau !... »

Alors il l'a regardée bien en face... mais qu'est-ce que vous avez donc,
patron ?... on dirait que ça vous fait tourner de l'œil... »

Le fait est que le visage du Petit-Vieux, ou tout au moins le peu qu'on en
apercevait, était devenu livide...

— Va ! parle ! continue ! fit-il, ne t'occupe pas de moi !...

— Mais vous n'allez pas bien !

Le Petit-Vieux courut à l'armoire en question, y prit une bouteille qui
contenait, non du sirop, mais du rhum, se versa une rasade, l'avala et
reprit :

— Fais pas attention ! j'ai mes vapeurs ! ça va mieux ! Donc elle a dit :
Céline Juzeau !

— Pas vrai que le sirop d'ananasse est un miel...

— T'en auras encore un verre... mais achève...

— Ça, ça ne sera pas très long.

« — Eh bien ! qu'est-ce que tu me veux, a-t-il dit brutalement.

« — Vous connaissez le duc de...?

« J'ai pas bien entendu le nom...

« — Parbleu ! a fait Victor.

« — Eh bien ! il m'a chassée ! il me laisse crever comme un chien !... et je
veux qu'il me donne de l'argent !

« — Ça ne me regarde pas !...

« — Si, car il vous en donnera aussi...

« — Hein ?

« — Si vous voulez, il y aura pour vous un... deux millions...

« Le bonhomme a fait un sursaut..... Dame ! vous jugez bien !...

« — C'est pas possible !

« — C'est si possible que je vais vous vendre un secret... Je veux cent
mille francs !

« — Je ne les ai pas !

« — Vous les aurez !

« — Quand ça ?

« — Après le mariage...

« — Quel mariage ? vous êtes folle !

« — Je ne suis pas folle du tout...

« Elle s'est alors approchée de lui, mais si près que je n'ai pu entendre ce qu'elle lui disait. Seulement il s'est redressé, lui a saisi le bras en prononçant un nom, et il l'a entraînée dans la maison...

Il y eut un moment de silence. Le Petit-Vieux semblait s'efforcer de refouler une émotion profonde. Enfin il dit :

— Et... ce nom, l'as-tu entendu ?...

— Oui... ou du moins il m'a semblé !...

— Et c'était ?

— Quelque chose comme... Noëla !

— Tonnerre de chien ! hurla le Petit-Vieux en assénant sur la table un si vigoureux coup de poing que le moutard, épouvanté, sauta en arrière jusqu'au mur.

Le donneur de soupes semblait transfiguré. Il s'était redressé et arpentait la pièce à grands pas, avec des gestes furibonds...

Il s'arrêta tout à coup devant le petit, puis, le prenant par la tête, il l'embrassa :

— Satané polisson ! fit-il, tu es le premier gars de France et de Navarre... Y a pas à dire !... tu auras le grand prix !...

— Quoi ! m'sieu ! les dix sous !

Il paraît que le Petit-Vieux avait institué un grand prix pour les actions d'éclat, lequel s'élevait à la somme mirifique de cinquante centimes...

— Oui, tu les auras ! tu les a gagnés ! Ah ! nom d'un chien ! enfin ! Bravo ! la police des gosses !... Je savais bien que ça enfoncerait tout !...

Il s'interrompit brusquement :

— Et tu n'as pas vu ressortir la vieille !...

— Non ! m'sieu !... c'était l'heure de venir ici... et puis ils étaient rentrés !

— Oui, tu n'as pas voulu perdre la soupe... Enfin, je ne peux pas t'en vouloir... et tu ne la connais pas !...

— Ça, je ne peux pas vous dire !

— Comment !

— C'est-à-dire que je ne suis pas sûr...

— As-tu un indice ! Mais parle donc, sacré morceau de salé !

Quand le Petit-Vieux était ému, son éloquence n'était pas, comme on le voit, absolument parlementaire.

L'autre, un peu troublé, reprit :

— Dame ! quand on ne sait pas, on ne sait pas!... Cependant je ne jurerais pas que je n'ai pas vu trotter cette vieille-là... au fond des Batignolles...

— Où ça ?

— Chez les mastroquets... C'est peut-être pas elle ! mais elle ressemble diablement à une espèce de sorcière, qu'une fois j'ai couru après avec les camarades, en criant à la chie-en-lit !...

— Bien !..... on verra !... Pour l'instant ! voyons !

Le Petit-Vieux réfléchit un instant :

— D'abord, v'là tes dix sous !...

— Merci, m'sieu !...

— Tu vas retourner rue Saint-Lazare...

— Très bien !... Je recevrai un poil de la fruitière, parce que j'y ai lâché ses haricots ce matin... Mais j'y ferai autre chose...

— Bon ! tu ne lâcheras pas !...

— Soyez tranquille...

— Si le Victor sort, tu le suivras... sans le perdre d'une semelle... et dès que tu sauras où il est, tu viendras m'avertir...

— Où ça ?...

— A côté de Notre-Dame-de-Lorette, où je cirerai les bottes !...

— Vous, patron !...

— Il n'y a pas de sot métier. Et puis ça ne te regarde pas !

— Non, m'sieu !...

— Et là-dessus, file. Tu n'as rien de plus à me dire...

— Rien !...

— Je n'ai pas besoin de te dire que si tu revois la vieille, c'est elle qu'il faudra suivre de préférence...

— Je céderai le Victor à un autre...

— C'est cela même... le mieux est d'aller deux... Attends !...

Le Petit-Vieux alla à porte.

— Hé ! le 22 !...

— Voilà ! glapit une voix aiguë.

Et un autre moutard, celui-là maigre et long, accourut à l'appel du père soupier.

— Écoute, dit le Petit-Vieux, tu as bonne envie de travailler...

— De tout mon cœur...

— Tu es futé, tu me vas !... je n'ai pas le temps de te faire de phrases... V'là le n° 11... tu iras avec lui...

— Je veux bien...

— Et tu lui obéiras sans broncher... tu entends, n° 11, te voilà caporal... celui-là est ton soldat...

Le n° 11 alla au n° 22, et lui posant la patte sur l'épaule :

— Tu as compris ! à mes ordres, là, et d'aplomb !... tu promets !

— Je promets !

— Crache un peu par terre et lève la main...

On sait que c'est là un serment gavrochien par excellence. Ainsi les anciens juraient par le Styx.

Le 22 s'exécuta.

— Dites donc, m'sieu, fit le 11 en se rapprochant du Petit-Vieux, donnez-y un peu d'ananasse, ça encourage...

Le patron ne se fit pas prier. Il eut raison, le 22 était conquis...

— Allez, moutards ! et toi, n° 11, pas de bêtises...

— Je comprends toute ma responsabilité, dit gravement le moutard, que l'*ananasse* et le titre de caporal avaient métamorphosé...

Le Petit-Vieux les mit à la porte.

— Et moi, m'sieu ? Et moi ? dirent les autres qui attendaient.

— Un instant !

Le Petit-Vieux rentra seul dans son cabinet... Là, pendant quelques minutes, il tint sa tête dans ses mains :

— Voyons ! murmurait-t-il, pas d'émotion... Voilà la première piste. Il s'agit de ne pas rater le coche... Ah ! pétard ! je commençais à désespérer... mais faudra bien que ça biche !...

Il se secoua, comme pour reprendre son sang-froid. Puis il alla au casier, tira un carton dans lequel il fureta une liasse de papiers ; puis, s'asseyant devant son bureau :

— Le 48 et le 49, cria-t-il.

Ils entrèrent à son appel.

Ces deux numéros subséquents n'appartenaient pas au même sexe. C'étaient le frère et la sœur...

VII

AU RAPPORT !

C'étaient deux petits blonds frisés, qui ressemblaient à s'y méprendre à deux caniches, — d'où leurs surnoms : Nichon et Nichette.

Orphelins, à la garde d'une vieille tante paralytique, ils n'avaient pas quinze ans à eux deux. Pauvres chéris !... le Petit-Vieux les avait, comme les autres, amenés à la soupe et payait leurs mois d'école.

Bien souvent, il les avait habillés, mais Nichon était gamin dans l'âme,

Nichette était joueuse comme un chat. Si bien que les frusques neuves d'hier étaient perdues aujourd'hui, que c'était plaisir.

Ils entraient se tenant par la main, un peu inquiets, un peu boudeurs. Pourquoi les avait-on appelés dans l'antre du lion ? pour les dévorer ou tout au moins pour les gronder...

Le Petit-Vieux les regardait à travers ses lunettes vertes, et si sa bouche se pinçait de façon menaçante, peut-être bien que ses yeux étaient beaucoup moins féroces...

— Allons ! approchons ! fit-il assez rudement. On a encore déchiré ses hardes...

— M'sieu, c'est pas moi ! déclara Nichette.

— Ça doit être moi, dit le patron. Mais voyons, je n'ai pas le temps de causer... j'irai voir la grand'mère et nous verrons à rafistoler ça... mais pour le moment, il faut quitter ces airs de galériens en rupture de ban... et me répondre franchement...

— Moi, je veux bien !... dit Nichon.

— Moi aussi... pourvu qu'on ne me fasse pas de gros yeux...

— Veux-tu un gâteau ? demanda le Petit-Vieux.

— Oh ! oui, m'sieu ! crièrent les deux enfants, dont les yeux brillants se dirigèrent vers la fameuse armoire qu'ils connaissaient, à ce qu'il paraît.

Leur attente ne fut pas déçue, et un instant après, les deux bébés rassurés mordaient dans un gâteau... dans la pâte duquel ils avaient soin de choisir du bout de la langue les raisins secs...

— Où êtes-vous allés hier... C'était jeudi. Il n'y avait pas classe...

— M'sieu, nous sommes allés au bois de Boulogne...

— Je le sais... Est-ce là que vous vous êtes déchirés ?...

— Non, c'est en revenant...

— Vous avez bien gaminé !... pétard ! c'est de votre âge... mais voyons, au Bois, il vous est arrivé quelque chose...

— Quéque chose ? firent-ils en même temps, le nez en l'air.

— N'ayez donc pas l'air ahuri comme ça... je vais vous aider...

Leurs yeux s'arrondirent. Ce donneur de soupes, qui savait ce qu'ils avaient fait la veille, prenait dans leur esprit des proportions fantastiques...

— Vous êtes allés à Passy ?

— Ah ! oui ! c'est vrai !

— Et comme vous avez aperçu des fleurs dans un jardin, vous avez eu l'idée d'en cueillir...

Ils ne répondirent pas.

— Alors Nichon a fait la courte échelle à Nichette... et elle est passée par dessus la balustrade...

— ET VOUS AVEZ ENTENDU CE QU'ILS DISAIENT?

Nichette accentua de nouveau sa moue, prête à pleurer.

— Ça n'est pas grave... les fleurs et les moutards, ça s'attire mutuellement, c'est comme un aimant...

— Oh! m'sieu, y en avait de si belles, des rouges!...

— Et des bleues!...

— De toutes les couleurs, c'est entendu! Donc Nichette est passée la première, et puis Nichon après... c'est bien ça... vous vous trouviez dans un parc superbe!...

— Beau tout plein!...

— Seulement, pour ne pas être vus, vous vous glissiez dans les charmilles...

— Même que je me suis piquée, fit Nichette en levant le doigt en l'air.

— Mais ce n'est pas tout... vous avez entendu du bruit...

— Oui!...

— Et vous avez vu du monde...

— Oui... Alors nous nous sommes ensauvés...

— Pas bien loin...

— Voilà m'sieu! dit Nichon, reprenant son aplomb. Y avait une caverne...

— Une grotte...

— Enfin, avec des cailloux et des feuilles vertes... Nichette m'a dit : fourrons-nous là-dedans!... alors j'ai obéi à Nichette...

— Et vous vous êtes cachés?

— Dans un trou où il y avait une espèce de banc... On était bien, pas vrai, Nichette!...

— Oh! fit la petite avec dignité, c'était dur...

— Et pendant que vous étiez là, que s'est-il passé?...

Les deux enfants s'interrogèrent du regard, Nichette, d'un regard impératif, invita son frère à parler. Celui-ci se décida, tout en se demandant qu'est-ce qu'il y avait là qui pût intéresser un vieux qui distribuait de la soupe :

— Voilà, m'sieu!... il est entré deux personnes dans la caverne... nous avons eu peur, du moins c'est Nichette, et elle s'est serrée tout près de moi...

— Ces deux personnes quelles étaient-elles?...

— Un monsieur et une belle dame...

— Et ils causaient?

— Ils se disputaient... même que la dame avait la voix méchante tout plein.

— Avez-vous entendu ce qu'ils disaient?

— Oh! oui, très bien!... C'était la dame qui parlait et elle disait...

Le petit se mit à déclamer :

— Monsieur le duc, avec vos faiblesses ridicules, vous finirez par nous perdre!

« — Que m'importe! répondait le monsieur, je ne puis plus vivre ainsi...
Depuis six ans, le remords me tue... Autrefois, quand elle était là, je me
sentais fort... aujourd'hui, c'est mon crime, c'est notre crime qui m'étouffe...
Amélie, nous sommes punis, et c'est juste... »

Nichette trouva qu'il lui fallait, à elle aussi, son petit succès :

— Mais la dame lui a répondu qu'il était un lâche!... que par lui la
maison était devenue un enfer! qu'elle ne regrettait rien de ce qu'elle avait
fait...

« Alors le monsieur a dit :

« — Vous êtes un monstre!... vous n'avez pas le cœur d'une mère!... »

« Elle lui a répondu je ne sais pas trop quoi... mais j'ai cru qu'il allait la
battre...

— Oh! mais... il a dit quelque chose, rectifia Nichon. Il a dit comme
ça : Songez-y bien, ma patience est à bout... je vous tuerai et je me tuerai
après!...

« Elle a ri très fort.

« Et le monsieur a dit :

« — Ah! si je n'ai pas eu le courage de vous écraser, rendez-en grâce à
votre fille, à celle que je pleure... à Noëla!... »

Le Petit-Vieux se détourna vivement. Décidément ce nom avait le privi-
lége de le troubler singulièrement.

— Après? dit-il d'une voix étranglée.

— Après, ils sont sortis de la caverne... Nous avions bien peur. Nous
sommes restés bien longtemps tranquilles... et puis nous nous sommes ensauvés...

— Je ne m'étais pas trompé, murmura le Petit-Vieux. Allons! peut-être
l'heure est-elle venue de frapper.

Il caressa les enfants, qui ne comprenaient guère en quoi leur histoire avait
pu amuser le monsieur...

La fameuse armoire fit encore son office. Seulement Nichon demanda
quelque chose de dur, ce qui lui valut une goutte d'anisette, tandis que Nichette
commanda : Crème de cacao...

— Écoutez, mes petits, reprit le Petit-Vieux, voulez-vous encore aller
jouer à Passy...

— Oh! dans le parc, nous n'oserions pas ..

— Si je vous le demande pourtant...

— Alors, fit Nichon avec résolution, pour vous, tout ce que vous voudrez.

— Y aura encore un gâteau? reprit Nichette, qui avait l'esprit pratique.

— Il y en aura deux... mais il faut que toi, monsieur le futé, tu trouves
le moyen de t'introduire franchement dans la maison...

— C'est pas difficile, dit Nichette en sirotant sa crème. Nous sommes si gentils qu'on nous laisse entrer partout.

— Nous jouerons aux enfants perdus! déclara Nichon, qui ne manquait pas d'imagination.

— Eh bien! vous allez y retourner tout de suite.

— M'sieu! mais la classe!

— Je vous donne congé!

— Oh! bravo!

— Ce que vous aurez vu, vous viendrez me le dire.

— Bien sûr!... Oh! j'écouterai bien...

— Pas aux portes! je le défends... Je veux seulement savoir comment est la maison, si le monsieur a du chagrin... si la dame sera bonne pour Nichette... Il faudra être bien doux, bien bons...

— Ça, c'est ma nature, déclara Nichon.

Et, lestés d'un nouveau gâteau, ils partirent gaiement

Le Petit-Vieux, qui avait hâte de terminer ses audiences, appela le 36 qui attendait son tour :

— Rien de nouveau? demanda-t-il.

— Rien?... et pourtant je cherche bien...

— Tu te rappelles bien le nom?...

— Oh! oui... M. Calertin, un charpentier... j'ai déjà fait tous les ateliers... il n'y a qu'une fois qu'on m'a dit qu'il avait été malade... et qu'on ne savait pas ce qu'il était devenu...

Le Petit-Vieux passa sa main sur son front.

— Est-il mort? murmura-t-il. Et alors que seraient-elles devenues?

— Et pas d'ouvrier du nom de Jean Rabolet?...

— Des Jean à remuer à la pelle!.. mais pas de Rabolet!... un ouvrier à qui je parlais, m'a dit qu'il le croyait mort...

L'autre ne put réprimer un tressaillement...

— Cherche encore, cherche toujours! dit-il. Et le jour où tu m'auras apporté un renseignement, je te donnerai le rabot et la scie que tu m'as demandés.

— Oh! m'sieu! n'y a pas besoin de ça! je voudrais vous faire plaisir...

La séance était terminée. La maison était redevenue silencieuse. Le Petit-Vieux resta pendant quelque temps pensif, consultant ses notes. Puis il les rejeta dans le carton qu'il replaça dans le casier.

Il alla à la cheminée, et se baissant, fit jouer un ressort : une plaque de fer tourna sur elle-même. Sur une planchette, il y avait un portefeuille et des sacs...

— Hein! ça diminue! fit le Petit-Vieux. Et je vais faire au magot une rude entaille... Enfin, il le faut!..

Il prit le portefeuille, l'ouvrit et en tira des billets de Banque qu'il compta soigneusement et qu'il fourra dans sa poche...

Puis il referma la cachette.

Dans une petite pièce voisine il changea sa houppelande contre une longue redingote râpée qui lui donnait un faux air de Shylock ou de Gobseck.

Puis il sortit et ferma soigneusement la porte derrière lui.

VIII

COMPLOT

On a déjà compris que cette vieille étrange, surprise par le n° 11, au moment où elle arrivait rue Saint-Lazare, n'était autre que la Ribote.

Revenons au moment où M. Victor de Landogne, — autrefois Toto Lamuche, — l'introduisait mystérieusement chez lui.

Il occupait un élégant appartement de garçon à l'entresol. Lorsqu'il entra suivi de la mégère, son valet de chambre ne put réprimer un mouvement de surprise. Il est vrai que son maître n'avait guère l'habitude de se montrer en compagnie de pareilles sorcières. De plus, la tenue du jeune homme était de nature à justifier son étonnement.

Le gilet déboutonné, les vêtements en désordre, le visage livide, les yeux ternes comme ceux d'un fou, tout constituait un ensemble bizarre.

Mais Victor, l'écartant d'un geste presque brutal, ouvrit la porte de son fumoir, y poussa — sans excès de politesse — la vieille Ribote. Puis il referma la porte derrière lui, et se laissant tomber sur un siége :

— Maintenant, parlez, dit-il d'une voix brève et haletante. En vérité, c'est à peine si je vous ai compris.

— Vous n'avez pas la tête à vous, fit la femme. Il vous est donc arrivé quelque chose de grave...

— Oui, de très grave en effet! ricana Victor. Mais ce n'est pas de moi qu'il s'agit... parlons de vous et de votre projet... Ainsi vous êtes bien Céline, celle qui pendant si longtemps a été au service du duc de Courtraige...

— Au service... oui... dit Céline d'une voix sourde. Et quelque chose de plus!... Ah! on m'a chassée... en me jetant un os comme à un chien!... Patience! je me suis juré de me venger... et je tiendrai mon serment...

— Je croyais qu'en se séparant de vous, le duc vous avait fait une pension?

— Bien riche, en effet... et j'ai tort de me plaindre ! quelque chose comme un millier de francs par an... comme si toute sa fortune... oui, toute !... il ne me la devait pas...

Victor, se remettant peu à peu, l'écoutait avec attention. Il comprenait que cette femme était en possession de secrets importants... et l'idée de chantage s'imposait à lui.

Le fils de Lamuche, — devenu le banquier de Landogne, — était un de ces débauchés qui jettent l'argent à pleines mains à travers toutes les fenêtres de leurs grossières fantaisies. Un instant réconcilié avec son père, il avait pénétré dans le monde des viveurs, et là, ce rustre, qui n'avait ni esprit, ni élégance, ni originalité, avait voulu conquérir sa place à coups d'argent.

Mais le banquier s'était bientôt fatigué d'exigences sans cesse renaissantes : il avait mis son fils à la portion congrue, un millier de francs par mois, tout au plus... exagéré. Victor avait demandé au jeu, au vol, les ressources qui lui manquaient. Mais l'heure de la ruine avait sonné. Il se sentait perdu à jamais, il allait retomber dans les bas-fonds où déjà nous l'avons rencontré naguère.

Il s'était levé, et marchait avec agitation, passant dans ses cheveux sa main crispée...

— Expliquez-vous, dit-il. Et si mon aide vous est utile, comptez sur moi... je suis prêt à tout...

— Voici, reprit la Juzeau. Vous avez appris la disparition de la nièce du du duc, de Noëla...

— Oui, je sais cela, murmura Victor, qui se rappelait en quelles circonstances il avait rencontré Noëla pour la dernière fois.

Chez ces natures perverses, le crime — en quelque sorte — se nourrit de lui-même. Après que Noëla avait été arrachée de ses bras par Titi Rabolet, après que tous ses efforts avaient été vains pour retrouver sa trace, la passion farouche, féroce, que lui inspirait la jeune fille n'avait fait que s'accroître. Les années passaient, et loin de lui apporter l'oubli, elles ne faisaient, au contraire, que rendre plus âpre le désir de la revanche.

— Vous savez aussi que, dans cette catastrophe, la vie du duc de Courtraige est devenue un enfer... cet homme aimait Noëla... je sais pourquoi... moi et moi seule !... il a tout tenté pour découvrir ce qu'elle pouvait être devenue... et c'est quand il a désespéré, que, me rendant responsable de sa disparition, il m'a chassée... comme si j'étais coupable... Quant à la duchesse, ayant obtenu ce qu'elle voulait, c'est-à-dire la richesse, l'influence... étant devenue une des reines de Paris... elle a montré tout ce qu'il y avait en elle de sécheresse et d'indifférence...

De là, continua la Juzeau, entre ces deux êtres, rivés l'un à l'autre, des querelles incessantes... une haine toujours grandissante... Elle a appuyé mon

renvoi... parce que ma présence lui rappelait un passé odieux... eh bien? je
veux aujourd'hui reprendre ma place dans cette maison... je veux qu'on se
courbe devant moi... c'est pour cela que je suis venue à vous...

— Ainsi, vous avez retrouvé Noëla?

— Oui...

— Où est-elle? s'écria Victor.

— Pas si vite, fit la mégère d'un ton ironique. J'entends diriger seule cette
affaire à mon gré... et je ne parlerai qu'à mon heure.

— Soit. Alors dites-moi quels sont vos projets...

— Vous aimez Noëla!...

— Dites que je la désire... que je la veux... que, pour la posséder, je ne
reculerai pas devant un crime...

— Vous êtes bien l'homme qu'il me faut... car ce que je veux encore, c'est
que l'orgueil de cette fille soit brisé, je la veux voir écrasée, suppliante,
demandant grâce... Ah! comme je hais tous ceux aux veines des quels coule
le sang des Courtraige!...

Et de ses mains crispées, Céline semblait déchirer un ennemi invisible.

Il y eut un silence, puis elle reprit, à voix basse, se parlant à elle :

— Oui, je la veux déshonorée... et alors j'irai crier à ces vaniteux si fiers
de leur nom : votre Noëla est perdue!... et voici, je vous la rends à jamais
flétrie!...

— Parlez plus clairement, dit Victor, qui se penchait sur elle pour
entendre les paroles entrecoupées qui s'échappaient de ses lèvres.

— Vous dites que vous ne reculerez devant rien... pas même devant un
crime?

— Je vous le répète encore... Je veux que cette fille soit à moi...

— Eh bien! il faut l'enlever.

— Soit!

— Oh! je vous y aiderai... lorsque vous la tiendrez en votre pouvoir, le
reste dépend de vous... Il faut qu'elle vous appartienne, et alors nous for-
cerons bien le duc de Courtraige à vous la donner pour femme.

— Oui! oui... et alors les millions des Courtraige...

— Ces millions seront à vous et vous me ferez ma part...

— Je vous jure de ne pas être ingrat...

— Quand même vous songeriez à manquer à votre parole, je saurais bien
vous contraindre à la tenir...

— Je n'en doute pas, mais soyez tranquille, vous n'aurez pas besoin de
recourir à des moyens extrêmes... Que je tienne Noëla en mon pouvoir... que
je devienne son maître... et votre fortune est faite...

— Et je serai vengée... Donc, tenez-vous prêt à toute éventualité. Je vais tout préparer pour la réussite de mes projets... dès ce soir, il faut que cette fille soit tombée en notre pouvoir... Un dernier mot!... où la conduirez-vous?... Il faut une de ces demeures mystérieuses où nul ne puisse vous surprendre... où les cris soient étouffés, où le salut soit impossible...

Victor réfléchit un instant.

— Je trouverai, dit-il.

— Mais hâtez-vous... car ce soir, vous dis-je... il faut que ma vengeance s'accomplisse...

— Je vous dis que je suis sûr de moi...

— C'est bien. Je ne reviendrai pas ici... il faut se défier du hasard... dans l'après-midi, je vous enverrai un billet qui vous donnera les renseignements nécessaires... je compte sur vous?...

— Comme sur vous-même... moi aussi je veux me venger des dédains de cette Noëla maudite!... et je veux que les millions des Courtraige m'appartiennent...

— C'est bien ainsi que je comptais vous voir... adieu!... occupez-vous des préparatifs... la maison... une voiture... un complice... et dans quelques heures l'œuvre sera achevée...

Quelques instants après, Victor se retrouva seul...

Il était enfiévré. Les terribles émotions par lesquelles il venait de passer lui mettait au cerveau une exaltation morbide.

Il se sentait glisser sur le bord d'un abîme : et voilà que tout à coup des horizons nouveaux s'ouvraient devant lui...

Cette Noëla! Deux fois elle l'avait frappé au visage!... deux fois il avait été dompté par son énergie!... oh! cette fois, il saurait bien la réduire à sa merci!... et elle serait à lui?... et à lui aussi cette fortune des Courtraige, qui l'avaient toujours traité avec mépris!...

Tout à coup il tressaillit. En vérité, il oubliait trop vite. Et cette aventure terrible du matin!... cet homme qui l'avait accusé de vol, et devant lequel il avait tremblé lâchement!... Il avait rendu les vingt-deux mille francs!... il s'était engagé à en restituer trente mille le soir même!... il ne songeait plus à cela!...

Il était ruiné, perdu, sans ressources aucunes... et il faisait des projets!... il se reprenait à espérer... Trente mille francs? où les trouver, où les prendre?

Son père! il ne pouvait compter sur lui. Sa porte lui était à jamais fermée!.. Mourût-il de faim qu'on ne lui eût pas jeté un morceau de pain! Si seulement la Juzeau lui avait révélé où se trouvait Noëla, il serait allé vendre le secret au duc de Courtraige... ce qui prouve combien la défiance de la Ribote était justifiée!...

— ILS SONT LA... JE VOUS LES APPORTE.

Que faire? que faire?... L'heure passait et chaque minute creusait plus profond l'abîme qui s'ouvrait sous ses pieds...

Tout à coup, la sonnette retentit.

Comme tous les criminels, Victor ressentit une peur effroyable. Qu'était-ce encore?

— Monsieur, dit le valet de chambre, il y a là un homme qui insiste pour vous parler...

— Je n'y suis pas, je n'y suis pour personne!...

— C'est ce que j'ai dit... mais ce personnage dit que monsieur a grand intérêt à le recevoir...

En même temps, le valet tendait à Victor une carte de visite ..

Il la prit machinalement et lut :

— I. Tit, homme d'affaires.

— Je ne connais pas cet homme, fit-il avec impatience.

Cependant il réfléchit un instant, puis, semblable à un joueur qui risque un dernier coup :

— Bah ! murmura-t-il, qui sait?...

Et il donna l'ordre d'introduire le visiteur.

Seulement il prit quelques minutes pour réparer le désordre de sa toilette. Et ce fut d'un pas ferme, et ayant retrouvé son attitude insolente, que Victor de Landogne entra dans le petit salon où l'inconnu l'attendait...

IX

M. I. TIT, HOMME D'AFFAIRES

Certes, il y aurait eu, — pour quiconque aurait vu il y a quelques heures le Petit-Vieux du Château-Rouge — grande surprise à le reconnaître sous la houppelande de l'agent d'affaires.

Et pourtant, c'était bien lui, à telles enseignes que, de la même chiquenaude, il ajustait sur le même nez la même paire de lunettes vertes...

Il tenait son chapeau à la main, montrant une tête toute hirsutée de cheveux blancs en broussailles, et il s'avançait, humble, à demi courbé en usurier de théâtre qui sait son métier.

Victor l'examinait avec attention. Ce maigre personnage l'étonnait et l'inquiétait à la fois. Était-ce le représentant de quelque créancier moins patient que les autres? Apportait-il dans les plis de sa redingote la paix ou la guerre?...

— C'est bien à M. Victor de Landogne que j'ai l'honneur de parler, articula M. I. Tit d'une voix crécellaire.

— A lui-même... Vous ne me connaissez pas!

— De vue, non... mais seulement de réputation...

— Peu importe! Que voulez-vous? Vous avez forcé ma porte... j'espère que, du moins, vous n'abuserez pas de ma patience... donc expliquez-vous et promptement...

— Oh! ces jeunes gens, fit l'agent d'affaires dans une sorte d'aparté. Quelle vivacité! quelle pétulance!...

— Trêve de réflexions! au fait! sinon je vous fais jeter dehors!...

— Ce serait bien mal à vous... mais vous ne le ferez pas, quand vous saurez le sujet qui m'amène...

— Mais c'est ce que je vous demande depuis une heure...

— Je ne suis plus aussi vif... je l'ai été autrefois, quand j'avais votre âge. Il faut bien passer quelque chose... à un vieillard... qui ne veut que votre bien... en passant, voulez-vous me permettre de m'asseoir?... mes pauvres jambes sont bien cassées!...

— Asseyez-vous... et que le diable vous emporte!

— Hé! hé! ricana le vieux, s'il m'emportait bien loin, vous seriez peut-être très gêné!...

— Qu'est-ce à dire?

— Tenez! je n'y vais pas par quatre chemins! vous m'intéressez... Or, je sais que vous avez à payer... aujourd'hui même... une grosse somme...

— Hein? s'écria Landogne en sursautant malgré lui. Qui vous a dit cela?

— Qu'est-ce que cela fait, pourvu que ce soit vrai!...

— Après tout, à mon âge, on a toujours besoin d'argent... vous l'avez deviné, voilà tout!...

— Vous me faites grand honneur... en ce cas, je suis un bien grand sorcier, puisque je sais...

Et il appuya sur les mots:

— Qu'il s'agit de vingt-huit mille francs...

— Comment! vous connaissez le chiffre?...

— Et je sais aussi qu'il s'agit... comment appellerai-je bien cela? d'une dette de jeu... remarquez que je ne dis pas dette d'honneur!...

Victor se sentit pâlir de rage. Qui donc l'avait trahi? quel était l'homme qui venait l'insulter chez lui?...

Dans l'accès de fureur qui lui monta au cerveau, il bondit jusqu'à l'agent d'affaires, il lui saisit le poignet et cria:

— Qui êtes-vous? je veux le savoir... ou je vous tue comme un chien...

Le faible vieillard se dégagea d'un mouvement si net, que Victor recula de deux pas.

— Vous êtes violent, reprit-il. Cela ne me déplaît pas... et je veux vous le prouver... vous avez besoin d'une trentaine de mille francs...

Il tira un portefeuille de sa poche, le posa sur ses genoux et le frappant d'un coup de sa main ouverte :

— Ils sont là... et je vous les apporte...

Pour le coup, voilà qui était trop fort. Victor restait immobile, comme étourdi...

Il fallut que l'étrange personnage répétât son affirmation :

— Trente beaux billets de mille francs... de la Banque de France... et des bons, je m'en vante... le père Tit fait les affaires rondement...

— Ainsi, c'est bien vrai! fit Victor au comble de la stupéfaction, vous êtes prêt à me prêter cette somme...

— Mais oui... sans cela pourquoi serais-je venu?

— Et vous dites ne pas me connaître?...

— De réputation seulement, je vous le répète...

— Mais savez-vous si je puis vous rendre cette somme?

— Tiens! c'est drôle! c'est vous qui refusez...

— Je ne refuse pas... certes non! mais je voudrais comprendre.

— Vous y tenez?... Il y en a d'autres qui se dépêcheraient d'empocher l'argent... et qui réfléchiraient après...

— Au fait... c'est juste!... vous allez, je suppose, m'imposer des conditions effrayantes...

— Mais non! mais non! je suis très accommodant... d'ailleurs, je ne vous prête pas pour bien longtemps.

— Hein?... il me faut du temps. . cependant!

— Bah! vous me rendrez cela... voyons! après votre mariage, cela vous va-t-il?

— Mon mariage! s'écria Victor. Mais qui vous dit que je sois prêt à me marier...

— Est-ce qu'à votre âge il n'y a pas toujours un mariage sous roche... et tenez, je suis sûr que, si vous cherchez bien, vous vous dites que le vôtre pourrait bien ne pas trop longtemps tarder!...

— En vérité, fit Victor en riant, vous êtes le diable en personne!...

— Pourquoi non! le diable a du bon... surtout quand il se fait prêteur d'argent...

— Voyons! un dernier mot, reprit Victor prêt à se livrer... Vous connaissez.. certaine personne... que j'ai vue ce matin.. je parie que c'est elle qui vous a envoyé...

— Comme vous êtes curieux!...

— Mais encore...

— Eh bien! je ne dis pas non! j'ajouterai même, — puisque vous m'y forcez, — que c'est à sa considération que je viens me mettre à votre service... pour l'argent... et pour toutes petites opérations où vous auriez besoin d'un aide discret et sûr.

— J'ai deviné, pensa Landogne. C'est Céline Juzeau qui m'envoie ce bizarre individu.

M. I. Tit, homme d'affaires, continuait :

— Faisons une supposition. . rien qu'une supposition! Vous auriez, par exemple, retrouvé une jeune demoiselle que vous cherchez depuis long-temps.

— C'est bien cela? dit involontairement Victor.

— Elle appartient à une grande famille très riche... et..

— Je l'enlève! acheva nettement Victor.

Le Petit-Vieux se dressa, comme s'il eût été mû par un ressort. Ses lèvres étaient devenues livides.

— Eh bien! qu'avez-vous donc? demanda Victor surpris.

— Moi... rien... Ça me fatigue d'être assis, je me délasse... Nous en étions? ah! oui!... vous l'enlevez!... eh bien! pour cela, il vous faut des gail-lards solides!... je tiens aussi l'assortiment...

Victor était moins naïf qu'il ne l'avait paru un instant. Son cynisme l'avait entraîné plus loin qu'il n'eût voulu. Mais un reste de défiance le rappela à la prudence.

— Ce n'est pas encore de cela qu'il s'agit, reprit-il simplement. Je pourrai peut-être avoir recours à vous... mais ce n'est pas pressé... dans une huitaine peut-être...

L'homme d'affaires se mordit violemment les lèvres.

— Aujourd'hui, c'est la question d'argent... Persistez-vous toujours à vouloir me rendre ce petit service...

— J'ai dit, et je ne me dédis jamais.

— Bon! quels intérêts voulez-vous? Stipulez vous-même!...

— Nous disons d'abord... à quelle date, les valeurs?...

— Oh! dans quinze jours, si vous voulez!...

Ces mots avaient échappé à Victor : il pensait que l'enlèvement devant avoir lieu le jour même, quinze jours lui suffiraient largement pour mener l'affaire à bien...

— Mais si vous n'enlevez que dans huit jours, objecta le Petit-Vieux, vous ne serez pas marié dans quinze...

— Vous avez raison... mettons un mois...

— Bon! un mois... nous disons à... combien d'intérêts?... à dix pour cent... pour les trente jours...

— C'est raisonnable!...

— Donc, c'est trente-trois mille francs que vous me reconnaîtrez avoir reçus...

— Certes!... vous êtes accommodant...

L'agent d'affaires tira de son portefeuille une feuille de papier timbré, et la posant sur un bureau qui garnissait l'entre-deux des fenêtres.

— Asseyez-vous là... et écrivez...

— Dictez vous-même...

— Volontiers. « Je, soussigné, reconnais devoir à M... » Laissez le nom en blanc... cela vous est égal... bon! — « la somme de trente-trois mille francs, que je lui rendrai le... » Voyons! un mois! mettons le vingt-huit juillet prochain... pas d'objections! cela va bien!...

Victor écrivait, se souciant peu du bavardage de l'homme d'affaires.

— Maintenant, datez... là!...

— Et je signe ici...

— Un instant... comment allez-vous signer?...

— Pardieu! de mon nom... Victor de Landogne...

— Hum! au premier coup d'œil, cela paraît tout simple... eh bien! moi, j'aimerais mieux quelque chose de plus simple que ce prénom de Victor... tenez! quelque chose comme une initiale, un L par exemple...

Victor s'était retourné du côté de l'agent d'affaires et l'examinait avec inquiétude.

— Je m'appelle Victor et je signerai Victor.

— Mais vous vous appelez aussi Lamuche, et vous pouvez signer d'un L...

Victor eut un geste furieux. Décidément ce sorcier savait tout.

— Donc pour me faire plaisir, vous allez signer L. de Landogne... et puis...

— Ce n'est pas tout! Savez-vous bien, mon brave homme, que vous avez trop de caprices.

— Si cela vous déplaît, dit l'agent d'affaires en faisant demi-tour, je m'en vais... Si vous n'avez pas besoin d'argent, dites-le!

Victor tressaillit. Est-ce qu'il pouvait oublier que le soir même s'il n'avait pas restitué au cercle les sommes volées au jeu, il était perdu! Alors, adieu le mariage avec Noëla! adieu les millions des Courtraige! Le scandale le tuait.

— Restez, dit-il vivement. Quelle est votre seconde exigence?

Le Petit-Vieux se pencha sur lui, et lui désignant le papier du doigt :

— Ecrivez là, dit-il d'une voix brève, L. de Landogne et Cⁱᵉ.

Victor se dressa à demi.

— Mais c'est la signature de mon père... de la maison de banque.

L'autre ricana :

— Parbleu ! je le sais bien !

— Et vous croyez que je vais commettre ce faux?

— J'en suis sûr...

— Vous vous trompez. Je suis un honnête homme ..

Un nouveau ricanement lui répondit :

— Bon ! restez avec votre honnêteté ! je reste avec mon argent !... Adieu, monsieur Lamuche...

Mais chez des hommes tels que Victor l'hésitation ne pouvait être de longue durée. Ah ! si le valet de chambre n'eût pas été dans l'autre pièce, si quelque chance avait pu favoriser l'impunité, il aurait bien tué l'homme d'affaires pour lui prendre son argent ! Car il le lui fallait à tout prix!...

Un faux ! après tout... l'ancien ami d'Austerlitz, du père Brouillat et de vingt autres coquins n'en était point à se laisser arrêter par de tels scrupules... Et puis, n'avait-il pas un délai d'un mois? Un mois, pour un homme d'énergie, c'était l'avenir...

Fiévreusement, il signa de la raison sociale de la banque Landogne...

Et reçut les trente mille francs...

— Bien vrai ! dit le Petit-Vieux en empochant le papier timbré, vous n'avez pas besoin de moi pour le petit enlèvement... je tiens aussi cet article-là...

— Sortez, dit majestueusement Victor.

L'autre eut encore son ricanement fêlé. Puis s'inclinant

— Mille souhaits de réussite ! dit-il.

Et il se retira...

Si Victor avait pu entendre ce que murmurait l'étrange personnage en sortant de la maison, il n'eût peut-être pas été très rassuré.

Voici ce que disait M. I. Tit, homme d'affaires :

— Il a signé son passeport pour le bagne... ça m'a coûté cher, mais, zut ! j'en tiens déjà un !

Et il ajouta en se dirigeant vers Notre-Dame de Lorette :

— Maintenant... à Noëla !

X

ENTRE HONNÊTES GENS

« Heur et malheur sont mauvais dormeurs, » dit un vieux dicton. Mais le bonheur surtout est matinal. Il est si bon de commencer bientôt la journée quand on la voit éclairée d'un rayon, de saluer avec l'aurore du jour la promesse d'une joie...

Marie s'était levée la première. Il lui tardait d'entrer à pleine vie dans cette journée qui allait lui ramener Jean, son fiancé, qu'il lui semblait avoir à peine entrevu la veille.

Songez donc! s'être attendus presque dix ans, c'est avoir fait dépense de patience. Et quand la réunion est proche, la provision est épuisée.

Noëla et aussi Calertin dormaient profondément. La nature prenait sa revanche des insomnies de la nuit.

Dès que Marie fut prête, elle se hâta de descendre auprès de cette vieille femme qu'elle se sentait toute disposée à aimer, puisque c'était par elle, grâce à elle, que Jean avait été retrouvé.

Quelle ne fut pas sa surprise, quand, pénétrant dans la petite pièce où elle croyait la trouver encore accablée de fatigue et de sommeil, elle vit la fenêtre ouverte... et la place vide.

Elle éprouva d'abord une sorte de stupeur. Elle ressentit au cœur un serrement involontaire comme à l'approche d'un malheur.

Mais un instant de réflexion la tranquillisa. Après tout, elle savait que la vieille femme n'avait pas été blessée, que de plus elle était, au moment de l'accident, sous l'impression de l'ivresse.

Sans doute, cette malheureuse avait eu honte de se retrouver, au matin, en face de ceux qui n'avaient pu conserver le moindre doute sur son état.

La chambre était au rez-de-chaussée. La fuite était facile. Marie suivit facilement les traces de ses pas dans le jardin. Donc elle s'était enfuie. Elle reviendrait sans doute; il était naturel encore que, se souvenant de ce qui s'était passé la veille, elle eût voulu s'assurer dès le matin des dégâts causés à son misérable mobilier par l'incendie. Les pauvres gens tiennent d'autant plus au peu qu'ils possèdent qu'ils ne savent comment ils le remplaceront.

Marie se disait tout cela, et bien d'autres choses encore. En réalité, elle sentait le besoin de se rassurer elle-même, quoiqu'il lui eût été impossible de définir le danger dont la possibilité s'imposait à elle.

Elle décida cependant qu'elle ne ferait pas connaître cette circonstance à Calertin. A quoi bon le troubler, alors qu'il venait d'éprouver, en revoyant le fils aîné de Rabolet, la première joie qui, depuis bien longtemps, eut réchauffé son âme.

Elle referma la fenêtre, mit de l'ordre dans la pièce, puis remonta près de Noëla, non sans s'être assurée encore une fois que le père Calertin n'avait pas encore besoin de ses soins.

Elle se sentait si légère, si heureuse que ses yeux avaient pris un éclat

L'HOMME AVAIT REJETÉ SON MANTEAU SUR SON ÉPAULE.

inaccoutumé à ce point que Noëla, s'étant éveillée à son entrée, s'écria, en la regardant :

— Oh ! ma sœur ! comme le bonheur te rend jolie !...

Marie lui répondit par un long baiser.

— Et moi aussi, reprit Noëla, je suis heureuse...

Marie la regarda. En effet, sa physionomie avait changé de caractère. Sa pâleur maladive avait disparu, et de vives couleurs éclairaient ses pommettes.

Hélas ! Marie crut à un subit retour de santé. Elle ne savait pas le sens terrible de cet éclat factice.

— J'ai fait un si beau rêve, dit Noëla en souriant.

— Un beau rêve ! oh ! conte-le moi !...

— Je veux bien... seulement tu me promets de ne pas pleurer...

— Comment ! pleurer de ce qui te rend joyeuse...

Noëla secoua la tête :

— C'est que ma joie est à moi seule, dit-elle.

— Mais parle donc ! chère sœur, tu commences à m'effrayer.

— Figure-toi que j'ai rêvé... de moi !...

— Ah ! fit Marie en tressaillant involontairement.

— Oui. Il faisait un soleil doux... doux... qui entrait par les fenêtres comme une vapeur argentée... et dans ce nuage, dont je ne saurais te définir la pureté charmante, je me voyais étendue... oh ! très gracieusement, je te jure... j'avais le bras replié sous la tête... ainsi...

— Et, tout en parlant, elle se posait ainsi qu'elle s'était vue dans son rêve.

Marie la considérait avec une sorte d'effroi. Elle continuait d'une voix calme et cependant quasi-inspirée :

— Mon visage était blanc, comme s'il eût été sculpté dans le marbre... mes yeux étaient fermés... je dormais... Eh ! oui, c'était un bon et grand sommeil, si profond que certainement pas un bruit de la terre n'arrivait jusqu'à moi...

— Noëla !

— Laisse-moi finir... alors je vis quelqu'un s'approcher de moi... je n'eus pas peur... je sentais qu'on ne voulait pas me faire du mal... et deux bras se sont posés autour de moi... et deux lèvres ont touché mon front... et alors je me suis envolée, loin, loin, si loin que je ne pouvais suivre du regard cette vision délicieuse... mais j'ai bien reconnu celui qui m'emportait ainsi... et j'ai ressenti une joie telle... que je ne pourrais l'exprimer...

Marie s'était détournée, s'efforçant de cacher les larmes qui montaient à ses paupières.

— Devine un peu qui c'était... c'était le frère de Jean... ce bon et brave

Titi que j'ai soigné, moi, autrefois... et qui m'a sauvée un jour d'un affreux péril...

— Quoi! Titi?

— Je te conterai cela... je t'ai promis de te dire toute ma vie... Oui, c'était lui... il était revenu... et je t'avoue que je me sentais heureuse... Car...

Sa voix faiblit tout à coup, et elle ajouta à voix basse :

— Cela me ferait tant de peine de mourir sans l'avoir revu !..

Elle se tut et il y eut un long silence. Marie ne pouvait parler.

— Mais tu m'attristes, sœur, reprit Noëla. Pourquoi? n'es-tu pas heureuse, aussi... il est beau ton fiancé!... et puis il est si courageux, si loyal, si bon!... et puis aussi, toi, tu ne mourras pas !...

— Tais-toi! s'écria Marie, tu me brises le cœur...

— Allons donc!... c'est vrai que j'ai tort, car il me semble que ce matin je me sens plus forte que jamais...

Elle tenta de se soulever : une petite toux sèche, aussitôt réprimée, secoua sa poitrine...

A ce moment, la voix de Calertin se fit entendre.

— Va auprès de notre père, dit Noëla, je te répondrai tout à l'heure!...

Le vieux charpentier était levé. Pour la première fois depuis longtemps, il s'était habillé seul, tant bien que mal. Et Marie ne put réprimer un mouvement de surprise :

— Pourquoi ne m'avez-vous pas attendu, cher père?...

Calertin rougit comme un enfant pris en faute.

— J'ai voulu m'essayer, dit-il.

Ce qu'il ne voulait pas dire, c'est qu'au moment de révéler à Marie qu'elle n'était pas sa fille, alors qu'elle appartenait sans doute à une grande famille, il s'était senti pris d'un scrupule, presque d'un remords, en se souvenant des soins qu'il avait acceptés et réclamés d'elle.

Marie, tout entière au bonheur de le voir reprendre tout à coup un peu d'énergie, ne songea plus à l'incident...

— Et cette vieille femme? demanda-t-il pour détourner l'entretien.

— Elle est partie de bonne heure, répondit Marie.

— Sans rien dire... sans penser à remercier celui qui l'a sauvée...

— Oh! elle reviendra... Voyons, fit-elle, puisque vous vous sentez si fort, voulez-vous descendre au jardin.

— Oui, ce grand soleil achèvera ma guérison... car, en vérité, petite, depuis que j'ai revu le fils de mon vieil ami, il me semble que j'ai rajeuni de vingt ans...

— Quand je vous disais, moi, que Jean n'était pas mort... mon cœur ne me trompait pas!...

Calertin fronça les sourcils. Toujours la pensée du devoir lui revenait et le troublait...

Cependant Marie était devant lui, gracieuse, lui présentant son bras pour qu'il s'appuyât dessus, comme il faisait chaque jour...

Le charpentier l'attira doucement à lui, et plongeant ses regards dans les siens :

— Tu m'aimes bien? lui demanda-t-il.

— Moi, père!... et qui donc aimerais-je au monde plus que vous, qui m'avez prodigué vos soins et votre affection?

— Et tu m'aimeras toujours quoi qu'il arrive?

Marie se méprit au sens de cette question. Elle n'y vit qu'une allusion à sa prochaine union avec Jean.

Elle menaça Calertin de son doigt en riant :

— Seriez-vous jaloux par hasard?

— Moi?

— Vous n'aviez qu'un enfant, vous en aurez deux, c'est tout!

Ah! que n'aurait donné en ce moment le vieil ouvrier pour que cette enfant fût la chair de sa chair et le sang de son sang. C'est que, véritablement pendant ces longues années il avait tout oublié...

C'était seulement lorsque Jean avait reparu que le souvenir était revenu à son cerveau...

— Il ne nous manque plus que Titi, murmura-t-il.

— Qui sait? fit Marie. Ah! s'il pouvait revenir... peut-être que Noëla serait sauvée...

— Que veux-tu dire?

— Hélas! père, j'ai bien peur... elle est bien malade!

— La jeunesse triomphera du mal.

— Il me semble qu'une grande joie serait toute-puissante, et puis voulez-vous que je vous confie un grand secret?

Ici Marie baissa la voix :

— Je crois que Noëla garde de Titi le même souvenir que je gardais moi-même de Jean.

— Quoi! le gamin?

— Il paraît qu'elle le connaissait avant le jour où il l'a sauvée de je ne sais quel danger et amenée chez nous.

— Titi était un brave garçon, dit gravement le charpentier. Et s'il a eu des reproches à s'adresser, je confesse que j'en ai été responsable par ma dureté... J'aurais dû l'aider, lui tendre la main... Tiens, je ne me pardonnerai jamais de l'avoir maudit.

— Mais vous lui avez pardonné..

— C'est vrai ! et le cher gamin a voulu mourir auprès de moi... et il a été envoyé à Cayenne ! Ah ! Bonaparte ! est-ce que l'histoire ne t'appellera pas Napoléon le bourreau ?...

— Bonjour, monsieur Calertin, dit au dehors la voix de Noëla.

Marie ouvrit la porte. La jeune fille vint présenter son front aux lèvres de l'ouvrier. Lui la considéra attentivement et dit :

— Jean est revenu, je suis sûr que Titi reviendra...

Noëla porta la main à son cœur et dit simplement :

— Qu'il se hâte !

Calertin et Marie échangèrent un coup d'œil. La voix de Noëla avait je ne sais quelle solennité douce qui touchait et effrayait à la fois...

— A quelle heure Jean doit-il venir ? demanda Marie.

— Sans doute, pendant l'heure du repos accordée aux ouvriers de l'usine, répondit Calertin.

Et comme à son insu, son accent avait pris une gravité singulière.

— Vous avez à causer sérieusement ensemble, ajouta Marie en souriant. J'espère bien qu'on ne me cachera rien...

— Non ! non ! sois tranquille, reprit vivement Calertin. Tu sauras tout... plus tard. Pour le moment, allons au jardin et déjeunons...

Neuf heures sonnaient. Marie aurait bien voulu demander à quelle heure était ce fameux moment de liberté dont Jean devait profiter pour accourir... elle n'osait pas.

Mais Noëla devina. Et sans avoir l'air de rien, comme on dit, elle questionna le charpentier. C'était selon toute probabilité, à onze heures.

Bon ! il n'y avait plus qu'à forcer le temps à passer bien vite. Les deux charmantes ménagères firent de leur mieux. En vérité, Calertin ne se ressemblait plus. Depuis le jour terrible, où le combattant de Décembre avait été relevé à demi-mort, jamais ses enfants ne lui avaient vu l'esprit aussi lucide, l'intelligence aussi active...

On l'avait mis sur le chapitre des souvenirs...

Noëla l'interrogeait sur Jean, Marie sur Étienne.

Et le charpentier, tout heureux de se replonger dans le passé, redisait la vie laborieuse et fébrile du vieux Rabolet. Il riait un peu de Titi, mais avec bienveillance... quant à Jean, qu'en pouvait-il dire qui ne fût un éloge ?...

Enfin quelqu'un parut à la porte du jardin...

Noëla posa doucement sa main sur le bras de Marie qui rougissait. Jean entra, le cœur battant et un peu pâle.

Il serra la main du charpentier.

— Allons ! viens, Marie ! fit Noëla, tu sais que ces messieurs ont à causer de questions graves.

— A tout à l'heure, fit Marie en adressant à Jean Rabolet un gracieux signe de tête...

Les deux hommes restèrent seuls.

— Assieds-toi là, dit Calertin à Jean en lui indiquant un siège en face de lui. Laisse-moi le dire tout d'abord combien j'ai été heureux de te revoir... j'ai eu bien peur de mourir sans que ce bonheur me fût accordé...

— Je ne vous quitterai plus, dit Jean. Je m'efforcerai de remplacer auprès de vous celui que nous avons perdu...

— Sais-tu bien que cela fait près de dix ans que je ne t'ai vu... tu étais presque un enfant, je retrouve un homme... et toujours vaillant au travail, n'est-ce pas ?

— Certes...

On eût dit que ces deux hommes évitaient, de complicité, le sujet qui les réunissait.

Mais Calertin fit un geste de décision :

— Écoute, nous sommes courageux tous les deux... nous devons aborder franchement la question... tu aimes Marie ?

— Plus que tout au monde... c'est par elle et pour elle que j'ai pu supporter de longues années de souffrance.

— Tu sais, Jean, quelle affection je te porte... tu es digne de Marie, et si son sort dépendait de moi, je serais fier de te la donner, mais peut-être n'as-tu pas oublié que jadis, lorsque tu me parlais de mariage, je te dis que, l'heure venue, je devrais te révéler un secret.

— Je m'en souviens... maintenant, j'écoute.

Le charpentier fit un effort et dit...

— Marie n'est pas ma fille !...

Jean baissa la tête :

— Hélas ! répondit-il, je le croyais... et pourtant j'espérais toujours... mais ne me cachez rien, je vous en supplie... puisque vous m'aimez, puisque vous m'estimez, eh bien ! vous ne doutez pas, n'est-il pas vrai ? que quel que soit mon devoir, quelque douleur qu'il doive m'imposer, je saurai l'accomplir jusqu'au bout...

— Oui, j'ai confiance en toi... par malheur, ce que je vais te dire est encore bien vague, bien incomplet... D'abord, laisse-moi me confesser à toi ; lorsque j'aurai parlé, sans doute tu te demanderas comment, pendant tant d'années, je n'ai pas cherché à percer le mystère qui environne la naissance de Marie ! C'est de l'égoïsme, je m'en accuse. Je l'aimais tant que j'avais peur de la perdre, et puis, je n'avais aucun indice jusqu'à la veille de l'attentat de Décembre... et depuis ce temps-là, sauf quelques éclaircies, il me semble que j'ai toujours été plongé dans un demi-sommeil.

— Ne vous accusez pas, ami, dit Jean. Quelle que soit la famille de Marie, vous avez rempli dignement le rôle d'un père...

— J'aurais voulu pouvoir plus et faire mieux... mais sache tout... il y a maintenant vingt-cinq ans de cela, une nuit, j'avais aidé des camarades à décharger des pièces de charpente sur le quai Notre-Dame...

— C'était le 17 juillet 1832, n'est-ce pas? demanda Jean.

— Comment connais-tu cette date? s'écria l'ouvrier.

— Je vous le dirai tout à l'heure, continuez!...

« Oui, c'était bien ce jour-là... tu comprends que je ne l'ai pas oublié... le travail nous avait retenus assez tard, et pour tout dire, nous ne nous étions pas séparés sans boire un coup... Oh! sans excès, comme il se doit entre vrais travailleurs.

« En ce temps-là, j'étais seul, et il n'y avait personne qui m'attendît à la maison... Je ne m'étais pas marié, parce que j'avais aimé une fois... et que je m'étais aperçu, à temps heureusement, que celle que j'avais choisie n'était pas digne de moi. Pourtant, je puis te le dire, souvent la maison me semblait vide...

« Je ne sais pas pourquoi, mais ce soir-là, cette idée s'était emparée de moi plus fort que de coutume. Je m'étais laissé empoigner par mes réflexions, et, sans que j'y songeasse, les heures passaient... Si bien que j'étais encore à errer sur le quai, lorsque minuit sonna.

« Je ne savais même plus où j'étais... J'avais traversé le pont Marie et j'étais entré dans l'île Saint-Louis... En somme, je n'étais pas bien loin de chez moi, puisque je demeurais déjà à la place Maubert, dans la rue Perdue, au-dessus de ton brave père, que je ne connaissais pas encore...

« J'avais été saisi par la fraîcheur de la nuit... et je me secouais pour me réchauffer un peu, lorsque mon intention fut attirée tout à coup par des pas qui résonnaient sur les dalles du quai...

On ne se rend pas compte des idées qui tout à coup vous passent par la tête... instinctivement, cette pensée me vint :

« — Si c'était un malfaiteur!

« Certes, je n'avais pas peur... j'étais jeune et solide à l'époque... mais c'était une curiosité qui s'emparait de moi, et puis, comme j'avais un peu d'exaltation dans la tête, l'idée d'empêcher un crime...

« Je me blottis dans un coin sombre, pour laisser passer devant moi celui que j'avais entendu. Cela ne tarda pas... C'était un homme de petite taille qui s'enveloppait d'un manteau... c'était singulier, étant au mois de juillet... mais au moment où il passa, il me frôla presque et je m'aperçus qu'il portait dans ses bras une sorte de paquet qu'il cherchait à dissimuler sous les plis de ce manteau.

« A quelques pas de moi il s'arrêta, regarda autour de lui avec précaution, me parut tendre l'oreille pour s'assurer qu'il était bien seul, puis se rapprochant du parapet, il se pencha pour inspecter les lieux.

« A une dizaine de mètres environ, un escalier en pierre conduisait du quai sur la berge. Bien qu'il n'y eût pas de lune, la nuit n'était pas tout à fait obscure, il aperçut la silhouette blanche des marches et, prenant sans doute une résolution décisive, il marcha vers l'escalier.

« A cet instant — j'en frissonne encore quand j'y pense — j'entendis un petit cri, mais si faible, si doux, — comme un gazouillement plaintif, — oh ! je ne doutai pas un seul instant, ce cri venait du côté de l'homme mystérieux... c'était un pleur d'enfant... c'était un enfant qu'il emportait ainsi... où ? vers la Seine, vers l'eau noire et profonde... Je me dressai et regardai... en vérité, j'éprouvais une telle émotion, qu'il me semblait être cloué à ma place...

« L'homme s'était arrêté un instant au haut de l'escalier... que voulait-il ? Que cherchait-il ? je ne pouvais croire à un crime... et pourtant ?

« Tout à coup il descendit précipitamment, comme quelqu'un qui veut vaincre toute hésitation... Un instant, il disparut dans une traînée d'ombre... et, quand je le revis, il était près du bord... il avait rejeté son manteau sur ses épaules...

« Et il tenait dans ses mains le petit paquet blanc...

« Ce que je fis, comment je fis, je n'en sais rien. Mais mes mains se crispaient sur le parapet de pierre... tout mon corps tourna... et, sans avoir mesuré la hauteur, je sautai... il y avait au moins quatre mètres...

« Et tout cela avait été fait si rapidement, avec une agilité, avec une chance telles, qu'en moins de dix secondes j'étais devant l'homme et, lui arrachant son fardeau, je criais :

« — Misérable ! noyeur d'enfants !...

« L'homme recula en poussant une sorte de gémissement... mais il ne fit aucun effort pour reprendre l'enfant...

« Pauvre petite créature ! elle vagissait doucement... il semblait que déjà ce ne fut pas une plainte. C'était à croire qu'elle devinait être au bras d'un ami...

« Cependant l'homme hésitait... qu'attendait-il ? Croyait-il par hasard que j'allais lui rendre le petit être pour qu'il le tuât...

« — Partez ! lui dis-je, sinon je ne réponds pas de moi.

« Et comme je le regardais fixement, mes yeux s'habituaient à l'obscurité... Il me semblait que son visage, blanc comme celui d'un cadavre, fût éclairé par la réverbération du soleil... oh ! ce visage, je ne l'ai jamais oublié !...

« Enfin il se rapprocha de moi et me dit d'une voix haletante :

« — Vous garderez l'enfant ?...

BON! LES POULETTES SE LIVRENT D'ELLES-MÊMES.

« — Certes ! je prends mon bien où je le trouve.

« — Vous ne chercherez jamais à savoir qui il est ?...

« — Je ne promets rien... partez ! vous dis-je, à moins, ajoutai-je, que vous ne veuillez venir avec moi chez le commissaire.

« A ce moment, il tressaillit et fit deux pas en arrière. Pourtant il dit encore :

« — Mais, du moins, qui êtes-vous ?

« Je ne sais pas au juste ce que je lui répondis. Mais je venais de réfléchir que le pauvre petit pouvait souffrir de la fraîcheur de la nuit. En tournant le dos à celui qui avait failli devenir un assassin, je m'éloignai au plus vite. »

— Ainsi, s'écria Jean, qui avait écouté le récit avec une émotion toujours croissante, vous ne savez pas quel est cet homme ?

— Attends !... je te dirai tout... mais je t'en prie, ne m'interromps pas... tu sais, ma pauvre tête est bien faible. Je revis en ce moment toute ma vie passée... garde-toi de briser le fil qui me sert de guide...

Jean se tut. Seulement, qui eût mis sa main sur son cœur eût senti qu'il battait à lui crever la poitrine...

« — Je revins chez moi, reprit Calertin. Oh ! cette fois, je ne m'arrêtai pas en route... je courais... je montai chez moi... c'était une petite fille... et si petite ! Oh ! les gueux !... cela venait à peine de naître... la chère créature avait les yeux fermés, et déjà ses lèvres avaient ce petit mouvement qui appelle le sein de la mère...

« La mère !... où était-elle !... C'était évident... on lui avait volé son enfant... peut-être l'avait-on tuée !... j'eus une explosion de colère... je sentais que j'avais eu tort de ne pas bondir sur le criminel... l'ayant laissé partir, je m'étais enlevé tout moyen de savoir la vérité. Mais que veux-tu ? je n'avais pensé qu'à faire le bien avant de punir le mal...

« Je ne te raconterai pas tous les détails de ce qui suivit... une bonne voisine qui venait d'être mère consentit à donner le sein à l'enfant. C'était une brave femme. Elle ne me demanda rien. Les bons cœurs ne discutent pas une bonne action. Il suffit qu'ils la comprennent telle pour l'accomplir sans réflexions...

« La petite vécut. Oh ! comme elle était gentille ! je ne pensais à rien qu'à l'aimer. Par toutes mes entrailles, je me sentais son père... j'en étais arrivé à oublier ce qui s'était passé...

« Une première fois, je m'en souvins quand je la vis si fine, si délicate... ce n'était pas la robuste fille du charpentier... je plaçais mes grosses mains auprès de ses petites menottes, et alors je hochais la tête, pensant combien j'étais orgueilleux de vouloir qu'elle fût ma fille... mais c'était ainsi...

« Je la vis malade, mourante... j'ai cru que je deviendrais fou. Ce fut alors que je fis la connaissance de ton père... Ce fut alors aussi que tu la vis pour la première fois...

« Oh! je ne peux pas dire le contraire, vous vous êtes aimés tout de suite... j'en étais tout joyeux, je ne voyais pas plus loin que le présent. Ce fut le meilleur temps de ma vie... avec quel cœur je travaillais !... j'avais une singulière vanité... j'aurais voulu que Marie, destinée cependant à vivre de ma vie, reçut l'éducation d'une grande dame... c'était ridicule, mais involontaire.

« Je la mis dans une bonne pension... On lui apprenait le dessin, la musique... et elle faisait des progrès ! Mais son cœur en faisait plus encore que sa tête. Comme elle était bonne ! sais-tu ce que cela m'a prouvé, c'est que sa mère devait être aussi une douce et vaillante nature... Oui, la mère de Marie ne pouvait l'avoir abandonnée... La gentillesse de l'enfant, sa probité instinctive, sa charité, tout plaidait pour celle que je ne connaissais pas !... Je te le dis, la mère de Marie n'a pas été une criminelle, mais une victime... qui sait? une martyre peut-être !

« Tu sais ce qui s'est passé depuis ces heureux temps. Je vis grandir Marie — et je favorisai votre amour mutuel. Ce fut une imprudence, presque une faute. Je ne la compris que le jour où pour la première fois tu prononças le mot de mariage.

« Ce fut pour moi comme une révélation, un coup de foudre !... Je réfléchis longtemps sur mes droits, ou plutôt sur mes devoirs. Marie n'avait pas d'état civil, — du moins j'ignorais tout. M'était-il permis de la marier ? Tu dois te souvenir de mon embarras à tes premières ouvertures...

« Hélas ! les événements qui survinrent tout à coup, — ton arrestation, la mort du pauvre Rabolet, tout cela recula douloureusement l'échéance...

« De 48 à 51, il n'y eut rien de nouveau dans notre vie... Marie s'était courbée sous le désespoir !... et il lui était si lourd qu'un moment je craignis qu'elle ne pût en supporter le poids... mais l'espoir la soutint. Elle ne pouvait croire à ta mort. Et elle était presque parvenue à me persuader...

« En 51, quelques jours avant le coup d'État, j'eus, — de bien singulière façon, — une subite révélation. Je trouvai tout à coup, et au moment où j'y songeais le moins, la trace de la famille de Marie... «

— Ainsi, vous savez qui elle est ! s'écria Jean.

— Pas si vite... je sais seulement le nom de l'homme que je n'avais entrevu que pendant une seconde, sur la rive de la Seine ; je me suis retrouvé, par hasard, en face de lui...

— Et cet homme, c'était...

— C'était un noble... le comte de Courtraige !...

Jean poussa un cri et porta la main à ses yeux :

— Nous ne nous étions donc pas trompés ! s'écria-t-il.

— Que veux-tu dire ?...

— Je veux dire que, sans que vous vous en doutiez, mon père a été mêlé à toute cette affaire d'enlèvement, de substitution d'enfant...

— Ton père ! le serrurier Rabolet !...

— Lui-même ! Ah ! si notre pauvre Titi était là ! c'est lui qui a reconstitué presque dans son entier cette terrible aventure... Là-bas, à Cayenne, nous en avons tant causé ensemble !... mais d'abord, dites-moi... ce comte de Courtraige, lui avez-vous parlé ? avez-vous ?...

— Rien !... Je te le répète, c'était quelques jours avant le coup d'État. J'eus alors d'autres soucis... Il fallait se battre pour défendre la République et la loi. Je fus blessé, laissé pour mort..: et depuis ce temps-là je n'ai pas eu la force d'agir.

— Mais n'avez-vous au moins aucun renseignement sur cette famille ?

— Je sais seulement qu'elle occupait un vaste hôtel solitaire, dans l'île Saint-Louis.

— L'île Saint-Louis... oui, c'est bien cela... tout concorde... C'est à quelques pas de là que vous avez rencontré le comte, et c'est là évidemment que mon père avait été conduit...

— Ton père ? explique-toi !

Alors rapidement, Jean raconta au charpentier l'aventure du père Rabolet.

Les deux récits concordaient dans leurs moindres détails. Surtout la question de date était péremptoire...

D'après les paroles échappées au vieillard dont le testament avait été volé, grâce à la faiblesse du père Rabolet, c'était dans la nuit du 17 juillet 1832, qu'était né l'enfant de la duchesse de Courtraige, qu'on avait substitué à l'enfant vivant un enfant mort... Marie était donc l'héritière directe, spoliée, du nom et de la fortune des Courtraige...

Et si quelque doute pouvait subsister dans l'esprit de Jean, est-ce que le hasard ne s'était pas chargé de le dissiper ?

Là-bas, en pleine mer, celui qu'ils appelaient le Squelette et qui de son vrai nom se nommait Bastien Ribot, n'avait-il pas prononcé ces paroles qui étaient restées gravées dans sa mémoire :

— Une femme nommée Céline Juzeau était devenue la maîtresse du duc de Courtraige. Elle était accouchée dans la nuit du 17 juillet 1832. A son ancien amant — le Squelette — elle avait dit que son enfant était mort. Mais ce qu'il y avait de singulier, ajoutait le mourant, c'est que cette nuit même la duchesse de Courtraige était accouchée, elle aussi, d'un enfant mort, et était devenue folle de douleur.

En rapprochant ces paroles de celles du père Rabolet, l'évidence éclatait. Le serrurier avait dit ceci :

— Un grand seigneur (le duc de Courtraige) a voulu faire disparaître un enfant, sans doute pour s'approprier un héritage. Il fallait tromper la mère en lui faisant croire qu'elle avait mis au monde un enfant mort. Elle est devenue folle de douleur.

» Mais la raison lui est tout à coup revenue, à l'heure de sa mort probablement, et elle a tout révélé à son père qui, pour punir les meurtriers, avait consigné ces faits dans son testament, dans lequel il dénonçait les coupables.

» Ces derniers avaient surpris le secret du testament, caché dans un coffre-fort. Ils étaient allés requérir l'aide d'un serrurier, qui, amené mystérieusement, la nuit, les yeux bandés dans un hôtel (entouré d'un parc, à un quart d'heure environ de la rue Perdue), avait ouvert le meuble moyennant une forte récompense.

» Le vieillard, c'est-à-dire le père de la duchesse de Courtraige, avait été frappé de mort subite. Le testament avait été volé, et l'enfant vivant avait été ainsi définitivement dépouillé.

— Nous savons la vérité, reprit Jean d'une voix grave. Mon père m'a fait prêter un serment. Devant lui qui mourait de douleur et de remords, je me suis engagé à retrouver le nom de cette famille, à restituer à la jeune fille ses titres et sa fortune... or cette famille,, c'est celle de Courtraige ! la jeune fille c'est Marie... père Calertin, vous avez compris... il ne nous reste plus qu'à nous sacrifier tous les deux.

— Ils se regardaient, ayant des larmes dans les yeux.

— Mais, qui sait? reprit le charpentier, qui sentait son cœur se serrer, en rendant à Marie son nom, est-ce bien à son bonheur que nous allons travailler...

Jean garda le silence.

— Car enfin, continua Calertin, ces ducs ou comtes sont des misérables. Les assassins, les noyeurs d'enfants, les voleurs de testament ne trouveront-ils pas tout pour défendre une fortune acquise au prix de tant de crimes...

— Nous n'avons pas à examiner cela, dit Jean avec effort. Ne nous le dissimulons pas, nos hésitations proviendraient de notre égoïsme... Oui, j'aime Marie, de toute la profondeur d'un amour sans égal, mais je ne puis pas, je ne dois pas, par une surprise indigne de mon honnêteté, lier à ma vie la fille des ducs de Courtraige...

— Nous sommes dignes d'elle... ils ne méritent pas de la retrouver.

— Il y a là une mission d'honneur à accomplir, père Calertin, ne cherchons pas à nous cacher notre devoir.

— Tu as raison... mais avant tout, il nous faut avertir Marie... c'est à elle que la révélation doit être faite tout d'abord...

— Oui, vous avez raison...

— Veux-tu que je l'appelle?

— Oh! non! je vous en prie... pas devant moi!...

— Jean, dit Calertin d'une voix presque sévère, on dirait que tu doutes d'elle!...

— Je ne dis pas cela...

— Je la connais bien, va... et riche ou pauvre, humble ou noble, elle sera toujours la meilleure et la plus franche des femmes...

— Je le sais... non, non, je ne doute pas d'elle... n'importe!... je vous en supplie, parlez-lui seul... d'ailleurs, le temps a passé vite, il faut que je retourne à l'atelier...

Disant cela, Jean tremblait comme la feuille.

Pourquoi? il lui eut été impossible de l'expliquer... mais à qui donc l'inconnu ne fait-il pas peur? Certes Jean n'était pas un adulateur de la fortune. Il se souciait fort peu des titres de duc ou de comte.

Mais toutes ces distinctions, — qu'il eût méprisées si elles s'étaient appliquées à tout autre, — l'éblouissaient dès qu'il s'agissait de Marie. Il lui semblait qu'elle s'enfuyait au delà de son propre horizon, dans un monde où il ne pouvait la suivre.

A ce moment, Marie entr'ouvrit la porte et, passant dans l'entrebâillement sa tête charmante :

— Eh bien! messieurs les conspirateurs, dit-elle en souriant, est-ce que vous n'aurez pas bientôt fini avec vos mystères...

Jean s'était levé brusquement :

— Pardonnez-nous, dit-il, mais nous avons dû causer longuement... et voici que l'heure est venue pour moi de retourner à l'atelier...

— Sans me donner seulement cinq minutes... Oh! ce n'est pas bien!...

— Je viendrai ce soir, dit Jean en jetant un coup d'œil à Calertin.

Il ajouta avec un sourire un peu contraint :

— J'espère que vous me recevrez aussi bien que ce matin...

— Pourquoi non? Est-ce que vous m'avez trouvée changée après neuf années?...

Jean serra la main du charpentier, et se penchant vers lui, ajouta à mi-voix :

— Dites-lui tout... et que mon sort se décide...

— Du courage, garçon, dit Calertin. J'ai idée que tout s'arrangera...

— Puissiez-vous dire vrai... Adieu, mademoiselle Marie...

— Eh bien! vous ne me tendez pas la main... qu'avez-vous donc, Jean! vous semblez tout troublé!...

— Non! non! vous vous trompez!...

— Du moins, me permettez-vous, monsieur le cachotier, de vous reconduire jusqu'à la grille...

Elle marcha auprès de Jean jusqu'à l'entrée extérieure...

Ni l'un ni l'autre ne virent alors que quelqu'un qui se trouvait au dehors, se rejetait brusquement en arrière et se blottissait à quelques pas d'eux, derrière une touffe de lilas.

— Jean, dit Marie, je voudrais vous demander quelque chose..

— Parlez!...

— A quelle heure sortez-vous de l'atelier?...

— Ce soir... je sortirai à huit heures et demie...

— Voulez-vous... si du moins cela ne vous gêne pas... que Noëla et moi, nous allions ce soir au devant de vous...

— Certes! s'écria Jean, oubliant tout pour ne penser qu'à sa joie.

— Quel chemin prenez-vous?

— Je viens de l'avenue de Saint-Ouen... mais je reprends l'avenue de Clichy à la rue Balagny...

— Et vous y arrivez... à neuf heures moins un quart.

— C'est bien cela, répliqua Jean.

— Eh bien! à huit heures et demie, nous partirons d'ici... il est bien entendu que je demanderai l'autorisation à mon père... je crois qu'il m'appelle... au revoir, Jean... à ce soir!

Elle tendit à Jean ses deux mains fines et blanches... il les serra dans les siennes... puis s'éloigna rapidement.

— Si elle vient, pensait-il, après que Calertin aura parlé, alors, je pourrai espérer...

En vérité, il était injuste. Il doutait d'elle...

Marie rentra dans la maison... alors de l'angle où elle était cachée, la Ribotte sortit doucement:

— Bon! murmura-t-elle, les poulettes se livrent d'elles-mêmes... quant à ce beau jeune homme qui sans doute voudrait les défendre, nous aurons soin qu'il ne se trouve pas au rendez-vous... maintenant, allons jouer la petite scène de la reconnaissance... après quoi, nous nous mettrons à l'œuvre.

Et elle poussa la grille, entrant dans le jardin.

XI

STRATÉGIE

Ce Petit-Vieux à la soupe — et aux lunettes vertes — était bien le plus singulier bonhomme qui eût jamais roulé sa bosse sur le pavé parisien.

Quand il était dans son officine du Château-Rouge, il avait des allures de bon grand père. La bouche riait, les lunettes frétillaient sur un nez bon enfant.

Quand au contraire, nous retrouvions ce nez chez le très honorable Victor de Landogne, il avait toutes autres allures. Il se pinçait aux ailes.

Il avait aux profondeurs des narines, aux méplats des cartilages, sur la ligne ethmoïdale, d'étranges tigreries. Ce nez devenait féroce et avait la pâleur méchante.

Il est vrai de dire que les lèvres l'aidaient singulièrement dans cette métamorphose du masque. Elles se pinçaient et blanchissaient. Le menton lui-même s'appointait en manière d'aiguille, comme s'il eût voulu percer quelque chose. Le rire, bonasse sur les hauteurs de Clignancourt, était rictus rue Saint-Lazare.

C'était du transformisme pratique.

Quand il sortit de la rue Saint-Lazare, M. I. Tit, homme d'affaires, qui avait conservé pendant toute son entrevue avec Victor les allures d'un Gobseck qui pelote en attendant partie, avait tout à coup changé de physionomie générale.

A peine avait-il constaté qu'il était à l'abri de tout espionnage de la part du singulier client qu'il venait de catéchiser à sa façon. M. I. Tit, qui jusque-là s'était tenu à demi courbé, penchant vers le parquet son nez en pioche, s'était tout à coup redressé et avait levé ledit appendice olfactif, de telle façon qu'il avait l'air d'une proue fendant le vent.

Ils s'étaient arrêtés — l'homme et le nez, l'un portant l'autre — au coin de la rue Saint-Georges. Puis les lunettes avaient joué leur jeu, avaient dardé de ci et de là les rayons verts de leurs serres sombres, puis le tout, homme, nez, lunettes et verres, avait remonté la rue nommée, était entré chez un marchand de vin de très bonne apparence, et finalement s'était campé devant le comptoir.

Une grosse femme, — qui pesait de tout son abdomen sur le zinc cher aux tueurs de vers, — avait levé les bras au plafond, ce qui, depuis les temps héroïques, en passant par les tragédies du divin Aischylos, a toujours été le signe d'une violente émotion, compliquée de surprise :

— COUCOU! LE VOILA!

— Ah ! c'est vous, mon bon monsieur !

— C'est moi ! à moins que je n'aie volé la peau d'un autre qui me ressemble.

— Quoi que vous voulez ? du doux, du dur ?

— Je veux un verre de silence, avec un mêlé de discrétion.

— Compris. M. du Château-Rouge. Vous avez besoin de moi.

— Un brin, si vous le permettez !...

— Oh ! vous pouvez compter sur moi... voyez-vous ; après le service que vous nous avez rendu... quand je pense que sans vous ce satané Julot serait à galvauder dans tous les ruisseaux...

Il paraît que le Petit-Vieux avait ramené « dans le sentier de la vertu » ledit Julot qui ne demandait qu'à faire l'école buissonnière, d'où l'émotion de la femme plantureuse.

— Et il va bien, Julot ?... il travaille ?...

— Mais oui, mon bon monsieur ! seulement, vous savez, faut le tenir... toujours après les jupons !...

Or ledit crapaud avait bien onze ans.

— Riche nature ! proféra M. I. Tit.

— Que voulez-vous ? ajouta la mamelleuse créature en soupirant, tout le portrait de son père...

Puis après avoir consacré quelques secondes à des regrets inexpliqués :

— Enfin c'est pas tout ça !... puisque vous ne voulez pas licher... vous voulez autre chose...

— Vous êtes la logique vivante... or voici. Ma petite mère, vous avez eu quelquefois des garçons marchands de vin ?

— Vous dites !

La débitante baissa les yeux, et, d'un air pudique, essaya de croiser ses deux mains par dessus ses « avantages », mais y renonçant bientôt :

— Expliquez-vous... je ne comprends pas...

— Oh ! n'ayez pas peur... je ne voudrais pas offenser votre douce pudeur... Comme il y a fagots et gendarmes, il y a garçons et garçons... je veux parler d'un tout petit... tenez dans ma taille... dans les un mètre cinquante-sept...

— Attendez donc ! si j'ai eu ça... Seulement que le patron l'a flanqué à la porte... sous prétexte qu'il me faisait la cour...

— Oh ! si on peut dire !...

— Ça, c'était de la calomnie... j'aime les bel-hommes ! c'est pas défendu ! mais pour les aztecs !... non !

— Merci pour moi... mais ça ne fait rien à la chose... vous avez bien, je suppose, une blouse, une cote, n'importe quoi qui ait servi à cet aztec-là.

— Oui... il était arrivé, nu comme un ver... révérence parler... alors je l'ai habillé...

— De vos propres mains...

— Oh ! vous aimez à rire, c'est pas défendu !... enfin, je reviens à ce que vous demandez.. quand il est parti, je lui ai tout repris...

— Si bien que vous l'avez renvoyé nu... comme le ver en question... outrage à la morale publique...

La copieuse marchande eut un gros rire et reprit :

— Enfin j'ai ses frusques...

— Voulez-vous me les prêter ?...

— Vous dites...

— Je vous demande si vous voulez me permettre de revêtir l'armure de ce jeune paladin... autrement dit, je voudrais que vous me prêtiez ses hardes...

— Avec sa casquette ?...

— Surtout avec sa casquette...

— C'est-il drôle... enfin, quand il s'agit de vous obéir, ça ne me regarde pas... tout le baluchon est à vos ordres...

— Et où puis-je me fourrer pour me déguiser...

— Voulez-vous venir dans ma chambre...

— Je n'osais pas vous le demander...

Un instant après, M. I. Tit était seul dans une pièce tendue de perse à fleurs qui avait un air virginal du plus doux aloi. Les grosses femmes ont de ces délicatesses enfantines...

La porte avait été pudiquement refermée sur lui.

M. I. Tit, en deux temps quatre mouvements, se livra à une toilette sommaire. Mais quand il rouvrit la porte en disant :

— Coucou ! Ah ! le voilà !

La foisonnante personne poussa un cri de surprise :

Le fait est que M. I. Tit était — paraît-il — doué d'un pouvoir auprès duquel celui du célèbre Protée eût passé pour de la simple pose.

Au lieu du Petit-Vieux — patriarche ou usurier — figurez-vous une petite chose maigriote, minçolette, aiguë, en lame de couteau, et jeune à plaisir, avec des yeux pétillants... jusqu'au nez qui avait rajeuni de vingt ans et qui vous avait de petits airs vainqueurs...

Un comédien émérite eut admiré ce *chic* de maquillage. Car rien ne subsistait ni des poils blancs en broussailles ni de la patte d'oie au coin des yeux...

Et la casquette !... comme elle était crânement posée sur le coin de l'oreille un peu longue.

Dame! pour beau... pas beau, ce qui s'appelle beau!... mais ayant un je ne sais quoi de Parisien, de goguenard, de vivace, qui réjouissait à voir...

— Coquin de sort! fit la grosse femme, vous êtes épatant!...

— Ce mot est le plus beau jour de ma vie, riposta le bonhomme. Maintenant, écoutez-moi bien...

— Tout à vos ordres...

— Vous ne direz à personne que vous m'avez vu...

— Pardieu! c'te bêtise!...

— Vous me mettrez mes quatre loques en lieu sûr... de façon que je puissse les reprendre quand je voudrai...

— Suffit, je serai muette comme une tanche...

— Là-dessus au revoir!... et bonne chance au petit...

Le bizarre personnage s'était élancé dehors. Et courant le long du ruisseau, il gagnait l'église Notre-Dame de Lorette.

Là, il avisa un auvergnat qui, devant la boutique du pharmacien, se livrait à un violent exercice de brosse sur un veau — j'entends une botte en veau — de première qualité.

— Bonjour, père Chalouchat.

— Ah! c'est toi, petit!

— On n'est pas venu me demander?

— Non!

— Pétard! murmura-t-il. C'est que je n'ai pas de temps à perdre..

A peine venait-il de prononcer ces mots, que la mine futée du nº 11 apparut sur l'autre trottoir. L'enfant examinait le cireur de bottes et ne reconnaissait pas dans l'Auvergnat à forte carrure le petit vieux à la soupe, il était embarrassé.

Quant à l'autre — qui avait si bien l'air d'un collègue en gaminerie — il n'y faisait même pas attention.

Mais celui-ci — qui, ainsi qu'il l'avait dit — n'avait pas de temps à perdre, traversa rapidement la chaussée; et s'approchant de lui :

— C'est moi! dit-il.

— Vous! qui, vous?...

— Moi, fit le Petit-Vieux! soupe et mystère! crème d'ananasse et malédiction!

— Oh! fit l'autre en ouvrant de grands yeux.

— C'est parce que je n'ai pas mes lunettes que ça te gêne... tiens, les voilà! c'est mon écharpe de commissaire, à moi!...

— Vrai de vrai! je ne vous aurais pas reconnu, mais comment que ça se fait que vous êtes dévieilli comme ça...

— Ça ne te regarde pas... éteins ton grelot, et contente-toi de me répondre... Y a-t-il du nouveau?...

— Oui.

— Quoi? pétard! je n'ai pas le temps de moisir...

— La vieille est revenue...

— Bon! et après.

— Après... elle est repartie...

— Et tu l'as lâchée...

— Fallait bien que je vienne vous avertir... mais je peux vous dire où elle est allée...

— Dépêche-toi donc, mille nom de chiens!...

— Elle a été au bureau de l'omnibus... et elle a demandé pour les Batignolles...

— Bien... est-ce tout? ce n'est guère...

— Elle a demandé au contrôleur si ça la mettrait bien loin de Clichy... et il a répondu : A deux pas... Alors elle a pris son numéro... je l'ai vu s'emballer dans la guimbarde, et je suis accouru... voilà!...

— Parfait! tu es une crème! v'là deux sous!... maintenant écoute bien. Ce soir, j'ai besoin de tout le monde sur le pont... tu vas aller t'installer à la barrière des Batignolles... tu auras convoqué les camarades qui feront une partie de bouchon sur le boulevard... et on m'attendra... à mort... Si vous avez faim, il y aura crédit pour vous chez Radigue... tu sais où..

— Oh! oui... m'sieu!... fit l'enfant auquel ce nom d'un des plus célèbres restaurateurs de banlieue mettait l'eau à la bouche... Combien faut-il que nous soyons...

— Au moins une douzaine.

— Ça sera fait... C'est tout?

— Oui, pour l'instant. Surtout pas de bêtises, pas de batteries... et solide au poste...

— Parbleu!... pour vous... on irait dans le feu...

A ce moment passait une voiture vide.

Le mystérieux personnage héla le cocher, et, se faufilant dans la caisse numérotée :

— Mon petit père, dit-il, il y a un joli rond de cinq balles, si dans un quart d'heure je suis à l'omnibus de Clichy... Et hue, cocotte!

Il adressa à l'enfant un dernier signe d'encouragement. Et la voiture partit.

— Je patauge en plein mystère, murmura-t-il. Mais bah! à force de plonger, un bon chien rapporte toujours quelque chose...

XII

PÉTARD

Jean avait quitté la maison de Rabolet emportant à la fois une joie et une douleur.

Une joie, car il sentait encore sur sa main la douce pression de Marie.

Une douleur, car il savait maintenant, à n'en pouvoir plus douter, que Marie n'était pas la fille du charpentier.

Celui-ci avait demandé, avec une certaine animation, s'il doutait du cœur de la jeune fille. Non certes. Celle qui, depuis son enfance, avait été la petite fée veillant sur le bonheur de l'ouvrier, qui, depuis le jour où il avait été frappé en faisant son devoir, n'avait pas cessé un seul instant de faire preuve du plus exquis dévouement, celle-là ne pouvait pas être éblouie par une fortune nouvelle et repousser dédaigneusement ceux qu'elle avait aimés.

Mais aussi telle n'était pas la crainte de Jean. Ce qu'il redoutait avant tout, c'était une séparation qu'il croyait, qu'il jugeait nécessaire.

Le devoir de Calertin, le sien, étaient de contraindre la famille de Marie à réparer le crime commis. Ils n'avaient pas le droit de s'y soustraire. Et d'ailleurs que savaient-ils? était-il vrai que la mère de Marie fût morte? n'avait-elle plus son père? pouvait-elle se refuser à revenir vers eux, si le repentir et le remords réclamaient son pardon?

Alors Marie, fille de duchesse, portant un grand nom, héritière d'une grande fortune, pouvait-elle être la femme d'un travailleur qui n'avait pour lui que son amour sans bornes!

Quelles conditions nouvelles allait créer dans son existence cette subite métamorphose? C'est surtout dans les choses du cœur que l'inconnu est effrayant... peut-être Jean se sentirait-il forcé par sa propre conscience de ne point se prévaloir du passé, peut-être sa propre dignité lui ordonnerait-elle de s'éloigner, de disparaître, de renoncer pour jamais au rêve si longtemps caressé...

A ce rêve qui l'avait soutenu à travers les longues épreuves de la proscription...

Et toujours Jean se disait :

— Ah! si Titi était là...

Il s'était habitué, là-bas, à considérer le cher gamin comme un sauveur nécessaire. Si Titi avait été près de lui, il se serait senti rassuré. A tout dire, Jean manquait un peu d'initiative. C'était l'homme du sentiment, non de l'action. S'il y avait une lutte à soutenir, il se devinait d'avance inhabile.

Enfin il fallait se résigner, patienter.

Pas une minute, — et ceci est une justice à lui rendre, — il n'avait songé à cacher à Marie le secret qu'il avait surpris, non plus que Calertin. Dût le vieux charpentier rester seul, orphelin de celle qu'il appelait sa fille, il n'eût point même conçu la pensée de la conserver égoïstement par une sorte d'abus de confiance. Jean savait que, pendant cette journée, Calertin allait tout lui révéler. Que dirait-elle ? que déciderait-elle ?

Peut-être se refuserait-elle énergiquement à toute démarche qui la ramènerait vers un passé inconnu, et enveloppé d'un mystère presque effrayant.

Mais Jean, — fils de Rabolet, — ne pouvait accepter ce renoncement. Le père mourant avait exigé un serment. Il voulait que l'enfant volé reprît la place, d'où lui, coupable, avait contribué à la chasser. Et il fallait que ce serment fût tenu, sinon, — le père Rabolet l'avait dit, — il souffrirait dans sa tombe.

Superstition, il est vrai. Le mort n'a ni conscience ni souffrance. La tombe ne laisse filtrer ni regrets ni douleurs. Mais il serait vrai de dire qu'on sent soi-même souffrir dans son propre cœur ceux qui ne sont plus. Ce que Jean eût appelé la souffrance de son père aurait été le remords de ne lui avoir pas obéi...

Ce soir, Jean saurait tout, et il prendrait une décision.

Tel était son trouble — et disons tout, son injustice — qu'il en était à douter si Marie viendrait au-devant de lui, ainsi qu'elle s'y était engagée d'elle-même...

En vérité, il aimait. Et dans un cerveau d'amant il n'y a que fièvre et presque folie. Bah ! ne plaignons personne... les souffrances d'amour ont elles-mêmes leur charme, et combien — lorsque le cœur est froid et la tête glacée — on regrette parfois de ne plus se sentir ainsi enfiévré.

Jean arriva à l'usine et se mit résolûment au travail.

C'était un ouvrier hors ligne. S'il n'avait pas le génie d'invention de son père, il avait du moins hérité de lui une habileté de main, une hardiesse de facture qui l'avaient tout de suite placé au premier rang.

De plus, il avait su se concilier dès l'abord toutes les sympathies, tant de ses compagnons d'atelier que de ses patrons. Et justement, en ce moment, une discussion s'étant élevée entre les travailleurs et l'administration de l'usine, les deux partis avaient, d'un commun accord, choisi Jean comme intermédiaire, certains que son bon sens et sa justesse d'appréciation aplaniraient promptement les difficultés survenues.

La journée passa vite. Les ouvriers — qu'ils nous permettent cette légère critique — ont le défaut de ne pas savoir exposer nettement et brièvement leurs griefs. Ils se perdent le plus souvent dans des considérations de détail, et ne se restreignent pas aux faits essentiels. Donc Jean qui devait être leur porte-parole auprès des patrons, dut extraire — en quelque sorte — au milieu de récriminations sans portée, l'expression exacte de leurs volontés.

A sept heures, les ateliers se vidèrent. Jean, après avoir soigneusement écouté les explications dernières qui lui étaient fournies par les plus intelligents des réclamants, se mit à la disposition du patron de l'usine.

Il avait su d'ailleurs réduire peu à peu les revendications des ouvriers au minimum de justice, devant lequel il leur était impossible de formuler des objections sérieuses.

De plus, la personnalité de Jean leur était trop sympathique pour qu'ils montrassent devant lui cet esprit de ridicule obstination qui est trop souvent la cause de regrettables conflits.

Ce ne fut plus qu'une question de chiffres. En vain le comptable, en vain le représentant de l'administration, s'efforcèrent de troubler sa logique en l'égarant dans les dédales d'une complication financière, plus ou moins réelle...

Jean, avec son sang-froid qui ne se démentait pas, partant que ce principe que l'ouvrier est partie intégrante, indispensable, fatale de la prospérité de l'usine, et que, par conséquent, il a des droits à bénéficier de ses développements, les ramena toujours au point juste...

— Il n'y a pas moyen de discuter avec vous ! s'écria l'un.

— Ce qui veut dire, répondit Jean en riant, qu'il n'y a pas moyen de me faire prendre des vessies pour des lanternes...

— Ce qu'il y a de plus curieux, c'est qu'il ne sait rien, ni la comptabilité, ni l'économie politique, et qu'il nous bat sur notre propre terrain.

— Ce qui prouve qu'il n'est pas d'avis qui prévale contre la probité pure, et simple...

Il avait cet orgueil et il avait raison. Contre cette probité, cuirassée d'un triple airain, toutes les finasseries se brisaient.

Le plus curieux, c'est que les discuteurs, se sentant vaincus d'avance, s'amusaient en quelque sorte à s'escrimer contre Jean. Mais il avait la lourdeur honnête, et toutes les piqûres s'émoussaient sur lui.

— Allons ! dit le représentant des patrons, je vois bien qu'il faut en passer par où vous voulez...

— Je ne veux rien... mais la logique commande, il faut lui obéir.

— Il a des mots superbes, s'écria un des administrateurs. Nous n'avons pas M. Logique comme associé...

— Non, vous l'avez pour maître...

Finalement, Jean l'emportait sur toute la ligne. Le capital tournait casaque et, pour son salut, abandonnait une rançon sur le champ de bataille :

AVEC UN ADORABLE ABANDON ELLE SE PENCHA SUR LA POITRINE DE JEAN.

— Savez-vous bien, dit l'administrateur que notre intérêt bien entendu voudrait que nous vous priions d'aller chercher... atelier ailleurs...

— Non ! répondit Jean. Votre intérêt bien entendu veut que je reste pour modérer les impatients et pour exciter les timides...

— Il a réponse à tout...

Bref, c'était un triomphe.

Huit heures et demie venaient de sonner. Jean avait calculé son temps. Il était libre. Il éprouvait une légitime satisfaction. Je ne sais quelle sérénité était descendue en lui.

Sans qu'il se le fût avoué à lui-même, il avait associé Marie à la bonne action qu'il venait d'accomplir. Bonne action, oui. Car celui-là rend un véritable service qui empêche un conflit violent entre concitoyens.

Donc, ayant serré la main des usiniers, il se dirigea vers la porte.

— Ah ! c'est vous, monsieur Jean, dit le concierge. Vous savez, ajouta-t-il en riant, qu'on ne sort pas à cette heure-ci.

— Je vous demanderai, cependant, de ne pas me garder prisonnier...

La lourde porte tourna sur ses gonds. Jean se trouva dehors.

Il aspira longuement l'air du soir. La nuit était venue. C'était une de ces soirées d'été, dont l'obscurité lourde a quelque chose d'énervant. Le ciel, — d'un bleu noir, — avait des apparences de tentures veloutées, sur lesquelles les étoiles piquaient leur scintillement vague.

— Elles sont parties à huit heures et demie, pensa Jean. En me hâtant, j'arriverai avant elles à mi-chemin de l'avenue de Clichy.

Maintenant, — tant l'esprit humain est singulier, — il ne doutait pas un instant qu'il ne dut rencontrer Marie.

Il se mit en route, pensif, mais heureux, ayant au cœur la joie du devoir accompli et du succès obtenu.

Il pensait :

— Quand elle sera ma femme, qu'il sera doux au retour de l'atelier, de lui raconter ces mille incidents qui ne sont rien pour les indifférents... qui sont tout pour qui vit dans ce milieu-là... elle m'encouragera parce qu'elle me comprendra... et par elle, m'élevant au-dessus de ma condition, je deviendrai un homme d'action, d'initiative... est-il rien de plus beau que de diriger — dans la netteté de sa conscience — ce peuple d'ouvriers qui est l'outil de la civilisation. Oh ! si j'avais à ma disposition une armée comme celle-là, je concevrais, je ferais exécuter des œuvres grandioses... C'est par le fer que l'homme vaincra la nature .. et, ce n'est pas comme dans les combats livrés par les ambitieux et les conquérants, ici il n'y a que des conquêtes...

Il était arrivé au bas de l'avenue de Saint-Ouen.

Pour gagner par le plus court l'avenue de Clichy, il lui fallait traverser, sur la droite, de longs espaces qui à cette époque n'étaient encore que des terrains vagues.

Le ciel n'éclairant pas, l'ombre était profonde.

— En vérité, Jean pensait bien à cela. Toutes ses appréhensions de la matinée avaient disparu. Il se souciait fort peu des Courtraige, ducs ou comtes ou barons.

Il cherchait dans son cœur la douce figure de Marie, et il la voyait charmante, audacieuse d'amour, posant avec un franc sourire sa main dans la sienne... et lui disant :

— Jean, mon mari !...

Donc il allait, la tête baissée, ne regardant rien, sinon le fond de son âme...

Tout à coup il poussa un cri terrible... et chancela.

Il venait d'être frappé à la tête d'un violent coup de bâton... en même temps, il sentait deux mains vigoureuses se river à son cou...

Mais Jean était vigoureux. Il est vrai que, surpris à l'improviste, il se trouvait dans les conditions les plus défavorables. Mais l'instinct de conservation et la force suppléaient à la présence d'esprit.

D'un vigoureux tour de reins, il se dégagea de l'étreinte, et frappa l'assaillant.

La nuit était sombre. A vrai dire les combattants ne se voyaient qu'à l'état de silhouettes noires.

Mais c'en était assez pour la lutte. Les coups pleuvaient, Jean résistait, mais il lui devenait évident que son adversaire était beaucoup plus fort que lui. Cependant il était parvenu à le saisir à la cravate et, donnant une torsion au tissu, il étranglait à demi le misérable. Mais celui-ci fit entendre une sorte de sifflement, et Jean fut attaqué par derrière.

Maintenant ils étaient trois contre lui. Si encore il s'était trouvé auprès d'un mur, s'il avait pu s'adosser ? mais non, il était saisi par les épaules, par les bras, par le torse. Il ruait comme un cheval blessé, mais il était évident qu'il devait succomber... un coup de poing lancé entre les deux yeux l'étourdit.

— Au secours ! à moi ! cria-t-il.

— Pétard ! hurla une voix aigre.

Et, en même temps, un Pi... ouiiit ! strident fendit l'air.

Et voici que des trois hommes qui s'acharnaient après Jean, l'un tourne sur lui-même et tombe en arrière.

— Attends ! je vas t'arranger ! à toi, le coup de soulier ! à toi, la fourchette !... Qu'est-ce que tu dis de ça, mon bonhomme ! Et aïe donc ! tu n'iras pas le dire à Rome...

Un sauveur était apparu... un petit bonhomme, pas plus haut que ça... et qui cognait... et qui jurait !...

Jean, incapable d'aider son auxiliaire, s'était à demi affaissé sur le sol...

L'inconnu avait mis un des assaillants hors de combat. Quant au second, qui était un colosse, voici qu'une grappe humaine s'était accrochée à lui. Une demi-douzaine de gamins — semblables à des gnomes — avaient surgi on ne sait d'où et s'étaient jetés sur lui...

Quant au troisième, il était en face de celui qui était survenu si brusquement. C'était un *savetier* de première force... et il se défendait bien :

— Laissez-moi celui-là, les gars? dit l'inconnu. J'ai besoin de me dégourdir les pattes !... Ah ! messeigneurs ! il y a fête à la tour !... tiens ! pare donc celui-là !...

Les deux hommes combattaient avec acharnement. Mais le petit bonhomme — fidèle aux traditions inaugurées par Alexandre Dumas — blaguait sous les armes.

— T'es pas de force, mon bonhomme !... tiens, pare-moi encore ça !... V'lan ! dans l'œil ! un seul au beurre noir ! faut la paire !... Monsieur a sonné ?... Voilà ! voilà !

Et les jambes, et les poings, et la tête, tout cela d'aller, de se démener, de frapper...

L'autre atteint enfin au plein creux de l'estomac pousse un han ! sinistre et tombe de toute sa hauteur...

— Quinte et quatorze et le point ! fit le petit bonhomme.

Les trois bandits étaient affalés.

— Et sur qui donc cognait-on comme ça? reprit le vainqueur.

Il courut vers Jean qui, perdant à demi connaissance, s'appuyait à un bloc de pierre :

— Eh ! la vieille ! faut pas tourner de l'œil ! nous avons donc écopé n° 1 !... un peu de chien, pétard !...

Il se tourna vers les gamins qui, ayant descendu leur homme, restaient immobiles comme des soldats qui attendent des ordres :

— Hé ! les moucherons ! par ici... et venez m'aider...

Il passa ses deux bras sous les épaules de Jean qui semblait évanoui.

Deux des gamins saisirent les jambes.

— Et enlevons, en douceur !...

— Où va-t-on, m'sieu? demanda un des moutards.

— Là-bas, au coin des Épinettes... chez le mastroquet... hardi là !...

La petite troupe se mit en marche. On abandonnait les vaincus sur le champ de bataille.

En quelques minutes, on atteignit une sorte de masure, dont le rez-de-chaussée, mal éclairé, était occupé par un débit de liqueurs d'une apparence peu engageante.

Mais on n'avait pas le choix.

Un des moutards qui faisait avant-garde ouvrit la porte. Le patron, un de ces parias parisiens, dont la face peut appartenir aussi bien à un brigand qu'à un parfait honnête homme, s'avança sur le seuil.

— Qu'est-ce qu'il y a? demanda-t-il d'un ton rogue.

— Il y a que nous venons d'empêcher des gredins d'assommer un homme...

— Ma maison n'est pas un hôpital.

— Ta maison! malheur! allons! hop! vous autres... et collez-moi le particulier sur ce banc-là.

Au fond, le débitant était bonhomme. Il ne fit pas plus longue résistance.

— Sois gentil, mon vieux, lui dit d'ailleurs le chef de la bande. Et donne des groseilles à tout ce monde-là...

Jean avait été étendu. A la lueur fumeuse d'une lampe à pétrole, on ne pouvait distinguer ses traits, cachés sous une plaque rougeâtre.

L'inconnu, — qui n'était autre que le Petit-Vieux, c'est-à-dire M. I. Tit, homme d'affaires, c'est-à-dire encore le copain de l'Auvergnat de Notre-Dame-de-Lorette, se fit donner de l'eau et commença à laver le visage de l'ouvrier.

— Allons! laisse-toi débarbouiller le museau, mon bonhomme! Ça ne fait rien, t'as reçu un rude atout... mais, bah! on en voit bien d'autres!

Sous la fraîcheur de l'eau, Jean commençait à reprendre connaissance, il poussa un long soupir.

— Là, souffle! ma vieille!... on en reviendra!...

Mais tout à coup, la parole expira sur les lèvres du petit bonhomme... Il se redressa avec un cri rauque... Puis, courant au comptoir, il saisit la lampe, revint vers le banc et se pencha :

— Tonnerre de nom de chien! cria-t-il. Jean! c'est Jean!

Et voici que, pâlissant, sentant ses jambes se dérober sous lui, le Petit-Vieux se laissa glisser à genoux auprès du banc, pleurant à chaudes larmes.

— Qui m'appelle? fit Jean.

— Il revient! Il parle! cria l'autre. Ah! pétard!... Qu'est-ce qui t'appelle? Regarde un peu, vieux frangin!... ouvre tes quinquets!... Hein? me vois-tu?

Et il mettait la lampe tout près de son visage.

Jean fit un effort, se dressa et ouvrant les bras :

— Titi! cria-t-il, mon Titi!...

Et l'attirant à lui, il l'embrassa à pleines lèvres.

Il y eut un long instant de silence. Mais tout à coup Titi — car c'était bien lui, c'était bien notre vieil ami qui émergeait de la peau du Petit-Vieux — Titi, sentait que Jean faiblissait encore :

— Eh bien! qu'est-ce que c'est?... des vapeurs?... Hé! le mannezingue!... un verre d'eau-de-vie!... mais du fin!... et pour t'encourager, voilà de la braise.

Il jeta une pièce de cent sous sur le comptoir.

L'autre — tout surpris et enchanté de cette abondance peu ordinaire de consommations — s'était tout à fait rasséréné.

Titi approcha le verre des lèvres de Jean.

— Bois ça ! vieux frangin !... c'est pas le moment de flâner !...

Puis s'adressant au débitant :

— Toi, mon bonhomme, tu vas avoir la bonté de fermer la boutique ! tu auras encore cent sous... Mais j'ai à causer, et je ne veux pas être dérangé. Et vous, les moutards, vous avez été beaux comme le nommé Antique... mais vous allez avoir la bonté de décaniller... un, deux, par file à droite ! arche !

— Et où que nous irons, m'sieu ?

Titi réfléchit un instant :

— De la même au même... pour ne pas changer. Chez Radigue, et l'œil au guet... il y a encore du crédit !... Taquinez le double-six jusqu'à la fermeture... Si vous ne m'avez pas vu, alors oust ! tout le monde chez soi, et demain à la soupe !

— Oui, m'sieu ! crièrent les gamins tout émérillonnés par la perspective d'un domino sérieux.

Un instant après, le cabaret était vide.

Le mastroquet, — voyant bien à qui il avait affaire, formule habituelle à ceux dont les clients inconnus paient bien, — mit les volets, donna un tour de clef, puis se retirant dans son arrière-boutique :

— Vous voilà comme chez vous ! Si vous avez besoin de quelque chose, vous m'appellerez.

— Tu es un simple père pour moi, dit Titi.

Cependant Jean, se remettant enfin de la commotion éprouvée, était revenu complètement à lui.

<h1 style="text-align:center">XIII</h1>

DOUBLE PÉTARD

— Titi ! mon Titi bien-aimé ! murmurait Jean en serrant les mains de son frère dans les siennes. Ah ! si tu savais comme je t'ai appelé, comme je t'ai pleuré !

— Eh bien ! et moi donc ? est-ce que tu crois que j'avais fait une lessive de notre vieille fraternité ?...

— Te voilà donc, toujours jeune, toujours vaillant !... toujours là quand il s'agit de me sauver ! car sais-tu bien que sans toi, je serais resté sur la place !... comme je serais encore à Cayenne !...

— Parlons pas de ça... nous avons un tas d'effusions à échanger... mais si ça ne te fait rien, nous remettrons ça... es-tu remis ? peux-tu causer ?...

— Oui ! oui ! mais hâtons-nous !

— Tu es pressé ?...

Jean venait de songer qu'on l'attendait peut-être sur l'avenue de Clichy.

— Ça ne sera pas long ! dit Titi. Connais-tu les gens qui te sont tombés sur le poil ?...

— Non... je n'ai d'ailleurs pas vu leur visage...

— Connais-tu une petite vieille, toute rabougrie, une espèce de Carabosse en demi-solde... qui s'appelle Céline Juzeau ?...

— Céline Juzeau ! répéta Jean. Je n'ai jamais entendu ce nom... quant à une vieille femme... il en est une qui me rappelle ce signalement...

— Attends ! je le complète ! une soularde... qui passe son temps à lever le coude chez les marchands de vin !...

— C'est bien elle ! c'est une malheureuse que j'ai tirée du feu hier soir !

— Eh bien ! excusez du peu ! Voilà qui s'appelle ne pas moisir sur la reconnaissance... c'est elle qui t'a fait assommer !

— Impossible !

— Soit... mais absolument vrai ! je la guignais depuis ce matin... et vers huit heures, elle est venue s'embusquer à la porte de chez Farcot...

— C'est là que je travaille !...

— Je me demandais à qui diable elle en avait... elle attendait quelqu'un... ça c'était sûr ! mais qui ?... je me faisais vieux !... Tout à coup, je la vois qui lève le siège... bon ! que je me dis... elle va travailler ! mais j'avais beau la serrer de près, je ne voyais rien. J'étais prêt à lui sauter dessus pour en finir... quand je t'ai entendu crier !... Ah ! du diable si je croyais que c'était toi !... enfin, c'était un homme qui avait besoin de nous... j'ai lâché la vieille ! et je suis accouru !... et maintenant... je comprends tout ! c'était elle qui t'avait signalé aux gredins !

— Mais pourquoi ? je n'ai jamais fait de mal à cette femme !

— D'abord, ça serait une raison... Mais comme tu lui as fait du bien, c'en est une de plus !... en somme, c'est la bouteille à l'encre... à moins que...

Titi se frappa le front et, regardant son frère, il lui dit avec une émotion qu'il avait peine à contenir :

— Tu m'as dit tout à l'heure qu'on t'attendait peut-être sur l'avenue de Clichy ?

— C'est vrai ! et maintenant que je suis remis... partons ! Hâtons-nous ! car elles doivent être inquiètes.

— Elles !... de qui donc veux-tu parler ?

— Ah! c'est vrai, cher frère. Je ne t'ai pas dit. J'ai retrouvé notre vieil ami... le charpentier Calertin...

— Et avec lui?

— Marie... et aussi cette jeune fille que tu as sauvée...

Titi bondit sur ses pieds :

— Noëla!

— Oui!... mais qu'as-tu donc?

— Ce que j'ai, mon pauvre frère!... j'ai que si, depuis ce matin, je suis cette gueuse qui a voulu te faire estourbir, c'est parce qu'elle tramait un complot contre Noëla...

— Que dis-tu?

— Je dis que si on t'a assommé, c'est pour t'empêcher de te rendre au rendez-vous.

— Tu m'épouvantes...

— Je dis qu'à l'heure qu'il est ta Marie et ma Noëla (il osait dire « ma Noëla! ») courent un grand danger! Viens! viens! frère!... et puissions-nous ne pas arriver trop tard!

Il cria :

— Cabaretier! mastroquet! la porte, sacredié!...

L'autre, qui s'était assoupi, accourut au bruit.

— Voilà! qu'est-ce qu'il faut vous servir?

— Ta peau pour en faire un tambour, si tu n'ouvres pas de suite.

Ahuri, le cabaretier s'exécuta.

Titi s'élança dehors, entraînant Jean qui, à la pensée d'un danger couru par les deux jeunes filles, avait recouvré toute son énergie.

Les deux jeunes gens, les coudes au corps, ne prononçant plus une parole, se mirent à courir.

En quelques minutes, ils eurent franchi les Épinettes.

Ils arrivèrent au coin de la rue Balagny. En ce temps-là, le gaz était presque inconnu dans la banlieue, des réverbères laissaient sourdre une lumière terne, qui faisait l'obscurité plus profonde :

— En avant! dit Titi.

Et, après avoir inspecté l'avenue sur laquelle ne se montraient que quelques rares passants, impatients de regagner leur domicile, ils reprirent leur course.

Chacun d'eux avait pris un côté différent de la chaussée, de telle façon qu'ils pussent, l'un ou l'autre, voir les deux jeunes filles. Ils se rejoignirent à l'entrée de la cité des Fleurs...

— Rien!...

— Elles seront rentrées chez Calertin! dit Jean se rattachant à cet espoir.

— Allons-y!

IL Y EUT UN ÉCRASEMENT.

En un instant, ils se trouvèrent devant la maison du charpentier.

La porte était ouverte. Ils entrèrent.

Jean se précipita dans la pièce du rez-de-chaussée où la lumière annonçait la présence du vieil ouvrier :

— Où est Marie ? cria Jean.

— Où est Noëla ? cria Titi.

— Marie ! Noëla ! fit le charpentier en se dressant à demi, ne sont-elles pas avec toi ?

— Elles sont sorties...

— Il y a plus d'une heure...

— Et elles ne sont pas rentrées ! s'écria Titi. Double pétard !... nous sommes fichus !...

— Titi ! Titi Rabolet ! s'écria Calertin à son tour.

— Oui ! Titi ! Titi qui n'est qu'une oie ! qu'une brute ! qui a fait le malin !... et qui n'a rien su empêcher...

— Quoi ? que se passe-t-il donc ? je ne comprends pas, fit le charpentier qui se sentait saisi d'une indicible angoisse.

— Ce qu'il y a ! répliqua Titi. Il y a qu'à cette heure-ci Noëla et Marie ont été enlevées ?...

— Enlevées ! s'écria Jean. C'est impossible !...

— Je te dis que cela est... Ah ! misère !... ma Noëla ! ma pauvre Noëla !

Et le gamin avait de grosses larmes dans les yeux. Il avait saisi ses cheveux à poigne mains, et se les tirait violemment, comme si, avec leurs racines, il eût voulu s'arracher une idée du cerveau.

Jean était resté immobile, foudroyé.

Quant à Calertin, il était retombé sur son siège, l'œil fixe, la bouche tordue.

— Nom de D... ! cria Titi, ça n'est pourtant pas le moment de rester là comme des moules !... Du chien, pétard ! il faut les sauver !... Voyons, père Calertin !... Savez-vous quelque chose ? avez-vous un indice ?

Mais le charpentier ne l'entendait plus. Encore une fois, le sang affluait à son cerveau et éteignait toutes ses pensées. Ses mains, agitées d'un tremblement convulsif, se crispaient sur ses genoux avec le geste machinal des moribonds...

— Perdues ! elles sont perdues ! répétait Jean.

Mais Titi, devant l'imminence du péril, rebondit, en quelque sorte.

— Eh bien ! pétard ! ça ne sera pas ! je ne veux pas que cela soit ! ça serait du propre... Voilà dix ans que je me mange le foie à la vinaigrette en pensant à Noëla... et au moment où je la retrouve, va te faire f....., plus personne !... Quand je devrais f..... le feu aux quatre coins de Paris, faut que je la retrouve !

Il revint vers Calertin :

— Avec celui-là, rien à faire ! .. s'il n'est pas flambé, ça ne sera pas de sa faute ! pauvre vieux, va !... mais pas d'attendrissement ! faut jouer des jambes, des bras, de la tête !... mais où aller ? où aller ?...

Et pris de désespoir. Titi se donnait de grands coups de poing sur la tête. Tout à coup il tressaillit :

— Non de chien ! v'là une idée !... oui, si le Landogne est encore à son cercle... il y a quelque chose à faire.

— Landogne ! de qui veux-tu parler ? demanda Jean.

— T'inquiète pas ! ça n'est pas la minute de se donner des explications... écoute, vieux frangin ! tu sais si je t'aime... eh bien ! il faut encore une fois que tu aies confiance en moi !...

— Parle !

— Tu vas rester là... moi je vais jouer des guibolles !

— Rester là !... non, je veux te suivre... où tu iras, j'irai !

— Mais tu me gênerais !... tu es bon garçon, mais tu n'es pas à la coule comme moi ! et puis, voyons, est-ce que tu vas laisser claquer le vieux tout seul ?...

— Mais enfin ! que prétends-tu faire ?

— Je n'en sais rien... j'ai une idée, voilà tout !... Allons ! Jean... aie confiance, te dis-je... obéis-moi !... Tu ne peux rien, je peux peut-être quelque chose ! et si ça peut te donner courage, sache bien ceci, c'est que si je ne retrouve pas Noëla, et si je ne te rends pas Marie... eh bien !... je me fais sauter le caisson !...

— Toi ! Titi ! te tuer !...

— Après ?... tu crois que je pourrais vivre... car, enfin ! il faut que tu saches tout !... Jean ! si je suis devenu bon et honnête, si j'ai trouvé le courage d'accomplir des prodiges, — au diable la modestie ! — c'est à cause de Noëla, c'est pour elle, c'est par elle !... enfin, puis, c'est parce que moi, le gamin, moi, le fou, moi. Titi Rabolet... je l'aime ! je l'aime !

Et, dans l'accent de Titi, il y avait tant d'enthousiasme, tant de désespoir, que Jean, électrisé, se jeta dans ses bras :

— Ainsi j'aime Marie !... s'écria-t-il. Eh bien ! oui, tu as raison... j'ai confiance en toi... je remets mon sort, ma vie, le sort et la vie de tout ce que j'aime entre tes mains... Va ! va ! je reste ici auprès de l'ami de notre père... et je t'attends !...

— Et nom de trente-six pétards ! je réussirai... ou j'y crèverai !... s'écria Titi en s'élançant dehors.

XIV

HAUTS ET BAS

La plume est lente. Les événements courent vite.

Tous ces incidents, depuis l'attaque brutale qui avait assailli Jean Rabolet jusqu'au moment où Titi quittait la maison du vieux Calertin, avaient demandé à peine une heure.

Neuf heures et demie venaient de sonner quand Titi se retrouva seul dans l'avenue de Clichy.

Le temps changeait. Maintenant l'air s'était alourdi. De gros nuages s'épaississaient dans le ciel, cachant les étoiles et plongeant la ville dans une obscurité profonde.

Titi regarda autour de lui. Pas une voiture. Pourtant il s'agissait de ne pas perdre une minute.

Il souleva sa casquette, cherchant à trouver un peu de fraîcheur pour son front brûlant.

Il se sentait étourdi, un peu ivre en quelque sorte. Les émotions soudaines, violentes, qui avaient frappé sur son cœur et son cerveau comme sur une enclume, avaient ébranlé cet organisme, où les nerfs semblaient des cordes de fer.

— Allons ! Titi ! murmura-t-il ; reconnais-toi, saprédié !... est-ce que tu vas faire la carpe ?

C'était sa grande ressource de parler gamin.

Et pourtant en ce moment, il était obligé de se contraindre pour retrouver sa vivacité originale. C'est qu'il avait enfin livré son secret, qu'il se l'était livré à lui-même quand il avait crié :

— J'aime ! J'aime !...

C'était comme si ses lèvres eussent été soudainement purifiées. Ayant prononcé ce mot, il eût voulu n'en plus prononcer d'autres !...

Mais il sentait qu'il lui fallait redevenir lui-même. C'était par ses défauts, par ses excentricités, qu'il était fort, qu'il était inattaquable.

Il se secoua, comme pour se débarrasser de cette fumée de poésie qui lui montait au cerveau et le troublait.

— Allons ! sois encore Titi le gamin ! murmura-t-il. Quand tu auras réparé les crimes des autres, tu auras droit de t'appeler Étienne, l'honnête homme...

Et reprenant toute son énergie, Titi se mit à remonter à toutes jambes l'avenue de Clichy.

En prenant devant le restaurant de la barrière des Batignolles, celui qui était tenu par le sieur Radigue, il jeta un coup d'œil à travers les carreaux.

Les gamins, à son arrivée, étaient attablés avec un pot de bière, — des folies, quoi ! — Et poussaient le cinq-trois avec non moins d'enthousiasme que le blanc-deux.

Il hésita, se demandant s'il n'avait pas besoin de diriger sa troupe ailleurs. Mais de quel côté irait-il ? il ne le savait pas. Mieux valait laisser là le quartier général. Jusqu'à onze heures et demie, il était certain de les retrouver à la même place.

A ce moment, une voiture passait, Titi s'y jeta.

Son plan était fait. Il ne s'agissait plus que d'aller vite. Il fallait surprendre l'ennemi, le circonvenir, l'envelopper avant qu'il n'eut pris toutes ses précautions.

— 23, rue Saint-Lazare ! avait dit Titi au cocher.

Et, sur promesse d'un bon pourboire, la voiture était partie au trot rapide d'un cheval qui, par extraordinaire, tenait assez solidement sur ses quatre jambes.

Arrivé à l'adresse indiquée, Titi sauta en bas du véhicule.

Il sonna. La porte s'ouvrit. Titi pénétra dans le vestibule. Il était toujours vêtu de la blouse empruntée à la marchande de vin de la rue Saint-Georges. Seulement la casquette avait pris une pose moins excentrique.

Titi ouvrait la porte de la loge. Le concierge, étendu sur une chaise longue et fumant un bon cigare, lisait un journal réactionnaire, seul compatible avec ses opinions.

Titi avait mis la casquette à la main :

— M. Victor de Landogne ! s'il vous plaît, demanda-t-il en émolliant les âpretés de sa voix.

L'autre, qui était en train de savourer un éreintement en règle des ennemis de la dynastie impériale, ne détourna même pas les yeux :

— Y est pas ! fit-il d'un ton rogue qui caractérise cette institution.

— Va-t-il rentrer ?

— Sais pas...

— C'est pour une lettre !...

— Laissez-la là...

— A mon tour, je ne peux pas...

Le concierge, très embêté décidément, se souleva un peu et dit brutalement :

— Eh bien ! laissez-la ou emportez-la... qu'est-ce que vous voulez que ça me fasse !

Ma foi ! Titi était à bout de patience.

Il entra dans la loge, ferma la porte et se campant carrément :

— Dis donc, espèce de pipelet, commença-t-il d'une voix très calme, tu ne vas pas me la faire à la pose, comme ça...

— Qu'est-ce que c'est ! des insolences ?... sortez !

— Tu vas te taire... car tu n'es qu'un imbécile... Je suis de Paris, vois-tu !... et en fait de portier je sais ce qu'en vaut l'aune... tu gueules, mais tu es capon comme la lune...

L'autre, ahuri de l'audace de Titi, reculait instinctivement, comme s'il avait voulu s'enfoncer dans le dossier de sa chaise longue :

— Qu'est-ce que vous me voulez ? fit-il d'une voix étranglée.

— Je veux un renseignement... je suis bien gentil, bien doux... mais je n'aime pas qu'on m'embête ! et si tu ne fais pas ton métier de bonne grâce, adorable cloporte, je te casse la margoulette !...

Capon ! il était capon, le portier, et il n'en menait pas large !... Ah ! si l'on savait comment, avec une bonne râclée, on peut ramener aux sentiments les plus aimables cette race de potentats, — j'entends parler de ceux qui, arrivés à garder la porte des grandes maisons sont tout prêts à s'intituler ministres de l'intérieur.

Dans les maisons modestes, dans les quartiers peu riches, le portier, — ne rougissant pas de son nom, — est un brave homme, bon aux faibles, complaisant aux embarrassés... mais, dans les bâtisses haussmaniennes, M. le concierge est rogue à tous, insolent et braillard.

Mais Titi savait mener ce monde-là. Il ne faut pas en avoir peur. C'est tout le secret.

Bref, celui-ci, qui voyait plier devant lui les valets de chambre les plus huppés et qui méprisait cordialement tout locataire au-dessous de trois mille francs, baissa subitement le ton.

— C'est pour une lettre ? balbutia-t-il.

— Oui... et très pressée...

— M. de Landogne n'est pas chez lui...

— Tu te répètes... tu n'auras qu'un sou... Où est-il ?

— A son cercle...

— Et où est son cercle ?

— Rue Neuve-des-Mathurins.

— Numéro ?

— Numéro... je ne sais pas au juste... mais il y a un charcutier à côté...

— Bon ! ça suffit !... maintenant, estimable roi d'escalier, je te conseille d'être plus poli une autre fois... sans ça, tu sais... tu écoperas !...

Et majestueusement, Titi sortit, laissant l'homme encore épouvanté de cette sacrilège audace.

Mais peu s'en souciait Titi. Victor au cercle !... il l'avait espéré. Mais y serait-il encore.

S'il avait eu le temps de changer de tenue !... s'il avait pu accrocher un petit bout de livrée, il serait entré carrément au cercle, et il aurait trouvé son bonhomme.

Mais en voyou ! pas moyen d'espérer son admission !

La voiture l'avait emporté rue Neuve-des-Mathurins. Le charcutier était ouvert, et à côté, au premier étage, l'éclairage d'une longue file de fenêtres prouvait l'exactitude du renseignement.

Titi descendit, paya la voiture et se consulta.

Quelques voitures de bonne apparence étaient arrêtées devant la porte. Titi examina. Sur le trottoir, les cochers causaient. Se mêler à la conversation était difficile. MM. les automédons savent garder les distances.

Tout à coup l'un d'eux dit :

— Fait rien ! il fait rudement soif !

— Ça c'est vrai ! répondit un autre. Mais les canassons ? qu'est-ce qui les gardera ?

— Présent, mon colonel ! fit Titi surgissant tout à coup.

Il saisissait l'occasion aux cheveux...

— Qué qu'tu veux, toi ?...

— Moi ! je veux gagner un rond de deux sous... en gardant les canassons, pendant que vous irez boire un coup...

Les cochers le regardèrent. Titi avait bien le type de ces camelots du pavé qui glanent n'importe quoi, n'importe où, et qui, menant un condamné à la guillotine, lui diraient encore :

— Mon bourgeois, n'oubliez pas le pourboire...

Race honnête entre toutes, et en laquelle cochers, domestiques, ont la plus grande confiance. Il n'est pas d'exemple, qu'un gamin ait jamais fait tort d'un fifrelin à ceux qui l'emploient.

— Ça va, dit un des cochers. Aussi bien... le patron en a encore pour longtemps. Quand il est là-dedans, il pelote la dame de pique jusqu'à s'en faire casser la sous-ventrière...

— Alors ! c'est dit, patron ! fit Titi. Vous comptez sur moi...

— Et tu auras deux sous par voiture...

— Bigre ! un pactole !...

— Veille bien... et si on nous demande..... appelle-nous... nous sommes là, en face...

— Soyez tranquille... buvez... sur vos deux oreilles...

Les cochers, après lui avoir fait leurs dernières observations, s'éloignèrent. Titi restait maître du terrain, soit ! mais, en somme, il ne savait rien.

Victor était-il là? ou bien Titi faisait-il inutilement le pied de grue? Il n'avait pas interrogé, et il avait eu raison. Éveiller les soupçons c'était tout compromettre.

Mais il piétinait sur place avec rage!... Ah! si les bêtes parlaient comme du temps du bon La Fontaine!... il aurait causé avec les chevaux, il leur aurait tiré les vers du nez!...

Mais les bonnes bêtes ruminaient et ne disaient mot!...

Un quart d'heure s'écoula, un siècle!... et Titi se grattait la tête avec fureur, comme s'il eût voulu user son crâne pour que les idées en jaillissent plus aisément!...

Il fallait pourtant en finir. Au petit bonheur!

Titi regarda attentivement sur les sièges des cochers, et sans doute il trouva ce qu'il cherchait, car il eut un geste satisfait.

Un de messieurs les cochers, craignant sans doute les rhumatismes plus ou moins authentiques et la fraîcheur de la nuit, avait apporté son manteau blanc à triple collet; Titi attira l'objet à lui, et en un tour de main endossa la large enveloppe.

Puis saisissant le chapeau à cocarde qui gisait à côté du fouet, il s'en coiffa. Il était un peu large, mais Titi avait les oreilles en éventail, ce qui donna à la coiffure un appui naturel.

Ainsi affublé, il allait entrer dans la maison quand il s'arrêta soudain.

Une voiture venait de s'arrêter devant la maison et un personnage en était descendu. Il alla droit à Titi :

— Ton maître est là-haut?

— Quel maître? pensa Titi.

Mais bast! il fallait payer d'audace.

— Je suis le cocher de M. de Landogne, dit-il.

— Je le sais bien, parbleu! je reconnais la cocarde. Donc il est là?

— Oui!

— Eh bien! tiens-toi prêt à partir... nous descendons tout de suite...

Et il entra.

Ainsi le hasard faisait bien les choses. Les ivrognes ont un Dieu, les bons gamins en ont un autre, à ce qu'il paraît.

Mais Titi était mal à son aise. Sapristi! c'était le moment décisif. Et si les cochers avaient fini de boire! s'ils arrivaient!. C'était à en perdre la tête!

Une minute! deux minutes! des années quoi!... Titi bouillait.

Enfin, voici que deux personnages venaient. L'un, l'inconnu de tout à l'heure, l'autre, Victor. Pétard!... Ça allait bien! Titi ne fit ni une ni deux, il tourna le dos, comme s'il ne voyait pas son maître. Celui-ci causait avec l'autre.

— Et tout a bien marché!

— VOUS AVEZ PERDU 30,000 FRANCS AU JEU, HIER.

— Comme sur des roulettes... bonne nuit, monsieur de Landogne

Victor ouvrit la portière de la voiture et, à demi entré :

- Passe, dit-il, à la Patte-de-Velours, et rondement!...

Titi s'était élancé sur le siège.

A la Patte-de-Velours!... se répéta-t-il mentalement. Où diable cela peut-il bien être!...

Mais tant pis! la portière était refermée... il tenait le Landogne, il n'y avait pas à le lâcher.

Il enveloppa le cheval d'un coup de fouet et la bête partit... droit vers la rue Tronchet.

Était-ce par là?... était-ce ailleurs?... Titi cocher ne pouvait pourtant pas demander son chemin. Victor ne disait rien. Fallait-il tourner à droite, à gauche?... Si au moins on n'était pas en pleine rue de Paris, Titi lui aurait flanqué une de ces dégelées qui font époque dans la vie d'un filou, et il l'aurait bien forcé à parler...

Puis là, sous les becs de gaz! Avec des sergents de ville promenant leur bicorne impassible!

— Et va donc, carcan! au hasard! grinça Titi poussant la bête qu'il injuriait, mais qui n'en pouvait mais.

Il remonta vers la rue du Havre, empoigna la rue d'Amsterdam. Après tout, c'était le mieux. Après la barrière, il y avait des terrains vagues!... Si le Victor regimbait on pourrait s'expliquer en douceur !... et je te cogne ! et je t'aplatis!...

Mieux valait, certes, arriver à destination. Le Victor pouvait être entêté et ne pas vouloir cracher au bassinet. Et une fois assommé, bien malin qui apprendrait à Titi où était cette fameuse Patte-de-Velours.

Mais ce qui étonnait profondément Titi, c'est que le Landogne ne miaulait pas.

— Est-ce qu'il dort là-dedans? pensait Titi. Ou bien est-ce qu'il ne sait pas lui-même le chemin? Pourtant, à la façon dont il y a été de son ordre, ça n'est pas la première fois qu'on le mène... là-bas?...

En somme, Titi se rapprochait de son quartier général. C'était le principal. En cas d'alerte, il avait sa troupe à la barrière.

Tout à coup, il entendit le bruit de la glace qui s'ouvrait derrière lui :

— Aïe! pensa-t-il, v'là le chambardement!

Pierre, dit la voix de Landogne, ne pousse pas tant Monarque... nous avons le temps... Fais-le monter au pas l'avenue de Clichy... Il aura bien le loisir de trotter, en descendant jusqu'à la Seine...

Sapristi ! Pétard!... ça y était!... Titi avait pris le bon chemin !... en voilà une chance de pendu qui aurait avalé sa corde!...

Donc la Patte-de-Velours était sur le bord de la Seine.

Titi eut une inspiration. Sans se retourner, de façon à ce que sa voix n'arrivât à Victor que comme un écho, il répondit :

— Monsieur ! c'est que la gourmette est trop serrée... je vais arranger cela à la barrière...

— Tu ne sais jamais ce que tu fais !

La glace se referma. Victoire !... Le pas était franchi !... et on allait pouvoir agir.

Arrivé à la barrière, Titi se rangea contre le trottoir. Là, étant descendu, il s'approcha du cheval pour réparer la prétendue incorrection du harnachement... mais en même temps il fit entendre un pi...ouitt !... aigu.

La porte de Radigue s'ouvrit et un gamin parut.

— Pi...ouitt ! répéta Titi.

L'autre, guidé par le signal, approcha. Titi rapidement lui demanda :

— Connais-tu la Patte-de-Velours ?

— Oui, m'sieu... un sale cabaret, sur le bord de la Seine, en face l'île de Clichy...

— Bien. Prenez vos pattes à votre cou... et soyez-y... avant une heure...

— Oui, patron !

— Eh bien ! est-ce fini ? cria Victor de l'intérieur de la voiture. En vérité, Pierre, tu te feras donner ton compte !...

Mais déjà le faux Pierre était remonté sur son siège, et le coupé reprenait sa marche...

Maintenant, Titi n'avait plus besoin de se presser, il tenait le fil, il ne s'agissait plus que de ne pas le casser... Donc il suivait à la lettre les instructions du patron et ne fatiguait pas le cheval, qu'il n'affligeait plus des épithètes de carcan et autres aménités...

On arriva à la Fourche. On s'engagea dans l'avenue de Clichy.

Titi songeait à Jean, à Calertin. Quelle joie il éprouverait quand il aurait réussi à délivrer ces deux jeunes filles et à les ramener au bercail ! Comme Jean devait compter les minutes ! Il avait bien une foi robuste en Titi... mais il devait être bien inquiet tout de même. Si Titi avait pu lui jeter en passant un mot d'espérance !... Ouiche ! il n'y avait pas à y songer ! On avait déjà trop risqué de donner l'éveil au Landogue ! Prudence !... c'était le mieux !

On franchit la route de la Révolte. Pas d'incident.

Cependant depuis quelques instants Titi entendait derrière lui le bruit d'une voiture qui allait grand train.

— Est-ce qu'on courrait après nous, pensa-t-il. Bast ! pourquoi ? à quel propos ?... le pavé appartient à tout le monde. On a le droit d'y rouler aussi bien que moi ! allons ! Cocotte ! un petit collier !...

L'autre voiture se rapprochait de plus en plus.

Titi tourna la tête. Il vit les deux lanternes d'une voiture de maître. Cela n'était pas inquiétant.

La voiture rejoignit la sienne, prit sa droite.

Mais tout à coup Titi sentit un coup vigoureux le frapper en plein front ! Ne se défiant pas, il n'avait pas paré ! Le sang jaillit de ses yeux, il lâcha les rênes, chancela et tomba... sa tête porta sur le fer de la roue...

— Eh bien ! qu'y a-t-il donc ? s'écria Victor en sortant la tête de la voiture...

Pierre — le vrai Pierre — se plaça de façon à cacher le corps étendu... il avait le carrick blanc et le chapeau à cocarde :

— Monsieur, dit-il, nous avons heurté une pierre, je descendais pour voir s'il n'y avait rien de cassé...

Il faut dire que pendant ce temps l'autre voiture avait filé rapidement...

En deux mots, voici l'explication :

Le cocher avait constaté la disparition de sa voiture... et du gamin qui avait offert ses services. S'informant, il avait appris que le maître — ayant parlé assez haut pour que le concierge l'entendît, avait dit : — A la Patte-de-Velours !

Et il était parti... avec un faux cocher.

L'honneur de M. Pierre était engagé, et avec le sien celui des autres cochers qui étaient allés lever le coude de compagnie.

Et un camarade avait mis à la disposition de M. Pierre, la voiture de son maître et deux chevaux de sang...

M. Pierre ne pensait qu'à reprendre son sceptre... son fouet !... et à tout cacher à son maître. Il avait rattrapé Titi, l'avait descendu par un coup de traîtrise..

Et finalement, laissant le gamin inanimé sur le sol, il regrimpa en siège, ramena les guides, lança aux oreilles de Monarque un sifflotement bien connu...

Et en route pour la Patte-de-Velours !

Titi ne bougeait pas !...

XV

LA PATTE-DE-VELOURS

Malgré notre désir de ne pas tenir en suspens la curiosité de nos lecteurs il nous faut cependant, pour la logique de notre récit, remonter de quelques heures en arrière et revenir au moment où Jean Rabolet avait quitté la maison du charpentier Galertin.

On n'a pas oublié qu'à cet instant même la vieille connue dans le quartier sous le nom de la Ribotte, mais dont l'entretien avec **Victor de Landogne** nous a révélé le véritable nom — c'est-à-dire **Céline Juzeau** — pénétrait dans la maison de l'ouvrier.

Le prétexte était tout trouvé.

Il était naturel qu'on se fût étonné de sa disparition subite et quelque peu mystérieuse.

Elle tenait à se justifier, et ni Marie, ni Calertin n'avaient été surpris de sa visite.

— Je vais vous expliquer, avait dit la mégère du ton le plus cafard, en baissant les yeux et en croisant les mains, j'avais honte... dame, c'était juste... si le malheur m'était arrivé, vous savez, quand ce brave jeune homme — que Dieu récompense ! — est venu me sauver la vie, j'étais un peu bue... que voulez-vous ? on n'est plus jeune, et on a des chagrins !...

En vain, Marie s'efforçait de calmer ce flux de bavardage.

Mais la vieille n'en démordait pas. Elle tenait en quelque sorte à se créer — pour l'avenir — un alibi moral.

Elle voulait qu'on dît en parlant d'elle : « pauvre femme ! »

Elle continuait :

— Alors, comme ça, le matin, quand je me suis réveillée, j'ai eu comme un dégoût de moi... Je savais que j'étais chez des honnêtes gens, et là ! vrai ! je ne m'en sentais pas digne ! C'est pour ça que je me suis ensauvée !...

— Vous avez eu tort, dit Calertin. Nous ne sommes pas si sévères !...

— Je sais... je vois maintenant... Vous êtes bon et miséricordieux... et votre chère fille du bon Dieu est bonne comme vous... Mais, est-ce que je me suis trompée ?... est-ce qu'il n'y avait pas une autre demoiselle, jolie comme un ange ?...

— Vous voulez parler de ma compagne ? fit Marie en souriant de cet éloge, qui la touchait plus peut-être que s'il lui eût été adressé à elle-même.

— Oui... tenez, la voilà, dans le jardin !... Oh ! comme elle vous ressemble ! C'est votre sœur ? et elle ressemble aussi à son père !

Il y a tant de gens qui découvrent des ressemblances plus que singulières entre gens habitant la même maison, que Marie ne vit pas le piège et répondit simplement :

— Je l'aime comme si elle était ma sœur !

— Ah ! elle n'est pas votre fille ? reprit la vieille en s'adressant à Calertin, une enfant que vous avez recueillie ?... ça ne m'étonne pas, vous êtes si charitable !

Calertin fronça les sourcils. En quoi cela regardait-il cette sorcière ivrogne ? Mais Marie, plus imprudente, ajouta :

— Elle vous a bien soignée. Voulez-vous la remercier ?...

— Oh ! chère demoiselle du paradis ! psalmodia la mégère d'un ton de vêpres, ça me ferait tant de plaisir !

— Je vais l'appeler...

Céline Juzeau tressaillit de plaisir.

C'est qu'en vérité la nuit précédente elle avait la tête troublée. Elle s'était depuis défiée de la netteté de sa vue. Si elle s'était trompée ?...

Pour jouer la grosse partie qu'elle avait imaginée, encore fallait-il être certaine de ne pas faire fausse route...

Noëla appelée vint aussitôt.

Elle ne vit pas le regard âpre, d'une curiosité féroce, dont Céline l'enveloppa. C'est qu'elle la haïssait tant !... Pendant tout le temps qu'elle avait vécu aux dépens du duc de Courtraige, cette fille avait été pour elle une sorte de spectre détesté.

Jugez donc ! est-ce que la Céline Juzeau ne s'était pas bellement imaginé un jour que, si la duchesse mourait, c'était elle, — non pas qui serait épousée par le duc, son audace ne montait pas jusque-là, — mais qui du moins serait maîtresse dans l'hôtel des Courtraige.

Si elle avait consenti à cette comédie infâme, — la substitution de son enfant mort à l'enfant vivant de la comtesse, — c'était uniquement pour que le duc fût attaché, rivé à elle par les chaînes du crime...

Et voici qu'Amélie de Solesnes était venue se placer entre elle et son rêve. Voici qu'un enfant était né de cette liaison adultère. Voici enfin qu'elle, Céline Juzeau était rejetée au rôle de gouvernante, tenue en tutelle, en défiance. Voici qu'enfin un jour était venu où on l'avait chassée !

Elle avait cru devenir folle de rage !

Et qui était la cause de toutes ces catastrophes ! Noëla ! la belle, l'impérieuse Noëla ! Oh ! si Céline avait osé, elle l'eût étouffée dans son berceau ! mais elle avait peur du duc. Sa lâcheté sauva la vie de l'enfant !

Il est ainsi des organisations qui admettent toute complicité dans le crime d'un autre, mais qui ont la pusillanimité de l'action propre...

Elle la regardait maintenant ! elle l'avait retrouvée ! et elle allait tout lui faire payer en bloc ses haines, ses désillusions, ses humiliations... et cette Céline, élevée à l'école jésuitique des maisons ducales, patenôtrait les remerciements hypocrites :

— Deux chérubins !... à qui la sainte Vierge devra le ciel ! oh ! merci ! mes bonnes demoiselles ! je suis bien pauvre ! mais j'ai mes prières, et je les offrirai au Sacré-Cœur de Marie pour vous !

Honnêtes, Marie et Noëla ne surprenaient pas le son faux de ces cloches fêlées.

Elles se défendaient seulement d'un excès de reconnaissance, dont l'expression d'ailleurs, ne les touchait qu'en raison de l'intention qui la dictait.

Noëla la regardait, et ne la reconnaissait pas.

C'est qu'elle était bien changée, l'arrogante intendante des ducs! Qui eût retrouvé dans ce ratatinage sénile la servante maîtresse qui si longtemps n'avait pas désespéré que le maître revînt à elle.

Céline jouissait. Elle ne s'était pas trompée. C'était bien Noëla de Courtraige. Maintenant elle avait hâte de partir, d'aller dresser ses batteries criminelles.

On la retint un peu.

Bien que le trousseau des deux jeunes filles fût réduit au strict nécessaire, cependant elles n'hésitèrent pas à fouiller le fond de leurs tiroirs. Bas de laine, tricots de coton, fichus, elles firent un petit paquet.

Elle se défendait, la gueuse! de cet accent des mendiants qui, en vous remerciant, ont toujours l'air de pleurer votre ladrerie.

Finalement :

— Que le bon Jésus, fils de Dieu, vous bénisse, dit-elle en se retirant, et vous fasse trouver de bons maris !

Comme elle ricanait en dedans, elle qui allait livrer Noëla aux brutalités d'un débauché !...

La grille se referma sur elle :

— Pauvre femme ! dit Marie. Elle a sans doute beaucoup souffert.

— Hum ! fit Calertin. Je ne voudrais pas vous empêcher d'être bonnes... mais cette vieille-là ne me revient guère !

— Oh ! père, vous êtes injuste !...

— Possible ! toujours est-il que j'aime mieux la voir dehors que dedans ! mais ce n'est pas de cela qu'il s'agit. Marie va venir auprès de moi... il faut que je lui parle...

— Eh bien ! et moi? fit Noëla d'un petit ton mutin, je suis donc de trop... on me renvoie ! depuis quand Marie a-t-elle des secrets pour moi?

Calertin l'attira à lui et la regardant doucement.

— Ma chère enfant, dit-il, lorsque vous aurez un secret qui ne vous appartiendra pas... confiez-le à celui ou à celle qu'il concerne, en lui laissant toute liberté d'en faire part à qui lui conviendra...

— Oh ! je disais cela pour rire... donc, je vous laisse à vos conspirations...

— Je te promets de tout te dire, fit Marie en l'embrassant.

— J'y compte bien !...

Et Noëla ajouta tout bas, à l'oreille de Marie :

— N'oublie pas de lui demander la permission... tu sais... pour ce soir?

— Tu as entendu !

— Est-ce qu'on a besoin d'écouter pour entendre ce que dit ton cœur...

Et légère, presque joyeuse, Noëla rentre dans la maison.

Calertin s'était appuyé sur la table, sa tête dans la main. Le brave homme se sentait tout ému. Au moment de révéler à Marie qui elle était, il lui semblait qu'il n'osât plus lui parler avec la même familiarité. Ce n'était plus à Marie Calertin qu'il allait parler, mais à l'héritière des ducs de Courtraige...

— Voyons, père, fit Marie en s'asseyant auprès de lui, je vous écoute, et surtout, s'il s'agit de me gronder, dépêchez-vous que je me hâte de vous demander pardon...

— Chère, chère enfant ! murmura Calertin qui sentait les larmes lui monter à la gorge.

— Qu'avez-vous donc ? père, demanda la jeune fille qui commençait à s'inquiéter. Dites-moi, êtes-vous donc irrité contre moi parce que si promptement j'ai rappelé à mon ami Jean la promesse qui nous unissait ?

— Non, non ! voulut interrompre le charpentier.

— J'ai peut-être été un peu vite... mais il ne faut pas m'en vouloir... j'étais si heureuse ! songez donc, père, voilà dix longues années que je l'attendais... et quand, bien souvent, je répétais avec confiance : Il reviendra !... ne comprenez-vous pas que je craignais de me mentir à moi-même !

Calertin prit les deux mains de Marie dans les siennes, puis l'attirant doucement à lui.

— Un seul mot ! lui dit-il tout bas, tu m'aimeras toujours !

— Oh ! la vilaine question ! Est-ce que Jean ne vous aimera pas comme moi, avec moi...

— Je ne doute pas de Jean... ce n'est pas de cela... ce n'est pas de ton mariage qu'il s'agit...

— Que voulez-vous dire ? oh ! je vous en supplie, père bien-aimé, ne me tenez pas ainsi en suspens. . j'ai tant de bonheur dans le cœur, que la désillusion serait trop terrible. Oh, oui ! je le sens, ajouta-t-elle d'une voix profonde et contenue, si je devais renoncer à l'espoir qui, depuis hier, a rempli toute mon âme... je crois... en vérité, je crois que j'en mourrais...

— Ne dis pas cela ! s'écria Calertin. Aussi bien, il faut en finir. Vraiment, je suis plus timide qu'un enfant !... C'est honteux, à mon âge...

— Ce que vous avez à me dire est donc bien terrible !...

— Marie, reprit le charpentier en faisant un suprême effort sur lui-même, il faut que je te confie un secret que je t'ai trop longtemps caché... Marie, tu n'es pas ma fille !...

Marie poussa un cri et resta un instant immobile, le regardant de ses grands yeux doux et surpris. Puis, sans savoir pourquoi, elle fondit en larmes.

— Ne pleure pas, Marie. J'ai eu tort de ne pas parler plus tôt, c'est vrai !...

DEUX CHÉRUBINS A QUI LA SAINTE VIERGE DONNERA LE CIEL.

mais, tu sais, depuis longtemps je n'avais pas la tête à moi. Je me faisais je ne sais quelle illusion que cette révélation ne serait pas nécessaire. Mais aujourd'hui, je ne puis plus, je ne veux plus hésiter.

— Aujourd'hui? répéta Marie d'un ton interrogatif.

— Jean t'aime... Jean m'a demandé ta main... Et moi, qui n'ai aucun droit sur toi, j'ai été obligé de lui dire qu'il ne m'appartenait pas légalement de consentir à ce mariage...

Et comme Marie se taisait, réfléchissant.

— Je crois avoir rempli envers toi tous les devoirs d'un père, mais devant la loi, cela ne me confère aucun droit...

— Je ne peux pas comprendre cette distinction, reprit Marie avec vivacité. Vous êtes mon père, mon protecteur, mon seul appui ; je ne connais d'autre volonté que la vôtre... ne suis-je pas seule au monde?

— Qui sait? fit le charpentier.

Marie se redressa. Elle commençait à comprendre.

— A votre tour, mon père, reprit-elle d'une voix ferme, écoutez-moi... En fait de lois, je ne connais et n'admets que celles qui s'imposent à la conscience en lui donnant pleine satisfaction... et, je vous le répète, je ne connais que vous... et ne veux obéir qu'à vous seul...

— Mais, mon enfant!... il en est d'autres qui peuvent revendiquer ces droits!

— Il en est d'autres, dites-vous? où donc sont-ils? Comment se peut-il que jamais depuis les premières heures où quelqu'un s'est penché sur mon berceau, je n'ai jamais vu, je n'ai jamais connu que vous?

— Tout cela est vrai, et pourtant tu as un père, Marie, et peut-être une mère!

— Une mère! s'écria Marie. Non! non! car je la connaîtrais, elle. Est-ce qu'une mère peut se défendre de voir et d'aimer son enfant!

— Peut-être dis-tu vrai! je crois moi-même que ta mère est morte, et dans de bien terribles circonstances... mais ton père existe et tu as une famille..

— Vous êtes toute ma famille, je vous le répète, et je renie toute autre!

— Pas d'enfantillage!... tout cela n'est que des mots!... Marie, tu appartiens à une grande et noble famille... et pour que tout doute soit chassé de ton esprit, je vais tout te raconter...

— Parlez, dit Marie qui était redevenue tout à fait calme, parlez, mon père!... je devine quelque sinistre aventure d'abandon, et je sais déjà que c'est vous qui m'avez recueillie, sauvée...

— Oui, sauvée! s'écria Calertin. Car ceux dont tu portes le nom avaient voulu te tuer!

— Vous voyez bien, répéta Marie, que je n'ai pas de mère!...

Alors Calertin, lentement, lui répéta le récit qu'il avait déjà fait, une heure auparavant, à Jean Rabolet.

— Tu le vois, ajouta-t-il, tu es la fille du duc de Courtraige, tu es l'héritière des biens immenses de cette famille... je ne puis douter, moi, qu'un crime ait été commis. Cependant, j'aurais pu croire que tu avais été arrachée de ton berceau par quelque malfaiteur, étranger à ta famille, si toutes les circonstances de cette aventure ne s'étaient reliées à des faits auxquels le père de Jean, le serrurier Rabolet, a été mêlé...

— Quoi! le père Rabolet connaissait cette mystérieuse histoire? demanda Marie.

— Dans une occurrence douloureuse pour lui, il avait été acteur et témoin d'une scène sinistre... il a vu ton père, le duc de Courtraige, s'emparer d'un testament qui révélait et établissait tes droits... il a vu mourir un vieillard, le père de ta mère!... mais avant de tomber, le moribond lui avait révélé que toi, pauvre fille, tu avais été enlevée à ta mère qui, de désespoir, était devenue folle... puis était morte!...

— Ma mère! murmura Marie en courbant son front sur ses mains, oh! pauvre femme!...

Puis, relevant la tête :

— Et c'était celui que vous appelez mon père qui avait commis cet acte infâme, cet assassinat d'une mère par le rapt de son enfant...

— Je crains que ce ne soit la vérité! dit Calertin.

Il y eut un moment de silence :

— Si je vous ai bien compris, reprit Marie, voici : Je suis la fille de la duchesse de Courtraige, appartenant à une des plus riches familles de France...

— Ceci ne fait aucun doute...

— Je n'ai plus de mère... on l'a tuée! mais le duc est vivant...

— Je le crois...

— Et tandis que vous, qui m'avez sauvée, élevée, vous à qui je dois plus que la vie... la raison et la conscience... tandis que vous, dis-je, vous ne vous reconnaissez pas le droit de disposer de mon avenir, vous admettez que ce droit appartienne au duc de Courtraige...

— La loi le veut!...

— Même lorsque le père a voulu tuer son enfant?

Le charpentier réfléchit un instant, puis :

— Marie, dit-il, nous avons tous une mission à laquelle nous ne pouvons pas faillir. Notre idée, à Jean comme à moi, c'est qu'un crime a été commis. Ta mère, Marie, a souffert le martyre... Il est en ce moment des hommes qui jouissent du bien mal acquis et qui supposent que jamais leur infamie ne sera découverte... Eh bien! Marie, nous disons que si ta mère a été malheureuse, sacrifiée, assassinée peut-être, — qu'on l'ait rendue folle ou qu'on l'ait tuée, c'est toujours un assassinat... Nous ne devons donc pas laisser ce forfait impuni... Toi-même, tu ne peux pas permettre que les assassins de ta mère portent haut la tête... donc, Marie, forte de mon témoignage, forte de celui de Jean qui représente son père, le serrurier Rabolet, tu dois engager hardiment la lutte, c'est-à-dire revendiquer ton nom et en même temps punir les meurtriers de ta mère...

Marie avait laissé Calertin parler.

Le vieil ouvrier, avec une logique digne de son cœur d'honnête homme, lui traçait son devoir.

Elle se tut pendant quelques instants. Puis elle fit quelques pas dans le jardin, la tête baissée, réfléchissant. Enfin elle revint devant Calertin, et, s'arrêtant devant lui :

— Mon père, dit-elle... vous comprenez bien qu'en vous appelant mon père, j'obéis à l'impulsion de mon cœur, et que nulle puissance au monde ne pourrait m'empêcher de vous donner ce nom... si je vous ai bien compris, vous jugez juste, nécessaire, honnête que je venge ma mère...

— C'est cela... tu m'as bien compris...

— Je suis prête. . Il faut, — je partage votre avis en cela, — que nous sachions la vérité entière, il faut que nous connaissions tous les détails de cette aventure mystérieuse qui a privé une mère de son enfant, qui a arraché une enfant à sa mère... Je suis prête, vous dis-je, et nous réfléchirons, nous discuterons... Jean donnera son avis, et selon que vous aurez décidé, j'agirai!... Vous voyez que je suis maîtresse de ma raison... Plus encore, cette femme, ma mère, que je n'ai jamais connue, surgit en quelque sorte en moi-même, et je me sens entraînée vers elle par un sentiment d'adoration qui me conquiert tout entière... Donc ne parlons plus de cela. Je suis élevée à votre école, je suis forte pour le devoir, forte pour le dévouement... étant votre élève...

Elle s'arrêta un instant, puis reprit :

— Mais il est un point sur lequel je suis encore, je l'avoue, en pleines ténèbres... Voyons!... je vous ai obéi, j'ai dénoncé aux assassins l'existence de la duchesse de Courtraige, je leur ai donné toutes preuves... ils sont vaincus... punis... Soit! mais après?... que se passe-t-il?

— Après? fit Calertin en hésitant. Mais tu le sais aussi bien que moi, Marie Calertin n'existe plus... Reste Mlle de Courtraige... Or, sais-tu ce qu'est la famille de Courtraige? Sa fortune se chiffre par millions.

— Eh bien? fit Marie.

Le charpentier était embarrassé.

— Eh bien ! fit-elle en baissant la voix, Mlle de Courtraige entre dans un monde nouveau... un monde qui n'est pas le nôtre...

Marie lui posa doucement la main sur les lèvres :

— Taisez-vous, père, n'ajoutez pas un mot, vous me faites trop de peine...
je vous ai compris, et je ne saurais vous dire combien il y a d'injustice, de
cruauté même à concevoir de pareilles idées...

— Mais... je n'ai rien dit, fit naïvement le charpentier.

— Vous n'avez rien dit, mais vous avez pensé que Mme de Courtraige, en
admettant que je revendique, que j'obtienne ce titre, ce que nous discuterons
plus tard... que Mme de Courtraige, dis-je, changeant de nom, changerait aussi
d'âme... que Marie Calertin serait morte et qu'il ne resterait plus qu'une fille
de duchesse...

— Encore une fois .. je n'ai pas dit cela... seulement des exigences...

— Dites des ingratitudes et des égoïsmes... Quoi ! mon père, vous qui
m'avez élevée, vous qui m'avez donné une conscience, vous admettez que
j'oublie en un jour, en une heure, tous les liens qui m'unissent à vous... Voici
dix ans que nous souffrons ensemble, et il suffirait d'une aventure plus ou
moins romanesque pour changer mon cœur... enfin, vous avez cru que je
vous abandonnerais, vous avez cru que je reprendrais la parole donnée à mon
Jean bien-aimé... Ah ! tenez ! c'est mal !... et vous m'avez blessée au plus
profond de mon cœur...

Et la jeune fille, cachant sa tête dans la poitrine du vieil ouvrier, se prit à
sangloter.

Calertin avait, lui aussi, de grosses larmes dans les yeux.

— Ma chère enfant ! ma fille ! murmura-t-il, non ! je ne t'ai pas soupçonnée
d'ingratitude ! mais que veux-tu ? j'ai peur de cette société nouvelle dans
laquelle tu vas reprendre ta place... Oh ! je les connais bien, va... ces ducs
et ces comtes méprisent qui travaille, et ils voudront te séparer de nous...

Marie passa vivement sa main sur ses yeux, essuyant ses larmes.

— Mais, mon père, reprit-elle, vous ne vous souvenez donc pas de ce que
vous m'avez dit vous-même... Ces gens, dont l'influence vous effraye injus-
tement, ce sont des criminels... Vous croyez qu'ils ont tué ma mère, et vous
supposez un instant que je vivrais parmi eux... Non, non ! je suis la fille du
charpentier Calertin et telle je resterai...

— Pour que tu épouses Jean, il faut que ton état civil soit régularisé...

— Pourquoi ? serais-je donc la première qui n'aurait ni nom ni famille ?
ne pouvez-vous déclarer que vous m'avez trouvée... que vous n'avez aucun
indice qui puisse révéler ma naissance...

— Ce serait mentir, mon enfant ! dit Calertin.

— Aussi je ne vous le demande pas... mais ce ne serait pas cette raison
qui me déciderait à agir... j'aime Jean et je crois à son amour. Alors même
que je ne pourrais être sa femme, je n'en serais pas moins sa compagne

dévouée!... mais vous m'avez dit que je devais sinon venger ma mère, tout au moins exiger la révélation de la vérité tout entière... c'est là ce qui me touche... mais laissons cela... je ne puis ni ne veux prendre encore aucune décision... nous causerons avec Jean, nous raisonnerons, et selon ce que nous conseillera notre conscience, nous agirons... mais dès à présent, mon père, sachez que je suis et resterai votre fille... et mon cher Jean entendra ce soir de ma bouche la confirmation de mon engagement de fiancée... et maintenant, père, ajouta-t-elle en souriant, embrassez-moi et demandez à votre fille pardon d'avoir douté d'elle...

A ce moment, Noëla parut sur le seuil de la maison :

— Eh bien ! fit-elle, êtes-vous d'accord!...

Marie alla vers elle, et lui faisant une belle révérence :

— Mademoiselle ma sœur, lui dit-elle, j'ai l'honneur de vous présenter une grande dame... une noble demoiselle...

— Que veux-tu dire? fit Noëla.

— Venez un peu par ici, ajouta Marie en attirant Noëla près du charpentier, que mon père vous raconte ce roman...

— Mais... tu es indiscrète, Marie, fit Calertin.

— Je n'ai point de secrets, moi... et je veux que Noëla sache tout... aussi bien elle doit elle-même me confier un secret...

Tout à coup Marie s'arrêta.

Dans son trouble, elle avait oublié que le nom de Courtraige ne lui était pas inconnu. Noëla déjà l'avait prononcé. Quant à Calertin, c'était au milieu d'une de ses crises qu'il avait entendu Noëla, et il ne s'en souvenait pas.

— C'est étrange, fit Marie, je ne sais si ma mémoire me trompe... mais toi, Noëla, ne m'as-tu pas dit que tu étais la fille du duc de...

— Du duc de Courtraige, oui, je te l'ai dit...

— Mais alors! je ne comprends plus!... mon père, vous vous trompez, ce n'est pas moi!...

— Explique-toi! s'écria Noëla. Est-ce que mes doutes seraient justifiés... Oui, cette ressemblance qui, plusieurs fois déjà, m'a frappée... Dans le grand salon de l'hôtel il y avait un grand portrait devant lequel je me suis bien souvent arrêtée. C'était celui d'une femme... aux cheveux blonds comme des épis, au regard doux et pur... c'était celui d'une mère... à laquelle on a arraché son enfant... et qui est morte folle !...

Marie poussa un cri :

— Ma mère ! c'était ma mère !...

— Et c'est toi qui es cet enfant volé ! Qu'on a voulu tuer !...

— Et que Calertin, que l'honnête homme a sauvée !...

— Ah! s'écria Noëla... c'est ma dernière joie... car il faut que tu saches tout... oui, je suis là fille du duc de Courtraige... mais je tenais dans cette maison une place volée... il n'y a qu'une héritière du nom et de la fortune de Courtraige, c'est toi !... et c'est parce que je ne voulais pas être complice de leurs infamies que je me suis enfuie !...

— Tu es ma sœur ! s'écria Marie. Ah ! comme nos cœurs s'étaient bien compris !...

— Oui, je suis ta sœur !... mais comment M. Calertin a-t-il découvert le secret de ta naissance...

En quelques mots, Marie mit Noëla au fait de la situation :

— Oui, c'est bien cela, murmura Noëla. L'assassin de l'enfant, celui qui au moment suprême a reculé devant son crime, c'était le comte Hector de Courtraige...

Et à son tour, elle raconta la conversation qu'elle avait surprise autrefois dans le parc entre le comte Hector et le duc Achille.

— Je voulais te venger sans te connaître... Je m'étais juré de te retrouver, de punir les criminels... et puis, pardonne-moi !... lorsque je m'étais trouvée auprès de toi... il m'avait semblé que ma tâche était finie...

— N'avais-tu pas deux fois retrouvé ta sœur... Mais je t'en supplie, Noëla, parle-moi... parle-moi de ma mère...

— Hélas ! je ne l'ai pas connue !... c'est à grand'peine que j'ai pu obtenir quelques renseignements... mais je sais que le duc avait voulu s'emparer de sa fortune qui ne lui eût pas appartenu si la duchesse avait eu un enfant !...

— Oh ! c'est infâme !...

— On enleva l'enfant vivant... toi, ma chère sœur, au moment où tu venais de naître... et dans ce berceau où ta mère avait béni ton premier sourire, on mit un enfant mort !... vit-elle cette criminelle substitution ! la devina-t-elle, je ne sais ! mais la pauvre femme devint folle, et elle est morte dans un asile d'aliénés !...

— Ma mère ! ma pauvre mère ! pleurait Marie.

— Mais il n'est pas de crimes impunis ! s'écria Noëla. Ah ! j'aurai assez de force pour t'aider, pour te soutenir dans la lutte que nous engagerons contre ces infâmes...

Tout à coup, Marie l'interrompit :

— Parmi ces criminels, il y a mon père... Est-il donc le plus coupable ?

— Je ne sais, dit Noëla. Ton père est aussi le mien... toi, il t'a repoussée... moi, il m'avait reniée... et pourtant... parfois j'avais cru qu'il n'était pas cruel...

— Mais quel fut donc son mauvais génie ?

— Oh ! je le connais. C'était Amélie de Solesnes, c'était la sœur de ta mère. Celle qui, aujourd'hui, porte le nom de duchesse de Courtraige... c'est ma mère, à moi !

— Tu vois bien, dit doucement Marie, que nous ne pouvons punir, que nous ne pouvons frapper !...

— L'avenir décidera... mais je veux, Marie, que tu rentres la tête haute dans cette maison d'où tu as été chassée, et c'est moi, c'est moi qui leur crierai à tous : Voici la fille de la duchesse, voici l'héritière des Courtraige...

— Je ne ferai rien sans avoir consulté Jean, mon mari, dit Marie avec calme. Ces mots de punition, de vengeance, me troublent !... ne hâtons pas notre décision !... ce soir, nous interrogerons Jean... c'est un homme de cœur, c'est la probité vivante. Nous n'agirons que d'après ses conseils. Promets-moi de lui obéir comme je lui obéirai moi-même...

— Je te le promets, dit Noëla.

La journée passa rapidement.

Que de confidences les deux jeunes filles avaient à échanger ! Quelle étrange situation ! depuis six années, elles vivaient côte à côte et s'étaient faites sœurs sans savoir que les liens du sang les unissaient. Elles ne pouvaient pas s'aimer davantage, et pourtant elles sentaient une joie nouvelle à s'affirmer, à se prouver leur affection.

Noëla n'avait plus aucun motif de cacher à Marie les circonstances qui avaient accompagné et motivé sa fuite de l'hôtel de Courtraige. Il semblait à Marie que des horizons inconnus s'ouvraient devant elle. Son âme, d'une probité naïve, s'étonnait et s'effrayait de ces luttes d'ambitions, de cupidité, de convoitises inavouables dont elles étaient toutes deux les victimes...

Elle eût voulu que Noëla lui parlât de sa mère, de cette femme qui avait tant souffert et à laquelle elle vouait du plus profond de son cœur l'amour qu'elle ne pouvait plus lui témoigner.

Mais Noëla savait peu de chose. C'était à peine si, dans son enfance, elle avait entendu prononcer le nom de la duchesse. Mais elle se souvenait qu'un jour, le duc et ses serviteurs avaient pris le deuil. On lui avait dit que le duc était veuf. C'était tout. Peu de temps après, il y avait fête à l'hôtel des Courtraige. Le duc épousait Amélie de Solesnes et la pauvre morte était oubliée.

Le soir vint enfin, Marie dit à Calertin :

— Mon père, voulez-vous nous permettre d'aller au-devant de mon ami Jean...

— Allez, chères enfants, dit le charpentier. Surtout soyez prudentes, et ne vous aventurez pas seules trop loin...

— Soyez tranquille, et puis je suis bien sûre que Jean se hâtera de nous rejoindre.

Le charpentier rentra dans la maison. Les deux jeunes filles sortirent, se

— ET MAINTENANT, PÈRE, EMBRASSEZ-MOI.

tenant par le bras, se pressant l'une contre l'autre, tout heureuses de tant s'aimer.

Marie avait hâte de revoir Jean, de placer encore une fois sa main dans la sienne, en lui disant :

— Aujourd'hui comme hier, comme toujours, je suis à vous !...

Sa résolution était prise, et elle n'attendait plus, pour la mettre à exécution que l'adhésion de Jean.

Elle irait avec Noëla droit à l'hôtel de Courtraige, et là, elle demanderait compte de la vie de sa mère.

La nuit était sombre. Noëla et Marie n'y prenaient point garde, tant elles étaient absorbées dans leur causerie. Elles avaient déjà dépassé le point où Jean devait les rejoindre. Elles s'en aperçurent et revinrent sur leurs pas.

Les passants étaient rares. L'orage qui s'annonçait les faisait se hâter.

Un instant Noëla tressaillit :

— Comme nous sommes seules ! murmura-t-elle. Pourvu que Jean ne se fasse pas trop longtemps attendre.

Neuf heures sonnèrent, Marie eut un tressaillement :

— S'il lui était arrivé malheur ! dit-elle d'une voix atterrée.

— Quelle idée !... Non, il a sans doute été retenu...

A ce moment, des hommes qu'elles n'avaient pas remarqués et qui depuis longtemps déjà les observaient, blottis dans l'angle d'un vieux mur, s'élancèrent de leur cachette et bondirent sur elles...

Surprises, épouvantées, elles ne purent même pas résister.

Avec une incroyable rapidité qui prouvait que les bandits étaient experts en ces sortes de coups de main, elles furent saisies et bâillonnées avant d'avoir proféré un seul cri.

Inertes, presque suffoquées, à demi-évanouies, elles furent jetées dans une voiture, qui, à un signal, s'ébranla, entraînée par deux chevaux vigoureux.

Tout cela s'était passé dans l'espace de quelques secondes.

Il leur semblait qu'elles étaient en proie à un hideux cauchemar. Autour d'elles tout était ténèbres et silence.

La voiture s'arrêta. Elles se sentirent saisies de nouveau, puis emportées. Elles virent à peine la silhouette noirâtre d'une maison sinistre. Une porte s'ouvrit, puis se referma sur elles. Les misérables ne prononçaient pas une seule parole. Quant à leur visage, il était caché sous des foulards qui les enveloppaient jusqu'aux yeux.

On monta un escalier.

Encore une fois une porte s'ouvrit.

Une voix ironique cria :

— Bonne nuit, les poulettes !

Puis ce fut tout, elles étaient seules, encore en proie à l'étourdissement provoqué par cette sauvage agression.

La pièce dans laquelle elles se trouvaient, éclairée par une lampe suspendue au plafond et dont la lumière était tamisée par un globe en cristal dépoli, était meublée avec une élégance criarde et d'un goût douteux.

Des tentures de soie bleue, relevées par des passements argentés, donnaient à cette chambre le caractère banal des boudoirs décorés par les tapissiers en renom auxquels toute latitude est laissée pour la décoration d'une petite maison. Point d'initiative personnelle, aucune délicatesse.

Mais tout présentait surtout un cachet de clinquant qui révélait la destination de ce logis mystérieux. Les meubles à moulures dorées, les sofas à coussins moelleux, la cheminée surchargée de bibelots sans valeur artistique, tout prouvait que seuls, des habitants ou des habitantes de passage venaient parfois visiter ce lieu d'orgie. Un observateur aurait reconnu du premier coup d'œil les rayures caractéristiques des bagues à diamant sur les glaces ; et il n'eut pas été besoin d'avoir fait des études à l'École des chartes pour déchiffrer des noms à désinences instructives : Clara, Anna, Camélia, etc.

Qu'était-ce donc que cette maison ?

À l'extérieur, rien de plus ni de moins qu'un cabaret borgne, ayant pour enseigne un tableau représentant un chat attablé avec une chatte devant une ronde bouteille et lui passant la patte autour de la taille (! !). On lisait, peints en bleu ciel, ces mots : *A la patte de velours...*

A quelques mètres de là, la Seine coulait, paresseuse et lourde ; la maison, haute de deux étages, aux fenêtres soigneusement fermées, avait toute l'apparence de ces garnis immondes où la police trouve, quand elle le veut, rafle certaine.

Pour les non-initiés, la salle basse du cabinet n'avait rien d'engageant. Des tables graisseuses et des bancs boiteux, entouraient un comptoir de bois, peint en façon de marbre, et derrière lequel se tenait une grosse femme, à face large et poilue, que nos lecteurs pourront reconnaître, pour peu qu'ils se rappellent l'honnête ménage Brouillat, chez lequel Titi avait fait l'apprentissage des fausses clefs.

A peine la porte s'était-elle refermée sur les deux jeunes filles, qu'un homme, une sorte de colosse à allures d'ours, était entré dans le débit :

— Eh bien ! Brouillat ! avait demandé la mégère.

— Ça y est. Les poulettes sont prises !...

— Faut aller avertir M. Victor...

— La voiture est là... Coco n'est pas fatigué... j'y serai en un rien de temps ..

— Qu'est-ce qu'elles disent ? est-ce qu'elles piaillent...

— Ah ! ouiche ! elles sont pâmées comme des carpes !...

— Ça ne fait rien... c'est pas prudent, Brouillat, des affaires comme ça... surtout quand comme nous on a déjà tiré dix ans de pré...

— Va donc ! quand on paye bien, c'est toujours ça de pris...

L'ancien ferrailleur, qui avait la conscience non moins large que l'estomac, avala un verre d'eau-de-vie, puis sortit en promettant de bientôt revenir.

La mégère alla s'assurer qu'il ne percerait aucun bruit. Du reste, le logement ménagé au premier étage de la Patte-de-Velours, avait été disposé de façon que les cris et les chants ne pussent être entendus du dehors. Puis elle reprit sa place au comptoir, somnolente comme il convient à une débitante qui chôme de pratiques.

Et il est vrai de dire que si l'honnête ménage de forçats libérés n'avait pas eu d'autre corde à son arc que la vente des liqueurs, il aurait grandement risqué de ne point faire fortune.

Deux espèces de sacripants, vrais types de rôdeurs de barrière qui avaient aidé Brouillat dans l'attentat commis sur l'avenue de Clichy, vinrent s'attabler. La Brouillat leur servit une rasade de liqueur :

— Peut-on se la casser ? demanda l'un d'une voix enrouée.

— Faut mieux attendre le patron, dit la femme.

— Comme on voudra, pourvu qu'on liche... Nous allons faire un piquet.

Un instant après, les deux bandits répétaient alternativement :

— Trois muffetons (rois) ! quatorze de gonzesses (dames) ! et autres aménités argotiques à l'usage des joueurs de piquet.

Pendant ce temps, que devenaient les deux malheureuses victimes de ces misérables ?

La première, Marie, avait repris ses sens. Se sentant les mains libres, elle avait détaché le bandeau qui lui écrasait les lèvres, puis se dressant à demi, effarée, elle avait regardé autour d'elle...

Que s'était-il donc passé ? quelle était cette sinistre aventure ?...

Elle aperçut Noëla qui, pâle comme une morte, était encore immobile. Elle courut à elle rapidement, lui arracha son bâillon, puis la serrant dans ses bras, la couvrit de baisers :

— Ma sœur ! ma Noëla ! reviens à toi ! je t'en prie !...

Noëla poussa un long soupir. Puis tout son corps fut agité d'un tremblement convulsif.

Cet organisme affaibli par la maladie avait été ébranlé par cette horrible secousse jusqu'en ses fibres les plus intimes. Noëla passa ses deux mains sur son front moite d'une sueur froide. Mais elle n'ouvrait pas les yeux, et ses lèvres s'agitaient sans laisser échapper aucun son...

Marie eut peur. Si elle allait mourir ! là, sous ses yeux !...

Elle vit une porte et s'élança en criant :

— Au secours ! à moi !

Mais ce fut en vain que ses mains faibles se déchirèrent contre la serrure, en vain qu'elle appela à l'aide !

La porte resta close, et il lui sembla que sa voix résonnait sans écho, comme sous la dalle d'une tombe.

— Marie !... murmura Noëla. Oh ! viens près de moi ! j'ai peur !

Les deux jeunes filles se serrèrent l'une contre l'autre, encore ignorantes du danger qui les menaçait, mais cherchant à devenir plus fortes en s'unissant.

— Sœur, dit Noëla à voix basse, où sommes-nous ?

— Je l'ignore comme toi, répondit Marie sur le même ton.

— Voyons ! reprit Noëla, il ne faut pas nous laisser abattre... Je veux retrouver mon énergie d'autrefois.

Elle se dressa sur ses pieds, et à son tour regarda autour d'elle.

Il semblait que le danger lui rendît une vitalité nouvelle. Ses joues, si pâles d'ordinaire, s'étaient couvertes d'une subite rougeur, ses yeux brillaient.

Elle se dirigea vers la porte :

— Inutile, dit Marie, nous sommes enfermées .

— Mais la fenêtre !...

— Je n'ai pas encore regardé.

Délibérément, Noëla marcha vers la fenêtre et souleva les épais rideaux. De lourds volets la garnissaient ; elle essaya de les attirer à elle. Ils résistèrent. De ce côté encore toutes les précautions avaient été prises.

— Ainsi, fit Noëla, voici qui est clair : nous avons été enlevées comme des héroïnes de romans...

— Quoi ! tu as le courage de plaisanter !

— A quoi servirait de nous désespérer !... le péril ne m'épouvante pas... et quels que soient les misérables qui ont commis cet infâme attentat, je te jure qu'ils ne me trouveront ni faible ni lâche... cherchons d'abord, s'il n'est pas d'autre issue.

Se serrant toutes deux par la main, elles firent le tour de la chambre :

— Comme tout cela est laid et de mauvais goût, murmurait Noëla. Ne trouves-tu pas, comme moi, qu'il se dégage ici je ne sais quelle odeur fade de parfums qui vous écœure.

— Pas de portes ! reprit Marie. Nous sommes prisonnières...

Noëla réfléchit un instant.

— Écoute-moi, Marie, lui dit-elle d'une voix calme et grave, te sens-tu plus forte maintenant ?...

— Oui, je te l'affirme... il y a en toi une confiance sereine qui me gagne et m'encourage...

— Bien... nous avons cédé tout à l'heure à d'indignes violences... et la surprise nous a paralysées... maintenant, il faut que toute notre volonté se concentre sur nos chances de salut... je ne puis croire qu'on nous laisse long-temps seules !... Oh ! j'ai plus d'espérance que toi, ma pauvre Marie !... et au temps où je vivais dans le grand monde, j'ai compris bien des choses !...

— Que veux-tu dire ?...

— Je veux dire que ce sont jeux de grands seigneurs que ces enlèvements de jeunes filles... et que nous devons nous attendre à voir paraître quelques-uns de ces débauchés pour qui l'honneur n'est qu'un mot !

— Tu m'épouvantes !...

— Donne-moi ta main et regarde-moi, Marie !... ma main ne tremble pas. et mon regard te dit ma résolution...

Et elle ajouta avec une solennité triste :

— Pour défendre mon honneur, je suis prête à tout... fût-ce à la mort.

— Comme toi, fit Marie en relevant la tête, je mourrai s'il le faut...

— Vois-tu ! quand on a le cœur ferme et la conscience calme, on se sent bien fort... Du courage, chère sœur !... je ne sais pourquoi, mais j'ai confiance !... un jour déjà je me débattais aux bras d'un misérable... et un sauveur a surgi tout à coup.

— Oui, notre pauvre Titi ! Hélas ! où est-il ?...

Noëla posa la main sur son cœur :

— Qui sait ?... encore une fois, je n'ai pas peur...

— Chut ! écoute ! fit Marie en tressaillant.

Toutes deux s'approchèrent de la porte et se penchèrent.

On entendait un bruit vague de voix. Puis des pas pesèrent sur l'escalier.

— Dans mes bras ! dit Noëla en attirant Marie contre sa poitrine. Et du calme...

Une clef s'introduisit dans la serrure, dont le ressort claqua avec un bruit sec. Puis la porte tourna sans bruit sur ses gonds.

Et Victor de Landogne entra.

Noëla le vit, et aussitôt le reconnut. Elle étouffa un cri prêt à s'échapper de ses lèvres, et serra plus étroitement Marie contre son sein.

Le jeune homme avait le chapeau sur la tête, sa main se crispait sur une badine. Il était pâle, comme tous les coupables au seuil de leur crime.

Il avait refermé la porte derrière lui, et s'adossant au panneau, les bras croisés sur sa poitrine, il ricanait en regardant les deux jeunes filles enlacées l'une à l'autre.

Délicieux tableau ! fit-il entre ses dents serrées. Mesdemoiselles, je vous salue...

Elles restèrent immobiles, sans prononcer une parole.

— Mlle Noëla de Courtraige me fait-elle l'honneur de me reconnaître, demanda-t-il de sa voix ironique.

Noëla se dégagea des bras de Marie et marcha droit à lui :

— Je reconnais, dit-elle, un bandit que j'ai surpris, une nuit, volant avec effraction...

— Oh ! péchés de jeunesse ! ricana Victor.

— Je reconnais un misérable dont j'ai cravaché le visage !...

— Vous avez tort de rappeler ce souvenir, fit le misérable qui devint livide.

— Pourquoi donc ! reprit froidement Noëla. Vous m'avez demandé si je vous reconnaissais, je vous réponds !...

— Eh bien ! moi ! interrompit Landogne avec violence, je vais vous rappeler aussi qui je suis et qui vous êtes... quand j'étais enfant, vous m'avez insulté et vous m'avez frappé !... alors je vous ai voué une haine qui se compliquait d'amour... oui, d'un amour insensé, implacable !... Une fois déjà, je vous ai tenue dans mes bras, palpitante, épouvantée, cent fois plus belle encore dans votre terreur... Vous m'aviez échappé !... mais écoutez-moi bien !... Voici qu'aujourd'hui encore vous êtes en mon pouvoir, et cette fois, vous crierez s'il vous plaît, vous appellerez à l'aide. Ces murs sont sourds... et je vous dis que nulle puissance au monde ne vous arrachera à moi. Je vous veux !... et je vous aurai !

Landogne fit un pas vers Noëla.

Toujours impassible, la jeune fille tenait ses regards fixés sur lui. De ses yeux s'échappaient des rayons qui, en dépit de son impudence, troublaient profondément le misérable...

Il s'arrêta de lui-même, fasciné, hésitant :

— Je vous ai écouté sans vous interrompre, reprit Noëla. Je n'ai pas à vous expliquer le mépris et le dégoût que vous m'inspirez...

— Oh ! taisez-vous !...

— Dégoût et mépris... je le répète. Nous avez toutes les bassesses et toutes les lâchetés, et je vous défie !... oui, je vous défie !... je me nomme Noëla, fille du comte de Courtraige... et je vous ordonne... vous entendez ! je vous ordonne de nous livrer passage !...

Secouant l'espèce de torpeur qui s'emparait de lui, Victor éclata d'un rire nerveux .

— Des ordres ! en vérité, voilà qui devient burlesque !... vous oubliez que seul j'ai le droit de commander ici...

— Encore une fois, laissez-nous passer.

— Encore une fois, vous ne sortirez pas!...

— Croyez-vous!...

Et d'un geste plus rapide que la pensée, Noëla, se penchant vivement en avant, lui arracha de la main sa badine, et se reculant d'un bond :

— Faites un pas! dit-elle, et sur mon honneur... je vous châtie comme autrefois!

Victor poussa un cri de rage. Mais il ne pouvait pas, il ne voulait pas reculer... il fallait que Noëla ne sortît de cette maison infâme que déshonorée. Et en vérité, il pensait moins à son intérêt, à ces millions de Courtraige qui l'avaient ébloui, qu'il n'était possédé de l'immense et brutale passion dont il était obsédé.

Debout, le bras levé, fière et frémissante, Noëla était plus belle que jamais. Ce n'était plus la triste malade qui, dans la maison de Calertin, semblait s'abandonner elle-même... c'était la statue de la pudeur révoltée, prête à tout pour se défendre...

Victor sentit un flot de sang monter à son cerveau, il vit rouge. Et ivre, affolé, il s'élança vers Noëla... Le bras de la jeune fille s'abaissa, et, comme autrefois, la badine lancée par sa main nerveuse, cingla le visage de l'infâme...

Il hurla de douleur et de fureur, mais ne recula pas. Il saisit Noëla par les poignets, les serrant à les broyer.

Marie s'efforça de se jeter entre eux. C'était une lutte ignoble... le bandit avait des rugissements de fauve...

Noëla dégagea ses poignets et le repoussa...

Il chancela un instant. Puis, courant à l'un des coins de la chambre, il tira un cordon de sonnette. Et se retournant vers Noëla :

— Oh! comme je vais me venger! grinça-t-il.

Au même instant la porte s'ouvrit, et les deux misérables que nous avons vus tout à l'heure dans le débit de liqueurs, parurent... Brouillat était derrière eux...

— Séparez ces deux jeunes filles, dit Victor. Et de celle-ci, ajouta-t-il en désignant Marie, faites ce que vous voudrez!...

L'un de ces deux hommes, aux cheveux collés sur les tempes, à la face crapuleuse, eut un sourire goguenard, et s'inclinant :

— Allons! la belle! ne te fais pas prier... t'es pas déjà tant à plaindre...

Et se balançant, déhanché et prétentieux, il s'approcha des deux jeunes filles.

La scène qui suivit défie toute description.

Marie et Noëla s'étaient cramponnées l'une à l'autre, et, avec le courage du désespoir, elles se débattaient aux bras de ces gueux qui cherchaient à en-

DEUX ESPÈCES DE SACRIPANTS, VRAIS RODEURS DE BARRIÈRES.

traîner Marie. Elles luttaient... elles voulaient lutter jusqu'à épuisement de leurs forces. Toujours séparées, elles trouvaient toujours le moyen de se réunir de nouveau.

— Mais obéissez donc, sacredieu! glapit Victor. Avez-vous donc peur de ces femmes?...

Enfin Marie fut saisie... Tandis que Brouillat maintenait Noëla, Marie s'attachait aux meubles, criait, mais ne s'abaissait pas à supplier.

— Emportez-la? ordonna encore Victor.

Tout à coup, un cri bien connu retentit :

— Pi... ouitt!...

Et voilà que, par la porte ouverte, un flot s'élança dans la chambre!... Bravo! l'armée des gamins... le bataillon des Gavroches!...

Et à leur tête Titi!...

Et je te cogne, et je te secoue, et de la savate!... Quelle dégelée!...

A tout seigneur tout honneur... Victor, affalé sur le tapis, ayant un gamin à chaque membre, et qui le tenait bien, je vous en fiche mon billet...

Et L. Juilllat, ayant écopé d'un coup de soulier en pleine gueule, et occupé à cracher ses dents, sinon sa langue...

Et des deux autres, l'un collé au mur par un coup de tête, qui lui avait coupé la respiration, et se balançant comme un saule pleureur, et le second, ayant eu le tibia endommagé d'un coup de semelle appliqué en biseau et occupé à geindre...

— Titi! s'était écrié Noëla. Ah! je le savais bien!...

Titi eut un mot sublime :

— On me reconnaît... je suis payé, dit-il.

— Titi! hurla Victor... et je ne l'ai pas tué!...

— Toi! fit Titi en s'approchant de lui, ton compte est bon!... tu sais, ignoble gueux, que je vais te nettoyer... oh! mais ne plusse ne moinsse qu'un chien enragé...

Et il leva le poing... ce poing de fer qui frappait comme un marteau... et dont un seul coup lui eût brisé le crâne :

— Assassin? cria Victor.

— Ne le tuez pas! s'écria Noëla... au nom de Jean, au nom de votre frère?...

Le poing de Titi ne retomba pas.

— Non! murmura-t-il, je ne suis pas un assassin!...

Il resta un instant immobile, réfléchissant :

— Non! qu'il vive, ajouta-t-il, cela vaut mieux!... car je veux pour lui plus et mieux que la mort!... Ah! misérable!... quel joli forçat tu feras!...

Quand il avait cru que Titi allait l'assommer, Victor s'était senti défaillir de terreur. Mais devant cette menace dont il ne comprenait pas le sens, il ricana :

— Ne rigole pas, ou je te casse! fit Titi. Je te dis que je te garde un petit chien de ma chienne, qui te coupera singulièrement la musette! Brigand! va!... C'est la seconde fois que tu tombes sous ma coupe... mais c'est la dernière et la bonne!... Là, les camarades, ficelez-moi tout ce monde-là solidement... tenez!...

Il alla aux tentures, et arracha les embrasses et les cordelières de soie :

— Voilà de la ficelle, dit-il, et de vrais nœuds... Allez-y!...

Marie s'était approchée de lui :

—, Et Jean? demanda-t-elle tout bas.

— On a voulu l'estourbir aussi... mais j'ai arrangé la chose... il est chez le père Calertin... et il vous attend...

— Oh! sortons d'ici, fuyons vite...

Noëla fit un pas vers Titi et lui tendant la main :

— Voici la seconde fois que vous me sauvez!...

— Qu'est-ce que vous voulez!... j'ai pris la succession d'un terre-neuve...

Il riait. Mais l'émotion le tenait à la gorge.

Simplement, avec une dignité charmante, Noëla se pencha vers lui et l'embrassa au front :

— Nom de D... c'est-à-dire, non, partons!... Ah! pristi!... pétard!... c'est trop! je ne peux plus!...

Et soudain, vaincu par l'ineffable joie qui emplissait son cœur, Titi laissa tomber sa tête dans ses mains et éclata en sanglots.

Mais se redressant aussitôt :

— Mademoiselle Noëla, dit-il, je me ferais tuer pour vous...

Et parvenant à se dominer par un effort héroïque, craignant de laisser échapper le cri d'amour qui gonflait sa poitrine :

— Allons! oust! en route, mauvaise troupe! Est-ce bien attaché au moins... Hum! père Brouillat! toujours crapule donc!... j'ai bien envie de mettre le feu à la baraque et de vous rôtir tous!...

Les bandits eurent un gémissement. Seul, Landogne se taisait. Il avait fermé les yeux... à quoi pensait-il?...

— Et maintenant... partons!... Au revoir, Toto Lamuche!...

— Oui, au revoir! répondit le misérable.

Et il ajouta tout bas :

— Plus tôt que tu ne crois, évadé de bagne!...

Titi fit passer sa troupe devant lui, puis il ferma la porte à double tour...

Dans le débit, la grosse mère Brouillat était elle aussi, attachée à son comptoir. Elle n'avait eu garde de crier, ne tenant pas à attirer la police. Deux gamins, en sentinelles, la surveillaient...

— Mes respects, belle madame ! dit Titi en passant. Et bien des choses à vos poules !...

Ils se trouvèrent dehors... minuit sonnait aux horloges voisines...

— Dépêchons-nous, dit Titi, Jean et Calertin sont inquiets...

— Votre bras, monsieur Étienne, dit Noëla.

— Oh! appelez-moi Titi, dit le gamin, je vous en prie... il me semble que je suis votre frère...

Et tandis que, se hâtant, la petite troupe, escortée des gamins, se dirigeait vers l'avenue de Clichy, Victor Landogne se tordait sur le plancher, en essayant de détacher ses liens...

<h1 style="text-align:center">XVI</h1>

SIXIÈME DESSOUS

On voit que Titi ne perdait pas son temps aux bagatelles de la porte. Nous l'avions laissé sur la route, ayant reçu en plein crâne un maître coup, qui l'avait jeté sur la place. La voiture avait fui rapidement.

Pendant quelques instants, le gamin était resté immobile. La rudesse du choc l'avait étourdi. Mais il avait la tête dure, et bientôt l'air de la nuit, venant frapper son visage, le rappela au sentiment de la réalité.

Dans toutes les tragédies qui se respectent, le héros, après avoir senti sur son front *le souffle de la mort*, se redresse lentement, et d'une voix faible lance le : Où suis-je? — classique.

Titi n'était pas de cette école majestueuse. Il est vrai d'ajouter que son langage était moins parlementaire... Aussi, dès qu'il se sentit vivre, d'un effort violent, il sauta sur ses pieds, en jurant, il faut bien l'avouer, comme un simple possédé.

Titi se frottait la tête, se frictionnait les yeux, bref, employait les moyens les plus vigoureux, pour rentrer le plus vite possible dans la réalité.

S'étant tâté des pieds à la tête, il constata qu'il n'avait rien de cassé.

— Quel gnon ! fit-il. Mais ça ne fait rien, le principal est d'être sur pattes... Mais voilà ! depuis combien de temps suis-je à fraterniser avec le macadam ?... En tout cas, jouons des jambes !...

Et il ajouta en frissonnant :

— Si je n'ai plus à défendre, au moins j'aurai à venger.

Il se lança en avant, les coudes au corps... On sait le reste; il était arrivé à temps... il avait rallié sa petite troupe et en avant ! la gaminerie parisienne avait fait son devoir.

Et maintenant, il revenait, soutenant de son bras Noëla qui faiblissait. Car la pauvre fille, dans cette lutte atroce avait épuisé ce qui restait de force dans son organisme. Elle ne se tenait debout en quelque sorte que par un effort de volonté.

Au moment d'arriver à la cité des Fleurs, Titi appela son lieutenant :

— Soldats, lui dit-il, je suis content de vous... allez vous coucher !...

— Oui, m'sieu. Et on aura la soupe demain...

— Parbleu !...

Il y eut un salut collectif de cette armée qui avait si vaillamment combattu, et quelques minutes après, Titi et les deux jeunes filles entraient dans la maison de Calertin.

Le vieux charpentier était revenu à lui : mais il semblait que ce fut la dernière lueur d'une lampe prête à s'éteindre...

Quand il vit entrer Marie, il s'affaissa et se mit à pleurer comme un enfant. Jean, à qui les heures avaient paru plus longues que des siècles, s'était jeté, suffoqué de joie, dans les bras de Titi...

Les explications furent courtes.

— D'abord, dit Titi, à mon avis nous n'avons pas de temps à perdre en dissertations... je n'ai pas tué le Victor... j'ai bien fait et j'ai eu tort. Mais il n'en est pas moins vrai, qu'un gredin comme ça ne se tient pas si facilement pour battu...

— On peut s'adresser à la police ! dit Jean.

— Ouais ! en tout cas ce ne serait ni toi ni moi qui pourrions aller trouver ces honorables fonctionnaires... Oublies-tu, mon pauvre Jean que nous sommes des évadés de Cayenne ! des ennemis de la famille, de la propriété et de notre clément Badinguet.

— Nous pouvons nous tenir à l'écart... et Calertin réclamerait l'aide des magistrats...

— Décidément, Jean, tu resteras toujours naïf... est-ce que tu ne sais pas ce que c'est que la police impériale... Poursuivre des malfaiteurs qui ont des DE à leur nom... des richards !... et pourquoi ? pour une plaisanterie aimable !... tu es fou !... on renverrait le père Calertin avec de belles promesses... on prendrait des renseignements sur son compte... on saurait que c'est un républicain... et peut-être bien que pour le faire taire on le coffrerait... voilà !...

— Mais alors que décides-tu !...

— A mon avis, il y a tout à craindre de ces gueux-là !... Il faut filer doux et disparaître...

— Ce qui signifie ?

— Que dès demain matin papa Calertin va déloger d'ici avec ses deux filles... qu'il ira dans un tout autre quartier... qu'il s'arrangera pour qu'on ne sache pas son adresse... qu'au besoin il changera de nom... et que, pendant ce temps-là, nous sentant les coudées franches, nous agirons...

— Tu as raison, dit Jean... Est-ce votre avis, monsieur Calertin ?

Mais Calertin n'était pas en état de répondre. Sa prostration augmentait de minute en minute.

— Je me charge de tout, dit Marie. Le conseil de Titi est prudent, et nous le suivrons... à tout prix ; il faut d'abord sauver Noëla des poursuites de ces misérables...

En quelques instants et grâce à l'initiative de Titi, tout fut réglé. Calertin et les deux jeunes filles iraient s'enfermer dans la petite maison de la rue du Château-Rouge.

— Là, dit Titi, vous serez tranquilles comme Baptiste. Le Petit-Vieux du Château-Rouge, — c'est-à-dire votre serviteur, — a eu la chance de se faire aimer de tout le monde et d'avoir à ses ordres des gardes du corps... dont vous avez apprécié le courage, de vrais petits Parisiens... et qui ne boudent pas sur l'ouvrage... donc voilà qui est convenu... Maintenant, voici deux heures qui sonnent... il s'agit de se reposer un peu...

En effet, depuis quelques instants surtout, Noëla s'était laissée tomber sur le canapé, et elle était si pâle qu'elle semblait prête à défaillir...

— Viens, chère sœur ! lui dit Marie. Il nous faut être fortes encore pour demain...

Noëla se souleva difficilement. Une toux sèche secoua sa poitrine.

Titi devint livide et, brusquement, il saisit le bras de Jean en l'interrogeant du regard.

Celui-ci comprit et baissa la tête. Titi avait lui aussi reconnu la toux atroce de la phthisie... Le pauvre gamin éprouva un tel serrement de cœur qu'il fut obligé de s'appuyer à la muraille pour ne pas tomber.

Cependant Noëla, appuyée sur Marie, alla embrasser le vieux charpentier qui considérait cette scène de ses yeux vagues et ternes... puis, s'approchant de Titi :

— A demain, ami, lui dit-elle.

Titi, incapable de parler, ne laissa échapper que ce mot :

— Vivez !...

— Je tâcherai, répondit doucement Noëla.

Marie l'entraîna doucement :

— Quoi ! frère ! fit Titi en serrant convulsivement les mains de Jean, cette jeune fille !...

— D'après ce que Marie m'a avoué, dit Jean, il reste peu d'espoir de la sauver !...

— Et ce misérable l'aura tuée ! grinça Titi pensant à Victor.

Un geste, effrayant de résolution vengeresse, compléta sa pensée...

Les deux frères aidèrent Calertin à se mettre au lit. Le charpentier avait été profondément atteint... peut-être cette crise était-elle la dernière...

Puis ils descendirent dans le jardin. Ils s'étaient résolus à ne pas quitter la maison et à veiller sur tous ceux qu'ils aimaient...

Mais une nouvelle catastrophe était proche...

Voici que tout à coup, surgissant à la porte du jardin, ouvrant violemment la grille, une dizaine d'agents de police se ruèrent sur les deux frères, tandis qu'une voix disait :

— Jean et Étienne Rabolet, forçats évadés, au nom de la loi, je vous arrête...

Les agents s'étaient attachés à Jean, dont la haute taille leur faisait craindre plus de résistance.

Titi était relativement plus libre. Du reste, il ne perdit pas une seconde : d'un croc-en-jambe savant, il renversa l'agent qui le tenait ; puis, la tête baissée, il fonça à travers le groupe, le perça, et, par un saut de voltige, franchit la grille.

Retombant sur ses pieds, il cria :

— As pas peur, frangin !... C'est encore une grredinerie, mais je te tirerai de là...

Trois agents s'élancèrent à sa poursuite, mais il avait une forte avance et il disparut dans la nuit...

Qu'était-ce donc que cette nouvelle péripétie !

Le lecteur l'a déjà deviné. On avait eu tort de ne pas tuer Victor de Landogne.

Tandis qu'il gisait sur le tapis, maintenu par des liens, une idée avait surgi dans son cerveau.

Il savait que les deux frères Rabolet avaient été déportés. Il savait aussi qu'ils n'avaient été l'objet d'aucune grâce ; donc ils s'étaient évadés. La vengeance était facile...

Et le hasard le servait à merveille.

Peut-être n'a-t-on pas oublié un personnage qui a déjà traversé ce récit, Carcasson, le dompteur d'aigles, l'ancien mouchard de Lyon, l'agent provocateur qui avait gagné ses chevrons au coup d'État de 1851.

Le digne serviteur méritait récompense. Assez modeste dans ses exigences d'ailleurs, il avait accepté un poste de commissaire de police en banlieue. C'était justement aux Épinettes que ce rat s'était blotti dans son fromage.

Victor ne l'avait jamais perdu de vue. Le sachant sans scrupules. il s'était dit qu'un jour pouvait venir où il serait utile...

Et ce jour était arrivé...

Cette pensée de vengeance possible rendit à Victor toute son énergie. Il se tordit, raidissant ses muscles contre les cordes. Enfin, il parvint à dégager un bras ; dès lors, sa tâche était aisée. Une demi-heure s'était à peine écoulée depuis la fuite de Titi et des deux jeunes filles que le misérable était libre...

Il se fit conduire au commissariat de Carcasson. Se faire ouvrir ne fut pas chose facile. Mais Victor fit tant et si bien que ce magistrat impérial s'arracha enfin au sommeil, avec l'intention d'ailleurs bien arrêtée, de flanquer les perturbateurs au poste le plus voisin...

Mais dès que Victor se fut nommé, dès qu'il eut révélé à Carcasson, la brillante capture qu'il lui apportait, le digne policier se réveilla et se révéla tout entier.

Deux forçats évadés ! et des politiques ! O splendides horizons ! ô gratifications possibles !... Avancement probable !... Joie !... délire !...

Il était vrai que la loi s'opposait à ce qu'on pénétrât dans un domicile privé, à deux heures du matin. La loi ! Si ça ne fait pas hausser les épaules !...

En un tour de main, Carcasson fut prêt. Il réunit ses argousins, et partit pour son expédition héroïque...

Il est vrai qu'il ne fit que demi-chasse... mais enfin c'était toujours cela !...

Jean Rabolet était prisonnier... mais, du moins, il savait que Titi était libre !... et il ne désespérait pas !...

Quant à Calertin et aux deux jeunes filles, le coup avait été si brusque, qu'ils n'avaient rien entendu...

XVII

RETOUR EN ARRIÈRE

Titi, cesse de vaincre, ou je cesse d'écrire !

Cette personnalité héroïque est tellement absorbante que, sans cesse occupé à transcrire ses hauts faits, l'auteur se voit obligé de négliger les autres personnages de ce récit, si importants que soient leurs rôles.

Ceci est bien le propre du Parisien. Comme il le dit lui-même, il n'y en a que pour lui. Périls de toutes sortes, dévouements, sacrifices, horions, batailles ; il prend tout... et aux autres ne laisse rien.

Mais l'historien a des devoirs qu'il ne saurait méconnaître, et n'en déplaise au seigneur Titi, nous serons obligé de l'abandonner pendant quelques mi-

— ET OU EST SON CERCLE?

nutes pour certains éclaircissements, nécessaires à l'intelligence des scènes finales de notre épopée parisienne. Nous disons épopée, pour que Titi prenne patience. Le mot doit le flatter.

Du reste, nous serons aussi court que possible. Sachant que le lecteur, aux déductions les plus étudiées, préfère le moindre grain de mil — c'est-à-dire le fait, l'action, le mouvement.

C'est de la famille de Courtraige qu'il nous faut parler.

Nous l'avons perdue de vue depuis la nuit dramatique où Noëla s'enfuyait, éperdue, de l'île Saint-Louis.

Rappelons en deux mots ce qui s'était passé :

Noëla avait déclaré son intention formelle d'employer tous les moyens en son pouvoir pour parvenir à réparer les crimes commis par le duc et ses complices. Le duc — quoiqu'il eût dû renier sa paternité en l'attribuant à son frère, le comte de Courtraige — éprouvait cependant pour sa fille une affection réelle. Mais il semblait que dans l'âme d'Amélie de Solesnes, il n'y eût place pour aucun sentiment maternel.

Incapable d'aimer, possédée tout entière par la haine qu'elle portait à la mémoire de sa sœur, par la passion du luxe et de la richesse, elle n'avait vu dans celle qui était sortie de ses entrailles, qu'une ennemie qui se révoltait, et contre laquelle il fallait user des moyens les plus rigoureux pour la contraindre au silence. Le duc avait résisté. Mais cet homme subissait à tel point la domination d'Amélie que, de même qu'autrefois il s'était laissé entraîner jusqu'au crime, cette fois encore il fut l'esclave des volontés de la duchesse.

Noëla fut enfermée au couvent. Tous les moyens furent employés avec l'aide des *bonnes* sœurs, pour la forcer de se rétracter. Elle sembla plier, se soumettre. Mais c'était une nature trop vivace, trop profondément honnête, pour que cette soumission fût réelle.

Pour échapper à ses persécutions, elle s'enfuit, décidée à lutter, oubliant les liens qui l'attachaient à ceux qui s'étaient faits ses bourreaux. On sait le reste.

Quand elle se sentit enveloppée de cette atmosphère de probité qui rayonnait autour de Marie et de celui qu'elle appelait son père, quand elle vit ces braves gens combattant la misère grandissante, elle eut en elle comme un apaisement. Etant aimée, elle se prit à aimer et désapprit la haine.

Mais, si dans la maison de l'ouvrier les émotions les plus poignantes étaient supportées avec le courage que donne la bonne conscience, il n'en était pas de même dans le riche hôtel de ces orgueilleux blasonnés.

Lorsque le duc de Courtraige avait appris la fuite de Noëla, il avait été saisi d'un accès de colère si violent, que pendant quelques jours sa raison avait paru en danger.

La duchesse était restée impassible. En vérité, elle songeait bien à sa fille. Depuis longtemps, intrigante et dénuée de tout sens moral, elle jouait une partie terrible. Comme beaucoup de femmes dont les noms sont présents à la mémoire de tous, la duchesse de Courtraige avait lié sa fortune à celle du Prince-Président. Elle avait été un des agents les plus actifs de la propagande bonapartiste.

Haïssant la République, elle rêvait une cour, les réceptions impériales, les fêtes sardanapalesques d'un régime de corruption. Il lui fallait un piédestal, dût-il être fait de cadavres, et pour qu'elle pût aller aux Tuileries ou à Versailles, elle se souciait peu de mouiller ses mules de satin dans un ruisseau de sang. Le coup d'État réussit.

Le duc parut d'abord indifférent à tout. Il appelait sa fille. Ce père pleurait. La mère haussait les épaules. Son rêve se réalisait. Elle ne se retournait pas en arrière pour regarder le passé, elle marchait hardiment en avant, les yeux fixés sur l'avenir qui lui paraissait éblouissant.

Le duc de Courtraige fut élevé à la dignité de sénateur. Le comte Hector occupa dans la diplomatie un poste important. Le père de Toto Lamuche, M. de Landogne, qui avait fourni des fonds à l'Élysée, eut large part aux prodigalités du nouvel empire ; on lui tailla besogne de banquier. Et le Crédit général impérial devint une de ces immenses usines à vols dans lesquelles, pendant vingt années, les suppôts de Napoléon se taillèrent des fortunes de rois.

Claudia Juzeau, femme Lamuche, devint baronne de Landogne. Elle était sortie d'une maison mal famée. C'était un titre. Elle eut ses entrées à la cour.

La société impériale s'organisait. Il lui fallait de solides appuis, et les meilleurs étais sont ceux qui s'enfoncent profondément dans la boue durcie.

Le duc de Courtraige laissait faire. Il n'avait plus d'énergie que pour la lâcheté. Se courber lui plaisait. Ce rôle de sénateur muet ou applaudisseur banal lui semblait un repos. On lui défendait de penser. Il se soumettait, comptant qu'avec son cerveau sa conscience s'endormirait...

La duchesse rayonnait. Ce fut une des reines à la mode. Et lorsque Eugénie-Marie de Montijo de Guzman, comtesse de Téba, née à Grenade (Andalousie), le 5 mai 1826, ceignit la couronne de France, Mme de Courtraige, grâce à ses aïeux, obtint le désirable honneur d'être nommée dame de sa suite.

Dès lors, tous ses vœux étaient comblés. Et à qui lui aurait dit qu'elle laissait derrière elle tout un passé de crimes dont un jour il lui serait demandé compte, elle aurait répondu en montrant le vice et le meurtre récompensés, diadème au front.

Un jour, le comte Hector, qui avait mené large vie, tomba sur le champ de bataille. Il avait vaillamment lutté, et pouvait, en comptant les virginités

violées, les débauches héroïques, les coupes vidées et les puretés salies, dire,
en modifiant le mot de l'empereur romain :

— Je n'ai pas perdu ma vie !...

Mais il avait fait tant d'avances à l'apoplexie que la coquette, un beau
soir, après boire, daigna se laisser séduire et passa les bras autour du cou
de son adepte.

Cependant, elle ne le serra pas trop fort. Et bien elle fit, car, du moins,
elle lui laissa le temps de parler.

Le duc et la duchesse étaient accourus à son lit de mort.

Le duc, terrifié, comme tous les lâches qui voient un de leurs complices
frappé par la fatalité de l'expiation.

La comtesse, ayant aux lèvres un hypocrite regret, mais en réalité, toute
heureuse qu'un des témoins, des acteurs des drames intimes de la maison de
Courtraige, emportât dans sa tombe des secrets toujours gênants.... .

Lui, le comte, s'était à demi dressé en la voyant entrer.

Il eut aux yeux une lueur étrange ; puis, ayant désiré rester seul avec ses
bons parents, il leur dit :

— Vous voilà ! vous êtes accourus, vous avez bien agi. Certes, ce n'est
point par affection pour moi... mais vous aviez peur...

— Mon frère ! s'écria le duc Achille.

— Je parle moins pour toi que pour cette femme...

Et il montrait la duchesse. Celle-ci sans colère, répliqua :

— Qu'avez-vous à dire ?

— Ce que j'ai à vous dire... voici : Dans ma vie d'orgie, j'ai rencontré des
filles éhontées qui riaient aux éclats, en raillant l'honneur... et qui vendaient
leur être et leur âme au poids de l'or, pesant tout cela comme un boucher
pèse sa viande !... j'ai connu des gentilshommes du lansquenet qui volaient
avec plus d'impudence que Cartouche et Mandrin... Cela ne vous étonne pas...
j'étais reçu dans votre monde !... J'ai vu des frères tuer leurs frères, des
maris vendre leurs femmes... Mais ce que je n'ai jamais vu, c'est une mère
n'ayant même pas l'instinct de la chienne qui cherche encore ses petits après
qu'on les lui a enlevés... Duchesse de Courtraige, me comprenez-vous ?

Elle haussa les épaules et dit :

— Après !

— Ce que je n'ai non plus jamais vu, monsieur mon frère, c'est un homme
assez lâche pour, étant père et aimant son enfant, pleurer en secret et cacher
ses larmes, de peur que la mère ne le voie et ne se moque de lui !... je n'ai
jamais rencontré aussi honteuse pusillanimité, et je suis heureux, duc Achille
de Courtraige, que vous soyez venu me voir mourir !...

— Ah ! ne m'insultez pas ! s'écria le duc avec douleur. J'ai tant souffert !...

— Ne parlez donc pas si haut... tenez! la duchesse ricane!... eh bien! je vais vous mettre à votre aise... je ne vaux pas mieux que vous... ce que je vous dis aujourd'hui, cent fois je l'ai eu sur les lèvres... cent fois j'ai voulu vous crier : Vous êtes des lâches et des infâmes!... eh bien! je ne l'ai pas fait! pourquoi? parce que j'étais un viveur, parce que j'avais besoin de mon bien, de ma fortune et que je savais que d'un mot vous pouviez me perdre!... donc je n'étais ni moins lâche ni moins infâme que vous... Aujourd'hui, je meurs!... vous ne pouvez rien contre moi, alors je vous dis la vérité... nous sommes, vous et moi, plus méprisables que les misérables qu'on envoie au bagne... oui, je meurs!... mais j'ai cette joie suprême de vous voir vivants... et bien vivants!

Il eut un spasme, son visage se convulsa, mais par un effort violent, il parvint à retarder encore la mort.

— Oui, vous êtes vivants!... et je vais, comme tout moribond qui sait ses classiques, vous prédire votre avenir...

Il éclata d'un rire nerveux :

— Vous voyez, je suis de la bonne école... je ris au nez de la mort!... Voici ce que vous ferez... Toi, mon frère, la folie te guette... le remords t'écrase... Tu hais cette femme, et cette haine sera ton châtiment... orphelin de tes enfants, tu pleureras, tu pleureras encore et toujours des larmes de feu qui brûleront tes paupières et ton cœur...

— Et moi! fit la duchesse les bras croisés.

— Toi!...

Il se dressa tout à fait, la ragarda en face et lui dit :

— Toi!... il te tuera!

Et il retomba de toute sa hauteur... mort!

On lui fit d'admirables funérailles, et un des orateurs patentés de la clique impériale exalta ses vertus et son dévouement à la dynastie.

Le sénateur duc de Courtraige rentra dans son hôtel de Passy et, là, il s'enferma.

Ce que son frère lui avait jeté au visage, il se l'était dit à lui-même. On peut rire de la malédiction d'autrui, on tremble sous la malédiction qu'on s'est jetée à soi-même. Or cet homme s'était maudit. Ce damné s'était, de sa propre volonté, précipité dans l'enfer du remords... il voulut y entraîner la duchesse avec lui!

Alors commença pour eux une existence épouvantable.

Pour être plus libre de reprocher à la duchesse les crimes commis, le duc chassa Céline Juzeau.

Et alors chaque jour il apparaissait devant sa femme comme un spectre, et il lui disait :

— Souviens-toi de ta sœur assassinée! Souviens-toi de l'enfant chassé de son berceau! Souviens-toi de ta fille perdue!...

Elle résista longtemps à cette obsession.

Elle se lança plus ardemment encore dans le tourbillon des plaisirs mondains. Elle s'étourdissait à ces éblouissements. C'était son ivresse à elle.

Mais quand sa voiture armoriée, flanquée de laquais orgueilleux la ramenait du bal, lorsque sur le tapis des escaliers de marbre, elle traînait, majestueuse, les plis lourds de ses robes à sensation, lorsque, seule, devant ses glaces, elle contemplait sa beauté splendide, ses épaules admirées, ses yeux qui fascinaient...

Alors derrière elle une porte s'ouvrait...

Et un homme apparaissait, pâle, vêtu de noir, qui lui criait :

— Comtesse de Courtraige, souviens-toi!...

Elle avait voulu fuir.

A Bade, à Ems, à Spa, à Plombières, à Biarritz, on avait vu passer cet astre éblouissant. Point de fêtes dont elle ne fût la reine!...

Mais sur le seuil de son hôtel luxueux comme un palais, se dressait, implacable, le vengeur qui, avec son sourire pâle, lui disait :

— Souviens-toi!...

Elle voulût — elle qui n'avait jamais aimé — s'étourdir dans le délire des sens. Entre elle et ses amants, il se dressa : souviens-toi!...

Et elle ne pliait pas! elle ne se courbait pas!... Elle résistait à ce hideux cauchemar, défiant le remords!...

Et depuis de longues années c'était ainsi...

Le duc n'avait rien oublié des paroles fatidiques de son frère mourant.

Il se sentait devenir fou. Mais aussi résonnaient à ses oreilles ce mot du moribond :

— Il la tuera!...

Comment!... il ne voulait pas l'assassiner... brutalement... en une seconde!... il la haïssait à ce point qu'il voulait qu'elle souffrît. A quoi bon le poignard, si ni sa chair ni son cœur n'étaient torturés?...

A l'heure où nous reprenons notre récit, le duc de Courtraige est enfermé dans une galerie qui règne au long des murs de son parc à la Muette.

Il semble n'être plus que l'ombre de lui-même.

Enveloppé dans une longue robe de velours noir, serrée à la taille par un cordon de soie d'or, le duc ressemble à Charles IX, suant par tous les pores le sang des assassinés de la Saint Barthélemy.

Sa tête émaciée semble volée au fossoyeur d'Hamlet.

Au fond de la galerie, un tir.

Il est entouré d'armes, carabines, pistolets.

Sa main ne tremble pas. Il vise et fait feu. Ce mourant est hanté par l'idée de mort, de destruction...

Tout à coup on frappe à la porte.

Et un valet paraît, portant une carte sur un plateau de vermeil.

Le duc se détourne à peine. Il prend le bristol et lit :

— Étienne Rabolet, serrurier.

Le duc tressaille. Il chancelle comme s'il avait reçu un coup en plein cœur.

Ce nom a réveillé en lui tout un monde de souvenirs... il garde un instant le silence... puis :

— Qu'il entre! dit-il.

Et tandis que le valet sort pour exécuter ses ordres :

— Qui sait? murmure-t-il. C'est peut-être là la vengeance!..

XVIII

CONFESSION LAÏQUE... ET OBLIGATOIRE.

Titi entra.

Le duc était debout, et, involontairement il s'inclina légèrement.

C'est que Titi était dans une nouvelle et singulière incarnation. C'était à douter que ce fut là le gamin gouailleur, peu soucieux de sa tenue, toujours vêtu à la bonne franquette, la casquette sur l'oreille et la blouse baladeuse...

Titi était tout en noir... en habit, s'il vous plaît, avec gilet ouvert, pantalon de bonne coupe. Voilà où Mme de Sévigné eût trouvé l'occasion d'épuiser tout son stock d'épithètes ébouriffantes...

Titi avait des gants...

Et vous me croirez si vous voulez, et vous me ferez plaisir en me croyant, il avait fort bon air... et valait cent fois mieux avec sa délicatesse de formes, sous lesquelles se cachait une bâtisse d'acier, que tous vos gommeux et poisseux éreintés qui tremblottent sur leurs jambes en papier mâché...

Les cheveux, bien coiffés — sans frisatures ridicules, bien entendu — entouraient son front haut et bombé, sur lequel les sourires et les fatigues avaient imprimé leurs plis.

Ses petits yeux, froids et calmes, ne pétillaient plus. Ses yeux regardaient droits et fixe. Le nez — ce nez qui avait l'air d'un point d'interrogation posé à la destinée — était serré aux narines, et se tenait dur et raide comme prêt à l'attaque du roc. La moustache soignée s'arquait sur les lèvres sérieuses.

Titi était très pâle.

Le duc s'étant incliné, Titi resta impassible.

Ce fut en hésitant, presque en balbutiant, que le grand seigneur dit :

— Vous... avez... désiré me parler...

— J'ai voulu vous parler, rectifia Titi.

Le duc ne releva pas cette correction et reprit :

— Je suis à vos ordres...

En vérité, M. de Courtraige se sentait saisi d'une émotion qu'il ne parvenait pas à dissimuler.

— Je me nomme, dit Titi, Étienne Rabolet... serrurier...

— Oui... j'ai lu ce nom, en effet.

Ici le duc fit sur lui-même un effort visible et dit :

— Je ne connais pas ce nom...

— L'entrevue commence mal, dit froidement Titi.

— Que voulez-vous dire?

— Je veux dire que nous sommes ici pour dire la vérité, rien que la vérité.

— Eh bien!...

— Eh bien? pourquoi prétendez-vous?...

— Ne pas vous connaître... je vous jure que...

— Monsieur le duc de Courtraige, interrompit Titi dont le sang-froid eût fait honneur à un juge d'instruction, vous modifiez vos paroles premières... vous ne me connaissez pas... c'est vrai..., mais vous connaissez mon nom...

— Je... je ne me rappelle pas...

— Moi-même, je ne vous connais pas... mais il y a déjà longtemps que, pour la première fois, j'ai entendu prononcer votre nom...

M. de Courtraige était, nous l'avons dit, dans un trouble moral et physique qui brisait ses forces...

Il se laissa tomber sur un fauteuil... sans répondre... attendant...

Cependant de la main il indiqua un siège à Titi...

— Je resterai debout, s'il vous plaît, dit Titi.

Il garda le silence pendant quelques instants, examinant le personnage qu'il avait sous les yeux. Quoi! c'était cet homme qui avait commis tant de crimes! c'était cet homme qui avait renié toutes les lois humaines!... par orgueil, par ambition! C'était cet homme qui siégeait au Luxembourg, avec les plus hauts dignitaires de l'empire!

— Quelle dèche! se dit Titi qui pensait dans sa langue.

Et en même temps il sentit que son mépris se compliquait d'un peu de pitié.

Le duc avait laissé tomber son front dans sa main. Évidemment cet homme ne voulait pas lutter. Et surtout il ne pouvait pas. Chaque jour il s'attendait à ce que le fantôme du passé se levât de sa tombe mal fermée. — C'était l'échéance prédite par le comte... prévue par lui-même... Il faudrait payer... Quoi?... Là était toute la question...

LES AGENTS S'ÉTAIENT ATTACHÉS A JEAN.

— Vous avez connu mon père? demanda brusquement Titi.

— Ah! vous êtes le fils de...

— Je suis le fils d'un honnête homme auquel, en un jour sinistre, vous avez fait commettre une mauvaise action...

Le duc fit un geste. Titi reprit aussitôt :

— Monsieur de Courtraige, je suis venu ici pour vous interroger... et je veux que vous sachiez comment j'en ai le droit... Mon père est mort de désespoir, de remords de vous avoir obéi...

— Ah! le remords tue donc! fit le duc en secouant la tête.

— Oui, il tue!... Ce n'est pas un vain mot. Ceux-là seuls ignorent le remords qui n'ont rien de l'homme... qui n'ont ni raison ni conscience... et mon père n'était pas de ceux-là... Il a failli un jour, une heure... et il a payé cette erreur de sa vie! Sa mort l'a racheté... Il a droit au respect... Mais ce n'est point de lui que je suis venu vous parler... mais de ceux qui l'ont entraîné, de ceux qui ont spéculé sur sa misère pour le rendre coupable... et de ceux-là, il en est un qui se nommait le duc de Courtraige!

Depuis un instant, il se produisait dans le cerveau du duc un travail singulier. Soudain, il avait eu une vision terrible, celle du châtiment! Jusqu'ici il avait pleuré seul, il s'était par une singulière aberration morale, érigé en vengeur, en justicier... et le remords lui paraissait plus léger parce qu'il s'en servait comme d'une arme pour frapper la duchesse...

Tout cela, c'était du rêve, de l'ivresse morale... Au fond, ce criminel se disait : Je suis puni! et j'ai droit de punir!

Il avait l'orgueil du trouble moral qu'il éprouvait et qu'il imposait à autrui.

Mais ici, c'était la réalité... que voulait cet homme?... il n'y avait pas songé tout d'abord... et ce qu'il venait de comprendre, c'est que, peut-être, cet homme apportait le châtiment effectif, physique, en quelque sorte...

En une seconde, le duc évoqua, dans son imagination, un tribunal, des juges, la prison... qui sait?...

Et dans cet organisme délabré, il y eut un sursaut de révolte, et il s'écria :

— Je ne comprends pas... je suis malade, affaibli!... j'ai consenti à vous recevoir, je ne sais pourquoi?... Mais il me semble que vous me menacez... Vous êtes chez moi... et...

— Ah! ah! fit sèchement Titi, dont la voix sonna comme sonne le marteau sur l'enclume, nous changeons de thèse à ce que je vois... Tant mieux! Aussi bien, je suis peu fait, je l'avoue, à ces débats parlementaires... nous jouerons cartes sur table...

— Je vous répète...

— Je vous répète, puisqu'il faut vous mettre les points sur les *i*... que je sais toute votre histoire, monsieur de Courtraige...

Le duc se débattait encore.

— Sortez, monsieur, je ne veux rien entendre...

Et se dressant par un effort violent, il étendit la main pour saisir la sonnette. Mais la main de Titi se posa sur son bras, en même temps que le fils de Rabolet lui disait rapidement :

— Le 17 juillet 1832, tu as tué ta femme... et ton frère a voulu jeter, par ton ordre, ton enfant dans la Seine...

Le duc chancela... mais Titi le tenait dur et le maintint en équilibre.

— Le 17 juillet 1832, tu as fait forcer un coffre-fort par le serrurier Rabolet... tu as vu mourir sous tes yeux ton beau-père, le comte de Solesnes, et tu as volé son testament...

— Assez ! assez !...

— Enfin... tu avais une autre fille, née de tes amours adultères avec la sœur de ta femme, de celle que tu as jetée vivante dans un cabanon de folles, et cette fille, tu l'as torturée... et tu l'as forcée de fuir ta maison... antre de brigands dont tu es le chef... as-tu compris, duc de Courtraige, et veux-tu encore sonner tes domestiques pour qu'ils me jettent à la porte... à ton aise !.. ton empereur a des procureurs de toute nature... c'est à eux que tu répondras... sonne donc, si cela te plaît... j'attends...

Et Titi ouvrit la main...

Le duc, pâle comme un marbre, s'affaissa sur lui-même... Titi ne le retint pas... le misérable tomba à terre, sur les genoux...

— Grâce ! grâce ! murmura-t-il...

Titi eut un ricanement ironique. Décidément sa nature reprenait le dessus.

— Eh bien ! on ne pose plus ! fit-il. Sapristi !... mais on se croirait à l'Ambigu ! seulement quand la toile tombera, le traître ne s'en ira pas bras-dessus, bras-dessous avec le premier rôle... et s'il y a du sang, ce sera du vrai !... donc vous avouez...

— Oui, fit le duc d'une voix défaillante.

— Vous reconnaissez que vous avez mené la vie d'un bandit... et que si la justice fourrait le nez dans vos affaires, vous pourriez bien, tout comme un autre, aller tout au moins faire un tour à Cayenne...

— Assez ! assez !

— Pourquoi donc ? on n'a jamais trop des bonnes choses ! et puis ça fait plaisir de savoir à quoi s'en tenir... Maintenant que vous avez quitté vos grands airs, comme vous devez être mal à genoux sur le tapis, comme si j'étais Notre-Dame-de-la-Salette, je vais d'abord vous aider à vous remettre en position...

Et se baissant, Titi le prit dans ses bras comme il eût fait d'un enfant et le replaça sur son fauteuil.

— Pristi ! il ne pèse pas lourd !... A ce qu'il paraît que les remords, ça n'est pas du plomb !...

— Enfin ! dit le duc en s'abandonnant tout à fait, que voulez-vous de moi ? Je vous en supplie, ne me torturez pas ainsi... J'ai tant souffert..

Dans ces derniers mots, il y eut une douleur si réelle, si âpre, si profonde que Titi tressaillit. Un moment, il s'était senti implacable ; maintenant, dans son cœur bon et honnête, il sentait de nouveau sourdre la pitié...

— Vous avez souffert, dit-il d'un ton moins dur, pourquoi ?... Voyons ! je veux savoir avant tout qui vous êtes et ce que vous êtes... je jugerai après. Je ne suis pas un prêtre, mais je suis un homme qui croit à la conscience et à la justice... Confessez-vous...

Et comme le duc, levant les yeux sur lui, le regardait avec une sorte d'effroi :

— N'ayez pas peur... continua Titi, je ne sais ni voler ni tuer, moi !... je ne commencerai pas mon apprentissage sur vous... Il faut bien que vous sachiez ceci, monsieur le duc, c'est qu'il y a au monde de braves gens qui mettent le devoir au-dessus de l'intérêt ou de leurs jouissances propres... Je vous le répète, je veux vous juger... et je veux que vous parliez ! pour un instant, tâchez donc, s'il est possible, de dépouiller le vieil homme... vous avez été franc, que diable ! vous avez cru à de belles choses, à l'honneur, à l'amour, à la vérité. Plongez au plus profond de vous-même et repêchez cela !...

M. de Courtraige l'écoutait avec une surprise croissante. Dans cet esprit versatile et faible, les impressions se succédaient avec une inconcevable rapidité.

— Qui je suis ! ce que je suis ? dit-il d'une voix faible. Me comprendrez-vous ?

— Je suis homme, dit Titi, rééditant sans le savoir la pensée d'un poète ancien, et je comprends tout ce qui est humain, le bien comme le mal...

— Eh bien ! oui, je parlerai... comment vous avez surpris les terribles secrets de cette maison, je ne puis le deviner...

— Mais je les connais... et à fond, je vous le jure... Voyons, je vais vous aider... vous avez eu de votre première femme, un enfant, une fille !...

Le duc baissa la tête et dit :

— C'est vrai !...

— A cette époque vous aviez deux maîtresses, l'une, une servante, qu'on nommait Céline Juzeau... l'autre, la sœur de votre femme...

— Non ! jamais cette dernière ne m'avait appartenu avant...

— Avant la naissance de votre enfant... Si bien que ce fut par les ordres de celle que vous désiriez follement que vous avez prêté les mains à cette infamie, la substitution de l'enfant mort de Céline Juzeau à l'enfant vivant de la duchesse, votre femme.

D'une voix à peine perceptible, le duc répondit affirmativement.

— Vous haïssiez donc la mère? vous haïssiez donc l'enfant!

— J'étais fou... Cette femme, celle qui, depuis, porte mon nom, me tenait dans les liens de la plus violente passion...

— Vous avez donné ordre de tuer votre enfant!

— Non! non! s'écria le duc, se redressant avec effroi...

— Ne mentez pas... vous l'avez remis aux mains de votre frère, le comte de Courtraige... quel ordre lui avez-vous donné?...

— Je ne sais pas... je ne me souviens pas...

Titi haussa les épaules avec impatience. Puis, comme saisi d'un souvenir soudain, il passa sa main sur son front.

— Tenez, reprit-il d'un ton de bonhomie, singulière dans la bouche d'un homme de cet âge parlant à un vieillard, vous ne voulez pas être franc, vous avez tort... Je veux vous dire quelque chose... Moi qui vous parle, j'ai été coupable, moins que vous assurément, car c'était de la légèreté d'enfant; mais si vous saviez ce que j'ai enduré de tortures... Eh bien! savez-vous quel jour j'ai commencé à sentir un soulagement, c'est quand, à genoux devant un honnête homme qui m'encourageait, j'ai parlé, j'ai pleuré, j'ai fouillé au fin fond de mon âme pour en extraire tout le mal qui s'y était accumulé... c'est enfin quand j'ai eu le courage de m'écrier: Pardonnez-moi! et quoi que je doive faire pour me racheter, je suis prêt...

Il s'arrêta un instant, oppressé par ses souvenirs:

— Cela m'a coûté, bien vrai!... le mal tient si fort au cœur qu'en l'arrachant, on déchire des lambeaux de soi-même qui saignent et qui vous font crier... C'est l'opération du chirurgien qui vous lacère et vous torture, mais c'est surtout le salut!... c'est la santé de la conscience!...

Et voilà que tout à coup le vieillard se laissa glisser sur ses genoux, voilà que de grosses larmes s'échappèrent de ses yeux flétris:

— Courage! fit Titi qui comprenait.

— Eh bien! oui, s'écria le malheureux, j'avoue... oui, j'ai donné ordre qu'on tuât cet enfant!... j'étais fou! j'étais hideux d'égoïsme et de lâcheté!... C'était pourtant la chair de ma chair!... c'était l'enfant de la plus douce, de la meilleure, de la plus sainte des épouses!... mais j'aimais!... non, ce n'était pas de l'amour!... c'était une passion toute de fureur et de sang!... pour conquérir cette femme, qui me dédaignait, qui semblait me mépriser, j'ai eu l'infamie de prêter l'oreille aux conditions qu'elle me dictait!... elle m'a ordonné un crime!... je l'ai commis!

— Et la duchesse, — la première, la seule, — est devenue folle? demanda Titi.

— Oui... quand au lendemain matin, se penchant sur le berceau, elle a

vu cet enfant mort... qui n'était pas le sien, j'ai cru qu'elle allait mourir!...
C'était effrayant!... Amélie, sa sœur, était là!... qui sait, si elle avait été
absente, je n'aurais peut-être pas eu le courage d'aller jusqu'au bout!... Je
veux que vous sachiez tout! Vous êtes le premier qui m'avez parlé le langage
de la probité... C'est un réveil! et je dis comme vous que l'aveu est déjà une
consolation!

. Il eut une sorte de spasme. Sans doute la scène évoquée par sa mémoire
l'épouvantait.

— Parlez, parlez encore! dit Titi qui se penchait vers lui, comme pour ne
pas le contraindre à parler trop haut...

— Quand elle se réveilla, la duchesse, hagarde, n'osait pas regarder dans
le berceau... Car, dans l'affaiblissement qui avait suivi l'accouchement, elle
avait vu sa sœur se glisser dans l'alcôve... saisir l'enfant vivant... et déposer
à sa place le petit cadavre... Elle s'était évanouie!... en revenant à elle, elle
crut avoir rêvé!... Mais quand elle vit, quand elle reconnut la réalité atroce,
alors elle nous jeta à la face, à moi, son mari, à Amélie, sa sœur, elle nous
jeta l'anathème et la malédiction!... elle voulait se lever, courir!... aller chez
le magistrat... et...

Ici il baissa la voix à ce point que Titi avait besoin de toute son attention
pour percevoir ses paroles...

— Et, terrifiés, haineux, nous nous sommes jetés sur elle... pour la tuer,
peut-être... je ne sais! Il fallait qu'elle se tût, et sous la pression violente de
nos mains sacrilèges, tout à coup la pauvre femme brisée éclata d'un rire
effrayant... Elle était folle!...

Suffoqué par les sanglots, le duc s'affaissa sur lui-même.

Titi avait une sueur froide au front. C'était plus effroyable encore qu'il ne
l'avait supposé... Mais se contenant, il reprit :

— Et cette femme, la sœur de la folle, vous ne l'avez pas chassée!...

— Non! j'ai été lâche jusqu'au bout! C'était une fascination à laquelle rien
ne pouvait me soustraire!... Le soir même... oui, le soir même... Amélie de
Solesnes était ma maîtresse! .

Un mot échappa aux lèvres de Titi :

— Oh! misérable!

— Oui, misérable!... j'étais le jouet, l'esclave de cette femme!... elle devait être la vengeresse de sa sœur!... elle était devenue mère... mais ni dans
son cœur, ni dans ses entrailles il n'y avait une fibre qui vibrât sous un sentiment humain!... Ne pouvant avouer ma paternité tant que la duchesse folle
vivrait, j'achetai de mon frère Hector, la reconnaissance de ma fille!... Ce fut
mon premier châtiment. Car maintenant... il faut que j'avoue tout!... Cet
enfant né de moi, né d'un amour frénétique, je l'adorais... mais en secret!..

sa mère m'eût raillé de cette affection !... Est-ce qu'elle savait seulement qu'elle avait une fille !... Moi, la nuit, me cachant comme un malfaiteur, j'allais me courber sur ce petit lit... et je n'osais crier à cet enfant : Je t'aime ! je t'aime ?... Oh ! comme elle devait me punir de ma lâcheté ! Un jour, elle surprit un entretien sinistre entre mon frère et moi !... Pourquoi cette querelle ? je ne sais plus ! quelque mesquine question d'argent ! Hector me reprocha mes crimes, sa complicité, et ma fille, ayant entendu, se dressa devant moi, et m'appela assassin ! Quelques jours après, elle était cloîtrée !... Ah ! vous ne savez jamais quels hideux moyens on emploie pour courber les volontés et briser les énergies ! On la crut domptée !... je n'avais pas osé la défendre... Un jour elle s'enfuit !... et depuis... je ne l'ai plus revue ! Oh ! comme je l'ai cherchée !... j'aurais donné ma fortune... ma vie !... Mais elle était à jamais perdue ! ma fille ! ma Noëla qui doit mépriser et haïr son père !... ou qui est morte en le maudissant...

Au nom de Noëla, Titi avait frissonné tout entier.

Il regardait cet homme qui se traînait à ses pieds, qui meurtrissait son ront sur le plancher, qui de ses ongles se déchirait la poitrine... et depuis qu'il avait prononcé ce nom qui, si longtemps, avait résonné comme un écho lointain dans le cœur de Titi, celui-ci le méprisait moins... car il avait crié : Je l'aime !...

Il y eut un long moment de silence. Titi s'interrogeait. Tout à coup il dit :

— Relevez-vous, monsieur le duc. Si criminel que vous ayez été, vous avez prononcé un nom qui vous fait sacré à mes yeux... à moi de parler maintenant...

Le duc se releva lentement... Il était épuisé. Aidé par le jeune homme, il s'étendit sur le fauteuil, inerte, les yeux à demi fermés.

— Tout ce que vous m'avez avoué, reprit Titi, je le savais... à l'exception de quelques détails sans importance... donc voici les faits. Votre fille légitime, celle de la première duchesse de Courtraige, la véritable héritière de votre nom et de votre fortune, vous l'aviez livrée au comte Hector pour qu'il la tuât !...

— Oh ! ne me forcez pas à répéter...

— Savez-vous si le comte Hector a exécuté vos ordres !...

Le duc le regarda avec surprise :

— Que voulez-vous dire ?... une seule fois, dans un mouvement de colère, mon frère m'a déclaré que ma fille vivait... je ne l'ai pas cru !... |

— Et cependant, dit Titi d'une voix grave, le comte Hector vous avait dit la vérité !

M. de Courtraige poussa un cri.

— Quoi! le crime n'aurait pas été commis! je n'aurais pas ce remords!

Titi eut un sourire plein d'armertume. Même dans l'entraînement du désespoir, le duc conservait son atroce égoïsme.

— L'ordre a été donné! Parce qu'il n'a pas été exécuté, vous croyez-vous donc innocent?

— C'est vrai! Que voulez-vous? je me rettache à toutes les espérances, si faibles qu'elles soient... Ayez pitié de moi!... En vérité, je vous jure que j'ai horreur de moi-même, mais dites-moi la vérité... la fille de la duchesse...

— Votre première fille est vivante!

— Ah! je pourrai donc me venger de la duchesse Amélie!

— Décidément, vous êtes incorrigible, dit froidement Titi, vous ne songez qu'à vous venger et à haïr... J'ai trop longtemps frappé à votre cœur... il ne répond pas... C'est à votre raison que je vais parler.

A ces paroles empreintes d'un mépris que Titi ne cherchait même plus à dissimuler, le duc courba le front.

— Oui, votre fille, et je le répète, l'héritière des Solesnes et des Courtraige, existe!...

— Qu'elle vienne!... et je reconnaîtrai ses droits?...

— Bien!... mais ce n'est pas tout!... Je ne vous demande pas si vous aimez celle-là... dans votre attitude, dans vos paroles, je devine votre indifférence... Vous payerez parce que vous devez... vous avez tué sa mère, et vous ne lui rendrez pas un père!... voyons maintenant si vous m'avez menti tout à l'heure...

— Que voulez-vous dire?

— Un seul cri humain s'est échappé de votre poitrine... C'est quand vous avez prononcé le nom de Noëla...

D'un effort énergique et dont on ne l'aurait pas cru capable, le duc se dressa sur ses pieds, et tendant la main vers Titi :

— Noëla!... Eh bien! oui! je l'avoue! voilà l'enfant de mes entrailles, de mon être tout entier!... Étrangeté de nous-mêmes!... la duchesse morte, fut une sainte... et je n'aime pas son enfant!... la duchesse Amélie fut la plus coupable, la plus infâme des mères... et j'aime Noëla de toute les puissances de mon âme!...

Il s'arrêta, puis soudain, saisissant le bras de Titi :

— Pourquoi me parlez-vous d'elle!... Elle est à jamais perdue... elle est morte!...

— Et si vous vous trompiez!

Le duc fut secoué par une commotion si terrible qu'on l'eût dit frappé de la foudre :

— Ah! ne vous jouez pas de moi! s'écria-t-il. Oui, je suis un misérable! j'ai été infâme! Mais vous me diriez : Duc de Courtraige, il faut que devant

LA DUCHESSE PARUT SUR LE SEUIL.

tous ceux qui te respectent, devant tous ceux dont tu mendies l'estime et la faveur, tu t'accuses de tes crimes... Il faut que tu te dépouilles de tout ce que tu possèdes... que tu sois un mendiant, un proscrit, que tu meures de faim, de froid et de misère... A ce prix, à ce prix seul, Noëla te sera rendue ! Ah ! à celui qui me dirait cela je baiserais les mains et les genoux... et je lui crierais : Torturez-moi, tuez-moi !... mais que je revoie, que j'embrasse ma Noëla !...

Il y avait tant d'exaltation, tant de fiévreuse sincérité dans l'accent du vieillard, que Titi sentit des larmes monter à ses yeux :

— Noëla est vivante ! dit-il... et vous la reverrez !...

Le duc s'appuya au mur : il était pris de vertige...

— Noëla ! non, ce n'est pas possible ! vous me trompez ! .. je n'ai pas mérité un tel bonheur...

— Que vous l'ayez mérité ou non, reprit Titi, je vous dis la vérité !...

— Oh ! partons ! conduisez-moi auprès d'elle ! que je me jette à ses genoux... que je lui demande pardon...

— Pas si vite !.., oui, je peux vous aider à retrouver cette fille que vous dites aimer... mais avant tout il faut que je vous pose mes conditions...

— Vos conditions ! mais je vous dis que ma fortune, que ma vie vous appartiennent, s'écria le duc.

— Ce sont des mots ! il faut plus... et moins que cela !... Monsieur le duc, connaissez-vous le garde des sceaux, ministre de la justice !...

Le duc eut un sursaut d'étonnement :

— Vous raillez-vous de moi ? Oh ! ce serait mal !

— Je ne raille pas... Voulez-vous, oui ou non, répondre à ma question... Connaissez-vous... intimement... le ministre de la justice ?...

— Je vous réponds... le garde des sceaux est un ami pour moi...

Et il ajouta tout bas :

— Plus qu'un ami... ne sommes-nous pas tous des complices...

— Il ne vous refuserait pas une faveur ?...

— Il ne peut me refuser ce que je lui demande... Je suis sénateur... j'ai une grande influence... et le gouvernement impérial compte avec moi...

— Ça ne m'étonne pas, mâchonna Titi entre ses dents. Ils s'entendent comme larrons en foire...

Puis il reprit :

— Eh bien ! voici ma condition expresse... je veux avoir dans une heure la grâce de Jean Rabolet, mon frère, condamné en 1848 à la déportation et évadé de Cayenne depuis deux ans...

— Rien de plus facile...

— Vous ne savez pas tout... mon frère a été arrêté cette nuit... et à l'heure qui sonne doit être détenu à la préfecture ou à Mazas...

— Qu'importe !... il sera libre... je vous répète qu'on a besoin de moi...
mais vous me promettez, vous me jurez...

— Gardez donc ces mots-là pour votre monde, fit brusquement Titi. J'ai
dit ce que j'ai dit... la liberté de mon frère... et je vous permettrai d'embrasser
Noëla...

— Oh! tenez, en vérité, il me semble que je retrouve ma vigueur d'autrefois...

Il regarda un magnifique cartel Louis XVI suspendu à la muraille :

— A cette heure, le garde des sceaux est à son hôtel... Je vais faire atteler,
et avant une heure je vous aurai obéi...

— Et dans deux heures vous verrez Noëla !

— Attendez-moi quelques minutes.

Le duc se dirigea vers une des portes de la galerie où il se trouvait et qui
communiquait à ses appartements.

Mais au moment où il allait en franchir le seuil, une voix claire et vibrante
s'écria :

— Monsieur le duc, vous ne sortirez pas.

Et la duchesse de Courtraige, fière, la tête haute, les bras croisés sur sa
poitrine, parut aux yeux du duc et de Titi :

— Pétard ! pensa Titi qui, prévoyant une lutte, se retrouvait dans son élément, ça va chauffer, attends ! ma mignonne ! pas encore fini de... rire !

XIX

PARTIE, REVANCHE ET BELLE

La duchesse de Courtraige était bien toujours la femme à la beauté hau-
taine, à la physionomie dominatrice, qui, jadis, avait condamné sa fille à la
réclusion claustrale.

Mais presque dix années avaient passé sur ces traits taillés dans le marbre,
et le temps y avait posé cette patine qui, adoucissant les duretés de la pierre,
accentue au contraire plus sévèrement les lignes du visage.

C'étaient toujours ses grands yeux noirs, où l'amour eût peut-être sondé
des profondeurs inconnues, mais qui se défendaient par un rayonnement
sombre de nuit et de haine...

Cette femme pouvait s'être abandonnée, elle ne s'était jamais donnée. Un
sculpteur eût trouvé, dans les nettetés de cette bouche sans sourire, dans les
fermetés de ce menton puissamment modelé, un modèle pour une statue de la

volonté. Sa taille admirable était sans souplesse : ainsi les amants de classique se figurent les impératrices de tragédie, ainsi les lecteurs de Balzac créent dans leur cerveau Fœdora, la Fœdora, la femme sans cœur de la Peau de Chagrin...

Elle restait immobile, les yeux fixés sur le duc qui, involontairement, avait reculé. Certes, dans le cœur de cet homme, la passion était morte. Il avait aimé cette femme jusqu'au délire criminel. Aujourd'hui il la haïssait, mais elle dominait surtout ses lâchetés, et de sa froideur elle glaçait toutes ses énergies.

Cependant, surexcité par les émotions qu'il venait de traverser, il eut encore assez de force pour s'écrier :

— Que voulez-vous, madame, et que venez-vous faire ici?...

Titi, impassible, mais ayant aux lèvres un sourire de défi, la contemplait hardiment et attendait.

— Monsieur le duc, dit-elle de sa voix qui avait un éclat à la fois sourd et métallique, j'ai entendu, — du moins en grande partie, — le très étrange entretien que vous venez d'avoir avec... cet homme...

— Vous avez entendu, soit! reprit le duc avec impatience. Vous vous abaissez à m'espionner... De vous rien ne m'étonne... mais du moins, vous savez quelle est ma volonté, et je ne comprends pas...

— Vous ne comprenez pas?

Elle répéta ces quelques mots en leur donnant un accent interrogateur et méprisant.

— Enfin... pourquoi vous permettez-vous d'intervenir?...

— Je me permets de trouver singulier, monsieur le duc, que vous obéissiez aux ordres que vous dicte... un pareil aventurier...

Titi fit un pas en avant.

— Madame...

— Je ne vous parle pas, fit insolemment la duchesse. Si je m'adressais à vous, ce serait pour vous conseiller de sortir au plus tôt et d'éviter à mes domestiques la peine de vous jeter dehors...

— Enfin, madame, s'écria le duc, je suis chez moi... je suis le maître...

— En vérité... vous croyez sans doute, monsieur le duc, que le nom des Courtraige vous appartient à vous seul... ce nom est à moi comme à vous, et je n'entends pas que vous le déshonoriez...

— Moi! que signifie?

— Cela signifie, monsieur, que vous êtes en ce moment la dupe d'un misérable qui vous trompe, qui vous abuse... qui ne sait rien de vos secrets et auquel vous vous livrez, au risque de vous perdre et de me perdre avec vous...

Elle parlait avec une telle assurance que le duc se sentait troublé malgré lui. Son énergie factice était sur le point de l'abandonner...

— A la rescousse ! pensa Titi. Voilà le moment de se montrer...

— Ainsi, madame la duchesse de Courtraige, dit-il en souriant, est convaincue que je mens...

— Je ne m'abaisse même pas à discuter avec des hommes tels que vous...

Titi eut un mouvement de colère. En réalité la diplomatie n'était guère son fait... et une fois de plus, le naturel revint au galop.

— Dites donc, madame, fit-il, un homme tel que moi n'est ni voleur d'enfant ni assassin de sa sœur...

La duchesse haussa les épaules :

— J'ai entendu vos dissertations, fit-elle. Inutile de les répéter.

— Vous niez que tout cela soit la vérité... Voyons ! monsieur le duc, dites-lui donc que vous avez tout avoué, tout confessé...

— C'est-à-dire que vous avez interprété comme il vous a convenu les paroles de M. le duc... et cela en faisant luire à ses yeux une espérance folle... et que vous saviez bien ne pas pouvoir réaliser...

Le duc tressaillit. Si la duchesse disait vrai ! Si cet homme l'avait trompé.

· — Expliquez-vous, madame !... et vous, monsieur, défendez-vous donc, disculpez-vous donc...

— Ah ! voici que vous doutez, fit Titi. Bon ! vous manquez de mémoire !...

— Avant de chasser cet homme, reprit la duchesse dont le sang-froid ne se démentait pas un seul instant, il sera bon, je le vois, pour écarter toute espèce de doute, de préciser les offres qu'il vous a faites et les conditions qu'il vous a imposées...

— Précisez, madame, dit Titi. Cependant je vous avertis que je suis un peu pressé...

— Je n'ai pas moins de hâte de vous démasquer... Ainsi, monsieur le duc, vous avez accepté d'un inconnu, qui se prévaut de je ne sais quel nom — bien oublié, ma foi...

— Vous avez aussi la mémoire bien courte, interrompit Titi.

La duchesse n'y prit pas garde et continua :

— Qui se prévaut, dis-je, d'un nom roturier, pour venir vous jeter des accusations calomniatrices ; vous avez accepté comme vraie cette affirmation que votre fille Noëla était vivante... et que cet homme pouvait vous la rendre...

Le duc regardait alternativement la duchesse et Titi. Mais il se taisait, il était évident que peu à peu Amélie reprenait sur lui la domination qu'il n'avait jamais pu secouer tout à fait.

— Or cet homme ment !...

Titi, oubliant son caractère parlementaire, redevient lui-même et dit :

— Allez-y toujours, la petite mère !... on causera après :

— Cet homme ment, reprit-elle avec plus de force. Et si vous osiez hésiter

entre ma parole et la sienne, je veux vous dire qui il est... c'est un forçat
évadé...

— Bien ! bon ! continuez, faisait Titi.

Cependant, depuis quelques instants, pour qui l'aurait examiné attentivement, il était évident qu'il était pris d'inquiétude. Dix heures venaient de
sonner au cartel, et Titi avait fixé longuement ses yeux sur le cadran comme
s'il eût mal entendu... il était devenu très pâle...

Qu'attendait-il donc à cette heure même ou plus tôt ?...

La duchesse poursuivait :

— Ce misérable, pour un intérêt facile à comprendre, est venu vous imposer ce que — dans son·monde infâme — on appelle, je crois, une affaire de
chantage... Il a surpris, ou a cru surprendre quelques secrets... il veut vous
le vendre au prix de la grâce de son frère, un autre bandit... et de la sienne.
Et vous, naïf, pour ne pas dire plus, vous vous soumettez... Eh bien ! je vous
le répète, cet homme a menti... il ne sait pas où est Noëla... votre fille !...

Le duc poussa un cri, et s'élançant vers Titi :

— Ah ! malheureux ! est-il vrai que vous ayez abusé à ce point de ma
crédulité, de ma faiblesse !...

Titi se mordait les lèvres jusqu'au sang... Que signifiait cette affirmation de
la duchesse ! Est-ce que, pendant son absence, quelque coup de main avait
été dirigé de nouveau contre les deux jeunes filles ?...

Eh bien, oui ! depuis qu'il était là, il attendait un signal... et ce signal, il
ne l'entendait pas...

Voici ce qu'il devait lui annoncer...

Dès que Titi avait quitté la maison de Calertin, il avait réfléchi. Désormais
toute finasserie était inutile et dangereuse, il fallait aller droit au but, sans
hésiter. Il fallait prendre le taureau par les cornes... mais avant d'engager
contre les Courtraige la partie suprême, Noëla et Marie devaient être mises
en sûreté... Mais, pour parvenir à ce but, il lui fallait user de grandes précautions, tout en ne perdant pas un seul instant.

Il ne doutait pas que l'intervention de la police ne fût l'œuvre de Toto
Lamuche *aliás* Victor de Landogne ; il comprenait bien que le but de celui-
ci avait été non seulement de se venger de lui, Titi, qu'il avait déjà plusieurs
fois rencontré sur son chemin, mais surtout de priver Noëla de ses protecteurs.

Retourner à la maison de la cité des Fleurs, c'était évidemment se livrer
bénévolement à ses ennemis.

Après avoir mûrement pesé toutes ces considérations, Titi résolut de
s'adresser encore une fois au dévouement de sa petite troupe. Il avait toute
confiance en son lieutenant qu'il appelait quelquefois en riant le Titi de
l'avenir.

Il l'alla trouver et lui donna des instructions précises.

Un billet qu'il était chargé de remettre mystérieusement aux jeunes filles devait lui assurer toute leur confiance.

Tout en leur cachant l'arrestation de Jean, il leur disait qu'elles n'avaient pas une minute à perdre, et qu'il leur fallait quitter la maison de Batignolles. Elles devaient sortir adroitement, une à une, sans éveiller les soupçons, et là, sous la garde de celui qui le remplaçait, se rendre à la maison du Château-Rouge.

C'était d'ailleurs, si l'on s'en souvient, ce qui avait été convenu la veille. Il n'y avait là rien qui pût étonner les jeunes filles.

Quant au reste, Titi — par force — était obligé de s'en remettre à l'habileté de son lieutenant.

Ce dernier, dès que les deux jeunes filles et Calertin auraient été hors de danger, devait accourir à Passy, et là trouver le moyen d'avertir Titi du succès de son entreprise...

Tout cela avait dû être fait de six à huit heures du matin. Et voici que dix heures sonnaient et que Titi ne savait rien... Et ce qui mettait le comble à son inquiétude, c'était l'assurance de la duchesse, assez audacieuse pour défier en face celui qu'elle savait possesseur de tous les secrets des Courtraige.

Mais, si cruelles que fussent les angoisses de Titi, combien elles eussent été plus terribles s'il avait su toute la vérité...

Pour la faire connaître au lecteur, il nous faut remonter de quelques heures en arrière, et suivre quelques personnages auxquels, nous l'espérons, nos lecteurs n'ont accordé aucune sympathie.

Nous voulons parler de Victor Lamuche et de Céline Juzeau.

C'était cette dernière qui avait monté, — terme de théâtre très significatif, — l'attaque de Jean Rabolet dans le quartier des Épinettes.

Victor, qui avait conservé d'intimes relations avec Brouillat, avait organisé de son côté l'enlèvement de Noëla...

On s'était emparé en même temps de Marie. Mais, ainsi qu'on l'a vu, Victor s'était fort peu préoccupé de cette comparse qui, dans le drame de la *Patte de Velours*, était restée à l'état de figuration.

C'était une amie, — n'importe qui ! On avait tout ramassé dans le coup de filet, peu lui importait.

Une seule personne l'intéressait, Noëla. Le coup de cravache qu'elle lui avait appliqué en plein visage l'avait cinglé en plein cœur. Il est, dit-on, des femmes qui aiment à être battues. Il est aussi des hommes que le mépris surexcite et que la violence affole. Frappé de nouveau, flagellé de façon honteuse, il avait senti son ancienne blessure se rouvrir, et c'est avec une sorte de jouissance qu'il avait savouré le retour de cette cuisante douleur.

Ainsi les vieux débauchés se font fouetter pour réveiller leurs sens. Ce coup de fouet alluma plus ardents, plus exaspérés, les désirs de Victor.

La rage lui fut bonne conseillère. Ce fut elle qui, froide, acerbe, lui souffla la pensée d'aller réveiller Carcasson. On sait ce qui s'ensuivit.

Mais outre que l'ancien dompteur d'aigles n'avait accompli que la moitié de sa mission, puisque Titi avait échappé aux argousins, voici que Noëla était revenue sous l'égide de celui qui s'était fait son protecteur... un homme que, d'ailleurs, ni Céline ni Victor ne connaissaient, — une sorte d'ouvrier nommé Calertin.

Cependant, — avant de prendre une résolution, — Victor hésita. Par bonheur pour lui, la haine de Céline Juzeau était telle, qu'elle avait voulu passer la nuit chez lui, pour attendre les nouvelles. Il lui tardait qu'il revînt et qu'il lui criât :

— La fille de Courtraige m'appartient !... elle est déshonorée !

La misérable duègne, collée aux carreaux de la fenêtre, attendait le retour de son complice... enfin elle entendit le roulement de la voiture qui s'arrêta.

Victor s'élança sur le trottoir, gravit rapidement l'escalier et ouvrit la porte de son fumoir, où la mégère était reléguée.

— Eh bien ? cria-t-elle.

— Oui et non ! Vaincu et vainqueur !

— Pas d'énigmes, fit-elle brutalement. Noëla ?...

— Échappée !

— Imbécile ! cria Céline Juzeau sans avoir souci de la dignité de son interlocuteur.

Lui éclata de rire. Et pendant que, stupéfaite elle se demandait s'il n'avait pas été atteint de folie, il alluma consciencieusement un cigare, dont il tira quelques bouffées.

Puis, se tournant vers elle :

— Vous n'êtes pas parlementaire, mère la Ribote !... enfin je vous pardonne.

— Vous avez laissé échapper cette gueuse ?

Par un mouvement involontaire, Victor porta la main à son visage, que coupait en deux, des lèvres aux paupières, une ligne rouge.

— Oui, fit-il en grinçant des dents, la tigresse s'est révoltée... elle a mordu... et puis je ne sais quels bandits sont venus à son secours...

Céline se promenait dans la pièce, arpentant le plancher avec une impatience fiévreuse.

— J'aurais dû tout faire moi-même, murmura-t-elle.

— Mais n'avez-vous pas entendu ce que je vous ai dit : Vaincu d'abord et vainqueur ensuite... parbleu ! Au jeu, cela arrive tous les jours ; on gagne la

— VOUS NE POUVEZ PAS ME RECONNAITRE.

première manche... on perd la seconde... reste la belle !... et c'est là qu'il faut vaincre...

— Ce qui veut dire ?

— Que j'ai déjà gagné la moitié de la belle... trois points de cinq...

Elle s'était rapprochée, curieuse, haletante :

— Veuillez retrouver un peu de calme, que diable ! fit Victor. Ecoutez-moi... et songez que tout dépend de la résolution que nous allons prendre... Donc, pas d'enfantillages... soyez attentive... et trouvez le joint...

Alors, avec une franchise qui n'était que du cynisme, Victor raconta à Céline Juzeau tout ce qui s'était passé depuis le moment où avis lui avait été donné de l'enlèvement des deux jeunes filles.

— A ce propos, interrompit-il, quelle est donc cette autre fille sur laquelle on avait mis la main en même temps que sur Noëla ?

— C'est évidemment la fille du charpentier Calertin...

— En vérité, c'est cette petite que je voyais autrefois, quand j'étais gamin, dans le quartier Maubert... Elle est devenue fort jolie, ma foi !... On pourra y songer plus tard, enfin, vous voyez. Les deux belles ont été délivrées par ce foudre de guerre qui s'appelle M. Titi Rabolet... mais à l'heure qu'il est, M. Titi doit être fort occupé de se cacher, attendu que je ne lui suppose aucune prédilection pour la Guyane française. Quant à son frère, il est coffré ! Ceci est un bon commencement. C'est ce que j'appelle avoir sur la troisième partie trois points de cinq.

Céline avait attentivement écouté. Au calme factice de Victor, alors qu'il rappelait l'outrage dont il avait été frappé par Noëla, elle comprenait qu'il y avait chez cet homme une haine implacable, féroce... et que désormais tous moyens lui paraîtraient bons pour arriver à son but.

Il avait d'ailleurs suffisamment prouvé que les scrupules ne l'arrêteraient que médiocrement.

Gardant le silence, l'ancienne gouvernante de Noëla réfléchissait. Victor, — comptant sur son concours, — respectait ses méditations. Il savait qu'en ces sortes d'affaires toute hâte est dangereuse. Peut-être déjà avaient-ils agi trop vite.

Enfin, Céline releva la tête :

— Avez-vous confiance en moi ? dit-elle.

— J'ai confiance en votre haine...

— Et dans mon intérêt ? Avez-vous oublié les engagements que vous avez pris...

— Engagements subordonnés à mon mariage avec Mlle de Courtraige ?

certes non, je ne les ai pas oubliés... Au besoin, je suis prêt à en doubler le chiffre...

— Inutile... j'ai bâti tout mon plan... je regrette même de n'y avoir pas songé plus tôt... je me suis laissée emporter, c'est un tort.

— Je ne vous fais pas de reproches... j'aurais donné tout pour que cette fille orgueilleuse succombât sous la honte...

— Vous la tuerez lentement, s'il vous plaît, cela vous regarde...

— Mais... vous croyez avoir trouvé le moyen de la faire tomber en notre pouvoir...

— Oui... et cette fois sans péril... car cette fois, la loi sera pour nous...

— Cela me changera, ricana Victor. Mais je ne chicane pas sur les voies et moyens... expliquez-vous... je suis prêt...

— Oh! cette fois, j'entends agir seule !

— Quoi! fit Victor, fronçant les sourcils. Je ne l'entends pas ainsi...

Céline Juzeau se leva, et lui posant la main sur le bras :

— Monsieur de Landogne, dit-elle, regardez-moi bien en face... Je suis vieille... je suis usée... je m'en vais... mais, s'il est encore en moi quelque énergie, sachez-le bien ! c'est pour haïr, c'est pour me venger... Or, je vous le dis, je ne sache pas, contre Noëla, de vengeance plus atroce que d'en faire votre femme...

Victor eut peine à réprimer une grimace. En vérité, c'était trop peu flatteur !...

— Donc, continua Céline, laissez-moi faire... dans la partie que vous avez engagée, vous n'avez pas su vaincre seul... il vous faut un allié...

— Que voulez-vous dire ?...

— Que je sais de par le monde, une femme qui hait Noëla... et qui vous prêtera son aide ?

— Et cette femme ?...

— C'est Amélie, duchesse de Courtraige, sa mère !...

Les deux complices restèrent encore quelque temps à combiner leurs infâmes projets. Puis Céline sortit et se fit conduire à l'hôtel de Courtraige.

Par son arrogance et sa dureté, elle s'était fait haïr de tous les serviteurs du duc. Aussi son expulsion avait-elle été pour tous un soulagement long-temps désiré.

Elle arriva à l'hôtel à quatre heures du matin. Certes, l'heure était peu favorable à une entrevue. Et quand Céline s'adressa au concierge, elle fut reçue, — on le comprend, — de la bonne façon.

Ce fonctionnaire — rogue par nature, — était, de plus, son ennemi personnel.

Mais Céline n'était pas femme à se laisser facilement éconduire. Elle insista, menaça... et, voyant qu'il n'était aucun moyen de se débarrasser d'elle, le cerbère finit par lui avouer que la duchesse était au bal et ne tarderait pas à rentrer.

— J'attendrai ! dit résolûment Céline.

— Tant qu'il vous plaira, répartit l'autre, mais dans la rue...

Et, sans plus de pourparlers, il la poussa dehors. Elle entendit la lourde porte se refermer sur elle.

Furieuse, mais résolue à ne pas abandonner la place, Céline s'installa sur une borne. Mais son attente ne fut pas de longue durée. Une demi-heure, s'était à peine écoulée que l'équipage, aux armes de Courtraige, s'arrêta devant l'hôtel, dont la porte s'ouvrit toute grande.

Et, au moment où le valet de pied, empressé, abaissait le marche-pied, au moment où la duchesse, enveloppée de soie et de dentelles, posait le pied sur les marches du large perron, abrité d'une vaste marquise, Céline se dressa devant elle :

— Madame la duchesse, lui dit-elle, il faut que je vous parle !

— Quelle est cette femme? fit la duchesse qui ne la reconnut pas tout d'abord.

— Je suis Céline Juzeau, reprit rapidement la mégère à voix basse, et je viens vous rendre un service.

La duchesse haïssait l'ancienne maîtresse de son mari. Et, comme tous, elle avait applaudit à son départ.

Mais c'était une complice, et elle en avait peur.

— Suivez-moi, dit-elle.

Céline dissimula un sourire de triomphe. Quelques instants après, elle se trouvait dans la chambre de la duchesse, qui renvoya sa femme de chambre.

— Que voulez-vous? lui dit Mme de Courtraige, d'une voix brève. Hâtez-vous de parler, car je suis brisée de fatigue.

Et, indolente, elle s'était posée devant sa psyché, relevant à pleines mains les lourdes tresses de sa chevelure noire.

— Madame la duchesse, commença Céline, a-t-elle oublié qu'elle avait une fille ?

La duchesse se retourna brusquement.

— Une fille !... j'en avais une... oui... elle est perdue... morte... que sais-je ?

— Noëla est vivante !...

Cette mère pâlit, comme si sous cette affirmation son cœur eût éprouvé une contraction violente.

— Vivante ! murmura-t-elle.

Elle réfléchissait. Cette fille, c'était une ennemie. Car elle aussi avait surpris les terribles secrets des Courtraige. Mais elle songeait encore que le duc aimait cet enfant, et que par elle, peut-être, elle pourrait reconquérir sur son mari l'empire que parfois elle craignait de voir échapper.

Céline l'examinait sans interrompre sa méditation.

— Continuez, lui dit froidemement la duchesse.

— Votre fille est vivante... je sais où elle est. . et je viens vous offrir de la remettre entre vos mains...

— Vous savez bien que, légalement, Noëla n'est pas ma fille.

— Je le sais. Elle n'est que votre nièce, mais, son père présumé étant mort, vous avez tout pouvoir sur elle...

— C'est vrai. Mais, après tout, elle s'est enfuie de son plein gré... et pourquoi pardonnerais-je ?

— Eh ! qui vous parle de pardon ? ricana Céline. Madame, vous m'avez bien haïe, bien persécutée... eh bien ! moi je veux rendre le bien pour le mal...

— En vérité ? fit la duchesse avec ironie...

— Oh ! ne riez pas ! car, je vous le jure, un grand danger vous menace...

— Vous parlez par énigmes... Vous savez cependant que les menaces, quelles qu'elles soient ne m'effrayent pas. Si vous prétendez, par ces réticences, vous faire payer plus cher le prétendu service que vous voulez me rendre.. vous vous trompez...

— Je ferai mon prix tout à l'heure, dit nettement Céline. Mais avant tout, puisque vous l'exigez, je vais m'expliquer plus clairement... Votre fille Noëla connaît tous vos secrets... et elle est prête à agir contre vous...

— Je lutterai...

— La lutte !... vous savez bien qu'elle est impossible..... C'est le scandale..... c'est la chute..... Je viens vous dire, moi, réduisez cette ennemie à l'impuissance... et je vous en offre les moyens..

— Quels sont-ils ?

— Je vous l'ai dit, vous emparer d'elle...

— Et comment ?

Ceci me regarde... je le puis et je m'en charge... si vous y consentez, voici.

Vous allez me remettre un ordre de votre main, requérant la police de me prêter main-forte... puis vous me donnerez une lettre pour tel couvent qu'il vous plaira de me désigner, et avant deux heures, Noëla de Courtraige réfléchira entre les murs d'une cellule aux meilleures résolutions que devra lui dicter la prudence...

— Mais qui vous dit que vous trouverez un magistrat disposé à agir, sur une simple réquisition...

— Ne vous inquiétez pas de ce détail... l'homme, je l'ai...

Elle pensait à Carcasson. C'était un de ces magistrats impériaux qui avaient pour certains d'exquises complaisances.

— Soit... j'admets encore que vous réussissiez... Mais déjà Noëla a été enfermée dans un couvent... Elle s'est évadée.

— Cette fois, elle ne s'évadera pas... soyez tranquille...

— Nous ne pourrons toujours la garder prisonnière... et, une fois libre, la colère augmentera son désir de vengeance....

— Non, si vous avez pris contre elle toutes vos précautions...

— Quelles précautions?

— Il faut que Noëla soit contrainte, pour obtenir sa liberté, à accepter un époux de votre main...

— Et cet époux?

— C'est un homme que vous connaissez... et dont l'alliance sera pour vous une garantie définitive de sécurité...

— Son nom? demanda la duchesse.

— Victor de Landogne...

La duchesse eut peine à réprimer une exclamation de dédain. Pourtant Céline disait vrai. Que Noëla fût contrainte d'épouser Victor, et désormais elle était liée par la crainte de se perdre elle-même, en perdant les Courtraige.

Restaient à trouver les moyens de contrainte. Ici l'imagination ne ferait pas défaut.

Mais avant tout, il ne fallait pas que Noëla restât libre. Il fallait conjurer ce premier péril...

La duchesse consentit à tout... et une heure ne s'était pas écoulée, que Céline s'élançait sur la route des Batignolles, emportant la réquisition de la duchesse et l'ordre d'interner Noëla dans un couvent...

Voilà ce que Titi ne savait pas... Voilà pourquoi, fière et implacable, la duchesse le défiait maintenant...

— Noëla! où est Noëla? cria le duc qui maintenant prenait parti contre Titi.

Versatile et lâche, il avait peur de la duchesse, et il oubliait tout ce qui s'était passé tout à l'heure.

La duchesse répondit :

— Mlle de Courtraige avait été détournée de la maison paternelle par je ne sais quels misérables, en vue de desseins plus ou moins avouables...

— Madame, s'écria Titi, Noëla est au milieu d'honnêtes gens.

Sans lui répondre, la duchesse continua :

— Monsieur le duc, il est une servante fidèle que nous avons méconnue, il ne doit pas nous en coûter de reconnaître nos torts... Cette femme a suivi les traces de Noëla, et elle a fini par la découvrir... et ce matin même, à ma requête, Noëla de Courtraige a été invitée à quitter la maison où elle se cachait... et a été conduite au couvent des Dames de la Délivrance...

— Malédiction ! cria Titi. Mais non ! c'est faux ! c'est faux...

— Voici le certificat délivré par la supérieure, reprit la duchesse, qui constate l'entrée de Noëla.

Elle présentait cette pièce au duc. Mais, agile, Titi s'en empara et la parcourut rapidement...

Alors une pâleur livide se répandit sur son visage. Ah ! c'était un horrible coup asséné sur son cœur !

Que s'était-il passé ? De quelle infamie Noëla et sans doute Marie avaient-elles été victimes ?... Et il n'était pas là pour les défendre ! Titi se sentait mourir, écrasé sous le regard d'insolent triomphe dont l'accablait la duchesse..

Il eut un moment de suprême découragement. Il lui sembla que tout s'écroulait autour de lui ..

Le duc le regardait, surpris qu'il ne répondit pas, envahi maintenant par des défiances qu'il ne cherchait même plus à combattre...

La duchesse — sûre de sa victoire, — se hâta de frapper le dernier coup.

— Ainsi, monsieur le duc, reprit-elle, vous reconnaissez maintenant que vous êtes la dupe d'un aventurier, mais vous ne savez pas tout encore... votre fille, votre Noëla, avait été attirée dans un piège... Ce que voulaient ces hommes, cet Étienne Rabolet, et Jean, son frère, c'était compromettre la fille des Courtraige, à ce point que, pour racheter son honneur, vous fussiez contraint de leur abandonner une partie de votre fortune... Ceci, dans le monde de ces misérables, s'appelle, je le répète, une affaire de chantage...

— Titi reçut l'outrage en plein visage comme un coup de fouet. Cinglé, il se redressa :

— Mensonge ! cria-t-il. Vous calomniez les plus honnêtes gens ! et vous ne respectez pas même votre fille... Celle dont vous parlez est la plus pure des créatures... et mon frère et moi-même n'avons jamais prononcé son nom et ne le prononcerons qu'avec vénération !

Il suffoquait, le pauvre Titi. Oppressé par l'inconnu, impuissant à se débattre dans ce réseau, dont il se sentait enveloppé, étouffé, il n'avait plus ni présence d'esprit ni sang-froid. Il perdait pied et, comme ceux qui se noient, il battait autour de lui de ses mains convulsées...

Et son trouble achevait de convaincre le duc...

— Hors d'ici, malheureux ! s'écria le vieillard. Je vous défends d'ajouter un mot... je vous défends de prononcer le nom de ma fille... sortez !...

Et de son bras débile, il avait saisi le bras de Titi, comme s'il eût voulu l'entraîner au dehors...

Titi eut involontairement un haussement d'épaules et dit :

— Pauvre bonhomme !...

Puis s'adressant à la duchesse :

— Voyons, madame, reprit-il, jouons cartes sur table... Je suis venu, moi, offrir à votre mari de lui rendre sa fille... vous prétendez maintenant qu'elle est en votre pouvoir... C'est faux, vous le savez bien... Moi seul, je sais où est Noëla... et vous, monsieur le duc, vous qui me chassez, songez que, si je le veux, vous ne la reverrez jamais...

— Madame ! s'écria le duc, galvanisé une dernière fois par la voix de Titi, prouvez-moi donc que cet homme ment ! Prouvez-moi donc que vous m'avez dit la vérité...

— Qu'il soit fait selon votre désir, dit la duchesse.

Elle alla vers la porte par laquelle elle était entrée :

— Venez, dit-elle.

Et Céline Juzeau parut vêtue de noir.

Le duc avait eu un mouvement de répulsion. Mais elle courut à lui, se jeta à ses pieds, et lui saisissant les mains, les baisant, les mouillant de ses larmes...

— Oh ! pardonnez-moi ! laissez-moi à vos pieds !... ne me chassez pas !...

— Ma fille ! ma fille ! je veux savoir où est ma fille ! balbutia le duc.

Alors Céline tira de sa poche une enveloppe et la remit au duc. Puis, se relevant, elle attendit, dans une attitude semi-respectueuse.

Titi dévorait des yeux ce papier qu'il ne pouvait lire.

Le duc l'avait déplié.

C'était une lettre de la supérieure du couvent. Tout était vrai. Noëla avait été reçue, des mains de Céline et sur les ordres de la duchesse...

— C'EST MOI QUE VOUS CHERCHEZ.

Des larmes jaillirent des yeux du vieillard, et, tendant ses deux mains à Céline, — l'hypocrite mégère qui baissait le front avec humilité.

— Ah! merci, fit-il d'une voix tremblante. C'est vous qui m'aurez donné ma dernière joie...

— Ainsi, s'écria Titi que cette odieuse comédie exaspérait, c'est cette femme qui, selon vous, a sauvé votre fille...

— Assez, sortez, vous dis-je! répéta le duc.

La duchesse mit la main sur la sonnette.

— Partez, confirma-t-elle, sinon je vous fais chasser...

— Eh bien! non! cent fois non! cria Titi. Cette femme est une infâme! il y a là quelque piège ignoble! mais, pauvre vieux duc, on te trompe, on te bafoue, on te f... dedans!... Car, puisqu'il faut tout te dire, cette femme, cette Céline Juzeau, a voulu livrer ta fille Noéla aux brutalités d'un gueux que tu connais, messire Victor de Landogne!...

C'en était trop! La duchesse agita violemment la sonnette, tandis que, hors de lui, le duc saisissait un pistolet et le dirigeait vers notre héros...

Deux laquais parurent et restèrent sur le seuil, attendant les ordres.

Titi, se contenant tout à coup, mit son chapeau sur sa tête, l'enfonça d'un geste sec et marcha vers la porte...

Le duc n'avait pas baissé son arme...

À ce moment, voici que, de je ne sais où ni on ne sait comment, un sifflet strident retentit...

— Pi... ouitt!

Ce n'est pas Titi qui a lancé ce signal... mais il s'est brusquement arrêté. Il a bien reconnu cela, lui. Il y a du nouveau!... et du bon!... mais quoi? Faut-il rester... faut-il sortir?

Et ces deux grands diables de laquais... et ce pistolet!... Pourtant, Pi... ouitt! pas de doute...

Tout cela avait duré à peine quelques secondes...

Quand tout à coup les deux laquais s'écartèrent subitement, et un personnage, cravaté de blanc, à cheveux gris, portant sous le bras un respectable portefeuille, s'avança dans la galerie.

Seulement il n'était pas seul...

Marie Calertin était avec lui... Titi avait poussé un cri de joie... C'était le secours attendu! Il se reprenait à espérer sans comprendre encore...

Le personnage s'inclina devant le duc et lui dit:

— Monsieur de Courtraige, je suis M. Berthier, notaire de feu M. le comte

Hector de Courtraige, votre frère, et j'ai l'honneur de solliciter de vous quelques instants d'entretien.

La duchesse avait tressailli. Une pâleur livide avait envahi son visage.

— Quelle est cette jeune fille, s'écria-t-elle, et que vient-elle faire ici ?

C'était, pour Titi, le moment de prendre sa revanche.

— Cette jeune fille, madame, s'écria-t-il, c'est la fille de la vraie duchesse de Courtraige, de la duchesse Hélène que vous avez tuée... c'est l'enfant vivante que vous avez arraché de son berceau pour lui substituer l'enfant de cette misérable Céline Juzeau... qui est là... et que je mets au défi de mentir encore...

Marie marcha vers le duc, et s'inclinant devant lui :

— Monsieur, lui dit-elle, d'une voix calme et grave, je suis votre fille !..

Mais avant d'aller plus loin, disons ce qui s'était passé et comment cette nouvelle péripétie s'était produite.

Nous devons revenir au moment où Jean Rabolot avait été enlevé par la police de Carcasson, à laquelle Titi avait si lestement échappé.

Accablées de fatigue, brisées par les émotions dont elles avaient été frappées, les deux jeunes filles avaient été saisies par un sommeil de plomb.

Elles n'avaient rien entendu...

Mais dès le jour, Marie s'était éveillée. Elle avait encore une grave mission à remplir. Elle savait que toute responsabilité reposait sur elle. Elle devait exécuter les instructions de Titi, c'est-à-dire être prête à partir avec Calertin et Noëla pour la maison du Château-Rouge.

A tout instant, elle s'attendait à voir paraître le cher gamin... Noëla s'était levée, elle aussi ; mais elle était en proie à une faiblesse telle qu'il lui était impossible de se tenir debout. Et cependant le courage ne lui faisait pas défaut.

Oh ! surtout maintenant... Car elle aurait tant et si fortement voulu vivre !...

Six heures sonnèrent.

Titi ne venait pas. Ni Jean ! comment cela se pouvait-il faire ? Certes, il n'y avait pas à douter de leur dévouement !... un accident n'était pas présumable !... attendre et patienter, soit !... mais le cœur de Marie battait à rompre sa poitrine... elle n'était pas habituée au bonheur... et elle se sentait étreinte par cette singulière sensation des pressentiments que tous ont ressentie si douloureuse...

Tout à coup, comme elle s'était approchée de la fenêtre elle poussa un cri.

— Qu'est-ce donc? fit Noëla.

— Je ne sais... des hommes inconnus s'arrêtent devant la grille, ils ouvrent... On dirait la police...

— La police! fit le vieux charpentier, qu'est-ce que cette racaille peut bien avoir à faire ici?...

Mais déjà Carcasson, digne comme il convenait à un humble, mais digne collaborateur de S. M. Impériale, avait gravi les quelques marches du perron... Là, il avait adressé un signe aux deux acolytes qui lui faisaient escorte, les invitant à une certaine discrétion de bon goût...

Puis il avait frappé à la porte de sa grosse patte qui était velue comme celle d'un ours...

Marie ouvrit...

Carcasson arrondit un gracieux sourire et dit :

— Je suis au regret de vous déranger, mais le devoir...

— Qui diable êtes-vous, d'abord? cria la grosse voix de Calertin.

Le fonctionnaire impérial reprit subitement sa doguerie native :

— Pas de comptes à vous rendre... J'agis dans l'exercice de mes fonctions... aussi prenez garde... ou je vous fais empoigner.

Ce mot, qu'il prononçait *empoudgner* prenait dans sa bouche des sauvageries rauques.

— Enfin, monsieur, dit Marie doucement, que désirez-vous?...

— Mlle Noëla de Courtraige...

— C'est moi, fit Noëla en s'avançant.

Instinctivement Marie s'était jetée au devant d'elle. Mais Carcasson reprit :

— Mademoiselle de Courtraige, au nom de la loi, je vous somme de me suivre...

— Moi! vous suivre! s'écria Noëla. Et de quel droit?

— Du droit que me donne une réquisition en règle de votre famille...

Il y eut un moment de stupeur. Depuis bien longtemps, on redoutait cela.

— Et si je refuse de vous obéir? dit froidement Noëla.

— Mademoiselle, je suis commissaire de police et j'aurais le regret...

— D'user de violence!... eh bien! je vous en défie! s'écria Noëla en faisant un pas vers le peu honorable magistrat.

Carcasson recula. Mais ce fut par lâcheté machinale, et non par hésitation. Il était de ceux qui eussent empoigné Dieu le Père, si l'arrestation de l'Éternel avait pu le faire augmenter de cent francs par mois.

Du reste, Noëla réfléchissait. C'était la lutte qui s'engageait. Elle devait commencer tôt ou tard. Autant tout de suite. Il ne lui déplaisait pas d'être traitée en ennemie. Cela la mettrait plus à l'aise. Marie, inquiète, l'examinait atttentivement.

Ce qui la troublait surtout, c'était la pâleur de la jeune fille. Elle devinait que l'énergie déployée par Noëla usait les dernières forces qui soutenaient encore l'organisme altéré.

— Où me conduirez-vous ? demanda Noëla.

— Soyez certaine, mademoiselle, que vous serez l'objet de tous les égards compatibles avec ma mission.

— Je vous prie de me répondre nettement. Où me conduirez-vous ?

— J'ai mandat de vous confier aux soins de dames respectables...

— Dans un couvent !... je le supposais !... N'importe !... Je saurai bien reconquérir ma liberté... Je suis prête à vous suivre...

— Noëla ! s'écria Marie en pleurant, ne me quitte pas... j'ai peur !

Noëla l'embrassa étroitement.

— Aie patience, ma sœur. J'hésitais encore à agir... j'étais prise de je ne sais quelle pitié qui laissait l'impunité aux coupables... Aujourd'hui ils me provoquent !... Je saurai bien leur prouver qu'ils ont eu tort de compter sur ma faiblesse ou ma lâcheté...

Calertin grondait sourdement :

— Ah ! cette police impériale ! murmura-t-il, digne de son maître !...

Carcasson avait entendu : il se retourna brusquement comme s'il se fût senti mordu.

— Vous, je vous engage à vous taire, dit-il durement. Votre affaire n'est pas déjà si claire !... quand on cache des forçats évadés !...

Marie poussa un cri.

— Que voulez-vous dire ? je vous défends d'insulter mon père.

— Ma petite demoiselle, fit Carcasson goguenard, les grandes phrases n'empêcheront pas que les nommés Rabolet ne soient des repris de justice, et qu'à l'heure qu'il est ils ne soient en train de méditer à la préfecture sur les beautés de la Guyane !...

Marie chancela. Elle tremblait de comprendre.

— Quoi ! Jean ! Étienne !

— Emballés de cette nuit ! dit laconiquement Carcasson qui mentait de moitié.

Calertin jura furieusement. Marie, stupéfaite, se sentait suffoquée par les larmes et ne pouvait parler...

Quant à Noëla, blanche comme une morte, elle semblait changée en une statue de marbre. Elle porta son mouchoir à ses lèvres : le tissu se teinta de sang...

Mais se raidissant contre l'angoisse physique et morale qui l'oppressait :

— Courage, Marie, dit-elle, courage, mon ami !... il ne faut pas désespérer...

Et s'adressant à Carcasson :

— Ne pouvez-vous me conduire immédiatement à l'hôtel de Courtraige ?...

— Mes ordres sont précis...

— Soit !... mais je saurai bien forcer le duc à m'entendre... je vous suis...

Pieusement, elle embrassa le vieux charpentier qui avait de grosses larmes roulant sur son visage... Marie, insensible ne semblait plus rien comprendre à ce qui se passait autour d'elle. Jean ! Jean arrêté, perdu pour elle !... c'était un coup si terrible, si imprévu, que tout son être était ébranlé... Par un dernier instinct, elle s'attachait à Noëla. Elle voulait la retenir.

Mais la jeune fille se détacha de son étreinte...

Un instant après, le roulement d'une voiture annonçait le triomphe de Carcasson. Marie et Calertin étaient seuls...

Ce fut un moment d'inexprimable désolation qui, longtemps, resta muette. Le charpentier, comme frappé d'un coup de massue, s'était replié sur lui-même.

Nous l'avons dit, depuis la blessure reçue en décembre 1831, cet homme n'avait, pour ainsi dire, qu'à demi vécu, ou plutôt il sommeillait à demi. Bien rarement il y avait éveil. Comme Marie, comme Noëla s'étaient efforcées de lui éviter toutes les émotions fortes, il n'avait jamais eu de réveil complet. Lorsque le cerveau reprenait possession de lui-même, on se préoccupait de n'attirer son action que sur des banalités, de peur de fatigue, et surtout jamais on ne dirigeait ses facultés ébranlées sur les souvenirs dont le retour pouvait hâter la crise nouvelle et inévitable.

Le passé s'était ainsi effacé de sa mémoire, ou quand il en avait la perception, elle était faible, vague. C'était comme un de ses paysages qu'on aperçoit à travers les brumes grisâtres du matin. Pas de netteté dans les contours, un mélange de couleurs estompées, rien de plus.

Mais cette fois, et depuis la veille, les circonstances avaient modifié cet état général. Coup sur coup, Calertin avait éprouvé des sensations qui l'avaient violemment replongé dans la réalité.

Voici que Jean était arrêté ! Voici qu'il avait dû reconnaître que Marie n'était pas sa fille ! Voici enfin que Noëla était arrachée de sa maison !

Et pour la première fois depuis tant d'années, Calertin pensait, réfléchissait. Il avait conscience de son impuissance à sauver tous ceux qu'il aimait, mais il voulait en triompher. Le mot est dit, — Calertin voulait. Et c'était là une réelle résurrection.

Marie ne devinait pas ce qui se passait en lui. Concentrée en elle-même, elle cherchait le moyen de lutter contre la fatalité...

Tout à coup elle s'écria :

— Après tout, ne suis-je pas, moi, la fille des Courtraige !... je puis défendre Noëla, la sauver peut-être !... puis ces gens sont tout puissants ! Jean et Étienne se sont dévoués pour nous... à mon tour de me dévouer pour eux ! mais comment ? par quel moyen ? Si j'ai le droit de reprocher aux coupables le crime commis sur ma mère, sur moi... où est la preuve ?... Ah ! si cette preuve existait !

Tout à coup elle s'arrêta.

D'un effort vigoureux, Calertin s'était levé, et de la main, il lui faisait signe de garder le silence.

— Écoute, dit-il. Tu demandes une preuve de ta naissance ?

— Oui... vous m'avez donc entendue ?...

— Mon enfant, il me semble qu'un voile se déchire devant mes yeux. Je vois, je comprends, je me souviens !... ne m'interromps pas !... c'est comme si j'avais saisi dans ma main un fil qu'à tout instant je crains de briser... attends ! attends !

Il passait sa main sur son front :

— Oui, oui ! je me souviens !... un jour, il y a longtemps de cela ! combien de temps, je ne m'en souviens plus ! un homme est venu... j'étais seul... et il m'a remis... qu'était-ce donc ?...

— Marie s'était approché du vieil ouvrier, et, passant ses bras autour de son cou, elle l'encourageait de son regard aimant...

— Oui, une lettre !... c'est cela ! oh ! c'était un jour où j'étais malade, affaissé... j'entendais à peine, comme dans un rêve... cet homme m'a parlé... il m'a dit...

Et il s'arrêtait, plongeant du regard de l'âme dans ce passé qui s'obstinait à rester sombre.

— Une lettre, père, avez-vous dit, reprit Marie. Mais je me souviens, moi aussi. Quand je suis rentrée, vous m'avez remis un pli, sans me dire un seul mot. Je n'ai pas osé vous interroger... Je craignais... je croyais.. que c'était un testament, vos dernières volontés...

— Non. Ce n'était pas cela. Ah ! enfin... je sais... cet homme me dit : Si jamais votre fille, Marie, est en péril, ouvrez ce pli et vous saurez tout ce qu'il faut savoir... et il a ajouté encore : Le comte Hector est mort !...

— Le comte Hector, c'était le frère du duc de Courtraige...

— Oui... c'était l'homme qui avait voulu te tuer, l'homme à qui j'ai arraché le pauvre petit enfant... Mais cette lettre, cette lettre ?...

— Je sais où elle est... je l'ai serrée là haut avec vos papiers de famille.

— Va la chercher, vite, sans perdre une minute !...

Marie se hâta de monter dans la chambre du charpentier ; elle redescendit portant un petit coffret qu'elle ouvrit.

Le pli s'y trouvait jauni.

Sur le papier, aucune indication.

— Ouvre, ouvre vite ! s'écria Calertin.

Marie brisa le cachet qui était large et portait des armes.

Puis elle déplia une large feuille de papier, sur laquelle quelques lignes étaient tracées...

— Lis ! lis promptement !...

— Voici, dit Marie.

Et elle lut à haute voix :

— « M° Berthier, notaire du soussigné comte Hector de Courtraige, a reçu en dépôt un testament avec ordre de ne l'ouvrir que sur la réquisition du sieur Calertin, charpentier.

« M° Berthier est requis, en ce cas, de prêter audit Calertin et à la jeune fille, connue sous le nom de Marie le concours de son auguste autorité et de son expérience...

       « Signé : comte Hector de Courtraige. »

Un *post-scriptum* indiquait l'adresse de M° Berthier.

Il n'y avait pas à hésiter. L'heure était venue d'user de ces armes que la prévoyance vengeresse du comte Hector mettait en leur pouvoir...

, Depuis longtemps déjà, le comte Hector avait retrouvé la trace de l'enfant volé. Tant qu'il avait vécu, sa faiblesse ou sa lâcheté l'avaient empêché de réparer le crime commis.

Mais il voulait du moins que les coupables ne restassent pas impunis.

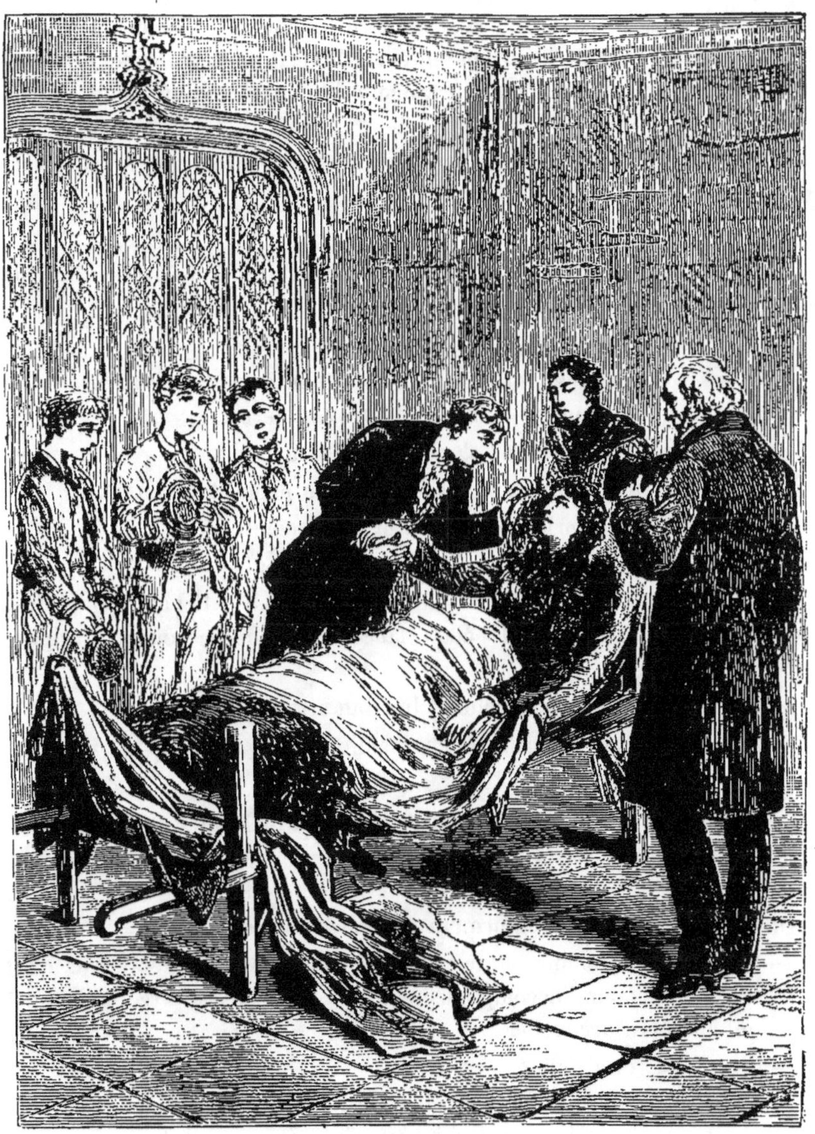

— VOUS AVEZ ÉTÉ LE PLUS DÉVOUÉ DES AMIS.

Ses précautions étaient prises. Un secrétaire dévoué devait, en cas d'accident subit, porter à Calertin l'avis que le malade avait si longtemps négligé...

Que contenait le testament déposé entre les mains de maître Berthier? C'est ce que nous allons savoir, en reprenant le récit de la scène qui se déroulait en ce moment à l'hôtel de Courtraige, à l'heure même où Titi se croyait vaincu...

— Monsieur le duc, avait dit Marie en s'agenouillant devant M. de Courtraige, je suis votre fille...

La duchesse poussa un cri de rage :

— Mensonge! quelle est cette nouvelle imposture!... La fille du duc de Courtraige est morte!...

Mais le notaire lui imposa silence d'un geste :

— Vous vous trompez, madame, Mlle de Courtraige est vivante, et c'est bien elle qui, en ce moment, s'incline devant son père...

— Une preuve! une preuve! s'écria le vieillard.

— Lisez! dit Me Berthier en lui présentant un papier tout ouvert...

M. de Courtraige le prit et le parcourut rapidement.

C'était la confession du comte Hector. Il disait tout.

Oui, il s'était engagé à tuer l'enfant de la duchesse. Il l'avait emportée, roulée dans son manteau, et il s'était élancé vers le fleuve pour y précipiter l'innocente créature...

Mais un homme était intervenu et lui avait arraché l'enfant.

Cet homme, c'était Calertin, le charpentier.

Cette enfant, c'était Marie!...

Alors des yeux du duc des larmes jaillirent... En voyant cette jeune fille si douce et si belle, son cœur se brisa... et, plongeant sa tête dans ses mains :

Oh! infâme que j'étais! murmura-t-il, pardon! pardon!...

— Quant à cette femme, dit le notaire en désignant Céline Juzeau, c'est elle qui a donné, pour l'accomplissement du crime, le cadavre de l'enfant mort dont elle était accouchée.

— C'est faux! cria Céline.

— C'est vrai, car voici la déclaration de Bastien Ribot, son amant, qui l'avait remise au comte Hector et qui était jointe au testament...

Céline Juzeau devint livide... maintenant elle regardait autour d'elle, cherchant à fuir.

Mais Titi s'était placé devant elle.

— Un instant ! s'écria-t-il. A mon tour ! Monsieur le duc de Courtraige et vous, madame la duchesse, vous m'entendrez !... Tout à l heure, vous m'avez accusé de mensonge ! vous avez eu l'audace de dire que nous, les honnêtes gens, nous avions voulu perdre Mⁿᵉ Noëla et spéculer sur son déshonneur... eh bien ! je vous dis moi que Mⁿᵉ Juzeau, cette infâme, a attiré Noëla et Marie dans un guet-apens, pour les livrer à un débauché ! Et voulez-vous savoir le nom de ce misérable ? il s'appelle Victor de Landogne, et c'est lui que madame la duchesse prétend donner comme époux à Noëla, à votre fille, monsieur le duc.

— Il ment ! ce n'est pas vrai ! crièrent en même temps Céline et la duchesse...

— Il dit la vérité ! fit Marie en se relevant.

Puis s'adressant au duc :

— Regardez-moi bien, mon père, dit-elle, ne suis-je pas le portrait vivant de celle que cette femme a tuée...

— Oui ! oui! c'est vrai!...

— Eh bien!... vous me croirez ! tout ce que dit Étienne est vrai ! Cette femme avait découvert la retraite de Noëla... et, dans je ne sais quel but odieux elle a voulu la perdre !... je jure que voilà la vérité !...

Le duc se redressa, solennel, presque terrible.

Il marcha vers Céline :

— Va-t'en, misérable ! dit-il d'une voix sourde. Va-t'en... et cache-toi si bien que jamais plus je ne te rencontre sur mon chemin... sinon je te tue!...

Céline frissonna. Encore une fois pourtant elle fixa sur le duc son regard impudent... mais, vaincue, elle baissa la tête... et, obéissant comme le fauve dompté, elle sortit à reculons...

— Quant à vous, madame, dit le duc à sa femme, vous avez touché à Noëla, à ma fille ! à la seule créature au monde que j'aime ! je déciderai de votre sort ! Vous croyez en Dieu, je crois... eh bien ! priez-le que je la retrouve... et qu'elle vive !...

— Vos menaces ne m'effrayent pas ! dit la duchesse.

— Je ne menacerai pas... soyez-en sûre !... Pas de paroles vaines !... Vous m'attendrez ici. Je veux que vous m'attendiez !

— Où allez-vous donc !

— Je vais voir ma fille Noëla... Vous, Marie, donnez-moi votre bras !... je retrouverai ma force pour aller jusque-là...

Titi lui dit tout bas :

— Mais vous m'avez promis une grâce... ne l'oubliez pas !... Marie, songez-y, je suis libre... mais Jean est en prison !...

Marie regarda le duc et dit :

— Je suis sûre de mon père !...

— Allons ! murmura Titi, ça prend meilleur tournure. Ça ne fait rien, quelle jolie collection de gredins !

XX

IN PACE

Paris, la grande ville vivante, a un côté funèbre. Comme un corps jadis et dont un traitement vigoureux a ranimé l'énergie, Paris s'est reconquis lui-même, et pourtant la cité forte n'a pu se débarrasser encore complètement des germes d'engourdissement et de mort. Elle a sa plaie tenace, que les ignorants entretiennent et agrandiraient chaque jour, si la vigueur de son sang, de son activité saine, ne combattait victorieusement le poison...

C'est une tache noire qui s'étend au flanc gauche de la ville, de Grenelle au Luxembourg. Jetez les yeux sur le plan et vous verrez cette tache envelopper tout un faubourg, de la rue de l'Université, où est l'archevêché, jusqu'à la rue des Postes, où est la maison mère des jésuites.

Tandis que partout ailleurs le travail lutte, là c'est l'oisiveté qui dort. Partout ailleurs la vie s'efforce, là c'est la mort qui veille.

Partout la réalité, ici le rêve... et quel rêve !... l'obscurité substituée à la lumière, le silence à la parole, la foi à la science, l'égoïsme clérical à la fraternité humaine...

C'est la dernière citadelle du passé résistant à l'avenir. C'est, au lieu de ces larges voies où tout un peuple passe, allant à la conquête du bien-être général, à la ruine de la misère, c'est la grande bâtisse sombre d'où pas un bruit ne sort, l'allée ombreuse du parc dévot où glissent des fantômes, c'est la tombe où sont ensevelies toutes les énergies. C'est le couvent.

Dans les cimetières, les morts ne haïssent pas les vivants. Dans ces nécropoles, ces solitaires méprisent et détestent tous ceux qui agissent et combattent le combat de la vie.

Parfois leur porte s'ouvre. Un être est jeté dans le sépulcre, qui se referme avec la lourdeur d'une pierre tombale. Il est saisi par le froid glacial qui suinte aux murs des hypogées antiques. Si fort qu'il fût, il se sent brisé ; si ardent qu'il fût, il se sent prisonnier : murs, arbres, pierres, visages, paroles, tout semble imprégné d'une neige éternelle, et la conscience enveloppée du rayonnement de cette congélation, est transie, grelotte et se morfond.

C'était vers une de ces geôles, — située rue de Sèvres, — que le commissaire Carcasson entraînait Noëla.

La duchesse avait délibérément choisi la communauté à laquelle elle entendait confier le soin de briser toutes les résistances de la jeune fille. Les sœurs du Saint-Tombeau étaient, aux couvents de femmes, ce que Notre-Dame-de-la-Trappe est aux monastères d'hommes. La première règle est le silence.

Un détail entre nous. Chaque religieuse était tenue, au moins trois fois dans la journée, d'adresser à une des sœurs cette question — contenant ces seuls mots qu'il leur fût permis de prononcer : En Jésus, à quoi penses-tu? — et l'autre devait répondre par une citation de cantique ou d'oraison. Et si, par aventure, elle répondait machinalement deux fois de la même façon, elle était condamnée à la discipline.

Tel était le tombeau dans lequel cette mère voulait enterrer vivante la fille qu'elle haïssait...

Noëla était sortie de la maison de l'ouvrier, prête à tout, mais surtout décidée à la résistance.

M. Carcasson n'était peut-être point autant à l'aise qu'il le paraissait.

Il avait un vieux fonds de prudence, et quoi qu'il se fût empressé d'obéir aux ordres de la duchesse de Courtraige, bien qu'il fût garanti de tout reproche par la réquisition signée que lui avait remise Céline Jurzeau, cependant il se disait que, peut-être, il eut agi plus régulièrement en avertissant ses chefs hiérarchiques.

Aussi éprouva-t-il une impression assez désagréable, lorsqu'ayant pris place dans la voiture à côté de Noëla, il entendit celle-ci lui dire de sa voix la plus calme et la plus dédaigneuse :

— Monsieur! vous vous faites en ce moment l'instrument d'une infamie... je souhaite pour vous que vous n'ayez pas à vous en repentir.

Carcasson ne répondit que par un grognement qui pouvait être interprété comme une brutalité nouvelle ou comme une excuse. Mais Noëla, s'appuyant au fond de la voiture, ferma les yeux et ne parla plus. L'intègre magistrat ne jugea pas à propos de poursuivre l'entretien.

Et ce lui fut — à tout dire, — un grand soulagement lorsque la voiture s'arrêta devant le couvent de la rue de Sèvres.

C'était une porte étroite, surmontée d'une croix en relief, taillée dans la pierre. Carcasson souleva et laissa retomber le marteau de fer. La sœur tourière ouvrit, prit de sa main l'ordre signé de la duchesse, puis, sans parler, lui fit signe de la suivre. Quant à Noëla, elle fut conduite par une autre sœur, silencieuse, dans une sorte d'oratoire qui ressemblait à une des chapelles qui couvrent, dans les cimetières, les fosses concédées à perpétuité !

Puis elle se retira, laissant la jeune fille à sa solitude.

Noëla resta debout, regardant autour d'elle. Elle releva la tête, et son beau visage, que la maladie faisait pâle, eut une expression d'indicible défi. Croisant les bras sur sa poitrine elle attendit.

Un quart d'heure s'écoula. Déjà elle sentait le froid tomber sur ses épaules, comme si une pluie glacée eut transpercé ses vêtements.

Une toux sèche monta à ses lèvres, et son cœur se serra sous une douloureuse étreinte.

Mais, se raidissant contre le malaise qui l'envahissait :

— Non, je ne veux pas mourir encore, murmura-t-elle, je veux m'endormir aux bras d'honnêtes gens...

Elle tressaillit soudain. Une porte s'était ouverte sans bruit derrière elle, tant, en ces lieux d'hypocrisie, les choses se font complices des êtres.

Une autre religieuse parut et l'appela d'un geste.

Noëla obéit à ce signe et se trouva dans l'oratoire de la supérieure.

C'était une vaste pièce aux murs blancs, garnie de quelques meubles de chênes, noircis par le temps. A plein, en face de la fenêtre, la lumière tombait sur un Christ en croix, au flanc déchiré et sanglant, au front maculé de gouttes rouges sourdant des pointes de la couronne d'épines, chef-d'œuvre de goût ascétique comme en débitent à la grosse les officines industrielles du quartier Saint-Sulpice.

La supérieure, grande femme mince, au profil aigu, aux yeux noirs, ayant la tête enveloppée dans une sorte de coiffe noire, qu'à sa raideur on eut cru tissée de crin, était assise dans un haut fauteuil, dont le dossier, d'un brun sombre, formait un cadre presque sépulcral à sa silhouette noire !

Noëla, sans s'incliner, la regarda en face, attendant.

Une crispation, — qui pouvait passer pour un sourire, — passa sur les lèvres de la supérieure :

— Mon enfant, dit-elle d'une voix qui sonnait dur comme le heurt d'un marteau sur une enclume de bois, madame la duchesse de Courtraige, votre tante...

— Ma mère, interrompit Noëla.

La religieuse ne put réprimer un léger tressaillement. D'abord on l'interrompait, et pareille méconnaissance de sa dignité ne s'était pas produite depuis longues années. Secondement on la contredisait, ce qui dépassait toutes les bornes.

— Madame la duchesse de Courtraige votre tante, recommença-t-elle...

— J'ai déjà eu l'honneur de vous dire, madame, que celle que vous nommez est ma mère.

L'autre se mordit les lèvres, mais continua :

— A bien voulu vous confier à nos soins... l'œuvre du Saint-Tombeau, qui a tant à se louer de la bienveillance de madame la duchesse, lui est dévouée, et pour mon humble part, je serai heureuse d'exécuter la mission dont elle a bien voulu me charger...

— Et quelle est cette mission, madame ? demanda Noëla conservant tout son sang-froid.

— Il ne m'appartient pas de vous en instruire... qu'il vous suffise de savoir que je saurai faire mon devoir...

— C'est-à-dire, madame, que vous vous êtes engagée à me retenir prisonnière, contre ma volonté...

— Mademoiselle ! un pareil langage.

— Est le seul qui convienne, madame. Croyez cependant que je ne manquerai en rien au respect que mérite votre âge...

— Et mon caractère...

— J'ai dit votre âge. Seulement, je veux que vous sachiez bien quelle est cette mission que vous acceptez de si grand cœur et quelle est la responsabilité que vous assumez...

La *bonne* religieuse était tout simplement atterrée. Oh ! Titi ! si tu eusses été là, tu aurais dit sans vergogne : *épatée !* Lorsque semblable circonstance s'était déjà produite, quand de sensibles parents avaient claustré leurs enfants dans la maison, la supérieure avait eu à entendre des lamentations éplorées, des supplications, des sanglots...

Et pour ces douleurs, pour ces résistances lacrymatoires, elle avait à sa disposition tout un stock de consolations, arsenal inépuisable de la banalité mystique.

Au besoin elle s'attendrissait, plaçait quelques aperçus pleins de charmes sur le bonheur des élus, sur les ravissements des archanges, sur les dangers que faisait courir aux âmes le monde frivole où Satan guettait sa proie... c'était un exercice en douze temps, qui finissait généralement par la génuflexion de la pauvre petite et l'apposition des mains de la supérieure sur les cheveux, avec marmottage de quelque formule de bénédiction.

Mais, en vérité, Noëla ne pleurait pas, Noëla ne s'agenouillait pas, et elle semblait fort peu disposée à causer des harpistes célestes.

Il fallait couper court à ces velléités de résistance et procéder par voie d'intimidation :

— Mon enfant, dit sèchement la supérieure en secouant autoritairement le chapelet de graines de Judée qui pendait à sa ceinture, mon enfant, je n'ai ni le loisir ni la volonté d'entendre vos explications, l'heure de l'*Adoremus* va sonner.

— Je le regrette, madame, car vous m'entendrez.

— Qu'est-ce à dire ? prétendriez-vous m'imposer votre volonté ?

La vieille fille, revêche et violente, commençait à percer sous la religieuse.

— Je prétends vous sauver de vous-même, madame. C'est sans aucun droit que Mme de Courtraige m'a fait conduire ici, c'est sans aucun droit qu'elle prétend m'y retenir... et si vous doutiez encore de ma parole, je vous dirais, madame, que, née en 1836, j'ai vingt-trois ans, suis majeure et par conséquent maîtresse de mes actions...

— Hein ? fit la religieuse, qui ne s'attendait pas à cela.

— J'ajouterai encore, que ni la duchesse ni personne de la famille des Courtraige, n'a de droits sur moi... que je n'ai pas à plier, mais que tous, au contraire, plieront devant moi... Sachez-le donc ! bien qu'assez ignorante des lois, je n'ignore pas que nul ne peut détenir personne contre sa volonté... ceci a un nom qui, si je ne me trompe, est la séquestration... m'avez-vous bien comprise ?

Si elle avait compris !... La pieuse créature eût blémi si la chose eût été possible. Elle était désarçonnée, ni plus ni moins qu'un cavalier que sa monture indocile lance à quinze pas en avant.

— Mais, mademoiselle, fit-elle enfin en balbutiant, vous avez consenti à suivre l'honorable magistrat...

— J'ai consenti, cela est vrai. Mais je vais vous faire connaître le motif de ma soumission... Puisque Mme la duchesse désire si vivement s'intéresser à mon sort, je ne prétends pas lui refuser un entretien, d'ailleurs nécessaire entre nous. Il m'eut déplu que ces honnêtes gens chez qui je vis, entendissent certaines explications de nature tout intime... C'est pourquoi je suis venue de mon plein gré chez vous... Maintenant, madame, je suis faible, malade... les émotions de cette matinée m'ont brisée... veuillez mettre à ma

— VOYONS, MA FILLE, ÉCOUTEZ-MOI.

disposition une chambre où je puisse prendre quelques instants de repos... après quoi, j'écrirai à Mᵐᵉ la duchesse pour lui faire savoir que je suis à sa disposition et que je l'attends... Voyez-vous quelque inconvénient à accéder à ma requête?...

— Non! certainement!... cependant je devrais peut-être écrire moi-même à Mᵐᵉ la duchesse?...

— Croyez-moi...n'en faites rien!... vous avez obéi à son désir, restez dans ce rôle... je me charge de tout, et je tiens à ce que votre responsabilité soit absolument dégagée...

La supérieure hésita. Cependant il lui sembla que Noëla devait être ménagée. Une fille majeure!... et, de plus, douée d'une volonté aussi énergique!... que les saints nous protègent!... il ne faut pas se compromettre...

La religieuse appela et remit Noëla aux soins d'une novice.

— Conduisez mademoiselle à la chambre Saint-Joseph, dit-elle, et ayez pour elle les plus grands égards.

— Dans une heure, madame, dit Noëla, je vous ferai demander...

— Et je me rendrai auprès de vous...

Et elle ajouta par habitude et par acquit de conscience:

— Puisse Dieu vous inspirer de salutaires résolutions?...

Cette fois, Noëla la salua et sortit suivant la novice.

Mais à peine eut-elle fait quelques pas dans le couloir qu'elle chancela:

— Qu'avez-vous, ma sœur? demanda la pauvre enfant. Vous paraissez souffrir!...

— Non! non! ce n'est rien! j'ai besoin de repos... j'ai éprouvé une grande fatigue... rien de plus.

Un instant après, elle se trouvait dans une de ces cellules froides et tristes, où l'âme s'atrophie et le cœur s'engourdit...

Elle se laissa tomber sur le lit. Et comme la novice lui offrait ses soins:

— Laissez-moi, dit-elle, je vous en prie!... j'ai besoin d'être seule!...

La pauvre petite, — qui n'avait pas encore prononcé de vœux et qui souvent, bien souvent, pensait à la vie dont les échos assourdis venaient jusqu'à elle par-dessus les murs du couvent, — ne pouvait se décider à sortir.

La tête de Noëla s'était penchée sur l'oreiller, décolorée.

La novice se pencha sur elle et, s'enhardissant, l'embrassa doucement en murmurant:

— Si vous avez du chagrin, dites-le moi!... C'est si désolant d'être enfermée ici!...

Noëla, se ranimant, lui rendit son baiser et dit :

— Si j'ai besoin de vous, je vous appellerai.

— C'est cela, je resterai dans le couloir tout près de votre porte.

Quand Noëla fut seule, elle porta ses deux mains à sa poitrine :

— Comme je souffre! fit-elle. On dirait que mon cœur va se briser... et pourtant... je ne voudrais pas mourir. Non, non, pas encore...

Un spasme la saisit. Et avec un long soupir, elle s'affaissa, évanouie..

XXI

PAUVRE NOELA

Certes, si jamais valetaille avait été surprise, ce fut au moment où le duc de Courtraige, ayant donné ordre à son valet de pied d'ouvrir la portière de sa voiture, s'effaça pour laisser passer devant lui cette jeune fille que nul ne connaissait.

Mais ce fut bien pis quand le même mouvement s'opéra en faveur de Titi. Certes, la mise de Titi était irréprochable, mais son nez n'avait rien de seigneurial. Et on savait que le duc de Courtraige ne faisait pas bon marché des questions de race. Du reste, Titi se déroba modestement à cet honneur.

— Monsieur le duc, dit-il, j'ai par là quelques instructions à donner ; mais je serai arrivé aussitôt que vous au couvent.

M° Berthier avait pris congé, se tenant d'ailleurs à la disposition du duc pour tous renseignements qu'il lui plairait de réclamer.

La voiture s'ébranla.

Le duc de Courtraige était seul avec Marie.

Le vieillard semblait transfiguré. Depuis qu'il avait tenu entre ses mains les preuves irrécusables de la naissance de la jeune fille, depuis qu'il avait compris le rôle infâme joué par Céline Juzeau et la duchesse, depuis surtout qu'il avait l'espoir certain de revoir Noëla, il s'était fait dans son âme, dans sa conscience, une sorte d'illumination subite.

Tandis que Titi, âpre et vengeur, évoquait un à un tous les spectres d'un passé criminel, tant que la menace retentissait à son oreille, le duc avait plié. Mais c'était par terreur, par lâcheté. Rien de plus. On l'a vu par la résistance même qu'il opposait un instant après aux convictions qui s'étaient imposées à lui. L'égoïsme n'était pas vaincu, le seuil du remords n'était pas franchi.

Mais tout à coup Marie s'était avancée... jusqu'au fond de son cœur, le duc avait éprouvé une angoisse à la fois douloureuse et douce. C'est que Noëla ne s'était pas trompée... Oui, Marie était bien le portrait vivant de celle qui n'était plus.

En la voyant, le duc avait cru que la morte s'était levée de son tombeau pour lui ordonner le repentir. En une seconde, tout son passé lui avait fait horreur. Il s'était confessé à lui-même plus réellement, plus complètement qu'il ne s'était confessé à Titi... et, enveloppé dans cette lueur soudaine, foudroyante, le vieux duc s'était en quelque sorte reconquis, il s'était jugé, il s'était condamné.

D'où le calme subit qui s'était répandu en lui.

Ainsi en est-il souvent pour les plus grands coupables. Longtemps ils ont nié, ils se sont débattus contre les évidences de l'accusation, ils ont épuisé pour une défense impossible toutes les colères, toutes les violences... Tout à coup, des lèvres du juge l'arrêt tombe sur eux... alors aux exaltations furieuses de la lutte succède un étrange repos. C'est fini : l'homme se trouve en face de lui-même, du crime commis et du châtiment encouru. Alors il baisse la tête et dit :

— C'est juste, je suis prêt.

Le duc se tourna vers la jeune fille

— Mon enfant, lui dit-il d'une voix grave et profonde, je suis vieux et je touche au terme de ma vie... regardant en arrière, je ne vois, vous le savez, hélas ! trop bien, je ne vois que fautes et lâchetés... Devant vous, je ne suis qu'un coupable et vous êtes un juge. J'avais pu croire follement qu'on pouvait ensevelir un crime dans l'oubli, si profondément que jamais il ne pût surgir... je me suis trompé. Mon crime est là... je le vois... je le sens qui m'étreint !... Vous êtes ma fille... le nom et la fortune des Courtraige vous appartiennent... à vous de me dicter vos volontés... quelles qu'elles soient, je jure de vous obéir...

Troublée jusqu'au plus profond de son âme, Marie regardait cet homme, pâle, aux traits flétris... et je ne sais quelle pitié poignante lui serrait la poitrine. Elle s'étonnait, pour ainsi dire, de ne pas éprouver pour ce criminel l'horreur qui devait s'attacher aux sinistres souvenirs évoqués tout à l'heure...

Quand il s'interrompit, elle fixa sur ses yeux ternis son regard franc et clair, et tout bas, elle lui dit :

— Parlez-moi de ma mère !...

Le duc tressaillit, comme si un fer rouge eût touché sa blessure saignante ; mais se dominant :

— Votre mère ! vous avez raison, c'est mon devoir de vous parler d'elle.

Car moi seul, je puis cacher dans votre cœur comme un dépôt sacré le saint souvenir de cette martyre...

— Vous l'avez aimée ! s'écria Marie comme emportée par un élan de joie involontaire.

— Oui, je l'ai aimée... et c'est moi qui l'ai tuée. Ah ! enfant, vous êtes jeune... et les puretés de votre âmes sont intactes... vous pouvez, sans vertige, vous pencher sur cet abîme de contradictions humaines... oui, j'aimais votre mère... oui je respectais en elle l'épouse chaste, l'amie dévouée qui s'était donnée à moi dans toute la sincérité de son cœur... et pourtant un jour vint où ce respect se changea en dédain, où cet amour se transforma en haine .. où je maudis, sans le connaître, l'enfant qu'elle portait dans son sein... un jour où enfin je dis à une autre qu'elle seule était maîtresse de ma vie...

— Pauvre mère, murmura Marie, cachant son visage dans ses mains, moins pour voiler ses larmes que pour voir moins distinctement le visage de ce vieillard coupable qui était son père...

— Ah ! si vous pouviez comprendre, s'écria-t-il avec une sorte de colère, dans quel enfer de passions se débattent les damnés de ce monde... Il semble qu'à certaines heures de la vie le cerveau, le cœur, l'organisme tout entier s'imprègnent d'une atmosphère corrompue, pareille à celles qui jettent à travers un peuple les germes des fléaux mortels... C'est comme une lèpre qui s'attache à la pensée, à la volonté... les yeux sont aveugles... la bouche est menteuse... la main a les tremblements du crime... et ce fut ainsi que moi, l'époux de la plus adorable créature qui fut jamais, je la livrai à des meurtriers, ce fut ainsi que moi, votre père, j'ordonnai votre mort !...

— Mon père ! oh ! assez ! ne réveillez pas ces horribles souvenirs !...

— Il le faut... oui, c'est bien un réveil, c'est une évocation... il me semble que ce n'est pas à vous que je me confesse, ô ma fille, mais bien à celle qui, dans les dernières lueurs de sa raison, a dû se demander par quel épouvantable miracle j'étais tout à coup devenu infâme... Oui, c'est à elle, pauvre morte ressuscitée en vous, que je dis : Vous qui peut-être lisez en moi-même mieux que je n'y lis, dites-moi par quel infâme prodige je devins le plus lâche des époux et le plus criminel des pères ?

Marie lui saisit la main. L'accent solennel, déchirant du vieillard l'avait frappée en plein cœur. Il devina sa pensée et dégageant sa main :

— Oh ! ne prononcez pas le mot de pardon !... l'implorer serait une nouvelle lâcheté. Pardon ! croyez-vous que je l'aurais mérité, parce qu'après toute une existence d'égoïsme et de froide cruauté, je trouverais au fond de mon cerveau desséché une larme de repentir... Je cherche à me comprendre et je n'y parviens pas, voilà tout. L'homme que je suis depuis une heure traduit devant lui l'homme que je fus toute ma vie... et s'épouvante de tant de perversité... mais il ne l'excuse pas plus qu'il ne l'explique... Vous m'avez demandé si j'aimais votre mère... c'est insensé, c'est odieux !... mais je vous dis que je l'ai aimée, que je l'aime et que je n'ai jamais aimé qu'elle !... je dis cela... moi, qui l'ai torturée et assassinée !...

Il y eut un instant de silence. Marie respecta cette profonde et cruelle méditation.

Le duc passa sa main sur son front.

— Mais, avant tout, il faut que, dans la mesure du possible, tout le mal soit réparé... que tout soit remis en sa place. Ce nom et cette fortune des Courtraige, pour lesquels tant d'infamies ont été commises, tout cela vous sera rendu...

Il eut un rire méprisant :

— Oui, un titre, des millions ! Comme tout cela me semble honteux et mesquin aujourd'hui et que je donnerais tout pour avoir le droit de pleurer et de prier !... Mais si je suis puni, moi, par les tortures de ma conscience, il en est d'autres qui doivent se courber sous un châtiment qui les frappe plus directement... Ah ! madame la duchesse ! vous êtes fière et vous êtes avide !... C'est dans votre orgueil et votre avarice que je vous frapperai !...

— Mon père ! cria Marie, oh ! vous ne parlez que de vengeance !...

— Je parle de justice !...

— Et vous oubliez que celle que vous maudissez est la mère de Noëla !...

— Noëla !...

Le vieillard se rejeta en arrière.

— Noëla, répéta-t-il, mon dernier amour et mon dernier crime !...

— C'est à elle que vous demanderez ce que vous devez faire, dit doucement Marie. Noëla est l'âme la plus pure, la plus droite que j'ai connue... Laissez-moi vous dire, monsieur le duc, que sa probité intacte, sa conscience et sa loyauté seront à la fois votre consolation et votre réhabilitation...

— Vous avez raison. Parlez-moi d'elle, parlez-moi de vous. Je veux détourner mes regards de ma propre existence pour rafraîchir mon âme au contact de la vôtre... Dites-moi... en quelques mots, car le temps nous presse, ce qui s'est passé dans ces dernières années.

Alors, accédant à ce désir, Marie raconta simplement sa vie. Elle dit le dévouement de Calertin, l'ouvrier, puis les malheurs survenus, l'arrestation de Jean, la disparition d'Étienne. Elle dit encore comment le brave gamin avait une première fois sauvé Noëla des violences d'un misérable, et comment le hasard avait réuni les deux sœurs... puis ce fut la misère, le travail, la maladie...

Le duc ne cherchait pas à retenir de grosses larmes qui coulaient aux plis profonds de ses joues ridées. Il avait joint ses deux mains et, immobile, la tête baissée, il écoutait ce langage de la franchise et de l'honneur qui résonnait à ses oreilles comme une harmonie inconnue.

— Voici toute la vérité, acheva Marie. C'est la vie douloureuse des honnêtes gens, aux prises avec le combat de la misère, mais soutenus par la certitude de leur probité et l'espérance d'un meilleur avenir laborieusement conquis...

Le vieillard ne dit qu'un mot :

— Et ce sont ceux-là qu'on envoie au bagne ! murmura-t-il.

La voiture s'arrêta. Le valet de pied descendit, déroula le marchepied et dit :

— Monsieur le duc est arrivé !

Devant eux se dressait la silhouette sombre du couvent.

— Donnez-moi votre bras, enfant, demanda le duc.

Et, appuyé sur Marie, il entra sous la froide voûte du vestibule. Dès qu'il eut prononcé son nom, il fut introduit dans le sombre oratoire où Noëla s'était trouvée deux heures auparavant, en face de la supérieure.

La religieuse, stricte observatrice des règles mondaines, vint au-devant de lui et s'inclina profondément.

— Mlle Noëla de Courtraige est ici? demanda nettement le vieillard.

— Oui, monsieur le duc

— De quel droit l'avez-vous reçue et retenue?...

— Mais, balbutia la supérieure, d'après un ordre de Mme la duchesse...

— Mlle Noëla a vingt-trois ans... l'ignoriez vous?...

— Elle me l'a dit, en effet... mais elle a d'ailleurs consenti de son plein gré à rester au milieu des saintes sœurs...

— Soit! Veuillez me faire conduire auprès d'elle...

— La supérieure, déjà fort troublée par le ton impératif de M. de Courtraige, sembla en proie à un grand embarras...

— Je dois vous avertir, commença-t-elle.

Et comme elle s'interrompait, hésitante :

— Ma sœur ! s'écria Marie, serait-elle plus souffrante !...

— Noëla est malade ! fit le duc qui sentit son front inondé d'une sueur froide.

— Je crois, dit la religieuse, s'efforçant de reprendre son sang-froid, que son état exige les plus grands soins... et surtout un repos absolu...

Le duc fit un pas, lui posa la main sur le bras, et dit d'une voix creuse :

— Ah! si votre coupable complaisance a de si funestes résultats, malheur à vous !

Sans répondre, la religieuse l'invita d'un geste à la suivre... A travers les longs couloirs, tous trois gagnèrent une autre partie du bâtiment...

La religieuse ouvrit une porte et s'effaça.

Le duc entra... Noëla, étendue sur un lit, pâle, immobile, semblait ne rien entendre :

— Malédiction! cria le duc. Ma fille est morte!...

Et de toute sa hauteur, le vieillard s'écroula sur le parquet, se retenant de ses mains crispées aux draps du lit...

Marie s'était élancée, et, de ses bras, avait entouré le cou de la jeune fille et appliqué sa bouche sur ses lèvres décolorées :

— Elle vit! elle respire! cria-t-elle.

— Mon enfant! ma Noëla ! sanglotait le duc. Oh! on me l'a tuée!...

— Qui est là!fit Noëla, d'une voix à peine perceptible.

— C'est moi, ta sœur, Marie!...

Noëla fit un effort, et se dressant à demi :

— Où suis-je?... Ah! ce couvent!... ces murs de tombeaux !... Non, je ne veux pas rester ici... emmenez-moi!...

Ses yeux tombèrent sur la tête blanche du duc.

Elle sembla s'efforcer de retrouver dans sa mémoire une trace effacée.. Lui, les bras tendus vers elle, murmura :

— Ma fille! pardon!... pardon!...

Noëla eut un mouvement de recul. Mais Marie se pencha à son oreille et murmura :

— Il souffre !

Noëla la regarda, un sourire divin éclaira son visage, puis elle laissa glisser sa main vers le duc, qui, pieusement, y déposa ses lèvres.

— Je veux partir, dit Noëla. Je veux retourner là-bas, dans la maison des lilas!...

— Tu es faible! chère sœur... la force te manquerait...

— Non! non! entends-moi bien, je ne veux pas mourir ici... je vous en prie, accordez-moi ce que je demande... Ici l'air m'étouffe et me tue... et puis, ajouta-t-elle, je sais quelqu'un qui me transportera si doucement, si doucement... que je ne sentirai pas la fatigue..

— Qui donc? demanda Marie.

— COMPTEZ SUR NOUS, NOUS FERONS TOUT CE QUE COMPORTE UNE SITUATION
AUSSI MALHEUREUSE.

Et Noëla, l'attirant à elle, lui dit :

— C'est Titi, le brave Titi !...

A ce moment, quoique ce nom eût été si faiblement soupiré qu'à peine ceux qui étaient autour du lit l'avaient entendu, la porte tourna sur ses gonds... Et Titi parut !...

Comment le gamin avait-il pénétré dans ce couvent si bien gardé ? Comment s'était-il glissé à l'insu de tous jusqu'à la chambre de Noëla ?

Si élevés que fussent les murs, Titi était agile... et il avait bien deviné qu'on lui refuserait la porte.

Noëla le vit, et lui tendant ses bras :

— Je savais bien qu'il devait être là... Titi, emmenez-moi, emportez-moi !...

Titi regarda le duc qui inclina la tête en signe de consentement.

Alors, avec une grâce pudique et enfantine. Noëla mit ses deux bras autour du cou de Titi qui la souleva...

Nul ne parlait :

Titi suivit les couloirs, portant son cher fardeau.

— Portez-la dans ma voiture, dit le duc.

— Non ! dit Titi, j'ai mieux...

Et avisant dans le vestibule un brancard destiné aux blessés :

— Voulez-vous vous étendre là, mademoiselle Noëla. C'est moi et mes gamins qui vous porteront !

— Oui ! oui ! fit-elle. Je le veux...

Alors on vit une chose inouïe dans les fastes du couvent.

La porte extérieure fut ouverte, et trois gamins aux cheveux ébouriffés, mais silencieux et tristes, entrèrent sur un signe de Titi.

Noëla eut un sourire. Je me sens tout heureuse, dit-elle.

Titi l'enveloppa de couvertures, soigneux comme si elle eût été un petit enfant.

— Vous marcherez auprès de moi, dit Noëla à Titi, et vous me tiendrez la main...

Titi se sentit pleurer, mais il contraignit sa bouche à rire et dit :

— C'est ça, la main dans la main, comme de vieux camarades...

Il s'approcha du duc et lui dit quelques mots à l'oreille.

— Vous avez votre voiture, ne perdez pas un instant, il faut que Noëla voie Marie heureuse...

— J'obéis, dit le duc. Mais dites-moi, elle ne mourra pas, n'est-ce pas ?...

— Je la supplierai de vous attendre, répliqua Titi...

Un instant après, le brancard porté par les gamins de Titi, s'avançait lentement à travers Paris...

Noëla tenait la main de Titi dans les siennes... Marie marchait à côté d'eux pleurant...

Et les promeneurs, étonnés, se retournaient sans comprendre que ce qui se passait auprès d'eux était le sinistre dénoûment d'un drame...

XXII

IDÉE DE DUCHESSE

La duchesse de Courtraige n'était pas femme à se laisser vaincre, sans tenter du moins une résistance désespérée.

Le brusque revirement de la situation l'avait atterrée.

Un instant, elle avait cru reconquérir toute son influence sur le vieux duc, et soudain ses propres armes s'étaient retournées contre elle. Ces pièces, — subitement produites par M⁽ᵉ⁾ Berthier, — renversaient en un instant l'échafaudage si péniblement élevé en vingt années, au prix de tant de crimes.

Elle était restée seule, immobile, au milieu de la galerie où les scènes précédentes s'étaient si rapidement succédées.

Les lèvres serrées, les yeux à demi-clos, elle s'efforçait de dégager son cerveau de l'engourdissement qui l'avait saisi. Elle voulait penser, elle voulait regarder en face le possible et l'impossible.

Si le duc, emporté par ses remords, ne reculait pas devant le scandale, c'en était fait d'elle, la fille de la morte reprenait sa place. C'était une torture de toutes les heures, de tous les instants. C'était encore et surtout la plus grande partie de la fortune qui lui échappait.

Mariée sous le régime dotal, elle avait dilapidé en dépenses folles tout ce qui lui appartenait. Elle était à la merci de son mari, de sa fille.

Son orgueil était brisé, elle était vaincue.

Et avec la rage qui lui gonflait le cœur grandissait la volonté de lutter encore.

Ah! que n'eût-elle pas donné pour avoir sa revanche.

Un instant ses regards tombèrent sur les armes de toute nature qui brillaient en panoplies suspendues aux murailles. Si elle avait pu tuer le duc !... mais à quoi bon ?... c'étaient ces pièces qu'il lui fallait, ces précieux papiers sur lesquels pouvait s'étayer la revendication de l'enfant dépouillé !...

D'ailleurs, le duc allait parler. Peut-être même déjà avait-il agi, avait-il fait quelques démarches compromettantes !... Et pourtant s'il n'était pas trop tard !...

Elle calcula mentalement. Il s'était rendu au couvent où Noëla était détenue. Il n'y était même pas encore arrivé ! il lui restait encore à elle-même le temps de se défendre ! mais comment ? par quels moyens ? Comment réduire le duc à l'impuissance, brusquement, sans qu'il eût le loisir de comprendre d'où venait le coup qui le frappait ?

Tout à coup elle se redressa. Pour le mal, elle avait l'imagination prompte et la conception rapide.

— Oui, je lutterai, murmura-t-elle. Et, qui sait ?... la victoire n'est pas impossible.

Elle sonna.

— Qu'on attelle le coupé, dit-elle. Je vous donne cinq minutes.

Elle passa dans sa chambre. Avec une incroyable rapidité elle sut se parer. Sa beauté sévère était plus admirable encore dans sa simplicité relative. Enveloppée de dentelles noires, cachée sous un manteau de satin qui dessinait les formes hardies et souples de sa taille, elle descendit rapidement, franchit le vestibule, et, s'enfonçant dans son coupé, elle jeta au valet de pied une adresse.

Où allait-elle ? Chez un médecin célèbre, dont le nom a bien souvent retenti dans les enceintes judiciaires, une de ces illustrations surfaites qui doivent tout à l'intrigue plutôt qu'à la science.

Le docteur X..., — qu'on nous permette de ne pas le désigner plus clairement, — était un des familiers des Tuileries et de Compiègne.

On expliquait sa faveur de façon singulière. C'était lui, disait-on tout bas, qui avait assisté à ses derniers moments le général Cornemuse, assassiné comme l'on sait.

Quoi qu'il en soit, le docteur X... était parvenu à la fortune et à une réputation qu'en tout état de cause son savoir et son habileté ne justifiaient que très médiocrement. Seulement, on le savait, en haut lieu, dévoué à la dynastie et prêt à tout.

Admirablement servi par une bassesse native, il savait, d'ailleurs, se plier à toutes les exigences, et mesdames de la cour n'avaient point de plus sûr et de plus discret conseiller dans les circonstances délicates où elles pouvaient réclamer ses services.

La duchesse savait à qui elle s'adressait. Dédaigneuse cette fois de toute étiquette, elle monta rapidement à l'appartement du docteur, jeta sa carte au valet de chambre et, un instant après, elle était introduite dans le cabinet du docteur qui s'écriait, en arrondissant le dos comme il convient à un courtisan émérite :

— Quoi ! madame la duchesse ! tant d'honneur...

— Ne perdons pas de temps en étonnements, dit nettement la duchesse. Prenez votre chapeau et suivez-moi...

Le docteur était un modèle de soumission. Il ne hasarda même pas une observation. Il connaissait la puissance de la duchesse qui, — à écouter certains racontars, — avait été, par un beau soir d'été, très goûtée d'un personnage auguste.

Il prit son chapeau, ainsi qu'il lui était ordonné, ses gants et son paletot, qu'il jeta sur son bras, et dit ces simples mots :

— Je suis aux ordres de madame la duchesse.

Ils descendirent et tous deux montèrent dans le coupé.

— Chez le garde des sceaux, dit la duchesse, au ministère de la justice.

Et comme le docteur X..., malgré son sang-froid professionnel, témoignait de son étonnement par un jeu de physionomie des plus clairs :

— Écoutez-moi, maintenant, dit la duchesse, songez que chaque minute qui s'écoule aggrave un péril imminent...

Le docteur, qui ne comprenait pas du tout, indiqua par un signe de tête qu'il entendait parfaitement.

Le duc de Courtraige est fou, reprit la duchesse.

— Ah, bah ! fit le docteur avec un soubresaut.

La duchesse plongea dans ses yeux un regard noir et brillant :

— Le duc de Courtraige est fou, répéta-t-elle. C'est ce que vous allez affirmer à M. le garde des sceaux.

Le praticien tressaillit. Diable ! un sénateur !... S'il se fut agi d'un pauvre hère quelconque, d'un Sandon par exemple, rien de plus simple... mais un duc ! un des premiers dignitaires du pays ! diable ! diable !...

Cependant le docteur, fermant à demi les yeux, dit seulement :

— Vous en êtes sûre ?

— Je le suis... que cela vous suffise... Je vais vous expliquer en deux mots les graves symptômes qui ont précédé la crise qui vient de se produire... mais avant tout, je veux savoir si vous êtes prêt à obéir.

— Certainement, madame la duchesse, il n'est rien que je ne fasse pour vous être agréable... cependant, vous comprenez... le devoir professionnel...

La duchesse ne cacha même pas le sourire qui lui vint aux lèvres. Le docteur vit cela et ne broncha pas. Il avait avalé, comme on dit, bien d'autres couleuvres.

Mme de Courtraige reprit l'entretien. Le docteur écoutait attentivement.

De quels arguments se servit-elle pour écarter toutes les hésitations de l'honnête médecin, de quels secrets surpris s'arma-t-elle contre lui, quelles cordes d'avarice ou d'ambition fit-elle vibrer en lui, c'est ce que nous passerons sous silence, jugeant que ledit docteur passe trop rapidement dans cette histoire pour que son passé, quel qu'il soit, puisse intéresser le lecteur

Toujours est-il que lorsque la voiture s'arrêta devant le ministère de la justice, le médecin était un peu pâle, mais parfaitement soumis.

Le ministre était à son cabinet. L'huissier de service introduisit aussitôt les deux visiteurs, et la porte se referma sur eux.

Le duc n'avait pas encore paru. A ce moment, il était agenouillé auprès du lit de sa fille mourante.

La duchesse et le médecin passèrent un grand quart d'heure environ auprès de Son Excellence. Lorsque tous deux reparurent, la duchesse avait peine à dissimuler la joie cruelle dont son cœur était gonflé.

Le ministre l'avait reconduite jusqu'au seuil, et sa dernière parole avait été celle-ci:

— Comptez sur nous. Nous ferons tout ce que comporte une situation aussi douloureuse.

Le coupé les emporta. Mais, à quelque distance du ministère, sa voiture croisa celle du duc. Elle reconnut la livrée et se rejeta en arrière. Mais il était trop tard, le vieux duc l'avait vue et reconnue.

Il se pencha en avant, comme pour donner l'ordre d'arrêter. Mais il eut un geste de dédain et retomba dans le fond de la voiture.

— Il était temps, avait murmuré la duchesse.

Cependant le duc avait pénétré dans le ministère et s'était rendu tout droit au cabinet du ministre.

Son Excellence n'était pas visible.

En vain, le sénateur excipa de ses titres. La consigne était formelle. Le ministre s'occupait d'un travail important que l'empereur, actuellement à Plombières, attendait dans le plus bref délai.

— Mais si monsieur le duc désire voir M. le chef de cabinet?

— Soit ! dit M. de Courtraige.

Après tout, que lui fallait-il ! Un ordre de mise en liberté d'un pauvre diable dont nul ne se souciait...

Il paraissait, au contraire, qu'on s'en souciait beaucoup.

Le duc fut accueilli avec force démonstrations de respect et d'amitié. Le fonctionnaire, — stylé par son supérieur, — n'était pas absolument rassuré ! Il est des gens à qui la présence d'un fou cause une émotion des plus pénibles.

Le chef du cabinet arrondissait sourires sur sourires en écoutant la requête du vieux duc. Ces sourires étaient le gâteau de miel qu'il jetait à celui qui, d'un instant à l'autre, pouvait se transformer en féroce cerbère.

— Donc, monsieur le duc veut bien s'intéresser à ces deux frères, qu'il nomme...

— Jean Rabolet et Étienne Rabolet...

— Et désire leur grâce...

— L'un des deux, Jean, a été arrêté hier soir, et je réclame sa mise en liberté. Mon dévouement à la cause impériale et les services que je lui ai rendus me permettent d'espérer que cette requête sera accueillie sans difficulté...

— Comment donc ! mais monsieur le duc est un serviteur trop loyal, pour qu'il n'ait pas le droit d'exiger...

— Ainsi vous voudrez bien, sur ma parole et ma responsabilité, abréger les formalités.

— En doutez-vous? Ne sommes-nous pas toujours prêts à satisfaire les désirs des fidèles appuis de Sa Majesté...

Le duc respira. En vérité, la rencontre de la duchesse avait jeté dans son esprit un doute rapide. Mais le chef de cabinet s'exécutait avec tant de bonne grâce !...

— Veuillez donc, je vous prie, me remettre un ordre adressé à M. le préfet de police !...

Le chef se pinça les lèvres :

— Ne pensez-vous pas que, vis-à-vis d'un magistrat d'une telle valeur, cette façon d'agir pourrait froisser sa susceptibilité...

Le duc eut un petit mouvement d'impatience, qui amena le chef à reculer doucement son fauteuil.

— Monsieur, dit-il, en ces sortes de services, la promptitude fait seule le

mérite. Une de mes filles se meurt, et j'ai hâte de retourner auprès d'elle...
je vous prie donc de passer sur la... susceptibilité de M. le préfet de police et
de me donner l'ordre que je réclame...

Le vieillard avait prononcé ces mots d'une voix ferme.

— Vous m'éviterez, continua-t-il, la peine de recourir directement à
M. le garde des sceaux.

Le chef réfléchit un instant.

— J'engage fortement ma responsabilité, dit-il, mais votre impatience
sera mon excuse.

Il griffonna quelques mots à la hâte. Puis sonnant un huissier :

— Portez ceci à l'expéditionnaire, dit-il. Et que la lettre me soit rapportée, copiée, le plus rapidement possible...

— Je vous remercie, dit le duc.

Il y eut un moment de silence. Puis il reprit :

— J'aurai encore besoin de votre obligeance... mais demain...

— Je serai toujours à la disposition de monsieur le duc...

— Il s'agit d'une rectification d'état civil.

— Rien de plus facile. Un jugement du tribunal l'ordonne sur pièces régulières ou témoignages probants...

— Ceci nécessitera de ma part quelques développements... mais il sera
nécessaire d'agir sans l'intervention du tribunal...

— M. le garde des sceaux sera juge de l'opportunité de la requête...

— Aussi est-ce à lui que j'aurai recours...

La lettre fut rapportée, écrite de ce caractère lourd et pâteux qui fait la
gloire des administrations françaises...

Le chef la relut lentement.

— M. le préfet de police est invité à suspendre toutes poursuites contre
les nommés Jean et Étienne Rabolet, et de faire mettre immédiatement en
liberté le nommé Jean Rabolet, actuellement détenu.

M. le chef du cabinet avait une singulière manie et qui cadrait peu avec
les habitudes de netteté qui sont le fond de la correspondance ministérielle.
Tandis qu'il lisait, de sa plume, tenue de la main gauche, il pointillait machinalement les lettres marginales, qui formaient les mots :

Ministère de la justice. — Cabinet.

— C'est bien là ce que vous désirez, demanda-t-il.

— C'est à merveille. Il ne me reste plus qu'à vous témoigner toute ma
reconnaissance.

SOUS UN BEC DE GAZ, LE PÈRE BROUILLAT CAUSAIT AVEC UNE FEMME.

Le chef eut un geste modeste, signa, plia la lettre, la plaça dans une enveloppe ouverte, puis la remit au duc, qui s'était levé pour prendre congé.

— Dans une heure, dit-il, j'aurai l'honneur de me présenter chez M. le préfet.

— Oh! ne vous hâtez pas! dit le chef, avec un geste d'une charmante désinvolture, je crois savoir qu'aujourd'hui M. le préfet est chez M. le ministre de l'intérieur.

Le duc sortit.

— Ouf! fit le chef. Voilà des corvées comme il ne m'en plairait pas d'en subir chaque jour. C'est qu'en vérité on ne se douterait pas qu'il est fou!...

Le duc était remonté dans sa voiture.

Le valet de pied attendait respectueusement ses ordres.

M. de Courtraige hésitait pour la direction à prendre. Il tenait dans sa main la liberté de Jean Rabolet. Mais sa fille Noéla l'appelait, lui semblait-il! Si elle allait mourir sans qu'il pût l'embrasser... sans qu'elle lui eût pardonné!

L'égoïsme du père l'emporta :

— A Batignolles, dit-il.

Et il murmura :

— Il me restera le temps de retourner à la préfecture... et puis... le préfet n'est-il pas absent...

La voiture roula vers les boulevards extérieurs.

XXIII

TITI A LA RESCOUSSE !

Le père Calertin était resté seul. C'était la première fois depuis six ans peut-être que pareil fait se produisait.

Mais lorsque, par une sorte de miracle de mémoire, le vieil ouvrier s'était souvenu de l'existence du papier mystérieux qui lui avait été remis après la mort du comte Hector de Courtraige lorsqu'il avait compris quelles péripéties

allaient surgir dans la vie de tous ceux qu'il aimait, il avait senti aussitôt que sa présence ne pouvait être qu'une gêne.

Si le comte Hector avait vécu, ce fut certes lui qui serait allé droit à l'homme qu'il avait vu naguère, livide et tremblant de son crime sur le bord de la Seine. Il se fut dressé devant lui comme le spectre du remords et de la revendication.

Mais il ne connaissait pas le duc Achille. Il n'était pas connu de lui. Sa présence pouvait mettre obstacle à des aveux, à une confession qu'il faudrait peut-être durement arracher au criminel.

— Qui sait, avait dit Calertin à Marie, qui sait si devant moi, devant un homme qui appartient à un monde qu'il ignore, à une classe qu'il méprise sans doute, le duc ne reculerait pas devant la honte de la soumission...

Et cependant Marie le pressait de l'accompagner. Au moment d'entamer, une lutte décisive, la jeune fille, malgré la fermeté de son cœur, se sentait faible et timide. Elle eût voulu pouvoir s'appuyer sur celui qui avait été son protecteur. sentir auprès d'elle cette sympathie qui jamais ne lui avait fait défaut. Mais Calertin avait résisté. Marie était partie, n'ayant d'autre hardiesse que celle de la bonne cause, d'autre alliée que la vérité elle-même.

Par bonheur, le notaire était à son étude. C'était un de ces vieux et honnêtes praticiens en qui les familles trouvent à la fois un conseiller et un confesseur, indulgent aux repentirs, impassible aux colères.

Il avait l'accueil affable et paternel. C'était, pour dire d'un mot, un de ces tabellions de vieille souche qui ne songeaient pas à élever leur fortune sur des spéculations hasardeuses. Aujourd'hui coquet, pomponné, menant en gants blancs sa victoria et faisant son tour de Bois, le notaire n'a gardé de son caractère ancien que la cravate blanche qui aussi bien est parure de fête. Mᵉ Berthier, le cou droit, serré dans la haute cravate ridiculisée aujourd'hui, ne visait ni à la jeunesse ni à l'élégance, mais il avait grandement compris son rôle de prêtre laïque, et nul ne s'avisait de railler ses vastes redingotes, à la mode de 1825, ni ses cheveux blancs qu'il ne teignait pas.

Marie fut introduite sans difficulté auprès de lui, et, encouragée par sa bienveillance un peu rude, mais véritablement paternelle, elle lui remit les lignes tracées par la main mourante du comte.

Mᵉ Berthier n'hésita pas. Déjà il connaissait une partie de la vérité. Il interrogea Marie doucement et simplement, elle lui dit son histoire.

Le vieux notaire comprit toute la gravité de sa mission. On a vu comment il l'avait accomplie.

Mais pendant ce temps, Calertin attendait tendant à chaque instant l'oreille. Peu à peu, une poignante inquiétude l'avait envahie. Le temps s'écoulait et Marie ne revenait pas.

Avait-il donc eu tort de ne pas l'accompagner? Et ses scrupules étaient-ils mal fondés?

Mais Titi qui pensait à tout avait profité du court répit que lui avait laissé le départ du duc et de Marie pour lancer sur Batignolles un de ses plus agiles coureurs, de bonnes et longues jambes de gamin.

Si bien qu'au moment où Calertin commençait à sentir de grosses larmes monter à ses yeux, voici qu'une figure espiègle et toute rougie par l'activité deployée apparut à la grille du jardin...

Titi avait écrit au crayon ces quelques mots :

— Patience. Ça boulotte. A bientôt.

C'en était assez. Le vieux charpentier se sentit tout réconforté. Du moment que Titi se mêlait de l'affaire, il était tranquille. C'est incroyable comme ce diable de Titi avait su imposer la confiance à tout le monde... Il aurait promis de troquer la colonne de Juillet contre la colonne Vendôme, qu'on eût dit :

— Hé! hé! on ne sait pas! il est si fûté!...

On comprend que le trajet fut long de la maison de la rue de Sèvres aux profondeurs des Batignolles, d'autant que les porteurs avaient pour mandat d'éviter toute secousse, ce qui n'était point si facile à des gamins qui avaient du salpêtre dans les jarrets. Mais Titi était si grave et si triste, ces bons garçons comprenaient si bien qu'ils portaient, — bien plus que la fortune de leur chef, — sa vie et son bonheur, qu'ils allaient à pas comptés, si doucement, si habilement que jamais palanquin de fille de rajah n'éprouva plus discret balancement.

Enfin Titi, arrivé à la hauteur de la Fourche, prit les devants. Calertin le vit et cria :

— Eh bien! Et Marie?...

Il y a de l'égoïsme dans les cœurs les meilleurs. Titi fut peiné que l'ouvrier n'eût pas prononcé tout d'abord le nom de Noëla.

Cependant en deux mots, il le mit au courant.

Le duc vaincu, la duchesse soumise — du moins il le croyait — Marie reconnue pour la fille des Courtraige...

— Mais Noëla? demanda Calertin.

— Ah ! voilà que vous pensez à elle...

— Que veux-tu dire?... ne sais-tu pas que je l'aime, elle aussi, autant que si elle était ma fille....

— C'est vrai, père Calertin, pardonnez-moi... Noëla revient... mais... elle est bien, bien malade...

Calertin frissonna.

— Quoi ! fit-il. Son état s'est-il aggravé !

— Parbleu ! avec de pareilles secousses ! Ah ! ces ducs, ces comtes, tout ce bataclan-là... quels gredins !...

Tout en grommelant, Titi ne perdait pas son temps. Il était monté aux chambres d'en haut et avait descendu des matelas. En vérité, il faisait tout ce qu'il voulait ce Titi. Voila qu'il disposa un lit dans le petit salon du rez-de-chaussée, et en moins de rien, avec une dextérité de fée ou plutôt de diablotin, il improvisait une sorte de nid, tout de bleu et de blanc entouré, coquet comme l'aurait disposé une jeune fille.

L'air était tiède. Le soleil empourprait les lilas et dorait le sable.

Titi ouvrit la fenêtre ramena les rideaux, laissant entre eux un écartement, si bien que de son lit, placé en face, Noëla ne vît qu'un horizon fleuri et ensoleillé.

A ce moment, le triste cortège arrivait à la maison des lilas.

On ne pouvait entrer dans le jardin, les allées étaient trop étroites et trop courbes.

Titi souleva la tenture de coutil qui recouvrait le brancard...

Noëla dormait, les deux mains croisées sur sa poitrine...

Titi mit son doigt sur ses lèvres :

— Chut ! fit-il.

Alors, avec une délicatesse de mouvements que lui eût enviée la plus soigneuse des mères, il souleva la jeune fille et la porta, étendue sur ses bras, la tête appuyée sur sa poitrine...

Elle eut un petit gémissement, comme celui d'un enfant qu'on trouble dans son sommeil. Titi était tout pâle, d'abord parce qu'il portait un malade, mais aussi, — faut-il le dire? — parce que la chevelure noire et superbe de la jeune fille touchait presque ses lèvres, et qu'il se sentait enveloppé par le parfum de jeunesse et de grâce qui se dégageait d'elle tout entière...

Marie avait vu les préparatifs de Titi.

Elle approuva d'un signe de tête, puis Noëla fut étendue sur le lit. Une couverture fut délicatement placée sur elle...

Elle dormait toujours. C'était un sommeil si calme, sa respiration était si faible, mais en même temps si régulière, que jamais bébé au berceau ne parut mieux reposer.

Et de fait, le visage de Noëla avait perdu la teinte de marbre qui, tout à l'heure encore avait tant effrayé ceux qui l'entouraient. Une légère couleur rosée était montée à ses joues, et sur ses lèvres, moins décolorées, il y avait comme un sourire.

Titi la regardait. Tout à coup, sans pouvoir résister à l'émotion qui lui faisait éclater le cœur, il cacha son visage dans ses deux mains, et il pleura...

Marie et Calertin immobiles se tenaient les mains et ne le quittaient pas des yeux...

Discrets, les gamins, voyant pleurer Titi, — ce qu'ils n'avaient jamais vu, certes, depuis que le Petit-Vieux du Château-Rouge les avait conviés à la soupe matinale, — s'accotaient à la porte et détournaient la tête...

Mais Titi releva brusquement le front. Il essuya ses yeux d'un geste énergique, et, s'arrachant à sa douloureuse contemplation, il s'approcha de Marie et lui dit bas à l'oreille :

— Il faut que le médecin la voie... demeure-t-il loin?

— Non, à deux pas d'ici.

Elle n'osa pas lui dire que déjà le médecin avait déclaré que ses soins étaient inutiles.

Titi demanda l'adresse exacte, puis il sortit.

Il étouffait d'ailleurs. Ah! il eût voulu crier, pleurer, se briser la tête contre une muraille. Il se sentait devenir fou, se disant que si Noëla mourait, il se tuerait. Oui, Titi, l'insouciant, le courageux enfant que pas une catastrophe n'avait pu, non pas briser, mais même ébranler, Titi pensait au suicide.

Quand il sonna à la porte du médecin, il tremblait si fort qu'il avait peine à se tenir debout. C'était bien un arrêt qu'il venait réclamer, et il avait peur, comme en face de son juge.

Le médecin était un jeune homme à la figure franche et intelligente. On devinait à le voir, le travailleur infatigable et le chercheur ardent.

Titi, d'un regard rapide, l'examina, comme s'il eût voulu plonger son regard jusqu'au fond de sa conscience. L'homme lui plut.

— Monsieur, lui dit-il, vous avez déjà donné des soins, n'est-il pas vrai, à une jeune fille qui demeure chez le charpentier Calertin...

— En effet, monsieur.

— Pardonnez-moi si je vous questionne aussi nettement... aussi brutalement. C'est bien de M‍ⁿᵉ Noëla que vous prétendez parler.

— C'est bien ce nom...

— Eh bien ! monsieur, au nom de tout ce qui vous est cher, au nom de votre mère, dites-moi la vérité... la science peut-elle sauver Noëla !...

Le jeune docteur le considérait à son tour. Il y a entre les nobles natures comme une aimantation.

La physionomie de Titi présentait un caractère original, mais en même temps il y avait dans ses yeux tant de vitalité et d'énergie, il se dégageait de tout son être un si réel parfum de probité et de bonté que le jeune médecin se sentit attiré à son tour vers ce singulier questionneur...

— Reprenez votre calme, monsieur, lui dit-il. Et tout d'abord, sachez que je n'ai pas eu l'occasion de voir la jeune fille dont vous me parlez depuis plusieurs mois...

Titi laissa échapper une exclamation étonnée :

— Cependant je croyais, monsieur, que c'était à vous qu'on s'était adressé !...

Puis tout à coup une lueur traversa son cerveau :

— Vous l'avez jugée perdue ! s'écria-t-il.

— Je vous assure...

— Ne vous défendez pas ! Je vous ai supplié de me dire toute la vérité. J'aurai donc le courage de l'entendre... Elle est condamnée, n'est-ce pas !...

— Encore une fois je vous conjure à mon tour de ne pas vous laisser entraîner à cette exaltation... la vie veut le calme... la science veut le sang-froid...

— Parlez, dit Titi, qui avait caché sa main dans sa poitrine qu'il déchirait de ses ongles.

— J'avoue que, lors de mes dernières visites, j'ai été frappé des rapides progrès que faisait le mal... et j'ai déclaré à la sœur de M‍ⁿᵉ Noëla que, dans les conditions où elles se trouvaient, forcées de rester à Paris, il me paraissait impossible de tenter la guérison de la malade...

— Ainsi, vous croyez que si Noëla avait pu quitter Paris... elle aurait été sauvée ?...

— Je crois qu'un séjour dans le Midi aurait soulagé la malade... je ne puis dire plus... Mais à votre tour, puisque vous vous intéressez si vivement à elle, dites-moi quelle est sa situation actuelle... Je dois ajouter, avant toute réponse, que c'est presque miracle, selon moi, qu'une crise fatale ne se soit pas encore déclarée, et je regarde comme une sorte de signe favorable cette durée de la maladie...

— Elle se meurt ! dit Titi d'une voix basse.

— Allons ! fit le docteur, je vois que je ne pourrai obtenir de vous aucune information précise.

Il se leva et prenant son chapeau :

— Conduisez-moi auprès de M⁻ᵉ Noëla...

Titi eut un élan de joie aussitôt réprimé. Le docteur venait, donc il pensait que peut-être tout espoir n'était pas encore perdu...

— Tenez, s'écria-t-il, je ne sais pourquoi, mais vous m'inspirez une confiance qui m'étonne moi-même... je vous le demande, tentez l'impossible... aujourd'hui, les causes qui retenaient Noëla à Paris n'existent plus... et s'il faut qu'elle parte... vos prescriptions seront exécutées à la lettre... Ah ! si vous la sauviez, je ne suis pas bien riche... je crois qu'il me reste une vingtaine de mille francs... mais ils sont à vous !...

— Ne parlons plus de cela, dit le médecin en souriant. Pensons aux autres et non pas à nous-mêmes.

Les deux jeunes gens sortirent, et quelques minutes après ils entraient dans la maison de Calertin.

— Titi adressa de la tête un signe interrogateur à Marie. Mais le médecin, l'écartant, entra le premier.

Noëla était sortie de l'état de prostration dans lequel l'avait plongé la fatigue des dernières émotions ressenties.

Lorsque ses yeux s'étaient ouverts, lorsque regardant autour d'elle, elle avait vu ce nid, subitement improvisé par le gamin, artiste comme tous les Parisiens, elle avait poussé un petit cri de surprise et de joie. Le sang avait afflué à ses joues, et un rayon brillant avait passé sous ses paupières.

Elle avait attiré Marie à elle et lui avait dit tout bas :

— Je suis heureuse !... il me semble que je faisais un mauvais rêve !...

— CHUT! C'EST UN SECRET, MAIS JE VAIS VOUS LE DIRE, MOI.

Que s'est-il donc passé ? en vérité, je ne me souviens plus de rien... sinon...

Et elle rougit plus encore.

Elle venait de songer tout à coup à Titi. Elle se rappelait que le jeune homme l'avait enlevée dans ses bras, comme il eût fait d'un enfant...

— Comme vous êtes bons pour moi ! murmura-t-elle.

A ce moment, Marie entendit qu'on l'appelait. C'était Titi qui l'avertissait de la présence du médecin. Un instant après, le jeune docteur entrait et s'approchait du lit de la malade.

A travers l'ouverture de la porte, Noëla aperçut Titi et lui jeta un sourire.

Titi répondit par un geste de la main en lui désignant le médecin.

— Ah, oui ! fit Noëla. C'est cela, il faut bien me soigner...

Et elle ajouta tout bas :

— Je voudrais vivre... maintenant, dit Noëla.

Cependant le médecin l'examinait avec attention. Sous la teinte rosée qui maintenant couvrait son visage, l'homme de l'art retrouvait les ravages que le mal avait faits sur cette organisation délicate. Il s'interrogeait au plus profond de lui-même. Enveloppé lui-même de cette atmosphère d'affection, de dévouement qui rayonnait au dehors de tous ces êtres qui s'aimaient tant, il se demandait si réellement la science serait impuissante.

C'était, nous l'avons dit, un jeune homme. Il n'avait pas encore cette froideur impassible qui trop souvent confine à la cruauté. Pour lui, il y avait encore je ne sais quelle âpre jouissance dans la lutte que le savant engage contre la mort. Il voulait vaincre.

Le silence était profond maintenant.

Titi s'était appuyé à la porte, immobile, ayant au cœur un tel battement que sa poitrine lui semblait se briser.

Hélas! pauvre Titi ! tu espérais encore ! tu croyais, — par je ne sais quelle sublime illusion — que l'amour pouvait accomplir un miracle.

Ayant ausculté la malade, le médecin s'était redressé, un peu pâle.

Et dans son regard, il y avait une telle désespérance que Marie, seule à l'observer d'assez près pour distinguer ces nuances, le rappela à lui d'un signe imperceptible :

— Tout va bien ! dit le docteur avec un sourire forcé. Une crise salutaire s'est produite... et maintenant... avec du repos, avec le bon air, nous pouvons compter sur une prochaine guérison.

Noëla se pencha en avant et lui saisissant les mains :

— N'est-ce pas, monsieur, fit-elle de sa voix à laquelle les constrictions mêmes de sa poitrine donnaient un accent à la fois doux et grave, n'est-ce pas que vous me sauverez.

— Certes, mon enfant, surtout si vous êtes bien patiente et bien courageuse...

— Oh ! je ferai tout ce que vous voudrez... Quelle est votre ordonnance ? je m'engage à me soumettre à toutes vos prescriptions, quand même il faudrait boire les pires choses...

Le médecin hésita. Il éprouvait un poignant scrupule à jouer cette comédie. Mais Marie, plus humaine, plus intelligente, en quelque sorte des nécessités de la situation, l'entraîna vers une petite table, sur laquelle se trouvaient plumes et papier :

— Écrivez, je vous en supplie, lui dit-elle à voix basse.

Le médecin inclina la tête et, se penchant, rédigea une ordonnance.

— Parlez encore, reprit Marie toujours sur le même ton.

— Surtout, dit le docteur, qui comprenait enfin à quelle sublimité s'élevait le courage de la jeune fille, surtout exécutez bien tout ce que je prescris, et puis, ajouta-t-il plus franchement, s'il était possible d'aller à la campagne, dans le Midi ?...

— Vous répondriez presque de la guérison ? demanda imprudemment Marie.

Le médecin parut ne pas avoir entendu.

— Au revoir, mon enfant, dit-il en pressant la main de Noëla, et dans cette dernière étreinte, il interrogea encore cet agonisme, espérant que peut-être il s'était trompé.

— Vous reviendrez, n'est-ce pas, dit Noëla. Voyez-vous, il ne faut pas m'abandonner... je ne veux pas mourir...

Il y eut un geste de protestation, mais il ne trouva pas un seul mot à répondre.

Titi l'attendait. Notre cher gamin n'était pas — comme il l'eut dit lui-même — si bête qu'il en avait l'air. Malheureusement, il avait surpris tous les jeux de physionomie. Il avait cueilli en quelque sorte sur les lèvres de Marie les mots qu'elle croyait n'être compris que du médecin. Il avait deviné dans les gestes du praticien des signes non équivoques de découragement.

On croyait qu'il ne savait rien. Il savait tout.

Il prit le bras du médecin et le reconduisit jusqu'à la grille.

Là, quand il fut bien sûr que personne ne pouvait l'entendre :

— Ainsi, demanda-t-il, tout est fini ?...

— Je ne dis pas...

— Pourquoi chercher à me tromper ? Vous n'êtes pas parvenu à donner le change à Marie. Notre pauvre Noëla...

Il s'arrêta, ayant des sanglots pleins la gorge. Et changeant de ton tout à coup :

— Ah ! crédié ! s'écria-t-il, de son vrai ton de gamin ! Si je pouvais me couper en quatre... et que ça serve à quelque chose...

— Écoutez-moi, mon ami, dit le médecin, je veux vous parler très sérieusement, d'homme à homme. L'état de cette jeune fille est très grave... Je vous déclare même que je le crois désespéré... Cependant il me semble qu'avec de grands soins, avec un dévouement de toutes les heures, de tous les instants, on pourrait prolonger cette existence... Vous est-il possible de conduire Mlle Noëla hors Paris ?

— Certes ! et si c'était impossible, ça se ferait tout de même.

— Eh bien, songez-y, c'est ce que je conseille... je n'ose vous donner une espérance que je ne partage pas... je ne suis sûr que de ceci... restant à Paris, cette pauvre fille serait morte avant un mois... mais à la campagne, dans une atmosphère chaude.

— Ce sera l'affaire de deux mois, fit Titi d'une voix sourde...

— Eh ! sait-on jamais ce que peut la nature, quand nous consentons à l'aider...

Tout cela était bien vague. Et pourtant Titi se raccrocha à cette suprême espérance...

— Demain, dit-il, nous aurons quitté Paris...

— Venez me voir demain matin, dit le docteur, je vais encore étudier, réfléchir... et je vous jure que si la science humaine peut quelque chose, nous l'accomplirons...

Ils allaient se séparer. Titi lui prit les deux mains :

— Tenez, fit-il, voulez-vous que je vous dise !... Vous êtes le plus brave des braves garçons...

— Il vaudrait peut-être mieux que je fusse un grand médecin...

Titi rentra. Noëla était toute souriante. Elle appela Titi :

— Eh bien ! monsieur mon sauveur, dit-elle, êtes-vous content de moi ?

Titi se mit à rire... tandis que son cœur pleurait :

— Je ne vous donnerai de bons points que quand vous serez tout à fait remise...

Marie avait à cœur de parler de Jean. Mais, craignant d'obéir à une préoccupation égoïste, elle s'était abstenue jusque-là ; maintenant il fallait à tout prix changer le cours des idées de chacun.

— Quand notre frère Jean sera-t-il en liberté ? demanda-t-elle. Titi tressaillit.

— M. le duc de Courtraige est allé au ministère de la justice... et ne doute pas du succès de ses démarches...

— Le duc ! fit Noëla en passant sa main sur son front.

— Notre père ! murmura Marie en se penchant à son oreille.

Noëla réprima un frissonnement.

— Oh ! il t'aime tant ! reprit vivement Marie. Il faudra tout lui pardonner...

— Je n'ai plus de colère, dit Noëla. Seulement, je veux qu'il te rende ton Jean...

A peine prononçait-elle ces mots, que Marie s'écria :

— Enfin ! le voici !

Elle n'avait rien dit jusque-là, la vaillante enfant. Maintenant qu'elle allait connaître son sort, tout son sang reflua à son cœur, et elle devint si pâle qu'elle s'appuya au lit pour ne pas défaillir.

Le vieillard se hâtait.

On n'a pas oublié ce qui s'était passé. Tenant enfin dans sa main l'ordre adressé par le ministère au préfet de police, il n'avait pas eu le courage d'aller jusqu'au bout de sa mission...

Il voulait revoir Noëla...

Titi courut au-devant de lui :

— Eh bien ! s'écria-t-il, vous ne ramenez pas Jean...

Le duc tira vivement de sa poche la missive ministérielle.

— Voici, dit-il. Il sera libre et vous-même ne serez plus inquiété.

— Mais, pourquoi n'êtes-vous pas allé le chercher ? demanda Titi à voix basse.

Le duc baissa la tête. Il recevait le reproche en plein cœur, et il savait qu'il était juste. Il ne répondit que par un nom :

— Noëla ! murmura-t-il.

Titi le regarda. Il vit sur ce visage flétri tant d'angoisses, de désespoir contenu, qu'il comprit tout et pardonna :

— Seulement, dit-il, pour Marie, il faudra mentir...

— Mais Noëla ! répéta le duc.

— Ah ! égoïsme de père ! fit Titi. Venez l'embrasser...

Ils vinrent auprès de la jeune fille. Elle s'était à demi dressée, curieuse de revoir celui qui avait voulu son malheur, et qui maintenant, humble, repentant, courbé comme un coupable, s'avançait vers elle d'un pas mal assuré...

— Et Jean ? demanda Marie, à l'oreille de Titi.

— Sauvé ! demain matin il sera ici...

— Embrasse ton père ! fit Marie, doucement, à l'oreille de Noëla.

Sachant que Jean était libre, elle lui conseillait le pardon.

Noëla n'eut qu'un mot :

— Mon père ! dit-elle en tendant la main au duc.

Celui-ci se laissa tomber à genoux et embrassa cette main.

— Ne pleurez pas, reprit Noëla de sa voix émue. Ne parlez pas du passé... C'était un mauvais rêve... Nous nous sommes réveillés !... Pourvu qu'il ne soit pas trop tard...

— Tu me pardonnes !

— Puisque je vous appelle mon père !...

Titi et Marie s'étaient discrètement retirés auprès de Calertin.

Le père et la fille s'entretinrent longuement.

Bien souvent le nom de Marie fut prononcé. Le duc inclinait la tête en signe de consentement.

Puis, épuisée, la jeune fille se laissa retomber en arrière. Elle dormait...

La nuit était venue.

Le duc déclara alors qu'il ne s'en irait pas.

— Comprenez-moi bien, dit-il, je ne vis que depuis aujourd'hui... Je suis bien vieux, mais il me semble que jusqu'ici je marchais à travers un brouillard sombre... et sanglant! Voici que tout mon cœur se gonfle de sentiments inconnus... J'aime! moi qui si longtemps n'ai connu que la haine... Laissez-moi veiller auprès de ma Noëla.

Puis s'adressant à Marie :

— Pardonnez-moi, dit-il encore, si c'est elle que j'appelle ma fille, lorsqu'à vous aussi le titre est dû et plus légitimement.

Mais je me suis confessé à vous...

— Aimez-la, répondit Marie, et puisse cet amour la sauver...

— Donc nous passons la nuit ici, tous ensemble, reprit Titi.

Vous, père Calertin, vous aurez la bonté de vous coucher. Nous, nous sommes garde-malades...

— N'oublions pas Jean, dit Marie.

— Non, certes, fit Titi. Demain matin à la première heure, M. de Courtraige se rendra à la préfecture... A propos, voudriez-vous me montrer votre lettre...

— Très volontiers, dit le duc. Vous verrez qu'elle est formelle et que le succès est certain.

Marie avait conduit Calertin jusqu'à sa chambre. On n'était pas bien riche dans la maison du vieux charpentier. Elle avait emporté la lampe, et Titi et le duc étaient restés sans lumière.

— Monsieur Étienne, dit le duc, Noëla m'a parlé de sa sœur Marie et de votre Jean. Sa volonté est sacrée pour moi. Dites à Marie que, selon ce qu'elle désirera, elle sera mise en possession de la fortune et du titre des Courtraige... et elle deviendra la femme de Jean Rabolet...

— C'est bien cela, monsieur le duc. Il n'y a qu'un petit détail!

— Lequel!...

— Marie ne vous a pas encore dit sa volonté...

— Je ne vous comprends pas...

— Tenez, la voici, et elle vous dira elle-même toute sa pensée. Marie, ajouta-t-il en s'adressant à la jeune fille, est-ce que vous accepterez le titre et la fortune des Courtraige?...

Marie s'approcha du duc :

— Mon père, dit-elle, vous me laisserez libre, je le sais, de ma destinée, mais je tiens à vous expliquer les motifs de mes résolutions... Vous seriez prêt, m'avez-vous dit, à faire rectifier mon état civil et à me rendre le nom qui m'appartient ?...

— C'est justice, répondit le duc, et je dois accomplir mon devoir

— Mais n'avez-vous pas réfléchi aux conséquences d'un tel acte.

— Quelles qu'elles soient, je les accepte.

— Mais moi, je les refuse...

— Que voulez-vous dire ?...

— Je veux dire que ma mère, si malheureuse, si vénérée, a porté le nom de Courtraige... eh bien ! ce que vous voulez exécuter, mon père, sera pour ce nom le déshonneur...

Le duc baissa la tête. Marie continuait.

— Loin de moi la pensée, monsieur, de vous rappeler des souvenirs que je voudrais à jamais effacer de ma mémoire... Mais, ajouta-t-elle en atténuant le son de sa voix, comme si le mot qu'elle allait prononcer lui brûlait les lèvres, un crime a été commis... crime odieux qui a coûté la raison et la vie à celle qui vous avait aimé... et dont vous respectez la mémoire... Eh bien ! moi aussi je dois, — comme vous et plus que vous peut-être, — respecter cette mémoire... pour me rendre mon nom, pour me rendre cette fortune à laquelle vous semblez attacher tant de prix, il faudrait livrer à la curiosité publique des secrets qui ne sont, pour la famille de Courtraige, que honte et désolation...

— Oh ! assez ! assez ! murmurait le vieux duc, le front caché dans ses mains...

— Il faut que j'aille jusqu'au bout. Pardonnez-moi, car jamais plus il ne sera parlé entre nous de ce terrible passé... Finissons-en... à qui voudrez-vous confier le mystère de ma naissance ? à qui pourrez-vous avouer la substitution dont j'ai été victime ? En supposant que vous soyez assez puissant pour obtenir, pour imposer le silence, ne devrez-vous pas courber le front devant ceux dont vous réclamerez l'indulgente complicité... Je vous ai appelé mon père... Je viens vous prouver que sur mes lèvres ce nom n'est pas un vain mot... Je vous sauve de vous-même... je suis la fille de Calertin le charpentier... Je suis un enfant trouvé, sans nom, sans état civil, sans fortune... que m'importe ! ma mère elle-même, si elle pouvait m'entendre et me répondre, me dirait : C'est en reniant ton titre de fille des Courtraige que tu te montres véritablement digne de le porter...

— M. LE DUC AURAIT-IL EU A SE PLAINDRE DE QUELQU'UN DE MES SUBOR
DONNÉS?

Par un mouvement subit, le duc saisit la main de la jeune fille et l'éleva jusqu'à ses lèvres :

— Ah ! Marie ! Marie ! dit-il, votre indulgence, votre grandeur d'âme sont ma plus lourde condamnation...

Il passa ses doigts amaigris dans sa chevelure blanche :

— Ainsi, fit-il, voilà ce que l'avidité, ce qu'une passion folle a fait de moi... un père sans enfants !... Mais toi, toi, Marie !... Ai-je le droit de te laisser dans cette situation... de te livrer à jamais au malheur !...

Marie mit doucement la main sur ses lèvres :

— Ne parlez pas ainsi, mon père. Vous vous méprenez étrangement. Oui, c'est s'il me fallait renier tout mon passé réel, s'il me fallait abandonner les cœurs honnêtes qui m'ont sauvée, aimée, soutenue, c'est alors seulement que je pourrais parler de malheur... mais ma vie est faite aujourd'hui, et telle qu'elle est, je l'estime plus heureuse que si je possédais des millions...

— Que veux-tu dire ?...

— Je veux dire, monsieur le duc, que j'aime et que je suis aimée.

Et, disant cela avec une admirable fierté, elle prenait dans ses mains les mains du vieillard.

— Oui, j'aime, reprit-elle, un honnête homme... un ouvrier... Ah ! je sais une Courtraige ne devrait pas se mésallier... hélas ! ne serait-ce pas plutôt l'honnête homme qui pourrait refuser d'épouser une fille des Courtraige...

— Et celui que ton cœur a choisi ?...

— C'est l'homme dont vous êtes allé solliciter la grâce... c'est Jean Rabolet... c'est le frère de celui qui nous a arrachées, Noëla et moi, à l'infâme qui voulait nous perdre... Ah ! je vous le jure, monsieur le duc, voilà les vrais nobles... voilà les vrais riches... car ils ont la noblesse du cœur et la richesse de la conscience...

A ce moment Titi rentrait.

Le duc se leva et allant droit à lui :

— Monsieur Étienne, lui dit-il d'une voix grave, il faut songer avant tout à sauver votre frère, à sauver le mari de ma fille...

— Mais n'avez-vous pas dit que c'était chose certaine... que vous aviez l'ordre de mise en liberté ?...

— Le voici, dit le duc, tirant de sa poche le pli ministériel ; maintenant, il faut que je fasse un aveu...

Et il raconta comment, impatient de revoir Noëla, il avait remis au lendemain sa démarche à la préfecture.

— Oh ! mon père ! c'est mal ! fit tristement Marie...

— Pardonnez-lui, Marie, répliqua Titi, c'était pour Noëla... et je suis sûr que Jean pardonnerait lui aussi...

Puis s'adressant à M. de Courtraige :

— Voudriez-vous me montrer cet ordre ?

L'enveloppe n'avait pas été fermée. Le duc en tira le pli et le remit tout ouvert à Titi.

Celui-ci le prit, et, s'approchant de la lampe, il le lut attentivement. Tout semblait régulier au premier coup d'œil. La signature du chef de cabinet rappelait un nom fort connu et dont l'influence n'était pas douteuse :

— Vous voyez, dit le duc, que je suis excusable d'avoir retardé de douze heures une mise en liberté qui ne peut souffrir de difficultés...

— Oui, oui ! faisait Titi qui avait étendu la lettre sur la table et, à la lueur de la lampe, l'examinait attentivement...

— Malgré nos ennemis, reprit le duc, malgré la duchesse, nous vous sauverons...

— A propos de la duchesse, fit Titi qui restait absorbé dans sa contemplation, êtes-vous sûr qu'elle ne tente rien..

— Elle ne peut rien...

— Cependant, si vous reconnaissiez Marie pour votre fille, elle serait ruinée... perdue...

— J'ai refusé cette reconnaissance, dit Marie, je suis et je reste Marie Calertin... et bientôt la femme de Jean...

— Soit, mais la duchesse ne le sait pas, et elle ne peut espérer un désintéressement qu'elle ne comprendrait pas... dont je m'étonnerais fort qu'elle n'essayât pas de se défendre par quelque effort désespéré...

— C'est vrai ? s'écria le duc. En vérité, je n'y songeais pas... Si Étienne avait raison, cependant ?

— Eh bien ! savez-vous, avez-vous deviné quelque chose !...

— Vous m'ouvrez les yeux... je ne comprends pas encore... mais voici que vous avez fait surgir en moi un doute terrible.

— Expliquez-vous donc, pétard ! s'écria Titi qui se sentait trop impatient et trop inquiet pour rester parlementaire.

C'est que le duc venait de se rappeler tout à coup la rencontre de la duchesse. Elle s'était rejetée au fond de la voiture, croyant échapper aux regards de son mari...

Et le duc expliquait ces circonstances à Titi qui l'écoutait attentivement tenant toujours les yeux fixés sur la lettre ministérielle.

— Cherchez encore dans votre mémoire, reprit Titi. Au ministère même, n'avez-vous remarqué rien d'étrange... d'anormal ?...

— J'ai été très surpris de n'être pas reçu par le ministre, et au premier moment j'ai pensé qu'il refusait de me recevoir... cependant cette impression s'est rapidement dissipée... et j'ai trouvé auprès du chef de cabinet l'accueil auquel j'étais en droit de m'attendre !...

— Et il n'a fait aucune difficulté pour vous remettre cet ordre...

— Un peu d'hésitation, il est vrai... il a parlé de sa responsabilité, puis il s'est décidé à agir...

— Monsieur le duc, permettez-moi de vous raconter quelque chose... Un jour, c'était là-bas, à Cayenne, une espèce de gredin qui s'appelait Adhémar de... je ne me rappelle plus trop quoi, donna à un pauvre diable une lettre dans le genre de celle-ci... Le malheureux, condamné à recevoir la baston-nade, avait trouvé le moyen de parvenir jusqu'à lui et lui avait demandé sa grâce... Très aimable, ledit Adhémar ! Il s'enquit de ce qu'il avait fait, puis du nombre de coups auquel il avait été condamné, puis finalement lui donna un petit papier, sur lequel il avait donné ordre de lever la punition... l'autre revint tout joyeux au gourbi et...

— Et !...

— Au lieu de dix coups de corde, il en reçut vingt !...

— Je ne comprends pas...

— C'est pourtant bien simple ; le gueux d'Adhémar avait bien écrit ce qu'on lui demandait... mais à sa signature il avait ajouté une petite ligne qui signifiait absolument le contraire de ce que semblait dire l'ordre donné... Au lieu de « levez la punition ! » c'était « doublez la ration » et le pauvre prisonnier en est mort...

— Ah ! c'est infâme ! s'écria Marie.

— Mais quel rapport cette histoire peut-elle avoir, demanda le duc, avec la lettre du chef de cabinet...

Titi ouvrit les lèvres comme pour parler. Puis il se ravisa et garda un instant le silence...

— Je n'en sais rien, reprit-il alors. Cela m'a passé par la tête, voilà tout... Je suis très fatigué... et je n'ai peut-être pas très bien les idées nettes... Il faut que j'aille prendre l'air...

— Vous allez sortir, Titi... abandonner Noëla ?

Titi eut peine à réprimer un frisson.

— Je reviendrai bientôt, dit-il tout bas. Mais j'ai besoin de remuer mes pieds... c'est comme des étourdissements... ça se passera...

Il vint vers le lit de Noëla

La jeune fille respirait plus facilement et semblait profondément endormie. Titi se courba et, de ses lèvres, effleura la main fine et blanche qui pendait hors du lit.

Puis, se redressant :

— A tout à l'heure, dit-il, et ne vous inquiétez pas de moi...

— Ne soyez pas longtemps absent...

— Non, soyez tranquille. Quant à vous, monsieur le duc, souvenez-vous que je vous confie la garde de vos deux enfants !...

— Comptez sur moi...

Titi ouvrit discrètement la porte, puis il s'élança dehors...

A peine eut-il franchi la grille, qu'il se dit à lui-même :

— Allons ! Titi, aie du flair... et ne fais pas de bêtises... à la rescousse !

XXIV

TITI CHANÇARD

Tout d'abord il marcha vite, courant presque vers Paris.

Où allait-il ? Peut-être ne le savait-il pas exactement lui-même. Il devinait quelque part de nouvelles embûches... Mais comment les découvrir... comment les déjouer !...

Évidemment, c'était du côté de la duchesse qu'il fallait faire une tentative désespérée. Titi entrevoyait une partie de la vérité... Oui, lorsque le duc s'était présenté au ministère de la justice, il avait déjà été prévenu, ceci ne faisait pas doute pour lui...

Et cependant on lui avait accordé ce qu'il demandait.

Y avait-il un piège ? lequel ? il eût été plus simple de s'appuyer sur un prétexte quelconque pour refuser une faveur après tout fort irrégulière... généralement ceux que l'empire tenait, il les tenait bien et ne les relâchait pas facilement...

Titi avait ralenti sa marche, rasant les maisons...

Tout à coup il tressaillit.

Au coin de la rue des Carrières, il venait d'apercevoir une silhouette qui l'avait frappé. Il se dissimula dans un angle et tendit l'oreille...

— Pétard ! murmura-t-il en entendant une voix rauque, je connais ce galoubet-là, c'est celui du père Brouillat... et avec qui donc cause-t-il...

Il avait peur d'être vu ; cependant il fallait qu'il sût.

Il se glissa presque à plat ventre et put ainsi avancer d'un mètre sans s'être trahi.

Sous un bec de gaz, le père Brouillat discutait avec une femme...

Et cette femme... c'était la Ribote ! c'était Céline Juzeau !...

Titi ferma les yeux comme pour mieux réfléchir :

— Sacredié, se dit-il, décidément le hasard est un bon zigue. Qu'est-ce que ces deux gueux peuvent bien manigancer...

Il paraît que la dispute s'échauffait.

Brouillat disait :

— L'ouvrage a été faite... y a pas à barguigner... est-ce ma faute à moi si ça n'a pas abouti ?... Est-ce ma faute si on a reçu une trempe ?... eh bien ! quand on a commandé un ouvrage, on le paye... faut payer...

Céline répondait à voix basse. Titi n'entendait pas.

— Qu'est-ce que ça me fait, cria le bandit, Je veux mon argent... et quand je devrais tout chambarder... et vous d'abord !... J'aime pas ça, moi... on devait venir abouler ce matin... on n'est pas venu !... J'ai attendu toute la journée... on n'est pas venu... v'là que ce soir, la bourgeoise qui n'est pas si godiche que ça me dit comme ça : Puisque le mirliflor ne vient pas, va trouver le mirliflor, et s'il ne paye pas, casse-z'-y une patte... et j'y allais, foi de moi !... et je te vous l'aurais arrangé aux petits oignons. Mais voilà que je

vous rencontre... et que vous bavardez... et que vous cherchez à m'enberli-
ficoter... tout ça! c'est des blagues! de la monnaie... ou je cogne...

La voix de la mégère était sourde, rogommeuse. C'était comme un ronron
râpeux dans lequel Titi ne distinguait pas un mot.

Mais il parut cependant que sa plaidoirie avait un certain succès, car
Brouillat fit un geste de décision et dit:

— Va pour un à-compte!... tout ça, c'est pas à vous que j'en veux... venez
là chez le mastroquet... et vous allez me donner ça...

Ils passèrent si près de Titi que pour un peu ils auraient marché sur lui,
mais il s'était fait si petit que les deux honnêtes personnages ne l'aperçurent
pas.

Dès qu'ils furent devant lui il se dressa sur ses pieds, et avec une habileté
de sauvage, il se mit à les suivre.

Où allaient-ils? voilà ce qu'il importait de savoir d'avance.

Ils descendaient la grande rue des Batignolles, toujours causant, et enfin
tournèrent dans le passage Saint-Pierre.

Titi se rappela alors tout à coup le cabaret tenu autrefois par le vieil Austerlitz. L'infirme devait être mort, mais sans doute son débit, passant en d'autres mains, était resté un repaire de bandits.

Et, sans plus réfléchir, comprenant qu'il fallait risquer le tout pour le tout
Titi se glissa le long de la muraille, atteignit avant eux la porte du cabaret,
entra, se jeta sur un banc, dans un coin mal éclairé, demanda de l'eau-
de-vie...

A peine était-il installé que la porte s'ouvrit de nouveau, Brouillat et
la Ribote entrèrent. Titi avait eu, cette fois encore, une bonne inspiration.

Mais allait-il apprendre quelque chose? Il s'était attaché à la première
branche qui s'était offerte à lui. Était-ce du temps perdu?... Il songeait à
Noëla et son cœur se serrait... car, pendant qu'il était là, une crise pouvait
survenir...

Et pourtant il se devait à Jean, quand même... fût-ce au prix de sa propre
vie. Il but un demi-verre d'eau-de-vie, arrondit son coude sous sa tête,
ayant l'oreille bien libre.

Céline et l'Auvergnat, ayant jeté autour d'eux un regard soupçonneux,
remarquèrent à peine cet ivrogne qui dormait dans un coin. En réalité, cela
tombait bien. Ils pouvaient se considérer comme seuls.

La mégère était, on le sait, un de nos plus vigoureux « coups de coude ».

Elle demanda du kirsch.

— Eh! la petite mère! fit Brouillat, à ce qu'il paraît qu'on a le gosier joliment dallé!

La vieille avait la passion de l'ivrognerie poussée à ce point, que la vue seule d'un verre de liqueur émérillonnait ses yeux :

— Laissez donc ce flacon, dit-elle d'une voix rauque.

Brouillat versa. Les deux personnages trinquèrent :

— Donc, c'est bien compris, dit Brouillat qui contenait sa voix, mais sans l'empêcher d'arriver aux oreilles de Titi attentif, ce que vous allez me donner ne compte pas... C'est pour prendre patience... je vous donne jusqu'à demain midi... et puis je fais mes affaires moi-même...

— Vous n'avez donc pas confiance en moi, dit Céline, qui, en quelques minutes en était déjà à son troisième verre de kirsch...

— De la confiance, n'en faut pas!... Voyons d'abord les jaunets...

Céline passa sa langue sur ses lèvres sèches, puis, fouillant dans un petit sac qu'elle portait au bras, elle en tira une demi-douzaine de pièces d'or..

—Tout ça, ricana Brouillat, c'est du propre!...

— Mais puisque ça ne compte pas...

— Ça, c'est vrai!... mais qu'est-ce qui me prouve que le Lamuche payera...

Il repoussa les pièces :

— Non, décidément, j'aime mieux ne pas prendre ça et suivre mon idée... Je vais aller chez Victor... Il faudra bien qu'il s'explique...

— A votre aise... Vous compromettrez la partie, voilà tout! et d'abord vous ne le trouverez pas chez lui...

— Je l'attendrai!

— Mais, imbécile, reprit Céline, dont la prononciation s'épaississait, faut donc tout vous dire?

— Quoi! tout?

—Victor va faire un mariage splendide... Il aura des millions.

— Ah! bah! s'écria Brouillat. Quelle est donc la malheureuse qui deviendra sa femme...

Chut! c'est un secret! mais je vais vous le dire... la fille... non, la nièce d'un duc.

— CE N'EST PAS POUR UNE PARTIE DE PLAISIR QUE JE VOUS AI FAIT VENIR.

Brouillat eut un éclat de rire des plus impertinents.

— Voyez-vous ça... pourquoi pas un prince tout de suite! en voilà des couleurs qu'on ne fait pas avaler au père Brouillat...

Céline laissa échapper un signe de colère.

— Alors je mens!...

— Je dis pas ça... mais tu te laisses fiche dedans, la vieille!

— Et si je vous disais que je suis sûre du mariage..

— Ça ne prouverait rien...

— Mais quand je vous affirme que c'est une chose entendue...

— Vous me ferez accroire qu'il y a un un duc assez bête...

— Ah! le duc! fit Céline avec un haussement d'épaules, on se moque bien de lui.

— Qu'est-ce que ça veut dire?...

La curiosité de Brouillat commençait à être vivement excitée. Il versa à la vieille ivrognesse deux verres qu'elle avala coup sur coup. La Ribote se montrait digne de son nom. Sur son visage parcheminé s'étendait une pâleur jaunâtre, sa bouche avait des contractions convulsives...

Titi s'était laissé aller tout de son long sur le banc, si bien que sa tête n'était plus qu'à un mètre tout au plus des deux causeurs. Il avait mis sa casquette sur son visage, comme font les bons riboteurs qui veulent dormir.

— Ça veut dire, fit Céline, que le duc de Courtraige a beau ne pas vouloir donner sa nièce à Victor, la duchesse le veut... et ça se fera...

— Ah, bah! il s'agit du Courtraige, le sénateur... mais il est puissant, cet homme-là...

— Ouais!... il était... faut dire!... mais il est fini...

— Parce que...

— Parce que demain il sera dans une maison de santé..

— Il est malade!

— Il est fou!...

Titi réprima un mouvement de surprise.

— Et pas plus tard qu'aujourd'hui, continua la Ribote, il a voulu faire le malin... il est allé au ministère de la justice pour expliquer ses petites affaires... on lui a fermé la porte au nez.

— Tiens! c'est drôle, ça!... il est donc bien, bien fou!

Céline cligna de l'œil.

— Pourvu qu'on le croie, ça suffit, pas vrai ? Tiens, à propos, ça vous regarde, ça, père Brouillat ! Vous savez bien... ce bonhomme qui vous a flanqué une si belle volée à la Patte-de-Velours !...

— Oui... ce gueux de Titi ! grinça Brouillat. Oh ! si je pouvais le dépouiller comme un lapin !

— Pas la peine ! lui et son frère vont être remballés à Cayenne.

— J'aurais mieux aimé lui casser quelque chose...

— Ouiche ! pour te faire pincer ! au lieu de ça... voilà... le duc était allé demander leur grâce !... mais on savait qu'il était fou... et paraît qu'on a trouvé un moyen pour lui faire croire qu'on la lui accordait... tandis qu'au contraire c'est lui qui sera coffré...

— Bravo ! et alors !

— Et alors la duchesse remet la patte sur sa nièce... et elle saura bien forcer la gredine à lui obéir... et à épouser Victor.... Vous voyez bien qu'il faut pas faire le méchant...

Titi en savait assez. Ses soupçons étaient justifiés au delà de toutes ses suppositions. Il ne s'agissait plus que de filer, sans se laisser reconnaître.

Mais la difficulté n'était pas des plus grandes. La Ribote avait laissé tomber sur ses mains sa tête engourdie. Brouillat avait la vue trouble.

Titi manœuvra de telle sorte que, rentrant la tête dans ses épaules et ne se montrant que de dos, il put arriver jusqu'au comptoir, paya son verre d'eau-de-vie et s'élança dehors...

— Ouf ! fit-il. Eh mais ! ça n'était pas si mal joué ! mais me voilà averti, et du diable si nous ne roulons pas tout ce monde-là...

Il réfléchit un instant. Puis murmura :

— Un pharmacien, d'abord !

Pourquoi Titi avait-il besoin d'un pharmacien ?

Laissons-le faire et ayons confiance. Nous savons que Titi est un malin, un roublard, s'appellerait-il lui-même... et puisqu'il a l'air si sûr de lui maintenant, comptons sur cette roublardise...

XXV

GRANDEUR ET DECADENCE DE M. CARCASSON

Ce matin-là, M. le préfet de police se trouvait dans son cabinet, dépouillant son courrier, échangeant des observations avec son secrétaire général.

Ce n'était pas une sinécure que le poste préfectoral sous l'Empire. On attachait, il est vrai, fort peu d'importance aux faits de droit commun, tels que menus vols, meurtres ou assassinats qui avaient même l'avantage, pensait-on, de donner à la curiosité publique un aliment nécessaire pour la détourner des affaires politiques.

La grande préoccupation, c'était la surveillance de ces infâmes républicains. Mazzini était un spectre toujours évoqué, Ledru Rollin épouvantait, et les gens les plus inoffensifs avaient à leurs trousses une nuée d'agents, sous prétexte qu'ils avaient voyagé en Angleterre ou dans le Tessin.

Un huissier entra et remit au haut fonctionnaire une lettre.

M. Carcasson, commissaire de police du quartier des Epinettes, sollicitait un instant d'audience, pour affaires de la plus haute importance.

De la plus haute importance ! Ceci ne pouvait s'entendre que dans un seul sens : affaires d'État.

— Faites entrer M. Carcasson, proféra le préfet.

L'huissier s'étant effacé, Carcasson fit son entrée. D'honneur, il était superbe. Sanglé dans une redingote noire, la canne fière, le front haut, il s'avança... et s'inclina profondément, avec ce mélange de respect et de dignité qui prouve qu'on ne se regarde pas comme le premier venu.

Carcasson, avec ses moustaches cirées et ses cheveux collés au front, avait une certaine ressemblance avec le souverain. Il en était fier et avait jugé utile, ce jour-là, de l'accentuer autant qu'il lui avait été possible, à l'aide de cosmétique et de pommade hongroise.

— Je vous écoute, monsieur, dit le préfet.

— Il s'agit, monsieur le préfet, des intérêts les plus graves... des intérêts de la dynastie de notre maître bien-aimé.

Il s'arrêta sur cette phrase qu'il avait ciselée dans le silence du cabinet. Un geste protecteur l'encouragea à continuer.

— Monsieur le préfet n'ignore pas que Sa Majesté est entourée d'ennemis... et il est de notre devoir — à ses plus puissants comme à ses plus humbles serviteurs — de nous serrer en phalange protectrice autour du trône...

— Allez au fait...

Ceci fut dit assez sèchement. Carcasson se mordit les lèvres.

Il poussa un hum ! sonore pour s'éclaircir le gosier, puis il reprit :

— Je veille, monsieur le préfet, je veille et je crois pouvoir vous affirmer que pas une minute ne s'écoule sans que j'aie présente à la pensée la grave responsabilité que... qui... enfin...

— Monsieur Carcasson, dit doucement le préfet, j'ai de nombreuses affaires à expédier... Soyez bref... soyez bref !

L'ancien dompteur d'aigles comprit que le moment était venu de frapper un grand coup :

— Monsieur le préfet, dit-il, je suis sur la trace d'un complot...

— Hein ? fit le fonctionnaire, bondissant sur son fauteuil.

— J'ai dit complot, accentua Carcasson.

Mais déjà le préfet avait retrouvé tout son sang-froid. Ce n'était pas le premier venu que ce petit homme maigre, noir, nerveux, qui a si longtemps bataillé à coups de casse-tête contre la République. C'était surtout un jugeur d'hommes : son œil de Corse se trompait rarement sur la valeur des gens. C'était le chef de bande sachant enrôler le condottiere sans scrupule ou le bravo émérite, et devinant l'empoigneur ou l'assommeur à ne s'y pas tromper.

Or Carcasson, à vrai dire... Hum ! on le croyait dévoué, soit... mais est-il rien de plus dangereux que le dévouement d'un imbécile ?

Le préfet, — au ton dont Carcasson appuya sur le mot complot, — redouta quelque bévue.

— Expliquez-vous !

— D'un mot, monsieur le préfet, d'un mot... j'ai découvert un nid de déportés... évadés de Cayenne...

Ceci semblait assez important en somme, pour que même d'un Carcasson le renseignement fût bien accueilli.

D'un geste encourageant, le préfet l'engagea à continuer.

— Ce sont gens dangereux, au premier chef, dit Carcasson qui se carra dans son fauteuil, et j'ai le bonheur d'apprendre à monsieur le préfet que tout danger a été immédiatement écarté par mon initiative...

Ici le préfet fronça le sourcil.

— Qu'entendez-vous par *votre* initiative? demanda-t-il en scandant les deux derniers mots.

— J'ai arrêté un de ces perturbateurs...

— Dans quelles conditions ?

— Mais... à domicile...

— Qui avait délivré le mandat d'amener ?

— Mais?

— Vous n'ignorez pas qu'un commissaire de police ne peut procéder, sans mandat du juge d'instruction, à aucune arrestation pour des faits ne constituant pas le flagrant délit.

Ici Carcasson devint verdâtre.

— En effet... je le sais... mais dans le cas actuel... en face d'un nid d'évadés politiques.

— Au fait!... quels sont ces gens dangereux? combien sont-ils? et qui avez-vous arrêté...

— De ces gens dangereux, l'un a été déporté en 1848, l'autre en 1851...

— Et les autres?...

— Mais il n'y en a pas d'autres...

— Vous me parlez d'un nid... d'un repaire... enfin!... le nom de ces deux hommes?...

— Deux frères, Jean et Étienne Rabolet...

Le préfet prit une note.

— Lequel avez-vous arrêté...

— Jean...

— Et l'autre?... Étienne, je crois...

— L'autre, fit Carcasson assez ému, l'autre nous a échappé... Mais, ajouta-t-il vivement, si monsieur le préfet veut avoir confiance en moi...

Le fonctionnaire arrêta d'un geste sa faconde :

— Monsieur Carcasson, lui dit-il, veuillez m'excuser si au premier moment je ne vous adresse pas les félicitations auxquelles vous pouvez sans doute avoir droit... Je ne vous blâme pas, mais encore vous engagé-je à méditer le mot célèbre : Pas de zèle ! pas de zèle !

Tout ceci avait été dit d'un ton doux, presque bienveillant, qui remit un peu de baume au cœur blessé de Carcasson

— Croyez, monsieur le préfet, que si je n'avais pas cru qu'il y eût urgence...

— Enfin, nous disons que ce Jean Rabolet est ici...

— Depuis hier, monsieur le préfet...

— C'est bien. Je vais en conférer avec le chef de la première division. Quant à vous, monsieur Carcasson, soyez certain que si, comme je le suppose, vous avez rendu un service réel à la cause de l'ordre, vous ne serez pas oublié...

Carcasson marcha vivant dans son rêve étoilé, ni plus ni moins que l'illustre Ruy-Blas.

Il se leva, manqua de se flanquer par terre dans un angle de tapis, salua, se redressa, se cogna au bureau, alla à droite vers la porte qui était à gauche, et finalement se disposait à sortir...

Quand l'huissier reparut porteur d'une carte :

— M. le sénateur duc de Courtraige ! fit le préfet. Qu'il entre aussitôt...

Carcasson s'était redressé, ce nom de Courtraige ne lui était pas inconnu.

— Ah ! monsieur Carcasson ! fit le préfet, j'aurai encore besoin de causer avec vous... ne vous éloignez pas, je vous prie...

Ici, pour Carcasson, ce fut bien évidemment le ciel qui s'entr'ouvrit.

M. le préfet le retenait. C'était peut-être pour lui annoncer sa décoration.

Au même instant, M. le sénateur duc de Courtraige entra dans le cabinet du préfet, qui s'avança rapidement à sa rencontre :

— Ah ! monsieur le duc, fit-il, laissez-moi me féliciter de l'heureuse circonstance qui me procure l'honneur de faire votre connaissance...

Toujours observateur par état, le préfet examina, enveloppa d'un coup d'œil ce sénateur qu'il savait avoir, par sa femme, une certaine influence en haut lieu.

Il vit un tout petit vieillard, tout ratatiné, tout maigriot, sanglé dans une redingote noire, cravaté de blanc, ayant un collier de barbe blanche, un nez proéminent et des petits yeux en trous de vrille.

— Comme on se fait une singulière idée des gens, pensa le fonctionnaire, je croyais que le duc de Courtraige était grand et mince.

Le duc ayant rendu avec les meilleures allures le salut qui lui était adressé, s'assit sur le fauteuil que le préfet s'était hâté d'approcher.

— Monsieur le préfet, dit le vieux duc d'une voix aiguë et qui était quelque peu cassante, croyez bien que, dans la démarche que je fais aujourd'hui, il n'y a rien qui vous puisse porter ombrage.

. · Assez surpris de ce début, le préfet s'inclina légèrement.

— Je comprends d'ailleurs, reprit le duc, que, dans une administration aussi nombreuse que la vôtre, vous ne puissiez être responsable des agissements de tous vos agents.

— Monsieur le duc aurait-il eu à se plaindre de quelqu'un de mes subordonnés...

— Oui et non. C'est-à-dire qu'un de vos subordonnés — comme vous le dites — a commis une bévue et qu'il m'a fallu faire quelques démarches pour la réparer... or à mon âge, monsieur, il est pénible d'être contraint de se déranger pour des enfantillages.

— Monsieur le duc, fit le préfet avec conviction, formulez vos griefs et je prends l'engagement de sévir sévèrement.

— S'il ne s'agissait que de moi, monsieur le préfet, je pourrais facilement passer condamnation... mais vous jugerez vous-même, j'en suis persuadé, que lorsqu'il s'agit des plus hauts intérêts, on ne saurait déployer trop de sévérité...

— En vérité, vous m'effrayez...

— Je m'explique. Vous n'ignorez pas que Sa Majesté daigne m'honorer d'une confiance toute particulière...

— Je le sais, monsieur le duc, et je sais aussi que nul ne la justifie plus pleinement.

— Or, vous n'ignorez pas que notre cher Empereur — permettez ce mot à ma profonde affection — a de tout temps été l'ennemi des rigueurs inutiles... Il aime la France, il aime le peuple, et si parfois, dans des circonstances particulièrement redoutables, il a été contraint de sévir, il en a toujours ressenti une douleur poignante...

M. le préfet eut un sourire — en dedans des lèvres, comme dit Shakespeare. Il trouvait M. le sénateur duc — entre nous — un peu gobeur.

— Sa Majesté tient avant tout à ce que les souvenirs irritants s'effacent, et vous avez eu connaissance comme moi du projet d'amnistie dont les circonstances seules ont retardé la réalisation...

AU MOMENT OU LA FLEUR DU CACTUS S'OUVRIT, NOELA EXPIRA.

Le fait était vrai. Le préfet s'inclina.

— Donc il faut éviter ce qui pourrait, à tort ou à raison, être considéré comme une persécution... et surtout tenir grand compte des repentirs et des bons vouloirs... car on se réjouit plus aux Tuileries du retour d'une brebis à la bergerie que de la conservation d'un troupeau tout entier.

— Monsieur le duc, permettez-moi de vous dire que je ne comprends pas très bien.

Le duc se leva, et d'une voix sèche :

— Un de vos agents subalternes s'est permis d'inquiéter, de sa propre initiative, deux anciens déportés, ouvriers honnêtes, sincèrement ralliés à la dynastie impériale, et dont la grâce est soumise en ce moment à la signature de Sa Majesté...

Le préfet fit un bond. Quelle singulière coïncidence !... quoi ! ces hommes dont Carcasson parlait étaient l'objet de l'intérêt du souverain...

— Et ces deux ouvriers se nomment?

— Voici qui vous édifiera, monsieur le préfet, dit le duc...

Et, tirant un pli de sa poche, il le remit au fonctionnaire.

C'était l'ordre signé du chef du cabinet du ministre de la justice. Le préfet lut, tressauta sur son fauteuil, se pencha vers la sonnette, la tira vivement. écrivit quelques mots et remit le papier à l'huissier...

— Immédiatement. dit-il. Ces instructions à la première division.

Ici le duc toussa légèrement.

— Pardon, monsieur le préfet, c'est l'ordre de mise en liberté du prisonnier...

— Oui! oui! c'est l'affaire de quelques instants.

— Veuillez, je vous prie, le faire conduire à ma voiture qui est devant la Préfecture...

— A vos ordres, monsieur le duc.

Et le préfet ajouta quelques mots au bas de son libellé.

— Monsieur le préfet, dit le duc, il me reste à vous remercier de votre bienveillance, dont je rendrai compte à qui de droit... Vous avez compris les intentions de Sa Majesté... Ne pas provoquer de mesures propres à surexciter les esprits... être indulgent et fermer les yeux, quitte à en référer en haut lieu...

— Croyez, monsieur le duc, que je me conformerai à ces désirs qui témoignent une fois de plus de l'inépuisable bonté de Sa Majesté.

Le sénateur duc se leva, salua et se dirigea vers la porte.

M. le préfet s'élança, le prévint et le reconduisit avec toutes les marques de la plus haute considération... Le duc, bon prince, lui lança en partant un sourire bienveillant...

— Conduisez monsieur le duc à la Permanence, dit le préfet à un huissier, et que mes ordres s'exécutent...

Le duc disparut.

Or Carcasson était là, debout, au port d'armes...

Le préfet le vit.

— Ah ! c'est vous ! entrez !...

Le ton était dur, mais Carcasson, tout confit en bonheur, se hâta d'obéir.

Le préfet ferma la porte derrière lui, puis se mit à son bureau et traça quelques lignes d'une main fièvreuse :

— Ma nomination à Paris, pensait Carcasson qui rêvait aux formules de reconnaissance dont il allait inonder son bienfaiteur...

— Monsieur, dit le préfet relevant la tête, quand on est un niais, on paye ses sottises... à partir de ce moment vous ne faites plus partie de l'administration... Allez...

Carcasson, abruti, les yeux grands ouverts, recula.

Le préfet sonna.

— Huissier, dit-il, faites sortir cet homme.

Or pendant ce temps, voici ce qui se passait.

A la Permanence, M. le duc trouvait Jean Rabolet qui venait d'être extrait du Dépôt...

Le prisonnier était conduit jusqu'à sa voiture...

Puis M. le duc, la portière refermée et les chevaux en marche, se jetait dans les bras de Jean en criant :

— Pétard !... je les ai fichus dedans !... embrasse-moi, frangin, et en avant la musique !...

XXVI

EN ROUTE !

Eh bien ! oui ! c'est à n'y pas croire, et pourtant rien n'est plus vrai.

M. le sénateur duc de Courtraige, qui venait de si bellement défendre les intérêts de Sa Majesté, devant qui un des premiers magistrats impériaux venait de se confondre en salamalecs, n'était autre que Titi, l'infernal gamin.

Quel acteur ! quel talent de transformation ! La perruque blanche était irréprochable, le visage rasé sentait son diplomate d'une lieue, la mise avait ce cachet aristocratique qui frappe à première vue... et la tenue ! un chef-d'œuvre... la dignité froide de l'homme sûr de lui-même, le sourire protecteur du supérieur qui n'abuse pas de ses avantages.

En entendant l'exclamation sacramentelle : Pétard ! Jean avait fait un bond de stupéfaction.

Tout à l'heure encore il était à la pistole du Dépôt. Et il avait, certes, passé une mauvaise nuit, primo, parce qu'en ces lieux favorisés du sort, il faudrait avoir sur les membres une triple cuirasse pour résister à l'assaut des infiniments petits que la police nourrit des prisonniers, secundo, parce qu'en somme, ses réflexions n'étaient pas positivement couleur de rose.

Malgré tout son courage, malgré la confiance qu'il s'efforçait de conserver, le fait était là, patent brutal. Il était prisonnier, il allait lui être demandé compte de son évasion. Toute défense était impossible. Il suffisait de constater son identité ! On décidait administrativement de son sort... il était renvoyé à l'île du Diable ou ailleurs...

Donc il n'avait pas dormi un seul instant, songeant avec un inexprimable serrement de cœur à tous ceux dont il était séparé, à Marie qui avait mis avec tant d'honnête franchise sa main dans la sienne, à cet avenir si proche hier, aujourd'hui si éloigné... enfin à Titi.

Certes le gamin était libre. Il allait faire feu des quatre pieds, ce n'était pas douteux, mais quoi ? que pouvait-il ? N'était-il pas lui-même sous le coup de poursuites ? Tant qu'il ne s'agissait que de jouer des poings, de braver la mort, il avait cent chances contre une de réussir.

Mais, dans notre civilisation toute bardée de sergents de ville, qui est pris est bien pris. Et toutes les malices du monde ne prévalent guère contre des verrous solides et des gardiens décidés. En réalité, Jean se croyait perdu... il ne croyait pas aux miracles...

Voici que le matin sa porte s'était ouverte et qu'on l'avait appelé. Naturellement il avait cru qu'il allait comparaître devant un magistrat quelconque, et il était bien résolu à ne pas même essayer une défense impossible.

Il avait été conduit à la Permanence. Et là, un des employés, bourru par emploi et sachant donner à toutes ses paroles l'aménité policière, si fort estimée sous l'empire, lui avait dit brutalement :

— Vous êtes libre !

Libre ! cela tenait du prodige. Et tandis que s'accomplissaient les dernières formalités de la levée d'écrou, était apparu un petit monsieur qu'on appelait M. le duc, gros comme le bras...

Et on poussait Jean ahuri dans une voiture et quelqu'un lui jetait les bras autour du cou en l'appelant vieux frangin !

Avouez qu'il y avait bien de quoi surprendre le plus impassible.

— Ah çà ! dit Jean, m'expliqueras-tu tout ce que cela veut dire ?

— Avec plaisir... aussi bien tout cela me semble si ébouriffant que j'ai besoin de me prouver que je ne patauge pas dans le marécage des illusions...

— Voyons, j'écoute.

En quelques mots, Titi le mit au courant des derniers événements.

— Ainsi, c'est le duc de Courtraige, c'est le père de Marie qui a obtenu notre grâce !...

Titi se mit à rire.

— Voilà, mon petiot, où tu t'introduis l'index dans la paupière.

— Comment ! cette lettre signée par le chef du cabinet...

— C'était tout simplement une blague...

— C'est impossible...

— Donc c'est vrai. Mme la duchesse qui est bien, — sauf le respect que je lui dois, — la plus franche gueuse que je connaisse, avait tout simplement fait passer son mari pour fou...

— Quelle infamie !

— Bah ! une de plus... donc quand le duc s'était présenté au ministère on était prévenu... et on lui délivra l'ordre de mise en liberté qu'il réclamait...

seulement — Il y a un rude seulement — moi pas bête, j'avais trouvé un drôle d'air au papier ministériel... figure-toi qu'au nez et à la barbe du duc, l'excellent chef du cabinet avait tracé dans le coin de sa lettre, sur la formule imprimée qui se trouve en tête du papier officiel, de tout petits traits à l'encre, oh! si peu visibles... c'était comme par distraction, pendant qu'ils causaient de ci de ça... moi qui ai l'œil américain je les avais reluqués tout de suite, ces petits gueusards de traits qui n'avaient l'air de rien... alors, ayant su l'histoire de la folie — oh ça! tout à fait par hasard... je ne veux pas me faire plus malin que je ne suis — je tire les vers du nez à notre duc, je lui montre les lignes d'encre... il se rappelle comment cela a été fait, et je me dis : voilà le chiendent ! M. le duc ira demain à la préfecture et montrera son petit papier. On le recevra fort bien, on lui montrera patte de velours... seulement, voyez le contre-temps, ce brave Jean Rabolet est déjà parti pour Mazas... oh! du reste! ce n'est qu'un retard d'une heure ! M. le duc peut être sûr que... etc. Le Courtraige est obligé de s'en retourner avec ce billet à la Châtre... il attend Jean Rabolet... et zut! pendant qu'il a le bec dans l'eau, on envoie de la préfecture au ministère... on apprend ce que tout cela veut dire... et Cayenne t'ouvre ses bras paternels... voilà la farce... et tu avoueras que c'était assez bien imaginé...

— Oui, je comprends, fit Jean. Mais comment as-tu pu déjouer cette trame?

— Oh! du moment que je la savais, ça allait tout seul... le sel d'oseille n'a pas été inventé pour les chiens..

— Comment! le sel d'oseille!... fit Jean.

— L'acide oxalique, si tu aimes mieux... Voilà : j'ai eu une aimable entrevue avec un pharmacien qui m'a donné une petite composition excellente pour enlever les taches d'encre... et avec un soin d'expéditionnaire émérite, j'ai fait disparaître les petits bâtonnets tracés par la prévoyante canaillerie du monsieur de cabinet... Ce n'était pas si facile que ça en a l'air, et il ne fallait pas de taches jaunes... mais je ne suis pas la moitié d'une bête, et j'ai réussi... Oh! mais dans le chic le plus parfait... et la preuve, c'est que le préfet de police n'y a vu que du feu...

— Ceci ne m'explique pas comment c'est toi que je trouve ici et sous ces vêtements...

— Mon petit, fit Titi à qui ses services permettaient cette familiarité protectrice, laisse-moi te dire que tu n'y vois pas plus loin que le bout de ton nez.

— Voyons, explique-toi.

— D'abord je n'étais pas absolument sûr d'avoir bien réussi... il se pouvait qu'un autre signe m'eût échappé...

— Voilà qui peut s'appeler de la prudence.

— J'en suis cousu. De plus, j'avais dans l'idée que puisque le duc était tenu pour fou, on pouvait bien le pincer au demi-cercle et sous un prétexte ou un autre l'envoyer compter ses puces dans une maison de santé... alors j'ai pris sa place...

— Mais toi, si tu étais pris pour lui, on t'aurait bien mis d'abord dans une maison de santé, mais de là à Mazas, tu peux bien y compter...

— En admettant cela, j'aurais bien trouvé le moyen de filer de la maison de santé... en tout cas, si le duc ne me voyait pas revenir, il s'occupait immédiatement de nos affaires, prouvait qu'il n'était pas fou... et tout était réparable, tandis que lui pris, nous étions sans défense... et puis, pour tout le dire, j'avais encore une raison...

Ici Titi s'arrêta un instant. Puis :

— Il ne vaut pas cher, le duc de Courtraige. Il a commis bien des gredineries dans sa vie. Mais, vois-tu, je lui ai presque pardonné, tant il aime Noëla... notre pauvre Noëla qui est bien, bien malade... et je voulais qu'il pût rester auprès d'elle...

— Ah! c'est bien, cela! fit Jean en serrant les mains de son frère.

— Que veux-tu? je suis devenu si bon que j'en suis bête. Bref, j'ai demandé au duc si on le connaissait à la préfecture... Non?... c'était le salut. Je me suis maquillé comme la dernière des cocottes, et j'ai risqué le paquet... Oui, vieux frangin, j'ai joué au duc, carrément... j'étais à peindre... Au fond des fonds, je n'en menais pas bien large... Mais, bah! on ne meurt qu'une fois!... et c'est enlevé... Ils ont donné dans le godaut comme des idiots... Tu es libre, je suis libre, nous sommes libres, et vive la liberté!...

Il était rudement content, le gamin, et il y avait de quoi...

— Ah! vois-tu, s'écria-t-il, si on pouvait sauver Noëla, je crois que je serais capable de devenir fou de joie...

— Tu l'aimes donc bien!

— Si je l'aime, s'écria Titi. Tiens, je n'ai jamais osé prononcer ce mot-là, sinon tout seul, et encore bien bas! mais à toi, je peux tout dire, c'est pour elle que j'ai appris tout ce que je sais! Si je l'aime! mais je me ferais couper en cent vingt-huit mille morceaux, si ça pouvait la soulager. Malheureusement, ajouta-t-il en secouant tristement la tête, j'ai bien peur que tout ça ne serve à rien...

Il passa sa main sur son front.

— Mais ce n'est pas une raison pour ne pas faire ce qu'il faut... écoute, toutes mes mesures sont prises. Tu supposes bien que les gredins qui nous poursuivent ne vont pas si facilement se tenir pour battus... Aujourd'hui, demain au plus tard, le préfet de police apprendra qu'il a été fichu dedans... et alors nous ne sommes pas blancs...

— Il faut fuir... quitter Paris...

— Tu l'as dit... et j'y avais pensé... tu n'as pas remarqué quel chemin suit la voiture...

— Non, en vérité... j'étais tellement intéressé par ton récit... mais nous voilà à la Bastille...

— Oui, frangin, dans cinq minutes au chemin de fer de Lyon... et demain à pareille heure à Monaco, nous partons pour l'Italie...

— Mais Marie ! s'écria douloureusement Jean.

— T'es bête ! fit Titi. Est-ce que je n'ai pas dit moi : Et Noëla !..

— Ce qui signifie...

— Que ce matin, par le train de neuf heures, toute la nichée est partie... Maintenant, vieux, écoute... nous allons descendre... et dans quelques minutes il n'y aura plus ni Titi, ni Jean, mais deux braves ouvriers qui vont travailler à Lyon... nous prenons des troisièmes, tout ça parce qu'on croit que ceux qui se sauvent prennent des express... En admettant qu'on lance de la police à nos trousses, ça ne sera pas sur la ligne la plus longue, on nous croira filés pour Bruxelles ou Londres.

— Nous avons donc toute chance de passer, continua Titi, et puis, si nous étions inquiétés, va, je trouverais bien un truc.

Pendant qu'il parlait, la voiture s'était arrêtée. Les deux frères descendirent.

Ils allèrent chez un marchand de vin. Là, le lieutenant de Titi l'attendait. La transformation fut rapide. Vêtus de bourgerons bien propres, la casquette honnêtement posée, ayant à la main des outils, les deux frères allèrent à l'embarcadère... prirent leurs billets...

On entendit le cri ordinaire :

— Les voyageurs pour Lyon en voiture !

— Pétard, fit Titi en passant auprès de son frère. Au moins, ça n'est pas en voiture... cellulaire !...

LA VILLA CACTUS.

XXVII

LA VILLA CACTUS

Les Parisiens ne voyagent guère. Mais il serait cependant inexact d'affirmer qu'ils n'ont pas l'amour des voyages. Seulement ils ont leur façon à eux, économique et peu fatigante.

Soit au lit, le matin, dans le demi-sommeil qui précède l'héroïque résolution du lever, soit au coin du feu, le journal lu, les pieds allongés, ils ferment les yeux, et voici que leur imagination, plus rapide que les chemins de fer, les entraîne en une seconde d'une extrémité à l'autre des mondes connus.

Pour ma part, je n'en ai pas connu qui n'eût ainsi jeté son dévolu, — platoniquement bien entendu, — sur quelqu'une des merveilles du monde.

Celui-ci, héroïque, amoureux de la couleur, des étincellements splendides, des énormités colossales, rêve l'Inde, Delhi, les pagodes gigantesques, les souterrains où s'entassent des diamants aux rayons aveuglants. Cet autre, à l'âme rêveuse, se plaît à errer autour des lacs irlandais, à écouter la cornemuse des Écossais sans culottes illustrés par Walter Scott, cet autre entend résonner à son oreille les castagnettes espagnoles et se voit, enveloppé du manteau couleur de muraille, en pleine nuit, aux pâles reflets d'une lune voilée, pinçant de la guitare devant le balcon de la belle Andalouse...

Les journaux spéciaux, le *Tour du Monde* et autres, entretiennent ces passions, d'ailleurs, bien innocentes, mais d'une extraordinaire ténacité. Et, parfois, cette ivresse de locomotion imaginative s'empare du cerveau, à heures quotidiennes et régulières tout comme le besoin de l'absinthe.

On se dessine à soi-même une Amérique de fantaisie, une baie de Naples, un lac **de Côme**...

Et on se contente de ces paysages fantastiques sans jamais quitter l'enceinte des fortifications parisiennes...

Certes les frères Rabolet avaient beaucoup voyagé. Il est vrai de dire que ce n'avait pas été complètement pour leur plaisir et que ce n'était pas non plus précisément comme touristes que le bénin gouvernement de Bonaparte les avait envoyés sur les côtes américaines.

Mais peut-être, comme d'autres, avaient-ils rêvé des pays éloignés où le printemps est éternel...

Voilà que ce rêve était réalisé... mais hélas! leur soleil, si brûlant qu'il fût, était voilé d'une large tache d'ombre...

Un mois après les scènes que nous avons racontées, Titi se promenait, seul à la tombée de la nuit, sur les bords du lac de Côme... la nuit s'annonçait splendide.

Le souffle tiède du vent faisait frissonner les feuilles des citronniers et des oliviers... il y avait dans l'air des échos de fêtes, car des villas d'alentour s'échappaient l'harmonie des pianos et des violons... on dansait et on chantait...

Et pourtant Titi, la tête baissée, pâle et triste, avait aux yeux de grosses larmes...

C'est que Noëla allait mourir.

Ainsi il s'était dévoué corps et âme à réparer, étant homme, la faute presque involontaire que l'enfant avait commise. Ainsi, il n'avait reculé devant aucun sacrifice, ayant risqué une fois sa vie pour sauver son frère, s'était livré à sa place au risque de mourir sous le bâton du garde-chiourme de Cayenne.

Ainsi, enfin, dans la dernière lutte soutenue contre l'hypocrisie et la perfidie de la duchesse de Courtraige, il avait encore une fois retrouvé, dans son esprit fertile, d'incroyables ressources, il avait arraché Jean aux griffes des policiers.

Et tout cela, toute cette existence de combat, de dévouement, d'héroïsme, tout cela n'était rien pour racheter la vie de la seule créature pour laquelle eût battu ce cœur d'honnête homme.

Il avait triomphé de tous ses adversaires.

Mais il était une ennemie qui triomphait de lui à son tour, qui raillait sa douleur et qui, sans s'arrêter, s'approchait, s'approchait chaque jour davantage de la proie qu'elle avait marquée d'avance...

Cette ennemie, c'était la mort...

En vain Titi avait espéré; en vain, le duc avait appelé auprès de sa fille les plus grands médecins... tous avaient à peine proféré quelques paroles banales, puis s'étaient retirés...

Cette fois, la condamnation était sans appel...

On avait parlé d'un séjour dans le Midi.

Et ils avaient obéi à cette prescription, trop souvent imaginée, hélas! pour donner le change à des terreurs trop justifiées...

Déjouant les limiers de la police, ils avaient réussi à passer la frontière.

Mais de même qu'on dit du malheureux qui s'enfuit que le souci monte en croupe et galope avec lui, de même avec eux la sinistre phthisie avait voyagé, avait franchi les Alpes, et quand ils s'étaient installés sur les bords du lac de Côme, dans cette atmosphère si douce que l'aloès lui-même y peut croître, alors qu'ils avaient cherché sur le front de Noëla le signe de la résurrection, ils avaient retrouvé, assis auprès d'elle, le spectre aux pommettes saillantes, au râle sifflant, la phthisie !

Fuir encore ! fuir plus loin et plus loin encore ! à quoi bon ! c'était l'arrêt... la nature était vaincue...

Et pourtant la malade, joyeuse de savoir Étienne et Jean hors de danger, joyeuse du pardon qu'elle avait accordé à son père, avait un instant semblé renaître.

Il aurait fait si bon vivre au milieu de ce paradis de fleurs.

La villa Cactus — c'était le nom de la retraite choisie — ressemblait à une vaste corbeille ; c'était un de ces nids tressés de verdure et de floraison splendide, où l'âme souriante se repose dans le calme idéal d'une nature féerique...

Mais les berceaux entrelacés, les treillages de feuilles et de fleurs, rien n'était assez épais, rien n'offrait une barrière assez solide pour que la mort ne pût l'écarter.

Et à travers les yuccas colossaux, à travers les lauriers aux grappes roses, on avait vu tout à coup se glisser la main décharnée qui réclamait sa victime...

Cependant Noëla semblait un peu avoir conscience de son état. Était-ce ignorance réelle ? était-ce un effort de suprême courage ?

Elle avait dit au duc :

— Père, Marie et Jean s'aiment... je veux qu'ils se marient...

Il y avait, dans le jardin de la villa, abrité sous la coupole d'une serre, un magnifique cactus, une de ces plantes splendides et étranges qui croissent dans les solitudes inexplorées des Andes Chiliennes.

C'était une sorte de colonnette gigantesque, n'ayant point de feuilles, mais qui, une fois chaque année se parait des fleurs les plus magnifiques.

Par caprice, par souvenir peut-être, un lord anglais avait arraché l'arbre exotique au sol natal.

Ce cactus était de cette race singulière qui ne fleurit que la nuit. Et cette fleur était de pourpre.

— Quand fleurira le cactus? demanda Noëla à son père.

— Dans un mois, m'a dit l'horticulteur.

— Eh bien ! je voudrais que le mariage de Marie et de Jean eût lieu dans la nuit même où s'ouvrira cette fleur...

— Soit, avait répondu le duc qui comprenait un caprice de mourante.

Le duc avait chargé un de ses amis de remplir à Paris, de concert avec Galertin, toutes les formalités nécessaires. Il fallait régulariser l'état civil de la jeune fille. Elle devenait la fille reconnue du charpentier.

L'ami était influent. Toutes les difficultés furent promptement levées, et les pièces adressées à Côme avaient été aussitôt remises entre les mains du consul français.

Puis le vieux charpentier avait entrepris, seul et malgré sa faiblesse, ce long et pénible voyage. Il y avait deux jours qu'il était ainsi à la villa du lac du Côme.

Et c'était cette nuit-là même que le cactus devait fleurir...

Le consul, qui était redevable de sa position au duc de Courtraige, avait consenti à se rendre lui-même à la villa pour présider à la cérémonie nuptiale...

Noëla voulait y assister et Noëla ne quittait plus la chaise longue sur laquelle elle restait étendue, les jours et les nuits.

Et tandis qu'à la villa on s'occupait des derniers préparatifs du mariage, qui devait avoir lieu à minuit, Titi s'était échappé pour pleurer à son aise.

Et puis, ce n'était pas tout... il attendait quelqu'un...

Ceci se devinait à ses allures inquiètes. Il s'arrêtait, tendait l'oreille.

Tout à coup, un bruit de roues retentit sur la route qui longe le lac ; et là sur le lac silencieux, dans cet air où ne vibre que le glissement du vent ou le chant de quelque miss en mal d'harmonie, voici que tout à coup retentit, contenu, mais net, un signal bien connu :

— Pi... ouitt !...

Titi tressaillit, arrondit les deux mains devant ses lèvres, et répéta :

— Pi... ouitt !...

Et leur voiture arriva au galop, s'arrêta devant notre camarade... et voici qu'en descendirent, hâtés, se bousculant, douze gamins ! oui, douze pur sang du pavé de Paris, ayant à leur tête le lieutenant de Titi...

Mais ne croyez pas qu'ils fussent, comme d'ordinaire, vêtus de guenilles plus ou moins fantastiques...

Point. Tous en noir. Avec de petites vestes rondes, avec des pantalons neufs, des chapeaux-melon à la dernière mode.

Il est vrai que là-dessous il y avait des museaux futés et des gestes vivaces... mais il n'y avait pas trop à dire... la tenue était bonne, sauf quelques ébouriffements de cheveux qu'il faudrait réparer tout à l'heure...

— Très bien! déclara Titi pendant que son lieutenant lui serrait les mains et que les autres se tenaient respectueusement à distance...

Il faut dire que depuis ces derniers événements, Titi avait pris aux yeux de tout ce monde des proportions colossales.

Tous ces gamins qui, au paradis de l'Ambigu ou de la Porte-Saint-Martin, avaient battu des mains aux exploits des héros de Dumas ou de Dennery, étaient tout prêts à déclarer qu'auprès de Titi les d'Artagnan, les Salvator, les Rocambole et *tutti quanti* n'étaient que des *empotés*...

Mais voici le bouquet! et si leur admiration avait pu grandir, un dernier fait allait le porter à son apogée...

Voici qu'un beau matin le lieutenant de Titi avait convoqué le ban et l'arrière-ban de la gaminerie parisienne... et il leur avait tenu ce langage inouï.

— Qu'est-ce qui veut aller en Italie!... plus de cinq cents lieues aller et retour.

Ç'avaient été des cris, des trépignements, des applaudissements à tout casser. Et naturellement ils étaient cent trente qui se déclaraient prêts à visiter la patrie du Tasse et de l'Arioste.

Mais le lieutenant dut mettre un frein à cet enthousiasme.

Il devait emmener seulement avec lui onze favorisés, lui faisant le douzième.

Quand il fut bien prouvé qu'il eût été absolument impossible de s'entendre. à l'amiable, alors, pour ménager toutes les susceptibilités, on décida qu'on s'en rapporterait au hasard...

Tous les numéros des gamins — qui, on le sait, étaient militairement immatriculés, furent jetés dans un chapeau, et le plus petit de la bande, un blondin rose qui avait la morve au nez, mit résolument la main dans ce sac improvisé et tira onze numéros.

Aucune limite d'âge n'avait été fixée. Mais le sort intelligent ne désigna sur les onze que deux moutards au-dessous de sept ans. Les autres étaient

des gaillards de huit à douze, et le lieutenant qui devait servir de cornac à la troupe en avait seize.

Les *Pas-de-chance* prirent résolûment leur parti, ce à quoi on les aida, du reste, par un repas plantureux.

Puis le lieutenant prit sa cohorte à part :

— Bien entendu, dit-il, tout payé. Vous serez bien raisonnables, et vous vous conduirez en grands garçons...

— Oui! oui!

— Et maintenant... en avant! arrrche!

Où allait-on d'abord?

O joyeuse surprise, tout simplement chez le plus grand confectionneur de la capitale qui, dans les 10 à 15 francs, vous couvre de sedan ou d'elbeuf des pieds à la tête.

Et les commis ahuris virent défiler devant eux les douze personnages sérieux, se campant sous le mètre qui les chatouillait, riant aux éclats en essayant leurs pantalons.

Quelques-uns se plaignirent que ça manquait de chic.

Mais tout s'arrangea au mieux.

Il est vrai de dire que les costumes, annoncés à quinze francs, revinrent l'un dans l'autre à cinquante francs, soit six cents beaux francs pour le tout.

Et le soir, ce fut bien autre chose.

Course chez le bottier de la rue Montorgueil, halte à l'Hérissé, et finalement à la gare de Lyon.

Dans la grande salle, les voyageurs s'arrêtaient, stupéfaits, considérant cette bande d'*extraits de pavé*, qui se serraient en colonne auprès de leur chef...

Le lieutenant arriva gravement au guichet, entre un Anglais bedonnant qui se proposait d'aller admirer les *biautiful* antiquités de Rome et un chevalier d'industrie qui allait faire un petit tour à Monaco.

Il aligna deux mille quatre cents francs sur la planchette de cuivre, demandant douze billets pour Côme...

Pour un peu, l'homme fut si surpris, qu'il eût demandé des explications. Mais le temps pressait. Et les douze billets furent remis...

Ce fut un défilé triomphal dans la salle d'attente, puis sur le quai.

Il est vrai que les touristes se croyaient déjà en pays étranger, en entendant la langue parlée par cette troupe bizarre :

— C'est rien bath ! disait l'un.

— Et c'te vieille engliche, est-elle assez toc !...

— Oh ! là là ! malheur !... font-ils de l'épate !

On s'entassa dans un wagon. Douze ! c'était contraire aux règlements... mais l'employé, apercevant cette potée de têtes rieuses, ne songea pas à les compter de trop près... D'ailleurs ils avaient leurs billets. La caisse était satisfaite...

O Homère ! où est ta lyre? Vrai, si elle ne devait pas être perdue depuis longtemps dans quelque déménagement des époques héroïques, je te l'emprunterais pour chanter cette odyssée auprès de laquelle le voyage du divin Ulysse ne fut qu'une excursion à Bougival.

Et encore les gamins ne savaient pas tout.

Le lieutenant s'était absenté pendant quelques heures et avait emmené deux des voyageurs...

Et tous trois étaient revenus portant... quelque chose... quoi ? Voilà ce qu'ils ignoraient.

A vrai dire, curieux comme des enfants, ils n'en avaient pas moins deviné que, derrière cette fantasmagorie étrange, il y avait quelque chose de grave...

Le lieutenant avait reçu une lettre lui donnant des instructions précises. Elle était signée, puis après deux lignes avaient été écrites en *post-scriptum*

— Ah ! mes vieux ! ne croyez pas que ça soit pour rigoler ! j'ai la mort dans le ventre !...

Quand la frontière avait été dépassée, le lieutenant avait lu le *post-scriptum*. Et il y avait eu un silence. C'est qu'ils aimaient Titi, les petits !... Titi avait du chagrin ! pas de blagues !

Revenons aux bords du lac de Côme.

— As-tu tout ? demanda Titi.

Un Parisien seul aurait pu comprendre ces trois syllabes articulées avec ce bredouillement dont la phonation n'est connue que de Pantin à Plaisance.

— Attout?

L'autre répondit :

— J't'p'uche.

VIVE LA RÉPUBLIQUE

ON SONNA LA RETRAITE.

Ce qui voulait dire : je t'épluche! c'est-à-dire : oui!

Que pâlissent les Saumaises et les Vaugelas, et les académies, et les Nodier, et les Littré sur la linguistique, jamais — je l'affirme — jamais, au grand jamais ils ne retrouveront l'étymologie des langues.

En latin, en sanscrit, en prâcrit, depuis les langues mères jusqu'aux langues dérivées, il y a eu un grand faiseur de langue, le peuple. Celui-là n'écrit pas, ne compte pas de dictionnaires. Quand, dans deux mille ans, un idiot — j'entends un érudit — s'abrutira sur ce roman dont le titre est : *Vive la République*! il s'efforcera de comprendre, de restituer,— c'est le mot romain, — la raison des mots employés par ces gamins.

Eh bien! il peut se fouiller. Notre langue, la langue du vrai Paris, est un composé d'intelligence, de malice, de gaminerie, d'élan de francisme parfait.

Allez donc, tas de savants, qui ne vivez pas avec nous, au milieu de nous, retrouver les milles finesses dont nous avons conscience...

J'indique en passant et au courant de la plume un des grands problèmes de la linguistique. Grecs, Romains, Aryas, Parsis, tous ont eu la langue gaminesque. Celle-là, vous ne la connaissez ni ne pouvez la connaître. Et ceux-là seuls ont peut-être eu raison, qui ont dit que *cheval* venait du mot grec *hippos*.

Laissons cela. Et encore une fois, revenons au bord du lac de Côme.

Titi, quoique douloureux, avait eu un long sourire...

Il lui plaisait de voir les camarades de son passé, groupés autour de lui. Puis ils étaient si gentils, si câlins.

Songez donc. Ces évadés du bitume avaient été roulés à travers toutes les admirations possibles. C'étaient douze épatements. Jusqu'ici pas un n'avait quitté le cycle parisien. Et tout à coup, ils avaient eu ces éblouissements qui s'appellent Lyon, Marseille, Toulon, Nice...

Et ils étaient à Côme.

Titi eut un geste à la Napoléon et dit :

— Tas de crapauds! écoutez-moi! vous êtes ce qu'on appelle de bons, très bons zigues! j'ai besoin de vous. Pourquoi! je vais vous le dire... quelqu'un... une femme...

Il s'arrêta et reprit :

— Une sœur que j'aime plus que moi-même... va mourir...

Il y eut un murmure.

Titi imposa silence d'un geste :

— Ne discutons pas, les camarades. Je dis ce que je dis. Je vous ai appelés à moi, comme figurants... là, y êtes-vous ? Vous savez bien dans les pièces, cette collection de trumeaux qui garnissent le fond... c'est ça que je veux de vous... Ne vous fâchez pas. Vous valez mieux que ça, parbleu ! je le sais bien ! mais si c'est vous que j'ai appelés, c'est parce que vous êtes les vrais, les bons, les francs Parisiens, et que, nom d'un pétard ! je vous connais, dans la pièce où vous n'avez pas de rôle, vous irez de votre larme comme des imbéciles !...

Tandis que sur la route de Côme à Milan, Titi se livrait à ces improvisations, voilà ce qui se passait à la villa Cactus.

Marie se sentait profondément heureuse.

Mesdames, c'est à vous que je demande avis. Est-ce que pour beaucoup d'entre vous, il n'y a pas eu un jour où vous vous êtes dit :

— Celui-là est bon, celui-là est honnête, celui-là me rendra heureuse, je veux vivre avec lui.

Ne parlons pas de beauté. De quinze à vingt ans, la femme se préoccupe de ce détail. Mais après, c'est le cœur, c'est l'âme, c'est la conscience qu'elle cherche...

Et Marie était réellement confiante, ce qui signifie tout...

Or, il y avait encore en la villa Cactus un chef-d'œuvre improvisé par Titi, déjà nommé.

Cet animal — terme d'amitié — avait l'intuition de l'élégance. Dans le cabinet du préfet de police, sous la peau du duc de Courtraige, il avait été aussi bien que Frédérick dans Paillasse. Mais ce qu'il concevait mieux que tout autre, c'était avec ce chic exquis du Parisien, l'arrangement, la mise en scène...

Et pour ce mariage de son frère, il avait imaginé toute une construction volante qui était vraiment un travail ravissant.

C'était en plein jardin. Autour du cactus-cierge dont j'ai parlé, il avait élevé, à l'aide de lattes, de poutrelles, un édifice d'une hardiesse et d'une délicatesse de formes qui enfonçait toutes les conceptions des architectes, constructeurs de halles et autres lieux.

Un boudoir de fleurs, tout se résume en ces deux mots.

Il avait dévalisé à coup d'argent toutes les serres des environs, et alors ce n'étaient que fleurs rutilantes, formant un cadre éblouissant au milieu duquel...

Marie, vêtue de la robe des fiancées, se tenait agenouillée auprès de Noëla étendue sur sa chaise longue.

— Écoute, dit tout bas Noëla à l'oreille de sa sœur, sais-tu pourquoi j'ai voulu que ton mariage eût lieu cette nuit... c'est que cette nuit, je te saurai heureuse, et je pourrai partir.

— Oh! ne dis pas cela, Noëla! tu dois vivre, est-ce que tu ne sais pas combien tu es aimée!...

— Est-ce ma faute à moi, dit Noëla en soupirant, si le bonheur n'est pas fait pour moi...

Le duc et Jean causaient. C'était en pleine liberté de conscience que l'orgueilleux descendant des Courtraige acceptait l'alliance de l'ouvrier.

Il avait enfin compris que nulle dot ne vaut un cœur probe et un cœur vaillant...

L'heure de la cérémonie était arrivée.

Le consul français et les divers personnages qui devaient concourir au mariage avaient été exacts.

Titi parut.

Et avec lui, les gamins qui portaient sur leurs bras d'énormes bottes de lilas.

A un signe de Titi, ils en jonchèrent le pavillon.

— Ah! que c'est bien! s'écria Noëla. Cela me rappelle les jours d'autrefois.

Délicate pensée de Titi. Loin de la France, loin de Paris, les exilés retrouvaient les senteurs de la maison où si longtemps ils avaient reçu asile.

Puis Titi présenta ses camarades :

— Ceux-là Noëla et Marie, dit-il, sont les bons garçons de Paris qui nous ont aidés à triompher de tous nos ennemis. Ils étaient à la peine, j'ai voulu qu'ils fussent à l'honneur. Ai-je eu tort?...

Non. Il avait raison. Les deux jeunes filles virent se retracer à leurs yeux cette scène horrible de la Patte-de-Velours où elles avaient été sauvées par l'armée des gamins.

La cérémonie commença.

Quand eut été échangé le consentement mutuel qui unissait à jamais Jean et Marie, on entendit un léger cri...

Noëla s'était dressée, pâle...

— Ah ! le cactus ! s'écria-t-elle, il fleurit ! il fleurit !...

La fleur pourprée s'était épanouie...

— Titi, dit Noëla, venez, venez auprès de moi !

Et comme il était tombé à genoux auprès d'elle :

— Vous avez été le meilleur et le plus courageux des amis, reprit-elle de sa voix qui s'affaiblissait ; il faut que vous sachiez toute la vérité... j'aurais voulu vivre parce que j'aurais voulu être votre femme... Titi !... donnez-moi votre main... et recueillez ma dernière parole : Je vous aime !...

Et elle retomba, inanimée, froide...

Tous tombèrent à genoux...

Noëla était morte !...

ÉPILOGUE

A un mois de là, un fait tragique réveilla pendant quelques jours la curiosité parisienne.

Un matin, les serviteurs du duc de Courtraige, surpris de n'avoir pas encore été appelés, pénétrèrent dans sa chambre. Là, un horrible spectacle frappa leurs regards...

Le duc gisait sur le tapis, la tête fracassée...

Et à quelques pas de lui la duchesse, frappée d'un coup de feu en plein cœur, était étendue sans mouvement...

Etait-ce un crime, était-ce un double suicide? La seconde hypothèse devait être écartée...

Mais nul ne sut jamais ce qui s'était passé dans cette heure suprême... nul ne sut que le duc, après avoir confié à la terre la dépouille froide de Noéla, était revenu à Paris pour la venger... et qu'il avait accompli sa tâche, frappant celle qui avait été le bourreau de son enfant...

Le même jour, il y eut scandale dans le monde de la finance. Le fils de M. de Landogne, le célèbre banquier de la rue Laffite, fut arrêté sous la prévention de faux...

Il avait signé de la raison sociale une traite de trente mille francs qu'il n'avait pas payée à échéance... et une plainte avait été déposée au parquet.

Là encore, il y eut un mystère qui resta caché pour tous.

Comment le père n'arrêta-t-il pas les poursuites! C'est que la traite était entre les mains d'un banquier américain, auquel naguère Titi avait sauvé la vie, lors de son voyage de Cayenne à New-York.

C'était cet Américain reconnaissant qui avait fourni à Titi les sommes dont nous l'avons vu disposer. C'était lui qui, fortement intéressé dans la maison de Landogne, avait mis le père de Toto Lamuche dans cette alternative.

Ou le retrait d'énormes capitaux qui auraient compromis sa situation... ou le châtiment de son fils.

Le banquier n'hésita pas... il abandonna noblement son fils, qui fut condamné à huit ans de réclusion...

Encore une fois, Noëla était vengée.

Il nous reste à indiquer rapidement ce que devinrent certains autres personnages de notre histoire...

Brouillat se fit assommer dans une rixe et porté à l'hôpital, expira sans avoir repris connaissance...

Céline Juzeau, l'ivrognesse, mit une seconde fois le feu au taudis, dans lequel elle vivait. Mais cette fois, nul n'arriva à temps à son secours... elle périt asphyxiée...

Nous en avons fini avec ces gredins...

En 1859, lors de l'amnistie, Jean Rabolet et sa femme rentrèrent en France... Jean a établi une scierie mécanique sur les bords de la Marne... il a un fils qu'il a nommé Étienne et qui grandit à loisir....

Le père Calertin s'est éteint doucement dans les bras de ses enfants...

Mais, Titi? Ah, Titi !...

Si vous le voulez bien, nous allons franchir un long espace de temps... douze années... et nous inscrirons cette date que nul Français n'a oublié et n'oubliera :

19 JANVIER 1871

Ce jour-là, Paris, exténué, brisé, affamé, Paris s'est levé dans toute l'énergique grandeur du sacrifice suprême...

Gardes nationales, mobiles, armée régulière, tout ce qui est sang et cœur, tout ce qui croit à la Patrie était prêt à l'effort immense, mais non désespéré !...

Les bataillons de marche allaient vers Suresnes, vers le mont Valérien. Les clairons sonnaient, la *Marseillaise* éclatait.

Pour la première fois on daignait dire à Paris :

— Défends-toi toi-même!

Plus tard, l'impartiale histoire dira ce qu'il y eut d'impéritie, de cruauté, de faiblesse dans ceux qui jusque-là avaient enchaîné l'élan des défenseurs de Paris...

On se demandera, — en recherchant les détails de cette journée sinistre, —

pourquoi on avait exténué les hommes avant de les mener au combat, pourquoi on avait surchargé leurs épaules d'un poids écrasant et inutile ? Pourquoi la veille tel régiment qu'on nommera fut contraint de mettre six heures à faire deux lieues.

Mais on saura aussi que toutes ces folies, volontaires ou non, n'avaient pas prévalu contre l'enthousiasme de ceux qui étaient prêts à mourir...

Voyez ces bataillons gravissant les hauteurs de Garches, dans la terre glaise où les pieds enfoncent ; ils obéissent aux ordres donnés, ils vont sans savoir rien... sinon que le drapeau est avec eux...

Et quand il est un de ces hommes qui faiblit, il se redresse par un violent effort en murmurant :

— Nul ici n'a le droit de rester en arrière...

Si encore on combattait. Mais non. Il semble que la canonnade ennemie recule. Voici qu'à cent mètres de là les murs du parc de Buzenval montrent leurs lignes grisâtres...

Une immense espérance emplit tous les cœurs... Est-ce que les Prussiens ont reculé !... oh ! comme on se lancera joyeusement en avant... qui sait ? Si ce soir on couchait à Versailles...

Puis d'épouvantables décharges !... le canon ! les boîtes à mitraille !... on allait pour se battre... on se trouve en pleine boucherie... On ne voit pas l'ennemi ! mais les balles sifflent, les obus éclatent...

Les officiers crient : Sac à terre et à plat ventre !

Puis ajoutent : ne tirez pas !...

Pourquoi ? on a devant soi des zouaves de la ligne... c'est par-dessus eux que passe la mitraille qui frappe et décime...

Et on doit rester là, impuissant, furieux... déjà plus d'un a été frappé. Il y a du sang, il y a des morts... pas un cri ! pas une imprécation !...

Des ambulanciers ! Ah ! oui !... s'il y en avait ! mais ils ne sont pas là...

Et pourtant voici des malheureux qui ont la jambe brisée, le crâne labouré et que les éclats d'obus environnent comme des flocons de neige noire...

Un homme s'écrie :

— Pétard ! relevons les blessés !

Celui-là, c'est Titi. Il a trente ans maintenant, mais en vérité il ne paraît pas changé. Qu'a-t-il fait depuis si longtemps !

Il a travaillé. Il a renfermé sa douleur dans son cœur, comme un dépôt sacré, puis il a fait œuvre d'honnête homme...

Et le jour où la France a appelé au secours, alors il s'est élancé auprès de ses compagnons. Et il leur a crié :

— Nous sommes les gamins de Paris. On touche à maman... défendons-la...

Il a fait vaillamment son devoir... mais il est toujours le même. Il a la hardiesse héroïque, la témérité folle...

Il a réclamé la trouée, s'offrant à marcher avec les premiers... il a accusé la lenteur des uns, la timidité des autres... mais bien parce qu'il se sentait capable d'un effort qu'on ne voulait pas comprendre...

Dans sa tête ont bouillonné toutes les passions de ce Paris, irrité de se voir dédaigné, mis en suspicion...

Pourquoi ne l'a-t-on pas armé avant novembre? Pourquoi à Avron ne l'a-t-on pas poussé en avant... pourquoi au Bourget ne l'a-t-on pas soutenu avec de l'artillerie...

Le voilà à Buzenval.

Cette fois il comprend. On veut en finir avec lui. On prétend le forcer à réclamer lui-même la capitulation.

Eh bien! non! cent fois non! il veut résister quand même. Il se dit qu'il y a encore à Paris deux cent mille hommes valides, et qui ne sont, quoi qu'on en dise, ni des fanfarons ni des ivrognes.

Tu as beau crier, Titi, voilà!... Buzenval te mettra à la raison...

Alors un désespoir sombre s'empare de lui.

Jusque-là, le cœur brisé par la mort de celle qu'il aimait, il n'a pas voulu se plier à la lâcheté du désespoir... mais voici que son autre amour, la France, gémit, pantèle, saigne auprès de lui!... C'est trop!...

Titi a saisi un blessé dans ses bras, l'a jeté sur ses épaules ; puis, à travers la pluie de fer et de feu, il va mettre le malheureux à l'abri...

Trois fois, il revient... trois fois, il accomplit ce voyage de mort.

Puis, entendant sonner la retraite, devinant que tout est fini, Titi saisit son fusil, — une carabine à tabatière qui crache sa poudre au visage de qui la tient, — et entraînant avec lui quelques gamins d'autrefois, devenus eux aussi des hommes, il bondit vers le mur du parc de Buzenval, se dresse, aperçoit à distance la masse sombre des Prussiens...

Et il tire... une fois... deux fois... dans le tas...

Mais les balles sifflent autour de lui, brisent les pierres, effritent le mur...

Et enfin, frappé, Titi étend les bras, lâche son arme, et tombe en arrière ..

— Père! tu m'as pardonné, n'est-ce pas!.. je peux crier : Vive la République!..

Et deux fois, comme si dans ce cri était le résumé de toute sa vie, il répète :

— Vive la République!..

Il retombe, immobile, inanimé...

Était-il mort? Qui sait?..

Ces gamins ont la vie si dure!

FIN

TABLE DES MATIÈRES

QUATRIÈME PARTIE. — TITI JUSTICIER.